KB163015

제비꽃 설탕 절임

유서안 장편소설

I

동아

제비꽃 설탕 절임 I

초판 1쇄 인쇄일 | 2020년 06월 02일
초판 1쇄 발행일 | 2020년 06월 11일

지은이 | 유서안
펴낸이 | 박성면
펴낸곳 | (주)동아

출판등록 | 제406-2007-000071호
주소 | 경기도 파주시 문발로 115, 세종출판벤처타운 201-A호
전화 | (031)8071-5201
팩스 | (031)8071-5204
E-mail | bear6370@hanmail.net

정가 | 12,000원

ISBN 979-11-6302-349-4 (04810)
ISBN 979-11-6302-348-7 (set)

ZERO NOVEL
제비꽃 설탕 절임
유서안
장편소설
I
동아

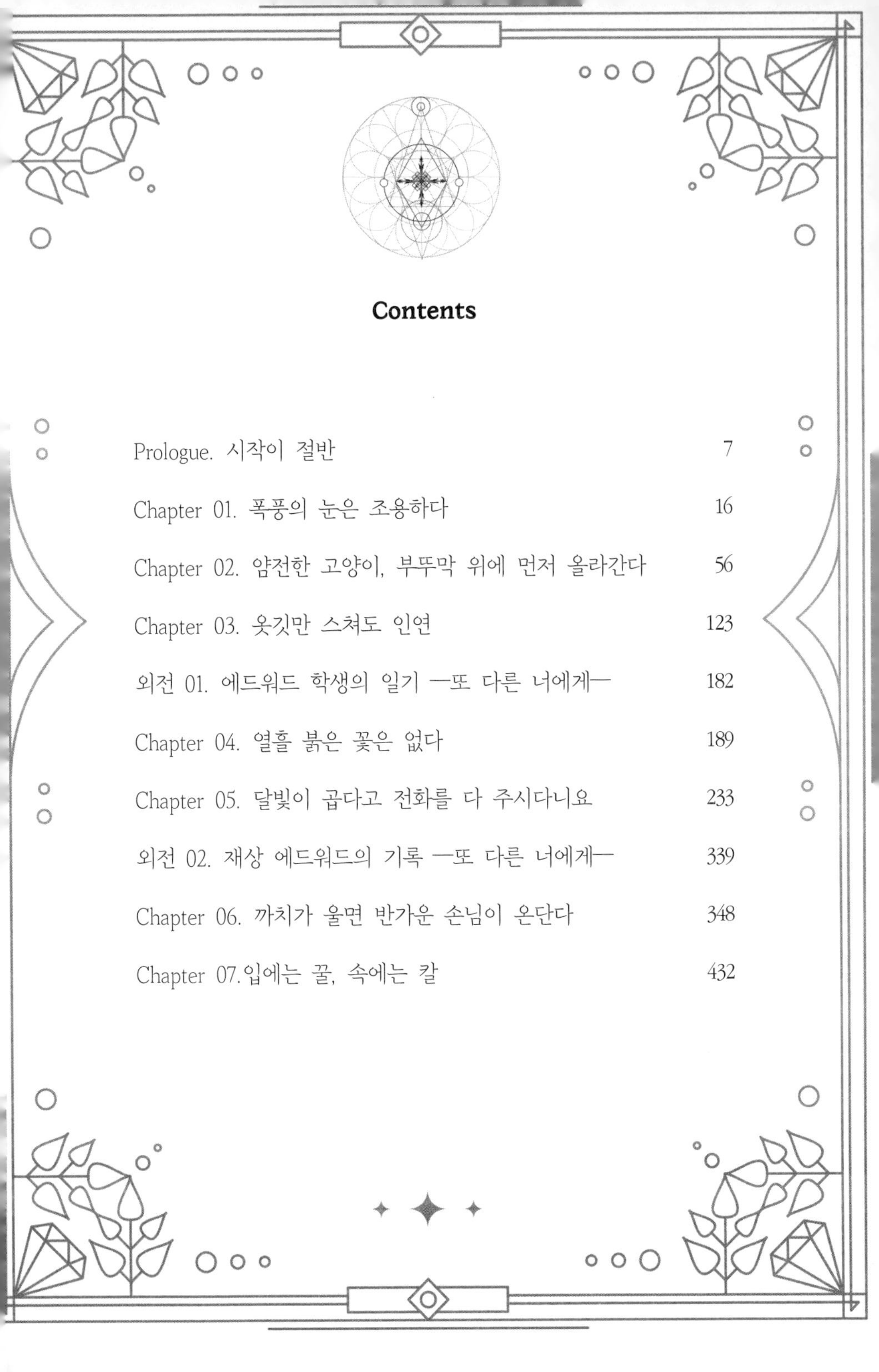

Contents

Prologue
시작이 절반

제도의 사관학교 졸업식은 거의 축제에 가깝다. 파티장에 그대로 입고 가도 손색없을 만큼 화려한 예장용 제복, 퍼레이드와 아낌없이 흩뿌려지는 꽃, 한껏 차려입은 사관생도들의 가족과 흥을 돋우는 군악대의 연주.

모두가 들뜨기 좋은 날이지만 그중에서도 에드워드 델 크뤼거는 특히 더 들떠 있었다.

"수석, 에드워드 델 크뤼거 소위. 위 학생은 우수한 성적과 타의 모범이 되는 행실로……."

그건 사관학교를 수석으로 졸업하니 앞으로 탄탄대로를 걸을 거란 기대감 때문은 아니었다. 애초에 그의 가문은 제국에서도 손꼽히는 명문가였으니까. 설사 그가 학교를 아예 안 나갔대도 그의 가문은 그에게 졸업장과 성공을 쥐어 줬을 것이다.

그러니 그가 들뜬 건 성적 때문이 아니었다.

아니, 어쩌면 성적 때문이라고 할 수도 있을 것이다. 그를 들뜨게 만든 게 바로 수석 졸업생에게 부과되는 의무였으니까.

델라한 제국 사관학교는 수석 및 차석 졸업생에게 4년 전 선배 졸업생 중 수, 차석의 부관 자리를 맡긴다.

보통 수, 차석 자리를 맡기 쉬운 명문가 자제들은 그런 부관 자리를 남들 시중이나 들게 되는 불만스러운 자리라 여겨 수, 차석을 오히려 기피하는 현상도 있다지만 에드워드에게만큼은 해당되지 않는 사항이었다.

제이, 르퀸. 4년 전 델라한 제국 사관학교의 수석인 그 사람이야말로 4년간 에드워드가 목표로 삼고 노력한 사람이었으니까.

에드워드는 졸업장과 상장을 함께 받아들며 씩 웃었다. 저 하늘의 별처럼 닿지 않던 이상향의 옆으로 갈 수 있다니, 벌써부터 설레고 떨려 왔다. 마음 같아서는 지금 당장 부임지로 직행하고 싶을 정도로.

“에드워드 델 크뤼거 소위, 이 시각부로 제이 르퀸 대위님의 부관으로 근무하게 되었습니다. 앞으로 잘 부탁드립니다.”

경례를 올리는 손끝에 각이 살아 있었다. 제이는 눈을 맞추는 대신 쭉 편 손끝에 시선을 둔 채로 느리게 입을 열었다.

“에드워드, 델, 크뤼거. 크뤼거가의 적자라지?”

160센티미터를 간신히 넘을까 싶게 자그마한 체구에 나른해 보이는 표정은, 도무지 전 세계를 통틀어 일대일로는 겨룰 자가 없다는 사람 같지 않았다.

하지만 에드워드는 제이가 전의를 가질 때의 얼굴을 알고 있었다. 적의도 각오도 없이 숨을 쉬고 밥을 먹는 것처럼 상대를 배제하려 드는 입매와 적의도 각오도 없으면서 상대가 이길 수도 있다는 건 꿈에서도 생각지 못하는 눈. 최강이 아니면 가질 수 없을 오만한 얼굴을.

"네, 그렇습니다."

"가문으로 보나 신분으로 보나, 여기 서 있을 사람은 아닌 듯한데."

제이의 가문 르퀸과 에드워드의 가문 크뤼거는 대대로 사이가 좋지 못했다. 물론 그렇다고 앙숙 가문인 건 아니고, 그냥 소속된 파벌이 달라 소소하게 사이가 안 좋은 정도긴 했다. 하지만 상대 파벌 집안사람 밑에 자기 가문 사람을 넣고 싶어 하는 이도 없다.

그러다 보니 보통 이런 경우가 발생하면 수석 자리를 양보하거나 별 핑계를 다 갖다 붙여서 다른 곳으로 발령 내는 게 대부분인 게 문제지.

심지어 에드워드는 본가의 적자고, 제이는 미들네임조차 받지 못한 서자 신분이라는 걸 생각하면 크뤼거 가문이 경기를 일으킬 이유는 더더욱 많아진다.

"인정합니다."

그럼에도 불구하고 에드워드는 여기 서 있었다. 시간이 지나면 진급을 할 테니 자연스레 다른 곳으로 가게 되긴 하겠지만 억지로 그 시기를 앞당길 생각도 없었고.

이건 크뤼거가가 갑자기 되도 않는 준법정신에 눈을 뜬 결과가 아니라 에드워드의 억지였다. 그는 바로 눈앞의 이 사람을 위해 4년간 필요도 없는 노력을 해 왔으니까.

사관학교가 대표적인 출세 코스로 꼽히는 건 사실이고 더 이상의 출세가 필요 없는 명문가 자제들에게도 영예가 되는 일은 맞지만, 수석 자리가 그 영예를 특별히 더 빛내 주지는 않는다. 수석 졸업을 해 봤자 남의 따까리로 시작하게 될 뿐이니까.

그러다 보니 수, 차석 자리는 대대로 한미한 집안 출신들의 자리였다. 가문의 힘이 있다면 필요 없을 영예도 그들에게는 필요하니까.

제이야 서자 출신이라 굳이 피하지 않고 수석 자리에 남았다지만 에드워드는 정말 그럴 필요가 없었고, 그러니 굳이 노력해서 수석 자리를 지킬 이유도 없었다. 그냥 남들처럼, 낙제만 안 할 정도의 성적을 내는 정도면 충분했을 거다.

그런 에드워드가 굳이 시험기간마다 밤샘까지 해 가며 다른 이들과 경쟁해 간신히 이 자리까지 왔는데, 이제 와서 그걸 걷어차라고? 안 될 말이지. 에드워드는 한쪽 무릎을 꿇었다.

"자유 발언을 허락해 주시겠습니까?"

제이는 그러라는 의미로 한 손을 허공에 대고 휘저었다.

"흠모해 왔습니다."

"……나한테 아부해 봤자 나올 게 없다는 건 소위가 더 잘 알지 않나?"

"누구에게도 아부할 필요 없는 위치라는 걸 대위님도 잘 아시지 않습니까. 이건 제 진정입니다."

제이는 그제야 에드워드의 눈을 보았다. 그렇게 들여다보게 된 에드워드의 눈동자는 정말 파랬다. 인형에 박아 넣은 색유리처럼. 거짓말이라든가 그런 걸 전혀 모를 것 같은 눈. 그 눈에 혹한 제이가 홀린 듯 물었다.

"우리가 이전에 만난 적이 있던가?"

"예."

"파티장?"

"아닙니다."

"……학교?"

"네."

제이는 기억났다는 듯 고개를 크게 끄덕였다.

"아, 아! 나에게서 견장 물려받았었지, 자네?"

델라한 제국 사관학교에는 입학시험 성적으로 선정한 수, 차석에게 4년 위 입학 당시 수, 차석이 견장을 물려주는 전통이 있다. 받아 봤자 갖고만 있다가 4년 뒤에 물려주는 게 다인데다가 잃어버릴까 봐 아예 학교에 맡겨 놨다가 후배에게 물려줄 때나 다시 들어 보는 게 태반이지만.

그래도 보통 입학 때의 수, 차석이 졸업 때까지 유지되는 경우가 많은 만큼, 또 견장을 물려준 사이가 졸업 후 장교와 부관으로 만나는 경우가 많은 만큼 장교와 부관이 공유할 최초의 추억거리쯤은 되는 전통이었다.

다만.

"그건 올해 차석 졸업자인 엘리샤 키엘 소위입니다."

에드워드는 그 '보통'의 경우에 해당하지 않는다는 게 문제였지. 에드워드는 온화하게 웃었고 제이는 입을 다물었다.

"성별도 피부색도 머리색도 눈 색도 다 다른데 어떻게 헷갈리신 건지는 모르겠지만."

이제는 눈도 피했다.

"대위님께서 기억 못 하시는 것도 무리는 아닙니다. 전에 특강 오셨을 때 뵈었던 거니까요."

제이는 특강을 갔다는 사실 자체를 기억 못 하는 눈치였지만, 에드워드는 신경 쓰지 않았다.

"그때 대위님의 가르침에 불만을 가진 생도들이 있었죠."

제이 르퀸은 예나 지금이나 수많은 가문의 셀 수 없게 많은 사생아 중 가장 유명했다. 사생아들은 보통 가문의 성을 받지 못했다. 그리고 만약 재주가 아까워 가문에 편입시키기로 마음먹었다면 먼 친척이라고 포장해 사생아 꼬리표를 떼어 주는 게 보통이고.

그런데 르퀸 가문은 제이를 가문에 받아들이되 제대로 인정을 해 주지는 않았다. 전대 가주의 자식이었으면서도 미들네임을 받지 못한 게 그 증거였다. 숨겨 봤자 어차피 알음알음 다 알게 될 사실이라 해도, 마음만 먹으면 면전에서 모욕당할 일은 없게 만들어 줄 수는 있었을 텐데.

* * *

“당신에게 우리를 가르칠 자격이 있는지 없는지, 우리가 어떻게 판단하면 됩니까?”

손도 들지 않고, 발언권도 얻지 않은 이에게서 나온 무례한 말에 강의실이 싸늘한 침묵에 휩싸였다. 예의가 있다면 사람 면전에서 할 수 있는 말이 아니었으니.

하지만 정작 대놓고 네깟 게 뭘 가르치냐는 말을 들은 제이의 표정은 평온했다.

“군대에서 그 기준은 단 하나입니다. 계급. 귀관은 준장교이고, 본관은 장교입니다. 그거면 충분하지 않습니까.”

거기서 한 템포를 쉬고, 제이는 다시 입을 열었다.

“만약 그 기준에 불만이 있다면.”

조금 무기력해 보인다 싶던 눈매가 순간 날카로워졌다.

“힘으로 계급장을 떼게 만들면 됩니다.”

그러더니 잘 차려입고 있던 군복 상의를 벗고 셔츠 차림으로 한 발짝 걸어 나왔다. 분명 목 끝까지 단추가 잘 채워져 있었는데, 손이 어찌나 빠른지 걸음을 뗄 때는 이미 옷이 손에 들려 있었다.

“수업 시간은 짧습니다. 불만 있으면 지금 당장 나오십시오, 일대일 교습해 줄 시간 없으니.”

* * *

“그때 나선 이가 일곱이었고, 대위님……. 그 당시 소위님께서 그들을 제압하는데 총 4분 20초가 걸렸었죠.”

제이는 애송이 일곱 제압하는데 퍽 오래 걸린 걸 보니 자기가 눈치를 보긴 좀 봤나 보다는 생각을 했지만, 그거야 제이 본인의 생각이고.

일반인 기준에서, 그래도 사관학교에 입학해 훈련을 정상적으로 소화해 낼 수 있는 네 살 연하의 청소년 일곱을 다운시키는 데 4분 20초는 말도 안 되는 기록이었다. 심지어 제이는 여자인 데다가 체구도 작아 신체적인 핸디캡이 있는데도 불구하고 말이다.

제이를 인정하거나 여럿이서 작은 여자한테 덤비는 게 비겁하다 생각해서가 아니라 그냥 귀찮다는 이유로 나서지 않았던 에드워드는 그 덕에 특등석에서 제이의 움직임을 관찰할 수 있는 기회를 얻었다. 그건…… 정말 말로 형용할 수 없는 경험이었다.

에드워드는 국어 성적이 낮은 편은 절대 아니었고 책과 멀지도 않았지만, 그런 그조차도 그때 제이를 수식할 단어를 찾기는 어려웠다. 굳이 따지자면 보고 감동을 받았으니 '아름답다'고 말할 수 있겠지만, '아름답다'는 단어를 듣고 떠올릴 수 있는 다른 것들과는 또 판이하게 달랐다.

제이의 움직임은 극도로 절제되었고, 쓸데없는 거라고는 적의조차 없었다. 공장 생산 라인도 그때의 제이보다는 더 부산물이 많을 것이다.

그럼에도 불구하고 제이의 움직임은 삭막하지도, 메마르지도 않았다. 진자의 궤적, 중력 가속도 실험의 포물선. 그런 류의, 우주가 제대로 돌아가기 위해 필요한 그 수많은 법칙들처럼 그냥 지극히 자연스러웠을 뿐이었다.

생도들은 너무나도 당연하게 위치한 그녀의 손에 뒷목을 얻어맞고 너무나도 당연하게 위치한 발에 명치를 채였다. 그러니까, 거의 제이에게 얻어맞고 있는 이들이 자연의 섭리를 거스르려다 교정되는 것처럼 보일 지경이었다.

그 당연한 시간이 딱 4분 20초였었다.

"그때부터였습니다."

에드워드는 웃었다. 도련님의 햇살 같은 미소에, 창밖에 위장한 채 숨어 있던 크뤼거 가문의 하수인들이 재빨리 반사판을 대고 종소리와 성가가 함께 녹음된 녹음기를 틀었다.

화사한 미남의 얼굴에 햇빛이 모아 쏟아졌고, 배경음으로는 종소리와 소년소녀들의 성스러운 목소리가 옅게 깔렸다. 어지간한 사람은 귀 기울여 듣지 않는 이상 눈치채지 못할 정도로 작은 소리라 들어도 어디 저 멀리 성소(聖所)에서 들려오나 싶을 정도였지만 분위기를 돋우는 데는 꽤 쓸모가 있을 듯했다.

"그때부터 제 인생의 목표는 대위님이었고, 대위님께 이 말씀을 꼭 드리고 싶어서 노력했습니다. 말씀하신 것처럼 저희 가문에서 배치를 돌리려 했지만, 이런 상황이 아니면 대위님과 독대할 기회가 없을 테니 억지로 밀어붙였습니다. 존경합니다, 대위님. 불쾌하시지 않다면, 옆에서 보좌하고 싶습니다."

제이가 피했던 시선을 다시 맞춰 왔다. 안 그래도 동그란 눈이 배로 동그래져 있었다. 하긴, 크뤼거 가문의 적자가 수석 졸업인 것도 놀라운 일인데 설마 대놓고 적대 가문의 사람에게 존경한다느니 보좌하고 싶다느니 하는 말을 할 줄은 몰랐겠지.

제이는 눈을 맞췄다가, 시선을 돌렸다가, 입을 뗐다가, 다물었다가, 고개를 숙이고는 그제야 다시 입을 열었다.

"……귀관 가문만 이 인사 배치에 불만이 있는 건 아니야."

입을 우물거리는 게 퍽 어린 느낌이라 에드워드는 조금 놀랐다. 이런 얼굴을 하기도 하는구나, 이 사람. 에드워드가 기억하는 건 힘으로 계급장 떼 보라고 할 때의 그 날카로운, 칼과 같은 얼굴과 그 이전의 무기력하고 의욕 없어 보이던 무심한 얼굴 두 가지였는데.

"예, 압니다."

둘 중에 이 인사 배치를 더 싫어할 쪽을 고르라면 당연히 크뤼거가이다. 가문의 소중한 후계자가 적대 가문 사생아의 보좌나 하게 되는 꼴이니까.

하지만 감정적 통쾌함만 빼면 르퀸가에서도 썩 달가울 리는 없었다. 아무리 사생아이고 가문에서 겉돈다 해도 제이는 르퀸 가문의 본 저택에서 지내고 있고, 현 가주인 그녀의 배다른 언니와 꽤 많은 시간을 공유하고 있으니까. 언제 어떤 정보가 그녀를 통해 흘러나갈지 모른다는 점을 고려하면 르퀸가에서도 불안해할 이유가 충분하단 거였다.

"원래는, 그쪽에서 이동시킬 생각이 없는 것 같으니 우리 쪽에서라도 트집을 잡아 이동시키기로 되어 있긴 했는데……."

제이는 고개를 기울이며 다시 눈을 맞춰 왔다. 생긴 건 강아지처럼 생겨서 꼭 고양이처럼 구는 사람이었다.

"……귀관이 진심이라면, 내가 가주께 말씀드리도록 하지."

"감사합니다."

에드워드는 고개를 깊게 숙여 감사를 표한 뒤 자리에서 일어났다. 제이의 옆에 남을 수 있다는 것도 물론 기뻤지만, 그보다 제이에게 자기 첫인상이 좋게 박혔다는 사실이 더욱 더 기뻤다.

Chapter 01

폭풍의 눈은 조용하다

르퀸가의 본 저택에는 정작 '르퀸'이 둘밖에 없다. 가주 조세핀 라 르퀸의 친모인 레이첼 로 르퀸은 조세핀을 낳고 얼마 되지 않아 죽었고 전대 가주인 아버지 베체트 허 르퀸과 원래 후계자였던 오빠 엘리엇 쉴 르퀸은 4년 전 불운한 일로 인해 명을 달리 했기 때문이다.

거기다가 조세핀은 그 일 이후 원래 계획과 달리 가문을 잇느라, 타 가문의 후계자이던 약혼자와 약혼까지 깰 수밖에 없었으므로 조만간 새로운 르퀸이 추가될 일도 없을 듯했고.

그래서 현재 르퀸 저택에 사는 르퀸은 조세핀 라 르퀸과 제이 르퀸 둘밖에 없었고, 둘은 어지간하면 아침, 저녁은 항상 함께하는 편이었다. 둘은 밖에서 생각하는 것보다 훨씬 사이가 좋았으니까.

얼마나 사이가 좋냐면, 혼자 있을 때는 세수도 자기 손으로 안 하는 이들이 둘이 같이 있을 때면 사이좋은 모습을 보여 주기가 싫다며 고용인도 물릴 정도로 사이가 좋았다.

그런 이유 때문에 아침 식사 때도 자리에는 조세핀과 제이, 둘뿐이었다. 스콘에 크림을 바르던 조세핀이 불쑥 입을 열었다.

"조."

조세핀만이 부르는 애칭에 제이가 기민하게 반응했다.

"응, 왜?"

"크뤼거는 어때, 뭐 트집 잡을 만한 거 있었어?"

무사히 부임을 마친 이상, 아무리 르퀸 가문이라고 해도 다른 가문의 사람을 재배치시키려면 명분이 필요하다. 하지만 그 명분은 아무리 작아도 상관없을 것이다.

그래서 조세핀은 제이에게 아주 사소한 규정 위반이라도 바로바로 보고하라고 미리 말한 바가 있었다. 단 1분이라도 지각한다든가, 경례 방식을 틀린다거나, 아니면 제이가 먼저 경례를 하게 된다거나 하는 사소한 일이라도.

"하루 만에 벌써? 없어, 없어."

제이는 손을 내저으며 웃었다. 어제 창밖에 빽빽이 깔려 꼬물거리던, 크뤼거가의 하수인으로 짐작되는 이들은 싹 무시한 발언이었다. 군부청사에 민간인을 들여놨다는 건 분명히 책잡힐 거리지만 제이는 에드워드에게 약속해 둔 게 있었으니까.

뭐, 그들로서야 귀한 도련님을 사지보다 더한 곳에 보내게 되는 거니 신경 쓰일 만도 하지. 기척은 알아챘으나 그들의 목적은 알아차리지 못한 제이는 저 좋을 대로 오해를 하고 있었다.

"뭐든 걸리기만 하면 바로 말해. 핑계가 필요한 거지, 정당성이 필요한 건 아니니까."

"안 그래도 그거 때문에 말할 게 있었는데……."

"뭔데?"

"진짜 꼭 밀어내야 되나?"

조세핀이 얼굴을 팍 찡그렸다.

"영민하기로 소문난 놈이야. 옆에 뒀다가 이상한 냄새라도 맡으면 어쩌려고? 빨리 치워 놔야 안심되지."

"내가 냄새 풍길 거 같아?"

조세핀이 피식 웃으며 제이의 뺨을 톡 쳤다.

"그런 말 아닌 거 알면서 괜히 트집 잡는다. 갑자기 그런 건 왜 물어? 직접 보니까 생각이 바뀌었어?"

과연 눈치가 빨랐다. 아닌 척해 봤자 속을 것 같지가 않았기에 제이는 순순히 인정했다.

"응."

"……왜?"

제이가 사람 일에 욕심을 부리는 걸 본 적이 없던 터라 조세핀은 순수하게 의아해했다. 제이는 싱긋 웃으며 턱 아래 손을 괴었다.

"그냥, 어제 하루 내 옆에서 시중드는데 기분이 괜찮더라고. 고용인이랑은 좀 다르게. 직속 부하는 가져 본 적이 없었잖아, 내가."

그 대단하신 도련님이 흡족할 정도로 시중을 들 수나 있나? 조세핀은 고개를 갸우뚱했다.

"그냥 직속 부하를 갖고 싶은 거면, 내가……."

"직속 부하도 직속 부하긴 한데……."

"한데?"

제이가 씩 웃었다.

"외모가 좋잖아."

정말 생각지도 못한 대답에 조세핀이 웃음을 터트렸다.

"아, 그래, 걔가 좀 잘생기긴 했지, 동화책에 나오는 왕자님처럼. 근데 네가 그런 말 하니까 이상하네, 벌써 그럴 나이가 됐나."

사이가 좋지는 않아도, 유력 가문의 후계자이니 조세핀도 에드워드의 얼굴을 알고는 있던 터였다. 최근에는 본 적 없었지만 반짝이는 금발에 보석처럼 새파란 눈동자는 확실히 인상에 남을 만했다.

"난 인형 같다고 생각했어."

인형? 조세핀은 어렸을 때 갖고 놀던 인형들을 떠올려 보았다.

에드워드 델 크뤼거가 아직 어린 건 맞지만 체격은 꽤 좋지 않던가? 인형 같아 보일 나이도 체구도 아닐 텐데. 그냥 얼굴이 미형인 게 닮았다는 건가 보지?

굳이 꼬치꼬치 캐물을 만큼 중요한 문제도 아니었기에 조세핀은 그냥 웃어넘겼다.

"그래서. 인형같이 잘생긴 남자 보니까 설레서 곁에 두고 싶다고?"

"설렌다기보다는……."

제이는 찻잔을 만지며 생각에 잠긴 얼굴을 했다.

"그냥 인형 같다 싶었는데, 갑자기 생각나더라고. 내가 인형을 가져 본 적 없는 거."

그랬던가? 조세핀은 곰곰이 기억을 되새겼다. 생각해 보니 그랬던 것도 같았다. 제이가 르퀸 저택에 온 게 열세 살의 일이었고, 그때 조세핀은 사관학교에 있어서 그런 걸 챙겨 주지 못했으니까. 그렇다고 조세핀이 챙기지 않은 걸 남이 챙겨 줄 리도 없고.

"아……. 그러게, 너 장난감 같은 거 가져 본 적이 없구나. 갖고 싶었었어? 그럼 말을 하지, 백 개라도 사 줬을 텐데."

"아니, 그때는 갖고 싶다든가 그런 생각은 안 했어. 그럴…… 상황도 아니었고. 그냥 어제 걔 얼굴을 보는데 갑자기 생각이 든 거야. 아, 나

인형 가져 본 적 없지."

조세핀은 여직 들고 있던 스콘을 내려놓고 덩달아 턱을 괴었다.

"그래서 갖고 싶어?"

둘의 시선이 마주쳤다. 제이는 진지한 얼굴로 고개를 끄덕였다.

"응."

조세핀은 잠시 말이 없었다. 단순히 어렸을 때 못 가져 봤다는 이유로 감당하기에는 지나치게 위험한 상대였다. 똑똑하고, 매력적이고, 집안 좋고, 거기에다 그 집안은 르퀸가에 적대적이기까지 하니까.

고민하는 조세핀을 보던 제이가 조심스레 덧붙였다.

"하지만 너에 대한 애정보다 더 큰 건 아니니까, 곤란하면 됐어."

제이는 자기가 이렇게 말하면 조세핀 마음이 약해질 걸 알았다. 그녀의 예상대로 조세핀은 곤란하다 말하지 않았다. 곤란할 걸 뻔히 아는데도.

"……눈치 못 채게 잘할 수 있어?"

제이는 급하게 고개를 끄덕였다.

"응. 냄새 못 맡게 조심할 거고, 옆에 둬 보다 위험하겠다 싶으면 바로 말할게."

제이의 단언에 조세핀은 결국 어깨를 으쓱하고 말았다.

"조, 네가 책임지겠다면야 뭐."

조세핀은 언제나 제이에게 물렀으니까. 너무하다고 해도 좋을 정도로 물렀으니까.

"재배치 건은 없던 걸로 하자. 너라면 낌새 못 느끼게 감쪽같이 숨기는 것도 가능할 테니까."

"고마워, 제이."

제이가 해사하게 웃었다.

이 세상에서 유일하게 조세핀을 '제이'라고 부르는 동생과 유일하게 제이를 '조'라고 부르는 언니가 서로를 보고 웃었다.

* * *

제이의 자그마한 거짓말로 인해, 에드워드는 무사히 제이의 부관 자리에 안착할 수 있었다.

자기들은 못했지만 저쪽에서 당연히 쳐낼 테니 괜찮다고 생각하던 크뤼거가로서는 입에 거품을 물고 쓰러질 일이었다. 당연히 며칠 안에 이동 배치될 거라 믿고 있던 르퀸가의 원로원들도 마찬가지였고.

하지만 거품 물고 쓰러지는 거야 그들 일이고, 정작 당사자인 제이와 에드워드는 평온하기 그지없었다. 얼마나 평온한지, 제이가 서류 정리를 하다 말고 이렇게 중얼거릴 정도였다.

"한가하군."

차를 우리던 에드워드가 웃었다.

"심심하십니까?"

"아니, 그게 아니라……."

제이는 또 우물거리기 시작했다. 앳된 얼굴에 어울리지 않게 말투는 딱딱하면서, 툭하면 목소리가 무너져 더 독특한 느낌을 주었다.

부관이고 둘밖에 없으니 말을 편하게 해도 될 텐데. 그렇게 생각하면서도 에드워드는 입 밖으로 내지는 않았다. 제이가 직접 마음을 열고 반말을 쓸 때까지 기다리고 싶었으니까.

"귀관이 나를 존경한다지 않았나. 그러니 전투 장면을 보여 주면 좋아할 거 같아서……."

에드워드는 하마터면 찻잔을 떨어트릴 뻔했다. 부관 생활 일주일 만에 깨닫게 된 건데, 제이는 예상 외로 꽤 귀여운 면이 있었다.

아버지의 단식 투쟁에 물까지 안 마셔 가며 맞불 놓은 보람이 있군. 그렇게 생각하며 에드워드는 아무 일도 없던 척 태연하게 제이의 앞에 찻잔을 내려놓았다.

일평생 까다로운 크뤼거가 인간들의 개성적인 입맛을 각각이 맞춰 온 집사를 들볶아 차 우리기 속성 강습을 받은 보람이 있는지, 평생 남이 우려 주는 차만 마시고 살아온 도련님답지 않게 능숙한 태도였다.

덕분에 차를 한 모금 마시자마자 제이의 얼굴이 밝아졌다.

"그래, 이거야. 집에서 마시던 맛이 나는군. 아주 좋아."

"마음에 드신다니 영광입니다."

역시 르퀸가에 식자재를 댄다는 식료품점에 스파이를 보내어 동일한 품종의 찻잎을 구입한 게 먹힌 모양이었다.

만약 르퀸가에서 차 담당을 맡았던 하녀를 찾을 수 있었다면 첫날부터 칭찬을 들을 수도 있었겠지만, 뭐 일주일도 그리 나쁜 성적은 아니었다. 제이가 선호하는 찻잎이 에드워드가 평소 마시지 않던 가향 찻잎이라는 걸 고려하면 더더욱 괜찮은 성적이라 할 수 있으리라.

제이는 만족스러운 얼굴로 차를 홀짝이며 찻잔을 들지 않은 손으로 펜을 놀렸다.

"아마 가주께서 크뤼거가의 장자에게 좋은 일은 시키고 싶지 않으신 모양이지."

그가 제이의 부관으로 부임한 뒤 일주일. 그동안 제이의 스케줄은 매우 깨끗했다. 발군인 전투 능력을 선보일 임무가 없는 건 물론이고 서류 작업조차 그리 많지는 않았다. 심지어 제이는 서류 처리 속도마저 꽤 빨라, 점심을 먹고 나면 할 일이 동나기까지 했다.

오늘도 남은 양을 미루어 볼 때 점심시간까지는 무난히 끝날 테고.

사관학교 수석 둘을 데려다 놓고 놀리다니, 참으로 사치스러운 인력 낭비였지만 물론 에드워드 입장에서야 군에서 인력 낭비가 되고 있든 인력 누수가 일어나고 있든 알 바가 아니었다.

"대위님을 보좌하는 것만으로도 충분합니다."

에드워드는 진심을 담아 말했다. 아직 이런 말을 듣는 게 익숙하지 않은지 제이는 대답 대신 찻잔을 들어 입가를 가렸다. 하지만 위에서 보니 올라간 입꼬리가 훤히 보이는 게 퍽 귀여웠다.

그러나 그녀와 달리 에드워드에게는 입가를 가릴 찻잔이 없었기에 에드워드는 자신의 표정 관리 능력을 믿을 수밖에 없었다.

다행히 크뤼거가의 후계자 교육이 헛된 것은 아니었는지, 제이는 에드워드가 속으로 불손한 생각을 하는 건 모르는 듯했다. 에드워드는 제이가 서류 작업을 마치고 펜을 내려놓기를 기다렸다가 슬쩍 물었다.

"오늘 점심은 밖에서 드시지 않겠습니까?"

"밖?"

"예."

제이가 고개를 갸웃했다.

"그러고 싶나?"

에드워드는 애교 있게 웃으며 어깨를 으쓱했다.

"날은 좋고, 할 일은 없고, 메뉴는 맛이 없으니 말입니다."

제이는 네 살 어린 후배 겸 부관의 어리광을 듣더니 피식 웃었다.

"그럼 그럴까. 일지 가져오게."

"네."

사적으로 살짝 나갔다 오는 것까지 일일이 적을 필요는 없을 텐데 참 성실하기도 하다 싶었다. 하지만 그런 점마저 귀여웠기 때문에 에드워드는 두말 않고 일지를 가지러 갔다.

* * *

제이가 메뉴 선택을 맡기겠다고 했기 때문에, 둘은 에드워드의 단골 식당으로 향했다. 다른 대륙의 나라, 짐의 요리를 로쉔식으로 요리해 파는 음식점이었다. 익숙지 않은 이들도 거부감을 느끼지 않으면서 적당히 이국적인 맛을 느낄 수 있는.

"입에 맞으십니까?"

그가 고른 메뉴는 닭요리였다. 닭고기에 곡물 가루를 입혀 튀긴 뒤 맵고 달착지근한 맛의 소스를 바른.

튀기는 요리는 로쉔에도 많기 때문에 이질감을 느낄 거라고는 소스밖에 없었고, 그 소스도 로쉔인의 입맛에 맞춰 개량한 터라 그리 거부감이 들 일은 없을 거였다. 적어도 에드워드가 처음 이 요리를 먹어 봤을 때는 그렇게 생각했다.

고심한 보람이 있는지, 제이는 이번에도 웃으며 고개를 끄덕였다.

"짐(酖) 요리는 향신료가 강하다는 말을 들어서 시도해 본 적이 없는데 말이야. 여긴 그리 향이 강하지 않고 좋군."

"아, 아셨나요?"

짐은 로쉔과 대륙조차 다른 작은 소국이었다. 땅덩이가 작은 것치고는 꽤 국력이 강해 유명하긴 했지만 그곳의 특산품에 요리는 없었고. 게다가 르퀸가는 로쉔 전통 요리에 관심이 많은 집안이니 당연히 모를 줄 알았는데. 제이는 놀란 에드워드의 얼굴을 보더니 푹 웃었다.

"예전에 알던 사람이 짐 출신이었거든. 그 사람이 얘기해 줬었지. 자기네 나라 음식을 내어줄 수도 있지만 향신료가 입맛에 안 맞으면 힘들 테니 그냥 로쉔의 음식을 주는 거라고."

……로쉔을 나간 적도 없다는 사람이 어쩌다 짐 출신 사람을 알게 됐지?

르퀸가에서 집안일에 끼워 줬을 것 같지도 않으니 집안일을 수행하다 알게 된 것도 아닐 텐데.

에드워드는 의아했지만, 너무 사적인 문제라 물어보기도 어려웠다. 아니, 그냥 지나가는 척 슬쩍 찔러 봤다가 대답 안 해 주면 발을 뺄까? 에드워드가 고민하는 사이 제이가 음식을 한 입 더 먹고는 만족스러운 얼굴로 물었다.

“정말 좋은데. 가게 명함을 얻을 수 있을까?”

에드워드는 면목이 없다는 얼굴을 해 보였다.

“아, 아쉽게도 이곳이 회원제 식당이라서요……. 회원이 아니면 입장이 불가능합니다.”

제이의 얼굴에 충분히 아쉬움이 떠오를 때까지 기다렸다가, 에드워드는 한마디를 덧붙였다.

“하지만 회원인 제가 대위님 부관이니까요. 원하시면 언제든 말씀만 하십시오, 바로 예약해 놓겠습니다.”

그리고 물론 세팅이 끝난 식탁에는 에드워드도 앉아 있겠지. 에드워드는 속으로 흐뭇하게 계산을 마쳤다.

“그렇지만…….”

제이는 말을 하다가 갑자기 멈췄다. 눈꼬리가 처져 나른해 보이던 눈매가 순식간에 맹금류처럼 사납게 변했다. 다시 봐도 황홀한 변화에 에드워드가 넋을 놓고 있자니, 제이가 자리를 박차고 일어섰다.

“운이 좋군, 자네.”

“네?”

“좋은 구경을 할 수 있겠어. 자, 나가 볼까?”

물론 밥 잘 먹다 나가 봐야 할 일이 생길 수도 있었다.

그런데 나가는 통로가 꼭 문이 아니라 창문이어야 했는지는 좀 궁금했다.

그것도 4층에서 말이다.

솔직히 제이이니 걱정할 필요는 없을 듯했지만 도리상 에드워드는 창가로 다가가 제이의 안전을 확인했다. 물론 제이가 아주 멀쩡하게 대로를 따라 달려가고 있는 모습이 보였고, 덤으로 제이가 밥 잘 먹다 문도 아닌 창문으로 뛰쳐나가야 할 이유도 곧 알 수 있었다.

창 밖에서는 약 7미터 정도 크기의 이형 생물이 날뛰고 있었다. 에드워드는 황급히 웨이터를 불렀다.

"가져갈 테니 20분 안으로 도시락 준비해 놔, 열량 제일 높은 걸로!"

아마 제이에게는 추가 칼로리 섭취가 필요해질 듯하니까.

웨이터가 들었건 말건, 에드워드는 제이가 밟은 루트를 그대로 따라 현장으로 향했다. 좋은 구경을 하려면 일단 구경이 가능한 곳까지는 이동해야 할 테니까.

* * *

로쉔에서, 아니, 전 세계적으로 현대의 군대가 싸우는 상대는 80퍼센트 이상이 이형 생물이다. 지금껏 관측된 적 없는, 종으로 분류할 수 없는 생물들의 통칭.

일종의 돌연변이지만, 원본을 알아볼 수 있는 돌연변이와 달리 이형 생물에는 원본이 남아 있지 않다. 겉모습만이 아니라 유전자를 분석해 봐도 그렇다. 그러다 보니 이형 생물끼리도 공통점을 찾을 수 없고.

한 이형 생물의 특징은 오로지 그 이형 생물만이 갖고 있다. 그게 이형 생물의 대응에 범국가적으로 애를 먹는 이유였다. 데이터화가 불가능하다는 게. 이형 생물을 상대하는 방법이라곤 그냥 직접 부딪쳐서 약점과 급소를 알아내는 수밖에 없는 것이다.

그러다 보니 뛰어난 인재를 군인 쪽으로 돌리도록 시스템이 짜일 수밖에 없고, 그렇게 시스템이 짜이니 군인이 되는 게 가장 빠른 출셋길이 되는 거고.

현장에 도착하자, 에드워드는 멀리서는 마냥 꾸물거리기만 하는 것 같던 이형 생물의 움직임을 이해할 수 있었다. 이형 생물은 꾸물거리는 게 아니라 사방에서 쏟아지는 공격에 나름대로 반응을 하고 있는 중이었다. 물론 그 쏟아지는 공격은 전부 제이 혼자 퍼붓고 있었고.

새처럼 건물의 벽과 벽을 오가며 공격을 퍼붓는 제이를 넋 놓고 보고 있자니, 에드워드가 온 것을 눈치챈 제이가 재킷을 벗어 그가 있는 쪽으로 던졌다.

일단 입고 싸우라고 만든 디자인이니 그렇게 불편하지는 않을 텐데, 저게 습관인지 아니면 제이 르퀸쯤 되면 이 정도 불편함도 움직임에 큰 영향을 미치는 건지 알 수가 없었다.

"옷 좀 챙겨 주게!"

에드워드는 일단 고분고분하게 재킷을 반으로 접어 팔에 걸쳤다.

시종이 하던 것처럼 깔끔하게 접히지는 않았다. 아무래도 옷시중 담당한테 옷 개는 법도 좀 배워 놔야겠군. 에드워드는 그런 생각을 하며 목소리를 높였다.

"대위님!"

"왜?"

"일단 예의상 묻겠습니다. 제가 필요하십니까? 참전할까요?"

주인이 하늘을 훽훽 날아다니니, 웃음소리도 따라 허공을 날았다.

"도움이 필요하지도 않지만, 필요해도 자네 도움은 아니지."

다른 사람이 저 말을 했다면 무시하는 거냐고 화를 냈을 수도 있지만, 말한 게 제이여서야 화도 나지 않았다. 오히려 저 사람에게 도움을 줄 수 있는 사람이 있긴 한 건지 궁금할 지경이었다.

허락도 받았겠다, 에드워드는 마음 편히 제이의 전투를 지켜보기 시작했다.

무슨 도구를 어떻게 쓴 건지는 몰라도, 제이는 마치 중력 방향을 제멋대로 조정하는 것처럼 허공을 날고 벽에 발을 붙여 자세를 고쳤다. 상식적으로 말이 안 되는 움직임인데도 불구하고 보고 있자면 아주 당연한 것처럼 보이는 게 신기했다.

타깃과 덩치 차이가 크다 보니 처음 에드워드가 제이에게 관심을 갖게 된 계기였던 대인 전투와는 양상이 매우 달랐다.

하지만 전투 같지가 않고 그저 있어야 할 자리에 있어야 할 것을 위치시킬 뿐이라는, 그 당연한 느낌만은 매우 닮았다. 그때는 움직임이나 작았지, 이렇게 움직임이 큰데도 어떻게 이런 기묘한 느낌이 드는 건지 모를 일이었다.

당연하지 않은, 당연할 수 없는 동작과 상황을 당연하게 만들어 버리는 제이의 움직임을 보며 에드워드는 소리 없는 한숨을 내쉬었다. 정말, 여기 서기 위해 노력한 4년이 전혀 아깝지 않았다. 제이 르퀸은 그럴 만한 가치가 있는 존재였다.

제이는 벽에 붙어 검을 고쳐 쥐었다. 뼈 위에 바로 가죽이 덮였나, 표피는 물렁한 게 표피에서 5밀리미터만 들어가면 돌처럼 딱딱해 검이 자꾸 흐트러졌다. 거대 지렁이처럼 생겨서 별다른 공격 수단이 없다 보니 그리 어려운 상대는 아니었지만, 공격이 막히는 그 감각은 번거로웠다.

마음 같아서는 슬쩍 힘을 써 버리고 싶지만……. 제이는 저 아래에서 자신의 싸움을 지켜보고 있는 에드워드를 보고는 유혹을 어렵게 뿌리쳤다. 아직은 에드워드를 옆에 두고 힘을 조절하기가 어려웠다.

한숨을 한번 내쉰 제이는, 생물이 자세를 바로잡기 전에 벽을 박차고 달려들어 다시 한번 검을 찔러 넣었다. 여전히 급소는 아닌 곳에.

제이는 결국 마지막까지 타깃의 숨통을 끊지 않았다. 이형 생물이 행동불능에 빠진 것만 확인한 뒤 제이는 미련 없이 다시 땅을 밟았다. 여전히 새처럼 가벼운 몸놀림이었다.

"대테러대응반 소속 제이 르퀸 대위다. 숨은 붙여 놨으니 에르쥘 연구소에 연락해 실어가게 하게. 보고서는 금일 16시까지 보내도록 하지."

신고 받고 현장에 달려왔다가, 제이가 자기 할 일을 대신하고 있어 에드워드 옆에서 멍하니 제이의 전투를 구경할 수밖에 없었던 경찰 무리가 군기가 바짝 든 모습으로 경례를 붙였다.

"예, 알겠습니다!"

"수고하게."

남의 일을 도와줬다고 할 수도 있겠지만, 엄연히 따지자면 요청도 지령도 없는 일에 제멋대로 끼어든 월권 행위임에도 불구하고 제이의 태도는 당당했다. 옆에 선 에드워드도 따라서 당당했다.

"수고하게."

하긴 에드워드는 언제 어디서나 당당했지만.

경찰의 경례를 대강 받아 준 뒤 청사 쪽으로 걸음을 옮기는 제이를 따르며 에드워드가 재킷을 내밀었다. 움직이는 사람에게 옷 입히는 법도 좀 배워야겠군. 에드워드의 할 일 목록에 한 가지가 더 추가되었다. 제이가 옷을 받아 입으며 물었다.

"어때, 학습이 좀 됐나?"

아직 감동에 젖은 에드워드가 격하게 고개를 끄덕였다.

"예, 많이."

제이는 그런 에드워드의 반응을 보고는 씩 웃었다.

"어디 그럼 엘리트 도련님의 분석력을 좀 볼까? 내 전투를 보고 알아차린 사실을 말해보게."

이런 질문이 날아올 줄은 몰랐던 터라, 에드워드는 그 순간부터 필사적으로 분석을 시작했다. 멍하니 보기만 하긴 했지만 전투 자체는 뇌에 새길 기세로 지켜봤던 터라 자료 수집에 애를 먹지는 않았다.

"일단……. 권총을 갖고 계신데도 불구하고 사정거리가 더 짧은 칼만 쓰신 걸 보면 유탄으로 인한 2차 피해를 우려하신 거죠? 주변이 주택가이고 대위님 출동이 빨랐으니 미처 피하지 못한 주민이 있을 수도 있으니까요."

"단순히 내가 검에 익숙하고 총을 싫어할 수도 있다고는 생각지 않나?"

"그렇다면 출동 명령을 받은 것도 아니고 식사 하러 나오시면서까지 홀스터를 차셨을 것 같지는 않습니다. 아예 원거리용 무기도 아니고, 따지자면 둘 다 근거리용이라고 할 수 있을 무기를 두 종류 차신 걸 보면 아까 꺼내지 않으신 총과 지금 쓰신 검, 둘 다 자주 다뤄서 익숙한 물건이시죠?"

제이가 빙그레 웃었다.

"함정을 잘 피했군."

그에 용기를 얻은 에드워드가 분석을 재개했다.

"대위님의 눈썰미시라면 충분히 급소를 금방 찾아내어 제압할 수 있었을 텐데 일부러 전투를 끄셨고요."

"왜 그랬다고 생각하나?"

에드워드는 뭐 이런 당연한 걸 묻냐는 것처럼 씩 웃었다.

"역시 2차 피해를 신경 쓰신 결과라고 생각합니다."

"그래, 맞아."

"타깃은 덩치가 컸으니까요. 일격으로 쓰러트릴 경우엔 넘어지며 건물을 부술 위험이 있습니다. 그래서 힘이 빠져 쓰러지도록 유도하신 거죠?"

제이는 에드워드의 분석을 칭찬하려는 듯 입을 열었지만, 에드워드의 분석은 아직 끝난 게 아니었다.

"그래서 나온 결론. 대위님께서는 타깃을 보기도 전부터 손쉽게 이길 자신이 있으셨습니다. 왜냐하면, 대위님께서는 대위님이시니까요."

붙기는커녕 창을 열어 타깃을 눈으로 확인하기도 전에 제이는 곧 벌어지게 될 이 전투를 '좋은 구경'이라고 했다. 구경이 되려면 2차 피해가 없어야 하고 전투 시간이 너무 짧지는 않아야 한다.

그리고 이 두 조건을 다 충족시키려면 제이가 원하는 대로 타깃의 반응을 유도할 수 있어야 하고.

상대를 보기도 전에 그렇게 판단할 수 있는 건 상대를 얕잡아 보는 게 아니라 본인에게 엄청난 자부심이 있어야 가능한 일이다. 크뤼거 가문의 후계자 자리를 걸어도 좋은데, 제이는 분명 죽었다 깨어나도 패배 같은 건 생각해 본 적이 없을 것이다.

제이는 소리 내어 웃고는 자기보다 머리 하나는 더 큰 에드워드의 머리를 쓰다듬었다.

"좋은 분석이야, 크뤼거 소위. 수석의 이름이 아깝지 않군."

다섯 살 이후로 누가 머리에 손을 대는 건 처음이었기에 에드워드는 당황했다. 에드워드가 당황하는 걸 보고 제이도 따라 당황했다.

"아, 실례했네. 불쾌하겠군."

황급히 손을 떼려는데, 에드워드가 그 손을 붙잡았다.

"아뇨, 괜찮습니다. 적어도 저한테, 적어도 대위님은요."

보통 이런 식으로 말하면 상대가 남자든 여자든 '그' 에드워드 델 크뤼거가 자기를 특별하게 생각해 준다는 사실에 감동받거나 설레어하기 마련이었다. 하지만 제이는 당황한 얼굴로 손가락을 꼼질댈 뿐이었다.

"……나는 안 괜찮네만?"

상상을 초월하는 대답이었다. 생전 처음 들어 보는 말에 에드워드는 조용히 손을 놓고 고개를 숙였다.

"……결례를 사과드립니다."

"아니, 먼저 실수한 건 나니까. 미안하네."

빈말로라도 괜찮다는 말은 안 했다. 순조로운 출발이라 생각했는데, 갑자기 사이에 세워진 두께 7미터짜리 벽에는 어떻게 반응해야 할지 알 수가 없었다.

놓인 손을 한번 털고 다시 걸음을 옮기며 제이가 혼잣말을 중얼거렸다. 목소리도 작은데다가 웅얼거리느라 말끝이 뭉개져 절반은 알아들을 수가 없었다.

"……조심해야……. 달리아의……."

다만 내용은 몰라도, 목소리에 반성의 기미가 듬뿍 묻어 있는 건 느낄 수 있었다. 아니, 반대도 아니고 상관이 부임 일주일 된 부하 머리 좀 쓰다듬은 게 저럴 일인가? 가문과 신분을 생각했다면 에드워드가 손을 잡은 걸 대놓고 지적하는 쪽이 이상하고.

하지만 왜 이런 거 가지고 유난이냐고 할 수는 없었기에 에드워드는 적당히 말을 돌렸다.

"그러고 보니, 특수 제작한 신발을 쓰시는 거죠? 군 보급품은 아닌 듯한데."

안 그래도 에드워드는 제이가 어떻게 전투 중간 중간에 손을 쓰지 않고도 벽에 달라붙어 자세를 고치거나 호흡을 고를 수 있었는지 궁금했던 터이니 타이밍도 좋았다. 전략이 먹혔는지 제이는 순순히 신발 밑창을 보여 주었다.

"주문 제작품일세. 이걸 군인 전원에게 보급하려면 군이 파산을 할걸. 충격을 흡수해 주는 소재 위에 흡착력 좋은 소재를 바른 다음, 그 위에 코팅을 했지. 장갑과 세트라 이렇게……. 장갑의 버튼으로 코팅을 조절할 수 있게 되어 있고."

제이가 왼손 중지 옆 부분에 붙은 얇은 버튼을 꾹 누르자, 순식간에 신발 밑창의 색이 변했다. 다시 한번 누르자 원래 색으로 돌아왔고. 아주 단순한 원리였다, 간단한 조작이고.

다만 그 간단한 조작도 특정 행동 및 상황과 겹치면 그리 쉽지 않을 거라는 게 문제였지.

"……이걸 공중에서, 양손에 무기를 든 채로 조작하시는 겁니까?"

"익숙해지면 쉽다네."

익숙해질 수만 있다면 뭐든 안 쉬울까 싶었다. 그 익숙해지는 게 어려워 그런 건데.

"특히 자네 정도의 인재라면. 어떤가, 사용법을 좀 가르쳐 줄까?"

에드워드는 생각지도 못했던 행운에 잠시 말을 잃었다.

"그래 주신다면야……. 큰 영광이겠습니다만, 괜찮으십니까?"

르퀸가와 크뤼거가는 대립하는 사이이다. 둘이 직접 살벌하게 싸우지는 않는다지만 엄연히 파벌이 다르고 지향점이 다르다. 상대 가문의 이익이 그리 달가울 리는 없는 사이인 것이다.

그런데 그런 크뤼거가의 후계자인 에드워드를 직접 사사한다고? 전투 능력만은 로쉔에서 제일 간다는 평을 듣는 제이가?

제이는 놀란 에드워드의 얼굴을 보더니 다시 웅얼거리기 시작했다. 아, 이 사람 이런 목소리 낼 때는 쑥스러워하는 거구나. 에드워드는 새로운 사실을 한 가지 깨달았다.

"가주께서 허락하셨으니……. 괜찮다고 생각하네만……."

가르쳐 준다는 얘기는 대화하다 우연히 빠진 흐름이니 가르침을 미리 허락했을 것 같지는 않고, 대체 뭘 어떻게 허락한 건지가 궁금했다. 하지만 괜히 꼬치꼬치 캐묻다가 이 황금 같은 기회를 날릴까 봐 에드워드는 일단 의문을 덮었다.

"큰 영광입니다."

"나야말로 우수한 학생을 얻게 되어 영광이네."

다시 목소리를 평소대로 되돌린 제이가 씩 웃었다.

청사로 돌아가던 길에서 에드워드는 옆으로 빠져 식당으로 가려 했다. 계산도 해야 했고 도시락도 찾아야 했기 때문이다.

사실 계산이야 달아놓으면 그만이고 도시락도 전화로 가져오라고 하면 됐지만, 제이가 금액을 적지 않은 수표를 한 장 끊어 주며 계산을 하고 오라고 했으니 그럴 수도 없었다.

"군에서 나오는 식대로 군식당 말고 외부에서도 계산 가능합니다."

에드워드는 일단 수표를 받지 않고 눙쳤지만, 제이는 손을 거두는 대신 에드워드를 빤히 바라볼 뿐이었다.

"소위."

"네."

"나도 군에서 나오는 식대와 그런 회원제 식당의 평균 식사 가격쯤은 알아."

……모를 줄 알았는데. 에드워드는 허를 찔린 기분이었다.

근무 기록을 살펴보니 항상 군식당만 썼지 외출 기록도 없고, 저런 식당의 메뉴 가격을 알 일도 없어 보여 거짓말을 한 건데 너무 쉽게 발각되고 말았다.

제이는 에드워드의 눈앞에 대고 반으로 접은 수표를 팔랑팔랑 흔들었다.

"소위. 지갑이 후한 건 좋지만 상대를 봐 가며 여는 게 좋겠어."

얼핏 들으면 제이가 상사이니 얌전히 얻어먹으라는 소리 같지만, 묘하게 차가운 목소리가 그 아래 깔린 다른 뜻을 알려 주었다.

군에서 나오는 식대야 그렇다 치고, 제이가 회원제 식당의 평균 식사 가격대를 모를 거라고 생각한 건 제이가 지적한 대로 그녀가 사생아라 그런 게 맞았으니까.

그렇기에 에드워드는 얌전히 수표를 받았다. 에드워드 델 크뤼거의 인생에서 여자와 단둘이 밥 먹고 지갑에서 돈 안 나가는 날이 올 줄이야. 에드워드는 계산을 마치며 가볍게 혀를 찼다.

도시락을 먹고 보고서까지 작성해서 보내고 나자 정말 할 일이 없었기에 둘은 단련실로 향했다. 노느니 단련이라도 하는 게 효율적일 거라고 생각했기 때문이었다.

물론 그런 기특한 생각은 제이 혼자 했고, 에드워드는 굳이 없는 일을 만들어 할 필요는 없다고 생각했지만 제이에게 사사하는 건 '일'이 아니었기 때문에 얌전히 제이의 뒤를 따랐다. 근무시간이라 그런가 아니면 원래 이런 건가, 단련실은 텅 비어 있었다.

"일단 가볍게 몇 합 붙어 보지. 자네에게 필요한 게 뭘지 보게."

제이는 따로 챙겨온 채찍을 풀어 바닥을 한번 내리쳤다. 요란한 소리에 에드워드가 흠칫하자, 제이가 달래듯 말했다.

"특수 제작한 연습용 채찍이라 아프진 않네, 걱정 말게."

그러더니 시범 삼아 채찍을 짧게 잡고 팔뚝에 찰싹 내리쳤는데, 제이의 말대로 아프진 않았지만 살짝 따끔한 게 꼭 예전에 예의범절 시간에 선생이 쓰던 지도봉이 생각났다. 아프진 않아도 그거 되게 짜증났었는데. 그러고 보니 상황도 좀 닮긴 했다, 그가 배우는 입장이라는 게.

"그럼 잘 부탁드립니다."

고민하던 에드워드는 긴 봉을 골라잡았다. 원래 가장 익숙한 건 총이지만, 총은 대련에서 쓰기 어려운 무기니까.

에드워드가 고개를 들자마자 제이는 손목만을 이용해 채찍을 휘둘렀다. 채찍 끝이 살아 있는 것처럼 봉에 감기려 들기에 에드워드 역시 가볍게 봉을 비틀어 채찍이 감기는 것을 막았다.

"반응 좋은데?"

놀리는 것 같은 말투에 에드워드는 살짝 욱해서 봉을 그대로 밀었다. 실력은 볼 것도 없이 제이가 위일 테니 힘으로 밀어붙이는 건 좋은 선택이었다. 심지어 무기가 채찍이니만큼 더더욱.

제이는 웃으며 어깨를 틀어 힘을 흘려 넘겼다.

"다치지는 않게 하자고."

그녀가 말하는 다치는 쪽은 물론 에드워드 얘기였다. 애초부터 제이의 머릿속에 자기가 다칠 수도 있다는 선택지는 들어 있지도 않았으니까. 제이는 한 발짝 물러서 간격을 넓힌 뒤 다양한 각도에서 채찍을 뿌려 댔다.

기껏 리치가 긴 봉을 고른 보람도 없게, 에드워드는 봉 길이의 절반도 제대로 쓰지 못했다. 너무 간격이 좁으니 오히려 긴 게 불편할 지경이었다. 이대로 가다가는 제대로 된 반응 한번 못 해 보고 테스트가 끝날 것 같은 불안감에 에드워드는 괜히 초조해졌다.

어차피 제이와 에드워드 둘 다 에드워드가 이기는 건 상상도 하지 않았다. 아무리 같은 수석 졸업이라지만 에드워드는 갓 사관학교를 졸업한 햇병아리고 제이는 4년간 현장에서 구른 베테랑이니까.

게다가 성적 또한 실기 점수는 평범하게 만점이었던 에드워드와 달리 제이는 이론 점수가 조금 부족한 걸 실기 과목에서 오버 스코어를 받는 걸로 메운 사람이다. 지금 제이가 아니라 4년 전 제이와 붙어도 에드워드가 질 건 뻔했다.

그러니 이건 승패가 걸린 싸움이 아니라 에드워드가 약한 부분이나 대응이 느린 곳이 있나 살피는 용도의 단순한 테스트인 걸 안다. 여기서 에드워드가 제대로 된 공격 한번 못 해도 제이가 에드워드의 평가를 낮출 리 없다는 걸 알지만……

에드워드는 살짝 입술을 깨문 채 팔을 노리고 감겨드는 채찍을 피하는 대신 일부러 반응을 죽였다가 1초 늦게 팔을 잡아당겼다.

채찍이 제대로 감긴 상황에서 당기니 당연히 제이가 딸려올 수밖에 없었고, 제이는 자세를 무너트리지 않기 위해 버티는 대신 아예 에드워드의 간격 안으로 뛰어드는 쪽을 택했다.

원하던 바였기에 에드워드는 제이가 다시 자세를 정비하고 간격 밖으로 물러나기 전에 재빨리 봉을 이용해 공간을 가뒀다. 아마 이것만으로도 추가 점수를 주기는 하겠지만, 기왕 공간 안에 갇혀 주기까지 했으니 좀 더 뭘 보여 주고 싶기도 했다.

어떻게 하면 제이의 의표를 찌를 수 있을까.

고민하던 에드워드의 눈에 갑자기 제이의 눈이 들어왔다. 머리카락이 검은색이고 눈 색도 어두워서 지금껏 검은색인 줄만 알고 있었는데, 빛 들어오는 곳에서 보니 어둡게나마 보랏빛이 섞여 있었다.

일주일가량 옆에 있으면서도 지금 처음 알게 된 사실에 에드워드는 자기도 모르게 입을 열었다.

"……눈이 검은색이 아니셨군요."

별것도 아닌 말에 제이는 눈에 띄게 당황했다. 너무 가까워서 그런가? 당황하라고 얼굴을 들이민 건 아니었지만 생긴 빈틈을 놓칠 이유는 없었다. 에드워드는 봉을 잡고 있던 손을 놓아 제이의 뒷목을 찌르려 했다. 하지만.

"좋은 작전이군."

어느새 등 뒤로 손을 돌린 제이가 에드워드의 손목을 잡는 게 먼저였다. 에드워드는 아쉬움에 인상을 찌푸렸다가, 손목을 쥐어짜는 힘에 자기도 모르게 비명을 질렀다.

"악!"

도대체 저 덩치 어디서 이런 힘이 나오는지 모를 일이었다. 에드워드의 비명에 손목을 놓은 제이가 생긋 웃었다.

"다만 맷집은 좀 약하고."

맷집의 문제가 아니라는 생각이 들었지만, 마지막 기회를 놓친 게 아쉬웠기 때문에 에드워드는 입을 다물었다.

"그렇지만 반응 속도나 머리 쓰는 법은 괜찮아. 대인 전투에 잘 맞겠는데? 대테러대응반에 적합하군."

그래도 간격 안에 가둔 덕인지 당황하게 만든 걸 높게 쳐준 건지, 제이는 칭찬을 해 줬다.

"……칭찬 감사합니다."

에드워드는 아픈 손목을 주물렀다. 근육이 상한 건 아닌지, 빠르게 상태가 나아지는 게 아마 퇴근할 때 즈음에는 다 나을 것 같았다.

"다만, 너무 상식에 의존해서 공격 루트를 생각하는 건 안 좋은 버릇이야. 상식이 통하지 않는 상대를 대할 때를 고려해야지."

에드워드는 당연히 제이가 이형 생물에 대해 얘기하고 있다고 생각했다. 하지만 제이가 얘기하는 건 그게 아니었다.

"이형 생물은 오히려 상식적이지. 땅을 기던 게 하늘을 날지는 않잖나. 상식에 대응하면 안 좋은 부류 1위는 픽일세."

'픽'은, 일종의 초능력자를 지칭하는 말이었다. 하늘을 날고 불을 만들고 손 하나 까닥 않고 철근을 휘어 버리는.

단 한 명만으로도 군대를 상대할 수 있는 픽은 그 특성 탓에 아주 귀히 여겨지거나 배척을 당하거나 둘 중 하나이고, 로쉔에서는 후자의 방침을 택하고 있다. 로쉔은 픽을 금지하고 있다.

"학교에서는, 픽은 상대할 생각 말고 무조건 자리를 피하라고 가르치지 않습니까?"

하지만 그 위험성 때문에 일반인은 당연히 픽을 상대할 수 없다. 픽을 상대할 수 있는 건 같은 픽, 또는 픽의 능력을 제지하는 '락'뿐이다.

픽이 일종의 초능력자라면, 락은 픽의 능력을 지우는 지우개와 같다. 존재 자체가 일반인과 다른 픽과 달리 락은 픽의 능력을 무효화한다는 것을 제외하면 일반인과 똑같다.

하지만 그렇기에 픽 제한국인 로쉔에서도 락은 제한을 하고 있지 않고, 그렇기에 로쉔에서 실질적으로 픽을 상대할 수 있는 건 락 뿐이다.

괜히 일반인이 깝죽대다 기껏 훈련시켜 놓은 병사를 잃는 불상사를 막기 위해 사관학교에서는 락이 아닌 한, 픽으로 의심되는 이를 만날 경우 무조건 뒤로 빠져 지원을 요청하라고 가르쳤다. 그리고 에드워드는 락 판정을 받은 적이 없고.

하지만 제이는 고개를 저었다.

"자네 정도면 B급 픽까지는 상대할 수 있을걸세."

에드워드는 반사적으로 드는 의심을 억눌렀다. 찾아온 것은 그, 매달린 것도 그, 급한 것도 그였다. 제이의 말을 재고 따지고 의심할 여유가 있을 리가.

에드워드는 학교에서 배운 매뉴얼을 머릿속 쓰레기통에 잘 던져 넣었다. 제이가 그렇다고 한다면, 그런 것이다. 에드워드 본인은 잘 알 수 없지만 제이쯤 되는 사람에게는 뭐가 보이나 보지.

"예, 정진하겠습니다."

"물론 잠재력이 보인다는 거지 지금 당장 가능하다는 건 아니니, 내가 이제는 실전에서도 픽을 상대하는 게 가능하겠다 하기 전까지는 매뉴얼대로 움직이게."

에드워드는 조용히 머릿속 쓰레기통을 뒤졌다. 아무래도 너무 빨리 내다버린 모양이었다.

남은 오후 시간은 근력 트레이닝과 반응 속도 향상에 통째로 날아갔다. 제이는 그가 지금껏 쓰지 않은 근육도 쓸 필요가 있다고 했고, 에드워드는 납득했다.

"머리를 써서 반응하는 건 좋은 일이지, 효율적이고. 하지만 그건 생도 수준일 때의 얘길세. 지금 자네에게는 사고 속도를 뛰어넘는 반응 속도가 필요해."

"그럼 사고 속도를 뛰어넘어서, 반사적으로 들어오는 모든 공격을 감지해 낼 수준이…… 된다면요? 그럼 그 다음 단계는 뭡니까?"

별 생각 없이 물어본 거였는데, 제이는 생각 외로 진지하게 고민을 했다. 안 하던 운동법이니만큼 제이의 지도 아래 자세를 처음부터 배우고 있던 터라, 제이가 입을 다물자 에드워드는 배로 괴로워졌다.

대답 안 해 줘도 괜찮다고 할까, 아니면 몰래 쉬고 있을까. 들고 있던 허리를 슬쩍 내려놓으려고 하는데, 제이가 숙였던 고개를 번쩍 들었다. 에드워드는 지금껏 성실하게 자세를 유지해 오고 있던 척 다시 허리에 힘을 주었다.

"……자네는 거기까지면 충분할 것도 같고."

……응? 에드워드는 의아해졌다. 보통은 일단 그 경지까지 이르고 다시 얘기하자고 하지 않나? '자네는' 거기까지면 충분하다고? 무슨 뜻이지? 에드워드가 다시 물어보려는 차에, 제이가 에드워드의 요추 부분을 꾹 눌렀다. 생각지도 못한 스킨십에 나오던 말이 쏙 들어갔다.

"자세가 틀렸군. 이럼 척추에 무리가 가지. 힘들어도 제대로 하는 게 좋아."

그러더니 아예 직접 허리를 잡아 자세를 교정해 주기까지 했다. 불쾌하지는 않았기에 그냥 얌전히 교정해 주는 대로 자세를 고쳤지만, 도대체 머리를 쓰다듬은 건 그렇게 정색하고 사과했으면서 양손으로 허리를 잡는 건 아무렇지 않은 이유가 뭔지 궁금했다.

보통은 머리보다 허리를 만지는 걸 더 무례하다고 보지 않나? 상관으로서 부하 자세 교정해 주는 거니까 괜찮다고 보는 거라면, 상관이 부관 머리 만지는 것도 허용 범위 아닌가?

에드워드는 머릿속이 복잡해졌지만, 내색하지 않고 얌전히 자세를 고쳤다. 체감상으로는 고친 자세가 허리에 백 배쯤 더 안 좋을 것 같았다.

단련실이 비어 있던 건 시간 탓이었던 듯, 퇴근 시간이 가까워 오자 텅 비어 있던 단련실에도 슬슬 사람이 차기 시작했다. 둘은 단련실이 너무 붐비기 전에 빠져나왔다.

근데 그러자 시간이 어중간하게 남는 게 문제였다. 어차피 할 일도 없는데 굳이 사무실로 돌아가 퇴근 시간을 기다리기에는 좀 짧고, 그렇다고 바로 퇴근하자니 좀 길고. 시간을 확인한 제이가 관대하게 말했다.

"일찍 퇴근해도 좋아, 소위."

"대위님은 어쩌실 겁니까?"

"난 퇴근 시간을 맞춰야 하네."

"그럼 저도 퇴근 시간까지 있겠습니다."

"내가 남는 건 군법이나 내부 규정 때문이 아니라 집안 문제 때문일세, 자네가 조금 일찍 간다고 불이익 갈 건 없어."

"설사 불이익이 올 규정이여도 제게는 상관없는 거 아시지 않습니까."

맞는 말이지만 저 말을 저렇게 당당하게 하기도 참 쉽지 않은 일이었다.
"대위님을 보좌하는 건 제 의무이자 기쁨이라 그런 거니, 신경 쓰지 마십시오."
제이의 표정이 웃는 듯 마는 듯 묘해졌다.
"진심인가?"
"흠모하고 동경하고 있다고 말씀드렸습니다, 첫날에."
"아니, 그게 아니라……."
머뭇거리던 제이가 손을 까닥였다. 에드워드는 순순히 허리를 굽혔다.
"소위."
"네."
제이는 조심스레 에드워드의 머리에 손을 얹었다.
"기분이 어떤가?"
"괜찮습니다."
"빈말 말고, 솔직하게."
"……아이 취급 같아서 신경이 쓰이십니까? 사실 4년 차이면 어리게 보실 수 있죠. 상관없습니다."
그 얘기가 아니었는지 제이의 얼굴이 한층 더 묘해졌다. 제이는 손을 뗐다가 다시 한번 얹었다.
"이건?"
에드워드는 고민해 봤지만, 도무지 질문의 의도를 파악할 수가 없었다.
"……둘이 뭐가 다릅니까?"
제이의 눈이 가늘어졌다. 에드워드가 진심으로 하는 소리인지 탐색하는 눈초리였지만, 에드워드로서는 도대체 뭘 탐색하고 싶은 건지 알 수가 없는 노릇이었다.
"아냐, 차이를 모르겠다면 됐네. 신경 쓰지 마."

그러더니 다시 한번, 이번에는 자기한테 말하듯 같은 말을 반복했다.

"상관없는 일이니까."

상관이, 그것도 동경해마지 않는 사람이 그렇게 말하는데 꼬치꼬치 캐물을 수 있는 이는 적다. 에드워드 역시 또다시 생겨난 의문을 가슴 속에 잘 묻었다.

"대위님께서 그러시다면야, 그런 거겠죠."

* * *

"오셨습니까."

르퀸가의 집사가 공손하게 절을 했다. 제이는 벗은 코트를 건네며 물었다.

"조세핀은?"

"늦으신다고, 먼저 식사하고 계시라 하셨습니다."

늦는다고? 제이는 고개를 갸웃했다. 어지간하면 아침과 저녁은 같이 먹기 때문에 조세핀은 일이 남으면 차라리 집까지 일을 가져오는 편이었다. 그리고 제이 역시 어지간하면 조세핀이 퇴근할 때까지 기다렸고.

만약 정치적인 이유로 인해 저녁식사 약속이 잡히면 항상 미리 말을 해 주니 이렇게 말없이 저녁 약속을 펑크 내는 건 잘 없는 일이었다. 갑자기 급한 일정이 생겼나?

"알았다. 식사는 내 방으로 가져와, 방에서 먹을 테니."

"예."

집사는 공손하게 허리를 굽혔다. 제이는 방문을 닫자마자 침대에 쓰러지듯 누웠다. 피로감이 심했다. 역시 픽끼리 너무 붙어 있으니 무리가 가는 모양이야. 제이는 눈을 감으면 바로 잠들 것 같은 기분에, 필사적으로 눈을 뜨려 애쓰며 그런 생각을 했다.

……로쉔에서는 픽에 대한 연구가 제대로 이루어지지 않고 있어 로쉔의 국민 대부분은 픽을 그냥 초능력자라고 생각하지만, 픽은 엄밀히 말해 초능력자가 아니다.

픽은 초능력자보다는 자신의 세계를 만드는 개별의 신에 가깝다. 세계의 범위와 강도는 개인의 능력에 따라 다르지만, 그 세계 안에서 픽은 직접 세계의 모든 법칙을 정한다.

그 세계 안에서 물은 거꾸로 흐를 수도 있고 얼음과 불이 맞닿은 채로 아무 변화 없을 수도 있고 허공 위에 꽃이 필 수도 있다. 이 우주 안에서 픽은 자신만의 세계에서 사는 이들이다. 말 그대로, 전능한 신.

그러므로 픽과 픽이 만났을 때, 그들의 세계가 접촉하면 당연히 충돌이 생길 수밖에 없다. 서로가 규정한 법칙이 다를 테니까.

그래서 제이는 에드워드와 함께 있으면서 의식적으로 자신의 세계를 축소시켰다. 에드워드의 세계와 충돌하지 않게 하기 위해. 픽과 픽의 세계가 부딪힐 때, 그 충돌의 여파는 상대적으로 더 약한 픽에게 더 크게 갈 수밖에 없기 때문에.

첫날, 문이 열리고 에드워드와 눈이 마주치는 순간부터 제이는 에드워드가 일반인이 아니라는 사실을 알 수 있었다. 에드워드는 방 안에 펼쳐 놓은 그녀의 세계를 그대로 밀고 들어왔으니까.

의지와 관계없이 세계가 축소당하는 건 그녀의 그리 길지 않은 인생에서 몇 번 있지도 않은 경험이었다. 심지어 그 상대가 로쉔인인 건 정말 처음이었기에 제이는 지금 좀 많이 들뜬 상태였다.

픽의 존재 자체가 불법으로 규정된 로쉔에서 픽의 능력은 쓰되, 픽인 걸 숨기며 사는 게 안 그래도 차츰 힘들어지던 참이었으니까.

에드워드가 아예 평민이었다면 더 좋았겠지만, 다른 파벌이라고 해도 물리적 거리가 가까운 것만으로도 큰 장점이긴 했다. 일 끝나고 둘이 만나 로쉔에서 픽으로 사는 것에 대한 불평을 늘어놓을 수만 있어도 훨씬 더 숨통이 트일 것 같았으니까.

근데 그러려면 일단 픽으로서 좀 더 쓸 만하게 다듬어 놓는 게 우선일 것 같았다, 지금은 뭐 자기 세계 조정도 못 하는 상태니…….

제이는 머릿속으로 자신이 거쳤던 훈련 과정을 초보 수준으로 재편성해 트레이닝 코스를 짜다가, 깜빡 눈을 감고 말았다. 눈이 감겼다는 걸 의식할 틈도 없이 수마가 몰려왔다.

문이 열리는 것과 동시에 까무룩했던 의식이 돌아왔다. 그새 잠이 들었던 모양이었다.

돌아오셨습니까, 가주님. 제이는? 방에 계십니다. 그래……. 이것, 가져가서 차와 함께 방으로 가져와. 예, 알겠습니다.

조세핀과 집사의 대화가 들려왔다. 드디어 집에 온 모양이었다. 제이는 당장 시간부터 확인했다. 새벽 두 시. ……어지간히도 늦었네. 도대체 무슨 일이 터진 거야. 제이는 소리 없이 침대에서 일어나 조세핀의 방과 이어지는 문을 열었다.

제이가 쓰는 방은 원래 조세핀의 방에 딸려 있던 하녀의 방으로, 조세핀이 가주가 되고 방을 옮기며 싹 다 뜯어고쳐 이제는 그런 흔적조차 보이지 않았다. 하지만 가문의 원로들은 그 상징성에 만족했고 제이와 조세핀은 문 하나만 열면 서로의 방으로 이어진다는 데에 만족했다.

타박, 타박. 가벼운 발걸음 소리가 들렸다.

조세핀 역시 수많은 명문가 자제들처럼 사관학교 출신이었다. 그래서 실무에서 빠진 지 꽤 됐어도 여전히 기척을 죽이는 데 능했지만, 그렇다 해도 제이의 귀를 피해갈 수는 없었다. 하나, 둘, 셋.

문이 열리고 제이가 웃었다.

"늦었네, 제이."

조세핀도 마주 웃었다. 마치 제이가 서 있을 걸 처음부터 안 것처럼.

"응. 미안해, 조. 사과의 의미로 타르트 사 왔어, 먹자."

"타르트 좋지."

새벽 두 시에, 서로를 자신의 이름으로 부르는 자매는 마주앉아 타르트를 먹고 차를 마셨다. 사실 타르트는 단 걸 좋아하는 제이 혼자 다 먹었고, 조세핀은 숙면에 좋다는 라벤더 차만 홀짝였다.

"이거 많이 달지는 않은데 한 조각 먹어 보지."

타르트를 한 입 크기로 잘라 내밀었지만, 조세핀은 고개를 저었다.

"네가 안 달다고 하는 건 안 믿어."

"배 안 고파? 저녁도 제대로 못 먹었을 거 같은데."

"입맛도 없어."

조세핀은 피곤한 듯 얼굴을 문질렀다. 제이는 손을 뻗어 조세핀의 이마를 살살 문질렀다.

"일이 크게 터졌나 봐."

"응. 좀 길어질지도 몰라."

조세핀은 무슨 일이 터졌고 왜 길어질지도 모른다는 건지 설명하는 대신 딱 한마디를 덧붙였다.

"당분간은 식사 같이 못 하겠다."

제이는 캐묻는 대신 얌전히 고개를 끄덕였다.

"바쁘면 어쩔 수 없지."

다만, 조세핀이 바빠지고 나서 제이가 바빠질 때까지 잠시 시간 여유가 있다는 건 지난 4년의 경험을 통해 익히 짐작할 수 있었다. 에힐드에 무슨 일이 터지면 일단 조세핀에게 보고가 들어가고, 그 후 현장에 임무가 떨어지기 마련이니까.

그 기간 동안 빨리 그 도련님을 단련시켜 놔야겠네, 바빠지면 봐줄 시간도 없어질 테니. 제이는 그런 생각을 하며 포크를 빙글빙글 돌렸다. 예법에 어긋나는 짓이지만 어차피 보는 눈은 조세핀밖에 없으니 상관없었다.

"참, 보고받았어."

점심시간의 얘기였다.

"아, 맞다, 먼저 보고했어야 했는데."

"혼나야 돼, 아주. 누가 그러랬어? 내가 시키지 않은 일은 하지 말랬잖아."

조세핀이 가볍게 눈을 흘겼다.

"미안, 미안."

결과적으로는 피해 없이 깔끔하게 끝났지만 그렇다 해도 그건 엄연한 월권 행위였다. 물론 제이는 그래서 사과하는 게 아니었지만.

"앞으로는 시키지 않은 일은 하지 마."

"그냥, 지나가는 길에 눈에 띄기에……."

"지나가던 길을 돌아가는 한이 있어도 나서서 뭘 더 하지는 마, 그럴 이유도 필요도 없으니까. 눈앞에서 사람이 죽어 나가도 신경 꺼."

"응, 알았어."

에드워드에게 뽐내고 싶은 마음이 없지는 않지만, 그보다도 조세핀의 말이 먼저였다. 이왕이면 잘 키워 주고 싶었지만, 뭐 꼭 실전을 보여 줘야만 키울 수 있는 건 아니니까. 에드워드라면 말로만 설명해도 잘 알아들으리라.

제이는 타르트의 마지막 조각을 입에 넣었다.

"이제 침대 들어가서 자. 자장가 불러 줄까?"

"아직은 괜찮아. 너도 이만 가서 쉬어."

"그래, 그럼. 필요하면 꼭 얘기하고."

"응."

조세핀은 눈을 감고 웃었다.

* * *

계속된 트레이닝을 받으며 에드워드는 몇 가지 사실을 더 깨달았다.

"잠깐만요, 대위님, 이건 물리적으로 불가능……."

"……소위, 손."

하나, 제이는 에드워드가 자기에게 손대는 걸 싫어한다.

"죄송합니다. 하지만 이건 진짜 좀 아닌……!"

"아니야, 자네는 할 수 있어. 자, 이렇게……."

둘, 그런데 자기가 먼저 에드워드에게 손을 대는 건 다른 모양이다.

"아, 깜박했군, 미안하네."

셋, 그러면서도 가끔씩 스킨십을 사과하기도 한다.

처음에는 공적인 일과 사적인 일을 나누는 건가 싶었는데, 지켜보다 보니 그것도 아니었다. 자세 고쳐 준다고 손댈 때도 가끔씩 사과를 하는 걸 보면.

"자, 다시 할까. 이렇게 하는 걸세."

넷. 그래놓고는 바로 다시 똑같은 곳에 손을 댄다. 도대체 무슨 차이인지 모를 일이었다.

"……대위님. 제가 대위님보다 아무래도 좀 덜 유연하고, 체격 차이도 있어서……."

"이건 체격이나 유연성의 문제가 아닌데."

그럼 사람 문제인가 보죠. 에드워드는 진심으로 그렇게 말하고 싶었지만 그럴 수도 없었다. 자존심 때문이 아니라, 제이가 자세를 잡아준다며 에드워드의 허리를 뒤틀었기 때문이었다. 비명이 절로 나오려는 것을 참자니 말이 안 나오는 건 당연했다.

"대위, 님……!"

반항이 너무 심해서인가, 제이는 결국 에드워드를 풀어주었다. 그렇다고 손을 바로 뗀 건 아니고, 천천히 평범한 인간의 자세로 돌아올 수 있게 도와주었다. 제이는 에드워드가 똑바로 서기를 기다렸다가 물었다.

"현장에는 관심이 없나?"

세상에. 제이는 에드워드에게 정말 자기 수업이 버겁다는 생각은 안 하는 모양이었다. 그저 그가 현장에 나가는 것에 관심이 없어서 수업에 진지하지 않다고 생각을 하지. 이 오명 속에서 에드워드는 진지하게 고민했다.

어차피 나이 서른쯤 되어 가주가 되면 현장에서는 빠질 거, 지금부터 문서 작업 쪽으로 진로를 틀어 버리는 것도 괜찮지 않을까. 제이에게 수업이 너무 어려워 따라가기 힘들다는 말을 하느니.

고민 끝에 에드워드는 무거운 입을 열었다.

"……그런 것은 아닙니다. 하지만……. ……제게는 가르침이 좀 버거운 것 같습니다."

살면서 단 한 번도 해 본 적이 없는 말이었다. 에드워드는 천재는 아니었지만 언제나 영특하고 뛰어난 아이였으니까.

하필이면 동경하는 사람에게 이런 말을 하게 되다니. 정말 혀를 깨물고 싶은 심정이었지만 현장형인 제이에게 현장에 관심이 없다고 말하는 순간, 아무리 부관이라 해도 제이와 함께할 수 있는 많은 게 사라질 테니까.

"버거워?"

제이는 고개를 갸우뚱했다. 어깨에 살짝 닿을락말락하는 길이의 흑발이 부드럽게 흘러내렸다.

"충분히 자네가 소화 가능한 수준이라고 생각하는데."

"……대위님. 제가 수석 졸업자이고 실기 시험에서 만점을 받기는 했지만, 그래도 대위님과는 다릅니다. 대위님의 기준으로 생각하시면……."

제이는 에드워드가 말을 다 끝마치기도 전에 준비 과정도 없이 가볍게 백 덤블링을 돌았다. 아니, 그냥 백 덤블링도 아니고 백 덤블링을 돌다가

벽을 찬 뒤 천장을 밟아 에드워드의 뒤에 섰다. 걸린 시간이 2초는 될까 싶었다. 제이는 손을 들어 콕, 에드워드의 뒷목을 찔렀다.

"나라고 그걸 모르진 않네. 그걸 고려해서 수업 내용을 짠 거야."

"……그러시군요."

그렇다는데 할 말이 있을 리가 없었다. 제이는 발끝으로 바닥을 몇 번 찍더니 물었다.

"아침에 일어날 때 몸이 안 좋거나 하지는 않지?"

등을 보이고 대답하는 건 예의가 아니기에 에드워드는 일단 뒤를 돌았다. 물론 그가 일부러 보인 게 아니라 제이에게 등을 잡힌 거긴 하지만.

"예, 그렇지는 않습니다."

놀랍지만 사실이었다. 수업 도중에는 정말 제이가 자기 몸을 아작내서 침대에서 벗어나지 못하게 하려는 건가 의심될 정도로 힘든데, 한숨 자고 나면 몸은 다시 개운해졌다. 그런 걸 보면 확실히 신경을 안 쓴 것 같지는 않긴 했다.

"초반이라 익숙지 않아 그런 것 같은데, 조금만 참고 따라와 보게."

"대위님."

에드워드는 제이가 말을 끝마칠 때까지 기다렸다가 무겁게 입을 열었다.

"수업이 버거운 것도 버거운 거지만, 도무지 제가 지금 수업을 실전에 적용할 자신이 없다는 것도 문제입니다. 지금 이게 단순한 몸 만들기 운동은 아니지 않습니까?"

제이가 에드워드를 고려해 수업 내용을 짠다는 건 알 수 있었다. 제이에게는 손쉬운 내용일 테고, 다음 날까지 힘든 게 지속되지 않는 것도 그렇고.

하지만 그런 고려를 하는 게 제이 르퀸이면, 아무리 그녀 기준에서는 쉽다 해도 다른 이들에게는 불가능에 가까울 수도 있는 것이다. 어지간한 건물보다도 높게 날아다니며 크기 7미터짜리 이형 생물을 혼자 처리하는 것부터가 다른 사람에게는 불가능한 일이니까.

에드워드는 어지간하면 자기가 좀 무리하는 한이 있어도 제이를 따라가고 싶었지만, 이건 무리한다고 되는 일이 아니었다. 꽤나 단호한 에드워드의 어조에, 제이는 가만히 생각에 잠겼다.

에드워드는 무심코 제이의 눈을 들여다보다가, 제이의 눈이 생각했던 것보다는 더 밝다는 사실을 알아차렸다.

어두운 데서 봤을 때는 검은색과 헷갈려도 이상하지 않을 정도로 무거운 보랏빛이라고 생각했는데, 지금 보니 이걸 어떻게 검은색으로 착각할 수 있었지 싶게 밝고 맑은 보라색이었다. 원래 눈 색이 어중간하면 빛에 따라서 차이가 많이 나던가?

"자네에게……. ……왜 그러지?"

"아뇨, 대위님 눈 색깔이 굉장히 특이하다는 생각이 들어서 말입니다. 전에는 좀 더 어두운 색이라고 생각했는데……. 지금 보니 아니군요."

제이는 순간 얼굴을 찡그리며 한 발짝 뒤로 물러났다. 눈을 가리려는 것처럼 얼굴 근처를 맴돌던 손이 입을 가렸고, 에드워드는 순간 자기 말이 그렇게 예의에 어긋나는 말인가 돌이켜보았다.

딱히 평가를 한 것도 아니고, 그냥 독특하다고 한 것뿐이니 그렇게 인상을 쓸 만큼 무례하지는 않은데. 하지만 제이는 그 말이 기분 나쁜 듯했으므로 에드워드는 일단 사과를 하고 보았다.

"죄송합니다."

"아니, 그게……. ……아니네. 사과할 일 아니야. 그냥……. ……남한테는 그 말 하지 말아 줬으면 하는데."

뭘. 눈 색 특이하다는 말을?

들어 본 것 중 가장 어이없는 부탁이라 에드워드는 살짝 당황했다.

지금 돌이켜 보니 전에 당황했던 것도 얼굴이 너무 가까워서 그런 게 아니라 눈 얘기를 해서 당황한 것 같기도 하고. 고작 눈 색 특이하다는 말에 남에게는 그런 말 말아 달라는 걸 보면.

제이가 입술을 한번 깨물더니 덧붙였다.

"부탁이네."

여전히 어이는 없었지만, 부탁이라는 말을 듣는 순간 에드워드는 한쪽 무릎을 꿇고 있었다.

"대위님은 제 상관이십니다. 원하시는 게 있다면 그냥 명령을 하십시오."

제이는 웃는 듯 마는 듯 묘한 표정을 지었다. 에드워드는 다시 한번 힘주어 말했다.

"명령하십시오, 따르겠습니다."

"……명령이네, 내 눈에 대해서 남들에게 말하지 마."

"따르겠습니다."

제이의 표정이 부드럽게 풀어졌다.

"그리고……. 수업 난이도는, 다시 한번 조정해 보겠네."

"감사합니다."

"그럼 식사하러 갈까."

"예."

에드워드는 무릎을 펴고 제이의 뒤를 따라가다가, 뒤늦게 깨달았다. 아, 이거 혹시 거래라고 생각하신 건가? 남들에게 눈에 대해 말하지 않는 대신 수업 난이도를 조정해 주는. 에드워드는 묻고 싶었지만, 만약 아니라면 괜히 제이에게 압박을 줄 것 같아서 물어보기도 어려웠다.

그럴 필요 없는데, 정말 그냥 명령하시면 따랐을 텐데. 에드워드는 보이지 않게 인상을 찌푸렸다가 다시 웃는 낯을 했다.

* * *

제이는 닭고기를 포크로 쿡쿡 찔렀다. 입에 들어가는 건 없고 분해되는 것만 많았다. 보다 못한 집사가 실례를 무릅쓰고 입을 열었다.

"……아가씨, 입맛이 없으십니까? 치우라고 할까요?"

"어?"

제이는 접시를 내려다보았다. 도무지 식사 중으로는 보이지 않는 꼴이 되어 있었다.

"아니, 먹어야……. ……가져가고 새로 요리해 와."

식사를 하긴 해야 할 텐데, 도무지 지금 이걸 먹을 수 있을 거 같지는 않았다.

"예, 알겠습니다."

집사의 눈짓에, 하인이 와서 앞에 있던 접시를 치웠다. 제이는 턱을 괴고 생각에 잠겼다. 대체 뭘까.

에드워드는 여러모로 그녀의 예상을 뛰어넘었다. 픽 간의 접촉에도 불쾌한 기색을 드러내지 않는 것도 그렇고, 픽이라면 가능한 것을 실전에서 쓸 자신이 없다고 하고.

로쉔에서 픽인 게 알려지면 사형 아니면 국외 추방이니 몸을 사리는 건가 싶어도, 제이도 똑같이 몸을 사리는 상황이니만큼 인간은 불가능하고 픽만이 가능한 일을 시키지는 않았는데.

애초부터 제이가 에드워드에게 버거운 동작들을 시킨 건, 그런 동작들이 쉬워질 수 있게 미리 몸을 조정하란 뜻이었다.

픽의 신체는 당연히 그 픽의 세계 안에 들어가기 마련이고, 그러니 픽은 얼마든지 필요한 근육을 만들어 낼 수 있다. 그러니까 단지 동작을 반복하는 것만으로도 그게 숨 쉬듯 쉬워질 수 있는 몸으로 변화할 수 있는 것이다. 제이가 의도한 게 바로 그것이고.

크뤼거가의 후계자라면 그쯤은 알아들을 텐데. ……아니면 혹시, 집안사람들도 모르는 건가? 집안사람들에게도 숨기느라 능력을 써 본 적이 없어 제이의 의도를 모르는 건가. 생각해 보자 그럴듯해, 제이는 혼자 고개를 끄덕였다.

픽이 픽인 것을 모를 수는 없으나, 자기 능력의 사용법에 서투를 수는 있으니. 하긴, 크뤼거가는 픽 제한법에 적극 찬성하는 입장이니 적자라고 해도 그 사실을 숨기는 게 이상하지는 않겠지. 픽이라는 게 밝혀지는 순간 가족에게도 버림받을 거 같았다면.

그렇게 생각하자 제이는 갑자기 에드워드가 너무나도 안쓰럽게 느껴졌다. 그렇게 다 가진 것 같은 사람이, 사실은 가족에게도 말 못할 비밀을 안고 있을 거라니. 어쩜…….

얼굴이 워낙 잘생기다 보니 안쓰러운 마음도 배가 되었다. 내가 남들 몰래 픽 능력을 활용하는 법도 가르쳐 줘야겠다, 픽 선배로서.

첫날처럼 계속 감시가 따라 붙었다면 눈치가 보여서라도 불가능할 테지만, 첫날 느껴지던 시선들이 둘째 날부터는 자취를 감추었으니 몰래 가르쳐 주는 것쯤은 어렵지 않을 것이다. 근데 그러려면 일단 초보 픽을 어떻게 가르치는지부터 배워야겠는데.

제이는 손을 뻗어 물 컵을 쥐었다. 애초에 그녀가 에드워드 외에 접촉할 수 있는 픽은 한 명밖에 없지만, 그 상대가 바로 그녀에게 픽으로 살아가는 법을 가르쳐준 선생이니 이런 걸 물어보기에는 딱 좋았다. 사파이어의 달리아.

조세핀에게 둘러댈 변명거리를 생각하고 있자니, 저 멀리 성소에서 성가가 들려 왔다. 저녁 예배 중인 듯했다.

……크뤼거 소위도 저기 껴 있으려나? 단 한 번도 종교를 가져 본 적

없는 소녀는 불쑥 궁금해졌다.

크뤼거가는 대대로 신실하기로 유명하며 에드워드는 심지어 대신관을 배출한 마리엔트가를 외가로 가진다. 신실한 친가와 신실한 외가를 가졌으니, 두 배로 신실하지 않을까? 그럼, 어쩌면…….

제이는 의식을 가진 이후로 계속 갖고 있던 의문을 떠올렸다. 그녀는 신앙을 갖고 있지는 않지만, 종교에 대한 지식이라면 차고 넘쳤다. 하지만 그럼에도 불구하고 알 수 없는 게 있다.

그렇다면 이건 지식의 문제가 아니고, 그럼 어쩌면 신앙의 문제일 수도 있었다. 머리로 이해하는 게 아니라 가슴으로 받아들여야 알 수 있는.

그러니까, 어쩌면. 어쩌면 크뤼거 소위가 나에게 도움이 될지도 모르겠다. 정말 어쩌면.

제이는 지지부진하던 의문의 해답 추구 과정 중에 한줄기 빛이 비치는 것을 느꼈다.

Chapter 02

얌전한 고양이, 부뚜막 위에 먼저 올라간다

에드워드가 제이의 부관이 되기로 했을 때, 그의 친구들은 한창 창창한 나이에 과로사하는 거 아니냐는 농담을 던졌었다. 르퀸이 크뤼거가의 후계자를 골탕 먹이기 위해 뺑이 돌릴 게 분명하다고.

웃어넘기긴 했지만 제법 그럴듯한 말이었기에 에드워드는 마음의 준비를 하고 있었다. 새벽별을 보며 출근해서 달을 보며 퇴근하게 될 거라는. 하지만 제이의 부관 자리는 정말 한가롭기 그지없는 곳이었다.

출퇴근 시간 정확하고, 업무 강도도 낮아 퇴근길도 힘이 넘친다. 집에 가서 집안일을 살필 수도 있을 정도였다. 그나마 제이가 에드워드의 개인 과외를 해 줄 때는 좀 피곤했지만, 수업 내용을 조정하겠다며 그만둔 후로는 다시 한가해졌다.

에드워드에게 주어진 업무는 아침에 제이가 처리할 그 날치 서류를 들고 오는 군인이 노크하면 문 열어 주기, 군인에게 서류 받아서 몇 발짝 떨어진 제이의 책상 위에 서류를 올려놔 주기, 차 끓이기, 제이와 잡담하기, 제이와 밥 먹기, 제이와 학교 얘기하기, 제이의 오후 간식 챙기기 등이 있었다. 그야말로 꿈의 직장이나 다름없었다.

르퀸의 가주는 그를 견제하기 위해 일부러 제이에게 업무를 할당하지 않는 것일 테지만 에드워드의 원대하면서도 쓸데없는 목표를 위해서는 오히려 지금 이게 더 이득이었다. 어차피 대인 전투, 대 이형 생물 전투 둘 다 한 번씩 봤으니 충분하고.

"오늘 파티 여는 친구네가 음식 맛있기로 소문이 났거든요. 로스틴이라고, 가문 자체도 요식업으로 유명한데 아십니까? 요리 관련 학교도 몇 운영하고 있는데요."

"로스틴?"

제이는 기억을 뒤져 보는 듯하더니 결국 고개를 저었다.

"모르겠군."

요식업이라 하면 레스토랑이나 그런 식사류만 떠올리기 쉽지만 로스틴은 입에 들어가는 거면 레스토랑, 카페, 디저트 전문점 등 종류를 가리지 않고 다루는 집안이었다.

지금 제이가 오후의 차에 곁들여 먹고 있는 쿠키도 로스틴 가문에서 운영하는 제과점에서 나온 거고. 어지간한 귀족이면 모를 수가 없는 가문이었지만, 모르겠다고 말한 사람이 제이다 보니 납득이 됐다.

결과가 나오기 전까지 당연히 자기 부관이 될 거라 생각했을 4년 전 입학 수석의 성별도 잊어먹은 사람이다. 먹는 음식의 브랜드를 모르는 건 놀라울 것도 없었다.

"그 친구에게 부탁해 놨으니, 내일 한번 가져와 보겠습니다. 분명 대위님 마음에 드실 겁니다."

대대로 요식업을 해서 그 명성을 유지할 수 있는 걸 보면 쉬이 짐작

가능하지만, 로스틴은 가문 구성원들이 다들 미식가인 걸로도 유명했다. 당연히 본가의 요리사는 로쉔에서 으뜸가는 인력들만 데려다 놓았고.

그동안 지켜본 결과 제이는 단 걸 좋아하는 듯하니, 로스틴의 디저트라면 눈을 빛내며 좋아할 게 분명했다. 예상이 맞았는지, 말만 했는데도 제이의 표정이 부드러워졌다.

"그럼 내가 자네에게 뭘 해 주면 될까? 그 대가로."

아무것도 필요 없습니다. 에드워드는 속과 다른 말을 꺼냈다.

"그럼 오늘 퇴근 전에 먼저 옷을 갈아입어도 되겠습니까?"

제이는 웃음을 터트렸다.

"파티가 일찍 시작하나 보지?"

"아뇨, 파티는 일곱 시 시작인데, 워낙 친한 친구라서요. 미리 가서 도와줄 거 없나 좀 살펴보고 하게요."

물론 거짓말이었다. 같은 가문 사람도 아니고 아직 나이가 어려 직접 파티를 열어 본 경험도 없는 에드워드가 가서 도와줄 부분이 있을 리가.

에드워드는 그냥, 제이에게 파티용 옷차림을 한 자신을 보여주고 싶은 거였다.

"그래, 허가하지. 갈아입고 오게."

"감사합니다."

에드워드는 우아하게 절을 해 보였다.

제이는 지금 그녀가 아슬아슬한 줄타기를 하고 있다는 사실을 알았다. 똑같이 픽이라 해도 크뤼거가의 적자이자 후계자인 에드워드와 르퀸가의 미들 네임도 받지 못한 사생아인 제이는 경우가 다르니까.

……로쉔에서 픽은 불법이다. 픽은 학습으로도 경험으로도, 결심으로도 될 수 있는 게 아니기 때문에 픽을 법으로 금한다는 것은 즉 픽의 존재를

부정한다는 것이다. 픽에게는 사형과 국외 추방, 두 가지 결말만이 기다릴 뿐이다.

제이 르퀸은 픽이다.

로쉔은 제이 르퀸의 존재를 허하지 않는다.

물론 르퀸가는 제이가 픽이기 때문에 제이에게 르퀸을 허한 것이다. 상위급 픽은 아주 강하고, 강한 이는 가문의 세력을 불리는 데 도움이 되니까.

하지만 그렇기에 르퀸가는 제이에게 미들네임을 허하지 않았다. 제이는 존재 자체로 범법자이니까. 유사시에 꼬리를 자르려면 르퀸이되 르퀸이지 않을 필요가 있으니까.

만약 제이가 픽인 게 밝혀지면 르퀸가는 몰랐다고, 알지 못했다며 제이를 법의 심판대에 세우고 모른 척할 것이다. 크뤼거 가문이 무슨 수를 써서라도 에드워드를 보호할 것과 달리.

그러니, 지금이라도 에드워드를 밀어낸 뒤 모른 척하는 게 좋다는 걸 안다. 그녀가 에드워드의 존재를 아는 건 크뤼거가에게 타격인 거지만 에드워드가 그녀의 존재를 알게 되는 건 르퀸가가 아닌 그녀에게 위협이 되는 일이니까.

그러니 아직 에드워드가 그녀가 픽인 것도 눈치채지 못했을 때 재빨리 밀어내고는 모른 척 사는 게 좋다는 걸 안다. 로쉔에 존재하는 픽 같은 건 보지도 못한 것처럼, 알지 못하는 것처럼.

지금처럼 조세핀이 만들어준 한 뼘 보호막 아래에서, 나름대로의 행복을 추구하며 사는 게 그녀에게 있어 최선인 걸 안다.

하지만 그걸 알면서도, 에드워드가 가까이 오면 강제적으로 축소되는 세계를 느낄 때마다 기분이 나빠지는 걸 느끼면서도 제이는 에드워드를 곁에 두고 싶어졌다.

조세핀에게 말한 것처럼 에드워드가 인형처럼 잘생겨서가 아니라, 그의 눈에 비친 세계도 나처럼 남들과 다르겠거니 생각하면 기분이 좋아져서.
……적어도 1년은 채울 수 있었으면 좋겠다. 비록 에드워드의 부관 임기가 끝나면 그들은 원래 그랬어야 할 것처럼 완벽하게 남남이 되어 서로 마주보고 웃은 적도 없는 것처럼 지내게 될 것을 알면서도 제이는 바랐다.
딱히 지금도 픽의 고충에 대해 떠들 수 있는 건 아니지만, 그래도 로쉔에서 자기와 같은 존재를 만나 소소한 잡담을 하는 것조차도 그녀에게는 충분히 즐거웠으니까. 제이는 옅게 웃었다.

* * *

에드워드는 긴장한 얼굴로 탈의실에 걸린 거울을 살펴보았다. 어디 잘못된 데 없겠지. 성장을 혼자 차려입는 건 처음이라 긴장이 됐다. 멋있게 보여야 하는데.
꼼꼼하게 뜯어봐도 딱히 잘못 차려입은 부분은 보이지 않았기 때문에 에드워드는 마지막으로 넥타이를 매만진 다음 제이의 사무실로 돌아갔다.
"배려해 주셔서 감사합니다."
제이가 눈을 동그랗게 뜨더니 감탄했다.
"멋진데?"
"그런가요?"
멋지게 보이려고 옷 한 벌 고르면서 밑에 있는 시종, 시녀들을 전부 들들 볶았으면서도 에드워드는 모른 척 자기 옷차림을 내려다보았다.
사실 옷차림은 별거 없고 심플했다. 직접 치수 재서 맞춘 검은색 슈트에 금색 줄이 가늘게 들어간 파란색 넥타이와 포켓 치프. 커프스에 박아 넣은 바이올렛 사파이어에 섞인 의도를 제이가 눈치챘을지는 미지수고.
하지만 남자는 본판만 좋으면 오히려 쓸데없는 걸 걸칠 생각 말고 심플한 디자인을 고급스러운 재질로 뽑아서 걸치는 게 가장 낫다고 에드워드는 생각했다. 그리고 자기는 본판이 아주아주 좋은 축이며 그가 걸친 건 더 이상 고급스러울 수 없을 만큼 품질이 좋은 것들뿐이다.

반짝이는 금발과 보석처럼 맑은 푸른색 눈은 어지간한 액세서리보다도 더 화려하니 쓸데없이 이것저것 주렁주렁 걸칠 이유가 없다. 검은 정장은 큰 키와 좋은 비율을 돋보이게 할 테고.

"마음에 드신다니 다행입니다."

"내 마음에 드는 게 의미가 있나?"

당연히 있죠, 가장 중요하죠. 하지만 대놓고 그렇게 말할 수는 없었기에 에드워드는 말을 얼버무렸다.

"외모도 힘이 되니까요. 멋지다는 건 좋은 거죠."

"그런 건가?"

"예. 같은 말을 해도 멋지고 예쁜 사람이 하는 말을 사람들은 더 귀 기울여 듣기 마련입니다. 생각해 보십시오. 대위님만 해도 제가 이렇게 생기지 않았다면, 처음에 제가 무릎 꿇고 흠모한다고 해도 감흥이 있으셨겠습니까?"

자신감이 차고 넘치는 말이었다. 당신도 내가 잘생겨서 옆에 둔 거 아니냐. 보통은 기분 나빠하거나 재미있어 할 말을 듣고도 제이는 일반적인 반응을 보이지 않았다. 대신 그녀는 에드워드의 얼굴을 찬찬히 들여다볼 뿐이었다. 진심이긴 하지만 장난처럼 던진 말에 제이가 진지하게 반응하자, 에드워드는 당황을 했다.

"그, 죄송합니다. 농담이었……."

"있었을 텐데."

"네?"

"자네가 지금처럼 인형 같은 외모가 아니었어도 난 감흥이 있었을 거고,

자네의 요청을 받아줬을 거라고."

이제는 눈을 마주치는데 거리낌이 없는지, 제이는 눈을 맞추고 웃었다.

"자네가 자네기만 했다면."

오히려 당황한 에드워드가 시선을 내렸다. 진심이긴 하지만 입 밖으로 낸 건 그냥 가벼운 농담이었는데, 반응이 이리 진지하니 괜히 민망해지는 기분이었다. 심지어 못생겼어도 그래 줬을 거라니, 꼭……. 에드워드는 민망한 기분에 아무 말이나 주워섬겼다.

"아, 대위님의 말씀이 맞습니다. 중요한 건 외모가 아니죠, 중요한 건 광량과 빛의 방향, 배경에 깔리는 종소리와……. 뭐 그런 거라고 생각합니다. 예, 상황 설정이란 중요하죠."

갑자기 다른 곳으로 빠져 버린 대화 흐름에 제이가 미심쩍은 얼굴을 했다.

"자네 괜찮나? 어디 아픈 거 아닌가?"

아픈 건 아니지만, 괜찮지 않은 건 맞는 말이었다. 무슨 말을 하고 있는 건지 에드워드 본인도 잘 모르는 상태였으니까.

* * *

도련님이 이상하다. 수자는 근심걱정 가득한 얼굴로 에드워드의 머리를 매만졌다.

옷이야 혼자 입을 수 있다고 해도 머리는 직접 만질 수가 없었다. 그래서 수자는 에드워드의 퇴근 시간에 맞추어 청사까지 왔다가, 로스틴가로 이동하는 마차 안에서 에드워드의 머리를 만지는 중이었다.

그런데 평소 때와 달리 에드워드의 얼굴이 너무 심각했다. 누가 보면 죽으러 가는 줄 알 정도로. 고작 해 봐야 파티인데 표정이 왜 이러지. 엄청나게 중요한 사안이 결정되기라도 하나?

수자는 괜히 겁을 먹고는 평소보다 더 세심하게 에드워드의 머리카락을 매만졌다. 원래는 이번 파티가 젊은이들을 위한 파티이니 유행에 따른 머리 스타일을 하려 했지만, 표정이 너무 심각한 터라 당초의 계획을 접고 그냥 무난한 스타일을 택했다. 이 스타일이라면 트집 잡힐 건 없겠지. 대체 파티에서 뭘 하셔야 되는 건지는 몰라도.

"도련님, 세팅 끝났으니 이제 움직이셔도……."

수자의 말이 끝나기도 전에 에드워드가 움직였다.

"나한테서 얼굴을 빼면 뭐가 남지?"

입을.

"네?"

"얼굴 말고 나한테 뭐가 있냐고."

농담을 하시자는 건가? 수자는 일단 성실히 대답했다.

"가문도 좋으시고, 영특하시고, 성격도……. 시원시원하시고, 돈도 많으시고, 원하는 건 꼭 얻고야 마는 집념의 소유자시고……."

수자의 생각과 달리 에드워드는 농담을 하자는 게 아니었다.

"돈은 그쪽도 딱히 부족한 거 같지는 않고. 가문은 오히려 디메리트고. 남는 게 머리랑 성격인가?"

남는 게 뭔지 어떻게 알겠냐마는, 수자는 일단 고개를 끄덕였다.

"그, 그렇겠네요?"

"똑똑한 남자를 좋아하나?"

수자는 거기서 저요? 하고 물어볼 만큼 눈치가 없지는 않았다.

"누가요?"

"아님 순종적인 남자?"

도련님이 자기 말을 전혀 안 듣고 있다는 걸 깨달은 수자는 입을 다물었다.

"그래도 이건 좀 빠르지 않나?"

혼잣말이면 속으로 해 주지, 목소리 들리면 대답해야 될 거 같으니까.

"아니면……. 됐다, 너한테 말해 봤자 무슨 소용이냐."

속으로만 구시렁거리던 게 통했는지, 도련님은 입을 다물었다. 말해도 소용없는 거면 처음부터 말을 안 했으면 더 좋았겠지만, 지금이라도 입을 닥친 게 어디냐 싶기는 했다.

수자는 한결 편안한 기분으로 마차가 목적지에 다다르기를 기다렸다. 그래야 그녀가 집에 갈 수 있을 테니까.

* * *

"크뤼거 가문의 에드워드 경께서 오셨습니다."

엄밀히 말하자면 에드워드는 경이 아니다. 나중에 경이 될 예정이긴 하지만, 군대 내 직급으로 보나 작위로 보나 에드워드는 아직 경이 아니다. 제대로 따진다면야 경이란 작위를 잇거나, 준장 이상의 직급을 가져야만 쓸 수 있는 호칭이므로.

하지만 어차피 시간문제일 뿐이니 그 누구도 시종의 잘못된 호칭을 지적하지는 않았다. 스웬 쥴 로스틴 역시 잘못된 호칭으로 에드워드를 불렀다.

"오, 에드워드 경. 신수가 더 훤해진 걸 보니 업무가 잘 맞는 모양인가 보군요. 기쁩니다."

이제는 미소년보다는 미남이라는 말이 훨씬 더 잘 어울리게 된 남자가 씩 웃었다. 단지 웃기만 했는데도 뒤에 후광이 비치는 기분에 스웬은 속으로 감탄했다.

정말 '소년을 남자로 만드는 건 여자'라는 말이 딱 맞았다. 3년 전까지만 해도 에드워드는 또래보다도 작고 어려 보였으니까.

후계자라 억지로 사관학교에 입학하기는 했지만 영 몸 움직이는 걸 싫어했던 에드워드는 사관 생도가 아닌 스웬보다도 더 작고 말랐다. 하지만 어느 날 수석 자리를 차지하겠다며 영양소를 두루 갖춰 충분히 섭취하고 훈련에 매진한 결과 성장기를 훌륭하게 마칠 수 있었고.

사생아에 대한 에드워드의 기묘한 열정을 인정하기 싫어하는 이들은 원래 유전자가 좋으니 잘 컸을 거라고 했지만 인정할 건 인정해야 한다. 유전자가 없는 근육을 키워 주지는 못한다. 그러니 저 넓은 어깨와 옷태를 살려 주는 근육은 그 기묘한 열정 덕분이 맞다는 소리였다.

스웬은 에드워드를 무척 아꼈고, 에드워드를 아끼는 모든 사람이 그렇듯 에드워드가 왜 하필 크뤼거가와 반대파에 속한 르퀸가의 사생아에게 목을 매고 있는지 죽어도 이해하기가 싫지만. 그래도 그에겐 인정할 건 인정할 줄 아는 배포가 있었다. 사회적인 문제를 떠나, 에드워드 개인에게는 그 사생아가 좋은 영향을 참 많이 끼치긴 했다.

“스웬 경이야말로 좋아 보이는군요. 파티도 멋지고요. 역시 로스틴가의 차기 가주답습니다.”

로스틴 가문은 요식업으로 가문의 세를 유지하고 있고, 그렇기 때문에 중립을 지키고 있었다. 어느 한 쪽에 붙어 버리면 반대파 귀족들은 로스틴가의 가게에 오지 않을 테니까. 그에 비해 크뤼거가는 확고한 보수파였기 때문에 스웬은 대놓고 에드워드와의 친분을 드러낼 수는 없었다. 그냥 가문에 소속된 인원 중 하나도 아니고, 둘 다 차기 후계자였으니까.

그렇기에 스웬과 에드워드는 공적인 미소를 지은 채 악수를 나누었다. 옆에서 보면 이름만 간신히 아는 사이 같아 보일 지경이었다.

그리고 에드워드는 바로 같은 파벌 사람들을 찾아 인사를 하러 돌아다니기 시작했고, 스웬은 어디 문제 생기는 곳은 없나 주의하며 뒤이어 들어오는 손님을 맞이했다.

아마 그대로 순조롭게만 진행되었다면, 둘이 다시 대화를 나누는 건 파티가 끝난 후 에드워드가 미리 부탁했던 디저트를 챙기러 올 때였을 거였다.

하지만 로쉔에서 가장 유명한 사생아 밑으로 직접 기어들어간 크뤼거 가의 적통 후계자는 가만히 놔두기에는 지나치게 매력적인 먹잇감이었다.

“아아, 크뤼거 경.”

에드워드의 이마가 순간 찌푸려졌다. 경이 아닌 그를 경으로 부르는 거야 후계자니 그렇다 쳐도, 그럴 경우 그를 부르는 호칭은 ‘에드워드 경’이어야 한다. 현재 가주인 그의 아버지가 크뤼거 경이니까. 그걸 뻔히 알 텐데 이 의도된 무례는 뭐란 말인가.

하지만 에드워드는 얼굴을 계속 찌푸리고 있지는 않았다. 상대가 무례하게 군다 해서 자기도 같이 무례하게 굴어 평판을 깎아먹을 이유는 없으니까. 돌아보는 에드워드의 얼굴에는 화사한 미소만이 남아 있었다.

“이게 누굽니까, 로엘 경 아니십니까. 여기서 만나 뵐 줄은 몰랐군요.”

로엘 드 카멜롯도 화사하게 웃었다. 본판의 차이로 에드워드와 느낌은 퍽 달랐지만.

“저야말로 경이 오실 줄은 몰랐습니다, 요새 재미 보느라 바쁘시다 들어서.”

이어진 말에 에드워드는 표정 관리를 포기해 버렸다. 천사처럼 화사한 얼굴이 싸늘하게 변했다.

“경, 말을 삼가시죠. 그렇게 함부로 말해도 될 분이 아닙니다.”

예상과 다른 반응에 로엘은 당황했다.

“왜 정색을 하고 그러십니까? 진심처럼.”

사생아는 호의적인 반응만 보여도 비웃음을 살 존재다. 에드워드가 얼마나 오래 노력했는지 모르는 이들은, 그렇기 때문에 당연히 에드워드가 진심으로 제이 밑으로 들어갔다고는 생각지 않는다. 남들이 사생아를 욕하는 걸 말리기만 해도 백안시당할 것을, 그럴 이유도 없으면서 진심으로 사생아를 상관으로 모실 이유가 없으니까.

그래서 로엘은 에드워드에게 당연히 정치적인 이유가 있을 거라고 생각했고, 아무리 그렇다고 해도 다른 사람도 아니고 후계자를 사생아 밑에 밀어 넣는 크뤼거가의 작태가 웃기다고 여겼다. 그래서 그걸 가지고 비꼬려고 한 것뿐이었다. 그는 정말 에드워드가 정색할 줄을 몰랐다. 오히려 얼굴을 찌푸리며 변명을 할 줄 알았지.

하지만 에드워드는 지금 사생아를 감싸고 있었다. 주변에 유력 가문의 후계자들이 널린 상태에서, 그 말이 자기 평판에 어떤 영향을 미칠지 모르는 것도 아니면서.

"제가 진심도 아닌데 여자에게 꽃을 바칠 것 같습니까?"

에드워드의 눈에 불꽃이 확 일었다. 그 눈을 본 스웬이 황급히 달려와 험악해지려는 분위기를 막았다. 아무리 그의 잘못이 아니라 해도 그가 연 파티에서 문제가 발생하면 로스틴가의 평판도 떨어지는 게 당연했으니까.

"자자, 에드워드 경. 로엘 경은 나름 농담이라고 하신 거니 정색하지 마십시오. 로엘 경, 경도 농이 심하셨습니다. 에드워드 경처럼 진중한 사람에게 그런 농은 과합니다."

로엘이 욕한 대상이 사생아이니만큼 대놓고 로엘을 비난할 수는 없다. 하지만 심정적으로는 에드워드의 편을 들어주고 싶었기 때문에 스웬은 슬쩍 로엘에게 부정적인 어감의 단어들을 죄다 몰아넣었다.

"자, 로엘 경은 벌써 과음하신 것 같으니 물 한 잔 갖다 드리고, 에드워드 경은 바람을 좀 쐬시는 게 낫겠습니다. 발코니로 제가 안내하지요."

정신을 차려보니 '나름' 농담이랍시고 던진 게 '심하고 과한'데다가 파티 시작한 지 얼마나 됐다고 '벌써' 과음을 해서 찬물 마시고 정신 차려야 될 사람이 되어 버린 로엘이 기가 막힌 얼굴을 했다. 하지만 스웬이 심하게 까내린 것도 아니니 정색하고 반박하기도 쪼잔해 보였다.

로엘이 억울함에 몸을 떠는 사이 스웬은 재빨리 에드워드를 데리고 발코니로 향했다. 싸움을 막기도 해야 했지만 대화도 좀 필요한 시점이었다.

에드워드를 가장 한적한 발코니에 처넣은 스웬은 발코니 문을 닫자마자 추궁부터 했다.

"너, 지금 그 말 성차별적인 발언처럼 들릴 수 있는 거 알기는 하지?"

군인들, 특히 사관학교 졸업생들 사이에서 '꽃을 바친다'고 할 때 말하는 꽃은 사관학교 수, 차석에게 졸업식 때 주어지는 꽃을 뜻한다. 그들은 부관으로 임명되며 상관에게 그 꽃을 바친다.

그래서 '꽃을 바친다'는 말은 충성을 맹세한다는 뜻으로도 쓰이게 된 것이다. 충성에는 상관과 부하만이 있으니, 거기에 성별을 끼워 넣는 건 다분히 성차별적인 뜻으로 보일 수 있었다.

그걸 알면서도 에드워드는 태연하게 고개를 끄덕였다.

"알지만 안 할 수는 없는 말이었거든."

스웬은 말문이 막혀 발코니 문을 다시 열고 지나가던 시종의 쟁반을 뺏어들었다.

"저번에는 그런 거 아니라며? 그새 마음이 바뀌었냐?"

그냥 여자만 빼면 아무 문제없을 말에 무슨 일이 있어도 성별을 끼워 넣어야 한다면 문장 자체를 다시 해석하는 게 좋다.

군인이 상관에게 꽃을 바친다는 건 충성한다는 뜻이지만 남자가 여자에게 꽃을 바친다는 건…….

"지금도 그런 거 아닌데."

"취한 게 카멜롯이 아니라 너였냐? 누가 들어도 '그런' 거잖아."

군인이 상관에게 꽃을 바치는 건 충성의 맹세다. 하지만 남자가 여자에게 꽃을 바친다면 그건 애정의 표시이고 구애의 행동이다.

하지만 에드워드는 일전에 제이에 대한 정보를 얻어 가며 자신의 마음은 순수한 동경과 감탄일 뿐이지 애정처럼 변덕스러운 게 아니라며 열변을 토한 바가 있었고.

"오해를 의도한 건 맞고, 진심으로 그런 건 아니라고."

스웬은 잔을 하나 집어 쭉 비웠다. 불행하게도 도수가 약한 샴페인이었다. 좀 보고 집을 것을.

"대체 왜? 그건 충성보다 더 메리트가 없는 짓인데."

크뤼거가의 적자가 르퀸가의 사생아에게 충성한다는 건 농담거리도 안 된다. 그렇기 때문에 밖에서는 다들 에드워드가 꿍꿍이를 가지고 접근했다고 생각하고 있었다.

어쨌거나 제이는 르퀸가의 본 저택에 살고 있어 고급 정보에 접근하기 용이했고, 범국가급으로 강하기도 했으니까. 써먹자면 써먹을 곳은 많은 패이니 정치적인 이유로 접근한다는 건 꽤 그럴듯했다.

물론 그게 아니니까 주변 사람들이 죄다 뒷목 잡고 넘어가고 크뤼거가의 가주는 단식 투쟁까지 벌이게 된 거지만.

하지만 백마 탄 왕자님이 맨발의 사생아에게 반하는 건 그 자체로도 그럴듯한 얘기였다. 그 누구도 믿지 않을 충성심 운운과 달리 꽤 많은 이들이 이 말을 믿을 것이다. 그리고 그렇기에 이 경우 에드워드의 평판은 수직 낙하하게 된다.

정치적인 이유로 사생아 밑에 들어간 후계자도 비웃음을 사긴 하겠지만 그래도 집안을 위해 어떤 모욕도 감내하는 모습으로 비춰질 여지가 있다. 그에 반해 사랑에 미쳐 스스로를 낮추는 건 철없는 도련님의 정신 나간 추문밖에 되지 않고.

남들이 그렇게 물어봐도 아니라고 해야 될 놈이…….

어이없어하던 스웬의 머릿속에 정신 나간 가설 하나가 떠올랐다. 말도 안 되는 미친 소리였지만 지난 4년간 에드워드가 해 온 게 바로 그거라 스웬은 설마하면서도 물어보았다.

"에드워드 경."

"그래, 스웬 경."

"혹시. 혹시나 말이야."

"서론이 너무 긴데?"

웃는 얼굴을 보니 스웬이 뭘 물을지 이미 아는 눈치였다. 그런데도 반박을 안 한다는 건……. 스웬은 침을 꼴깍 삼켰다.

"……결혼할 거냐?"

"맘 같아서는."

스웬은 잔을 하나 더 집었다. 이번에는 도수 보고 잘 골랐다. 화끈한 기운이 식도를 타고 내려갔다.

"너 지금 제정신이야? 너희 가문 원로원에서 사생아 안주인을 두고 볼 거 같아?"

에드워드가 피식 웃었다.

"그것보다 더 큰 문제가 있잖아."

"아, 그래. 원로원까지 갈 것도 없지. 너희 아버님부터……."

"아니, 그거 말고. 대위님이 결혼을 해 줄 생각이 들어야 반대라도 부딪힐 수 있는 거지."

스웬은 기어코 세 번째 잔을 집고 말았다. 에드워드가 인상을 찡그리며 그 손을 잡았다.

"호스트가 취해서 어쩌자고?"

"그럼 제발 내가 취하고 싶을 만한 말을 하지 마."

"왜? 먼저 물어봐서 대답한 거고, 맞는 말이잖아. 당사자 의견이 제일 중요하지."

"당사자도 당사자 나름이지. 네가 결혼하자고 하면 그쪽은 지금 당장이라도 감읍해서 엎드려야 하는 거 아니냐?"

둘이 결혼하면 더 손해 보는 건 당연히 에드워드다. 그 사생아가 좀 강하다는 말은 듣는다지만 그래도 신분적 한계가 너무 크다. 어머니의 정체가 밝혀지지 않은 것도 마이너스다.

차라리 사생아여도 신분이 천해 정식 부인 자리에 오르지 못했을 뿐이라면, 하녀거나 뭐 그런 이였다면 같은 사생아 중에서도 대우가 좀 낫다. 하지만 르퀸은 제이의 어머니를 밝히지 않았다. 그러니 흔적도 없는 그녀의 어머니에 대한 소문은 끝도 없었다.

전대 가주의 정식 부인이 사망한 시기가 제이가 태어나기 4년 전이라는 것도 소문을 더 부추겼다. 하자고만 했다면 서류를 조작하여 제이가 태어날 때 이미 그 어머니와 결혼한 상태였다고 우기는 것도 가능하니까.

신분이 천하여 집안의 반대가 심해 몰래 비밀 결혼식을 올렸다, 그리고 이제야 원로원을 설득해 가문에 데려올 수 있었다, 이러면 그만이니까. 전통적으로 사생아를 가문에 편입시킬 때 쓰는 변명인, 방계의 아이에게 싹이 보여 자식으로 들였다는 핑계도 필요 없다.

그럼에도 불구하고 르퀸은 그러지 않았다. 정 그렇게 껄끄러우면서도 제이의 능력이 필요하긴 했다면 반대로 방계 친척에게 입양시켜 부리는 방향도 있었을 텐데 그 방안도 택하지 않았고.

상식적으로 르퀸이 제이를 처리하는 방식으로 지금 이것보다 나을 게 수십 가지였다. 정말 전대 가주가 제이를 첩으로 들였어도 이보다 덜 어이없었을 정도였다. 그러다 보니 사람들의 의심은 끝도 없이 흘러갔다.

하녀? 첫 부인도 아니고, 쓸모 있는 자식을 명부에 올리기 위한 후처에게 그 정도 약점이야. 창녀? 신분 세탁을 해 주면 될 것을. 어차피 누굴 내세우든 제이의 실력이 밝혀지고 나면 그녀에게 르퀸을 달아 주기 위함임을 알 테니 어미의 정체는 아무래도 좋을 터였다.

그럼에도 불구하고 명목상으로라도 부인 자리에 올릴 수 없는 이. 방계도 아니고 본가에 적을 올리게 할 만한 실력임에도 불구하고 절대 미들네임을 줄 수는 없을 태생.

소문의 가장 밑바닥에서, 가장 신빙성 있게 거론되는 것은 근친 의혹이었다. 그리고 르퀸은 소문이 떠도는 걸 뻔히 알면서도 부정하지 않았다.

부정하지, 않았다.

다른 것도 아니고 근친 의혹이다. 공개적으로 반박하지는 않아도, 조사해서 말을 심하게 퍼트리는 곳 몇 군데에는 압박을 주는 게 당연한데. 그런데, 물 위로만 안 올라온다 뿐이지, 물 밑에서는 계속 소문이 퍼지는 걸 뻔히 알면서도 르퀸은 입을 다물었다.

광장에서 사람 모아놓고 트럼펫 불면서 떠들어도 이보다 더 확신을 줄 수는 없을 지경이었다.

"너, 소문을 모르는 건 아니잖아."

4년 전 제이를 처음 본 이후로 에드워드는 정보 수집부터 시작했다. 제이를 둘러 싼 소문과 사건 사고들. 당연히 출생에 대한 의혹도 들었을 것이다. 물론 증거가 나온 건 아니니 어디까지나 의혹일 뿐이지만, 그래도 더러울 수도 있는 그 피를 자기네 가문에 섞어?

그냥 평범한 사생아여도 원로원 노친네들이 단체로 뒷목 잡고 넘어갈 판에 근친으로 태어난 아이라는 의혹마저 딸린 사생아라니. 원로원 간섭이 짜증나서 그들을 몰살 시키고 싶은 거라면 정말 좋은 선택일 듯했다.

"너희 아버님 혈압 올라서 돌아가시게 할 일 있냐?"

"그 분도 인생이 설탕 과자처럼 쉽지 않다는 걸 아실 나이도 됐지."

"이미 알고 계실 거야. 네가 기어이 그 사람 밑으로 기어들어간 것만 해도. 그 분 밤마다 일어나서 술 한 병씩 까신다는 데에 브뤼느 별장을 걸 수 있다."

"적당한 음주는 혈액 순환에 좋다더라. 수명 연장되고 좋지 뭘 그래."

피도 안 섞인 스웬이 대신 효도를 해 주고 싶어지는 발언이었다.

"야, 너 진짜……."

스웬은 말을 하다 말았다. 스웬의 손에서 뺏어든 세 번째 잔을 다시 쟁반 위에 내려놓던 에드워드가 의아하게 스웬을 보았다.

"왜 말을 하다 말아? 계속해."

"……나가야겠다, 우리."

에드워드는 시간을 확인했다.

"들어온 지 얼마 안 됐잖아. 아직 2분은 더 대화해도 괜찮지 않나?"

아까 그럴듯하게 화난 얼굴을 해 보였으니 조금 늦어져도 화난 걸 달래느라 늦었구나 할 테지, 두 가문 사이에 무슨 커넥션이 있어서 늦었다는 의심은 안 살 텐데. 하지만 스웬은 그런 의심 때문에 나가자는 게 아니었다. 스웬이 턱으로 정문에 멈춰선 마차를 가리켰다.

"르퀸가의 가주가 왔다. 네가 진심이면 잘 보여 두는 게 나을 테니까. 지금 나랑 같이 나가서, 내가 인사할 때 옆에서 같이 인사해."

에드워드는 얼굴을 찡그렸다.

"꼭 그래야 되나? 어차피 저쪽은 대위님을 물건으로 보고 있잖아. 저쪽과는 감정이 오갈 필요 없지, 거래만 하면 족하지."

스웬이 고개를 저었다.

"다른 르퀸이라면 맞는 말이지. 전대 가주며 후계자가 살아 있었다면 말 한마디 안 나누고 서신만 보내면서 거래해도 됐겠지. 근데 지금 가주만큼은 아냐. 르퀸 경은 르퀸 가문 안에서 그 사람한테 유일하게 호의적인 사람이야. 거래 조건만 가지고는 안 될걸."

에드워드가 인상을 찌푸렸다.

"뭐? 너 그런 말 안 했잖아, 내가 물어봤을 때."

"그거야 네가 '제이 르퀸'에 대한 정보만 물어봤으니까 그랬지. 가주가 그 사람을 어떻게 생각하는지 들어놨으면 그때 네가 관심이나 있었겠냐? 그리고 숨긴 것도 아니다, 분명 가문 내에서는 백안시당하지만 저택 내에서는 아가씨라 불리면서 정중히 대우받고 가주랑 같은 거 먹고 입고 쓰고 할 거라고 말해 줬잖아."

물론 그건 그랬다. 정보를 안 채로 돌이켜 보면, 가문 내에서 천대받는 이가 저택 안에서는 대우받으려면 당연히 그 저택 안에 있는 권력자가 감싸 줘야 된다. 그리고 르퀸 본 저택 안에 권력자라고 할 사람은 조세핀 라 르퀸, 현재 르퀸의 가주밖에 없고.

그러고 보니 심지어 조세핀은 제이가 갓 졸업했을 때 제이의 상관이기까지 했다. 즉 에드워드처럼, 사관학교에서 성적을 낼 필요가 없는 사람이 성적을 냈다는 뜻이었다. 여전히 본부인의 딸이 사생아를 감싸 준다는 건 이상하게 들렸지만, 스웬이 직접 말했고 알고 있던 정보가 그 말을 뒷받침했다.

생각을 마친 에드워드가 자리에서 벌떡 일어났다.

"뭐 해? 빨리 나가서 인사해야지."

스웬이 에드워드의 소맷자락을 잡아당겼다.

"에드워드 경, 정신 차려. 내가 먼저 나가야 네가 내 뒤를 '따라' 오다가 르퀸 경한테 인사할 수 있잖아."

"아, 그렇군."

평소라면 먼저 알아서 스웬을 앞세웠을 이가 설명을 듣고 나서야 깨닫는 모습을 보자 한숨만 나왔다.

"준비했던 디저트가 주방에서 착오가 있어서 파티장에 나와 버렸다고 할 테니까, 너 이따가 좀 남아라. 얘기 좀 하자."

그때는 호스트 걱정 없이 술을 마음껏 마실 수 있을 테니 답답한 가슴에도 한결 좋을 터였다. 에드워드는 선선히 고개를 끄덕였다.

"그래, 그럴 테니까 빨리 나가기나 해."

스웬은 한숨을 푹 내쉰 뒤 발코니 문을 다시 열었다.

* * *

조세핀은 연회장에 들어가기 전, 미간을 한번 문질렀다. 안 그래도 바쁜데 시간을 쪼개어 파티까지 참석하려니 죽을 맛이었다. 하지만 그녀밖에 참석할 이가 없으니 뺄 수도 없었다.

이런 소규모 연회는 보통 비슷한 사람들끼리 모아놓기 마련이다. 가주끼리 모인다든가, 안주인들끼리 모인다든가, 후계자끼리 모인다든가, 연령대로 초대 목록을 작성한다든가 하는 식으로. 그런데 지금 르퀸 본가에는 조세핀밖에 이런 곳에 참석할 사람이 없었다.

가주? 조세핀이다. 안주인? 결혼을 안 해서 집안 돌보는 것도 그녀가 한다. 후계자? 결혼도 안 했는데 있을 리도 없고, 보통 후계자 모임에 모이는 이들 연령대도 십 대 후반에서 서른 이전인 이들이다.

연령대가 조세핀과 맞다. 연령대? 소규모 파티가 가장 활발하게 열리는 연령대가 딱 이십 대이다. 이십 대 때는 놀만큼 놀고, 서른 즈음 되면 그때부터 부모 일을 이어받게 되는 게 일반적이니까. 후계자는 가주의 자리를 받고 방계는 후계자를 돕기 시작하고.

제이가 사생아만 아니라면 나이도 스물둘에 가주 동생이니 후계자 취급을 받아도 이상할 건 없고 안주인 역할을 대신 해도 괜찮을 위치이니 온갖 파티에 얼굴 도장 찍어가며 시달리는 쪽은 제이가 되었을 것이다.

그러나 불행히도 제이는 사생아였다. 그래서 가주 겸 안주인 겸 후계자 겸 르퀸 본가의 유일한 젊은이로 고통 받는 건 조세핀이 되었다.

어쩌겠어, 내 선택인걸. 조세핀은 느리게 한숨을 쉰 뒤 걸음을 옮겼다. 연회장 문을 지키고 서 있던 시종이 공손하게 절을 하며 문을 열어 주었다.

"아, 르퀸 경!"

마치 기다렸다는 듯 그녀에게 걸어오는 스웬을 향해 조세핀은 온화하게 웃어보였다.

"아, 스웬 경. 늦어서 미안합니다. 파티가 아주 훌륭하군요, 로스틴 경은 걱정이 없겠어요."

"하하, 과찬이십니다. 바쁘시다 들었는데 시간을 쪼개 자리를 빛내주시니 감사할 따름입니다. 참, 이쪽은 크뤼거가의 에드워드 경입니다. 얼굴은 알고 계시죠? 에드워드 경, 르퀸 경이십니다."

그래, 이럴 줄 알았다. 익숙한 얼굴 뒤로 따라붙는 조각상 같은 남자를 봤을 때부터 짐작하고 있었기에 조세핀의 온화한 미소에는 흔들림이 없었다.

"아, 에드워드 경. 반갑습니다."

당연히 뒤에 따라붙어야 할 '얘기 많이 들었다'는 말은 나오지 않았다. 에드워드는 지금 제이의 부관이고 조세핀이 제이를 아낀다 들었으니 저 생략에는 숨겨진 뜻이 있는 거였다. 제이나 나나 너 따위는 안중에도 없어서 얘기 나올 일도 없었단다.

이 인간이 진짜. 에드워드는 속으로만 이를 갈며 손을 내밀었다.

"말씀 많이 들었습니다, 아직 젊은 나이에 수완이 대단하시다고. 존경스럽습니다."

서른 즈음에 가주 자리를 물려받는 보통의 귀족들과 달리, 불운한 일이 겹쳐 스물둘부터 가주가 되어 지금도 스물여섯밖에 되지 않았으니 조세핀이 젊은 건 맞았다.

하지만 그 말을 열여덟 살짜리 애송이 입에서 들어 봤자 기도 차지 않는 것이다. 아니, 이런 애송이가. 조세핀은 에드워드가 내민 손을 잡으며 있는 힘껏 입꼬리를 올렸다.

“에드워드 경은 아직 어리지 않습니까, 제 나이가 되면 다를 겁니다.”

물론 에드워드는 사관학교를 졸업한 지 얼마 안 되어 수완을 보여 줄 일이 없기는 했다. 하지만 바로 옆에 동갑인 스웬이 있고, 방금 전 스웬을 칭찬한 입으로 자신에겐 어려서 수완이 없다고 말하니 빈정이 상했다.

평소 때라면 끝까지 물고 늘어질 말이었지만 불행히도 상대는 제이네 가주였다. 너무 설설 기어도 얕보이니 안 좋지만, 그렇다고 다른 사람들에게 하는 것처럼 굴어도 안 되겠지. 에드워드는 아쉽지만 한 발 물러서기로 했다.

“예, 르퀸 대위님께 누가 되지나 않았으면 하는데요.”

“르퀸 대위? 아, 이번에 들어왔다는 그 부관이었군요. 별 말이 없어서 그만 잊고 있었지 뭐예요. 실례했군요.”

아하, 그렇게 나오시겠다? 진짜 모를 리가 없는데, 모를 수가 없는데 마치 지금 처음 깨달은 것 같은 저 얼굴이라니. 에드워드는 조세핀과 눈을 맞춘 채 씩 웃었다.

제이와 비슷하지만 제이보다 채도가 좀 더 높은 보랏빛 눈은, 객관적으로 보면 색 자체가 탁하고 어두운 제이의 눈보다 더 상큼하고 환하게 느껴져야겠지만 에드워드에게는 영 기분 나쁘게만 느껴졌다.

“실례랄 것 없습니다. 대위님께서 말을 좀 아끼시는 편이긴 하시더군요.”

“딱히 그런 애는 아닌데……. 제 동생과는 지낼 만한가요?”

이 사람 많은 곳에서, 그것도 시선이 한껏 몰린 와중에 제이를 동생이라고 부르는 조세핀에게 에드워드는 가벼운 충격을 먹었다. 물론 아까 당당하게 진심도 아닌데 여자한테 꽃을 바칠 거 같냐고 하는 에드워드를 보던 주변 사람들보다는 훨씬 가벼운 충격이었다.

"……네, 잘해 주십니다."

에드워드는 당황한 나머지 아주 잠시 말문이 막혔다.

"다행이네요. 그 애가 아직 좀 어려서. 걱정을, 많이 했거든요."

정보가 새어나갈까 봐? 에드워드는 충격을 받은 상태에서도 조세핀의 말을 정치적으로 분석했다.

"전 오히려 굉장히 어른스러우시다 생각했습니다. 공과 사의 구분이 확실하시던걸요."

안 그래도 가문 내에서 처지가 힘들 제이에게 짐을 더 얹어 주고 싶지는 않았기에, 에드워드는 제이의 입에서는 절대 정보가 흘러나오지 않았고 그렇다고 책잡아 추궁할 만큼 무례하게 굴지도 않았다는 것을 넌지시 어필했다.

"그렇다면 다행이군요."

먼저 눈을 피한 것은 조세핀이었다. 조세핀은 눈을 한번 내리깔았다가 다시 시선을 맞췄다.

"이러나저러나 1년간은 같이 있어야 할 테니까요. 잘 지내는 게 좋겠죠."

저쪽에서는 인사이동을 위해 힘쓰지 않겠다는 뜻이었다. 대위님의 설득이 먹혔다는 뜻이군. 에드워드는 가볍게 고개를 숙여 인사했다.

"신경 써 주셔서 감사합니다."

얌전히 한방 맞아주는 걸로 적당히 기어 주겠다는 생각도 내 보였겠다, 인사이동 위험이 없다는 확언도 들었으니 더 질질 끌 이유는 없었다. 둘은 여전히 웃는 얼굴로 등을 돌렸다.

파티장을 한 바퀴 돌고 나자, 조세핀의 단짝인 엘리제 쥘 슈와르즈가 마지막으로 다가왔다. 엘리제는 임기응변에 뛰어나고 다소 무리한 부탁도 잘 들어주는 좋은 친구지만, 장난기가 심한 게 문제였다. 그런 엘리제의 눈에 장난기가 잔뜩 어린 걸 보자 벌써부터 머리가 아팠다.

"저 정신 나간 도련님이 무슨 짓을 저지른 거야?"

"이따 나가서 얘기하자."

그 말을 들은 엘리제가 곧바로 조세핀의 팔짱을 끼고 발코니로 데려갔다.

"……지금?"

조세핀은 당황했다. 에드워드가 있는데 인사를 다 하자마자 밖으로 빠져 속닥댄다면 남들이 신나서 떠들 텐데. 어차피 표정 관리에는 능숙하니 목소리만 줄이면 될 것을 왜? 하지만 엘리제는 팔에서 힘을 풀지 않았다.

"너 이 말 들으면 나한테 고마워할 거야."

……무슨 사고를 친 거야, 이 애송이. 조세핀은 뻗대는 걸 그만두고 순순히 끌려 나갔다. 엘리제는 발코니 문을 닫자마자 서론도 없이 본론을 던졌다.

"꽃을 바쳤다던데, 네 동생한테."

조세핀은 얼굴을 감쌌다.

"……비꼬는 거였다고 말해 줘, 차라리."

크뤼거가 같은 명문가의 후계자가 일개 사생아에게 충성 맹세라니. 차라리 비웃는 게 나았다. 뒤에서 욕하는 건 어차피 제이가 모를 테니까.

"아냐, 아주 진심으로 보이던데? 남자로서 말이야."

"뭐?"

"진심도 아닌데 여자에게 꽃을 바칠 리 있겠냐, 이러던데? 냄새만 풍기는 게 수준급이던걸."

조세핀의 얼굴이 흙빛으로 변했다. 엘리제가 싱글거리며 난간에 기댔다.

"상황만 놓고 보면 장난이어야겠지만, 묘하게 진지해 보이던걸. 나이도 찼겠다, 팔아 버려. 그럼 신경 쓸 일도 줄고 좋잖아."

"갠 비매품이야. 판매 금지 상품."

"억지 좀 부리지 마. 콩깍지도 낀 것 같겠다, 가진 것도 많겠다, 아무리 찾아봐도 크뤼거보다 더 쳐줄 수 있는 상대 없을걸. 지금이야 끼고 지내는 게 좋아도……."

조세핀이 엘리제의 말을 잘랐다.

"원로원에서 결정한 사안이야, 내 고집 아니야."

"뭐?!"

엘리제는 경악했다. 그도 그럴 것이, 보통 사생아에게 가문의 성까지 주는 건 정략결혼에 쓰려고 하는 게 대부분이었다. 능력만 써먹는 거야 굳이 성을 안 줘도 할 수 있으니까.

그런데, 아무리 미들네임은 안 줬다고 해도 르퀸을 달아놓고 아예 팔지도 않겠다고? 저 정도면 2세에게 좋은 유전자를 물려줄 수 있다는 포인트로 어필해 꽤 비싸게 팔 수도 있을 텐데?

남자와 달리, 여자는 가주가 아닌 이상 결혼시키면 전부 그쪽 집안으로 보내야 하는 단점이 있다지만 어차피 평생 쓸 수 있는 두뇌와 달리 신체는 서른만 지나도 빠르게 무너지기 시작한다.

스물다섯까지 잘 써먹고, 그때 즈음해서 팔아 버리는 게 가장 낫다는 건 새파랗게 어린 그녀도 알 수 있었다. 상대가 크뤼거가의 후계자면 3년쯤 일러도 손해 보는 장사는 아니게 되고.

제이를 아끼는 조세핀이 개인적인 감정 때문에 '팔고' 싶지 않아 하는 거라면 이해가 간다. 상대가 크뤼거가의 후계자라면 본처로 보내는 게 무리니까. 제이에게 대를 이어 첩살이를 시키고 싶지 않다고 하면 기분을 이해했을 거다.

하지만 원로원에서 그랬다고? 심지어 에드워드 델 크뤼거한테는 안 팔겠다는 게 아니라 아예 결혼시킬 생각이 없다니, 대체 왜?

"도대체 너희 원로원은 뭐가 문제야? 왜 걔를 그렇게 써?"

미들네임만 달아 줬어도 근친 의혹까지는 안 갔다. 근친 의혹에 화내는 시늉만 했어도 지금처럼 기정사실화되지는 않았다. 정 그렇게 천대할 거라면 적어도 가주와 후계자가 죽은 다음에는 저택에서 쫓아내야 했다.

물론 이건 조세핀이 억지 부린 거긴 하지만, 원로원에서 밀어붙였으면 정식 후계자도 아니라 지지기반이랄 것도 없던 조세핀이 어떻게 버텼겠나. 수도 내에 적당한 저택 주고 사람 붙여서 나쁘지 않은 환경을 만들어 준다면 조세핀도 포기했을 것이다.

그런데 그건 봐줘 놓고, 결혼은 오히려 자기들이 나서서 막아? 뭐 하러? 결혼시키면 어차피 저택에서도 나가야 하니 훨씬 좋을 텐데?

엘리제는 어이가 없어 인상을 찡그리다, 조세핀이 입술을 깨무는 걸 보고는 고개를 저었다.

"아, 아냐. 대답하라고 한 거 아니니까 그런 표정 좀 짓지 마. 궁금하기는 하지만 캐물을 정도로 중요한 사안은 어차피 아닐 테니까."

르퀸과 슈와르는 같은 진보파였고, 조세핀과 엘리제는 가장 친한 친구였다. 그러니 원로원에서 저렇게 껄끄러워하는 약점이 뭔지 알 필요는 없었다. 개인적인 호기심이야 있지만 귀족인 이상 개인적인 호기심이 가문의 문제보다 우선할 수는 없고. 르퀸이 숨기고 싶다면, 슈와르로서는 모른 척해 주는 게 맞았다.

"……미치겠다, 진짜. 저 도련님은 대체 왜……. 주변에서 말리면 말리는 대로 갈 것이지, 왜 제이한테 저러는 걸까."

정략결혼용으로 팔아 버리는 건 싫지만, 제이가 만약 마음에 드는 사람을 만나서 연애를 하는 거라면 그 정도는 조세핀도 축복해 줄 수 있었다. 어차피 결혼이야 크뤼거가에서 목숨을 걸고 막을 테니 걱정할 거 없고.

그냥 잘생기고 예의 잘 배운 남자랑 알콩달콩, 즐거운 데이트만 하다가 적당히 단물 빼먹고 나서 가볍게 손 흔들고 헤어진 뒤 평생의 추억으로 남기고. 그 정도라면 나쁠 것도 없었다.

하지만 원로원은 절대 그렇게 생각하지 않을 것이다. 이미 억지를 써서 제이의 부관 자리까지 꿰어 찬 남자다. 혹시라도 잘못될까 전전긍긍하며 어떻게든 연애의 싹마저 짓밟아 버리려 할 테지.

제이를 저 멀리, 크뤼거가에서 절대 후계자를 보내 주지 않을 위험한 곳으로 전근 보낸다든가 아니면 집안에 감금한다든가 해서. 지금처럼 그냥 에드워드를 부관 자리에서 떼놓는 것만으로는 만족 못할 게 뻔했다.

"……부임 전에 어떤 트집을 잡아서라도 막아 버리는 게 나았을까?"

엘리제가 이해할 수 없다는 듯 눈동자를 데록데록 굴렸다.

"그 정도로 마음에 걸리면 그냥 지금이라도 치우면 되잖아."

"저 도련님이 마음에 든대, 제이가."

다시 한번 깊은 한숨. 엘리제는 헛웃음만 흘렸다. 배척받는 동생이 안쓰러운 건 알겠지만, 그렇다고 적대 가문의 후계자를 가장 큰 약점 옆에 다 놔둬? 엘리제라면 같은 파벌 가문 사람이여도 옆에 안 놔둘 거였다.

"아니, 평소에는 그렇게 어리다 어리다 노래를 불러 대면서 그 어린 애 어리광을 다 받아주고 앉아 있어? 지금이라도 쳐내! 아까 1년 운운한 거야 알 게 뭐야? 쳐내!"

제이는 이제 스물둘이었고, 생일이 지나면 스물셋이 될 것이다. 절대 어린 나이는 아니었지만 조세핀은 기적의 계산법을 적용했다. 조세핀의 말에 따르자면, 열세 살까지는 방치되어 자랐고, 열네 살에 학교에 들어가기 전까지는 지식만 주입받았지 사회화는 되지 않았으니 정신 연령을 최소 여덟 살 최대 아홉 살로 봐 줘야 한다는 거였다.

엘리제로서는 도저히 동의할 수 없는 계산법이었지만, 조세핀은 꿋꿋이 그 계산법을 밀며 제이를 어린 동생이라고 싸고돌았다.

근데 그럼 그 어린애 헛소리는 적당히 흘려 넘길 줄도 알아야지, 어른이 되어 갖고는. 하지만 조세핀은 강경했다.

"그 애가 처음으로 욕심낸 거고, 들어주겠다고 이미 말했어. 이제 와서 엎는 건 못 해."

"돌겠네……."

사실 진짜 돌겠는 건 바로 조세핀 본인이었다. 안 그래도 제이를 못 잡아먹어 안달인 원로원을 떠올리며 조세핀은 또 한 번 한숨을 내쉬었다. 저 도련님이 이상한 말만 안 했어도 부관 자리를 보전시키는 건 적당히 넘어갈 수 있을 뻔했는데, 이렇게 사람 많은 곳에서 일을 쳐놨다니 그것까지 다 끌려올 게 뻔했다.

일이 이렇게 된 이상 입이 찢어져도 제이가 에드워드의 얼굴을 마음에 들어 해서 그냥 놔뒀다는 말은 원로원에게 하지 못 할 테니 다른 핑계가 필요할 듯했다.

* * *

"그러고 보니 카멜롯가에서 투자한 상선이 기일을 지났는데도 돌아오지 않는다면서요? 자금 흐름이 묶여 근심걱정이 크시겠군요."

로엘은 죽을 맛이었다. 에드워드와 조세핀이 번갈아 가며 그를 괴롭혔기 때문이었다.

"참, 일전에 카멜롯 경을 거리에서 뵈었는데, 좋아 보이셔서 다행이었습니다. 간병인이 지극정성인 듯하더군요. 역시 만병에는 마음을 편히 먹는 게 제일 좋은 약인가 보죠."

에드워드는 투자 하나 막혔다고 자금줄이 마르는 한심한 집안 취급을 했고—맹세코 아니었다—, 조세핀은 너네 아빠 꾀병 부리더니 어린 애인

끼고 잘 놀더라? 하며 비꼬았다―이건 사실이라 할 말이 없었다―.

"로엘 경, 너무 상심 마세요. 세상에 여자는 많잖아요. 로엘 경이 나이가 많은 것도 아니고. 더 좋은 상대가 나타날 거예요."

심지어 엘리제마저 와서 얼마 전 결렬된 혼담에 대해 떠드는 데에는 정말 미치고 환장할 노릇이었다. 물론 스물다섯이면, 아주 이른 나이는 아니다. 하지만 결혼은 보통 이십 대 후반에 하기 마련이니 약혼 좀 깨졌다고 인생 망한 건 아닌데. 그런데 굳이 그 얘기를 끄집어내면서 나이 운운하니 왠지 제 발이 저리지 않는가.

도대체 내가 뭘 했다고? 로엘은 정말 억울했다. 그는 진보파의 일원으로서 보수파의 주요 세력 중 하나인 크뤼거가의 후계자를 약간 조롱했을 뿐이다. 그 와중에 르퀸의 오점에 대해 떠들긴 했지만 사생아 얘기 좀 했다고 이럴 일인가? 그렇게 못할 말을 한 적도 없는데?

로엘이 미치고 팔짝 뛰는 만큼, 주변 사람들은 제이에 대해 함부로 입을 놀린 대가를 잘 알게 되었다. 해 봤자 기분 나쁠 말 몇 마디에 아픈 상처를 후벼 파는 말 몇 마디지만, 기분 상할 걸 감수해 가면서까지 굳이 제이를 욕하고 싶은 사람이 없으니 효과는 훌륭했다. 씹고 뜯고 맛볼 화제는 안 그래도 많으니까. 로엘의 표정이 울상이 되는 만큼 사람들의 입에서는 제이와 에드워드의 일이 오르내리지 않았다.

"뭐? 무슨 일을 그렇게 해? 책임자 누구야. 대기시켜 놔."

파티가 끝나갈 때쯤, 스웬은 미리 말했던 대로 멋진 연기를 선보였다. 시종이 어쩔 줄 몰라 하며 고개를 숙이고, 스웬은 에드워드 쪽으로 걸어왔다.

"에드워드 경, 미안합니다. 오류가 있어서 부탁하신 게 파티장에 나와 버린 모양이군요. 조금만 기다려 주시겠습니까? 곧 다시 만들라 하겠습니다."

"그러지요. 애초에 제 억지였으니, 신경 쓰실 것 없습니다."

여전히 친분이라고는 쥐꼬리만큼도 엿보이지 않는 태도였다.

"그래서. 뭐가 궁금하기에 이목 집중될 거 알면서 날 붙잡아 둔 건데?"

에드워드는 긴 다리를 꼬며 여유롭게 웃었다. 그림 같긴 하다, 진짜. 스웬은 혀를 내두르며 술잔을 채웠다.

"너도 한잔 줘?"

에드워드는 고개를 저었다.

"안 먹는 거 알잖아."

"……그래, 맨입으로 떠들어라."

스웬은 혀를 찼다. 에드워드가 파티에 나온 음식에 입을 대지 않는 건 유명한 일이다. 대외적으로는 혀가 예민해 그런다지만, 사실 머리가 있다면 그게 거짓인 건 다 알았다. 그렇게 혀가 예민해서 남의 집 주방장이 한 음식은 못 먹는 애라면 식당도 못 다니겠지.

하지만 크뤼거가는 워낙 손이 귀한 집안이기도 하고, 에드워드는 외동아들이라 무슨 일이 생길 경우 후계자 자리에 문제가 생길 게 뻔한 터라 주변에서 대놓고 뭐라고 하지는 않았다. 뭐라 하기엔 크뤼거가가 너무 세력이 강하기도 했고.

그래도 평소에 개인적으로 놀러왔을 때는 잘 먹고 마셔서 권해 본 건데, 지금 이 순간은 파티라고 치는 모양이었다.

"묻고 싶은 건 많은데."

따른 술잔을 비운 다음에야 스웬은 입을 열었다.

"일단 이것부터 묻자. 정말 결혼이 가능할 거라고 생각하냐?"

"당연하지."

즉답이었다. 스웬은 어이가 없어서 혀를 찼다. 머릿속이 꼭 겉가죽을 따라갈 필요는 없을 텐데, 왜 저렇게 꽃밭인지 모를 일이었다.

“단식 투쟁 한번 성공하니까 뭐든 다 될 거 같냐? 다른 사람도 아니고, 반대 파벌의, 근친 의혹 딸린, 사생아다. 너희 원로원이 죄다 결사반대할걸.”

에드워드가 짧게 웃었다.

“결사반대? 못 해.”

“왜. 네가 다 이겨먹을 거 같아서?”

“아니, 나도 같이 목숨 걸까 봐.”

참, 저 자신감은 어디서 튀어나오는 건지 모를 일이었다.

“너 뭐 원로원 약점이라도 잡아 놨냐.”

조세핀이 가주가 된 지 4년. 그런데도 조세핀은 제이에게 미들네임을 주지 못하고 있다. 그런데 그런 제이를 단순히 신분 세탁하는 걸 넘어서서 한 가문의 안주인으로 들어앉히겠다는 말을 어쩜 이렇게 당당하게 하는 거지.

“약점이 왜 필요해?”

“약점이라도 없으면. 정식 가주인 르퀸 경도 못 하고 있는 걸 아직 가주도 아닌 후계자가 어떻게 하려고?”

“그 사람은 나랑 다르잖아.”

에드워드가 턱을 괴고 오만하게 웃었다.

“나는 정식 후계자고, 그 사람은 아니었잖아. 현재 위치는 중요하지 않아. 가문에서 그 사람에게 어떤 노력을 쏟아부었는지가 중요한 거라고.”

본래 조세핀 라 르퀸은 정식 후계자가 아니었다. 그녀에게는 다섯 살 위의 오라비가 있었고, 그가 르퀸의 정식 후계자였다. ‘불운한 사고’로 전대 가주가 죽은 바로 그날 집에 침입한 강도에게 오라비가 살해당하지 않았다면 그녀가 가주 자리에 올랐을 리가 없다는 뜻이었다.

그러니 에드워드와 조세핀은 다를 수밖에 없다. 조세핀은 후계자가 이미 있는 상황에서 태어났고, 그래서 나중에 결혼을 통해 남의 가문 사람이 될 이로 길러졌다. 그러니 르퀸가는 처음부터 가문에 남지 않아도 상관없는 자원들만 조세핀에게 베풀었다.

적자이긴 하니 결코 지원을 아낀 것은 아니지만, 지원의 질이 다르다. 조세핀이 받은 것은 사교계에 유용한 인맥과 안주인으로서 집안을 다스릴 수 있는 방법 정도였다. 다른 가문으로 흘러나가도 상관없는 것.

하지만 에드워드는 다르다. 에드워드는 크뤼거가의 유일한 적통 후계자이고, 장래 크뤼거가를 이끌어 갈 이였다. 그러니 크뤼거가는 결코 대체될 수 없는 자원을 그에게 쏟아부었다. 그가 주변에 두고 있는 이들은 크뤼거가를 운영하는 데 실질적으로 필요한 이들이고, 그에게 주어진 정보들은 크뤼거가의 핵심 기밀이자 크나큰 약점들이었다.

에드워드는 크뤼거가의 이름을 등에 업고 정치적, 사회적, 경제적으로 인맥을 쌓아올렸다.

가주란 하루아침에 만들어지는 것이 아니니, 크뤼거가는 서른 살에 새로운 가주를 완성해 내는 것을 목표로 차근차근 에드워드에게 가주에게 필요하고 적합하며 가주 외에는 다룰 수 없는 것들을 쏟아붓고 있었다.

그러니 서른 살까지 10년도 더 남은 지금의 에드워드라 해도 이미 30분의 18만큼은 가주인 것이다. 스물둘, 가주로 올라설 때 30분의 0만큼 가주다웠던 조세핀과 달리.

그러니 크뤼거가는 에드워드를 후계자로 길러내기 위해 쏟아부은 자원이 아까워서라도 그를 손절매하지 못한다. 르퀸은 억지 부리는 조세핀을 쳐내고 똑같이 후계자 아닌 이를 가주로 세울 수 있을지 몰라도, 크뤼거는 에드워드의 어리광을 받아주지 않겠다고 그들의 기회비용을 포기할 수 없다. 그러기에는 쏟아부은 게 너무 많으니까.

에드워드를 쳐내려면 크뤼거가를 지탱하는 기둥을 쳐낸다는 생각으로 쳐내야 하고, 그럴 각오를 하기에는 에드워드가 억지 부리는 부분이 너무 좁다. 에드워드가 요구하는 건 고작 그의 배우자 자리 하나뿐이니까.

"고작 그런 걸로……."

"그게 고작으로 보이는 것도 네가 적통 후계자니까 할 수 있는 말이지. 넌 가주한테 무슨 일이 생기면 다음 가주 자리가 너한테 오는 게 너무 당연하지? 누가 갑자기 원로원 이끌고 와서 내가 차기 가주를 하겠다, 넌 물러나라, 이럴 거라는 생각 같은 건 해 본 적도 없잖아."

"당연하지, 내가 후계자잖아."

"그래, 근데 르퀸 경은 아니라고. 4년 전 그때, 르퀸의 원로원은 르퀸 경이 아니라 다른 사람을 선택할 수도 있었어. 그랬어도 별반 다르지 않았겠지. 기껏해야 피 문제였을 텐데, 르퀸 경 사촌쯤 되면 혈통 문제도 그렇게 크게 차이 나지 않았을 테니까. 거기서 원로원은 르퀸 경을 선택했고, 그건 빚이야. 르퀸 경은 그걸 갚아야 한다고. 그러니까 대위님을 위해서 큰 목소리를 낼 수가 없지. 하지만 나는 다르지. 나는 태생으로 이미 그 값을 지불했어. 나는 갚을 게 없고 가문은 투자한 게 있어. 아쉬운 쪽이 누구겠어?"

생각해 본 적 없는 관점에 스웬은 생각에 잠겼다. 에드워드가 정말로 후계자 자리를 걸고 딜을 걸었을 때, 과연 크뤼거가는 에드워드를 포기할까 아니면 사생아 안주인을 받아들일까.

"후계자가 아니었던 조세핀 라 르퀸은 대위님을 제대로 된 르퀸으로 만드는 게 불가능하지. 하지만 후계자인 에드워드 델 크뤼거는 가능해. 억지 부리는 게 아니라, 진짜 생각을 해서 가능하니까 던지는 거거든? 나라고 불가능한 거에 후계자 자리 집어던졌다가 실패만 하고 물러나고 싶겠냐?"

5분 전까지만 해도 당연히 전자라고 생각했는데 에드워드의 말 몇 마디를 듣고 나자 후자도 그럴듯해 보이는 게 당혹스러웠다.

스웬은 술을 따르려다, 어느새 술 마실 생각도 달아난 걸 깨닫고 어이

없는 웃음을 흘렸다. 방금 전까지는 정말 정신 나간 줄 알았는데, 생각보다는 이성을 지키고 있는 모양이었다.

물론 가능하다고 해도 연정에 눈이 먼 것도 아니면서 사생아랑 결혼하겠다는 계획을 짜는 시점에서 아주 멀쩡하게 이성적인 건 아니었다.

"……그래, 네가 되도 않는 억지를 쓰는 게 아니라는 건 이제 이해했다. 근데 대체 왜?"

에드워드는 제이를 크뤼거가의 안주인으로 만들 수 있다고 장담했다. 하지만 둘이 결혼했을 때 득을 보는 건 제이뿐이다. 제이야 신분 상승에, 후계자 자리를 거쳐 가주 자리에 오른 든든한 보호막을 갖게 되니 좋겠지만 에드워드로서는 이득 얻을 게 하나 없는 일이니까.

에드워드는 담담하게 웃었다.

"들어 봤자 이해 못할걸."

"이해는 지금도 못하고 있어."

"아니, 네가 지금 못하는 건 납득이고. 이건 무슨 말인지 이해 자체를 못할 거라고."

스웬은 생각에 잠겼다. 들어 봤자 이해 못하고, 이해해 봤자 납득하기 싫을 얘기라면 굳이 듣지 않아도 괜찮을지 몰랐다. 하지만.

"그래도 말해 달라고 하면?"

에드워드가 피식 웃었다.

"그럼 말해 줘야지."

"……말해 줘."

그는 에드워드를 이해하려 노력해 보고 싶었다.

도대체 가질 거 다 가지고 하고 싶은 거 다 하고 살던 이 오만불손한 도련님이, 왜 자기 평판 깎아먹어 가면서까지 이 손해밖에 볼 게 없는 거래를 하려는 건지.

"그분 말이야."

에드워드는 옆에 놓은 빈 잔을 손가락으로 쓸었다.

"내가 원하는 신의 모습이랑 정확하게 일치하더라고."

왜 이해를 못 할 거라고 했는지 순식간에 이해가 갔다.

"……이거, 뭐 신성모독이나 그런 걸로 안 걸리냐?"

크뤼거는 보수이고, 보수파 중에는 종교와 깊게 연관된 곳이 많았다. 애초에 보수파의 핵심 주장은 자연적이지 않은 인간들—이를 테면 픽이라든가 클론, 유전자가 조작된 사람들—을 배제하는 데 있었으니 종교와 손뼉이 잘 맞을 만도 했다. 크뤼거가라고 다를 건 없었다.

애초에 에드워드의 외가인 마리엔트가부터가 대대로 대신관 자리를 맡아온 가문이기도 하고. 지금 대신관이 에드워드의 외삼촌이니 말 다 한 셈이었다. 그런데 신 운운이라니. 벼락 안 맞나 몰라.

스웬은 사람을 다 물렸으면서도 반사적으로 주위를 둘러보았다. 예전과 달리 종교가 절대적인 건 아니라지만, 그래도 크뤼거인 에드워드가 저런 발언을 하는 건 문제될 소지가 있었다.

"그래서 남들한테 말 안 하고 네게만 하는 거잖아."

이제는 그가 술이 아쉬운지, 에드워드는 괜히 빈 잔만 손안에서 굴렸다. 스웬은 공감해 보려 노력하다 10초 만에 포기했다.

"도대체 어디가?"

스웬은 제이를 잘 모른다. 조세핀 뒤를 따라다니던 걸 몇 번 보긴 했고 에드워드가 미쳐 있는 걸 알았으니 아, 저 사람, 하고 눈길을 준 적도 있지만 그게 다이다. 뒤돌아서면 얼굴도 흐릿해졌다. 기껏 관심을 할애해도 그랬기 때문에 스웬은 곧 흥미를 잃어버렸었다.

그런데 그런 무색무취한 자 어디에 이상적인 신의 모습이 있지?

"그걸 설명하려면 세 살 때 얘기부터 해야 돼."

오, 15년을 끌어 온 집착이라. 벌써부터 위험하게 들렸지만 스웬은 말을 막지는 않았다. 에드워드는 잔에 시선을 둔 채 말을 이었다.

"우리 어머니가 무척 신실하신 건 알고 있지? 어찌나 신실하신지, 내가 세 살 때부터 교리 공부를 시키시더라고. 지식보다도 먼저 신앙을 체화해야 된다나 뭐라나……. 근데 어려서인지 난 영 신이 와닿지가 않더라고. 아니, 싫었다고 해야 하나?"

보통 세 살 때는 손 맞잡고 기도하는 법이나 가르치는 게 고작이다. 좀 더 신실하면 정형화된 기도문 몇 개쯤은 외우게 할까? 하지만 그의 어머니는 그에게 성서를 가르쳤다. 신이 이 세상을 어떻게 창조했고 피조물들에게 어찌 살아가라 명했는지를.

그리고 성서의 내용은 세 살 먹은 에드워드에게는 잘 맞지 않았다.

"이건 뭐, 인간도 아니고 인간이 아닌 것도 아니고. 겉모습이 체격 좋고 중후한 남자처럼 그려지는 것부터가 마음에 안 들더라고. 아니, 분명 성서에서는 가장 낮은 곳에 머무른다며, 가장 비천한 이의 벗이 곧 나의 벗이라며? 아무리 봐도 가장 높은 곳에서 가장 귀한 이의 벗을 친구 삼을 존재잖아. 열 줄에 한 번쯤 하층계급을 살피는 듯한 내용을 집어넣는데 성서 전체를 읽고 나면 결국 밀어 주고 띄워 주는 건 전부 영웅들밖에 없고."

"평범한 사람들이 나와서 평범한 일만 하면 얘기가 안 되잖아."

"바로 그게 마음에 안 드는 거라고!"

반응이 격렬한 걸 보니 15년간 쌓인 게 많은 듯했다.

"물론 신이니 종교니 하는 건 사람들이 의지할 곳을 위해 만들어 낸 거라는 건 알아. 하지만 그런 티를 너무 내니까 믿고 싶지가 않아지잖아?"

이 말을 그대로 자기네 가문 원로원에 나가서 얘기하면 후계자 자리 박탈은 몰라도 근신 한 달쯤은 쉽게 받겠다 싶었다.

"아무튼. 영 마음에 안 들기에 성서 읽으면서 마음에 안 드는 항목이 나올 때마다 번호 매겨 가면서 정리를 해 봤거든?"

저럴 만한 일인가? 스웬은 고개를 갸웃했다.

스웬은 중립파답게, 종교를 갖고는 있었지만 열성적이지는 않았다. 상대방이 기본적인 예의만 갖추고 있다면 어떤 스탠스든 문제가 생기지 않을 정도로 미적지근한 신앙. 그냥 년에 몇 번 성소를 방문하고 종교 축일을 챙기기 위해서 신앙이 필요하지는 않았고, 그러니 신앙을 거부할 일도 없었다.

스웬에게 종교는 친척 가문과 별다를 바가 없었으니까. 척지기는 껄끄럽고 발 벗고 나서서 자기 일처럼 열정을 불태우기에는 거리감이 있고. 그러다 보니 성서도 그냥 소설책 읽듯 후루룩 넘겼지 신의 모습에 대해서 하나하나 따지고 들어본 적은 없었다.

그런데 저렇게 번호까지 매겨 가며 마음에 안 드는 점을 조목조목 찾을 만한 일인가, 그것도 세 살밖에 안 된 애가.

"아, 번호 매긴 건 여섯 살 때였어."

순간 마음이라도 읽었나 싶었다. 스웬은 흠칫했지만 티내지 않고 자연스레 고개를 끄덕였다.

"그래, 퍽이나 큰 차이다."

에드워드는 못 들은 척을 했다.

"그렇게 정리를 하니까, 세세한 걸 제외하고 굵직한 것만 치면 딱 세 가지가 문제더라고. 첫째, 묘사되는 게 전형적인 기득권층의 모습인 거. 둘째, 너무 인간과 같은 메커니즘으로 사고하는 거. 셋째, 과정은 인간과 비슷한데 결과가 터무니없이 엄청난 거."

"참 별게 다 기분 나쁘다……."

에드워드는 이번에도 못 들은 척을 했다.

"그래서 거기서 역으로, 어떤 신이면 내가 섬길 마음이 될지 생각해 본 거지."

우선 겉모습은 기득권층과 거리가 멀 것. 남자보다는 여자, 연령대는 어려 보이는 편이 더 마음에 들고 무력이 있어 보이는 모습도 별로다. 보기만 해도 무릎을 꿇고 싶어지는 고귀함 같은 건 정말 싫다. 어린 여자가 아니라 인생 망한 범죄자 같은 모습도 괜찮을 거 같기는 했다.

그리고 거기에 인간과는 사고방식이 달랐으면 좋겠고. 자기 말 좀 안 듣는다고 해일을 일으키거나 하는 식으로 스케일이 큰 건, 과정이 너무 인간 같아 떼쓰는 어린아이 같아 보여 기분이 나쁘다. 그러니 차라리 신이 왜 화를 내고 기뻐하는지 이해할 수 없는 게 나았다.

거기에 더해서, 아무래도 신은 신이니 인간의 범주로는 이해하기 어려운 능력이 있어야 할 테고.

"그러니까, 난 신이 인간 모습을 한 자연 재해 같은 거였으면 좋겠던 거야."

나름의 이상적인 신의 모습을 완성한 에드워드는, 잠들기 전 올리는 밤 기도 때 그렇게 맹세했다. 나는 아직 당신을 믿을 수 없지만, 만약 당신이 이런 모습을 하고 있다면 그때부터는 내가 어머니같이 신실한 신도가 되겠노라고.

"……내가 진심으로 신을 믿는 건 아닌데 말이야, 네가 말하는 건 신앙이 아닌 거 같아."

"잘 봤어, 신을 자기 기준에 재단하고 맞추려는 건 신앙이 아니지."

에드워드는 순순히 긍정했다.

"그러니까 사실 내 기도는, 내가 평생 신앙을 가지지 않을 거라는 선언에 가까운 거였지. 나도 사실 잊고 있었어. 점점 나이가 먹으면서 모든 사람이 어머니처럼 진실 되게 신을 믿는 건 아니라는 걸 알았으니까. 속으로야 어쨌든 겉으로 신앙을 연기하는 건 어려운 일이 아니고."

에드워드는 말을 멈추고 숨을 길게 들이쉬었다.

"그런데 그분을 보게 된 거지."

겉모습뿐만이 아니라 출생마저도 그가 생각하는 이상적인 신에 걸맞았다. 만약 신이 있고, 신이 인간의 모습을 흉내 내겠다 마음먹었다면 바로 저런 모습으로 나타나야 한다고 생각될 만큼.

비천한 출생, 그로 인한 핍박, 그런데 그런 건 아무래도 신경 쓰지 않겠다는 듯 초탈한 태도까지. 거기에 너무 대단해서 어떻게 대단한 건지도 모르겠는 신체 능력까지 포함되자 혼이 나갈 만했다.

"그러니까, 그 사람이 신인 거 같다고?"

에드워드가 인상을 찡그렸다.

"그럴 리가 있어? 진짜 신이 왜 인간 모습을 하고 있겠어? 현신이니 뭐니 하는 거라면 지금쯤 포교 활동에라도 나섰겠지, 배다른 언니 옆에 붙어 있지 않고."

스웬은 급작스레 억울해졌다.

"……네가 지금까지 한 얘기가 그거잖아!"

"내가?"

에드워드는 무슨 소리냐는 얼굴을 해 보였다. 어찌나 천연덕스러운지, 스웬이 잠시 자기 이해력을 의심하게 될 정도였다.

"무슨 소리야, 내가 말한 건 그분이 내가 생각하는 '이상적인 신의 모습'이라는 거지 신이라는 말은 아니라고. 하긴, 너는 이해 못 하겠지만."

이해를 못 할 거라 생각해서 이해받기를 포기한 건지, 아니면 처음부터 이해시킬 생각이 없는 건지 모를 일이었다. 스웬 입장에서는 도무지 둘의 차이를 모르겠으니까. 에드워드가 다섯 살 먹은 어린아이에게 설명하는 것처럼 친절한 목소리로 설명을 시작했다.

"스웬. 신이 있다고 치자. 너는 신앙이 없고 나는 신앙을 거부하지만, '일단은' 있다고 치자고. 그럼 성서에서 말하는 악마도 있겠지? 인간을 뛰어넘는 능력을 가지고 인간의 모습을 하고 불로불사인 존재가 말이야. 자, 그럼 이 악마랑 신을 어떻게 구분하지?"

"……성서에 구분법 나오지 않아?"

자신은 대충 읽어서 잘 기억이 안 나지만, 나올 법도 한데. 하지만 에드워드는 고개를 저었다.

"성서에는 그냥 악마는 악마고 신은 신이라고 나올 뿐이야. 즉, 존재의 문제라는 거지. 겉모습이나 능력으로는 구분 못 해. 이것도 마찬가지야. 신은 신의 조건을 갖고 있겠지. 그 명제는 참이야. 하지만 역은 참인지 거짓인지 알 수 없어. 악마도 조건만 봐서는 신과 다를 바가 없잖아? 그런 것처럼, 신의 조건을 갖고 있다고 해서 신인 건 아니라고. 심지어 이건 내가 생각한 개인적인 신의 조건이야. 내 마음에는 쏙 들지만, 진짜 신이라면 나 하나보다는 좀 더 많은 사람이 신이라고 인정할 만한 모습을 하고 있지 않을까."

스웬은 거기서 이해를 포기했다. 무슨 말인지 모르겠다. 스웬이 포기한 걸 알아차린 에드워드가 웃었다.

"나는 그분이 진짜 신일 거라고 생각하지는 않아. 그건 이성으로 내린 판단이지. 하지만 내가 신앙을 가진다면 그런 상대였으면 좋겠고, 어렸을 때 그런 대상이 나타난다면 신앙을 바치겠다고 맹세한 적도 있어. 그러니 나는 그분을 '믿기'로 한 거지. 신앙의 대상으로 삼아, 몸과 혼을 바치겠다고. 신앙은 이성으로 되는 문제가 아니니까."

"……신이 아닌 걸 알면서도?"

에드워드가 피식 웃었다.

"석상에 대고 절하는 인간들도 있는데, 신이 아닌 걸 알면서 신으로 삼아 숭배하겠다는 건 이상해?"

솔직히 말해서 이상했지만, 이상하다 말한다고 해서 에드워드가 마음을 고쳐먹지는 않을 거 같았다.

"그래서 네 신께 바치는 공물이 결혼이다?"

"받아 주신다면."

손해득실만 따진다면 제이가 훨씬 이득이라지만, 사람의 마음이란 건 그렇게 손익계산만 갖고 움직이지는 않는 법이었다.

심지어 면전에서 대놓고 사생아 따위가 뭘 가르치냐는 말을 들어 놓고도— 물론 표현이 저렇게 직접적이지는 않았지만— 표정 변화 하나 없던 제이라면, 백 가지 이익보다 결혼으로 인해 얻게 되는 한 가지 손해에 더 신경을 쓸 수도 있는 문제였다.

그래서 에드워드는 방금 전 파티장에서 이미 제이와 잘되었다는 뉘앙스를 풍길 수 있었음에도 불구하고 그러는 대신 그냥 자기 혼자 일방적으로 구애하고 있는 중인 척한 거였고. 제이는 원하지 않을 수도 있으니까.

제이가 원한다면 그럴 수 있도록 판을 깔아놓기는 할 테지만, 원하지 않는다면 그냥 자기 혼자 사랑에 눈이 먼 어리석은 도련님이 되고 끝날 수 있도록.

스웬은 왜 에드워드가 좀 더 쉽게 로엘의 입을 막고 사과를 뽑아 낼 수 있는 수단 대신 성차별적으로 들릴 수 있는 중의적인 말을 택해야 했던 건지, 그렇게 대담하게 고백해 놓고는 조세핀 앞에서는 제이가 자기에게 선을 긋고 있다는 식으로 얘기를 한 건지 이제야 깨달았다.

……아, 차라리 평범한 첫사랑인 게 훨씬 편할 뻔했다. 스웬은 술을 따라 반 입 마셨다가, 이미 입이 쓰다는 걸 깨닫고는 얼굴을 찌푸리며 에드워드 앞에 놓여 있던 잔을 가져갔다.

"……네가 그렇게나 진심이라니, 내가 네게 도움 될 소문 하나를 얘기해 주지. 네가 그냥 세계 최강이라는 제이 르퀸에게 관심이 있는 거라면 필요 없을 정보라 딱히 말은 안 했지만, 결혼을 생각하고 있는 거라면 잘 써먹을 수 있을지도 모를 정보야."

에드워드의 얼굴에서 미소가 사라지고, 진지한 눈이 되었다. 스웬은 술 대신 물로 잔을 채우고 입을 열었다.

* * *

조세핀은 지끈거리는 이마를 눌렀다. 안 그래도 그녀는 피곤했다. 테러리스트들 중에 경계 순위 1순위인 테러범이 로쉔에 와 있다는 정보를 입수했던 터라 그게 사실인지 조사하고, 혹시라도 소문이 흘러나가 괜히 다른 테러범들까지 자극하지 않도록 신경을 써야 했으니까.

그런데 그 와중에 제이에게 이성적인 호감이 있다고 말하는 적대 가문 도련님이라니. 이건 진짜 예상을 못한 일인데.

남자가 여자의 곁에 오고 싶어서 안달이 났으니 당연히 연정일 가능성부터 의심해 봐야 했겠지만, 조세핀은 무의식적으로 제이를 스물둘보다 훨씬 어리게 치는 경향이 있었다. 그래서 제이가 이성적인 호감을 받다못해 결혼을 해도 이상하지 않을 나이라는 걸 잊고 있던 거였다. 하긴, 어려 보이는 게 내 눈에나 어려보이지 남들 눈에는 멀쩡한 성인이지.

조세핀은 손톱을 잘근잘근 깨물었다. 하필이면 제이가 에드워드의 얼굴을 칭찬했던 터라 불안감이 더욱 커졌다.

그렇게 잘생긴 남자가 들이대는데 과연 제이가 마음의 평정을 유지할 수 있을까? 에드워드는 아무리 봐도 소녀의 첫사랑이 되기 너무 적합한 얼굴이었다. 아, 반해 버리기라도 하면 골치 아픈데.

덜컹, 마차가 갑자기 멈추었다. 생각에 잠겨 주변을 신경 쓰지 못하고 있던 조세핀은 하마터면 벽에 머리를 박을 뻔했지만, 다행히 머리를 박기 직전에 손잡이를 잡아 멈출 수 있었다.

뭐지? 당황한 조세핀이 상념에서 깨어나 주변 기척을 살폈다. 주변에서 인기척이 여러 개 느껴지는 걸로 보아 아마 포위가 된 모양이었다.

그 사실을 깨닫자 오히려 조세핀은 침착해질 수 있었다. '불운한 사고'로 아버지와 오빠를 잃고 가주 자리에 오른 뒤부터 이런 일은 많았으니까. 대처법은 잘 알고 있었다.

침착하게 마차 문을 잠근 조세핀은, 품속에 넣어 뒀던 단검을 꺼낸 뒤 왼쪽 손등을 찔렀다. 정확히는, 손등에 단검의 날 끝을 갖다 댔다. 피는커녕 생채기조차 나지 않았고, 그걸로 조세핀은 모든 절차가 제대로 이행되었음을 알았다. 조세핀은 단검을 다시 갈무리했다.

제이는 감았던 눈을 떴다. 그녀의 세계 일부가 공격당하는 것을 느꼈으니까.

픽의 세계는 보통 뇌를 중심으로 원구형을 이룬다. 그래서 똑같은 몸이라도 손보다 발까지 세계를 확장시키는 게 더 어렵고. 하지만 고위급 픽은 세계를 원하는 모양대로 주무를 수 있다. 픽이 만들 수 있는 세계의 범위는 한정되어 있으므로, 똑같은 범위라면 그냥 둥그런 것보다 원하는 모양으로 세계를 확장시키는 게 훨씬 좋다.

물론 제이는 전 세계에서도 다섯 손가락 안에 꼽힐 만한 픽이므로 그냥 구형으로 세계를 유지시켜도 범위가 부족하지는 않았다. 하지만 범위 안에 락이나 다른 픽이 있으면 그들의 세계를 누르느라 쓸데없는 힘이 들게 된다. 때문에 그들을 피할 수 있는 만큼은 피해서, 필요한 부분만 자신의 세계로 만들어 두는 게 좋다.

그러한 응용법 중에 특히 어려운 것이, '씨앗'이라 불리는 방법이다. 방식은 간단하다. 대상자의 신체 일부—보통은 심장부—에까지 세계를 확장시켜 두는 것이다.

이때 세계를 중심부, 연결부, 씨앗으로 구분한다면 우선 씨앗이 중심부와 연결이 끊어지지 않게 연결부를 실처럼 가늘고 길게 뽑으며 거리를 늘인다. 픽의 세계는 서로 분리될 수 없으니 실처럼 가늘게라도 중심부와 연결은 되어 있어야 한다.

실과 같은 연결부를 충분히 많이 뽑아 낸 다음에는 그대로 놔두면 된다. 세계는 일단 한번 형태를 고정시키면 일부러 바꾸지 않는 이상 그 모습을 유지하니까.

이렇게 세계의 씨앗을 심어 놓으면 아무리 가늘게 연결되었다 해도 그 부분 역시 픽의 세계 안이다. 그래서 픽은 씨앗을 심어 놓은 사람을 자기 마음대로 주무를 수 있게 된다. 죽이거나, 살리거나. 독이며 총칼이 듣지 않게 하는 것도 가능하고.

말로는 간단하지만 세계를 주무르는 것도 어려운데 실처럼 가늘게 만드는 게 쉬울 리 없다. 어지간한 고위 픽이 아니면 불가능한데다가 지나치게 복잡한 방식이라 하자면 할 수 있을 픽들도 필요가 없다면 굳이 사용법을 익히지 않는다. 아마 전 세계를 다 뒤져봐도 실제로 씨앗을 쓸 수 있는 픽은 백 명이나 될까 할 정도로.

하지만 제이는 그럴 능력이 있었고, 씨앗을 자유자재로 다루는 달리아가 스승이었고, 그 능력이 필요하기까지 했다. 조세핀을 보호해야 했으니까.

그래서 제이는 씨앗을 만드는 법을 익혀다가, 그 씨앗을 조세핀에게만 두 개를 심어 놓았다. 심장에 하나, 왼쪽 손등에 하나. 심장은 당연히 보호를 위한 것이고 왼쪽 손등은 알람을 위한 거였다.

로셴이 픽의 존재를 허용하는 나라라면 그냥 조세핀 몸 전체를 보호해 버리면 간단하겠지만, 로셴은 픽이 불법이니까. 대놓고 픽의 능력을 드러낼 수 없다.

그러니 보호가 발동할 만한 상황이 되면 제이가 재빨리 조세핀 옆으로 가서 직접 보호를 해야만 했다. 하지만 그렇다고 아예 보호를 안 걸자니 무슨 일이 생길까 무섭고.

그래서 혹시 모를 때를 대비해서 심장에도 보호용으로 하나 심어 놓고, 알람용으로 겉으로 드러난 부위에도 하나를 심어두고. 위기일 때마다 심장을 찌를 수는 없으니 알람용은 따로 만들어야지.

즉, 왼쪽 손등을 찔러 씨앗을 건드리는 건 조세핀과 제이 사이의 암호였다. 위험에 처했으니 날 구하러 오라는.

알람이 울렸으니, 가야지. 제이는 거리를 가늠한 뒤 창문을 열고 지붕을 내달리기 시작했다. 하자면 공간을 잠시 왜곡해서 거리를 줄일 수도 있지만, 그리 멀지 않은 곳에 있으니 굳이 일을 키워서 제 정체가 발각될 위험을 감수할 필요는 없을 것 같았다.

현장에 도착할 때까지 걸린 시간이 4분 51초, 습격범 일곱을 처리하는 데 걸린 게 2분 14초. 제이는 권총을 다시 홀스터에 꽂아 넣으며 한숨을 내쉬었다.

솔직히 에드워드한테 거짓말을 한 게 하나 있었으니, 제이는 총에 익숙하지 못했다. 자주 안 쓰는 건 아니고, 이런 식으로 도망치려는 다수를 상대할 때는 편해서 잘 써먹고 있기는 한데 사실 총 쏠 때는 세계를 넓혀놓은 뒤 대충 쏘고 나서 궤적을 수정하다 보니 영 사격 실력이 안 늘었다.

그래도 직접 들고 휘두르는 칼이나 채찍은 공격 하나하나마다 능력 써서 조율하느니 그냥 실력을 늘리는 게 편해서 좀 낫긴 한데, 총은 단 한 발로도 상대를 무력화시킬 수 있다 보니 슬쩍슬쩍 능력을 섞어 쓰기 편해서 그런가 자꾸 의지하게 되었다.

사실 능력 없이 진짜로 쏘면 고정된 과녁이라도 맞출 자신이 없겠지만.

정확히 총알 일곱 발로 습격범 일곱을 쓰러트린 제이는 한숨을 내쉬고는 마차 문을 열었다. 아까 습격범들이 시도하던 때와 달리 문은 쉽게 열렸다.

"빠르네."

안에 앉아 있던 조세핀이 생긋 웃었다. 제이도 마주 웃었다.

"이쯤 되면 포기할 법도 한데, 참 멍청하기도 하지."

제이가 조세핀의 경호를 맡고 있는 건 세 살 먹은 어린애도 알 수 있다. 제이가 저택에서 나가지 않는 이유로 내세우는 것도 그거고.

조세핀이 처음 가주가 된 뒤 몰아치던 살해 위협은, 제이의 철통 방어에 막혀 많이 수그러들었던 상태였다. 그런데 이제 와서, 대로변에서 사람 일곱 써서 살해 시도? 어쩌려고, 대체.

"이젠 네가 내 부관 자리에서 물러났으니까. 혹시 경호에 빈틈이 생겼나 시험해 본 거겠지."

"무의미한 희망인데."

제이가 코웃음을 쳤다. 굳이 따지자면 자신감이겠지만, 자신감이라기보다는 해가 서쪽에서 뜰 것을 기대하는 이들을 보고 어이없어 하는 것처럼 보이니 영 자신감 같지는 않아 보였다.

자기를 저렇게 객관적으로 높게 평가하는 것도 참 대단한 일이야. 조세핀은 빙그레 웃으며 옆자리에 놔뒀던 상자를 집어 건넸다. 마차가 급정지할 때 한번 뒤집히기는 했지만, 케이크도 아니니 멀쩡할 것이다.

"집에서 주려고 했는데, 이왕 왔으니까 지금 줄게. 스웬 경에게 부탁한 봉봉이야."

제이가 눈을 빛내며 마차에 올랐다.

"지금 먹어도 돼?"

"응, 상이야."

조세핀은 빙그레 웃으며 제이의 머리를 쓰다듬었다. 제이는 포장지를 벗기고는 바로 한 알을 꺼내 입에 넣었다. 달콤하면서도 쌉싸름한 맛이 혀에 감기며 제이의 표정이 누긋하게 풀어졌다.

"맛있어?"

조세핀이 흐뭇한 얼굴을 했다. 잘 먹는 게 어쩜 이리 보기가 좋은지. 순식간에 봉봉 세 개를 먹어치운 제이가 갑자기 생각난 것처럼 운을 떼었다.

"아, 참."

"왜?"

"이번 건강 검진은 달리아한테 받을 수 있나?"

조세핀의 안색이 싹 달라졌다.

"어디 안 좋아?"

달리아는 현재 '하연 인더스트리'라는, 아밀스턴 섬에 소재지를 둔 다국적 기업의 부회장이었다. 하연 인더스트리의 전문 분야는 생명 공학이었는데, 클론, 오더메이드 인간 제작, 인공 수정 등등 인간 제작이 가능한 유일한 기업이기도 했다.

달리아가 예전에야 일개 사원이었고 먼저 제이에게 관심을 보였으니 전담의 역할을 했다지만, 회장이 실종된 지금 고작 건강 검진 따위를 위해 움직일 위치는 아닌 것이다. 제이 역시 그 사실을 모를 리가 없고. 그런데도 굳이 달리아를 지목한다는 건, 하연 인더스트리의 부회장쯤 되는 이가 아니면 해결해 줄 수 없는 문제가 있어서…….

펼쳐지는 상상의 나래를 제이가 황급히 막았다.

"아니, 그게 아니라……. 곧 바빠질 거 같아서, 한가할 때 싹 한번 살펴보려고. 네가 바쁜 거면, 곧 나도 바빠진다는 거지?"

"아아."

그제야 조세핀은 안도한 얼굴을 했다.

"그러게. 만약 진짜 로즈가 들어온 거면 아무리 너라고 해도 힘들 테니 만전을 기하는 게……."

"……로즈? 황금으로 된 장미?"

제이의 안색이 싹 변했다. 조세핀이 고개를 끄덕였다.

"응. 로즈가 입국했다는 소문이 있어서. 뭐, 뜬소문이야 작년에 그 사건 벌어진 뒤로 계속 있었다지만 이번에는 뭔가 다른 거 같거든. 뭔가 잡힐 듯 잡힐 듯 안 잡히는 게……."

제이는 절대 실력을 다 드러낸 적 없다. 그러려면 그녀가 픽인 걸 밝힐 수밖에 없으니까. 그렇다면 어떻게 바다를 가르고 땅과 하늘을 뒤집는 고위급 픽 사이에서 실력을 숨기면서 '최강' 타이틀을 딸 수 있었을까?

그 답이 바로 로즈였다. 통칭 '황금으로 된 장미'.

엄밀히 말해, 제이는 세계 최강이 아니다. 그녀는 2인자였고, 사실 진짜 세계 최강은 로즈다. 그 로즈가 제이를 보았고, 자기와 비등비등하다 인정해 줬기 때문에 제이는 실력을 숨긴 채로 '2인자' 타이틀을 얻을 수 있었다.

그리고 그 로즈가 작년, 돌연히 하연 인더스트리의 부회장을 공격한 뒤 도주하면서부터 범죄자 타이틀을 얻자 로쉔은 재빨리 제이를 최강이라 말하기 시작했다. 국가적인 범죄자인 로즈가 굳이 쫓아와 왜 나 말고 다른 사람을 최강이라 부르냐며 머리채를 잡을 것 같지는 않았기에 벌인 짓이었다.

하지만 남들 눈에는 둘 다 인간 아닌 괴물일지 몰라도 그 괴물들끼리는 서로의 능력을 가늠할 수 있었다. 능력 자체는 비등할지 모르나, 능력의 사용법은 로즈 쪽이 월등히 뛰어났다. 게다가 제이에게는 크나큰 약점이 있었다. 바로 픽인 걸 들키면 안 된다는 것.

……소문이 진짜면 좀 곤란한데.

제이는 입술을 깨물었고, 조세핀은 긴장을 풀어 주려는 듯 웃었다.

"뭐, 저쪽도 제정신이면 너랑 진짜 싸우고 싶을 리는 없잖아. 하지만 죽어도 대항할 수단이 없는 거랑 여차하면 동원할 수단이 있는 건 다르니까 말이야. 그냥 만전을 기해 두자는 거지."

애초에, 이쪽도 로즈를 진짜 죽이면 곤란하다. 아무리 범죄자라지만 타국의 사람이고, 로즈의 집안은 꽤나 탄탄했으니까. 로즈가 도망가지 않고 남아 그냥 분쟁이었다고 우겼다면 하연 인더스트리의 부회장 습격 사건이 어떻게 처리됐을지 모를 정도로.

그리고 로즈 쪽에서도 자기 다음 가는 사람과 굳이 싸워서 몸을 상하게 할 이유는 없다. 지금 로즈가 범죄자임에도 조심스러운 대우를 받는 건 로즈가 최강자여서 그런 것도 있으니까.

만에 하나 싸우다 몸이라도 상해 최강자 자리에서 내려오게 된다면. 자신의 몸을 지킬 힘도 부족해진 상태에서 로즈의 가문에서 로즈를 쓸모없다 여기게 된다면, 로즈의 처지는 아주 볼만해질 것이다. 그러니 로즈가 제이와 싸우려 들 리 없다. 조세핀은 확신했다.

"……그건 그렇지."

제이는 애써 웃었지만, 조세핀과 달리 제이는 회의적이었다. 그녀는 로즈를 알았다. 오래 본 건 아니지만, 로즈는 참으로 침착하고 이성적이며 상식이 넘쳤다. 도덕과 준법정신마저 갖춰, 거의 고결하다 해도 좋을 정도였다. 다만 그 많은 장점이 사랑 앞에서는 무너진다는 게 문제지.

로즈는 세상에서 둘째가라면 서러울 사랑꾼이었다. 그러니 로즈의 연인이 원한다 말하면, 아니 그 사람에게 도움이 되는 길이라는 판단만 서면 로즈는 기꺼이 자기 목숨을 걸고 제이와 싸울 것이다.

제이는 그걸 알기에 무척이나 불안했다.

"그래도 핑계로는 좋으니까……. 달리아한테 내가 연락해 둘게."

제이의 불안감을 모르는 조세핀이 밝게 말했다. 제이는 힘겹게 고개를 저었다.

"아냐, 너 바쁘잖아. 내가 직접 연락할게. 그냥 허가받고 싶어서 말한 거야."

"우리 사이에 허가는 무슨? 그래, 직접 해. 네 말을 더 잘 들어주긴 하겠지."

조세핀과 달리아는 거래로 묶인 사이일 뿐이지만 제이는 직접 사사받은 입장에 같은 픽이기까지 하다. 변덕스럽고 제멋대로인 걸로 유명한 달리아지만 제이의 부탁이라면 좀 고려를 해 줄지도 모르지.

지금 국내에 들어와 있다는 그 테러범이 하연 인더스트리의 회장 실종사건에 관련되어 있다는 소문도 있으니, 그 정보를 흘리면 더더욱 쉽게 와줄 지도 모르고. 밖으로 흘러나가면 곤란한 정보지만, 아예 대륙조차 다른 달리아에게라면 알린다고 크게 문제될 건 없을 터였다.

"르퀸 소장님! 괜찮으십니까?"

근위대가 이제야 도착하다니, 제이의 일처리가 얼마나 빨랐는지 짐작할 수 있었다. 처리를 제이가 했으니 수습은 조세핀의 몫이었다. 조세핀은 마차 밖으로 나가기 전에 제이를 돌아보고 말했다.

"집사에게 말해 둘게, 네가 편한 방법으로 연락해."

* * *

"르퀸가에서 그 사람을 대하는 태도가 이상한 건 알고 있지?"

"넘치게 잘 알지."

미들네임을 주든가 아니면 아예 르퀸 성도 주지 말든가. 공식적인 사생아 인정이라니, 정말 기절초풍할 일이었다.

"그래서, 진보파 안에서만 떠도는 소문이 하나 있어. 저 이상한 태도를 설명하기 위해 나온 가설이지."

진보파 안에서만 돈다니 르퀸에게 호의적인 소문인 게 틀림없고, 그럼 자연스레 제이에게도 호의적일 게 확실했다. 적어도 근친 의혹보다는 말이다. 에드워드는 온 신경을 집중했다.

"아예 그 사람이 전대 르퀸 경의 자식이 아니라는 거지."

스웬은 술안주로 내온 올리브 절임을 하나 집어먹었다. 술안주로 나온 거니만큼 그냥 먹기에는 좀 짰지만, 술 마실 기분은 날아간 지 오래였기에 그는 물이나 마시고 말았다.

"일단 증거는 하나도 없이 이야기를 짜 맞추려고 하다가 나온 그럴듯한 가설인 걸 미리 말해둔다, 너 실망하지 말라고."

미리 쿠션을 까는 것도 잊지 않은 스웬이, 드디어 이야기를 시작했다.

"그 사람의 흑발, 흑안은 르퀸가에서 나오는 색이니 르퀸의 피가 섞인 건 분명하지."

보라색인데. 에드워드는 그렇게 생각했지만 말하지는 않았다. 제이가 말하지 말라고 했으니까.

"그런데 어머니가 불확실하잖아?"

그건 그랬다. 보통 사생아들 어머니는 물 위로 올라올 일 없다고는 하나 아예 완전히 배제되지는 않는데, 제이의 어머니는 흔적조차 없었다.

사실 그래서 더 근친 의혹이 힘을 얻은 거기도 했다. 아무리 사생아여도 어머니랑 개인적인 만남쯤은 봐주는데, 제이는 주변에서 어머니의 그림자조차 볼 수 없었으니까.

단순히 지금 보이지 않는 거면 그냥 죽어서 그렇구나 싶겠지만 제이는 르퀸 저택에 오기 전의 행방도 베일에 싸여 있으니까.

"그러니까 당연히 아버지도 불확실해지는 거지."

그것도 그랬다. 어머니가 확실해도 아버지가 확실하란 법은 없는데, 어머니도 불확실하니 아버지가 누구인지 알 게 뭔가. 다만 르퀸가에서 굳이 그럴 필요 없는데도 사생아라 인정했으니 진짜 전대 가주 자식이긴 한가 보다 할 뿐이지.

"그래서 나온 얘기야. 사실 그 사람이, 르퀸 가문 방계 출신이 아닌가."

"사생아가 아니라, 멀쩡한 부모 아래서 태어난?"

너무 갔는데. 에드워드는 묘한 표정을 지었다. 방계 출신이 실력이 좋으면 그냥 데려다 쓰면 된다. 원래도 르퀸이었을 텐데 뭐 하러 또 르퀸을 달겠는가? 그것도 사생아라고 거짓말까지 해 가며?

"전대 가주가 부인을 꽤 많이 사랑했었잖아."

"그랬나……."

그런 인간이 사생아를 만들고 근친 의혹까지 다나. 아무리 그때는 부인이 죽은 다음이었다지만, 4년 뒤에 애가 태어난 거면 애인을 만든 건 언제였는지 모른다는 건데.

"그래서, 전대 가주의 부인……. 그러니까 레이첼 로 르퀸이 처녀 시절 짝사랑하던 르퀸가의 남자가 있었는데 레이첼 로 르퀸에게 푹 빠진 전대 르퀸 경이 그녀를 빼앗아 결혼했고, 그런 뒤에도 그 남자를 질투해서 그 남자의 딸이 싹수가 있어 보이니까 데려다 쓰겠다며 억지로 빼앗아서 사생아로 만들어 버린 거라고."

에드워드는 머릿속을 정리했다.

얘기가 그럴듯하냐 한다면 그럴듯했다. 사랑에 눈이 멀어 애인 있는 여자를 빼앗는 건 흔한 일이고, 그래 놓고도 여자의 마음은 가져오지 못해 상대 남자를 질투하는 것도 흔한 일이다. 가끔은 마음을 돌려놓고도 의부증이 생겨서 진심을 말하라며 여자를 의심하는 이들도 많고.

제이 정도의 재능이라면 당연히 가주에게 방계에서 쓸 만한 애가 나왔다며 얘기가 올라갔을 테고, 그 말을 듣고 부모를 본 전대 르퀸 경이 젊었을 적 일이 생각나서 애를 빼앗아 와서 오명을 뒤집어씌웠다.

뭐, 이것만 놓고 보면 앞뒤가 안 맞는 말은 아니다. 게다가 이 가설대로라면 가장 걸리는 부분 하나가 설명이 된다. 조세핀이 제이를 아낀다는 것.

로쉔은 원래가 남성 중심 사회이다. 물론 본, 분가와 후계자 육성에 들어간 비용을 더 중시하기 때문에 본가에 딸밖에 없다면 딸에게 가주 자리가 돌아간다. 도중에 아들이 태어나더라도 나이차가 커서 딸을 후계자로 교육시키는데 든 기회비용이 크다면 굳이 바꾸지 않지만, 그래도 두세 살 정도의 차이면 아들에게 후계자 자리가 돌아간다.

후계자 자리에서 밀려난 딸은 안주인으로서의 몸가짐을 교육받고 자라지만 장남이 아닌 아들들은 후계자를 보좌할 교육을 받는다.

여자는 집밖으로 나가지도 못한다는 쥘브르나 딸만 있으면 가문의 명맥이 끊어진다는 후연국에 비하면 사정이 낫지만 평등하기로 이름 높은 파웰이나 성별, 혈통, 나이를 떠나 실력과 재능만 본다는 슈켄, 여성 중심 사회라는 짐국에 비하면 여성의 입지가 좁다.

그러다 보니 가족 간에 감정적 유대가 가장 높은 건 엄마와 딸 사이가 되고, 사생아에 더 치를 떠는 것 역시 딸이 된다. 아들이 아버지 입장에서서 사생아를 귀찮은 혹처럼 본다면 딸은 어머니의 입장에 서서 사생아를 부정과 배신의 증거로 보니까.

조세핀이 남자였다면 사생아인 제이를 쓸모 있는 패로서 아낀다 생각하겠지만 그녀는 여자였고, 심지어 후계자도 아니었다. 그러니 후계자 교육을 받아서 아들들이 생각하는 것과 같은 느낌으로 생각한다는 것도 말이 안 되는 것이다. 사실 그녀가 남자였어도 제이를 적대시하지 않는 선이지, 좋아할 이유는 없겠지만.

하지만 그 모든 게, 제이가 사생아가 아니라면 설명이 간다. 어머니에게 더 감정적으로 공감하는 딸이니 어머니의 첫사랑을 애틋한 로맨스로 생각할 수도 있을 테고, 어머니가 직접 부정을 저지른 것도 아니니 그 첫사랑의 딸을 호의적으로 볼 수도 있겠지. 아버지가 그 로맨스를 질투해서 인생을 말아 먹었다면야 동정심까지 섞여서 더 잘해 줄 수도 있을 테고.

하지만 다른 가설들이 그렇듯, 여전히 남는 문제는 있었다.

"저 가설에서 사실인 부분이 어디어디냐?"

"없어. 아, 아니다. 전대 르퀸 경이 부인을 무척 많이 사랑했다는 거. 그거 하나."

"……레이첼 로 르퀸에게 결혼 전 애인이 있었다든가, 그런 것도 확인된 바가 없어?"

"없어. 애초에 그 둘의 결혼은 겉으로는 정략 결혼이었기 때문에 르퀸 경이 억지로 빼앗듯 결혼했는지 그것도 확실하지 않아."

"왜 어머니 후보도 없는 근친 의혹도 사교계를 휩쓰는데 이 소문은 진보파 안에서만 떠돌았는지 알 것 같군."

"그렇지, 뭐. 르퀸에서 공식적으로 사생아라고 인정했는데 아니라고 해봤자 음모론밖에 안 되는데, 상대가 어린 여자여서야 재미도 없지. 아무리 최강이어도."

"게다가, 아무리 라이벌이 미워서 그 딸 인생을 망치고 싶어도 자기까지 근친 의혹 뒤집어 쓸 이유는 안 돼. 아내를 그렇게 사랑해서 이런 일을 벌였다면 더더욱."

"그건 그렇지. 하지만, 네가 써먹으려면 얼마든지 써먹을 수는 있는 소문 아니겠어?"

"아, 그건 그렇지."

스웬은 처음부터 사건의 진상을 알려 주겠다고 하지 않았다. 에드워드에게 도움이 될 소문을 알려 주겠다고 했지. 객관적으로 생각했을 때 이건 진짜가 아니겠지만, 에드워드가 정말 제이와 결혼해서 제이의 신분을 세탁할 생각이라면 가져다가 우길 수 있는 가설이 있다는 건 좋은 것이다.

애초에 다른 가문에서 사생아 신분 세탁할 때 방계 쪽 아이라고 하는 걸 사람들이 진짜 믿는 것도 아니고. 중요한 건, '힘을 가진 사람이 뭐라고 말하는지'다.

지금은 르퀸이 사생아라고 인정했으니 다들 그녀를 사생아라고 생각하겠지만, 에드워드가 그녀와 결혼해서 그녀는 사실 사생아가 아니라 이런 사정을 가진 거라고 말하면 사람들은 공식적으로는 저 의견을 받아줄 것이다. 근친 의혹이 거의 확정처럼 떠돌고 있어도 겉으로 그 얘기를 하는 사람은 없는 지금처럼.

그리고 그 주장이 원래부터 떠돌던 가설 중 하나라면, 진심으로 저 말을 믿어 주는 사람들도 생길 게 뻔하고. 확실히 그에게는 꽤 좋은 소문이었다.

"설정을 몇 개 추가하면 더 그럴듯해질 수도 있겠다. 아, 그래. 대위님이 우연히도 레이첼 로 르퀸이랑 닮아서 마냥 미워하지 못하고 애증을 품었던 거라고 한다거나. 어차피 돌아가신 지 오래 된 사람이니 얼굴 기억하는 사람 없을 테고, 대위님은 르퀸 경이랑 얼굴도 닮은 편이니까……."

에드워드는 아주 잠시 멈칫했지만, 곧 다시 평온하게 말을 이었다.

"……그럴듯하지 않나?"

표정이 멀쩡했고, 주저는 잠시였기에 스웬은 그저 에드워드가 설정이 그럴듯한지 체크해 보느라 말을 멈췄다고 생각한 모양이었다.

하지만 에드워드가 말을 끊은 건 그런 이유 때문이 아니었다. 에드워드는, 새로운 의문을 품었다.

르퀸가에서 가장 자주 나타나는 색은 검은색이다. 흑발, 흑안인 제이가 근친으로 태어난 아이라는 데 신빙성을 더 보탰을 정도로 르퀸에는 검은색이 잦다. 하지만 제이의 눈 색은 사실 보라색이다. 많이 어두워서 어두운 곳에서는 검은색처럼 보인다지만 그래도 보라색은 보라색, 검은색과는 유전자가 다를 것이다.

물론 르퀸가 조상 중에 보라색 눈을 가진 사람이 한 명도 없을 리는 없으니 근친으로도 보라색 눈은 나올 수 있겠지만, 사람들이 얼핏 봤을 때는 보라색 눈을 가졌으니 다른 피가 섞였나 보다 하고 생각하기 쉽단 거였다.

그렇다면 굳이 의혹을 부정할 필요도 없이 그냥 밝은 곳에서 눈만 보여주면 끝날 일이다. 그러기만 했으면 근친 의혹은 시들해졌을 텐데, 제이는 그러기는커녕 눈 색에 대해 얘기하는 에드워드에게 남들에게는 그런 말을 하지 말아 달라고 했다. 이건 마치 근친 의혹을 부추기는 듯한 모양새다. 아니, 그냥 그거다.

그렇다면, 사실 진실은 그보다 더하다는 게 아닌가? 사람들은 유례없게도 제이를 사생아로 인정한 르퀸가의 행동이, 근친 행위를 덮기 위해 그보다 덜한 사실을 보여 주는 거라 했다.

하지만 사실은 더 더러운 진실을 덮기 위해 근친 의혹을 감수하고 있는 거라면? 그래서 제이는 눈 색을 숨기고 르퀸은 근친 의혹 앞에 침묵한 거라면?

"그래, 어차피 시간은 많을 거 아냐? 넌 아직 열여덟 살이고. 그러니까 차분히……."

말하던 도중 밖에서 노크 소리가 들렸다. 스웬은 잠시 망설이다 물었다.

"잠깐 괜찮아?"

"……어, 괜찮아."

분명 비밀 얘기를 한다고 했는데 문을 두드리는 거면 꽤 중요한 얘기일 터였다. 그리고 에드워드에게는 잠시 생각을 정리할 시간이 필요했고, 스웬은 목소리를 높였다.

"들어와."

스웬의 집사가 들어와 그의 귀에 대고 뭐라 속살댔다. 듣던 스웬의 얼굴이 굳어졌다.

"……다친 덴 없다고 하고? ……그래. 뒤처리는? ……그러냐. 그래, 알았다. 나가 봐."

집사는 깊게 절을 한 뒤 물러났고, 스웬은 문이 닫히기를 기다렸다가 말했다.

"방금 전, 르퀸 경이 습격을 받았대."

"뭐?!"

에드워드는 정리하던 생각을 집어치웠다. 조세핀에게는 별 관심이 없지만, 그녀는 지금 르퀸가에서 유일하게 제이에게 호의적인 사람이라 했으니 그건 좀 신경을 써야 했다.

"근데 르퀸 대위가 처리해서 무사하다는군."

에드워드의 얼굴이 대번에 일그러졌다.

제이는 파티장에 나오지 않았다. 그런데 귀갓길에 습격당한 조세핀 옆에 있었다고? 오늘 제이는 에드워드와 같이 퇴근길에 올랐다. 지나가다 우연히 마주치는 건 불가능하다.

그렇다는 건, 조세핀이 제이를 마차에 놔뒀다는 게 아닌가. 단지 경호로 쓰기 위해. 마치 경호원을 고용한 것처럼.

물론 조세핀 나름대로는 제이를 배려한 것일 터다. 제이보다 더 나은 호위 같은 건 없고, 그렇다고 제이를 여기에 데려오면 사람들의 눈총만 더 받을 테니까.

게다가 조사한 바에 따르면, 르퀸가에 출입하는 업자는 두 종류이다. 가주인 조세핀의 물건을 대는 업자들, 그리고 고용인들이 쓰는 물건을 대는 업자들. 옆에서 관찰한 바에 따르자면 제이는 고급품에 익숙해 보이니, 스웬이 말해 준 대로 조세핀은 가주인 자신이 쓰고 먹고 입는 것을 제이에게도 해 준다는 뜻이다.

진상이야 어찌 됐든 겉으로는 사생아인 제이에게, 가주이자 적자인 조세핀이 해 줄 수 있는 대접은 이게 최대라는 걸 머리로는 안다. 에드워드처럼 평판을 포기할 게 아니라면, 겉으로는 고용인처럼 부리는 척하고 뒤에서만 잘해 주는 게 최선이겠지.

그걸 알면서도 에드워드는 화가 났다. 제이가 저런 대접을 받는 게, 그런데 그게 그나마 그녀가 받을 수 있는 최선이라는 게.

……에드워드의 추론은 아주 타당했다. 흠잡을 데 하나 없이 합리적이고 논리적이었다. 다만 그가 넣지 않은 변수, 제이가 픽이라는 사실이 그 논리와 이성을 다 씹어 먹으니 문제였지.

덕분에 오해는 순조롭게 커 가고 있었다. 기록을 모아 성장일기를 써도 될 판이었다.

* * *

에드워드는 결국 집으로 가던 길에 옆으로 샜다. 아무래도 술 한잔쯤은 해야 잠이 올 것 같았으니까. 물론 집에서 한잔 할 수도 있겠지만, 그랬다가는 당연히 어머니 귀에 들어갈 테니까.

어머니는 종교에 푹 빠져 있었지만, 집안일은 소홀히 하지 않았다. 집안의 고용인 대부분이 어머니의 귀이며 눈이고, 졸업도 했건만 어머니에게 그는 아직도 미성숙한 어린아이일 뿐이었다. 잔소리 없이 편하게 마시려면 밖이 나았다.

괜히 우울한 기분에 빠져 필요 이상으로 독한 술을 시켜놓고 생각에 잠겨 있자니, 말을 걸어오는 이가 있었다.

"옆에 자리 비었나요?"

무심코 돌아보게 될 만큼 고혹적인 목소리였음에도 불구하고, 에드워드는 고개도 돌리지 않은 채 신경질적으로 대답했다.

"저 애인 있……."

여자는 냉정하게 그의 말을 잘랐다.

"그럴 거 같아서 하는 말이에요."

에드워드는 그제야 옆을 돌아보았다가 놀랐다. 눈에 먼저 들어온 건 얼굴보다도 차림새였다. 어깨를 드러낸 칵테일 드레스에, 목에는 작은 다이아몬드가 올올히 박힌 다섯 겹 은 목걸이.

상식적으로 생각해서 파티장에나 입고 갈 옷이지 평상시에 입을 수 있는 옷이 절대 아니건만, 여자는 아무렇지도 않게 그 옷을 소화해 내고 있었다.

어지간히 귀한 집 아가씨인가 보네. 에드워드는 혀를 내둘렀다. 잘 어울리는 걸 떠나서, 자주 입어 보지 않았다면 저렇게 자연스레, 평상복이라도 되는 것처럼 소화해 낼 수는 없다.

그런데, 이 귀한 아가씨가 방금 뭐라고 한 걸까.

"뭐라고요?"

여자는 다시 묻지 않고 멋대로 에드워드 옆자리에 앉았다. 에드워드는 어이가 없었다.

"앉아도 된다 한 적 없습니다."

에드워드는 물론 미남이지만, 키가 크고 체격이 좋은 미남이었다. 그런 미남이 얼굴을 굳히고 서늘하게 말하면 보통은 겁을 먹을 만도 하련만 여자는 겁먹기는커녕 움찔하는 기색조차 없었다.

"어차피 옆자리 비어 있는 거 다 알아요."

"그러니까, 애인 있다고……."

"바람 맞았죠, 당신도?"

당신'도'? 에드워드는 멈칫했다. 여자가 에드워드를 보고 가볍게 웃었다.

"그럴 거 같아서 말 걸었다고 했잖아요. 작업 거는 거 아니에요, 저도 애인 있어요."

여자는 바텐더를 불러 도수 약한 칵테일을 하나 주문했다.

"원래는 오늘도 데이트가 있었다고요. 그래서 예쁘게 차려 입었는데, 세상에나. 일이 생겼다면서 바람을 맞히지 뭐예요?"

여자는 분한 듯 입을 비죽였다. 분위기가 하도 성숙해서 미처 몰랐는데, 이렇게 보자 생김새 자체는 꽤 어려 보였다. 에드워드 또래, 아니면 조금 연상이려나. 피부색을 보아하니 이곳 사람 같지는 않았고.

"그래서 분한 마음에 밖에 나왔는데, 너무 꾸몄는지 꼬여드는 사람이 많더라고요. 귀찮게."

그럴 만도 했다. 묘하게 뱀 같은 느낌이 들어 에드워드의 취향은 아니지만, 이목구비는 단정하니 예쁘장하게 생겼으니까. 그런데 아무리 예뻐도 그렇지, 이렇게 만만해 보이지 않는 사람에게 귀찮을 정도로 집적거린다니 배짱 좋은 놈들 많네.

"그렇다고 집에 돌아가자니 역시 좀 분하고. 그래서 제안하는 거예요. 비록 바람 맞기는 했지만 난 내 애인을 무척 좋아하고, 한눈팔 생각 없어요. 그쪽도 그렇죠? 그러니까, 오늘 저녁 동안만 서로의 방패가 되어 주자는 거죠."

뭐, 그런 거라면. 에드워드는 금세 마음을 풀었다. 하긴 그도 혼자 있으면 접근해 오는 여자들이 많으니까. 상대는 정말 그에게 이성적인 호감이 전혀 없어 보이고 그가 누구인지도 모르니, 시답잖은 대화나 하면서 기분을 풀기는 딱 좋은 상대일지도 몰랐다. 에드워드는 짧은 고민을 끝냈다.

"난 에드워드라고 하는데. 그쪽 이름은?"

"릴리."

역시 에드워드의 예상이 맞았다. 여자 역시 하룻밤만의 친구에게 알려 줄 만큼 자신들의 성이 가볍지 않다는 걸 잘 이해한 듯했다. 에드워드의 입가에 미소가 맴돌았다.

생각보다 여자, 릴리와의 대화는 즐거웠다. 릴리는 온갖 화제에 박식해서, 에드워드가 어떤 주제에 대해 말을 던져도 막히는 법이 없었다.

하루치 만남에 걸맞게 가벼운 주제만 꺼내기는 했지만, 그렇기에 더 대단했다. 로쉔인도 아닌데 어떻게 로쉔에서 열리는 모든 공연과 인기 있는 배우의 조합을 알고 있지? 에드워드는 그게 신기했다.

"로쉔인 아닌 거 맞지? 말하는 거 보면 무슨 10년 산 거 같네."

릴리가 짧게 웃었다.

"편견 아냐? 피부색 때문에 그러지?"

에드워드는 고개를 저었다.

"아니, 내가 널 모르니까."

웃음소리가 조금 높아졌다. 목소리가 참 깔끔하니 듣기가 좋았다. 발성법도 배운 것 같은데. 에드워드는 그런 생각을 했다.

단순히 목소리가 예쁜 걸 넘어서, 이렇게 정돈된 톤은 타고날 수 있는 게 아니다. 그냥 태어나기를 집중 잘 되는 목소리를 갖고 태어난 것과 교육으로 톤을 정리한 목소리는 느낌이 전혀 다르니까. 그리고 에드워드는 그걸 알아볼 수 있는 안목을 갖고 있었다.

"그게 뭐야. 네가 이 나라 사람들을 다 아는 건 아니잖아."

"모든 사람을 다 아는 건 아니지만 딸에게 이런 옷을 입히고 이런 목걸이를 걸어 줄 만큼 부유하고, 딸을 이렇게 세련되게 교육할 수 있을 만큼 명망 있는 집안 중에 3대륙 출신인 사람들은 다 알아. 근데 그중에 넌 없어."

"3대륙?"

릴리가 어이없는 얼굴을 하자, 에드워드는 꼬리를 잡았다는 것처럼 씩 웃었다.

"그리고 이거. 진짜 로쉔인이면 자기들끼리 하는 얘기에 3대륙 단어가 나왔다고 정색하지 않아. 너, 원대륙 출신이지?"

세계에는 대륙이 총 세 개 있었다. 로쉔이 있는 1대륙과 그 남부에 있는 중앙 대륙, 그리고 좀 멀리 떨어진 원대륙.

거의 붙어 있다시피 한 1대륙과 중앙 대륙은 기싸움을 하며 서로를 '북대륙'과 '2대륙'으로 불렀다. 둘 다 각자의 대륙이 중심이라는 생각에서 나온 호칭들이었다.

거기에 바다 건너 원대륙이 발견되며—이 '발견'도 1대륙과 중앙 대륙 관점에서의 발견인 터라, 원대륙은 이양인들의 '방문'이라 불렀다— 1대륙은 원대륙을 '3대륙'이라 불렀고 중앙 대륙은 '서대륙'으로 불렀다. 원대륙은 둘을 구분할 이유를 모르겠다며 묶어서 '부대륙'으로 불렀고.

그 정신 나간 호칭들은, 세계 전쟁이 한 번 벌어진 뒤에야 정리되었다. 비록 그 전쟁이 호칭 때문에 발발한 건 아니었지만 전후, 각 대륙이 서로를 존중하는 의미로 서로가 부르는 이름을 정식으로 채택한 것이다.

그래서 세 대륙이 '1대륙', '중앙 대륙', '원대륙'이라는 통일성 없는 이름이 된 거였고. 하지만 바로 그 통일성 때문에 각 대륙인들끼리는 예전 명칭을 그대로 쓰는 경우가 많았다.

1대륙에서는 '1, 2, 3대륙', 중앙 대륙에서는 '중앙, 북, 서대륙', 원대륙에서는 '원, 부대륙'. 하지만 공식적인 호칭도 아니거니와 본 대륙 위주의 호칭이기 때문에 공식적으로는 쓰면 안 되는 호칭이다.

에드워드가 자기를 떠보기 위해 비공식적인 언어를 썼다는 걸 알게 된 릴리의 얼굴이 괴상하게 일그러졌다.

"대담하시네, 이 도련님."

에드워드가 싱긋 웃었다. 배경에 없는 꽃이 깔릴 만큼 아름다운 미소였다.

"그래서. 어느 나라 사람이야? 로쉔어 잘하네. 여긴 일 때문에? 아, 애인이 일 때문에 바람 맞혔댔지? 애인이 로쉔인인가? 그래, 연애가 언어 배우는 데 가장 좋단 얘기는 들었다."

릴리는 싱긋 웃으며 고개를 저었다.

"아니, 애인은 짐 출신. 나랑 같은 나라 사람."

릴리 본인도 짐국 사람이란 뜻이었다.

"멀리서도 왔네. 그럼 같이 온 건가? 뭐, 무역이라도 해?"

로쉔과 짐은 둘 다 바다를 접하고 있었지만 위치는 정반대였다. 로쉔 쪽 바다로 원 대륙에 가면 짐이 대륙 끝에 있고, 짐 쪽 바다로 오면 로쉔이 대륙 끝에 있었다.

거기다가 짐은 세상에서 픽의 비율이 가장 높은 나라이고, 권력층 중에서도 픽의 비율이 월등히 높았다. 그러다 보니 픽 제한국인 로쉔과는 국교도 제대로 이루어지지 않았고.

다만 그건 국가 차원의 문제고, 기업 간의 거래는 제한되어 있지 않았다. 국법으로 금지된 물품 말고, 거래 자체는.

하지만 릴리는 이번에도 고개를 저었다.

"사람 찾으러."

"……그런 일 할 사람으로는 안 보였는데."

직접 발로 뛰는 수색은 아랫사람들이 할 일이다. 물론 잘 단련된 몸을 보니 현장직 같아 보이긴 하지만, 직접 반대편 대륙까지 날아올 정도의 위치는 아닌 거 같은데.

"애인 때문에."

릴리가 입매를 늘어트리며 우울한 표정을 지었다. 아, 그래. 애인이 일 때문에 바람을 맞혔댔지. 그 애인 일에 동행을 해 준 듯했다.

"이야, 자기 일 때문에 대륙 너머까지 날아온 애인을 혼자 놔둬? 그것도 이런 미인을? 배짱 좋네."

그 말에 사심이라고는 하나도 섞여 있지 않았기 때문에 릴리는 맘 편히 웃었다.

"어쩌겠어, 더 먼저. 더 많이 좋아한 사람이 지는 거라는데."

릴리는 시계를 흘깃 보더니 눈썹을 찌푸렸다.

"그런 고로……. 난 이만 일어나 봐야겠네. 오늘 대화는 무척이나 즐거웠지만, 슬슬 돌아왔을 때라."

아까 분하다던 애는 어디 갔지. 에드워드는 헛웃음을 흘렸다. 정말 애인을 무척 좋아하긴 하는 모양이었다.

"원래는 일하러 와서 이러면 안 되지만, 넌 꽤 재치 있고 정도를 아는 사람 같으니까. 한 한 달에서 길면 반년은 여기서 지낼 거야, 또 바람 맞는 일 있으면 연락해."

릴리는 클러치에서 명함을 한 장 꺼내들었다.

[플로리스트. 릴리안 실베스테르(Florist. Lilyan Silverster)]

대체 어디부터 지적해야 될지 모르겠는 명함 내용에 에드워드는 눈만 껌벅였다. 릴리의 몸은 근육이 잘게 잡혀 있어, 누가 봐도 지속적인 훈련을 하고 있는 사람이었다. 에드워드 역시 사관학교를 이수한 몸이니 잘 알 수 있었다. 그저 몸매 관리나 건강을 위해 하는 가벼운 운동으로는 만들어질 수가 없는 몸이었다.

그러니 최소 현장직, 아무리 많이 봐줘도 위험한 상황에 처할 일이 많아 꾸준히 몸을 단련해야 하는 직업. 꽃을 다루는 평화로운 직업을 갖는다면 재능 낭비라고 불러도 될 지경이다.

게다가 Lilyan 'Silver'ster? 'Sylve'ster가 아니라? 로쉔에서는 'Silverster'라는 스펠링의 성을 쓰지 않는다. 저 정도 교양을 갖춘 여자가 스펠링을 잘못 썼을 것 같지는 않으니, 이건 이름이 통째로 가짜란 뜻이었다. 물론 가족이 부르는 진짜 이름이 아니라는 걸 이제 알았다는 뜻이 아니고, 로쉔에서 쓰는 공식적인 이름조차 아니라는 뜻으로.

그러니 에드워드가 이 이름과 인상착의를 들고 외국인 등록소에 가 봤자 그녀를 찾을 수는 없을 터다. 가명을 쓰는 이유는 본명을 숨기려고 하는 건데, 참 희한한 방식으로 가명을 알리는 셈이었다.

어이가 없어진 에드워드는 고개를 들었지만, 릴리는 이미 사라진 후였다. 그래, 성만 숨긴 내가 더 하수였다. 아예 이렇게 이름을 통째로 갈았어야 했는데 말이야. 에드워드는 웃으며 명함을 챙겼다. 한 방 먹었지만, 기분이 나쁘지는 않았다.

* * *

가게 밖으로 나온 릴리는 걸음을 내딛으며 목걸이를 감아쥐었다. 다음 순간 물처럼 흘러내린 은이 그녀의 손짓에 따라 귓바퀴에서부터 시작해 뺨을 지나 입가까지 이어지는 독특한 형태의 액세서리가 되었다.

하지만 보이는 것과 달리 진짜 장식적인 기능만 갖고 있는 건 아닌 터라, 릴리는 은제 장신구에 대고 입을 열었다.

"지금 나왔어."

귓전에 매달린 부분에서 대답이 넘어왔다.

「어때? 쓸 만할 거 같아? 네 시간을 투자할 가치는 있어?」

다정하고 상냥한 목소리였지만, 내용은 그리 상냥하지 않았다. 하지만 릴리는 신경도 쓰지 않고 대답했다.

"고작 한 시간, 그것도 한쪽만 봐서 그걸 알면 내가 점쟁이로 전직하지. ……하지만 내 개인적인 의견으로는, 쓸 만했으면 좋겠어. 얘를 쓰는 게 이상적일 것 같아."

이건 씨앗의 다른 기능이었다. 물건에 씨앗을 붙여 연결한 뒤 연결부에 음파가 통하도록 만들어 멀리 있는 이와 대화하는 것. 사용하는 이들은 이를 '씨앗 전화'라고 불렀다.

물론 어지간한 픽은 엄두도 못 낼 사용법이지만, 릴리는 대수롭지 않게 말을 이었다. 그녀에게 있어 이 정도는 어린애 손목 비트는 것보다 조금 어려운 정도일 뿐이니까.

「와, 한 시간 만에 높은 평가네?」

"대화하는데 네가 생각날 정도로 성격이 더럽더라고. 이 정도로는 비비 꼬여야 이용해 먹어도 죄책감이 안 들지."

은 장신구 너머의 상대가 헛웃음을 흘렸다.

「너한테 듣고 싶지는 않은 말이야, 공주님.」

"네가 할 말은 아니지, 도련님."

내심 마음에 들어 하지 않는 별명을 주고받은 둘은 재빠르게 화제를 되돌렸다. 둘 다 불쾌감을 표시해 봤자 상대가 즐거워하면 즐거워했지 배려해 주지는 않을 걸 뻔히 알았다.

「성격이 아니라 눈치도 나 같으면 이용해 먹기 어려울 텐데. 그쪽은 어때?」

"머리는 일단 잘 도는 것 같아. 나도 조심은 해야 될 정도로?"

「평가 높은 거 맞네.」

상대가 한숨처럼 웃더니, 아까보다도 더 상냥해진 목소리로 당부했다.

「쓸 수 있을지 없을지 확신할 수 없는 수단보다는 네가 더 중요하니까, 좀 늦어져도 차근차근 접근해. 빈자리는 내가 메꾸고 있을 테니까.」

듣기만 해도 괜히 미안해질 만큼 걱정이 담뿍 담긴 듯한 목소리였지만 릴리는 꿈쩍도 하지 않았다. 고작 목소리에 흔들리기에는 상대를 너무 잘 아는 탓이었다.

"고마워라. 네가 맡아 주면야 걱정 없지. 너도 너무 걱정 마, 네 말대로 무리하진 않을 테니까. 연주한테도 그렇게 전해 줘."

다만 목소리만은 한층 다정해졌다. 금방 꿀이라도 떨어질 만큼 달콤한 목소리였다. 상대는 릴리의 무표정한 얼굴을 짐작 못한 것처럼 사랑스럽게 웃었다.

「응, 꼭 전할게.」

대화가 그걸로 끝이었다. 릴리는 귓바퀴부터 훑어내려 다시 액체화시킨 은과 다이아몬드를 이번에는 손목에 감았다. 아까 다섯 겹 은 목걸이보다는 한결 눈에 띄지 않는 모습이었다.

Chapter 03
옷깃만 스쳐도 인연

습격범은 눈을 떴다. 방은 너무 어두워 천장이 보이지도 않았다. 밤눈이 어두운 것도 아닌데.

적응되기를 기다렸지만 여전히 보이는 건 없었다. ……왜 이러지? 의아해진 습격범이, 혹시 눈이 뭘로 막혀 있기라도 한가 싶어 확인해 보기 위해 손을 들어 올렸지만, 타이밍 좋게도 그 순간 천장에 빛이 나타났다.

"악……!"

빛이 너무 밝았기에 습격범은 비명을 지르며 눈을 감았다.

"겨우 이 정도로 소리 지르면 곤란한데."

나른한 목소리가 들려왔다. 시선을 돌리자, 검은 머리카락에 검은 눈동자를 가진 소녀가 보였다. 습격범은 그제야 여기가 어딘지 깨달았다. 르퀸가의 고문실. 들어간 사람은 죄와 관계없이 살아나오지 못한다던가. 소문이 무성했던 것치고는 꽤나 멀쩡해 보이는 방이었다.

습격범은 비장하게 외쳤다.

"크, 죽여라……!"

대로변에서 르퀸가의 가주를 습격하라는 명령을 받았을 때부터 죽음은 각오한 일이었다. 어금니에 독약도 끼워 둔 상태였고. 어디서 착오가 생긴 건지 약을 깨물었는데도 효과가 돌지 않아 당황하긴 했지만, 이제 와 마음이 바뀌었을 리 없었다.

소녀는 턱을 괸 채로 피식 웃었다. 습격범은 순간, 자신의 팔다리가 자유롭다는 걸 깨닫고 오싹해졌다. 묶을 필요조차 없다는 자신감의 발로니까.

"목표가 일치하니 좋군. 그럼 협조를 하지 그래?"

습격범은 순간 소녀의 말을 알아듣지 못했다. 그러고 싶으면? 죽고 싶으면 협조하라고? 영 이해를 못 하고 있는 습격범을 위해, 제이는 친절하게도 말을 풀어 주었다.

"어차피 여기 들어온 이상 넌 살아서 못 나가. 다만 그 과정을 빨리 끝내 주느냐 10년에 걸쳐 지독한 고통을 주느냐는 내 마음이고. 그러니 쉽게 죽고 싶으면 빨리 불라고."

고문할 때 가장 골치 아픈 건 고문 받는 이의 몸 상태이다. 고문은 몸을 상하게 하고, 쇠약해진 상대는 쉽게 죽어 버리니까.

하지만 제이는 픽의 능력으로 고문당하는 이를 평생 살려 둘 수 있다. 뇌에 간섭해 호르몬 수치에 간섭하면 손가락 하나 까닥 안 하고도 끔찍한 고통을 맛보여 줄 수도 있다. 픽 제한법에 걸리지 않게 뭘 하든 평범한 사람이 하는 걸 따라하며 몰래몰래 능력을 쓰라던 조언 때문에 고문실 꼴은 갖춰 놨지만 사실 도구 같은 건 전혀 필요가 없을 정도니까.

그러니 그녀는 아주 우수한 고문관이었다, 죽음으로 도피할 수도 없는데 고통은 무한하니까.

"아는 게 없으니 대답할 것도 없지."

누가 봐도 아는 게 있는 얼굴로 습격범은 비장하게 말했다. 제이는 피식 웃으며 도구함을 끌어냈다.

보통은 파상풍이나 세균 감염 때문에 도구에 신경을 쓰겠지만, 이 도구들을 쓰는 건 픽의 능력으로 감염을 막을 수 있는 제이였다. 그러다 보니 마지막으로 썼던 게 언제였는지 기억도 안 날 지경인 도구들은 더러웠다.

뭐, 어차피 죽고 나면 불평도 없겠지. 제이는 일단 못부터 집어 들었다.

* * *

제이는 물의 요일, 출근을 하지 않았다. 항상 서류를 전달해 주던 준위가 와서 내부 사정으로 인한 결근이라며 운을 띄워 주고 갔을 뿐이었다.

돈도 많으면서 고문관 고용 좀 하지, 꼭 그런 걸 동생 시켜야 되나. 한번 들어가면 살아나오지 못하는 르퀸가의 고문실에 대한 소문을 아는 에드워드는 인상을 찌푸렸다. 할 일이 그것밖에 없는 사람도 아니고 말이야. 물론 픽 제한국인 로쉔에서는 돈 주고도 제이만큼 우수한 고문관을 구할 수 없지만, 에드워드가 그걸 알 리 없으니 당연한 불만이었다.

짜증이 난 에드워드는 제이의 근무 기록을 살펴보기 시작했다. 인사 정보는 일개 소위가 접근할 수 있는 건 아니었지만 그는 제이의 부관이었고, 또한 크뤼거가의 후계자였다. 명분은 합당했고 권력도 있으니 일은 쉬웠다. 근무 기록을 살피던 에드워드는 헛웃음을 흘렸다.

"……하!"

1년당 10회 꼴로 가문에서 내린 내부 징계로 인한 결근이 있고, 내부 사정으로 인한 결근이 연당 3회 꼴이었다. 그나마도 작년에는 하나도 없는데, 꼭 그만큼 부임 첫해 근무 태도가 더 개판이었다.

심지어 매번 결근이 하루만에 끝나는 것도 아니었다. 내부 징계는 평균

5일—휴일을 끼면 일주일 꼬박 징계를 받았다는 뜻이 된다—, 내부 사정은 평균 열흘. 즉, 제이는 1년에 4분의 3만 일한다는 뜻이 된다.

보고 나니 그 가벼운 업무량이 이해가 갈 지경이었다. 일을 저 정도만 부과해야 밥 먹듯 터지는 결근에도 대처가 가능하겠지. 그 와중에 업적은 대위가 아니라 소령쯤은 진작에 달았어도 됐을 만큼 큰 건만 골라 맡아서 기가 막혔다.

써먹을 거면 내부 징계니 사정이니 하지 말고 계속 써먹는 게 집안 입지 다지기도 좋지 않나? 대체 일개 습격범들 고문 같은 건 왜 맡기는 거야?

답답한 마음에 에드워드는 목까지 단정하게 채운 단추를 느슨하게 풀었다. 기껏 가져 온 디저트도 쓸모없어졌겠다, 스웬에게 다시 가 봐야 할…….

에드워드는 옷깃을 풀던 손을 멈췄다. 좋은 생각이 났기 때문이었다.

* * *

조세핀은 눈앞의 상자를 노려보았다. 에드워드가 제이에게 전달해 달라 한 케이크였다. 겉모습만 봐도 알 수 있을 로스틴제 케이크. 그것도 본가 주방에서 나왔을.

제이가 워낙 단 걸 좋아했기 때문에, 조세핀은 로스틴이 여는 연회는 어지간하면 다 참석했고 그때마다 로스틴가의 주방장이 직접 만드는 디저트를 얻어 왔다. 그런 그녀가 로스틴 특유의 포장법을 몰라 볼 리가 없다.

"……그래, 어린애 꼬실 때는 단 거 주는 게 제일 좋지. 머리 잘 쓰네."

입이 썼다.

조세핀은 잠시 고민했다. 모른 척 슬쩍 밀어 버리면……? 잊어버린 척 놔두고 가 버리면? 하지만 곧 포기하고 말았다. 어차피 평생 내부 사정이라며 결근시킬 수도 없고, 저 영악한 도련님은 절대 생색낼 기회를 놓치지 않을 것이다.

물론 제이는 내 케이크 어디 갔냐며 조세핀을 추궁하지 않겠지만, 조세핀은 자기가 제이의 인간관계를 관리한다는 인상은 주고 싶지 않았다. 어디까지나 제이의 선택으로 밀어내게 되는 게 좋으니까.

결국 조세핀은 한숨을 푹푹 내쉬면서도 케이크 상자를 들고 일어섰다. 그래, 힘든 일 하고 있으니 이런 재미라도 있어야지. 조세핀은 애써 자기 합리화를 했다.

"제이는?"

"아직 지하실에 계십니다."

조세핀은 저절로 찌푸려지려는 표정을 잘 갈무리했다.

"저녁 안 먹은 거야?"

"네. 안에 계실 때는 접근하지 말라는 명령이 있으셔서……."

표정은 아무렇지 않았지만, 목소리를 조금 내리 깐 것만으로도 집사는 쩔쩔맸다.

"가서, 불……. 아, 아니다. 내가 불러 올 테니, 이거 내 방에 갖다 놔. 차도 끓여 오고. 두 잔."

"예, 알겠습니다."

이런 잔심부름은 하인이나 할 일이지만, 집사는 공손하게 케이크 상자를 받아들었다. 둘이 같이 있을 때는 다른 사람이 오는 걸 극도로 싫어하는 주인의 습성은 익히 알고 있었다. 그러니, 그나마 조세핀이 곁을 내주는 집사가 직접 해야지 어쩔 수 없었다.

조세핀은 제이를 부르기는커녕 노크조차 할 필요가 없었다. 고문실이 있는 복도에 발을 들여놓자마자 제이가 튀어나왔으니까.

"아직 심문 안 끝났는데."

이제는 익숙해졌지만, 그래도 여전히 신기하기는 했다. 사람들이 그런 것처럼 기척이 느껴지는 걸까, 아니면 책을 읽듯 그냥 알 수 있는 걸까.

"당연히 안 끝났겠지. 설마 심문 끝날 때까지 식사를 거를 생각이었어?"

"아. 식사시간을 잊었어. 안에는 시계도 창문도 없어서."

조세핀은 엄한 얼굴을 했다.

"시간 맞출 필요는 없어도 하루 세 번 식사하는 건 잊지 말랬잖아."

제이는 식사가 필요 없다. 하지만 상식적으로 기초 대사량이 엄청나야 할 제이가 툭하면 식사를 거르고도 멀쩡한 모습을 보여 줄 수는 없는 노릇이다. 그래서 조세핀은 제이에게 하루 삼 시 세 끼를 꼬박꼬박 챙겨먹으라고 했다. 꼬리는 어디서 밟힐지 모르는 일이니, 최대한 안전하게 가는 게 좋았다.

"지금이라도 먹을까?"

제이가 조세핀의 눈치를 살폈다. 조세핀은 고개를 저었다.

"오늘은 그냥 차랑 케이크 먹고 끝내. 열량이 높으니 하루쯤은 그렇게 때워도 이상하게 생각하지 않을 거야."

"케이크?"

제이의 얼굴이 환해졌다. 조세핀은 착잡한 심경으로 사실을 밝혔다.

"응. 네 부관이 보내 왔더라."

"크뤼거 소위가? 아! 파티 간다더니. 섬세하네."

제이는 의식적으로 에드워드가 먼저 옷을 갈아입어도 되냐 청했던 것과 그 대신 디저트를 가져다주겠다 한 것을 생략하여 전달했다. 하지만 조세핀은 제이의 정보 조작에는 관심이 없었고, 에드워드가 왜 제이가 자기를 '크뤼거 소위'라고 부르게 내버려 두는지 그게 궁금했다.

원래대로라면 군인은 성에 계급을 붙여 부르는 게 맞지만, 가문의 후계자는 얘기가 다르다. 가문의 후계자는 가주와 반 동일시되기 때문에 그를 성으로 부르는 것은 그를 가주 취급하겠다는 뜻이거나, 후계자로 대우하지 않겠다는 말이다.

전자는 현 가주를 무시하는 의미이고 후자는 당사자를 모욕하는 뜻이다. 그리고 '경'이 아닌 '소위'로 부르며 성을 붙이는 건 후자로 해석되기 좋고.

물론 가문의 후계자에게만 적용되는 법칙이니 정재계에 몸담지 않은 이상 알기 어려운 일이다.

그러니 후계자들과 어울릴 일 없던 제이가 그걸 알고 일부러 그런 것일 리는 없지만, 듣는 입장에서는 기분이 나빠야 정상이다. 모르고 그런 걸 알아도 그렇게 부르지 말라고 언급 정도는 할 만하고.

그런데 왜 호칭을 고치지도 않고 저렇게 부르고 있지? 하지 말아 달라 했으면 순순히 고쳤을 텐데.

대신해서 호칭을 좀 고쳐 줄까 하던 조세핀은 그냥 입을 다물었다. 남의 귀에 들어가면, 적어도 제이가 에드워드를 적대하는 것처럼 들릴 테니 오히려 나았다. 저쪽에서 저렇게 상식을 벗어난 짓을 하고 있으니 더더욱 이쪽에서 균형을 맞출 만한 짓을 해 줘야 했다.

* * *

스웬은 눈을 비볐다. 눈에 이상이 있어서 그런 게 아니라 이상이 있었으면 해서 그런 거였다. 하지만 역시 그의 눈과 정신은 아주 튼튼했다. 스웬은 마지못해 묻는 게 여실한 태도로 물었다.

"……뭐 놓고 간 거라도?"

"아니, 부탁할 게 있어서."

그랬으면 하인을 시켰을 걸 뻔히 알고 물은 거였기에, 스웬은 돌아온 부정에도 크게 실망하지는 않았다. 조금만 실망했지.

스웬이 멀쩡한 눈과 정신을 의심하게 만든 장본인은, 청하지도 않았는데 먼저 방 안으로 걸음을 옮겼다. 마치 제 집 같은 자연스러움이었다. 어찌나 자연스럽던지, 스웬은 에드워드가 의자에 앉고 나서야 정신을 차렸다. 스웬은 황급히 문을 닫고 돌아섰다.

"왜 이래, 우리 이렇게 친한 사이 아니잖아."

서로에게 얼마나 진심어린 우정을 느끼든, 에드워드와 스웬은 파벌이 달랐다. 하지만 고작 이 정도 말에 흔들리면 에드워드가 아니다. 에드워드는 한 가문의 후계자답게 우아하고 완벽한 미소를 지었다.

"무슨 말씀이십니까, 스웬 경. 일 얘기를 하러 온 겁니다."

"일?"

"예. 제 생일 파티가 바로 다음 달 아닙니까. 케이터링 서비스를 로스틴가에 맡길까 하여."

케이터링 서비스. 쉽게 말해 출장 요리인 셈인데, 로스틴가처럼 아예 요리로 명망 깊은 게 아니면 보통 대규모 파티 음식을 가문의 격에 맞게 준비하는 건 어려웠다. 그러다 보니 대규모 연회를 열 때 자주 사용하는 서비스였고.

특히 지금은 에드워드가 졸업하고 처음 맞는 생일이니, 차기 가주의 역량을 보이기 위해 최대한 화려하게 열 필요가 있다. 그러니 요식업에서는 최고인 로스틴가에게 케이터링 서비스를 맡기는 게 이상한 건 아니고 이전에도 구두로 계약해 두긴 했었다. 그래서 스웬이 스케줄을 여유 있게 잡아놓기도 했었고.

하지만 어제 내내 얘기가 없다가 갑자기 다음 날 찾아와 일 운운하는 건 많이 불안했다. 스웬의 미심쩍은 표정을 보고도 에드워드는 태연하게 물었다.

"표준 금액이 얼마입니까?"

안 알려 준다고 뻔댈 이유도 없어, 스웬은 메모지와 펜을 들고 와 가격을 적어 건넸다. 에드워드는 확인도 안 하고는 맨 뒤에 0을 하나 더 적고는 돌려주었다.

"그 금액으로 계약서 쓰시죠, 지불하겠습니다."

1, 20퍼센트를 얹어 주는 것도 아니고, 열 배. 정상적인 계약은 절대 아니었다. 스웬은 입을 다물었다. 하지만 당연히 붙어 나와야 할 조건 설명이 붙지 않았기에, 그는 수고롭게도 다시 입을 열어야 했다.

"원하는 게 뭐야."

마치 스웬이 계약을 원하는 듯한 모양새였다. 손쉽게 원하는 대답을 뽑아낸 에드워드가 턱을 괴었다.

"르퀸가의 정보."

놀랍지도 않았다.

"나 이제 아는 거 없어."

"나보다는 잘 알잖아."

"그거야 우린 중립이니까. 여기저기서 들어오는 정보를 취합한 것뿐이지 뭐 대단한 건 아닌데."

"그 대단치 않은 정보도 내게는 안 흘러 들어오니까."

조세핀이 가주로서 미숙한 부분이 참 많았지만, 정보 보안만은 타의 추종을 불허했다. 아니, 가주로서 미숙했기에 더더욱 철통같은 보안을 자랑할 수 있었는지도 모른다.

정말 유능한 가주는 정보의 흐름을 통제해서 흘러나가도 괜찮은 정보만 내보내고 민감한 정보는 감추니까. 그렇게 두면 나중에 필요할 때 정보의 흐름을 조작하여 루머를 만들어 내기도 용이하고, 적당히 흘러나오는 정보에 다른 사람들도 방심을 하기 마련이었다.

하지만 조세핀은 저택 내부의 일을 꽁꽁 감췄고, 사람들은 더한 호기심으로 르퀸 저택을 주시하고 있었다. 에드워드라면 절대 그렇게 쓸데없는 시선이 몰리게 두지 않을 테고, 그걸 가주로서 멍청한 결정이라며 비웃는 건 손쉬운 일이겠지만 안달이 나는 건 사실이었다. 에드워드는 제이에 대한 정보가 아주 많이 급했으니까.

"지금 이 금액을 내면서 그런 사소한 정보면 충분하다고?"

스웬이 에드워드가 0을 하나 더 적어 건넨 메모지를 흔들었다. 에드워드는 턱을 괸 채로 피식 웃었다.

"정보의 가치는 원하는 사람이 결정하는 거지. 그런, 정황 증거에서 나온 추론에도 그 값을 쳐줄 만큼 내가 급하단 거야. 넌 재수 좋다 하면서 신나 해야 할 텐데?"

"아, 웃기지 마. 고작 이 금액으로 횡재했다 하기엔 자존심이 있지."

통상 금액의 열 배. 스웬이 챙길 수 있는 건 아홉 배. 큰돈인 건 맞지만 로스틴가의 차기 가주가 헬렐레할 만한 돈은 아니었다. 그가 급하게 돈 쓸 일이 있는 것도 아니고, 어지간한 금액은 집에서 충당해 줄 테니.

"난 네게 정보상 노릇을 하라는 게 아냐. 그냥 네가 갖고 있는 거. 앞으로 알 수 있는 것만 내게 달라는 거지. 네가 기뻐할 금액이 아니긴 해도 거저 얻는데 심드렁할 금액도 아니잖아."

스웬은 대놓고 얼굴을 구겼다.

"내 자존심상 진짜 그렇게 날로 먹을 수 없는 거 뻔히 알면서."

에드워드는 정말 그가 아는 정보만 내줘도 족하리라. 하지만 그건 스웬의 속에 안 찼다.

로스틴가는 본디 정성과 노력을 상품 비용에 넣어 계산하는 대신 모든 품목에 정성과 노력을 담는다. 아무리 신의 재능을 가진 요리사라 해도 요리를 우습게 본다면 채용하지 않는다. 있는 걸 대충 긁어모아 내놓는 건 로스틴가의 신념에 맞지 않는다. 그게 요리든, 정보든 달라질 건 없으리라. 에드워드가 부드럽게 웃었다.

"물론 넌 그렇겠지. 하지만 그건 계약서에 없는 내용이야, 일종의 서비스지. 난 서비스 강요한 적 없으니 떳떳해?"

해 줄 걸 알아서 큰 금액을 불렀지만, 안 해 줬다고 소비자 보호 단체에 신고를 할 생각은 없다. 계약 외 사항까지 에드워드가 짐작해서 미리 미안해할 이유는 없는 거였다.

사실 따지고 보면 계약서에 적힌, 케이터링 서비스에만 노력과 정성을 들인다면 로스틴가에서도 거리낄 건 없다. 정보를 얻으려 노력해서 못 얻으면, 그때는 있는 정보만 넘겨줘도 도리를 다했다 우길 수 있긴 하단 얘기다.

참으로 합리적인 거래에 에드워드는 절박하다. 거절할 이유도 명분도 없는 상황에 스웬은 일그러진 얼굴로 계약서를 꺼내 왔다. 일정과 단계, 에드워드 측에서 요구할 수 있는 사항과 로스틴가에 전권을 맡겨 줘야 할 부분 등, 열 페이지에 달하는 계약서였다.

에드워드는 금액란에 메모지에 적힌 금액을 옮겨 적기만 했을 뿐, 세부사항은 확인하지도 않은 채 사인을 했다.

"야, 좀 읽어 보고 해라. 어떤 독소 조항이 있을 줄 알고."

"됐어, 너희 집안 표준 계약서에 그런 게 있으면 진작 뒤집어졌겠지. 널 믿어."

그 말을 듣고 표정이 누그러진 스웬 역시 계약서를 들춰보지 않고 사인을 했다. 하긴 이미 달달 외워서 안 보고도 처음부터 끝까지 베껴 쓸 수 있긴 했지만.

두 부 중 한 부를 손에 넣은 에드워드가 입을 열었다.

"아 참, 요리 샘플 제작은 내일부터다. 하루에 하나씩 만들어 줘."

"……뭐?"

"샘플 제작 기한은 내가 정한다며? 내일부터야."

물론 그런 조항이 있기는 했다. 하지만 읽지도 않은 에드워드가 어떻게?

"대위님이 다시 출근하실 때까지 디저트 하나씩 르퀸 저택에 보낼 거거든. 로스틴가 주방에서 나온 것만 한 선물이 없겠지. 내 출근 시간에 맞춰서 가져가는 건 너무하지? 점심시간에 사람 보내마."

어안이 벙벙한 상태에서도 스웬은 최대한 거래를 자기한테 유리한 쪽으로 가져오려 노력했다.

"르퀸 저택에? 그럼 차라리 너 퇴근하고 나서 확인을 해, 그 다음에 내가 르퀸가로 바로 보낼……."

"안 돼, 그러다가 대위님 출근하시면 어쩌려고. 그날 바로 대접 가능하게 해 둬야지. 늦어도 되니까 오후 티타임 전까지만 시간 맞춰. 기한 지킨댔지?"

……에드워드는 스웬을 믿어서 사인을 바로 한 게 아니었다. 읽어 볼 필요도 없게 이미 다 읽어 온 게 분명했다. 스웬이 꺼내온 건 수정을 가하지 않은 표준 계약서니 구하기도 쉬웠겠지, 에드워드라면.

그래도 들춰보는 척이라도 할 수 있는 걸 굳이 한 줄도 안 읽고 사인을 한 건, 스웬이 평소처럼 계약 전에 샘플 제작 기한이니 디저트 종류니 하는 항목을 정하는 걸 막기 위해서 그런 걸 테고.

그는 단순히 르퀸가의 정보만을 위해 케이터링 서비스를 그 가격 주고 신청한 게 아니었다. '사랑하는 여자'에게 꽃 대신 갖다 바칠 끝내주는 디저트가 필요한 거였다.

이래서 계약서는 꼼꼼히 따져보고 서명해야 하는 건데. 기본 중의 기본을 새삼스레 깨닫게 된 스웬이 억눌린 비명 소리를 냈다.

사기 아닌 사기 계약을 끝낸 에드워드가 가뿐하게 떠난 뒤, 스웬은 조용히 제 수족을 불러들였다.

“제이미.”

“예, 주인님.”

원래대로라면 스웬은 ‘도련님’, 혹은 잘 쳐 줘도 ‘작은 주인님’이라 불려야 맞다. 그는 아직 후계자에 불과했으니까. 하지만 제이미는 스웬의 집사가 될 이였다. 애초에 스웬의 사람으로 길러진 이이니, 그를 주인님이라 부르는 게 당연했다.

“르퀸가에 눈 하나 넣어야 돼, 방법 찾아 봐.”

보통은 새 사람을 밀어 넣으면 의심받기 쉬우니 안에 있는 이들을 포섭하는 게 일반적이지만, 르퀸가는 조세핀이 가주 자리에 오르며 고용인을 극단적으로 줄였다. 그리고 줄어든 고용인들은 충성스럽기가 그지없는 데다 어지간해서는 일을 그만둘 줄도 몰랐다.

그러니 위험하긴 하지만, 차라리 가끔씩 일손이 부족하면 분가에서 사람을 빌려다 쓴다는 걸 믿고 그 과정에 장난질을 쳐봐야 할 듯했다.

성공할 수 있을까. 스웬은 시작도 전부터 불안했지만, 시도조차 안 해 볼 수는 없는 노릇이긴 했다. 부디 르퀸가의 그 날카로운 감이 지금은 좀 죽었기를. 스웬은 기도했다.

* * *

“오늘도 또 식사 걸렀다며.”

조세핀의 언짢은 얼굴에 제이는 변명했다.

“평소 때는 네가 식사하라고 불렀잖아. 그래서 거기 익숙해져 있다 보니까 그래.”

야근이 없는 일은 아니지만, 이렇게 오래 지속되는 건 처음이긴 했다. 그 전에는 고문 주간과 맞물려도 하루 야근하고 정시 퇴근하고 하는 식이라 조세핀 없을 때는 식사를 걸렀어도 티가 안 났는데. 조세핀이 한숨을 푹 내쉬었다.

"그래, 내 죄가 크다."

제이는 혀를 쏙 내밀며 귀엽게 웃었다.

"지금이라도 먹을게. 먹기만 하면 되잖아?"

"됐어, 오늘도 선물 있으니까."

조세핀은 뒤로 숨기고 있던 손을 꺼냈다. 익숙한 포장지에 제이가 눈을 크게 떴다.

"이거……?"

"네 부관이 또 보냈던데."

"……크뤼거 소위가?"

이번에야 말로 제이의 얼굴에 혼란이 가득 찼다. 어제의 선물은 이해할 수 있었다. 에드워드가 약속한 것이니까. 그런데 왜 오늘도?

"글쎄? 나도 모르겠다. 하여간 위로 올라와, 같이 먹게."

이유를 아는 조세핀이 어깨만 으쓱하고 말았기 때문에, 제이는 결국 그 이유를 알지 못하고 넘어가게 되었다.

"……응, 정리만 하고 갈게, 먼저 가 있어."

조세핀을 먼저 보낸 제이는 돌아와 고문실을 한번 죽 훑어보았다.

평소보다 고문이 길어진 건, 인원수가 늘어나서였다. 물론 2명이면 시간이 2배, 이런 식의 계산은 아니었다. 시간을 평소보다 더 잡아먹고 있는 건 교차 증명을 해야 했기 때문이다.

한 놈이 불었다고 그게 사실이란 법은 없으니 다른 놈도 끌어다가 증언을 듣고 사실 여부를 맞춰봐야 한다. 게다가 그 과정에서 어긋나는 게 있으면 한 바퀴를 돈 뒤 다시 끄집어내어 왜 다른 놈들과 말이 맞지 않는지 묻고 또 고문을 해야 하니까.

제이는 방금 잠재운 마지막 습격범을 서랍처럼 생긴 수납실에 밀어 넣고는 한숨을 내쉬었다. 남은 건, 일단 디저트부터 먹고 나서 생각해 볼 문제였다.

* * *

"자, 오늘의 식사."

에드워드는 어느덧 나흘째 각기 다른 디저트를 보내고 있었다. 제이는 고개를 갸우뚱했다.

"오늘 휴일 아니야? 오늘도 출근했어?"

아니지. 이건 크뤼거 소위가 보내오는 거니까, 받으려면 크뤼거 소위도 출근을 했단 뜻인데. 그런데 상관도 자리를 비웠는데 휴일 출근을 할 이유가 없다. ……어디서 튀어나온 거지, 이건? 의아해하는 제이에게, 조세핀이 평일보다 더 피곤해 보이는 얼굴로 대답했다.

"하인을 보냈던데."

제이의 얼굴이 정말로 묘해졌다. 약속할 때 분명 디저트 몇 개를 갖다 주겠다는 말은 하지 않았지만, 보통 그럴 때는 하나만 얘기하지 않던가? 그나마 평일에는 출근하는 김에 디저트도 챙겨왔구나 했지만 휴일이면 얘기가 다르다. 제이가 상자를 받을 생각은 하지 않고 물었다.

"있지, 제이."

"왜, 조."

"이거, 구하기 쉬운 건가?"

조세핀이 깊은 한숨을 내쉬었다.

"그럼 내가 매일매일 너한테 사다 주겠지. 구하기 어려워, 이거 원래 돈 주고도 안 팔아. 내가 알기로는 아예 개인적인 친분을 만들어서 얻거나 파티에 참석한 다음에 따로 부탁하면 딱 그 당일에만 개별적으로 파는 걸로 알고 있어. 도대체 어떤 수단을 써서 4개나 얻어 냈는지는 모르겠지만……. ……네 부관이 너한테 엄청 잘 보이고 싶긴 한가 보다."

이왕이면 숨기고 싶었지만, 하는 짓을 보니 조만간 장미 꽃다발이라도 들고 세레나데 부르며 쳐들어올 미래가 눈에 선했다. 조세핀은 씁쓸하게 현실을 인정했다.

"……그런가 봐."

신기한 기분으로 제이는 상자를 받아들었다. 생각해 보니, 조세핀 말고 그녀에게 달콤한 걸 선물한 건 그가 두 번째였다. 전에도 그렇긴 했지만, 달콤한 걸 선물 받는 건 꽤 기분이 좋은 일이었다.

원래대로라면 조세핀이 식사하는 동안 옆에서 디저트를 먹었겠지만, 급하게 들어온 연락 때문에 조세핀이 출근을 하게 되며 제이는 상자를 가지고 고문실로 돌아왔다. 식사하기 좋은 환경은 아니었지만, 지금 상태로는 어디서 먹든 별 차이가 없을 테니 상관없었다.

……조세핀에게는 굳이 하지 않은 이야기지만, 제이는 고문을 진행하는 동안에는 입맛이 없었다. 정신적인 고통, 뭐 그런 거 때문이 아니라 후각의 문제였다.

고문을 진행하는 동안은 피 냄새가 많이 나고, 그게 몸에도 옮겨 붙기 마련이다. 그래서 제이는 아예 고문을 하는 사이에는 맘 편하게 후각을 차단해 놨다. 쉴 때도 몸에 밴 피냄새는 빠지지 않으니 그대로 놔뒀고.

그런데 후각이 없으면 원래 뭘 먹어도 맛이 제대로 느껴지지 않게 마련이다. 그러니 입맛이 없고, 입맛도 없고 꼭 먹어야 될 이유도 없으니 자꾸 식사를 잊게 되고.

그러니 사실 이 기간에 이런 호사스러운 디저트를 먹는 건 사치였다.

먹어 봤자 맛을 못 느끼니까. 차라리 세계를 분리해서 디저트를 보존시켜 놨다가 고문을 다 끝낸 다음에 몰아 먹는 게 나을지도 모른다.

하지만 제이는 포장지를 풀었다. 동글동글한 쿠키가 모습을 드러냈고, 제이는 쿠키 하나를 입에 넣은 뒤 씹기 시작했다. 후각이 여전히 차단된 상태라 아무 맛도 느껴지지 않았지만, 어쩐지 굉장히 만족스러운 기분이 들어 제이는 저도 모르게 웃고 말았다.

눈앞에 고문의 후유증으로 푸들푸들 경련을 일으키고 있는 사람을 두고 할 만한 행동이 아니긴 했다.

제이는 마지막 습격범을 두 번째로 서랍 안에 밀어 넣었다. 심문 종료였다. 다른 놈들이 다 불었다는 말을 하며 고문을 하자, 그제야 증언들이 맞아 가기 시작했다.

처음부터 솔직하게 말했으면 서로 피곤하지 않고 좋았으련만. 제이는 혀를 차며 시간을 확인했다. 나가서 물에 몸 푹 담그며 피 냄새를 빼고, 아침을 먹으며 알아낸 사항을 조세핀에게 알려준 다음 출근하면 딱 맞을 것 같았다.

고문실의 문을 열자마자, 그녀는 하인 한 명과 딱 마주쳤다. 하인은 갑자기 열린 문에 놀란 듯했지만 눈을 조금 크게 떴을 뿐, 정중하게 고개를 숙이고는 곁을 스쳐 지나갔다. 제이는 무심하게 한 걸음을 디뎠다.

시간은 새벽 두 시였다.

제이는 두 번째 걸음을 디뎠다.

제이는 고문 중, 고문실이 있는 지하에 내려오지 말라고 고용인들에게 말해 둔 바가 있었다.

제이는 계단에 발을 얹었다.

전대 가주와 정식 후계자가 사망한 뒤, 조세핀은 고용인들을 반으로 줄이며 안 쓰는 공간들을 폐쇄했다. 지하실에서는 고문실 하나만이 남았다.
제이는 뒤를 돌았다.

* * *

물의 요일이 다시 돌아왔다. 제이는 여전히 출근을 하지 않았고. 뭐, 상정 범위 내였다, 지금까지 평균이 열흘이었으니까.
에드워드는 호박 타르트를 지금 갖다 줄까 고민했다. 르퀸 경의 발작이 심한지, 디저트를 받아주는 조세핀의 부관 얼굴이 하루하루 지날수록 실시간으로 썩어 들어가는 모습은 꽤나 재미난 구경거리였다.
그냥 슬쩍 쓰레기통에 버려 버리고 입 닦으면 편할걸, 불편한 심기를 드러내면서도 받아주는 걸 보면 고분고분하게 제이에게 전달해 주는 모양이었다.
헌금이 진짜 신에게 가지 않아도 그 행위 자체가 중요한 것처럼 제이가 받지 못해도 제이를 위해 매일 로스틴가의 디저트를 바쳤다는 게 중요한 거지만, 그래도 제이가 먹고 기뻐해 줬다면 그게 제일 좋긴 했다.
어쨌거나 그는 그걸 위해 스웬에게 사기 계약까지 건 거니까.

* * *

쓸데없는 놈 때문에 늦어지게 됐다. 제이는 짜증스러운 기분으로 복도를 걸었다. 아침 먹으면서 보고하고 출근했으면 딱 맞았을 걸, 오후 네 시에 출근을 하게 됐다. 보고하고 사무실 가서 얼굴 도장 찍으면 퇴근 시간이겠네. 제이는 인상을 썼다.
문 앞에 서서 익숙하게 노크를 한 제이는, 익숙한 목소리가 들려오길 기다렸다. 하지만 들린 건 목소리가 아니었다. 달칵, 문 열리는 소리에 제이는 당황해서 고개를 들었다.

"……대위님? 왜 그냥 들어오시지 않고 노크를……?"

머리 하나는 높은 곳에서 흘러나오는 목소리였다. 고개를 들자마자 마주친 시선에 제이는 당황했다.

"아, 크뤼거 소위."

일주일 만에 보는 얼굴이지만, 에드워드는 제이가 한 삼십 분 나갔다 오기라도 한 것처럼 자연스레 웃었다.

"예, 대위님."

제이는 당황해서 말문이 막혔다. 세계야 건물 안에 들어오면서부터 줄여놨으니 그렇다 치고, 어떻게 조세핀의 집무실에 가는 길을 헷갈렸는지 모를 일이었다. 건물만 같다 뿐이지 가까이 있는 것도 아닌데. 눈만 껌벅이는 제이를 추궁하는 대신, 에드워드는 자연스레 말을 돌렸다.

"티타임 시간에 잘 맞춰 오셨군요. 물을 끓일까요?"

에드워드가 한 발 물러서자 방 안 풍경이 보였다. 사무실 중앙에 있는 둥근 탁자 위에는 그간 매일 봐 왔던 익숙한 포장지가 있었다.

일주일간 결근하면서도 매일매일 챙겨 받았던 디저트였다. 심지어 휴일에는 하인을 시켜 보내 왔던 바로 그, 에드워드가 그녀에게 그 사소한 편의를 봐준 대가로 약속했던 디저트.

……그걸 본 순간 제이는 깨달았다.

그녀는 어차피 몇 시간 있으면 집에서 볼 수 있는 조세핀에게 보고를 하기 위해 굳이 이 시간에 출근을 한 게 아니었다. 일주일씩이나 결근을 한 게 신경 쓰여, 최대한 결근일수를 줄이고자 요령을 부린 것도 아니었다.

그녀는, 얼굴도 보지 못하면서 매일매일 약속을 지키기 위해 디저트를 보내오는 에드워드를 다시 보고 싶었다. 그래서 그가 약속을 지킬 수 있게 해 주고 싶었고.

그래서 그녀는 일주일간 잠도 자지 못 하고 이어진 강행군을 마친 뒤 아직 몸에 피냄새를 다 빼지도 못 했으면서 서둘러 퇴근 시간 전에 굳이 출근을 한 거였다.

똑, 똑똑. 노크 소리에 조세핀의 부관, 라라 폴 슈왈츠는 얼굴을 구겼다. 에드워드라고 생각했기 때문이었다. 시간은 네 시 칠 분, 딱 에드워드가 오기도 좋은 시간이었다. 하지만 아무리 싫어도 무시할 수 없었기 때문에 입을 열어 대답하려는 순간, 조세핀이 앞서 말했다.

"들어와, 제이."

제이? 라라가 흠칫하는 사이 문이 열리고, 조세핀의 말대로 제이가 모습을 드러냈다.

"출근 안 할 줄 알았는데."

"아니, 뭐. 굳이 미룰 필요 없다 싶어서. 잠깐 사람 좀 물려 줘."

"라라 중위."

"예."

라라는 간신히 표정을 갈무리하고는 방을 나섰다. 작은 보복으로, 제이에게 인사를 하지는 않았다. 뒤에서 그걸 지켜보던 조세핀이 얼굴을 찡그렸다.

"미안."

라라가 문을 닫고 난 뒤 조세핀이 대신 사과했다. 제이는 가볍게 고개를 흔들었다.

"됐어, 아슬아슬하게나마 규정에 어긋나는 건 아니잖아."

원래 군대는 계급이 전부인 곳이지만, 로쉔은 군 내부에서도 파벌과 라인 간의 세력 다툼이 심하다 보니 다른 나라의 군대에는 없는 규정이 하나 더 있었다.

직속 부하의 경우, 상관의 직급과 동일한 직급까지는 상관 대우를 하지 않아도 된다.

즉, 원래대로라면 중위인 라라는 대위인 제이에게 경례를 올려야 하지만 조세핀 라 르퀸 소장의 직속 부하이니 소장까지는 따로 인사하고 명령을 들을 필요가 없다는 뜻이다. 제이의 명령을 거부해도 괜찮고 인사하지 않아도 괜찮다. 그녀는 조세핀의 직속 부하이니까.

다만 규정에 어긋나는 건 아니라 해도, 저건 다른 파벌들끼리 서로를 골탕 먹이지 못하게 하기 위해 존재하는 규율이니 같은 편인 제이에게는 인사를 해 주는 게 모양새가 보기 좋았다. 하지 않아도 된다는 거지, 한다 해서 처벌받는 일은 아니니까.

하지만 아무리 르퀸가에 비해 약소 가문이라 해도 라라는 적자이고 제이는 사생아이니 예를 차리고 싶지 않은 심정도 이해는 갔다. 조세핀 없는 자리에서 욕을 하지 않는 것만으로도 제이는 일단 만족이었다. 안 보이는 곳에서야 뭐라 욕하든 관심 없지만 눈앞에서 욕하면 일단 대응을 해 줘야 하니까. 그건 정말 너무 귀찮은 일이었다.

"나중에 슬쩍 말을……."

"그것보다, 예상외의 일이 있었어. 눈 하나가 숨어 들어왔더라고."

제이는 재빨리 조세핀의 말을 막았다. 조세핀의 안색이 싹 변했다.

"뭐라고?"

조세핀이 가주가 된 뒤 가장 신경 썼던 게 집안에 숨은 스파이들 색출이었다. 정말 고용인을 다 자를 각오로 색출하고 쳐내고 솎아 낸 후로도 계속해서 신경을 곤두세우고 있었는데, 지금 와서 또 눈을 밀어 넣으려 한 배짱 좋은 것들이 있다니. 정말 놀랍기 그지없었다.

"나 요새 왜 이렇게 얕보여?"

암살 시도를 하질 않나, 잠입 시도가 있질 않나. 조세핀은 어이없다는 듯 헛웃음을 흘리며 머리를 쓸어 넘겼다. 아무래도 좀, 대응을 엄하게 할 필요가 있을 듯했다.

* * *

원래는 딱 티타임 시간이었기 때문에 에드워드는 바로 차를 끓이려 했지만, 제이는 보고할 게 있다며 다녀와서 티타임을 갖자고 제안했다. 반대할 이유가 없었던 에드워드는 당연히 그러겠노라 했고.

사실 제이가 조세핀에게 보고할 게 있으면서도 먼저 사무실에 들렀다는 사실에 작은 만족감을 느끼던 터라 반응이 더 고분고분하게 나가기는 했다. 물론 에드워드 본인 때문은 아닐 테지만, 그래도 출근하자마자 가장 먼저 그가 있는 사무실로 왔다는 게 묘하게 만족스러웠으니까.

"드십시오."

에드워드는 공손한 태도로 제이 앞에 찻잔을 내려놓았다. 타르트는 이미 포장을 풀어 세팅을 해 둔 상태였다. 바로 반색을 하며 타르트부터 공략할 거라는 예상과 달리, 제이는 비어 있는 의자를 가리켰다.

"잔 하나 더 꺼내 오고, 자네도 앉게."

"네?"

"착석을 허한다고."

에드워드는 잠시 허둥댔다. 부관은 원래 서 있는 게 일이다. 뭐 친분이 있거나 아니면 정치적인 이유 때문에 편의를 봐주는 경우는 있지만, 제이와 에드워드는 정치적으로 편의를 봐줄 사이는 아니니까. 더 굴리면 굴렸지.

그럼 이건 착석을 허할 정도로 친밀감을 느낀다는 뜻으로 봐도 되는 건가? 에드워드는 두근거리는 심장을 잡고 찬장에 가서 잔을 하나 더 꺼내 왔다.

"신경 써 주셔서 감사합니다."

"……디저트의 답례라 생각하게."

제이는 쑥스럽게 웃었다. 스웬에게 사기를 친 보람이 아주 차고 넘치게 있었다. 에드워드는 무슨 핑계를 대면 스웬에게 선물을 보내도 이상하지 않을까 고민했다. 고작 일주일 만에 이 반응이라면 열 배 아니라 쉰 배여도 아깝지가 않으니, 감사의 표시로 뭐라도 보내놔야 할 듯했다.

"뭘요, 약속드렸던 거 아닙니까."

"그건 이거고, 매일 집으로 보내 줬던 거 말일세."

"별거 아닌데요, 뭘."

제이가 호박 타르트에 고정시켰던 시선을 들어 에드워드를 보았다. 오늘은 또 눈 색이 참 어두웠다. 해가 져 가고 있어서 그런가. 에드워드는 멍하니 그런 생각을 했다.

"로스틴 본가의 디저트는 쉽게 구할 수 없는 것 아네. 크뤼거가의 차기 가주라 해도 쉬운 일은 아니었겠지. 어찌 한 건지는 모르겠지만 고맙네."

일주일 전에는 본인이 먹고 있는 게 로스틴 사에서 나온 건 줄도 모르던 사람이었는데. 참 괄목할 만한 성장이었다. 설마 선물을 받고 조사해 본 건가? 에드워드는 괜히 가슴이 간질거렸다.

"뭐 먹고 싶은 거 있나? 내일 점심이라도 살까 하는데."

간질거리던 가슴이 쿵쿵 뛰기 시작했다. 점심이야 어차피 매일 같이 먹는 거, 군식당에서 먹든 제이에게 얻어먹든 큰 차이는 없었다. 그래서 에드워드는 과감하게 승부수를 던졌다.

"내일까지 갈 것 없이, 오늘 저녁은 어떠십니까?"

둘 다 출근하는 날이면 항상 같이 먹을 점심과 달리, 저녁은 어지간해서는 같이 먹을 일이 없었다. 퇴근 후에도 같이 시간을 보내려면 그냥 상관과 부하 사이의 친밀감 이상의 것이 필요할 테니까.

그러니 이 기회에 저녁을 같이 먹어 놓는다면, 앞으로 관계 진전에 큰 도움이 될 게 뻔했다.

하지만 제이는 난처한 얼굴을 했다.

"아, 오늘은……."

"물론, 피곤하시면……."

제이의 난처한 얼굴에 에드워드는 황급히 한 발 물러섰다. 제이를 곤란하게 하는 게 목적은 아니었으니까. 하지만 제이는 고개를 저었다.

"아니, 피곤한 게 아니라 요리를 좀 해야 해서. 아마 이번 주는 쭉 안 될 것 같은데."

"……요리요?"

에드워드는 어떻게 반응해야 할지 알 수 없었다.

보통 귀족들은 요리를 하지 않는다. 요식업을 하는 로스틴가 같은 경우에는 요리 공부를 하기도 하지만 그건 레시피를 알고 이해하고 있어야 맛 분석에 더 좋으니 말 그대로 '배우'는 거지, 요리를 해서 누구에게 대접한다거나 파는 건 아니다.

종종 어린 귀족 여자들이 취미 삼아 베이킹을 하기도 하지만 그것도 어릴 때뿐이지, 성인이 되어서도 직접 요리를 하는 건 격 없는 짓이라며 조롱 듣기 딱 좋은 일인 거다. 그러니 제대로 된 귀족 집안이면 절대 자기 가족에게 요리를 시키지 않는다.

하지만 제이는 사생아였고, 열세 살 때에야 르퀸 저택에 왔다. 그럼 그 전에는 당연히 신분이 낮을 어머니와 함께 살았을 거고……. 평민들은 요리를 직접 하는 걸 가정적인 일로 보아 긍정적으로 친다고 들었다.

요리하는 법을 어머니에게 직접 배웠어도 이상할 건 없고, 그때 추억 때문에 요리하는 걸 좋아해서 종종 하는 걸 수도 있고. 물론 귀족들은 보통 취미로 요리를 해도 남에게는 절대 요리를 한다고 말하지는 않겠지만,

제이는 평범한 귀족은 아니니까.

머릿속이 복잡해져 제대로 된 반응을 보이지 못하는 에드워드를 보더니, 제이가 말을 웅얼거리며 타르트를 잘게 쪼개기 시작했다. 저것도 아마 버릇인 듯했다, 곤란해지면 음식을 쪼개는 게.

"아니, 원래는 나도 요리 같은 건 안 하는데……. 이건 재료가 좀 특별해서. 나밖에 조리할 수 있는 사람이 없거든. ……남들에게는 비밀이네."

에드워드는 뿌듯함을 느꼈다. 몰라서 말한 게 아니라, 알면서도 나에게는 비밀을 공유해 준다는 거군. 에드워드는 재빨리 표정을 갈무리하고는 부드럽게 대화를 이어 갔다. 마치 귀족 집안사람이 요리를 한다는 사실에 당혹감을 느낀 적 따위는 없는 것처럼.

"흔하게 쓰이는 재료는 아닌가 보죠? 대체 무슨 재료이기에 그런 건지 궁금하군요."

"양일세."

제이는 아무렇지 않게 덧붙였다.

"아밀스턴 양*."

……아밀스턴 양? 아밀스턴에서, 양도 생산하나? 에드워드는 어안이 벙벙했다.

'아밀스턴'은 섬 국가의 이름이지만, 말이 국가지 지금은 하연 인더스트리의 본사 및 연구소가 있는 섬의 이름일 뿐이었다.

아밀스턴의 마지막 국왕이 불치병에 걸린 뒤 하연 인더스트리와 계약하여 액체 질소에 냉동된 지 50년.

아밀스턴의 국민들은 전부 국외로 나가거나 사망했고, 현재 아밀스턴 국에 남아 있는 건 계약에 의해 합법적으로 아밀스턴의 국법을 어겨도 된다 허가받은 하연 인더스트리의 연구소와 본사뿐이다.

---

* 스탠리 엘린 『특별요리』 요네자와 호노부 『덧없는 양들의 축연』

국제법이 발의된 게 아밀스턴의 국왕이 냉동된 직후였기 때문에 국제법도 통하지 않는 곳이라, 생명윤리며 법과 도덕을 개나 준 연구들을 진행하는 하연 인더스트리로서는 아밀스턴 외의 장소에 연구소를 세울 수도 없긴 했다.

근데 그런 섬에서 자란 양이라고? 아니, 거기서 사람 외의 게 자라긴 하던가? 에드워드는 의아했지만 물어보지는 않았다. 그보다 더 중요한 일이 있었으니까.

“그렇군요. 그럼 나중에, 대위님 시간 되실 때 저녁 한번 사 주십시오.”

제이가 약속한 한 끼 식사를 저녁으로 돌리는 것 말이다. 제이는 순순히 고개를 끄덕였다.

“알겠네. 대충……. 다음 주 땅의 요일 정도면 얼추 마무리될 걸세.”

“고대하겠습니다.”

에드워드는 마음속 깊은 곳에서 우러난 미소를 지었다.

* * *

제이는 집에 돌아오자마자 작은 부엌으로 직행했다. 말이 작은 부엌이지, 원래는 가벽으로 본주방을 분리해서 만든 공간이었다. 파티 준비처럼 대규모 손님맞이를 할 때면 가벽을 치워 개방하던 보조 부엌이었지만, 조세핀이 가주가 된 후로는 아예 제대로 된 벽을 세워 본주방과 분리한 뒤 제이 전용으로 준 곳이었다.

벽 하나를 사이에 두고 고용인들이 움직이는 기척이 들렸지만 일반인은 벽 너머에서 무슨 일이 일어나는지 모를 테고, 제이가 픽의 능력으로 살짝 뇌를 주물러 놓았다 보니 고용인들은 제이가 여기서 뭘 어떻게 요리하든 관심도 사라져 엿볼 위험도 없으니 아주 편했다.

밖에서 가져온 육포를 질겅대며 제이는 생각에 잠겼다.

로스틴가는 혀가 예민하기로 유명하다. 원재료만 갖다놓으면 너무 티가 나니까 여기서 1차 조리를 해서 거기 주방에 섞어놓으면 그대로 올리거나 2차 가공을 해서 올릴 만한 품목이어야 하는데, 그녀는 그 예민하다는 로스틴의 혀를 속일 자신이 없었다.

애초에 그녀는 아밀스턴 양을 요리할 줄은 알지만 맛을 봐 가며 하는 게 아니니까. 지금까지 아밀스턴 양 요리를 선물한 상대들은 맛이 다소 이상해도 눈치채지 못하고 넘어갔지만, 로스틴은 다를 수도 있었다.

그녀는 머리를 굴렸다. 좀 자극적인 맛이라 세세한 구분이 어려운 품목이 좋겠지. 이왕이면 정신이 맑지 않을 때……. 이를테면 아침에 먹는 음식이 낫겠고.

품목이 정해졌다. 제이는 베이컨을 만들 생각이었다. 그녀는 피를 빼기 위해 천장에 매달아 뒀던 아밀스턴 양을 손가락도 까닥 않고 끌어내렸다.

하여간 보는 눈만 없으면 참 편리한 능력이었다.

* * *

기분이 좋았기 때문에, 에드워드는 집으로 돌아가는 길에 바에 들렀다. 술맛이 좋을 것 같은 저녁이었으니까. 그리고 에드워드는 거기에서 아는 얼굴을 만났다.

"선약이 있어요."

"그럼 약속 상대 올 때까지만. 어떻습니까?"

거 참 근성 있는 놈이었다. 에드워드는 피식 웃고는 '릴리안'의 옆으로 걸어갔다.

"약속 상대가 왔으니 이만 가 보시는 게 어떻습니까?"

조롱 투의 말에 릴리에게 말을 걸던 낯선 남자가 인상을 쓰며 고개를 돌렸지만, 자기를 내려다보는 에드워드의 시선에 금세 얌전해졌다.

"……실례했군요. 그럼 다음에 연이 닿으면, 또."

방금까지의 질척한 태도는 어디 갔는지, 놀라울 정도로 산뜻한 인사에 릴리가 어이없는 얼굴을 했다.

에드워드는 물러나는 남자를 무시하고 그 옆에 앉았다. 오늘 릴리는 저번보다는 한결 간편한 차림을 하고 있었지만, 오른 손등을 전부 덮은 은 액세서리가 시선을 확 끌어서 저번과 그리 달라 보이지는 않았다.

"편하네, 체격 좋은 남자는."

"아주 편하지."

에드워드는 키가 185에 달했고, 사관학교의 실기 과목을 위해 단련한 덕에 어깨가 넓고 옷 위로도 잘 짜인 근육이 보였다. 딱 봐도 힘으로 붙으면 어지간한 사람은 못 이길 게 뻔했기 때문에, 가문을 모르는 이들도 에드워드와는 시비가 붙지 않으려 애썼다. 살기 아주 편한 조건이었다.

릴리는 불쾌한 듯 잔을 한 모금 만에 비워 버렸다.

"짐에서는 이런 일 없었는데. 다른 건 다 괜찮은데, 이런 게 불편하네. 무례하게 들이대도 용납되는 거."

"아, 거기가 여성 상위 국가라는 말은 들었다."

에드워드는 바텐더를 불러 술을 한 잔 주문한 뒤 물었다.

"그럼 거기에서는 여자가 작업을 거나?"

가벼운 어투였다. 막역지우도 아니고 술자리 인연인 이상 에드워드가 릴리의 기분을 풀어 주는 데 쓸 수 있는 방법이라야 시답잖은 얘기나 해서 웃어 버리는 게 고작이긴 했다.

릴리는 따라서 술을 한 잔 더 주문했다. 대답은 그 후였다.

"아니? 우린 이런 식으로 무턱대고 들이대는 문화 자체가 없어. 이런 건 시정잡배나 하는 짓이야. 정 모르는 사람이 마음에 들어 대시를 하고 싶으면, 차라리 종업원을 통해 술을 한 잔 보낸 뒤 괜찮으면 내 자리로 와 달라 청하지. 상대한테 선택권을 주는 거야."

아하. 에드워드는 고개를 끄덕였다. 하긴, 가게 종업원을 통한다면 민망해서라도 거절의 의사를 표한 상대에게 계속 달라붙을 수는 없을 것이다.

"좋네."

"좋지."

릴리가 차가운 얼굴로 피식 웃고는 표정을 살갑게 바꾸었다.

"그래서. 넌 오늘도 바람이야? 퍽이나 차가운 애인이네."

에드워드는 바람 맞을 애인도 없지만, 거짓말을 굳이 밝힐 이유도 없었다. 그는 능글맞게 받아쳤다.

"같이 바람 맞은 동지끼리 할 말이야?"

릴리가 오만하게 턱을 치켜들었다.

"난 오늘은 바람 맞은 거 아니거든? 일이 일찍 끝나서 기다리는 거야."

"퍽이나 그러시겠지."

에드워드는 코웃음을 쳤다. 릴리가 입을 비죽이고는 물었다.

"그래서. 너는 뭔데? 나는 일이라도 있지, 넌 핑계거리가 있긴 해?"

핑계거리는 개뿔, 그런 게 필요한 사이도 아닌데요. 에드워드는 생각했지만 입은 매끄럽게 변명을 내뱉고 있었다.

"집안 행사가 있어서. 그것보다, 난 처음부터 오늘 약속 안 잡았거든?"

"글쎄 난 일이 일찍 끝나서 기다리는 거라니까?"

둘은 의미 없는 말씨름을 잠시 했다. 누가 보면 십년지기 친구인 줄 알 정도로 편안한 태도였다.

끝내 릴리를 패퇴시킨 에드워드는 장난스레 웃으며 릴리와 같은 칵테일을 시켰다. 이렇게 좋은 날 독주는 어울리지 않으니까.

"근데. 반년까지도 잡는대서 장기전인 줄 알았는데 그것도 아닌 모양이다? 애인이 그렇게 바쁜 거 보면."

"무슨 일이 있어도 찾아야 되는 거라 못 찾으면 반년까지는 각오를 한다는 거지, 세월아 네월아 논다는 게 아냐."

"그럼 반년 지나도 못 찾으면?"

릴리가 질색을 했다.

"부정 타, 그런 얘기하지도 마."

하지 말란다고 진짜 안 하면 에드워드가 아니다.

"그럼 어떻게 되는데? 아예 귀화라도 할 거야?"

릴리는 얼굴을 구기면서도 결국 입을 열었다.

"그럼 난 일단 귀국해야지. 그렇게 오래 자리를 비울 순 없어."

"흐음."

"그치만 그건 내 일이 아니라서 그런 거고, 애인은 남아 있어야 해. 팔자에도 없는 장거리 연애야."

그게 우울한 얼굴의 원인인 듯했다. 진짜 좋아하긴 하는구나. 에드워드는 속으로 웃었다. 생긴 게 워낙 차갑게 생겨서 연애에 빠질 거 같지는 않게 생겼는데. 심각한 모양인데 좀 도와줘 볼까? 현지인이 도와주면 좀 더 일이 쉬워질 텐데.

에드워드는 그런 생각이 들었지만 말부터 하지는 않았다. 일단 스케일이 어떤지도 모르고, 릴리가 어떤 사람인지도 모르니까. 괜히 엮였다가 일이 잘못되면 그만 피 보는 게 아니니 신중해질 필요가 있었다. 적어도 범죄자는 아닌 걸 확인해야 도와줘도 도와줄 일이었다.

에드워드의 속내를 모르는 릴리가 푸념을 계속했다.

"그렇게 되기 전에 빨리 찾을 수 있었으면 해. 가뜩이나 음식 안 맞아서 힘들어 하는 앤데 혼자 남겨놓고 귀국하는 건 마음이 쓰이거든."

"아, 짐은 우리랑 요리가 많이 다르지. 넌 안 힘들고?"

"난 어려서부터 다국적 요리를 먹고 자라서 괜찮아. 근데 걘 짐 요리만 먹어 버릇해서."

"그럼 힘들지."

에드워드가 고개를 끄덕이며 칵테일을 마셨다. 달콤한 첫맛과 달리 끝맛이 꽤나 독했다. 에드워드는 얼굴을 찡그리다, 갑자기 생각난 게 있어 물었다. 요리, 하니까 생각난 게 있었다.

"아, 그러고 보니까. 아밀스턴에서 양도 키워?"

"……양? 아밀스턴 양? 돼지가 아니라?"

되묻는 걸 보니 확실히 뭘 아는 눈치였다. 역시 본토 사람에게 묻는 게 빠르지.

본사와 연구소가 아밀스턴 섬에 있다고는 해도 일단 하연 인더스트리는 짐국에 적을 둔 기업이었다. 발족을 짐에서 시작했고 현재 나라로서의 아밀스턴에는 통치자도 국민도 없으니까. 물론 액체 질소에 냉동되어 있는 국왕이 있긴 하지만 의식이 없으니 세지 않아도 상관없겠고.

그러니 아밀스턴 섬에 대해 가장 잘 아는 건 우습게도 짐국 사람들일 게 틀림없었다. 물론 그중에서도 하연 인더스트리에 다니는 사람들이 가장 잘 알긴 하겠지만, 그런 우연은 기대하기 어려우니까. 혹시나 해서 물어본 건데 맞는 모양이었다.

"양 맞는데. 아밀스턴에서 양은 안 키워? 돼지는 키우나 보네. 그런 거 없을 줄 알았는데."

"양이든 돼지든, 귀한 도련님이 알 만한 게 아닌데, 어떻게 안 거야?"

릴리는 고개를 갸웃했다.

"귀한 아가씨는 알고 계시잖아."

타당한 지적이었다. 릴리가 어색하게 웃었다.

"내가 좀 특별 케이스야. 아는 사람이 아밀스턴 농장에 있어서……. 특히 로쉔이면 그 농장 가 본 사람도 얼마 없을 텐데 아니까 놀란 거지."

"나도 우연히 안 거야. 아밀스턴 양은 조리가 좀 어렵다는 말을 들어서."

"조리……."

릴리의 얼굴이 묘해졌다. 꼭 아이는 어떻게 생기냐는 질문을 들은 유모의 얼굴 같았다. 그러니까 지금으로부터 10년도 더 전에 에드워드의 유모가 했던 얼굴 말이다.

"조리가 힘들 것 같기는 하다. 그런 데서 자란 가축이면 냄새도 좋지 않을 테고 육질도 질길 테니까."

"……사육 환경이 안 좋아?"

그런 고기면 가격도 쌀 텐데. 생명 공학 분야를 독점하고 있는 만큼, 하연 인더스트리의 서비스 가격은 아주 비싸다고 들었다. 고기 몇 푼 팔아서 도움 될 수준이 아닐 것이다.

연구원들 먹이려 고급 고기를 공급하느라 농장을 운영하고 있고, 하연 인더스트리와 거래하는 르퀸가에서 좋은 고기를 조금 얻은 거라면 이해가 가겠지만. 싸구려 고기라면 르퀸가까지 흘러들어올 리도, 하연 인더스트리 쪽에서 기르기도 이상하다.

릴리가 그런 에드워드의 오해를 풀어 주었다.

"아, 미리 설명할게. 아밀스턴 양이니 돼지니 할 때의 아밀스턴은 아밀스턴 섬이 아냐."

예상치 못한 말에 에드워드는 눈썹을 꿈틀댔다.

"여기서 말하는 아밀스턴은 키르케와 슈헤드 사이에 낀 조그만 삼각지를 말해, 그 섬이 아니라. 분쟁 지역이라 작정하고 투자하긴 꺼려지고 놀리긴 아까운 땅. 그래서 블루어드사라는 회사가 거기다가 농장을 차렸어. 말이 농장이지, 거의 공장 수준이야. 축사를 층층이 쌓아올려서는 칸마다 가축을 밀어넣고, 항생제와 사료를 공급하지.”

릴리는 얼굴을 찌푸렸다. 생각만 해도 끔찍한 모양이었다.

“일단 기르는 품종은 돼지가 가장 많고, 그렇게 길러내는데 말인지 양인지 돼지인지는 별로 중요하지 않아서 도축한 뒤 밖에 팔 때는 그냥 아밀스턴산 돼지라고 퉁 쳐. 근데 양이라고 한 거면 현지에서 직거래를 했단 건데, 그런 저급 고기를 뭐 하러 직거래까지 해 가며 사는지 모르겠네. 하여간에, 누린내 빼고 먹을 만하게 만드는 게 어렵긴 해. 보통은 향신료 듬뿍 쳐서 누린내 가려서 통조림 형태로 판다던데.”

“흐음. 그렇구나.”

에드워드는 대수롭지 않은 척 고개를 끄덕였다. 아무리 그래도 르퀸가에서 그런 고기를 진심으로 활용해야 할 리는 없고, 아마 마음에 들지 않는 손님에게 내놓고 뒤에서 비웃는 용도일 것이다. 지시한 건 당연히 르퀸 경일 테고.

참 르퀸가의 가주는 성격이 나쁘고 손님은 불쌍했다. 속으로 혀를 차며 에드워드는 아밀스턴 양에게 그리 큰 관심이 없다는 것처럼 말을 돌렸다.

“그러고 보니까 룩스 거리에 짐 요리를 파는 곳이 있는데 말이야……. 꽤나 본토 맛을 잘 살렸다는데, 가서 먹어 보는 게 어때? 그럼 네 애인도 향수병이 좀 줄어들지 않을까?”

“어머, 그런 곳이 있어? 약도 좀 그려 줘, 당장 데려가 봐야겠다.”

릴리는 지대한 관심을 보였다.

잠시 간의 대화 후, 릴리는 애인이 일이 끝날 시간이라며 자리에서 일어났다. 에드워드는 술을 한 잔 더 시키며 잘 가라고 웃었고.

그의 배웅을 받으며 가게 밖으로 나온 릴리는 걸음을 내딛으며 손등을 감싸고 있던 은 액세서리를 움켜쥐고는 통신 기기 모양으로 바꾸었다. 귓바

귀에 은제 장신구를 건 뒤 그녀는 입가에 닿은 부분에 대고 입을 열었다.

"지금 나왔어."

「오늘은 조금 빠르네.」

"두 가지가 확정 났거든."

릴리는 덤덤하게 대꾸했다.

"첫째, 우리의 제비꽃 아가씨는 사파이어와 달리아의 미친 짓을 고대로 보고 배운 모양이야. 둘째, 이 도련님께서는 제비꽃 양의 아메시스트 후보가 되어 줄 듯해."

「그걸 도련님이 그대로 불어 줬을 리는 없고. 어떻게 캐낸 거야?」

"내가 캐낸 게 아니야, 아밀스턴 양을 요리한다고 했다던데. 그게 뭔지 모르니까 이 도련님은 나한테 아밀스턴 양이 뭔지 물어봤고."

상대는 잠시 침묵했다. 릴리도 상대도, 아밀스턴 양이 뭘 말하는지 익히 알고 있었으니까.

물론 에드워드는 아밀스턴 양 얘기가 제이 입에서 나왔다는 말은 안 했지만, 릴리가 봤을 때 에드워드 주변에서 아밀스턴 양을 알고 있을 만한 사람은 제이밖에 없다. 그걸 입에 올리면서도 설명을 안 해 줘서 에드워드가 남에게 물어볼 만한 사태를 불러왔다는 것까지 감안하면 더더욱. 그래서 릴리는 확신했다.

"둘러대느라 피 봤어, 아주."

아밀스턴은 아밀스턴국이 있는 아밀스턴 섬, 그곳밖에 없다.

물론 아밀스턴산 돼지고기를 파는 통조림에 대한 얘기도 통조림 회사에서 릴리가 말한 얘기를 그대로 읊으며 자기네 회사의 통조림에 들어가는 고기를 설명하는 것도 사실이지만 릴리는 그게 거짓말인 걸 알았다.

이 세상에서 아밀스턴은 그곳 하나밖에 없다, 하연 인더스트리의 본사가 위치한 아밀스턴국의 아밀스턴 섬.

그걸 알면서도 릴리는 거짓말을 해 줬다. 제이를 생각해서 그런 건 아니고, 지금 에드워드가 아밀스턴 양의 정체를 알면 곤란하니까 그런 거지만.

"어쨌거나 자기 손으로 약점 안겨주는 사이면 말 끝났지. 이용해 먹을 가치가 차고 넘쳐, 이 도련님."

상대가 느린 한숨을 내쉬었다.

「그럼 장기 체재 확정이네.」

"어쩌겠어. 호적 파이지 않게 잘 좀 해 줘."

「이민국에 걸려서 강제 소환만은 안 되게 부탁한다.」

"노력은 해 볼게."

릴리는 대화를 끊은 뒤, 귓바퀴부터 훑어내려 다시 액체화시킨 은과 다이아몬드를 이번에는 손목에 감았다. 그런 뒤 옷소매를 끌어내려 숨기자 눈에 띄는 부분이 전부 사라졌다. 그녀는 곧 거리로 녹아들었다.

* * *

제이는 보통 군식당에서 식사를 한다. 디저트류 외에는 입맛이 까다롭지 않기도 하고, 밖에 나가는 건 솔직히 귀찮으니까. 하지만 에드워드와 함께 식당 문을 연 순간 제이는 심각하게 고민했다. 지금이라도 밖에 나갈까? 어지간한 식당은 크뤼거 소위가 잘 알고 있을 텐데.

"이 새끼들아, 명령 불복종으로 영창 가고 싶나?! 다들 닥치고 무릎이나 꿇어!"

식당 안은 개판이었다. 아니, 개판이라는 말도 모자랐다. 몇십 명쯤 되는 이들이 뒤엉켜서 난투를 벌이고 있었으니까. 국지전도 여럿이었다.

"너 당장 밖으로 나와, 오늘 너랑 나 둘 중에 하나는 걸어서 못 나가!"

"하, 둘 중에 하나는 왜 붙이시나? 누가 봐도 실려 나갈 건 넌데?"

"야, 딱 놔, 딱 놔."

"너야말로 3초 준다, 놔라. 하나, 둘, 아악! 안 놔?!"

"내가 말을 안 해서 그렇지, 너 예전부터 아주 좆같았어."

"그렇게 약한 비위로 거울은 어떻게 보냐, 좆 같아서?"

중앙 군부 청사에서 매년 봄마다 벌어지는 연례 행사의 재림이었다.

로쉔에는 사관학교가 다섯 개 있다. 각지에 퍼져 있는 사관학교를 졸업하고 나면, 신입들은 일단 중앙 군부청사에 배치된다. 약 두 달간 이리저리 굴려본 뒤 중앙에 있는 엘리트들이 1차로 선별 인원을 고르고 나면 남은 이들은 다섯 무리로 나뉘어 지방 군부 청사를 순회하게 된다.

그 기간은 1년여. 대략 한 곳에 머무르는 기간이 두 달쯤이니, 신입들을 적응시킨다기보다는 각 지방 군부청사에 신입을 선보이는 의미가 컸다. 그렇게 한 바퀴를 돌고 나면 그때야 남은 이들도 정식으로 배치가 되는 것이다.

그리고 매년 맨 처음 그 두 달간, 신입간의 난투가 벌어지곤 한다.

그도 그럴 것이, 혈기왕성한 젊은이들이 천 단위로 모인다. 각 학교 간의 알력 싸움도 있고 같은 학교를 다닌 사이에 쌓인 앙심도 있다.

소소한 다툼들이 여기저기서 매일같이 벌어지기 마련이고, 그러다 그 소소한 다툼이 우연히 세 개쯤 한 장소에서 발생하면 난투로 이어지기는 너무 쉬웠다.

제도를 뜯어고치지 않는 이상 멈출 수 없는 연례행사다. 하지만, 어쩔 수 없다며 그냥 넘기기에는 그때마다 심각하게 다치는 애들이 다섯쯤은 가볍게 나오니 그게 문제였다. 10년에 한 번 꼴로는 사망자도 나온다.

그래서 무의미한 노력인 걸 알면서도 말단 간부들은 이 난투를 막아 보려 애썼다. 지금 식당 한가운데에 서서 자기보다도 덩치가 큰 애들 둘이 서로의 얼굴을 할퀴려 드는 걸 힘겹게 막고 있는 남자처럼 말이다.

"르퀸 대위!"

에드워드는 그 남자의 얼굴을 몰랐지만, 그의 뒤에 선 사람의 얼굴은 알았다. 아는 정도가 아니라 아주 익숙하기가 그지없었다.

엘리샤 키엘. 수석 입학자지만 졸업할 때는 에드워드에게 수석의 자리를 빼앗겨 차석이 된 이였다. 즉, 그녀를 데리고 있는 저 남자는 제이와 같이 학교를 다녔던 차석이라는 뜻이다. 이름이 뭐더라.

제이가 에드워드의 의문에 답을 주었다.

"로버 중위."

"와서 좀 도와! 애들이 미쳐 날뛰잖아!"

"내 업무가 아닌데."

제이는 무심하게 말하고 한 발짝 물러났다. 지금이라도 그냥 돌아가는 편이 나을 거 같았다.

"크뤼거 소위, 오늘 점심은……."

하지만 로버가 중간에 말을 끊었다.

"너희 무리네 애들도 끼어 있거든?! 이런 걸 구경만 하고 빠지기냐? 좀 말려!"

"내 업무가 아니라니까."

짜증스러워하면서도 제이는 꼬박꼬박 대답을 해 주었다. 사이가 아주 나쁜 건 아닌 모양이네. 에드워드는 살짝 놀랐다.

"그리고 누가 우리 무리야."

"크뤼거 댁 도련님도 계시네? 댁네 패거리 애들도 저기 껴 있는 거 안 보이세요? 좀 말려 주시죠?"

불똥이 에드워드에게도 튀었다. 에드워드는 성실하게 불성실한 대답을 했다.

"저도 모르는 일입니다."

로버의 말대로 뒤에서 섞여 싸우고 있는 얼굴 중 태반은 익숙하고, 그

중에는 평소에 자주 어울려 놀던 놈들도 있었다. 하지만 제이가 이 일을 해결하고 싶어 하지 않는 거 같으니까.

"……아는 사람이 있나?"

"대위님께서 신경 쓰실 일이 아닙니다."

에드워드는 예의 바르게 웃었지만, 제이는 딱히 신경 써서 듣는 눈치가 아니었다. 잠시 생각하던 제이는 로버에게 손을 까닥였다.

"이리 와, 쥰."

쥰 로버의 얼굴이 조금 펴졌다. 그는 엘리샤를 데리고 순순히 제이가 서 있는 문가로 걸어 나왔다. 그 와중에도 신병들은 질리지도 않고 싸움을 계속하고 있었다. 문이 계속 열려 있으면 그게 이상해서 볼 법도 한데 참 의지가 굳센 친구들이었다.

제이는 쥰과 엘리샤가 나와서 자기 뒤에 설 때까지 기다렸다가.

스프링클러를 터트렸다.

에드워드는 스프링클러라는 게 그렇게 쉽게 망가지는 건줄 처음 알았다. 아주 가벼운 동작으로 허리에 차고 있던 칼을 날렸을 뿐인데, 천장에 칼이 박히더니 물이 사방으로 터져 나왔고 그 밑에서 싸우고 있던 신병들은 고스란히 차가운 물을 뒤집어쓰게 되었다. 물론 장본인인 제이는 물이 문가까지 튀어오기도 전에 우아하게 뒤로 물러서 문을 닫았고.

유리문 너머로 2초 전까지와는 전혀 다른 수라장이 펼쳐졌고, 쥰은 얼굴을 감싸 쥔 채 신음을 흘렸다.

미친……. 4년만이라 잠시 제이가 막 나갈 때는 얼마나 막 나가는지 잊고 있던 대가로는 너무 지나쳤다.

"됐지?"

제이가 평온한 얼굴로 쥰을 돌아보았다. 쥰은 되긴 뭐가 됐냐고 묻고 싶었지만, 물어봤자 헛소리만 돌아올 것 같았기에 꾹 참았다.

* * *

"자네들 지금 돌았나?! 군기물 파손?!"

물론 됐을 리가 없었다. 그들은 인사배치부에 끌려가 혼이 나게 됐다. 잘못이라고는 막 나가는 동기를 둔 죄밖에 없는 쥰이 쩔쩔매며 변명을 했다.

"사태가 급박하다 보니……. 죄송합니다. 어떤 벌이라도 달게 받겠습니다."

"지금 이게 벌 받는다고 해결될 문제인가? 당장 식당을 못 쓰게 만들어 놓고!"

"수리비는……."

입을 열려는 제이를 쥰이 눈짓으로 말렸다. 닥치고 있어. 제이는 순순히 입을 다물었고, 쥰은 그 뒤로도 혼자 열심히 룬펠 대위를 달래는 데 매진했다.

쥰이 애를 쓴 덕이 있어서 룬펠 대위는 간신히 화를 가라앉혔다.

"이왕 일이 이렇게 된 거, 자네들이 책임지고 남은 한 달간 신병들을 돌보게."

약하다면 약한 처벌이었으나, 제이는 차라리 수리비를 부담하는 게 더 낫다 생각한 게 틀림없었다.

"불복합니다."

기껏 잘 다물고 있던 입을 연 걸 보면 말이다. 순간 행정실 안에 싸한 침묵이 내려앉았다. 그걸 못 느끼는 것도 아닐 텐데 제이는 여전히 평온한 얼굴이었다.

"뭐라고?"

제 귀를 의심한 룬펠이 되물었지만 대답은 똑같았다.

"제 업무가 아닙니다."

허, 룬펠이 헛웃음을 흘렸다.

"자네, 군내 폭력 사태로 신문에 나고 싶나?"

"대위님께서 병원 침대에 누워 그 기사를 읽고 싶으신 거라면 말리지 않겠습니다."

아주 평온한 얼굴로 제이는 하극상 발언을 뱉었다. 직급이 같을 경우 연차로 상하 관계를 따지니, 같은 대위라 해도 제이보다는 룬펠이 상관이었다. 물론 제이는 조세핀의 직속 부하이니 조세핀의 직급인 소장 아래의 사람 명령에 불복한다고 군법 위반은 아니지만.

아무리 그래도 선배이고 연장자인데 대놓고 '내가 널 패면 팼지 네가 날 패서 신문에 날 일은 절대 없다'는 식의 발언에 룬펠은 뒷목을 잡을 수밖에 없었다.

"너, 이!"

장장 40여 분간의 노력이 수포로 돌아갈 위기에, 쥰이 목숨을 걸었다. 쥰은 제이를 에드워드 쪽으로 밀어 버리고는 빠르게 말을 쏟아 내기 시작했다.

"하겠습니다. 신병 재배치가 이루어지는 사슴달 25일까지 르퀸 대위와 저 로버 중위, 에드워드 크뤼거 소위와 엘리샤 키엘 소위가 신병 관리 및 기타 후속 처치 업무를 맡겠습니다. 다만 르퀸 대위에게는 개인 업무가 할당되는 관계로 상호 업무가 충돌할 시 개인 업무를 우선시하는 것을 양해 부탁드립니다. 감사합니다. 그럼 이만 물러가 보겠습니다."

숨도 쉬지 않고 말을 다다다 쏘아 낸 그는 고개를 구십 도 각도로 숙인 뒤 제이의 팔을 잡고 도망치듯 행정실을 빠져나왔다.

"로버 중위."

쥰은 멈추지 않았다. 손을 뺄까. 고민하던 제이는 쥰에게 다시 한 번의 기회를 주고자 마음먹었다. 꽤나 이례적인 너그러움이었다.

"로버 중위."

"너는."

쥰은 그 두 번째 기회를 놓치지 않았다.

"그냥 좀 입을 다물고 있지 그랬냐."

"난 애보는 사람이 아닌데."

제이의 업무는 불규칙하다. 언제 테러리스트가 나타나거나 다른 사람들이 감당키 어려운 이형 생물이 나타날지 모르니 언제나 대기 상태로 있어야 한다. 그런데 하루 종일 사고치는 병아리들 뒷감당하느라 집무실 비워 놓고 돌아다니라고? 제이의 위치 정보는 항상 조세핀에게 들어가 있어야 하는데? 불가능한 일이었다. 쥰이 한숨을 내쉬었다.

"그럼 차라리 거기서는 받아들이고 너희 언니한테 반대하라고 했어야지. 어차피 네 직속 상사니까 너한테 일 시키려면 르퀸 소장 허락도 받아야 되잖아. 안 그래도 너희 언니한테 차석 뺏긴 걸 아직까지도 한으로 삼는 양반인데 그 앞에서……."

에드워드처럼, 조세핀도 입학 때는 차석이 아니었지만 중간에 차석을 밀어내고 차석 자리를 꿰어 찼다. 따라서 원래 차석 입학자였던 휴렌 룬펠은 그 자리에서 밀려났고.

졸업 뒤 그 해의 수석 입학자가 잠적하며 조세핀이 수석의 자리를, 휴렌이 차석의 자리를 대신하긴 했지만 사관학교 재학 중에 쌓인 패배감이 적지는 않으리라.

"뭐 하러 가주한테까지 말이 올라가게 만들어? 그냥 못 한다 하면 끝날걸."

"그쪽이 더 말이 부드럽게 끝나잖아."

"그리고 쓸모없는 과정이지. 안 그래도 바쁜 분이야, 나까지 귀찮게 만들 생각은 없어."

"그렇게 귀찮은 일이 싫었으면 처음부터 오질 말던가, 왜 굳이 구경하러 얼굴을 비춰서 일을 복잡하게 만들어?"

전투력으로 세계에서 1, 2위를 다툰다는 제이에게는 아주 큰 비밀이 하나 있었다. 제이의 전투력은 철저하게 픽의 능력에 기대는 것이라, 실제 제이의 신체적 능력은 그에 크게 못 미친다는 것이다.

원래대로라면 세계적으로 이름을 알린 이가 아니라 전교권에서 놀 정도만 돼도 사람 기척을 느끼는 정도는 다 한다. 그러니 쥰의 오해는 타당했다. 보통은 문 열기 전에는 안의 소란을 눈치챌 테니까.

그걸 알면서도 식당 문을 열어놓고 발을 빼는 건, 안의 꼬락서니를 보고 비웃으려는 의도로밖에 안 보인다.

하지만 식당 문을 열 때 제이는 에드워드를 위해 기꺼이 세계를 축소해 놓은 상태였다. 식당 안의 소란을 알 수가 없었다.

즉 그녀는 아무것도 모른 채로 문을 열었고, 예상외의 사태에 당황했고, 그래서 빠지려 했지만 쥰이 있고 에드워드가 엮인 일이었기에 끼어들었다. 하지만 둘보다도 조세핀이 더 중요했기 때문에 장기적으로 시간을 뺏기는 일은 거절하려 했다.

제이 입장에서는 악의를 갖고 움직인 것도 사람을 놀리자는 것도 아니었지만, 제이는 쥰이 오해하기 충분한 상황이란 걸 이해했다. 쥰이 기억하는 제이는, 단순히 사람 기척을 아는 것만이 아니라 사람마다 서로 다른 기척도 구분해 내던 아이니까.

옆에 에드워드가 있지만 않았어도 제이는 안에 쥰이 있다는 사실도 잘 알 수 있었을 거다. 그러니 쥰 입장에서는 제이가 안에 쥰이 있고, 거기서 소란이 벌어진 걸 뻔히 알면서도 문을 열었으며 고생하는 쥰의 모습만 보고 나가려다가 에드워드가 엮인 걸 알게 되자 끼어들어 놓고도 사후 처리는 거부하는 것처럼 보일 게 틀림없었다.

하지만 이걸 변명할 수도 없는 노릇이기에 제이는 말없이 그냥 웃었다. 그게 오해를 더 공고히 할 걸 알면서도. 제이의 예상대로 쥰은 신경질적으로 얼굴을 구겼다.

"너는."

뭐라 말하려던 쥰은 입술을 깨문 뒤 제이의 팔을 놓았다.

"됐다, 내가 말해 봤자 뭐가 먹히겠냐. 너희 언니한테 하기 싫다고 하든 아니면 얌전히 한 달간 애새끼들 뒤치다꺼리 하든 네 선택이지. 난 너 같은 백 없으니까 할 거다. 그럼 잘 가라."

쥰은 뒤꿈치로 바닥을 쾅쾅 찍으며 멀어졌고, 엘리샤는 당황해서 경례가 아니라 고개를 숙여 인사한 뒤 쥰의 뒤를 쫓았다.

"……곤란한데."

남겨진 제이는 얼굴을 찡그렸다. 아무리 동기래도 엄연히 쥰은 지금 중위고 제이는 대위. 반말이며 편한 태도를 보여도 되는 상대가 아니었지만 그것 때문에 화가 난 것 같아 보이지는 않았다. 에드워드는 조심스레 물었다.

"저, 대위님."

"말하게, 크뤼거 소위."

"르퀸 소장님 귀에 이 건이 들어가지 않길 바라시는 거라면, 제 선에서 거절해 두겠습니다."

아까 쥰은 에드워드의 이름까지 끼워 넣어 말했고, 그게 아니어도 제이의 부관인 이상 에드워드 역시 신병들 뒤치다꺼리에 동원될 판이었다. 크뤼거가에서 나서도 이상할 건 없었다.

"아니, 괜찮아."

"애초에 절 신경 써 주시느라 일이 이렇게 된 거 아닙니까? 감사의 표시로……."

"아냐……. 자네가 끼어들면 일이 더 복잡해져."

제이는 마른세수를 한번 했다. 무슨 일인지 궁금했지만 에드워드는 묻지 않고 기다렸다. 제이는 잠시 고민을 하다가 걸음을 옮겼다.

"그러고 보니 점심을 못 먹었군. 밖에서 먹지, 안내하게."

에드워드가 머릿속에서 괜찮은 식당 목록을 쭉 뽑는 사이 제이가 덧붙였다.

"조용한 곳으로."

목록이 순식간에 3분의 1로 줄어들었다. 에드워드는 곧 마음을 정하고 걸음을 옮겼다.

"예, 가시죠."

에드워드는 기밀 유지로 유명한 식당으로 제이를 안내했다. 둘이 같이 걸어왔으니 목격자가 있겠지만, 이 식당 안에서는 둘이 같이 방문했다는 말조차 나오지 않을 게 분명했다.

제이가 입을 연 건 본요리가 나온 이후였다.

"이건 기밀일세."

기밀이 아니면 여기까지 올 일도 없었을 것이다. 에드워드는 진지하게 고개를 끄덕였다.

"로즈가 입국했다는 소문이 있어."

"로즈요?"

딱 떠오르는 사람이 없었다. 고개를 갸웃하는 에드워드를 보고 제이가 부연설명을 덧붙였다.

"통칭, 황금으로 된 장미."

"……아!"

그렇게 말하자 알 수 있었다.

통칭 '황금으로 된 장미', Rose made of gold. 약 1년여 전 아밀스턴 섬을 습격해 하연 인더스트리의 회장을 실종 상태로 만든 사상 최악의 테러리스트. 하지만 전세계를 공포에 몰아넣고서는 딱히 후속 활동이 없어 점차 잊혀져가고 있던 인물.

정말이라면 참 큰일이었다. 악독하고 머리 좋기로 유명한 테러리스트가 끼칠 수 있는 피해는 심각하니까. 하지만.

"그런 소문은 계속 있지 않았습니까?"

그건 어디까지나 진짜로 로즈가 로쉔에 와 있을 경우의 일이었다.

원래 공포란 사람을 비이성적으로 만드는 법. 하연 인더스트리의 회장은 오백 년을 넘게 살았느니 클론을 만들어 몸을 갈아타 가며 수명을 늘렸느니 하는 소문이 따라다니는 이였다.

그런 이를 실종 상태로 만들었으니 세계는 겁에 질렸고, 이유도 없이 로즈가 내일은 자기네 나라를 박살내지 않을까 하는 단체망상증에 시달렸다. 온 나라에서 자기네 나라에 로즈가 숨어들었다며 발광을 했다. 소문대로면 로즈가 몸이 한 백여 개는 있어야 할 정도였다.

그런데 굳이 이제 와서 그런 소문에 반응하다니.

제이는 고기를 썰어 한 점을 입으로 가져갔다. 나이프를 쥔 각도까지도 완벽했기에 에드워드는 자세를 고쳤다.

열세 살 때 데려와서 열넷 때 사관학교를 보냈다기에 이런 교육은 아예 놔버린 줄 알았더니, 르퀸가에서 꽤나 철저하게 가르친 모양이었다. 아니, 현 르퀸 경이 가르쳤을까. 어느 쪽이든, 어렸을 때부터 철저하게 교육받고 자란 에드워드가 절로 긴장할 만큼 완벽한 예법이었다.

"지금까지 떠돌던 근거 없는 소문과는 다른, 꽤 확실한 건가 보더군. 나름 증거도 보이고 있다 하고."

"증거요?"

감이 잡히는 게 있었다. 크뤼거가는 테러리스트들의 동향 같은 건 신경 쓰지 않지만, 대신 다른 것에 주의를 기울이니까.

"혹시 요새 부쩍 늘어난 이형 생물의 출현이……."

요새 여기저기서 이형 생물들의 출몰이 잦아졌다. 원래 이형 생물은 장소를 가리지 않는다지만 도심에서는 비교적 출몰이 적은 편이었는데. 그래서 제이와 에드워드를 제외한 다른 군인들은 다들 바쁜 듯했고.

"그것도 관계있을 걸세. 사람들을 바쁘게 만들어야 자기들이 움직이기 쉬우니까."

제이는 고개를 끄덕여 긍정했다. 이형 생물은 본디 자연에서 발생하는 존재들이지만, 픽이라면 얼마든지 원래 있는 생물들을 조작해 이형 생물처럼 만들 수 있으니까.

"일단 지금까지는, 로즈와 관계된 커넥션이 움직였다는 것만 확실하네. 로즈 본인인지 아니면 로즈와 관련된 다른 사람인지는 알 수 없어. 하지만 만에 하나 로즈가 들어와 있는 거라면."

제이는 에드워드가 본 이래로 가장 심각한 얼굴을 했다.

"그럼 로즈를 상대할 수 있는 건 나밖에 없어."

엄밀히 말해 제이는 최강이 아니다. 최강은 로즈이고, 제이는 그보다는 약하다. 싸워 본 적은 없지만, 같은 픽이기에 제이와 로즈는 서로의 서열을 알 수 있었다. 제이는 로즈를 이길 수 없다.

하지만 아무리 이기지 못한다 해도, 로즈를 비등하게나마 상대할 수 있는 것 역시 제이뿐이다. 그러니 진짜 로즈가 로쉔에 와 있다면, 제이는 로즈를 상대하기 위해 24시간 경계 태세에 들어가야 하는 것이다.

고작 신병 뒤치다꺼리에 소비할 시간 따위는 없다.

"그래서 저 처벌을 받아들일 수 없는 건데, 그 이유 때문에 자네 가문이 끼어들면 모양새가 이상해져."

그냥 평소와 같은 상황이면 제이나 에드워드나 이 상황이 달갑지 않은 건 비슷할 터라 크뤼거가에서 저 처벌을 거부해도 이상할 게 없다.

하지만 지금은 제이가 압도적으로 꺼릴 이유가 많은 시기다. 당연히 르퀸이 더 몸이 달게 뻔한데도 크뤼거가에서 대신 가문의 힘을 쓴다면 밖에서 이상하게 볼 게 분명하다. 자칫하면 두 가문의 결탁으로 볼 수도 있다. 에드워드는 제이가 '일이 더 복잡해진다'고 한 말을 이해했다.

"그러시군요. 그렇다면 저는 가만히 있겠습니다."

만약 르퀸이 이유 모를 변덕을 부려 제이의 처벌을 좌시한다 해도, 그 결과 귀찮은 일에 동원된다 해도.

"그래 주게."

제이는 설핏 웃고는, 고기를 한 점 썰어 다시 입에 넣었다. 기밀 유지를 최우선으로 골랐다 해도 크뤼거가의 차기 가주가 다니는 곳. 입 안에 육즙이 부드럽게 퍼지며 혀를 즐겁게 했다.

* * *

퇴근 후, 제이는 아직도 '요리'가 끝나지 않았다며 집으로 돌아갔고 에드워드는 릴리를 만났던 바로 향했다.

"……뭐야. 되게 한가한 모양이다?"

술을 두 잔쯤 마셨을 때, 릴리가 와서 옆에 앉았다. 에드워드가 잔잔하게 웃었다.

"너야말로."

"나는 타지 나와 있는 거잖아."

"타지랑 술집에 무슨 상관관계가 있는데?"

어이없어하는 에드워드를 보고 릴리가 노래하듯 가락을 넣어 말했다.

"원래 타지에서는 좀 방탕하게 굴어도 돼."
"뭐라는 거야, 대체."
"그러는 너야말로. 왜 이렇게 자주 와? 요새 연애 사업이 잘 안 돼?"
에드워드는 대답 대신 가만히 웃었다. 릴리가 이상한 걸 눈치채지 못하도록, 표정 관리에 주의하며.

* * *

"그러고 보니, 황금으로 된 장미는 왜 그런 별명을 가지게 됐습니까?"
보통은 장미면 장미, 황금이면 황금, 그런 식으로 별명이 붙지 않나. 황금으로 된 장미라니, 묘하게 동화 같으면서도 길고 쓸 데가 없다. 에드워드의 의문에 제이가 대답했다.
"아, 그건 그네들 코드네임 시스템부터 알아야 해. 거기서는 현장요원들에게 꽃 이름을 붙여. 우리가 태풍 이름에 여자 이름을 붙이는 것과 같은 거랄까. 무서운 존재들이니 반대로 연약한 이름을 붙인다는 거지."
세계 최강이라 불리는 여자가 그런 말을 하니 모순적이어서 재미있었지만, 제이 개인과 별개로 여자를 연약하다 보는 시선이 로쉔 내에 있는 건 맞는 말이었다.
그래서 에드워드는 올라가려는 입꼬리를 간신히 잡아 내렸다.
"그리고 백업요원들 이름에는 광물이나 금속의 이름을 붙여. 금, 은, 사파이어, 땅속에서 캐낼 수 있는 거면 뭐든 괜찮지. 로즈는 코드네임이 로즈고, 로즈의 백업요원의 코드네임이 골드야. 둘이 한 팀이니 묶어 부를 때 황금과 장미를 모두 넣어 불렀는데, 아무래도 백업요원은 뒤로 빠지다 보니 존재감이 옅어서 팀을 부르던 게 로즈 개인을 가리키는 것처럼 변한 거지. 원래는 둘을 묶어 부르는 호칭이야."

에드워드는 갑자기 누가 뒤통수를 한 대 친 것 같은 기분이 들었다.

"……그 골드라는 백업요원도, 혹시 로즈와 함께 나왔나요?"

에드워드가 왜 그러는지 모르는 제이는 시원시원하게 대답했다.

"물론이지. 그 둘은 하나나 다름없어, 아주 사이좋은 애인이거든."

제이는 피식 웃었다. 딱딱하게 굳어 있던 얼굴 근육이 느슨해졌다.

"신분 차가 좀 있는데, 로즈가 푹 빠져서 매달렸다던데. 집안 반대도 무시하고 약혼까지 했다고. ……지금쯤은 비밀 결혼식이라도 치렀을지 모르겠군."

* * *

명함 속 이름이 스쳐지나갔다. 'Lilyan Silverster'.

릴리에, 실버. 직업은 꽃을 다루는 플로리스트. 거기에, 로쉔에 함께 왔다는 애인. 그것도 릴리가 더 많이 좋아하는.

가능성은 두 가지였다. 첫째, 릴리가 진짜 '릴리'일 경우. 둘째, 로즈가 릴리라는 가명을 쓰고 있을 경우.

그리고 첫 번째 경우에는 릴리가 찾는다는 이가 로즈일 가능성이 높았다. 그런데 릴리는 공식적인 절차를 밟아 로쉔 측과 합동작전을 펼치고 있지는 않은 것 같고. 즉, 가능성은 두 개인데 두 쪽 다 제이 쪽에서는 릴리의 '사람 찾기'를 마음에 안 들어 할 가능성이 높단 뜻이었다.

도와주겠다고 섣불리 말 안 해서 다행이네. 에드워드는 디저트로 나온 푸딩을 한 숟가락 떠서 입에 넣었다.

다행히 릴리는 에드워드의 침묵을 에드워드가 의도한 대로 해석해 줬다. 그녀는 시선을 한번 앞으로 돌렸다가 빠르게 주제를 바꿨다.

"……참, 그러고 보니까 네가 전에 추천해 준 식당, 애인이 되게 마음에 들어 하더라. 다행이야. 고마우니 오늘은 내가 술 살게."

과연 너는 백합일까, 장미일까. 에드워드는 턱을 괴며 나른하게 웃었다.

"와, 공짜 술도 얻어먹고. 오늘 나 운 좋네."

제이는 로즈만 해도 신경 쓸 일이 많을 거다. 그래서 에드워드는 릴리가 진짜 '릴리'인지 '로즈'인지는 혼자 파악하기로 했다. 어차피 릴리는 찾고 있는 사람을 찾기 전까지는 돌아가지 않을 거라고 했으니 다소는 시간을 벌 수 있을 테고.

에드워드는 들키지 않도록 곁눈질로 릴리를 훑어보았다. 겉만 봐서는 영 품종을 알기가 어려웠다.

* * *

제이는 염지 진행 정도만 확인한 뒤 부엌을 나왔다. 오늘은 중요한 할 일이 있었다. 달리아와 연락을 하는 일이었다. 제이는 방에 올라와 8분의 1이 뚫린 구 모양의 금속을 집어 들고 입을 열었다.

"언니."

릴리가 쓴 것과 모양만 다르지, 용도는 똑같은 통신 기기였다. 오랜만에 발음하는 짐의 언어가 어색했지만, 상대는 아무것도 못 느끼는 양 태연하게 대답을 해 왔다.

「무슨 일이야.」

"이번 건강검진 때, 직접 와서 좀 봐줄 수 있어?"

「안 돼.」

정말 칼 같은 대답이었다. 제이는 구차하게 매달렸다.

"아, 좀."

「안 돼.」

"나 지금 진짜 언니가 필요한데."
「미안한데, 내가 몸이 좀 안 좋아.」
1년 전 로즈가 아밀스턴 섬을 습격한 이래로 달리아는 로즈를 상대하느라 크게 다쳐 운신이 어렵다는 핑계로 섬을 나오지 않고 있었다. 나왔다가는 귀찮은 일에 시달릴까 그러는 건지 아니면 그냥 귀찮아서 그러는지. 둘만의 대화인데도 달리아는 그 설정을 풀 생각이 없어 보였다.
"진짜 이러기야?"
「진짜 이러기야. 어쩌겠어, 몸이 안 좋은데?」
통화 기구 너머에서 웃음소리가 넘어왔다. 제이는 이를 득득 갈았다.
「애 좀 놀리지 말고. 제이?」
목소리가 바뀌었다. 사파이어의 목소리에 제이는 이를 갈던 걸 멈췄다. 그나마 말이 통하는 상대였다.
"오빠."
「무슨 일이야, 몸이 안 좋아? 정 그럼 여기로 올래? 절차를 밟아 둘게. 회장이 없으니까 내규가 어쩌고 하면서 시끄럽게 굴 사람 없어.」
"아니, 그게 아니라."
제이는 머릿속을 정리하고는 천천히 사정을 말했다. 부관으로 부임해 온 이가 자신의 세계를 밀고 들어온 것부터 시작해서, 자기가 나름대로 가르쳐 보려 했지만 왠지 잘 맞지 않았던 것까지.
「그런데 너는 걔를 가르쳐주고 싶고?」
"응. 걔네 집안이 집안이라, 아무래도 픽 능력을 쓰는 법을 제대로 못 익힌 거 같아서. 아깝잖아, 나만큼은 못 해도 내 세계를 한순간 밀어 낼 정도면 꽤 강한 픽인 건데."
「……잠깐만.」
사파이어의 목소리가 사라졌다. 제이의 씨앗은 통신 기기의 구만을 감싸고 있기 때문에, 그곳에 대고 말하지 않으면 소리는 전달되지 않는다.

잠시 기다리고 있자니 곧 목소리가 돌아왔다. 사파이어가 아니라, 달리아의 목소리가.

「제이. 난 지금 진짜 섬 밖으로 나갈 몸 상태가 아냐.」

진심인가? 제이는 얼굴을 굳혔다.

달리아는 제이를 가르칠 수 있을 정도의 실력자다. 제이로서도 실력을 가늠할 수 없을 정도로 대단한 픽이고. 그런데 그런 달리아가 정말 섬 밖으로 나오지도 못할 정도라고? 그렇게 만들면서 자기는 전세계의 추적망을 피할 수 있을 정도로 멀쩡하고? 대체 무슨 수를 쓴 거야.

혼란스러워 하는 제이에게 달리아가 조건을 붙였다.

「하지만, 네가 도리언 그레이하운드를 만나게 해 준다면 기꺼이 출장을 갈게.」

도리언 그레이하운드? 어디선가 들어 본 이름이었다. 그럴 리가 없는데. 제이는 쓸모없는 건 죄다 잊는다. 필요한 거면 확실하게 기억하고. 이렇게 어렴풋이 기억에 남을 리가 없었다. 제이는 고개를 갸웃했다.

"도리언 그레이하운드?"

「조세핀 라 르퀸의 동기야. 부모가 안드로이드 연구에서 유명한 박사였는데, 도리언 그레이하운드가 졸업하기 직전에 사망했어. 나는 그 사람들의 연구 결과가 필요한데 그걸 아마 그 아들이 갖고 있을 거 같거든.」

제이는 기억을 뒤졌다. 왜 들은 기억만 있었지? 왜 제대로 기억하지도, 아예 잊어버리지도 않았지?

기억을 뒤지는 한편, 제이는 다른 걸 물었다.

"그럼, 혹시 픽 교육법을 말로라도 설명해 줄 수 있어?"

「설명해도 네가 못할걸. 너, 네 능력의 절반은 다룰 수 있니?」

"언니도 했잖아."

달리아가 제이를 가르친 건 달리아가 열 살일 때였다. 고작 그 정도 나이에 할 수 있는 거라면 자신도 할 수 있다. 제이는 그렇게 생각했다.

「그때 그게 가능한 건 네 세계가 제대로 구축이 안 됐기 때문이었어. 내가 직접 네 세계에 접촉해서 내 식대로 세팅을 해서 주물렀으니까. 근데 걔는 아무리 픽 능력 제어법을 안 배웠어도 열여덟이잖아. 그럼 자기 세계는 완성이…….」

"……언니 식대로 세팅을 했다고? 그게 무슨 소리야?"

「아.」

통화 기기 너머에서 달리아가 태평한 소리를 냈다.

「내가 말 안 했었나? 너 갓 태어나서 세계 제어 못할 때, 내가 네 세계에 접촉해서 내 식대로 세팅을 했어. 너 가르칠 때도 그거 기반으로 가르쳤어.」

생전 처음 듣는 소리였다. 제이는 골이 지끈거리는 기분을 느꼈다.

달리아의 설명은 생각보다 골 때렸다. 달리아는 제이의 세계에 자신의 세계를 섞어 일종의 씨앗처럼 세계를 세팅하고 세계 간의 융합을 다시 풀었다고 했는데, 제이는 이 방식을 알았다.

통상적으로 포밍(forming)이라 부르는, 픽이 다른 픽을 제압할 때 쓰는 방법이었다.

픽을 제압할 때, 죽일 게 아니면 육체적 손상은 쓸모가 없다. 어차피 회복시킬 수 있으니까. 산채로 잡으려면 픽 능력을 못 쓰게 만들어야 하는데, 그러기 위한 가장 쉬운 방법이 상대의 세계를 자신의 씨앗화시키는 것이다. 그렇게 제압당한 픽은 자기 능력을 쓰지 못하게 되니까.

아무리 세팅을 끝낸 다음에는 융합을 풀었다고 해도 적과 싸울 때 쓰는 방식을 제자에게 쓰다니. 참 발상이 비범했다. 한참 전의 일을 이제

와 뭐라 하기도 뭣해, 제이는 한숨이나 푹푹 쉬고 말았다.

"……그럼 언니 방식은 내가 못 본받겠네."

「그렇지, 뭐. 정석적인 픽 교육법은 네가 소화 못 할 거고. 그러니까, 걔 교육을 포기하든지 도리언 그레이하운드를 잡아오든지 둘 중 하나를 골라.」

숫제 범죄자 취급이었다. 제이는 한숨을 억누르고 대답했다.

"생각해 볼게."

「그래, 그럼.」

인사도 없이 통신은 끊겼다. 달리아의 성격을 익히 알기에 제이는 서운해하지 않았다. 대신 그녀는 턱을 괴고 도리언 그레이하운드에 대해 생각했다.

통신을 하며 떠올린 사실인데, 필요 없는 사실은 철저히 잊는 그녀가 도리언 그레이하운드를 어렴풋이 기억하던 이유가 있었다.

조세핀이 자주 얘기했기 때문이었다.

제이가 르퀸가에 오고 나서 조세핀이 졸업하기까지 2년간, 조세핀은 방학 때나 휴일에 집에 돌아오면 꼭 제이에게 도리언 그레이하운드에 대해 얘기했었다. 그 애가 얼마나 대단한지, 그 애와 어떤 대화를 나눴고 뭘 같이 했는지를.

그런데 2년 뒤, 졸업한 이후로는 한 번도 그 이름을 들어본 적이 없었다. 그러니 뇌가 쓸모없는 정보라 판단했고. 그렇지만 조세핀과 관련 있는 정보라 아예 지워 버리진 않고 보관한 모양이었다.

하지만 기억을 살려 보니 이상한 게 있었다.

조세핀이 둘이 같이 했다 말했던 활동 중에 수, 차석이 같이 하는 행사들이 몇 개 있었다. 그 당시 사관학교에 대해 모르던 제이는 아무 것도 모르고 들었지만 지금의 제이는 직접 겪어 봐서 아는 행사들. 그럼 도리언 그레이하운드는 수석이라는 얘기가 된다. 졸업 뒤 잠적한 바로 그 수석 졸업자.

그런데 조세핀이 수, 차석 자리를 노렸던 건 애초부터 제이를 자기 부관으로 불러오기 위해서였다. 달리아가 제이라면 사관학교 수석 자리쯤은 쉽게 차지할 수 있다고 했고, 하지만 힘 조절까지 가르칠 시간은 없으니 아마 적당히 해서 평범한 성적으로 입학하는 건 안 될 거라고 했기 때문에.

그런데 그렇다면 조세핀은 차석이 아니라 수석을 노렸어야 맞다.

실력이 안 돼서 수석을 못 빼앗은 거면, 아예 차석 자리도 노릴 이유가 없다. 그 당시 제이는 적당히란 걸 몰랐으니 성적을 차석에 맞춰서 입학하지는 못했을 테니까.

그런데 왜 조세핀은 그 당시에는 쓸모없어 보인 차석 자리를 굳이 빼앗았을까? 그리고 어떻게 졸업과 딱 맞춰 수석이 잠적을 하고, 당초 계획대로 조세핀이 수석의 의무와 권리를 갖게 되었을까?

제이는 고개를 갸웃했다. 굳이 몰라도 상관없는 일이지만, 생각해 보니 이상하긴 했다.

문이 열리는 기척에, 제이는 생각을 멈추고 자리에서 일어났다. 도리언 그레이하운드 얘기는 일단 묵혀 둔 대도, 오늘 벌어진 일에 대해서는 보고를 해야 했다.

"……참는 게 좋았을까?"

설명을 마친 제이는 조세핀의 눈치를 봤다. 쥰의 말이 신경 쓰였으니까. 하지만 조세핀은 고개를 저었다.

"잘했어, 그렇게 강한 모습을 보여야 이상한 것들이 안 붙지. 폭력사태 운운은 자기가 먼저 말했으니 그쪽에서도 공론화는 못 시켜."

원래 잘난 인간한테 눈에 보이는 약점이 있으면 물어뜯고 싶어지는 법이다. 세계 최강을 다툴 정도면서 사생아인 제이도 마찬가지였다. 그녀에게 대놓고 비방하며 못살게 구는 이들이 따라붙지 않은 이유는 간단했다.

제이를 가르친 게 달리아와 사파이어였기 때문이다.

달리아나 사파이어나, 막 나가는 데는 뒤따를 이가 없는 이들이다. 굳이 차이점을 찾자면 달리아는 막 나감을 발산하고, 사파이어는 수렴을 한다. 그래서 달리아와 3분만 얼굴을 마주하고 있으면 달리아가 막 나가는 인간인 건 누구나 다 알 수 있지만 사파이어도 똑같은 부류라는 걸 알려면 시간이 좀 더 걸린다는 차이가 있다. 하지만 결국 막 나간다는 건 똑같았다.

그 막 나가는 달리아는 제이를 앉혀 놓고 진지하게 그렇게 말했다.

'법보다 가까운 게 주먹이고, 말보다 빠른 게 주먹이야. 게다가 넌 엄청나게 강한 픽이란다. 주먹으로 붙는 게 훨씬 유리해. 그러니까 누가 널 핍박하거든 재빠르게 힘으로 제압을 하려무나.'

막 나가는 사파이어는 그런 교육 현장을 보면서도 웃기만 할 뿐 말리지 않았다.

그랬기 때문에 제이는 정말 그렇게 자랐다. 누가 사생아라며 조롱을 하면 힘으로 제압했다. 누가 성적으로 열등감을 드러내면 힘으로 다스렸다. 사관학교 시절에는 죄다 결투를 신청해서 밟아 놓은 거였기 때문에 분쟁이 생겨도 우길 핑계가 있었다.

일 학년 초에 한 달간 스무 명을 밟아 놓으니 더 시비 거는 놈도 없었고, 졸업 후에는 조세핀 직속 부하인 터라 제이 면전은 조세핀 면전도 되는 바람에 아무도 앞에서 시비를 걸 수는 없었다.

하지만 이제 제이는 조세핀과 따로 움직이고 있고, 사관생도 때처럼 결투 신청을 남발할 수도 없다. 그러니 건드렸다가는 이쪽이 피 보는 또라이라는 걸 다시 알려줄 때도 됐다. 조세핀은 턱을 괴었다.

"그 요청 건은……."

"말도 안 되지, 나도 알아."

제이가 재빨리 맞장구를 쳤지만, 조세핀은 고개를 저었다.

"아니, 그건 일단 받아들일까 해."

"지금 이 상황에서?"

제이는 눈을 동그랗게 떴다.

"이게 원로원 귀에 들어가면 시끄러워질 테니까. 어떻게든 꼬투리 잡고 싶어 안달 난 양반들이잖아. 수습은 원만하게 해놔야지. 그 대신 룬펠을 좌천시키면 경고의 의미도 될 테고."

제이가 눈치를 보는 걸 알아차린 조세핀이 피식 웃으며 제이의 머리를 쓰다듬었다.

"괜찮아, 로즈 쪽도 가만 놔둘 건 아냐. 신병들을 맡게 되면, 신병들이 쓸데없이 놀고 있어서 이런 문제가 생기는 거라면서 현장 실습을 시키겠다고 해. 요사이 이형 생물의 출현이 늘어났으니 반대할 명분도 없을 거야. 애들 데리고 구석구석 훑으면서 로즈를 찾아 봐."

아하. 제이가 고개를 끄덕였다.

단순히 범위를 따진다면 도시 전체에 세계를 덮어 커버할 수 있지만, 로쉔의 수도 에힐드에는 락이 꽤 많았다. 락은 본디 픽의 능력을 방해하기 마련이니, 그 방해를 견뎌 가며 세계를 확장할 바에는 아예 범위를 좁힌 채로 도시를 구석구석 다니며 찾는 게 낫긴 할 터였다.

……다만.

"로즈 정도의 픽이라면 찾을 수 있지?"

"로즈가 자기를 감추지 않으면."

로즈가 한 자리에 계속 있지도 않을 테고, 작정하고 세계를 억누르면 못 알아채고 넘어갈 가능성이 높았다.

즉, 제이가 못 찾았다고 로즈가 여기 없다는 확증은 되지 못한단 뜻이었다. 조세핀은 가벼운 목소리로 말했다.

"어차피 네가 못 찾으면 아무도 못 찾을 테니 상관없어. 찾게 되면 데려와, 교섭하게."

그런 거라면야, 뭐. 제이는 선선히 고개를 끄덕였다.

"그래……. 그럼 가서 쉬어. 내일부터 바빠질 테니까."

피곤해서인지 아니면 제이를 믿어서인지, 조세핀은 왜 식당 문을 열었는지는 끝까지 묻지 않았다. 에드워드가 자신과 같은 픽이라는 걸 밝히고 싶지 않은 제이로서는 참 다행인 일이라, 제이는 냉큼 자리에서 일어났다.

"응, 제이 너도 쉬어."

조세핀이 피식 웃었다.

"그래, 잘 자. 조."

……제이의 생각과 달리, 조세핀이 식당 문을 연 이유를 묻지 않은 건 자기가 이미 이유를 알고 있다고 착각했기 때문이다.

쥰 로버. 사관생도 시절 제이의 단짝. 조세핀은 제이가 처음부터 그를 돕기 위해 식당에 간 거라고 오해했다. 쯧, 그때 완전 사이가 틀어졌다고 생각했는데. 조세핀은 짧게 혀를 찼다. 신경 써야 될 인물이 둘로 느니, 가뜩이나 피곤한 머리가 배로 피곤해졌다.

자기 방으로 건너 온 제이는 생각에 잠겼다.

제이는 자기가 아는 이들 중에 에드워드의 교육을 도와줄 수 있는 게 달리아밖에 없다고 생각했지만, 어쩌면 생각지도 못한 도움을 받을 수 있을지도 몰랐다. 그러니까, 로즈가 정말 로쉔에 와 있다면.

로즈는 명실 공히 최강의 픽이다. 물론 전투력 부문에서 그렇다는 거지만, 픽 자체의 능력으로 놓고 봐도 다섯 손가락 안에 들겠지. 그렇다면 당연히 픽을 교육시키는 법도 알 게 틀림없었다.

조세핀이 로즈와 교섭을 하게 된다면 제이는 그 옆에 위협용으로 앉아 있게 될 테고, 그럼 부관인 에드워드도 대동을 하게 될 거다. 그럼 로즈도 에드워드에 대해 알게 되겠지. 로즈는 이미 제이에 대해 알면서도 입을 다물어 준 전적이 있으니 에드워드가 픽인 것도 숨겨 줄 것이다. 뭐, 만에 하나 폭로해도 크뤼거가가 잘 막아 줄 테고.

그러니 에드워드를 슬쩍 보인 뒤, 픽에 대해 가볍게라도 교육시켜 달라 하면 로즈는 굳이 거절하진 않을 것이다. 달리아가 말하길, 픽끼리는 원래 서로를 돕는 법이랬으니까.

그럼 그녀는 도리언 그레이하운드에 대해 조세핀에게 말 꺼낼 필요 없어 좋고, 달리아는 아픈 몸을 이끌고 섬을 나오지 않아도 되어 좋고, 에드워드는 최강의 픽에게 교육을 받게 되니 좋다. 모두가 만족스러워질 것이다.

제이는 혼자 결론을 내린 뒤, 로즈가 정말 로쉔에 와 있는 거면 좋겠다는 생각을 했다. 조세핀에게 직접 피해가 가는 것만 아니면 누가 어떤 피해를 입든 제이는 상관이 없었으니까. 설사 피해 대상이 르퀸가라 해도 말이다.

외전 01

에드워드 학생의 일기 ―또 다른 너에게―

에드워드가 소녀를 처음 본 것은 등굣길이었다.

바꾼 지 얼마 안 되는 애마를 타고 느긋하게 등교를 하던 에드워드의 눈에 길가에 서 있는 소녀가 갑자기 보였다. 중학생쯤 되어 보이는 소녀는 전에 본 적이 없는 얼굴이었다.

아는 사람도 아니고, 에드워드의 이상형에 적중한 것도 아니다. 사실 이상형 운운하기엔 너무 어리기도 했고. 그럼에도 불구하고 묘하게 사람의 시선을 잡아끄는 아이였다.

자기도 모르게 홀린 듯 소녀를 보던 에드워드는 클랙션 소리에야 자신이 신호도 어기고 소녀를 보고 있었다는 사실을 눈치챘다. 신호를 확인하고 다시 고개를 돌리자 그곳에는 이미 소녀가 없었다.

……도대체 어디로 간 거지?

하지만 도로 위에서 계속 의아해하고 있을 수도 없는 노릇이라, 에드워드는 찜찜한 기분을 떨쳐 버리고는 차를 발진시켰다.

소녀를 다시 본 것은 학교 복도였다. 누구 만나러 온 건가? 아니면 월반? 설마 겉보기만 저렇지 또래인가?

호기심이 인 에드워드는 소녀에게 말을 걸어 보기로 했다. 만약 보기보다 동안인 거면 차 한잔 마시자고 한대도 경찰에 잡혀갈 일은 없겠지.

"저기……."

"에드워드!"

소녀의 어깨에 손을 올리려는 순간, 그를 부르는 목소리가 있었다. 반사적으로 고개를 돌리자, 그의 친구 스웬이 그를 향해 걸어오고 있었다.

"수학 과제 했어? 나 깜빡해서 그러는데 잠깐만 보여 줄 수 있을까?"

에드워드는 대답을 하지 않고 다시 고개를 돌렸다. 소녀는 어느새 자취를 감춘 뒤였다.

"야, 아, 너……."

"뭐, 뭐야, 왜 이래."

"너 때문에 지금……."

도로에서는 소녀가 사라지지 않았어도 말을 못 걸었을 테고 소녀를 놓친 게 스웬의 잘못은 아니지만, 원래 사람은 일이 어그러졌을 때 그걸 타인의 탓으로 돌리고 싶어지는 법이다.

"과제 안 보여 줄 거니까 알아서 해!"

말 한번 잘못 걸었다가 덤터기를 쓰게 된 스웬으로는 억울하기 그지없는 일이었다.

'만남은 삼세 번'이랬던가. 두 번이나 놓쳤으니 연이 없는 모양이라고 반쯤 포기하고 있던 에드워드의 눈앞에 다시 한번 소녀가 나타났다.

카페테리아에서였다.

이유 없이 분노를 대신 받게 된 스웬은 결국 수학 과제 대신 점심을 사기로 했다. 머리가 식고 나자 자기가 불합리하게 화를 냈다는 걸 인정하게 된 에드워드는 그쯤에서 한 발짝 물러서기로 했고.

스웬이 언제 올지 모르는지라 먼저 자리부터 잡은 에드워드는 메뉴판을 훑어보며 뭘 먹을지 고민하고 있었다. 그러고 있자니, 누군가가 앞에 앉는 기척이 났다.

"드디어 왔냐? 굶어 죽는 줄 알았다. 난 이거……."

웃으며 고개를 든 에드워드의 눈앞에 아까 그 소녀가 앉아 있었다. 소녀는 태연하게 에드워드의 손에서 메뉴판을 받아들었다.

"가스파초와 치킨 텐더그릴 샌드위치? 괜찮은 선택인데, 크뤼거. 그럼 나도 먹고 갈까."

누가 보면 몇 년쯤 알고 지낸 것처럼 익숙한 모습이었다. 생각지도 못한 인물에 에드워드가 잠시 당황했지만, 당황은 그리 길지 않았다.

에드워드는 무척 잘생겼던 것이다. 당연히, 헌팅을 받는 경우도 많고. 이것도 그런 경우라 생각하면 이상할 것도 없었다. 작업을 걸어오는 여자들 중에 이런 식으로 원래 잘 알던 사이처럼 자연스럽게 다가와 번호를 요구하는 타입들도 꽤 있었으니까.

이 태도를 보면 나이 차이를 걱정할 필요는 없는 건가. 동안이었나 보네. 안심한 에드워드가 웃으며 자연스럽게 말을 받았다. 스웬은 눈치가 없는 사람이 아니므로 이 상황을 보면 산통 깨지 않고 적당히 자리를 피해 주겠지, 뭐.

"응, 내 추천 메뉴야. 음료는 살구 에이드 어때?"

하지만 웃으며 받아준 게 무색하게 상대는 정색을 했다.

"뭐?"

어떻게 자기한테 이렇게 대하냐는 태도였다. 아니, 뭐. 자기가 먼저 말 걸어서 받아줬더니만? 상대가 대체 왜 이러는지 모르는 에드워드로서는 황당하기 짝이 없는 반응이었다.

그 서먹함이 얼굴에 드러났는지, 상대가 조금 뒤늦게 뭔가를 깨달았다는 얼굴을 했다.

"아, 맞다. 넌 나 모르지."

이게 대체 무슨 소리지? 다른 사람이랑 헷갈렸다는 건가? 아니, 그랬다면 사람 잘못 봤다고 했겠지. 무엇보다 방금 소녀는 정확하게 그의 성을 불렀고.

세간의 상식으로는 이해할 수 없는 말에 서먹한 얼굴을 하고 있자니, 상대가 웃으며 손을 내저었다.

"미안, 미안. 내가 이런 거에 익숙하지가 못해서."

이런 거 뭐. 헌팅? 솔직히 말해서, 상대에게 느껴지는 이유 모를 호감만 아니었다면 에드워드는 이 시점에서 정색하고 자리를 떴을 거였다. 하지만 이유도 근원도 모를 호감에, 에드워드는 좀 더 있어 보기로 했다. 설마 이상한 사람은 아니겠지? 불법 침입자라든가.

"사람을 착각했어?"

"아니, 그런 건 아니고……."

상대는 영 석연찮은 얼굴로 고개를 갸웃거렸다. 뭔가 문제가 생기긴 한 모양이었다. 평소라면 적당히 발을 뺐을 상황이지만, 에드워드는 어쩐 일로 지대한 참을성을 발휘했다.

"……역시 이런 건 좀 어렵네. 좀 노는 것도 괜찮겠다 싶었지만, 안 그러는 게 나을 거 같아. 그러니 본론만 말하겠는데, 혹시 나이 상관없이 나랑 비슷해 보이는 사람을 본 적 있어?"

도대체 어디서부터 지적해야 할지 모를 말이었다. 뭐가 어려운 거고,

뭐가 안 그러는 게 나은지. 하지만 입은 그의 머릿속과 달리 착실하게 대답을 하고 있었다.

"아니? 너 같은 사람은 지금 처음 보는데?"

"진짜? 어, 그러니까……."

소녀가 눈을 한 번 감았다 떴다. 선명한 보랏빛 눈동자에 에드워드는 흠칫 놀랐다. 분명 검은색 눈동자라고 생각했는데? 빛의 문제라기엔 햇빛 방향조차 달라지지 않았는데 어떻게 된 건지 모를 일이었다.

"나 같은 보라색 눈동자를 가진 사람을 봤어?"

잘못 봤나? 눈을 제대로 안 봤던 건가? 스스로를 의심하며 에드워드는 순순히 또 대답을 내놓고 있었다.

"몰라."

대답을 하며 다시금 기억을 점검해 봤지만, 그런다고 모르던 사람이 갑자기 기억나지는 않는다. 초록색 눈도 아니고 보라색 눈이면 정말 듣자마자 바로 기억났을 테니까.

"……그런가."

상대의 얼굴이 순식간에 시무룩해졌다. 이해갈 말은 하지도 않고 헛소리만 하고 있는데도 에드워드는 왠지 그런 상대를 달래주고 싶다고 느꼈다. 그를 아는 사람들이 본다면 누구든 놀랄 만한 일이었다.

"……누굴 찾는지는 모르겠지만, 행운을 빌어줄게. 난 운이 꽤 좋은 편이니, 곧 찾을 수 있을 거야."

소녀가 놀란 듯 눈을 동그랗게 떴다가, 곧 사르르 웃었다. 녹을 듯 달콤한 미소에, 에드워드는 홀린 듯 소녀를 보았다. 자기도 모르던 이상형이 눈앞에 나타난 것만 같은 기분이었다.

"고마워."

소녀의 손이 뺨에 와 닿았다. 어루만진 건지 건드린 건지 모르게 옅은 접촉 후 그대로 아래로 미끄러져 내린 손에는 영수증이 한 장 쥐어져 있었다.

"별건 아니지만, 이건 보답."

소녀는 반쯤 홀려 있는 에드워드의 손에 억지로 영수증을 쥐어 주었다. 반사적으로 제 손을 내려다본 에드워드가 다시 고개를 들었을 때, 그곳에는 이미 아무도 없었다. 의자가 밀리는 소리조차 듣지 못했는데.

에드워드는 귀신에 홀린 것 같은 심정으로 영수증 내역을 읽어보았다. ……영수증에 찍힌 메뉴는 가스파초와 치킨 텐더그릴 샌드위치, 그리고 살구 에이드였다.

"……뭐지?"

텔레파시라도 통한 건가? 하지만 가스파초와 샌드위치는 그렇다 쳐도, 살구 에이드는 소녀에게 어울릴 것 같아 추천한 것뿐이지, 딱히 에드워드가 마시려던 메뉴는 아니었다. 에드워드가 메뉴를 고르던 모습을 뒤에서 봤었어도 이 조합을 미리 시키지는 못했을 것이다. 그럼 우연인가?

도무지 이해할 수 없는 상황에 당황하던 에드워드는, 곧 중대한 사실 한 가지를 알아차리게 된다.

그는 심지어 상대의 이름조차 듣지 못했다는 사실을.

* * *

제이는 감고 있던 눈을 떴다. 보이는 풍경과 엉덩이 아래로 느껴지는 의자의 감촉은 순식간에 전부 바뀌어 있었지만, 그녀는 놀라지 않았다. 그녀에게는 숨 쉬는 것과도 같은 일이었으므로.

맞은편 소파에 앉아 있던 조세핀 역시 갑자기 나타난 제이에게 놀라지 않고 웃었다.

"어때, 이번에는? 원하던 건 찾았어?"

"……언제나 똑같지, 뭐."

조세핀의 눈썹이 축 처졌다. 제이를 달래듯 조세핀이 다정한 목소리를 냈다.

"힘들겠다."

다만 그리 심각하지는 않은 말투였다. 이게 별거 아닌, 단순한 시간 죽이기용 취미라고 믿게 하려던 제이의 노력이 빛을 발한 결과였다.

"하지만……."

어깨를 으쓱하고 화제를 돌리려던 제이의 입에서, 자각하지 못한 말이 흘러나왔다.

"곧 찾을 수 있을 거 같아."

왜냐하면, 그 애가 행운을 빌어줬으니까.

다행히도 마지막 말은 입 밖으로 흘러나오지 않았다. 그게 흘러나왔다면, 제이는 대체 그쪽 세계에서 무슨 일이 있던 건지 설명해야 했으리라. 그 말이 없었기에 조세핀은 그게 그냥 희망적인 관측이라 생각했다.

사랑하는 여동생의 소박한 꿈을 격려하듯, 조세핀이 웃었다.

"응, 그럼 좋겠다."

제이는 그에 맞추어 웃었다. 조세핀이 오해한 것처럼, 그냥 희망을 말한 것처럼.

사실 그게 맞아야 할 것이다. 크뤼거 소위의 한마디가 제이에게 그리 큰 영향을 끼칠 리 없고, 심지어 행운을 빈다 말해 준 이는 크뤼거 소위조차 아니므로.

제이는 그 말을 마음속 깊이 묻는 것으로 그날의 유희를 끝냈다.

묻는 것과 지우는 건 전혀 다르다는 사실을 알지 못하고.

Chapter 04
열흘 붉은 꽃은 없다

쥰은 제이를 보고도 딱히 놀라지 않았다. 제이도 딱히 설명을 하지는 않았다. 둘은 아주 자연스럽게 신병 관리 방안에 대해 얘기하기 시작했다.

"그냥 봉사활동을 돌리자. 다 뜯어서 청소나 하라고 해. 분산시켜 놓으면 아무 짓 못 하겠지."

제이가 반대를 하고 나섰다.

"개인으로 찢어놓을 게 아니면 팀 안에서도 싸움이 벌어질걸. 우리가 개개인 간의 원한 관계를 다 파악할 수는 없잖아."

"그럼 뭐. 그냥 풀어놔?"

"아니, 조 짜서 데리고 나가자."

"……나가자고?"

쥰이 의아한 듯 눈을 동그랗게 떴다. 제이는 아무런 꿍꿍이도 없는 것처럼 고개를 끄덕였다.

"어차피 중앙부에서 후임 뽑을 위치에 있는 사람들은 죄다 한 가닥씩 하는 인간들이잖아. 후임도 연줄로 뽑을 테니 일하는 모습을 보여줄 필요는 없을 테고, 이 내가 있는데 현장 학습을 안 시키고 놀리는 건 재능 낭비지. 현장 학습 시킨다는 명분으로 팀 나눠서 데리고 나가자. 백 명까지는 커버할 수 있지만 그건 길이 막힐 거 같고, 한 서른 정도로 잡아서 오전, 오후 팀 나눠서 데리고 나가자. 봐서 너나 크뤼거, 키엘 소위가 힘들 거 같으면 조건 좁혀서 일부만 현장 체험 시켜도 되고."

"잠깐. 그건 청소 시키는 것보다 더 위험하잖아. 우리 없는 곳에서 애들이 무슨 짓을 할 줄 알고?"

"우리 없는 곳에서 일어나는 일을 우리가 왜 걱정해?"

제이가 씩 웃었다. 어려 보이는 얼굴에 잘 맞는, 어린애 같이 장난기 어린 미소였다.

"다른 보육사들이 알아서 처리할 텐데."

쥰이 어이없다는 듯 소리 내어 웃었다. 천 명이 넘는 신병을 단 둘, 부관 포함해도 넷밖에 안 되는 그들에게 전부 커버하라고 할 리는 없고, 원래 이 기간에는 신병 관리 인력이 몇 십 명쯤은 배치된다.

제이는 지금 그들이 청사 내에서 벌어지는 다툼을 관리하게 두고 자기들은 한 번에 서른 정도씩만 주의 깊게 살피자고 제안한 것이다. 일을 하고 있긴 하니까 누가 뭐라 하기도 뭐하고, 하지만 여기저기 뛰어다니며 바쁘게 굴 건 없다. 꽤나 솔깃한 제안이긴 했다.

"와, 4년간 달라진 거 하나 없다 생각했는데 요령은 생겼네, 나쁜 쪽으로."

"그래서. 정공법 쓸 거야?"

쥰이라고 어린 애들 뒤치다꺼리가 좋을 리 없었다. 그는 웃으며 찬동했다.

"네가 상관이니, 네 의견 따랐다고 나한테 불똥 튈 일은 없겠지. 좋아, 그러자."

둘은 일단 성적을 고려해서 대충 조를 짜기로 하고 헤어졌다. 신병 자료는 쥰이 갖고 있고 개인 공간은 제이가 갖고 있으니, 쥰이 자료를 갖고 제이의 집무실로 오기로 한 것이다.

쥰과 엘리샤를 기다리며 에드워드는 다과를 준비했다. 크뤼거가의 도련님이 되어 갖고는 이런 잡일을 하게 될 줄은 몰랐는데. 피식 웃으며 에드워드는 쿠키를 꺼내 모양 좋게 접시에 담았다.

"참, 그러고 보니 자네. 키엘 소위와 사이가 나쁘지는 않나?"

"……키엘 소위와요?"

엘리샤와는 식당에서 봤을 때 눈인사나 나눴지, 그 뒤로는 말 한 마디 섞은 적이 없는데 뭘 보고 사이가 나쁘다고 생각했는지 모를 일이었다. 진짜 사이가 나쁘기나 하면 눈치가 빠르구나 싶겠지만 엘리샤와 그는 딱히 사이가 나쁘지 않은 만큼 더더욱 의아했다.

에드워드의 표정을 보더니 제이가 부연 설명을 했다.

"원래는 키엘 소위가 수석이었던 거 아닌가?"

아, 그래서. 에드워드는 납득했다. 원래 수석이던 이가 에드워드의 개인적인 욕심 때문에 밀려났으니 앙심을 품을 수도 있긴 했다.

"아뇨, 키엘 소위와는 대화로 원만하게 해결을 봤습니다. 나름대로의 보상도 해 줬고요. 키엘 소위도 원래 차석 입학자였던 에스트 소위도 다 납득해 줬습니다."

로쉔의 사관학교는 기본적으로 입학 당시 수, 차석을 졸업 때까지 그대로 유지시키는 방향으로 흘러간다.

시험 성적은 P/F을 가르는 정도로만 느슨하게 매기며 채점 기준이 느슨하기 때문에 실제로 다른 학생의 결과가 더 뛰어나도 수, 차석은 고정된다. 즉, 그 순위를 바꾸려면 뒷공작이 필수라는 뜻이다.

조세핀이 그랬듯 에드워드 역시 원래 수석 입학자인 엘리샤 키엘과 차석 입학자인 켄 에스트에게 나름대로의 보상을 해 준 뒤 교수들과 교섭해서 수석 자리를 가져왔다.

그러니 속으로 어떻게 생각하든, 겉으로는 둘 다 만족했고 에드워드와도 원만한 관계를 유지했다. 이제 와서 껄끄러울 일은 없는 것이다.

"그러는 대위님이야말로……."

너무 건방지게 들리지 않게 조심하며, 에드워드가 말했다.

"로버 중위님과 사이가 좋으신 모양입니다."

제이는 입학 때부터 수석 입학으로 들어갔으니 쥰은 자리를 빼앗긴 원한은 없지만, 대신 다른 원한이 있을 터였다. 졸업 시험 사흘 전, 제이 르퀸은 쥰 로버에게 결투를 신청했다.

그 결과 쥰 로버는 사지 중 오른팔을 제외하고 왼팔, 왼다리와 오른다리가 부러져 병원에 실려 갔으며 제이는 결투의 결과라 해도 동기에게 지나친 상해를 입힌 책임을 물어 두 달간의 정학을 먹었다. 딱 졸업까지 남은 기간 전부였다.

즉, 수석은 정학 때문에 차석은 병원에 있느라 둘 다 졸업 시험에 불참했단 뜻이다. 결국 르퀸가에서 돈과 인맥을 써 사태를 수습했다.

사실 그게 아니더라도 로쉔의 그 이상한 사관학교 규정대로라면 졸업 다 되어서 새로운 수, 차석을 뽑는 것도 어려운 일이긴 했다.

그래서 결국 수, 차석 졸업자 자리는 원래대로 제이와 쥰에게 돌아갔지만, 쥰은 병실에 누워 있느라 졸업식에도 참석을 하지 못했었다. 에드워드가 알기로 졸업 후 업무에도 좀 늦게 들어갔다고 들었다. 4년이 아니라 죽을 때까지 원한을 품어도 모자란다.

"사이가 좋지는 않지."

제이가 쓴웃음을 지었다.

"사실, 다시는 나랑 말 안 섞을 거라고 생각했는데 말이야."

막 나가는 건 막 나가는 거고, 상황 판단은 상황 판단이다. 달리아도 사파이어도 지능은 높았기 때문에, 그들은 제이에게 한번 후드려 팬 이와 하하호호 하며 지내기 어렵단 걸 충분히 주지시켰다.

게다가 제이는 쥰을 그냥 두들겨 팬 것도 아니었다. 45분 간, 반항도 제대로 못하는 이를 머리끝부터 발끝까지 골고루 작살냈지. 결론적으로는 조세핀이 힘을 써 주어 부상을 전부 낫게 만들긴 했지만 맞는 입장에서 거기까지 생각이 닿았을 리는 없다.

손끝 하나 옴쭉하지 못 하는 상황에서 온몸의 뼈가 작살나고 힘줄이 끊어지는 기분이 어떤지 제이는 모른다. 모르긴 하지만 용서가 가능할 만큼 가벼운 일이 아닌 건 짐작할 수 있다.

그런 이유로 제이는 쥰이 평생 자기 얼굴도 안 볼 거라고 생각했다. 그래서 깔끔하게 우정을 접어 보관했고. 식당에서야 급해서 말을 걸었다 해도, 그 뒤로는 당연히 엮이기 싫어할 거라고 생각했는데. 그런데 쥰은 아무렇지 않게 그녀를 대하고 있었다.

……그냥 일이니까 참는 거라고 봐야 할까. 그녀는 고개를 갸우뚱했다.

"……뭐, 나는 딱히 싫을 것도 없는 상태고. 자네도 별 생각 없다면 신경 쓸 필요는 없겠지."

쥰이 무슨 생각을 하든 엘리샤가 표출 못 하는 앙심을 품고 있든 그건 그녀가 신경 써 줄 필요 없는 일이니까. 제이는 속 편하게 로즈 탐색에만 신경을 기울이기로 했다.

"……괜찮으십니까?"

걱정은 제이네만 하는 게 아니었다. 워낙 전무후무한 일이었기에 제이와 쥰 사이에 있던 일은 엘리샤 역시 잘 알았으니까. 에드워드가 제이의 감정만을 걱정했다면, 엘리샤는 쥰의 몸도 걱정해야 했기에 걱정이 더욱 컸다.

대신 그만큼 쥰은 태평했다.

“이제 와서 르퀸 대위가 날 두들겨 패지는 않을걸.”

쥰은 그렇게 말했지만, 엘리샤가 보기에 사람 사지 중 세 군데를 작살 내고 전치 육 개월의 부상을 입혀 놓은 사람은 언제라도 다시 사람을 팰 수 있었다.

“르퀸 대위는 사람 패면서 즐거움을 찾는 부류는 아니야. 그때 가졌던 앙심은 그때 다 풀었으니 이제 와서 옛날 일로 트집 잡지는 않겠지.”

엘리샤로서는 참 받아들이기 어려운 말이었지만, 본인이 그렇다는데 목에 핏대 세워 가며 아니라고 우길 마음은 들지 않았다.

“그러십니까.”

“나 역시 옛날 일 가지고 구질구질하게 굴 생각은 없고.”

이건 더 믿기 어려운 말이었다. 보통 팔 한쪽, 다리 두 개가 작살나서 육 개월 간 병원 신세를 지면 천사도 살의가 들끓기 마련이다. 비록 쥰은 지금 후유증이 없어 보이긴 하지만 그렇게 되기까지 얼마나 노력했을지 알 수 없고. 엘리샤의 얼굴에서 불신을 읽었는지, 쥰이 피식 웃었다.

“맞을 때 기절하게 아팠던 건 맞지만, 나 재활 훈련은 안 했다. 르퀸가에서 책임지고 픽인가 하는 사람을 데려와서 무슨 치료를 해 주더라고. 그 치들은 그런 것도 가능한 모양이지. 덕분에 난 가만히 누워만 있다가 복귀했어. 근육 빠진 것도 하나 없이.”

원래대로라면 전신마비가 되어 걷지도 못할 부상이었지만, 후속 조치 덕에 쥰에게는 흉터 하나 남지 않았다. 그러니 쥰은 그걸 과거의 일로 칠 수 있었다. 그 부상은 현재의 그에게 아무 영향도 주지 못하니까.

“그러니까 내 걱정은 할 필요 없고. 아, 오히려 난 그 도련님이 걱정되는데. 걔랑 친해? 친하면 충고 좀 해 줘, 아무리 정의심이 들끓어도 르퀸 대위 앞에서 르퀸 경 욕은 하지 말라고 해. 걔 거기에 진짜 엄하거든.”

자만하자는 게 아니라, 쥰은 정말로 제이와 친했었다. 쥰에게 시비를 거는 귀족 자제들을 제이가 대신 꼬투리 잡아 때려 준 적도 있을 정도였다. 45분간의 기회를 줄 만큼.

하지만 그런 쥰도 그녀의 곁에서 끝까지 살아남지는 못했다. 조세핀에게 실질적인 피해를 입힌 것도 아니고 그저 입으로 욕을 한 것만으로도 제이는 쥰을 잘라냈다.

그러니 똑같이 말로만 욕을 해도 조세핀에게 피해를 입힐지 모르는, 쥰과 달리 영향력이란 게 있는 그 도련님이 조세핀 라 르퀸에 대해 안 좋은 말을 한다면 그때 제이가 대체 어떤 반응을 할지, 쥰은 상상도 가지 않았다.

* * *

스웬은 기지개를 쭉 폈다. 나이를 먹어갈수록 몸이 무거워지는 게, 아무래도 간단한 운동이라도 좀 해야 할까 싶었다. 침대에 앉은 채로 가볍게 스트레칭을 하는 동안, 메이드가 아침상을 차리고 나갔다.

……일단 먹을 건 다 먹고 생각하자. 스웬은 포크를 들었다.

베이컨이 바삭하니 잘 구워졌기에, 스웬은 베이컨을 가장 먼저 한 입 크기로 잘라 입에 넣었다. 어금니에 닿아 뭉개지는 식감이 좋았다. 다만 첫맛이 좀 짰다. 베이컨 자체가 짠 음식이긴 하지만, 평소보다 더 짠 느낌이었다. 염지가 잘못됐나?

스웬은 베이컨 담당을 알아보고 혼내야겠다는 생각을 하며 다시금 이를 놀렸다. 전나무의 향이 확 입 안에 감돌았다. 세스베른산 전나무의 향이었다.

그리고 로스틴가는 베이컨을 훈연할 때 세스베른산 전나무를 쓰지 않는다. 세스베른산 전나무는 생산량이 한정되어 있고, 그 양이 지나치게 적은데다 지나치게 가격이 높아 판매품에 쓰기에는 적합하지 않으니까.

스웬은 곧바로 씹던 베이컨을 뱉어냈다. 달걀과 베이컨, 병아리콩이 예쁘게 담긴 접시 위로 반쯤 뭉개진 고깃조각이 떨어졌다.

스웬은 거의 반무의식적으로 옆에 놓여 있던 오렌지 주스로 입을 헹군 뒤 다시 뱉어냈다. 그랬는데도 입 안에는 여전히 짠맛과 전나무향이 감돌았다. 독, 은 들지 않은 거 같은데.

스웬은 이마를 찌푸리며 접시를 살펴보다 한 가지 사실을 깨달았다.

돼지고기라 치기에는, 베이컨의 지방과 살코기 비율이 이상했다. 스웬의 머릿속에 온갖 고기의 목록과 단면들이 스쳐지나갔지만 접시 위의 고기와 일치하는 것은 없었다. 스웬은 목구멍으로 손가락을 밀어 넣었다. 먹은 게 없다 보니 올라오는 건 위액뿐이었다.

* * *

신병들과의 즐거운 현장 학습을 거치며 에드워드는 한 가지 사실을 알아차렸다.

제이는 단순히 자기보다 약한 사람을 이해 못하는 게 아니었다. 그녀는 신병들과 이형 생물 간의 전력 차이를 날카롭게 분석해서 필요 인원을 산출해 낼 줄 알았으니까.

서른 명이서도 안 될 거 같으면 자기가 미리 이형 생물의 힘을 빼서 신병들이 잡을 만한 난이도로 고쳐 주는 것도 잊지 않았다.

생각해 보니, 사관학교에 특별 강사로 왔을 때도 반발하는 애들을 두들겨 팬 다음에는 잘 가르쳐줬던 것 같았다. 방금 전 사례를 예시로 들며 어떻게 공격을 해야 더 적합한지도 알려줬고. 스승으로서는 정말 최고였다.

그런 사람이 도대체 왜 에드워드에게는 그런 무리한 요구를 하다 못해 에드워드가 수업을 따라가지 못하는 걸 안 뒤에는 아직도 수업 난이도를 조정하지 못한 건지 모를 일이었다. 지금 신병들한테 해 주는 것처럼만 해 줘도 큰 도움이 되었을 텐데.

에드워드는 고개를 갸웃했다. 지나치게 높은 평가를 준 건 맞는데, 보여준 것도 없는 상황에서 그런 높은 평가라니. 이게 지금 기뻐해야 할 일인지 슬퍼해야 할 일인지 알 수가 없었다.

생각 외로 조세핀이 발의해서 제이의 아이디어인 척한 팀별 현장학습은 성공적이었다.

제이는 원래 로즈 탐색이 진짜 목적인만큼 그냥 애들을 데리고 나가 구역별 산책을 할 생각이었지만, 쥰이 이왕 현장 경험을 시키는 거 확실하게 하자며 이형 생물이 출현했다는 보고가 있으면 거기로 출동을 나가자고 제안했다.

그 제안에 맞춰 계획을 손본 게 큰 도움이 되었다. 팀워크, 현장 경험, 성취감 세 가지를 동시에 느낄 수 있었던 것이다. 게다가 이형 생물을 잡고 나면 제이의 조언도 첨부된다.

처음에는 작은 체구에 나른한 표정을 하고 있는 제이를 얕보던 신병들도 날카로운 지적을 듣고 나면 다들 제이를 다시 보기 시작했다. 가끔 누가 실수를 해서 부상 입을 위기에 처하면 제이가 절묘하게 끼어들어 구해 주니 부상에 대한 염려도 없어 더욱 좋았다.

날이 지날수록 입소문이 붙어 현장학습은 더욱 더 호황이었다. 사고를 치면 현장 학습에서 빼 버린다는 말이 도니 아직 현장 학습을 못 나간 신병들을 얌전하게 만드는 효과까지 낳았다. 조세핀, 제이, 쥰, 그 누구도 예상한 적 없던 효과였다.

"생각보다 효과 좋네. 이대로만 가자."

아니, 쥰은 예상을 했을지도. 제이는 테이블에 엎드린 채로 고개만 들어 쥰을 흘겨보았다.

"당연히 좋아야지, 내가 이 고생을 하고 있는데."

"웃기지 마, 너한테는 별일 아닌 거 다 알아."

쥰은 제이를 보지도 않고 일축했다. 맞는 말이지만 맞는 말이 아니라서 제이는 억울해졌다.

쥰의 말대로, 신병 서른 명을 챙기는 건 그리 어려운 일이 아니었다. 손바닥 뒤집는 것만큼 쉽지는 않아도, 그냥저냥 해낼 만은 하다는 얘기였다.

하지만 문제는 비밀 임무였다. 제이는 지금 로즈를 찾고 있었다. 그것도 옆에 제이의 세계를 방해하는 에드워드를 달고서. 당연히 배 이상으로 지쳤다. 하지만 이걸 말할 수도 없으니 미칠 노릇이었다.

"……너 왜 교관 됐는지 알 거 같다."

체념하고 한숨을 내쉬는 제이의 얼굴 옆으로 찻잔과 접시가 놓였다.

"드십시오."

에드워드였다. 쥰이 눈을 껌벅였다.

"티타임치고는 좀 이르지 않나?"

"단 게 필요하신 것 같아서요."

에드워드가 부드럽게 웃었다. 제이는 반색하며 몸을 일으켰다.

"고맙네. 자네도 앉지 그래."

"감사합니다."

아주 가지가지 한다. 쥰은 혀를 차며 엘리샤에게 말했다.

"자네도 앉게."

보통은 에드워드를 앉히면서 엘리샤도 앉으라고 해 줄 텐데, 그런 사회성을 제이에게 기대하는 건 무리였다.

아니나 다를까, 제이는 쥰이 직접 앉으라고 말을 해도 자기가 뭘 놓친 건지 모르는 눈치였다. 어지간하면 쥰이 저러면 아, 내가 쟤도 앉으라고 말해 줬어야 했는데, 이런 생각을 할 법도 한데.

"감사합니다."

엘리샤는 그 사이 제이에게 적응을 했는지, 눈치를 보거나 민망해하는 기색이 전혀 없었다. 주변 인간들이 이렇게 쉽게 적응을 해 주니까 얘의 사회성이 안 올라가는 게 아닐까. 쥰은 고민했지만 이제 와서 사회성 교육을 시켜 줄 생각은 딱히 들지 않았다.

"참, 베른 중위가 자기들도 현장 학습에 참여하고 싶다던데."

"병아리는 서른 명으로도 충분해."

"학습을 받고 싶은 게 아니라, 인솔자 자격으로."

"진짜 인솔을 하고 싶은 게 아닐 텐데."

"그건 그렇지만."

쥰은 시원시원하게 인정했다.

제이는 최강으로 꼽히는 것치고는 전투 장면을 남에게 보일 일이 적었다. 대외적으로야 대테러대응반으로서 테러리스트 중에서도 픽들을 전문으로 상대하다 보니 안전상의 문제 때문에 사람을 물리는 거라지만, 사실은 제이가 픽인 걸 들키면 안 됐기 때문이다.

그런 제이의 전투 장면을 단편이라도 구경할 수 있다니 엄청난 이득이다. 게다가 실제 지도까지. 아예 사무직으로 빠진 사람이면 모를까, 현장을 뛰는 사람이라면 꼭 참관하고 싶을 것이다.

"그래도 뭐, 이왕 하는 거 두루두루 써먹으면 좋지. 돈 주고도 못 얻을 경험이잖아."

"내 임무가 아닌데."

"그럼 네가 거절할래? 난 백도 뭣도 없는 사람이라 딱 잘라 거절 못 해. 절차랑 양식 알려줄 테니까 네가 거절 공문 보내."

"네가 쓰고 사인만……."

"네가 하기 싫은 건데 내가 왜? 직접 해."

제이가 뾰로통한 얼굴을 했다. 양식 한두 개를 배우는 게 어려운 건 아니지만, 이런 특별한 경우 아니면 쓸 일도 없는 양식을 배우는 건 귀찮았다. 게다가 서류만으로는 납득 안 하고 달려와 징징댈 게 한 눈에 보였고, 지금까지 조세핀이 제이를 직속 휘하에 두고 부려서 접촉할 수가 없었던 만큼 저들은 이런 금쪽같은 기회를 놓치지 않을 것이다.

제이의 표정을 본 쥰이 살살 그녀를 달랬다.

"네가 더 해야 할 일은 없어. 그냥 지금까지 하던 것처럼 하면 돼. 병아리들한테 지시 내리고, 위험 사태 벌어질 거 같으면 적당히 말리고, 끝난 다음에는 체크 포인트 지적해 주고. 그냥 관람객만 좀 는 거야."

어느 쪽이든 귀찮은 건 마찬가지였다. 제이는 잠시간의 고민 끝에 입을 열었다.

"안전을 보장하는 건 신병들만이야. 명목상이라고 해도 인솔자 자격이니만큼 본인의 안위는 본인들이 챙기라고 해."

"그거야 당연하지."

쥰은 웃으며 들고 있던 서류에 몇 자를 더 끼적이고는 옆에 내려놓았다. 흘깃 보니 인솔 인력 보충 관련 서류였다. 물론 제이가 선택할 수 있는 선택지가 적기는 했지만, 이렇게 대놓고 네 선택을 알고 있었단 식으로 구니 괜히 열이 받아 제이는 얼굴을 구겼다.

"아, 진짜."

모른 척 초콜릿이나 집어 먹고 있는 쥰을 에드워드가 묘한 얼굴로 바라보았다.

* * *

"로버 중위님."

쥰은 퇴근길에 자신을 기다리고 있는 에드워드를 보고도 놀라지 않았다. 오히려 생각보다 늦었다 싶을 정도였으니까.

아직은 속내를 감출 생각인지 생글생글 웃는 에드워드를 보며 쥰은 진심으로 감탄했다. 평소에는 얼굴을 보고 직접 대화할 일이 없어 실감하지 못했지만 참 잘생긴 얼굴이다 싶어서.

조각을 한대도 저렇게 날카로운 선이 나오기는 힘들지 않을까 싶은 턱선에 금실을 엮어 만든 듯 반짝이는 머리카락, 조도 낮은 복도의 조명 아래서도 투명하게 빛나는 눈동자, 반듯한 이마에 오뚝한 콧날…….

남자이니 슥 보고 말지만, 여자라면 석 달 열흘 저 얼굴을 감상만 하고 있어도 즐거워하지 않을까 싶을 정도였다. 조세핀을 향한 제이의 기묘한 충성심을 몰랐다면 얼굴에 홀려서 부관으로 들인 게 아닐까 의심했을 만큼.

"그래. 무슨 일인데, 크뤼거 소위?"

같은 남자라지만 이 정도로 잘생겨 버리면 질투도 나지 않는 터라, 쥰은 상냥한 목소리를 냈다. 하긴 질투가 난다고 해도 크뤼거 가문의 후계자한테 질투를 고스란히 드러낼 만한 배짱은 없었지만.

"로버 중위님께 여쭙고 싶은 게 있어서요. 잠시 시간 괜찮으실까요?"

존대를 써 주고는 있다 하나, 따져 보면 에드워드가 쥰보다 훨씬 위였다. 높은 사람에게는 개기지 않는 게 수명 연장의 기본이므로 쥰은 흔쾌히 고개를 끄덕였다. 정말 괜찮기도 했지만 만약 안 괜찮았어도 괜찮게 만들었을 것이다.

"없는 시간도 내야지, 도련님 명이신데. 그리고 말 편하게 해, 도련님한테 존대 들으면 뒷맛이 써."

"그럼 그럴까?"

삼가는 기색이라곤 눈곱만치도 없었다.

"참, 그리고 대위님이 안 계시니 해 주는 말이지만, 크뤼거 소위는 예법에 어긋나는 호칭이야. 에드워드 소위라고 불러. 지금은 에드워드 경이 더 맞겠고."

쥰은 눈을 껌벅였다.

"……제이는 그렇게 부르잖아?"

"르퀸 대위님은 특별. 그리고 중위면서 왜 자꾸 대위님 성함을 부르지? 엄연히 상관인데?"

생긴 것과 다르게 꽤나 쪼잔한 인사였다. 하지만 틀린 말은 아니었기에 쥰은 재빨리 호칭을 고쳤다.

"알았어, 앞으로는 르퀸 대위님이라고 부를게, 에드워드 경."

에드워드는 빙그레 웃고는 한 발짝 앞서 걷기 시작했다. 쥰은 습관처럼 바로 옆에서 걸으려다, 키 차이를 깨닫고는 멈칫했다.

보통은 제이가 사이에 서 있다 보니 그렇게 실감할 일이 없었는데, 제이 없이 바로 옆에 서자 키 차이가 꽤 났다. 그가 제이 옆에서 커 보이는 건 제이가 작아서 그런 줄 알았더니 본인도 크긴 큰 모양이었다. 쥰은 은근슬쩍 걸음을 늦춰 간격을 벌렸다.

이 도련님은 쓸데없이 잘난 구석이 많았다.

둘은 당연하게도 에드워드가 가자는 식당으로 갔다. 인테리어가 무척 고급스럽고 종업원들이 잘 훈련받은 걸로 봐서 가격이 어마어마하게 나올 테지만, 쥰은 신경 쓰지 않았다.

설마 크뤼거 가문의 도련님이 돈을 나눠 내자고 하겠어. 남의 돈으로 얻어먹기에는 참 좋은 가게인 터라, 쥰은 음식을 주문할 때도 적극적으로 나섰다. 쥰의 요구대로 주문을 마친 에드워드가 빙그레 웃었다.

"자, 그럼 밥값을 해야지?"

"밥은 좀 먹여놓고 밥값 운운하시지."

생각해 보니 그럴 듯해, 에드워드는 아페리티프와 에피타이저가 나올 때까지 기다렸다. 이상한 데서 정중하네, 이 도련님. 쥰은 아페리티프를 한 모금 마시며 그런 생각을 했다.

"그래서. 뭐가 궁금하신 건데?"

"대위님이랑 대체 무슨 사이야?"

이것부터 묻나, 보통. 당황스러웠지만 쥰은 순순히 대답했다.

"옛 친구, 지금은 생판 남."

"그런 것치고는 사이가 퍽 좋아 보이던데."

"생판 남이라고 날 세울 거 있나?"

"팔 하나 다리 두 쪽을 작살낸 생판 남하고는 평생 날 세워도 괜찮을 거 같은데."

다들 왜 이렇게 자기가 제이를 증오할 거라고 생각하는지 모를 일이었다. 쥰은 쓴웃음을 지으며 엘리사에게 했던 말에 살을 좀 더 붙여 반복했다.

* * *

"쥰. 나뿐만이 아니라 너를 위한 충고기도 해, 하지 마."

쥰 로버는 그때를 생생하게 기억한다. 더 정확히는 그때 제이 르퀸이 보인 반응과 태도, 목소리와 어투를 기억한다. 졸업 뒤 진로에 대해 얘기할 때였다.

준은 졸업한 뒤 군 기숙사에 들어가 돈을 모을 거고, 월급의 얼마를 가족에게 부칠 거고, 부서는 어떤 부서가 좋겠고, 그런 얘기들을 했다. 하지만 제이는 가만히 듣고만 있을 뿐 자기 꿈에 대해 말하지는 않았다.

궁금해진 쥰이 결국 먼저 물어봤고, 제이의 대답은 간단했다.

몰라. 네 꿈을 네가 모르면 누가 아냐는 쥰의 황망한 대답에 돌아온 건 여전히 간결한 대답이었다. 그건 조세핀이 생각할 문제지. 난 시키는 대로 할 뿐이야. 평소와 같은 태도였다.

제이는 면전에서 자기를 사생아라 욕하는 이들은 바로바로 되갚아 주는 주제에 자기가 그 모욕을 당하게 만든 르퀸가에 대해서는 이상할 정도로 순종적인 태도를 보였다. 아니, 남들은 그냥 르퀸가에 순종적이라 생각하겠지만 제이와 가장 가까운 쥰만은 그게 아닌 걸 알았다.

제이 르퀸은 조세핀 라 르퀸에게 순종했다.

지금이야 이상해 보일 것 없는 일이지만 그때 당시 조세핀은 르퀸가의 가주는커녕 후계자도 아니었다. 약혼자도 있었다. 즉 몇 년 뒤면 결혼해서 르퀸가를 나갈 이 때문에 자기 평생을 좌지우지할 일을 내팽개치고 있던 거다, 그때의 제이는.

지금도 그렇지만 그때의 쥰은 더더욱 그런 제이를 이해 못했기에 그 전에도 몇 번이나 나무란 적이 있었다. 그때마다 제이는 평상시의 느긋한 태도를 버리고 단호한 어조로 조세핀을 모욕하는 건 참지 않겠다고 했다.

실제로 제이는 쥰이 르퀸가를 싸잡아 욕하는 건 웃으면서 들어 줘도 조세핀 얘기만 나오면 얼굴을 바꿨다.

그래서 둘 사이에서 조세핀에 대한 얘기는 아예 꺼내지 않는 게 암묵적인 합의가 되어 있었다. 제이는 조세핀의 욕이 듣기 싫었고, 쥰은 조세핀에 대한 호의적인 얘기를 들으면 분통이 터졌으니까.

그날도 그랬어야 했다. 조세핀의 이름을 꺼낸 이상 쥰은 거기서 그

화제를 끝내야 했다. 차라리 자기 얘기만 세 시간을 떠들게 되는 한이 있어도.

하지만 그날 쥰은 4년간 해 오던 걸 하지 못했다. 쥰은 입을 열었고, 조세핀을 욕했다. 어렴풋한 기억으로는 무책임하고 이기적이라는 말을 굉장히 센 단어로 말했던 듯하다.

쥰, 쥰. 쥰 로버. 제이는 딱 세 번 그의 이름을 불렀고, 그 다음 날아온 건 목소리가 아닌 장갑이었다. 쥰은 이후에 벌어질 일을 뻔히 알면서도 말을 취소하지 않았고, 그 뒤로는 45분간의 신나는 매타작뿐이었다.

제이라면 3분 안에 깔끔하게 사지를 부러트려 병동으로 보낼 수 있으면서도 45분이나 시간을 끈 건 고문을 하려던 게 아니라 쥰에게 말을 철회할 시간을 주기 위한 나름의 배려였다. 결과적으로는 45분간 죽어라 맞느라 다른 이들보다 더 심한 꼴을 당하게 됐지만.

하지만 제이의 배려를 알면서도 쥰은 잘못했다 말하지 않았고, 결투를 빙자한 폭력은 쥰이 기절하고 나서야 끝났다. 그걸로 둘의 우정은 끝이었다.

딱 한 번 제이가 남들 몰래 병문안을 왔었고 나름의 배려인지 법까지 어겨 가며 해외에서 치료 전문가 픽을 데려다가 그를 치료해 주긴 했지만 그게 다였다. 그 뒤로 쥰은 4년간 제이의 그림자조차 본 적이 없었다.

4년간의 우정이 5분하고도 45분 만에 끝장난 셈이지만 쥰은 딱히 아쉬웠던 적도 후회한 적도 없었다. 알면서 한 말이었으니까. 원한을 가진 적도 없었다. 그런 인간이라는 걸 알았으니까.

말하자면, 그 5분하고도 45분의 시간은 둘의 의견 차이를 확인하는 시간이었던 셈이다. 제이는 아무리 자기를 위한 말이라 해도 조세핀에 대한 쓴소리를 견디지 못하고, 쥰은 친구가 싫어한다 해도 친구에게 악영향을 미치는 주변 인물을 모른 척할 수 없다. 아무리 상대방과 있는 게 즐거워도 서로를 친구로 삼을 수는 없다.

그걸 확인한 것이기에 쥰은 원한도 앙심도 없고, 어차피 우정을 지속할 수 없는 걸 알기에 아쉬움도 후회도 없다. 단지 그것뿐이고, 쥰은 제이 역시 그럴 거라 생각한다.

그렇기에 쥰은 제이와 함께 임무를 수행하는 데에 어떤 거부감도 없고, 제이와 웃고 떠들거나 짜증을 내고 토라질 수도 있다. 사람이 타인에게 가질 수 있는 모든 감정을 가질 수 있는 것이다.

다만, 친구로는 돌아갈 수 없을 뿐이지.

* * *

가만히 그의 말을 듣던 에드워드는 그의 말이 끝나자 짧게 말했다.

"대위님한테 그 얘기 똑같이 다시 해."

"뭐? 왜?"

"네가 알 필요 없는 일이니 시키는 대로 하지 그래."

"아니, 이유를 알아야 내가 뭘 해도……."

에드워드가 접시를 톡톡 두드려 쥰의 말을 끊었다. 말하는 중간중간 곁길로 샜기 때문에, 어느 새 식사는 다 끝나고 디저트를 먹고 있던 중이었다.

"식사는 괜찮았나?"

말을 돌리자는 건가? 쥰은 의아했지만 일단 질문에 대답했다.

"훌륭한데."

"오늘 대답 값은 될 만큼?"

혹시. 쥰은 어렴풋이 기저에 깔린 의도를 읽었다.

"……차고 넘칠 만큼."

"그럼 넌 물을 자격이 없지."

역시. 쥰은 쓰게 웃었다.

"내가 온건한 방식을 취한 건 맞지만, 이게 거래라고 생각하면 곤란한데. 이건 명령과 그에 따른 포상이야. 동등한 게 아니라 고저가 있는 방식이지. 상황 파악? 그건 내가 해. 네가 내 판단에 대해 나불거릴 여지는 없다는 거야. 여기까지. 내 말뜻 이해해?"

태도는 고깝지만 말 자체는 맞는 말이었다. 아니, 에드워드는 가문의 이름을 내세워 정보만 요구할 수도 있었다. 아니면 아랫사람을 시켜 접촉하거나. 겉으로나마 거래 비슷하게 꾸며 준 게 대단한 호의이긴 했다.

"이해했습니다."

"말투 바꿔. 대위님 앞에서 제대로 분리할 자신 없으면 차라리 사석에서도 대위님 앞에서처럼 구는 게 나으니까."

"……그럼 호칭은?"

"그건 친한 척하려다가 말 헛나왔다고 둘러댈 수 있으니까. 실제로 넌 대위님 이름이랑 호칭 섞어서 부르잖아."

이 도련님, 생각보다 순해 보인다 했더니 그 말을 들었을 때 엘리샤가 떨떠름해 한 이유를 알 것 같았다. 이 새끼 이중인격 아냐? 혀를 차면서도 쥰은 말투를 되돌렸다.

"알았어, 제이…… 르퀸 대위님께 확실하게 말해 두지."

에드워드는 빙그레 웃었다.

"좋아. 보상은 뭐가 좋아?"

"보상?"

쥰이 의아한 눈으로 접시를 톡톡 쳤다.

"이게 대답 값이라며?"

"그래, 그건 대답 값. 시킨 걸 하는 건 따로 보상해야지."

후하기 그지없다, 정말. 쥰은 어이가 없어 웃었다.

"말했잖아? 난 보상 철저하게 한다고."

"아니, 이건 철저한 걸 넘어서……."

쥰의 말은, 웨이터가 디제스티프를 가져오며 잠시 끊어졌다. 에드워드는 디제스티프를 마시며 어깨를 으쓱해 보였다.

"뭘 바라든 내게는 별 거 아니니까. 돈 아끼다 중요한 일을 그르칠 수는 없지."

어쨌거나 쥰에게는 좋은 일이었다. 쥰은 에드워드를 따라 디제스티프를 한 모금 마시고는 보상을 정했다.

"이거 꽤 맛이 좋은데. 병으로 받을 수 있을까?"

"그래, 말해 두지."

즉답이었다. 가격을 계산하는 눈치도 없었다. 이게 귀족의 위엄인가. 쥰은 쓴웃음을 지으며 디제스티프를 한 모금 더 마셨다.

그 와중에도 와인은 맛이 좋았다. 깔끔하고, 산뜻하고. 마치 양치를 한 것처럼 입안을 가볍게 만들어주는 맛이었다. 밤마다 한 잔씩 하면 기분은 좋겠군. 쥰은 그런 생각을 했다.

원한다면 돈으로 받을 수도 있겠지만, 그건 너무 본격적으로 제이를 팔아먹는 기분이라 별로고. 그러니 자기 수입으로는 할 수 없는 사치를 누리는, 이 정도가 딱 좋았다. 어차피 못 한다고 뻗대 봤자 대가만 없어질 뿐이지, 에드워드가 하라는 대로 해야 하는 건 똑같을 테고.

쥰이 디제스티프를 음미하는 동안, 에드워드는 웨이터를 불러 코트를 가져오라고 했다.

"벌써 가게?"

"넌 더 있다가 가도 돼. 혹시 더 먹고 싶은 게 있으면 시켜먹고 가도 괜찮고. 보상은 카운터에 말해 둘 테니 나갈 때 가져 가."

곧 웨이터가 코트를 가져왔고, 옷매무새를 정리한 에드워드가 룸을 나가려다 고개를 돌렸다.

"참. 대위님, 학창 시절에 네 훈련을 봐준 적 있어?"

갑자기 생각났다는 듯 가벼운 어투였다. 뜬금없는 질문에 의아해 하면서도 쥰은 성실하게 대답했다.

"졸업시험 빼면 쭉. 아니, 졸업시험 때도 그 일 이전에는 봐주고 있었다. 결국 허탕으로 돌아갔다 뿐이지."

"그때도 지금처럼 훌륭한 스승이셨나?"

"그랬지? 천재들은 보통 가르치는 걸 못한다지만, 걘 자기가 특출 난 인간인 걸 잘 알았어. 무리한 요구 같은 건 안 했고, 내 상태도 잘 읽었지. 사실 난 걔가 학교에 남는 것도……. 아, 이건 쓸데없는 얘기지. 하여간 그때부터 좋은 스승이었어."

"……대단하시네."

"대단하지."

에드워드가 왜 그런 걸 묻는지 모르는 터라, 쥰은 순수하게 맞장구를 쳤다. 그 뛰어난 능력을 안 써먹는 게 안타까울 정도로, 제이는 정말 대단한 사람이었다.

밖으로 나온 에드워드는 어깨를 한번 추슬렀다. 혹시나 해서 물어봤지만, 차석인 쥰도 제대로 가르쳤다는 걸 보면 정말 실력을 가늠 못 해서 그런 건 아닌 듯한데.

특별 취급은 좋았지만, 그 원인을 알 수 없으니 답답했다. 제이가 자신에 대해 오해를 하고 있는 건 확실한데, 그 오해가 어디까지 뿌리를 뻗치고 있는지 알 수 없으니까. 만약 제이가 보이는 호의 전체가 그 오해에서 기반한 것이라면…….

에드워드는 답답한 마음에 괜히 얼굴을 한번 문질렀다.

"에드워드?"

그런 그의 어깨를 누군가가 건드렸다. 에드워드는 흠칫 놀라며 뒤를 돌았다. 제이만 못하다 해도 그 역시 사관학교를 수석으로 졸업한 이였다. 그런 그가, 누가 자기 몸을 건드릴 정도로 가까이 접근했는데도 눈치를 못 챘다니. 솔직히 좀 당황스러운 일이었다.

돌아본 곳에는 릴리가 서 있었다.

……여긴 어쩐 일이지? 에드워드는 반사적으로 찌푸려지려는 표정을 관리했다.

"아, 릴리. 여긴 어쩐 일이야?"

"어쩐 일이긴, 데이트 중인데."

그제야 몇 발자국 뒤에 선 남자가 보였다. 말로만 듣던 애인의 첫 등장이었지만 예상했던 것보다는 그냥 그랬다.

지적이고 교양 넘치며 유능해 보이기까지 하는 릴리가 그렇게 목을 매기에 대단한 미남일 줄 알았는데, 딱히 그렇진 않았다는 뜻이다.

3대륙 사람들의 미적 감각이 다른 걸 감안한다 해도 그냥저냥 평범한 미남일 듯했다. 눈매가 둥그니 표정이 밝으면 좀 더 잘생겨 보일 듯하지만 표정도 딱딱하니 굳어서…….

자연스레 외모 품평을 하던 에드워드는 즐거워야 할 데이트 중에 왜 표정이 저 모양인지를 깨달았다. 에드워드 때문이었다. 지금 남자는 명백히 에드워드를 경계하고 있었다.

그 사실을 깨닫자 에드워드는 급작스레 유쾌해졌다. 하긴, 남자 입장에서는 에드워드 같은 남자가 애인 근처에 있으면 경계가 될 수밖에 없으리라. 아무리 애인이 자기한테 목매고 있다고 해도.

마음이 너그러워진 에드워드는 싱긋 웃으며 남자에게 손을 내밀었다.

"에드워드라고 합니다. 얘기 많이 들었습니다."

남자는 떨떠름한 얼굴이었지만 예의를 잊을 정도로 떨떠름하지는 않은지, 에드워드의 손을 마주 잡았다.

"……실버스테르라고 합니다."

로즈든 로즈가 아니든, 이쪽도 현장 요원과 백업 요원의 조합은 맞는 듯했다. 이름에 실버가 들어가는 걸 보면. 백업 요원치고는 손바닥에 굳은살도 있겠다, 몸에도 근육이 꽤 붙어 있기는 하지만.

그건 그렇고, 거의 현지인 수준으로 로쉔어를 구사하는 릴리와 달리 실버스테르의 억양은 확연히 외국인 티가 났다. 외모야 비슷한 급이라 쳐도, 신분에 교육 수준까지 차이가 나 보이는데 왜 이런 남자한테 목을 매지? 에드워드는 의아한 기색을 숨기고 남자와 악수를 끝냈다.

"어때, 사람은 잘 찾았어?"

"아니, 아직."

릴리는 과장되게 얼굴을 찌푸렸다. ……한 번 미끼를 던져볼까? 에드워드는 꾸며 낸 평이한 목소리로 물었다.

"내가 좀 도와줄까?"

"응?"

"지켜보니까 뭐, 위험한 인물을 찾는 거 같지는 않고. 벌써 한 달 다 되어 가잖아. 아무래도 수색에는 현지 사람인 내가 더 도움 되지 않을까 싶은데."

에드워드는 명함을 한 장 꺼내어 릴리가 아닌 실버스테르에게 건넸다. 표정이 고스란히 다 드러나는 상대이니, 한번 떠보면서 반응을 볼 생각이었다. 만약 이 사람이 골드라면 대놓고 범죄를 도와주겠단 얘기를 들었으니 당황하는 기색이 있겠지. 만약 릴리가 나를 알고서 이용하기 위해 접근한 거라면 명함을 보고도 놀라지 않을 테고.

하지만 에드워드의 기대는 수포로 돌아갔다. 실버스테르가 표정을 절묘하게 관리한 게 아니라, 아예 명함을 쥔 에드워드의 손을 릴리 쪽으로 돌려 버렸기 때문이었다. 명함의 이름을 보지 않았으니 알고 접근했는지도 알 수 없었고.

"로쉔에서는 남자의 사회적 지위를 더 높게 친다는 걸 알지만, 짐은 다릅니다. 게다가 저희는 제가 릴리를 보좌하는 쪽이니까 만약 제가 여자고 릴리가 남자였어도 릴리에게 명함을 주는 게 맞고요."

게다가 실버스테르는 도와주겠다는 얘기는 신경도 쓰지 않은 채 명함을 자기에게 주었다는 사실 자체에 열을 내고 있었다. 당황하는지 안 하는지 알아낼 수가 없었다. 예상치 못한 사태에 에드워드가 당황하자, 릴리가 재빨리 실버스테르를 달랬다.

"우리나라는 일단 성별에 따른 차별을 금지하고 있거든? 여자랑 남자가 있을 때 당연히 여자를 책임자라고 생각하는 건 차별이야. 게다가, 에드워드도 일부러 날 무시하려고 그런 건 아닐 거야. 내가 이건 원래 네 일이라고 해서 오해한 거겠지. 너무 그러지 마."

그제야 실버스테르는 표정을 누그러트렸다.

"……죄송합니다. 아무래도 짐과 분위기가 다르다 보니, 젊은 여자라고 릴리를 무시하는 경우를 좀 겪어서 예민해져 있었습니다."

"아닙니다, 제 실수죠. 신경 쓰실 것 없습니다."

어쩐지 릴리가 이 남자를 선택한 이유를 알 것도 같았다. 대신 명함을 받아간 릴리가 작게 탄성을 질렀다.

"크뤼거? 세상에. 너 잘도 나랑 술 마셨구나. 너희 가문, 우리나라 엄청 싫어하지 않아?"

역시 릴리의 표정에서는 아무 정보도 읽어 낼 수가 없었다. 크뤼거 가문을 아는 거야 이상할 것도 없는 노릇이고.

"무슨 소리야, 우리 가문은 하연 인더스트리를 싫어하는 거지, 짐을 싫어하는 게 아니라고."

아쉬웠지만 에드워드는 티를 내지 않고 웃었다.

"밖에서는 둘을 똑같이 치던데. ……크뤄거가 같은 명문가의 도련님이 도와준다니 정말 고맙긴 한데, 이건 엄연히 명령받고 온 일이라. 내가 함부로 결정할 수가 없는 일이야. 너도 이걸 가문 차원에서 도와준다는 건 아닐 거잖아?"

"그건 그렇지."

"한번…… 위에 물어볼게. 당연히 가문 이름은 숨기고. 정말 고마워. 솔직히 쉽지 않은 말일 텐데."

"감사합니다."

정말 순수하게 기뻐하는 것 같은 릴리를 따라 실버스테르도 꾸벅 인사를 했다. 아까보다는 표정이 좀 풀렸지만, 여전히 불만에 가득 차 다른 표정을 읽기 어려운 얼굴이었다. 참 릴리와는 다른 의미로 성가신 상대였다.

* * *

릴리는 에드워드와 헤어지고도 한 블록을 더 걷고 난 후에야 입을 열었다.

"……네가 표정 관리 못 하는 게 이렇게 고마운 때가 올 줄이야."

과장되게 한숨을 내쉬는 릴리에게 실버가 뾰로통한 얼굴을 해 보였다.

"아무리 생각해도 마음에 안 들어. 남을 시켜도 되는 거 아냐? 꼭 네가 해야 하는 것도 아닌데."

릴리가 곤란한 듯 웃었다.

"기회는 한 번뿐이야. 괜히 남을 썼다가 실패하면 돌이킬 수 없어진다고.

걱정 마, 아무리 몸 좋고 잘생기고 젠틀해도 난 너밖에 없는 거 알잖아?"

그제야 실버의 표정이 조금 누그러졌다.

"알아도 짜증나는 건 어쩔 수 없는 거야."

"조금만 참아. 해볼 건 거의 다 해 봤으니까. 이제…… 한두 가지 정도면 체크해 보면 끝이야."

실버는 대답 대신 긴 한숨만 내쉬었고, 릴리는 못 들은 척 빙글빙글 웃었다. 아무리 실버가 마음에 들어 하지 않아도, 이제 와서 일을 물릴 수는 없는 노릇이니까. 대신 그녀는 실버의 손을 잡았다. 삐진 와중에도 그는 손을 빼지 않았다.

* * *

"오셨습니까."

집에 돌아온 에드워드를 맞이한 건 그의 집사, 데미안이었다. 에드워드는 그가 코트를 받아 정리하는 동안 군복의 단추를 풀다, 갑자기 생각난 것처럼 툭 던졌다.

"아밀스턴산 돼지를 쓰는 통조림을 알아?"

데미안은 잠시 생각에 잠겼다가 짧게 대답했다.

"조사해 두도록 하겠습니다."

그도 모른단 얘기였다. 하긴, 태어났을 때부터 차기 가주의 집사로 길러진 이가 빈민들이나 먹는다는 질 나쁜 통조림을 알 리는 없었다. 에드워드는 고개를 끄덕였다.

"그래. 그 통조림을 생산하는 회사가 어떤 곳인지, 어디서 생산되는지, 혹시 직거래도 가능한지, 가능하다면 조건이 어떻게 되는지. 그런 걸 하나하나 세세하게 털어 봐. ……그리고 아밀스턴 양과 아밀스턴 돼지의 차이점도."

"예."

데미안은 고분고분하게 눈을 내리깔았고, 에드워드는 그쯤에서 대화를 마무리했다.

* * *

스웬은 반도 채 먹지 못한 식사를 마무리했다.

"치워."

시중을 들던 하인이 걱정스러운 얼굴을 했지만 스웬은 무시했다. 안 넘어가는 음식을 억지로 넘겼다가는 토할 뿐이라는 걸 이미 잘 알고 있었으니까.

정체 모를 고기로 만들어진 베이컨을 먹을 뻔한 그날부터, 스웬은 거식증에 시달리고 있었다. 뭘 씹든 그 식감이 생각나서 넘어가질 않았다. 고기는 보기만 해도 올라왔고 그나마 채소와 액체류는 좀 넘길 수 있었지만 이것도 씹고 삼키고 하다 보면 급작스레 역겨워지는 순간이 왔다.

이대로 가다가 쓰러지는 거 아닐까. 스웬은 의사를 불러 진찰을 받아야 하나 진지하게 고민하며 작은 식당을 나왔다. 식사를 갓 끝마친 상태인데도 불구하고 머리가 핑 도는 기분이었다.

"아, 스웬 경. 잠시 말 좀 나눌 수 있습니까?"

작은 식당을 나오자마자, 마치 기다렸다는 것처럼 대식당 앞에 서 있던 이가 그를 향해 걸어왔다. 가까이 다가오고 나서야 스웬은 상대를 알아볼 수 있었다. 제이였다.

그러고 보니 조세핀이 케이터링 서비스 때문에 방문하겠다고 했던 게 기억났다. 로스틴가는 케이터링 서비스 업계에서 최고이니 르퀸가에서 로스틴가에게 케이터링 서비스를 맡기는 건 자연스럽고, 제이는 졸업한 직후부터 쭉 조세핀의 호위를 담당해 왔으니 여기까지 따라온 게 이상하지는 않다.

"자리를 떠도 됩니까?"

다만, 호위라면 조세핀의 바로 뒤, 혹은 로스틴가를 배려한다 해도 식당 문 밖에 서 있어야 할 텐데. 하지만 제이는 아무렇지 않게 대꾸했다.

"이 정도는 수비 범위 안입니다. 그보다, 잠시 괜찮을까요?"

안 될 건 없었다. 스웬은 별 고민 없이 고개를 끄덕였다.

"어디가 좋을까요. 옆의 작은 식당, 아니면 응접실?"

"식당이 좋겠습니다."

역시 가까운 편이 좋겠지. 쉽게 생각한 스웬은 제이를 데리고 방금 나온 곳으로 다시 돌아갔다.

"……그래서. 하시고픈 말씀이 뭡니까?"

식당으로 온 데다가 시간도 식사 시간이니, 원래대로라면 식사를 대접해야겠지만 지금 스웬은 음식만 봐도 올라올 지경인 데다가 이미 식사도 끝마친 상황이었다. 그래서 스웬은 가벼운 차로 대접을 대신했다. 그나마도 지금 그에게는 큰 배려였다.

하지만 그 배려가 무색하게도 제이는 차에 별 관심이 없어 보였다.

"어떻게 아셨습니까?"

"네?"

"베이컨이요. 지금까지 아무도 눈치 못 챘었는데, 어떻게 씹자마자 알았는지 궁금해서요."

스웬은 순간 제이의 말을 이해하지 못했다. 베이컨? 뭘 눈치채? 하지만 곧 무슨 뜻인지 알 수 있었고, 그러자 위장 속 음식물이 역류하기 시작했다.

"욱……!"

그대로 허리를 굽혀 먹은 음식을 도로 토해 내려는 스웬을, 제이가 뒷목을 잡아채 억지로 막았다.

"천천히, 숨 쉬십시오."

뒷목을 당기는 손길이 생각보다 억세어, 넘어오던 게 도로 들어가는 기분이었다. 이 사람, 언제 여기까지 왔지?

작은 식당이라고는 해도 말이 작은 식당이지, 적어도 열 명은 식사할 수 있게 된 곳이었다. 스웬과 제이는 각각 그 식탁의 끝과 끝에 앉아 있었고, 스웬은 제이가 일어나는 소리도 듣지 못했는데. 그랬는데 어느새 제이는 그의 목에 손이 닿는 자리에 와 있는 것이다.

마음만 먹으면 제 목을 꺾어놓는 것은 일도 아니었겠다는 생각이 들어 스웬은 자기도 모르게 몸을 움츠리려 했다. 물론 목덜미가 잡혀 있으니 그러기도 어려웠다.

"잡아먹자는 거 아닙니다, 긴장하지 마시죠."

"긴장은 누가……."

"지금 꼭 토끼 새끼 같은 얼굴을 하고 계신데요."

반박을 할 수가 없어 스웬은 입을 다물었다. 제이가 뒷목을 잡은 손을 풀었다.

"숨, 쉬십시오."

지금 숨이 쉬어지겠냐고 반발하고 싶었지만, 스웬의 몸은 착실하게 제이의 말을 따르고 있었다. 심호흡을 몇 번 하자 신기하게도 토기가 가라앉았다.

"……그거 보낸 게 당신이었습니까."

"몰랐습니까?"

제이는 오히려 자기가 더 놀랐다는 것처럼 눈을 동그랗게 떴다. 아니,

꼬리를 다 잘라놓고 뭐 저렇게 당당한 얼굴이지. 스웬은 어이가 없었다.

"알겠습니까? 대체 언제, 어떤 방식으로 바꿔치기했는지도 모르겠던데."

그날, 베이컨을 삼키지도 않고 토해 낸 뒤 스웬은 저택 내의 식료품을 전부 검사했었다. 핑계는 베이컨이 상했으니 식품 상태를 보겠다는 거였지만, 사실은 또 저 이상한 고기가 섞여 들었을지 모른다는 생각에서였다.

다 뒤져 본 결과 이상한 고기는 딱 베이컨에만 섞여 들어가 있었다. 양은 약 오 킬로그램 정도. 다른 사람은 그 이상한 고기를 먹은 것 같지 않은 게 그나마 다행이었지. 제이가 가벼이 웃었다.

"원한 살 일이 많았나 봅니다? 추정도 못 해 낸 거 보면?"

"그게 아니라……. ……말을 맙시다."

설마 스파이 좀 보냈다고 이럴 줄은 몰라서 그런 거였지만, 말해 봤자 이해해 줄 것 같지는 않았다. 조세핀이 가주가 된 후 르퀸가는 내부의 정보가 흘러나가는 것에 무척이나 민감했으니까. 근데 정말 별로 빼낸 정보도 없는데. 스웬은 새삼 억울해졌다.

그런 스웬을 아는지 모르는지, 제이는 스웬을 슥 훑어보더니 중얼거렸다.

"트라우마가 심했나 봅니다. 식사 제대로 못 했죠."

묻는 것도 아니고 아예 확정을 한 어투였다. ……그렇게 티나게 살이 빠졌나? 그러진 않은 거 같은데. 스웬도 덩달아 자기 몸을 훑어보았다. 역시 겉보기에는 아직 괜찮아 보였다. 그러는 스웬을 본 제이가 약한 한숨을 내쉬고는 자리에서 일어났다.

"지금 다시 식사하시죠."

방금 전에 식사 제대로 못하고 있는 거 아니냐고 짚어놓고는 무슨 소리지. 스웬이 어이없는 눈초리로 제이를 노려보았다. 하지만 제이는 태연했다.

"지금은 다를 겁니다. 제가 지켜볼 테니까요."

무슨 개소리일까 싶었는데, 제이의 말은 진짜였다. 스웬은 오렌지 소스를 끼얹은 오리 고기가 부드럽게 목구멍을 타고 넘어가는 감각에 전율했다. 따져 보면 일주일 정도밖에 안 될 테지만, 체감상 1년은 된 듯한 기분이었다.

"……무슨 짓을 한 겁니까?"

제이는 스웬이 입에 있던 오리 고기를 다 씹어 삼킨 다음에야 입을 열었다.

"딱히, 아무것도?"

아까 보인 그 자신만만한 태도하며, 전혀 거부감 없이 넘어가는 고깃조각이 아무것도 아닌 게 아니라는 걸 알려 주고 있었지만 스웬은 입을 다물었다. 바삭한 껍질과 촉촉한 살코기의 맛을 다시 잃고 싶지는 않았으니까.

"……그래서. 어떻게 알아차리신 겁니까?"

기껏 다시 고기를 먹을 수 있게 됐는데 또 베이컨 얘기인가 싶었지만, 신기할 정도로 욕지기 같은 건 치밀지 않았다. 혹시나 해서 고기를 한 점 더 먹어본 뒤 정말 괜찮다는 걸 확인한 후에야 스웬은 입을 열었다.

로스틴가의 비기인 오렌지 소스는 상큼하니 고기의 기름기를 완벽하게 잡아 주고 있었지만, 오랜만에 고기를 맛보다 보니 그 기름기마저도 아쉬운 기분이었다.

"우리 집에서는 베이컨 훈연할 때 세스베른산 전나무 안 씁니다."

"……그럼 뭘 씁니까?"

아, 이 사람이 진짜. 스웬은 즐거운 식사를 잠시 멈추고 제이를 노려보았다.

"알려 줄 거 같습니까?"

제이도 자기가 터무니없는 얘기를 하고 있단 걸 자각은 했는지, 더 캐묻는 대신 어깨를 으쓱할 뿐이었다. 오리 고기를 한 입 더 먹자 기껏 세운 날이 누그러지는 기분이 들어, 스웬은 적당히 대답을 해 줬다.

"세스베른산 전나무는 지나치게 귀하니까요. 우리 집에서는, 시장에 내보낼 음식을 테스팅해 보는 느낌으로 부엌을 돌립니다. 신제품을 시험해 보기도 하고, 이미 시장에 유통되는 음식의 품질이 유지되는지 체크하기도 하고. 세스베른산 전나무는 시장에 유통되는 식품에 쓰기에는 가격대가 높고, 공급이 안정적이지도 않으니 쓰지 않습니다."

"아하, 과연."

제이는 이해했다는 듯 고개를 끄덕였다. 스웬은 잠시 망설이다 물었다.

"그런데, 일부러 다른 나무를 쓴 게 아니었습니까?"

"네. 로스틴가 정도의 재력이면 당연히 가장 좋은 걸 쓰겠거니 하고 그런 건데, 제가 요식업계에 대해 잘 몰라 실수를 했습니다. 감쪽같이 속일 작정이었는데……. 미안하게 됐습니다, 불쾌하게 만들려는 목적은 아니었는데."

……왜지? 스웬은 이상한 걸 느꼈다. 제이가 바꿔치기한 그 고기에는 독이 없었다. 조금 짜긴 했지만 소금을 좀 더 친 걸로 사람이 죽지는 않는다. 그럼 경고의 의미로 생각하는 게 맞지 않나?

"독살을 노린 것도, 경고의 의미도 아니라면, 도대체 그 고기에 무슨 의미가 있습니까?"

제이는 대답하는 대신 와인을 마셨다. 스웬은 새삼 제이의 속눈썹이 길다는 생각을 했다. ……원래 저렇게 예뻤던가?

생각을 해 보면, 미인인 조세핀과 얼굴만 봐도 피가 섞인 걸 알 정도로 닮았으니 예쁜 게 당연하긴 했다. 나이에 비해 어려 보이는 편이라 원숙한 여인이 취향인 스웬의 취향은 아니지만, 스웬의 또래들이라면 딱 좋아할 만한 얼굴이었다.

저 얼굴, 저 신분으로 용케 지금껏 스캔들이 없었군. 에드워드 전에 가볍게 보고 집적거리는 상대가 한 다스는 나왔어야…….

……어라? 스웬은 뭔가 이상한 걸 느꼈다.

제이는 세계 최강이라 불리는 이이다. 게다가 꽤나 미인이다. 게다가 명문가인 르퀸가에서 대놓고 사생아로 인정한 사람이기까지 하다.

소문을 몰고 다니기 너무 좋은 조건이다. 그런데도, 제이에 관한 소문은 그리 많지 않다. 아니, 저 조건치고는 엄청나게 적다 할 수 있다.

제이를 둘러싼 소문이 객관적으로 적은 건 절대 아니다. 하지만 저런 조건이면, 제이의 일거수일투족이 화제가 되어도 이상할 게 없다.

누굴 만나고 뭘 걸치고 뭘 먹는지, 그런 모든 게. 심지어 지금 제이의 곁에는 잘생긴 연하의 도련님이 붙어 있기까지 하지 않는가? 그런데 이상할 정도로 얘기가 적다.

더 정확하게 말하자면, 제이 '본인'에 대한 얘기가 적다. 제이가 무슨 말을 했고 어떤 표정을 지었고 하는 그런 것들.

……이 정도로 존재감이 옅은 게 정상인가? 생각이 뻗어 나가는 것을, 제이의 목소리가 잘라냈다.

"맛이 궁금했습니다."

"네?"

생각이 너무 멀리 나간 탓에, 말을 알아듣기까지는 시간이 조금 걸렸다. 잠시 뒤에야 말을 이해한 스웬이 허둥댔다.

"아, 아! ……그럼 그냥 드셔 보셨으면 되는 거 아닌가요?"

"제게는 허락되지 않은 음식이거든요."

깔끔하게 말을 자른 뒤 제이는 와인 잔을 내려놓았다.

"그래서 여쭙고 싶은데, 그 베이컨. 어떤 맛이었습니까?"

굳이 말해 줄 필요 없다고 생각하면서도, 스웬은 어느 새 입을 열고 있었다.

"……짜던데요. 염지를 좀 급하게 하셨나 보죠? 시간을 충분히 들여야지, 빠르게 마치려고 하니까 소금을 정도 이상으로 쓰게 되고 그러니까 필요 이상으로 짜지는 거죠. 주의하시는 게 좋겠습니다."

예상치 못한 대답이었던 듯, 제이의 표정이 흐려졌다.

"예. 소금을 좀…… 많이 쓰긴 했죠. ……근데 그게 다입니까?"

"그리고……."

스웬은 잠시 망설이다, 천천히 입술을 움직였다.

"……절대 먹어 보고 싶지 않은 맛이었습니다."

이번 말은 제이의 마음에 쏙 든 듯, 예쁘장한 얼굴에 환한 미소가 번졌다. 미인이 웃고 있는데도 홍채가 너무 까맣다 보니 동공과 구분이 안 가 약간 무서울 지경이었다. 비슷하게 생긴 조세핀은 그래도 동공과 홍채의 색이 달라 무서운 느낌이 덜한데.

제이는 활달한 동작으로 자리에서 일어났다.

"그렇군요. 감상 감사합니다. 식사도 다 끝나신 것 같으니, 이만 일어날까요?"

스웬은 접시를 내려다보았다. 제이의 말대로 접시는 이미 깨끗해진 후였다. 스웬의 머릿속이 복잡하게 헝클어지기 시작했다.

스웬이 첫 식사를 마치고 나왔을 때, 제이는 대식당 앞에 서 있었다. 가주와 조세핀은 이미 식사를 시작한 뒤였다는 뜻이다.

그 상태에서 스웬과 제이는 작은 식당에 왔고, 차를 내오게 했고, 대화를 시작했고, 요리를 내오게 했다. 비록 메인 코스만 내오긴 했지만, 오랜만의 고기 맛을 음미하느라 아주 천천히 식사를 했는데도 접시는 이미 다 비어 있었다.

그런데도 제이를 찾는 이가 없다. 식사를 끝마치고 응접실로 옮겨갈 때, 밖에 제이가 없다면 당연히 조세핀은 제이를 찾았을 텐데.

하인이 제이가 스웬과 식사하고 있는 걸 조세핀에게 말해 줬다고 해도, 그럼 얘기가 끝나면 응접실로 오라는 말씀은 남기는 게 정상이다. 그런데도 얘기가 없다. 식사를 하면서 할 수 있는 얘기는 큰 틀에 관한 얘기들이고, 세부적인 사항은 응접실에서 할 테니 식사를 일부러 질질 끌지도 않을 텐데. 어떻게 된 거지?

혼란스러워하는 스웬을 보고 제이가 웃으며 손가락을 튕겼다.

"스웬 경, 쓸데없는 것에 신경 쓰지 마십시오. 오늘 식사는 즐거우셨죠?"

그렇긴 했다. 고기는 오랜만이었고, 손님이 오는 날이라 그랬나 요리가 특히 더 잘 되어 있었다. 곁들인 와인과의 궁합도 잘 맞았고, 그래서 그런가 식사 내내 스웬은 무척이나 즐거웠다. 스웬의 대답을 마치 말로 들은 것처럼 제이가 웃었다.

"그럼 그것만 기억하시면 되는 겁니다. 설사 이 이후에 다시 생각나도, 파고들지 마십시오. 그냥 식사가 맛있었다는 것만 기억하십시오. 그럼 아무 문제없을 겁니다."

스웬은 대답하지 않았다. 아니, 뭐라고 해야 할지 몰라 하지 못했다고 하는 것이 맞으리라. 하지만 제이는 대답 따위는 상관없다는 것처럼 가벼운 태도로 식당을 나섰고, 스웬은 눈을 껌벅이다 아직까지도 들고 있던 포크와 나이프를 내려놓았다.

방금 전까지 무슨 생각을 하고 있었던 것 같은데, 영 기억이 나지 않았다.

* * *

제이가 식사 도중 한 것은 총 세 가지였다.

하나, 작은 식당 안의 시간을 바깥보다 조금 더 느리게 흐르게 만든 것. 둘, 고기를 보았을 때 스웬의 뇌에서 분비되는 공포에 관련된 호르몬 수치를 낮춘 것. 셋, 반대로 즐거움에 관련된 호르몬 수치를 높인 것.

그러니 지금껏 고기만 보면 트라우마가 발동되어 거식 증세를 보이던 스웬이 아무렇지도 않게 고기를 먹고 원래보다도 훨씬 더 기쁘게 그 맛을 음미할 수 있었던 거였다.

단 한 번의 호르몬 치료로 트라우마를 완전히 극복해 낼 수 있을지는 모르겠지만, 아무렇지도 않게 먹을 수 있다는 걸 체험시켜 줬으니 그 뒤는 스웬 본인이 알아서 할 일이었다.

어렵진 않지만 귀찮은 일이었고, 꼭 할 필요도 없는 일이기는 했다. 그런 조작을 굳이 번거롭게, 조세핀에게 들키지 않으려고 시간까지 조작해 가며 해 준 이유는 단 하나. 에드워드가 스웬을 '친구'라고 했기 때문이었다.

조세핀이 알았으면 거품 물고 뒤로 넘어갈 테고 에드워드가 알았다면 기뻐 날뛸 일이었지만 정작 제이 본인은 태연했다.

* * *

쥰은 도련님의 대단한 점을 또 한 가지 깨달았다. 불꽃같은 추진력이었다.

"아, 쥰."

화장실을 다녀오니, 자리에는 제이 혼자 남아 있었다. 언제나 졸졸 따라다니던 에드워드는 그렇다 치고 쥰 본인의 부관인 엘리샤는 어디로 사라진 건지 모를 일이었다.

"……에드워드 소위랑 엘리샤는?"

"보고서 종이가 모자란다고 가지러 갔어."

인솔자들도 책임 인력으로서 보고서를 쓰긴 하지만 제이가 말한 건 신병들에게 나눠 주는 종이였다. 말이 좋아 보고서지, 사실 체험 학습 감상

문이나 다름없는 거였다. 그 종이 몇 장을 가지러 둘이 가?

판을 깔아줄 테니 어제 시킨 일이나 잘하라는 말이나 다름없었다. 그 노골적인 압박에 쥰은 혀를 내둘렀다. 어쨌거나, 도련님이 하라시면 해야 하는 말단의 운명이었다. 쥰은 진지하게 입을 열었다.

"르퀸 대위."

"왜."

각오를 한 눈동자였다. 사회성은 떨어지는 주제에, 이상한 데서는 눈치가 빠르다니까. 쥰은 쓴웃음을 지었다.

"나는, 이제 정말 너한테 아무 감정이 없어."

* * *

한때는, 그러니까 다친 직후에는 화가 났던 것 같기도 하다. 일말의 망설임 없이 조세핀을 택해 버린 제이에게.

상대는 방학 때나 얼굴을 본 이복 언니고 이쪽은 방학 때 말고는 항상 같이 붙어 다닌 단짝이다. 부모도 아니고, 고작 피 절반이 섞인 이복 언니보다는 나를 택해 줄 수 있는 거 아니었나.

나는 우리가 진짜 친구라고 생각하는데. 지금도 다시 친구로 돌아갈 수 있을 정도인데. 그런데 걔는 아무렇지도 않은 건가. 4년 간 친구라고 생각한 나뿐인가. 뻔히 자기 생각해서 하는 말인 거 다 알면서.

그래. 지금 생각해 보면, 화보다는 서운함이 더 컸던 것 같았다. 비록 알고 욕했고 각오한 결투지만 그래도 서럽고 서운한 건 어쩔 수 없으니까.

날마다 커 가는 서운함에, 밤이면 베갯잇을 적시며 잠들게 되었을 때즈음 그녀가 왔었다.

부기 때문이었나, 통증 때문이었나, 자다가 깬 순간이었다. 쥰은 누가 다리를 어루만지고 있는 걸 깨달았다. 깁스를 하고 있어 감각이 느껴질 리 없는데 말이다.

의료진인가? 의아해서 눈을 뜬 그의 눈에 제이가 보였다. 시선을 예민하게 알아차린 그녀가 그를 보고 웃었다.

"깼어?"

어찌나 자연스럽던지, 쥰은 자기도 모르게 편하게 대답을 해 버렸다.

"응."

꼭 사관학교 시절 같았다. 아니, 지금도 신분상으로는 둘 다 생도지만. 하지만 쥰도 제이도, 둘이 졸업 때까지는 학교에 돌아갈 일 없다는 사실을 잘 알았다. 쥰이 시작했고 제이가 기꺼이 벌인 사태 때문에.

"병원 생활은 좀 어때."

"끔찍하지."

"그러냐."

제이는 작게 웃었다. 어이가 없어진 쥰이 타박을 놓았다.

"너 지금 웃음이 나오냐? 후유증이 어떻게 남을지도 모르는데? 아주 네 몸 아니라 이거지?"

"후유증? 누가 그래. 의사가?"

의사는 그의 상태에 대해 절대 확언을 하지 않았다. 하지만 눈치라는 게 있다면 그가 예전처럼 멀쩡해지지 못하리란 사실 정도는 쉽게 알 수 있었다.

"의사가 말 안 하면 모르냐? 내 꼴 좀 볼래?"

쥰은 깁스한 팔과 다리를 들어 보이고 싶었지만 어깨와 골반 뼈도 작살이 났던 터라 그럴 수도 없었다. 결국 그는 유일하게 멀쩡하던 팔로 몸 이곳저곳을 두드렸다. 하지만 가해자는 멀쩡한 얼굴로 웃을 뿐이었다.

"그런 건 걱정하지 마. 넌 다치기 전 그대로 돌아갈 테니까."

"아니, 너야말로 의사한테 물어봤냐? 뭐 그리 확신해?"

제이가 웃으며 그의 앞머리를 살살 쓸어 넘겨 주었다. 작신작신 밟힐 때 난 이마의 생채기도 엄지로 부드럽게 어루만져 주었고.

"내 이름을 걸고 맹세해. 넌 흉터도 후유증도, 트라우마도 없을 거야. 내가, 조세핀이 그렇게 해 줄 테니까."

미안한 말이지만, 제이의 이름보다도 적자인 조세핀의 이름이 더 믿음직스러웠다. 그래, 돈 좀 들여서 비싼 치료를 해 줄 모양인가 보지. 쥰은 고마운 마음이 들려는 것을 억지로 다잡았다. 다치게 한 게 재인데 뭘. 그 책임을 지겠다는 거잖아.

쥰의 생각을 아는지 모르는지, 제이는 손을 내려 붕대로 감긴 쥰의 가슴께를 토닥였다.

"그러니까 더 이상 불안해하지 말고 그냥 푹 자. 아무것도 걱정할 필요 없으니까."

쥰은 지금 깬 건 미래에 대한 불안 때문에 아니라 붓기인지 통증인지 때문이며, 그러니 호언장담보다 차라리 진통제를 놔 달라고 의료진에게 말 한마디 해 주는 게 더 도움이 될 거라고 말하고 싶었다.

하지만 이상하게 눈꺼풀과 입술이 무거웠다. 입술을 몇 번 달싹이지도 못해 명료하던 정신이 흐려지며 그는 까무룩 잠이 들고 말았다.

당연히 눈을 떴을 때 제이는 없었지만, 약속은 지켜졌다. 조세핀이 가주 자리를 이어받고 집 안팎의 소란을 진정시키고 나자 르퀸가는 쥰에게 픽 치료사를 보내 주었다.

치료사는 여기저기가 부러지고 끊어지고 넝마 조각이 된 데다가 몇 개월간 계속 누워 있느라 근육마저 다 빠져 버린 초라한 몸을, 다치기 전 근육질의 건강한 몸으로 돌려놔 주었다.

의사는 그제야 원래 상태대로였다면 다시 걸을 수는 있을지 의문스러웠다며 입을 놀렸다. 괜히 불안해하지 않게 숨겨 준 걸 배려라고 봐야 할지, 그렇게 큰 문제를 당사자며 당사자 가족에게도 안 알린 걸 근무 태만이라고 봐야 할지 헷갈렸지만 가뿐하기 그지없는 몸 때문에 쥰은 사소한 건 그냥 넘어가기로 마음먹었다.

제이는 정말 철저하게 약속을 지켰다. 심지어 몸만 고쳐 준 게 아니라, 이렇게 큰 사고가 있으면 으레 따라붙는다는 외상 후 스트레스 증후군 같은 것도 그에게는 없었다. 실전에서도 공격에 대한 과민반응조차 없었다. 그러니 원망과 증오가 남을 이유가 없었다.

하지만 우정을 지우는 데는 다른 사건이 더 필요했다. 쥰은 병석에서 일어난 뒤 한 가지 사실을 알게 되었다. 제이가 병문안을 온 그날, 제이의 아버지와 이복 오빠가 사망했다.

르퀸가의 전대 가주와 후계자는 같은 날 사망했지만 원인은 달랐다. 전대 가주는 침대 위에서 심장마비로 죽어 있었고 후계자는 살해를 당했다.

그리고 제이는 제1 용의자로 의심을 받았다.

당연한 것이, 사망 추정 시각은 전대 가주, 그러니까 제이의 아버지 쪽이 앞선다. 가주가 심장마비로 사망한 날, 우연히 경비도 철저한 그 집에 강도가 들어 후계자를 죽였다?

그걸 믿느니 차라리 가주가 사망한 것을 본 조세핀이 차기 가주 자리를 노리고 후계자를 살해했다고 보는 게 더 개연성 있다.

제이가 조세핀을 유독 따르는 거야 제이를 아는 모든 이가 아는 사실이고. 그렇기 때문에 제이는 알리바이를 대야 했다.

하지만 제이는 사실과 달리 쥰의 병문안을 갔다고 말하지 않았다. 그녀는 거짓 알리바이를 댔다. 증언해 준 이가 귀족이었기 때문에 물증 없는 증언은 받아들여졌고, 제이는 용의 선상에서 벗어날 수 있었다. 나중에 그 사실을 알게 된 쥰은 어안이 벙벙해졌다가, 곧 이유를 알게 되었다.

제이의 가짜 알리바이를 증언한 사람은 아무런 물증 없이도 그 증언의 효력을 인정받았다. 그녀가 귀족, 그것도 명문가 출신이기 때문이었다.

하지만 가진 거 없는 평민인 쥰이 똑같이 증언을 했다면, 그의 증언은 진의를 의심 받았으리라. 제이가 쥰의 팔다리를 부러트린 지 두 달째라는 사실에도 불구하고.

그리고 제이가 진범으로 몰려 사형이라도 당해 버리길 바라는 이들은 쥰을 설득하거나 반대로 해코지를 해서 증언을 못 하게 만들고 싶어 할 게 뻔했다. 그러니까, 제이는 쥰을 위해 일부러 진짜 알리바이를 말하지 않고, 가짜 알리바이를 댄 것이다.

……그걸 깨닫자 쥰은 오히려 모든 미련을 버릴 수가 있었다.

제이는 진심으로 그를 친구라고 생각했다. 하지만 그런 그보다도, 그때 당시에는 곧 결혼해서 남이 되어 버릴 조세핀을 더 중요하게 여겼다는 거다. 쥰이 덜 소중해서가 아니라, 조세핀이 너무 중요했기 때문에 제이는 그의 팔다리를 부러트렸다.

그리고 이제 그 조세핀은 가주가 되어 제이와 평생 같은 성으로 묶이게 될 것이고, 제이는 지금까지처럼 평생 조세핀을 위해 살 것이다. 아무리 소중한 상대라 해도 조세핀에게 해가 될 거라 판단되면 거침없이 잘라 내면서.

* * *

"차라리 네가 날 하찮게 여긴 거였으면 괜찮았을지도 몰라. 나도 널 그냥 별거 아닌 친구라고 생각하면 됐으니까. 하지만 넌 진짜로 날 아끼고 좋아했어. 범법을 저질러가면서까지 날 부상 이전으로 돌려놔 준 거 하며, 날 내세우면 간단했을 일을 이상하게 꼰 것까지. ……그래서 난 널 친구로 못 둬. 난 나를 그렇게 소중하게 여겨 주는 친구가 자기를 그렇게 하찮게 내던지는 걸 보면서 속이 멀쩡할 자신은 없거든. 그래서 결심한 거지. 너랑은 절대 친구하지 않기로."

차분한 얼굴로 쥰의 말을 다 들은 제이가 빙그레 웃었다.

"일단, 솔직한 얘기 고마워. 안 그래도…… 고민이 많았거든. 내가 널 어떻게 대해야 할지."

쥰만이 아니라 많은 이들이 오해하는 게 있는데, 제이는 겉보기만큼 단순하지 않았다.

달리아와 사파이어가 제이에게 가르친 인생관은 단순했다. 거의 무식할 정도라고 봐도 좋을 지경이었다. 그들의 세계는 본인들 위주로 움직이고, 그들은 자신들의 안위와 행복을 위해 세계를 위험에 빠트려 놓고도 죄책감 한 톨도 느끼지 않을 수 있다.

그래서 그들은 제이 역시 그렇게 가르쳤다. 그녀를, 그녀가 목숨보다도 소중하게 생각하는 조세핀을 우선순위에 놓고 다른 건 다 잘라내라고.

그 가르침대로라면 그녀는 쥰에게 장갑을 던진 순간부터 쥰에 대한 애정을 지웠어야 했다. 하지만 제이는 달리아나 사파이어와는 달랐다. 그게 그녀의 문제였다.

제이가 병문안 이후 쥰을 찾지 않고 재회 때 차갑게 군 건, 쥰의 생각과 달리 그저 쥰이 절대 자기와 다시 친구를 하지 않을 거라고 생각해서였다. 그건 그녀의 잘못이었기 때문에, 그녀는 이제 와서 질척하게 굴고 싶은 마음은 없었다.

하지만 쥰이 다시 친구를 해 주겠다고 하고 조세핀을 건드리지 않겠다면 그러고 싶은 게 솔직한 마음이었다. 쥰은 정말 좋은 친구였으니까. 그녀를 위해 얼굴도 본 적 없는 이를 욕하며 화내 줄 만큼, 그 결과로 친구에게 45분간 짓밟히면서도 자기 발언을 철회하지 않을 만큼.

그래서 제이의 태도는 애매할 수밖에 없었다. 생판 남보다는 부드럽게, 하지만 친구일 때보다는 어색하게. 달리아나 사파이어라면 하지 않았을 고민에 골머리를 썩이던 문제를 해결해 줬으니 고맙다 해야 할지도 몰랐다.

"근데, 왜 그걸 지금 말해?"

하지만 쥰의 입장에서 보면 이건 손해였다. 그도 그럴 것이, 제이는 친구와 남을 대하는 태도가 퍽 많이 다르니까. 그러니 쥰은 본인에게는 그럴 마음이 없어도 그냥 제이가 오해하게 내버려 두는 게 좋다.

적극적으로 거짓말을 할 마음은 들지 않더라도. 어차피 제이는 먼저 손을 뻗을 만큼 뻔뻔하지는 않으니, 이 합동 업무가 끝나면 둘은 다시 자연스레 남이 될 테니까. 업무가 지속되는 동안 그냥 입을 다물기만 하면 된다. 그럼 제이의 호의를 듬뿍 받을 수 있다.

그럼에도 불구하고 쥰은 사실을 밝혔다. 그것도, 합동 업무 기간이 딱 절반쯤 지난 이 때에.

에드워드의 뒷공작을 모르는 제이로서는 의아할 수밖에 없었다.

"……그냥 내 남은 우정이라고 생각을 해. 네가…… 머리 복잡해하는 게 싫었던."

솔직하게 말할 수 없어 대충 거짓말을 지어내던 쥰은, 그러면서 에드워드의 의도를 읽어 냈다.

아, 그래서구나. 그 도련님, 제이가 내 눈치를 보고 속내를 읽으려고 애쓰는 게 마음에 안 드셨구만. 그래서, 깔끔하게 마음 정리해서 편해지라고 날 압박했구나. 드디어 알게 된 진상에 쥰은 시원스레 웃었다.

쥰이 왜 웃는지 모르는 제이는 의문을 가지려다, 곧 친구도 아닌 이의 감정 상태에 신경 쓸 필요는 없다는 결론을 내리고는 시선을 돌렸다. 참으로 깔끔한 절교의 순간이었다.

* * *

에드워드와 엘리샤가 둘이 옮기기 민망한 양의 보고서 종이를 들고 돌아왔을 때, 제이와 쥰 사이의 분위기는 평소와 같았다. 하지만 에드워드는 쥰이 그의 요구를 충실히 따랐다는 걸 알 수 있었다.

제이가 쥰을 보지 않고 있었으니까.

에드워드가 제이의 부관으로 지내며 가장 빨리 알아차린 사실은, 제이가 시선을 잘 감추지 않는다는 거였다. 제이는 주변에서 가장 흥미 있는 것, 가장 신경 쓰이는 것에 시선을 두었다. 에드워드와 단 둘이 있을 때, 둘의 눈이 마주친 적이 셀 수도 없을 지경이었다.

그런 제이가 쥰이 바로 눈앞에 있는데 다른 곳을 보고 있다는 건 더 이상 그에게 신경을 쓰지 않겠다는 뜻이었다.

"왔군. 그럼 갈까."

새까만 눈동자가 그를 보고 웃었다. 에드워드는 무심코 고개를 들어 회랑의 빛을 체크했다. 점심이 막 지난 시간대였기 때문에, 회랑은 여즉 밝았다.

Chapter 05

달빛이 곱다고 전화를 다 주시다니요

여자는 꽃과 설탕이 뒤섞인 보울 안에 손을 집어넣었다. 손가락이 가루 설탕과 꽃잎 사이를 휘젓자 꽃잎 속의 수분이 따라 나와 휘감기기 시작했다. 곧 꽃의 수분이 전부 날아가고 그 자리를 설탕의 당분이 채웠다.

아주 특별한 제비꽃 설탕 절임을 만드는 방법이었다.

* * *

쿠엔은 불손한 눈길로 앞에 선 여자를 훑어보았다. 여자는 뒤에 선 부관과 뭐라고 대화를 하느라 그의 시선을 눈치채지 못한 듯했다. 저게 세계 최강이라고? 농담이겠지. 쿠엔은 코웃음을 쳤다.

여자가 수석 졸업생, 그것도 실기 부문에서 오버 스코어를 받아 낸 이라는 거나 동기들보다도 훨씬 빨리 출세하여 대위라는 사실.

그리고 지금껏 서른여 명의 신병들을 데리고 하루에 두 번에서 세 번씩 현장 실습을 나가면서 단 한 명도 중상을 입히지 않았다는 사실 같은 건 고려 대상이 되지 못했다.

오버 스코어야 뭐 가문에서 힘을 써 줬겠지. 일반적인 귀족이라면 떠맡지 않을 자리지만, 어차피 사생아라니까. 대위도 가문에서 밀어준 게 틀림없어. 현장 실습이야 뭐, 선생으로서의 자질과 군인으로서의 자질은 다른 거 아니겠어?

이미 실습을 다녀온 동기들이 여자의 상황 판단력에 감탄을 하던 것도, 4년간 현장을 뛰면 다들 할 수 있는 걸 거라고 자기 합리화를 시켜 버렸다. 여자보다도 더 연차가 높은 이들도 여자의 활약을 잠깐이라도 볼 수 있을까 인솔자라는 명목 하에 주변을 기웃거리고 있는 것도 애써 무시했다.

어디, 어떤 실력으로 저렇게 우쭐거리고 있는 건지 실력이나 한번 구경해 볼까. 계획을 짜며 다시 한번 여자를 본 순간, 여자 뒤에 서 있던 남자와 눈이 마주쳤다. 생각보다 서늘한 눈매에 쿠엔은 움찔하며 자기도 모르게 한 발짝 뒤로 물러섰다.

하지만 쿠엔을 겁먹게 한 당사자는 아무 생각도 없다는 것처럼 다시 고개를 숙여 여자를 보았다. 매섭던 눈매가 순식간에 부드럽게 풀어지는 모습을 본 쿠엔은 이를 악물었다.

상대는 뭐라고 하지도 않았는데 혼자 겁을 먹었을 뿐이고 정작 겁먹게 한 상대는 여자가 아닌 남자였지만, 쿠엔은 남자의 상관인 여자에게 앙심을 적립했다.

참으로 놀라운 계산법이었다.

쿠엔의 생각과 달리, 제이는 쿠엔의 시선을 느꼈다. 굳이 지적하지 않은 건 단순히 쿠엔에게 시선을 줄 필요도 느끼지 못해서였고.

쿠엔이 미쳐서 갑자기 칼을 꼬나들고 제이에게 달려들든, 처리해야 될 이형 생물에게 혼자서 돌격 앞으로를 시전하든 제이는 그를 저지할 능력이 있었으니까. 다만 확인은 좀 해 둘 필요가 있었다.

"크뤼거 소위."

"네."

"혹시 세 번째 줄 왼쪽에서 두 번째 사람, 아는 사람인가?"

에드워드는 슥 시선을 돌려 오열 종대로 줄 선 신병들을 훑어보았다.

"아니오, 모르는 이입니다. 아마 다른 학교 출신인가 본데요. 궁금하십니까? 알아볼까요?"

"아니, 됐어."

에드워드가 신경 쓰지 않는 인물이라면 딱히 배려해 줄 필요는 없겠지. 제이는 마음을 편히 먹었다.

쿠엔의 계획은 참으로 단순하고 또 무모했다. 이형 생물을 상대하다가 실수한 척 슬쩍 위기에 처하는 거였다. 정말 그렇게 대단한 사람이면 알아서 구해 주겠지.

물론 제이는 그리 호락호락하지 않았다.

건물 옥상에 걸터앉은 제이는 위험한 척을 연출하는 쿠엔을 차가운 눈으로 보았다. 지형이 특이하지 않은 이상 이형 생물을 상대할 때는 원형으로 진을 짜는 게 일반적이다. 그 신병들을 살펴보며 위험 상황에 대처해야 하니 제이는 당연히 높은 곳에서 상황을 살펴봐야 하는 것이다.

물론 제이는 바닥에 누운 상태로도 상황을 살필 수 있었지만 그건 어디까지나 픽 능력을 활용한 결과다. 보통 사람은 눈에 보이지 않는 곳의 상황을 그렇게 자세하게 알 도리가 없으니 제이 역시 그에 맞춰야 했다.

그 결과 제이의 시야는 훤하게 트여 있었고, 쿠엔의 개수작도 아주 잘 보였다. 주제에 정말 위험해지는 건 싫은지, 빠져나갈 구멍은 잘도 만들어 내고 있으니 굳이 도와줄 건 없어 보였다.

다만 위험한 척과 정말 위험한 상황을 구분해 낼 수 있는 제이와 달리, 쿠엔의 양 옆에 배치된 신병들은 쿠엔이 정말 위험한 줄 알아 자꾸 그를 도와주느라 무리를 하고 있는 게 걸렸다.

이따가 지적을 해 놔야겠군. 한가롭게 전투가 끝난 다음을 생각하고 있는 제이의 눈에 이상한 장면이 잡혔다. 분명 여덟 개이던 이형 생물의 팔 중 하나의 팔에서 곁가지가 돋아나듯 팔이 하나 더 분리된 거였다.

노린 듯 정확하게 쿠엔을 향해 쏟아지는 새 팔을 본 제이는 급하게 허리춤에서 채찍을 빼어 들었다.

마치 살아 있는 것처럼 쏘아져 나가는 채찍의 궤도를 보고도 밑에 서 있던 관람자들은 자세를 무너트리지 않았다. 지금까지처럼, 위기에 빠진 신병을 구해 주기 위해 대신 이형 생물을 공격해 주려나 싶었던 것이다.

하지만 평소 때와 달리 제이의 채찍은 이형 생물이 아닌 신병의 몸에 휘감겼다. 채찍에 감긴 신병이 중심을 잃고 넘어졌지만 제이는 동작을 멈추지 않았다. 신병은 바닥에 넘어진 채 빗자루 쓸리듯 쓸려갔고, 채찍 째로 벽에 부딪혔다. 제이가 도중에 채찍을 놔 버렸기 때문이다.

실수인가? 모두의 눈이 동그래지는 가운데, 신병, 쿠엔을 공격하려던 새로운 팔이 미처 멈추지 못하고 포석을 부쉈다.

혀를 찬 제이는 품에서 총을 꺼내더니 건물 아래로 뛰어내렸다. 그냥 바로 내려가고 싶었지만 건물이 육 층이었기 때문에, 제이는 일부러 중간중간 벽을 디디며 내려왔다.

이로 인해 17초가량의 시간이 소요되었지만 쓸모가 아주 없지는 않았다. 굳이 밑으로 내려오는 제이를 본 쥰이 사태를 파악하고 외친 것이다.

“병아리들, 다들 뒤로 빠져!”

입이 닳도록 얘기해 둔 보람이 있었는지 신병들은 신속하게 뒤로 빠졌다. 다만 한 번 말해서 들은 게 아니라 두 번째 재촉이 있고나서야 말을 들었으니, 그에 대해서는 이따가 지적해 둘 사안이었다.

땅을 밟은 제이는 아무렇지도 않게 신병들이 빠진 공간으로 걸어 들어갔다. 순간 자유로워진 여덟 개와 또 하나의 팔로 이형 생물이 제이를 공격했지만, 제이는 가볍게 피해 버렸다.

이형 생물의 크기를 고려하면 지나치게 작은 제이에게 총 아홉 개의 공격이 몰리다 보니 각 팔들이 충돌하기까지 했다. 덕분에 이형 생물의 움직임이 잠시 멈췄다. 방금까지 열심히 공격하던 이들이 허무해질 정도로 웃긴 꼴이었다.

아무렇지도 않게 이형 생물의 정면으로 당당히 걸어 들어간 제이는 이형 생물의 바로 앞에 서서 오른팔을 들어올렸다. 총소리가 연달아 다섯 발쯤 들리고, 이형 생물의 몸이 서서히 허물어졌다. 여전히 바로 앞, 그러니까 밑에는 제이가 서 있는 채였다.

"대위님!"

당황한 에드워드가 움직이려 했지만, 옆에 서 있던 쥰이 그의 팔을 잡았다.

"저 정도로는 생채기 하나 안 나, 괜히 갔다가 다치지 말고 가만히 있게."

아니, 지금 저 조그마한 몸 위로 저 덩치가 쓰러지고 있는데? 에드워드는 당황했지만 쥰은 강경했다. 뿌리칠까, 기다려 볼까. 고민을 끝낼 새도 없이, 가벼운 발소리가 들렸다. 쥰이 의기양양하게 말했다.

"내 말이 맞지?"

쥰의 말대로, 생채기 하나 없이 멀쩡한 제이가 이쪽을 향해 걸어오고 있었다. 휴. 에드워드는 안도의 한숨을 내쉬었지만, 좀 일렀다. 제이가 그대로 걸어와 자기가 내팽개친 채찍을 회수했기 때문이다.

"윽!"

채찍 끝에는 아직도 쿠엔이 휘감겨 있었으므로 쿠엔 역시 채찍과 함께 제이 앞으로 끌려갔다. 아까 쓸린 부위가 다시 쓸려 쿠엔은 신음소리를 냈다. 길게는 내지 못했다, 채찍이 흉통을 조였으니까.

"자, 그럼. 열렬한 자살 희망자의 이름을 들어 볼까?"

"네? 그게 무슨……."

"아니라 우길 텐가? 현장에서 의도된 빈틈을 보여 놓고도?"

채찍을 당기며 제이는 생긋 웃었다. 덜 큰 어린애처럼 작다 싶었는데, 바로 앞에서 보자 압박감이 장난 아니었다. 쿠엔은 자기도 모르게 말을 더듬었다.

"저, 저는……. 그런, 그런 일이……."

대놓고 인정을 했어도 이것보다 더 인정하는 것처럼 들리지는 않았을 지경이었다. 제이가 별다른 설명을 하지 않았음에도 불구하고 모두 마음 속 깊이 깨닫게 되었다. 저 새끼 수작 부렸구나.

"쿠엔 리탄입니다, 대위님."

그 중 가장 차가운 눈을 한 에드워드가 냉큼 쿠엔의 이름을 갖다 바쳤다. 쿠엔이 쪼그라들 만큼 살벌한 눈빛이었지만, 쿠엔은 생글생글 웃고 있는 제이에게 쫄아 있느라 에드워드의 시선을 느끼지도 못했다.

"좋아, 리탄 소위."

채찍이 살아있는 뱀처럼 올라가 목에 감겼다.

"내 진짜 실력을 보고 싶나?"

목에 채찍이 감겨 있는데 대답을 할 수 있을 리 없었다. 제이도 딱히 대답을 기대한 건 아니었다.

"그럼 두 가지 방법이 있어. 하나, 내가 제 실력을 내야 할 만큼 강해져서 테러리스트가 된다. 둘, 내 직속상관이신 르퀸 소장님보다 높은 자리에 올라가서 나한테 제 실력을 보여 보라고 명령한다."

"둘 다 불가능하잖아."

옆에서 쥰이 지적했다. 제이는 채찍을 도로 회수하며 몸을 일으켰다.

"그러니까 쓸데없는 짓 하지 말라는 거지. 자기 목숨 자기가 내다버리는 거야 상관없지만 이렇게 단체 행동 하면서 그러는 건 남까지 위기에 처하게 만드는 거잖아."

제이가 몸을 돌리고 나서야 쿠엔은 숨을 쉴 수 있게 되었다. 안도의 한숨을 내쉬며 목을 만지는 쿠엔을 본 쥰이 톡 쏘아붙였다.

"안도할 때가 아닐 텐데? 자네는 국경지대로 배치될 줄 알게."

쥰은 인사부이고 제이의 뒤에는 소장이 있다. 뒷배 없는 평민의 배치를 결정하는 게 어려울 리 없었다.

주제넘게 상관을 시험해 보려 했다가 인생을 조지게 된 쿠엔의 얼굴이 새파랗게 질렸지만, 아무도 그를 동정하지 않았다.

제이는 채찍을 허리춤에 다시 차며 속으로 안도의 한숨을 내쉬었다.

이형 생물들은 원래 있던 생물이 변형을 일으킨 것이지만, 그 변형은 보통 일 차로 그친다. 변형이 그친 다음에 이 차 변형이 일어나는 일은 거의 없다는 뜻이었다.

그런데 지금 상대한 이형 생물은 중간에 갑자기 팔이 하나 더 솟아났다. 이 차 변형이 일어난 것이다. 정말 희박한 확률로 자연적인 이 차 변형이 일어난 것일 수도 있지만, 이 차 변형에는 또 한 가지 가능성이 있었다. 픽이 인위적으로 변형을 일으키는 것이다.

가뜩이나 로즈가 들어와 있을지도 모른다는 소문이 나고 있는 판에, 픽이 이형 생물의 이 차 변형을 일으켰다는 정보가 합쳐지면 곤란했다. 그러니 중간에 팔이 돋아난 것 외의 화젯거리를 던져 줘야 했다.

쿠엔의 얘기를 크게 띄워놓은 이상, 다들 건방지게도 세계 최강을 시험하려 한 신병 얘기나 하지 그 신병을 공격할 때 갑자기 새 팔이 돋아나 공격을 했는데 그걸 제이가 신병의 몸에 채찍을 감아 어쩌고 하는 식으로 자세하게 풀지는 않을 테고. 누가 풀어도 전달되는 과정에서 저런 '사소한' 사실은 쉽게 소실될 것이다.

어쨌거나 지금 로즈가 '진짜로' 입국해 있을지도 모른다는 정보가 도는 곳은 대 테러대응반 안뿐일 테니 거기까지만 이 정보가 안 들어가면 충분했다.

제이는 마치 화가 난 것처럼 표정을 굳히고는 빠르게 현장을 빠져나갔다.

제이의 실전 모습을 보고 싶어 인솔자를 자청한 이들이지만, 인솔자들은 제이와 대화를 나눈 적은 없었다. 일에 관한 얘기를 하려 하면 쥰에게 하라고 하고, 시답잖은 말을 걸기에는 너무 대단한 인물이라 감히 말을 걸기도 어렵고. 그렇다고 제이가 먼저 말을 거는 적도 없었으니까.

하지만 오늘은 달랐다. 말을 걸 핑계거리를 찾은 그들은 약간의 실랑이 끝에 한 명을 뽑아 제이에게 보냈다. 그는 제이 주변을 얼쩡거리다 간신히 목소리를 내었다.

"저, 대위님."

"뭔가?"

아까 그런 일이 있었으니 기분이 나쁠 거라는 예상과 달리 제이의 표정과 목소리는 평온했다. 그에 용기를 얻은 베른이 용감하게 물었다.

"지금부터 마시러 갈 건데, 혹시 대위님도 오실 건가 싶어서요. 그, 오늘 불쾌하실 일도 있었으니까요."

제이는 눈을 깜박였다.

"딱히 기분이 나쁘진 않은데."

베른 중위는 당황해서 입을 다물었다. 옆에서 쥰이 어깨를 쳤다.

"그냥 핑계지, 그건. 그냥 너랑 술 한잔 마시고 싶은 거라고."

"그래?"

베른 중위와 그 뒤에서 이쪽 동향만 살피고 있던 이들이 안절부절못하는 양상을 보였지만 제이나 쥰이나 그들의 태도는 안중에도 없었다. 딱히 술을 즐기지 않는 터라 거절을 하려다가, 제이는 뒤를 돌았다.

그러자 언제나처럼 한 발짝 뒤에 서 있던 에드워드가 웃으며 허리를 굽혔다. 얘기를 들을 준비가 됐다는 제스처인 듯 했다. 제이로서는 굳이 필요 없는 동작이다 싶었지만 또 굳이 하지 말라고 할 이유도 없어 놔두고 있는 습관이었다. 뭐, 보고 있자면 기분이 좋은 게 사실이고.

"자네는 어떤가?"

"네?"

"자네가 간다면 나도 참석하고."

아무래도 상관이 없는데 부관이 참석하는 건 모양새가 좀 이상할 테니까.

제이는 아무렇지 않게 생각했지만, 듣고 있던 쥰은 경악을 했다. 저 제이 르퀸이 남의 의사를 묻는다고? 에드워드 역시 놀라 잠시 말문이 막히고 말았다. 혼자 태연한 제이가 재차 물었다.

"강요가 아니야, 솔직하게 말하게."

에드워드는 당황해 말을 더듬었다.

"그, 대위님 말씀은…… 제가 가지 않겠다면."

"그럼 나도 굳이 갈 생각은 없는데."

지나치게 시원시원한 대답이었다. 혹시. 에드워드는 자꾸 들뜨려는 마음을 억눌렀다. 제이가 단지 제 직속부하에게는 항상 친절한 건지, 상대가 에드워드라 친절한 건지는 데이터가 없으므로 아직 확신할 수 없었으니까. 속단은 금물이었다.

"싫나? 그럼……."

"아, 아뇨. 좋습니다. 참석하고 싶군요."

왜 자기 의사를 이렇게 신경 써 주는지는 모르겠지만, 찾아온 기회를 놓칠 수는 없었다.

"그래? 그럼 가지."

제이는 다시 몸을 돌려 베른을 보았다.

"가도록 하지. 언제까지, 어디로 가면 되나?"

당황한 베른이 어물거렸다.

"예, 보고서 정리만 하고……. 십, 이십 분 뒤에 정문에서 뵙겠습니다."

"그래."

원하는 정보를 얻어 낸 제이는 미련 없이 사무실로 향했다.

술집 안은 소란스럽고, 또 더러웠다. 이런 곳에 와 본 적 없는 제이는 신기한 눈으로 술집 안 이곳저곳을 둘러보았다.

"대위님, 앉으십시오."

제이가 주변을 둘러보는 사이, 사람들은 테이블들을 붙여 자리를 만들어 놓았다. 술집까지 온 이들은 다 해서 열댓 명. 제이는 테이블을 나눠 앉는 게 낫지 않을까 싶었지만, 이런 술집에서는 이렇게 다 모여 앉는 게 기본 상식일지도 모른다는 생각이 들어 그냥 입을 다물었다.

권하는 대로 상석에 앉아 여기저기를 둘러보는 제이를 보고 쥰이 웃었다.

"너 이런 데 안 와 봤지?"

"와 볼 일이 없지."

제이는 순순히 인정했다.

친구도 없고, 쥰과 친할 때는 둘 다 미성년자라 술집에 못 들어왔을 때고. 하긴 들어올 수 있었어도 이렇게 무리로 몰려오는 게 아니면 제이의 소비 수준에 맞췄을 테니 이런 곳은 안 왔겠지만.

용기는 제이를 초대하며 다 썼는지, 말을 걸지도 못하고 자기들끼리 작게 대화하는 이들을 구경하다 보니 음식이 나오는 것도 금방이었다. 맥주가 한 잔씩 돌고, 닭고기 구이를 한 입 먹은 제이는 음식의 질에 대한 미련을 버렸다.

음식이 많이 안 좋았던 게 아니라, 평소 제이가 먹던 음식의 수준에 걸맞지 않던 거다. 르퀸가는 요리에 큰 관심이 없는 가문이었는데도 그랬다. 원재료의 질 자체가 다르다 보니 파는 음식 특유의 진한 맛이 오히려 재료의 부실함을 강조하는 효과를 낳았으니까.

하지만 깐깐하게 굴려 들지 않는다면 못 먹을 건 아니었다. 원체 제이는 디저트 외의 음식에는 까다롭지도 않고. 문제는 에드워드였다.

에드워드는 강한 조미료의 맛을 지우려 맥주를 한 모금 삼켰다가 사레에 들려 버렸다. 그가 마시던 맥주보다도 맛이 훨씬 가벼웠던 것이다. 물탔구만, 이거. 에드워드는 속으로 혀를 찼다.

그런 에드워드를 흥미진진하게 지켜본 쥰은 제이의 표정을 살폈다. 아니나 다를까, 제이는 옆의 도련님이 곤욕을 겪고 있는 걸 전혀 눈치채지 못하고 있었다. 사람이 아주 바뀐 건 아니구나. 쥰은 약간의 안도와 조금의 쌤통과 살짝의 동정이 뒤섞인 기분을 느꼈다.

"맛은 어떻게, 입맛에 맞으십니까?"

하지만 에드워드가 그 와중에도 제이의 입맛을 챙기는 모습을 보자 안도와 쌤통보다 동정이 더 커지기 시작했다. 참으로 눈물겨운 헌신이었다. 제이는 아무렇지도 않게 닭고기 구이에 곁들여진 감자를 찍어 먹었다.

"나쁘진 않은데? 자네는 어떤가?"

"저도 괜찮습니다."

후계자 교육을 날로 받은 것은 아닌지라, 에드워드는 정말 요리에 불만한 점 없는 것처럼 말갛게 웃었다. 눈물겹다, 진짜. 쥰은 혀를 차며 맥주를 절반쯤 비워 냈다. 쥰의 혀에는 그리 나쁘지 않은 맛이었다.

"아, 건배라도 할 걸 그랬나?"

맥주잔들이 절반쯤 비워진 다음에 나올 말은 아니었지만, 못할 말은 또 아니었다.

"지금이라도 하죠?"

에시드 소위가 잔을 들어올렸다. 열 몇 개의 잔들이 따라 올라갔다.

"건배사는, 가장 상관이신 르퀸 대위님께서……."

"난 이런 거엔 면역이 없어서. 네가 하지 그래?"

건배사를 떠맡은 이는 쥰이었다. 만만한 게 나지. 쥰은 한숨을 폭 내쉬었다.

"병아리들의 무사 부화를 위하여!"

"위하여!"

장난스러운 건배사에 여기저기서 웃음이 터져 나왔다.

"이대로만 가면 문제 될 거 없지 않습니까?"

"완전 순풍에 돛단배지."

"역사상 가장 순조로운 신병 배치 기간이 되지 않을까 싶어요."

"글쎄요. 너무 순조로우니까 오히려 위험하지 않을까요."

들뜬 분위기에 찬물을 끼얹은 건 엘리샤였다. 에드워드는 저런 얘기를 굳이 이런 자리에서 하는 걸 보니 분위기 못 읽는 건 여전하구나 싶었지만, 쥰과 제이 말고는 모두 그게 무슨 소리냐는 듯 눈을 끔벅대는 걸 보니 엘리샤를 타박할 마음도 사라졌다.

아니, 문제를 해결하라고까지는 말 안 할 테지만 적어도 문제가 있는 건 알고 있어야 할 거 아냐. 현장에서 구른 게 몇 년인데 신입 눈에도 뻔히 보이는 문제를 못 읽어. 이게 수, 차석과 일반 졸업자의 차이인가?

에드워드가 통탄을 하는 중에도 대화는 지속되었다.

"그게 무슨 소리야? 너무 순조로워서 문제라니?"

"순조롭다는 건 신병 훈련 차원에서 순조롭다는 거죠. 그런데 지금 신병 현장 훈련은 하루 삼교대로 돌리고 있지 않습니까. 아무리 신병이라고 해도 사관학교 졸업생들이 열 몇 명 단위로 투입되어야 하는 현장이 최소 세 번에서 많으면 열 번까지 출현하고 있는데, 이게 문제가 안 됩니까?"

"키엘 소위는 배치된 지 얼마 되지 않아 모르는 모양인데, 이 도시의 크기가 얼마만 한지 잊었나? 하루에 평균 이형 생물 발생건수는 오십 회 안팎일세. 전혀 문제될 것 없는 수치야."

에드워드가 보기에 뭘 모르는 건 오히려 데틸 중위 쪽이었지만, 쥰은 딱히 도와줄 생각이 없어 보였다. 동기의 정으로, 그리고 자신의 상황 판단력이 절대 엘리샤에게 뒤지지 않는다는 것을 제이에게 어필할 속셈으로 에드워드가 입을 열었다.

"도시의 크기를 인지하셔야 하는 건 데틸 중위님이신 것 같습니다. 각 조마다 주어진 시간은 약 두 시간 반. 그 안에 이동과 진영 구축, 사냥까지 완료할 수 있다는 건 이형 생물의 발생 범위가 중앙군부청사에 극히 가까운 범위 내에 한정되어 있다는 뜻입니다. 이 넓은 도시에서, 하루 평균 이형 생물 발생건수가 오십여 회인데 그 중 저 정도 크기의 이형 생물 발생건수는 평균 몇 건이었을 것 같습니까? 그게 전부 한 지점 근처에 몰려 있는데 이게 이상할 것 없다고요?"

풀어 한 설명을 듣고서야 상대방은 주춤했다.

"하, 하지만……. 통계상으로 출현 횟수는 그리 달라지지 않았는데……?"

에드워드가 편을 들어준 것에 자신감을 얻었는지, 엘리샤가 한결 단호해진 목소리로 말했다.

"그럼 더 큰 문제죠. 차라리 군부청사 근처에서만 이형 생물의 출현 빈도가 급증했다면 이 근처에서만 원인을 찾아 제거하면 될 문제지만 전체 발생 횟수는 동일한데 그게 특정 지역에 몰리게 되었다면, 그건 다른 지역은 발생 빈도가 줄고 군부 청사 근처에서만 발생 빈도가 늘어났다는 뜻 아닙니까. 그럼 이건 도시 전체의 문제가 되죠."

"……출현 장소를 기록해서 분석 비교해 보지 않는 한 그건 모르는 거지."

사실 굳이 분석을 해 보지 않아도, 군부청사 근처에서 원래 이렇게 이형 생물의 출현이 잦았다면 그 군부청사에서 일을 하는 이들이 체감을 못할 리가 없었다. 그러니 이게 억지라는 건 말하는 베른 중위 본인도 잘 알고 있을 것이다.

하지만 아무리 맞는 말이래도 에드워드와 엘리샤는 이제 갓 학생 딱지를 뗀 신병이었고, 다른 이들은 몇 년씩 현장에서 구른 베테랑이었다. 이 중에는 심지어 제이와 준보다도 연차가 높은 이들도 몇 있었다.

한참 어린 후배에게 논리로 밀렸다는 사실을 인정하기 싫은 이들이 억지를 부리려 들자 결국 방관하고 있던 준이 나섰다.

"싸우지 말고, 그냥 가장 직급 높은 분께 물어보죠. 대위님, 어떻게 생각하십니까?"

단순히 직급만 높은 거라면 제이가 나서 봤자 큰 효과가 없겠지만, 여기 있는 이들은 다들 현장요원으로서의 제이를 동경하는 이들이었다. 그게 아니라면 알 사람은 다 아는 사생아를 굳이 붙잡아다가 술자리에 동석시키지도 않았겠지.

에드워드까지 낀 이상, 제이도 싸움판이 벌어지게 좌시할 수는 없는 노릇이었다. 제이는 쓴웃음을 지으며 입을 열었다.

"토론은 좋네만 하나 지적해 둘 게 있군."

모두의 시선이 제이에게로 몰렸다. 제이는 모두가 자신의 말에 집중하는 걸 확인한 다음에야 말을 이었다.

"현장직 요원들에게는 비밀 엄수도 일이라는 걸, 모르는 건가 모르는 척을 하는 건가? 위에서 가시화시키고 싶지 않아한다면 모른 척하는 것도 현장직의 일인데, 이렇게 사방이 뚫린 공간에서. 그것도 서로 다른 부서끼리 잘도 떠드는군."

먼저 말을 꺼낸 엘리샤가 눈에 띄게 쪼그라들었다. 하지만 제이는 아주 공평했다.

"그렇다고 아무것도 눈치채지 못하는 것도 문제니 좋아할 것 없네. 입을 다문다는 건 알고도 모른 척한다는 거지, 정말 아무것도 몰라야 된다는 게 아니니까. 뭘 보고할지는 알아야 위에서도 정보를 받아서 상황 판단을 하지 않겠나. 다들 로버 중위를 본받게, 좀."

……끝까지 입 다물고 있을걸. 칭찬받을 기회를 놓친 에드워드가 시무룩해졌다. 얻어먹은 값을 하려는 건지 아니면 잘 비비면 이득 볼 구석이 많다고 생각한 건지, 혼자 칭찬받은 쥰이 에드워드를 돕고 나섰다.

"에드워드 소위는 키엘 소위를 도와주려고 끼어든 거지, 자기 본분은 잘 숙지하고 있었다고 보는데. 뜨거운 동료애를 정상 참작해 주지 그래."

하지만 제이는 냉정했다.

"그런 건 동료애라고 안 부를 텐데, 과시욕이라고 부르지."

참으로 날카로운 지적이었다. 에드워드는 가만히 있으라는 눈짓을 했고, 쥰은 지령대로 입을 다물었다.

"자, 그럼 다시 건배할까?"

제이의 제안에 다들 말없이 잔을 들어올렸다. 제이는 겉으로는 웃으며 속으로 안도의 한숨을 내쉬었다.

엘리샤의 지적대로였다. 지금 이 상황은 이상하다. 엘리샤는 단순히 빈도와 위치만 생각한 모양이지만 제이는 이상한 점 한 가지를 더 알았다.

아무리 가깝다 해도, 인솔자들이 신병들을 모아 현장에 도착할 때까지는 시간이 걸린다. 아무리 신병들이라 현장 경험이 없다 해도, 사관학교 훈련을 마친 엘리트들이 대거 투입될 만한 크기라면 그저 움직이기만 해도 큰 피해가 발생하기 마련이었다. 이곳은 도심 한복판이니까.

하지만 지금 발생하는 이형 생물들은 신병들이 현장에 도착할 때까지, 굳이 처리하지 않고 견제만 해도 될 정도로 소극적인 움직임을 보인다. 식물처럼 움직임 자체가 없는 것도 아니면서 말이다.

한두 번도 아니고, 2주가 넘는 시간 동안 이런 상황이 규칙적으로 발생하기란 불가능에 가깝다. 그러니 이건 픽이 의도적으로 이형 생물을 발생시키고 있다는 뜻이었다. 그것도 장기적으로 말이다.

솔직히, 볼일이 있다면 위치가 드러난 제이를 상대가 찾아오는 게 더 쉬울 테니 설마, 혹시 하며 다른 의도가 있는 게 아닐까 부정했지만 오늘 일로 확실해졌다. 상대, 그러니까 로즈는 다른 이유 때문에 이형 생물들을 발생시키고 있는 게 아니었다. 제이보고 자신을 찾아오라고 보내는 초대장이나 다름없는 거였지.

초대를 할 거면 위치나 제대로 밝혀 주던가. 제이는 술을 마시는 척, 잔으로 입가를 가렸다. 소리 없는 한숨이 술잔에 부딪혔다.

술자리는 너무 늦지 않은 선에서 끝났다. 이번 술자리의 핵심이라 할 수 있는 제이가 2차를 거절했기 때문이었다. 기숙사로 갈 사람들, 공용 마차를 타러 갈 이들, 그리고 그 외.

제이와 에드워드는 '그 외'에 속했다.

"그럼 갈까?"

팔꿈치를 잡아오는 손길에 놀랐지만, 에드워드는 표정을 관리했다.

"둘이 같은 방향이야?"

"중간까지는."

제이는 거짓말을 잘했다.

진보 보수 파벌에 따라 구역이 나뉘는 게 아니니 쥰은 이상한 걸 모르는 모양이었지만, 사실 귀족들의 집은 가문이 귀족위를 어떻게 얻게 되었는지에 따라 구역이 나뉘어 있었다. 그에 따라 제이의 집, 르퀸 저택을 열두 시 방향으로 잡는다면 에드워드의 집은 네 시 방향이었다.

대로부터 다른 길을 따라 가게 되니 같이 갈 하등의 이유가 없고, 무엇보다 제이나 에드워드 쯤 되면 개인 마차를 쓰니 방향이 같아도 굳이 팔까지 잡아가며 같이 갈 필요가 없다.

하지만 그걸 모를 리도 없는 제이가 이런다는 건, 아까 술집에서 벌어진 토론 때문에 할 말이 있다는 뜻이겠지. 에드워드는 찬물을 끼얹지 않고 그냥 웃기만 했다.

제이는 에드워드의 집 쪽으로 방향을 잡고 걸었다. 이건 모양새가 좀 그런 게 아닌가 하는 생각이 들었지만, 바래다주겠다고 우겨 봤자 귓등으로도 안 들을 것 같아 에드워드는 그냥 제이의 뒤를 따라 걸었다. 달빛이 고왔다.

"좀 돌아갈까?"

딱 대로가 끝나는 경계에 서서 제이가 물었다. 제이가 묻는데 에드워드의 입에서 다른 말이 나올 리가 없었다.

"대위님이 원하신다면요."

제이는 가만히 웃으며 골목길로 빠졌다. 에드워드는 기꺼이 그 뒤를 따랐고.

골목길에 발을 들여놓은 순간, 에드워드는 묘한 느낌을 느꼈다. 막 자고 일어난 것처럼 시야가 또렷하고 머리가 맑아졌다. 손끝까지 피가 도는 듯, 온몸이 제 존재를 주창했다.

……뭐지? 에드워드는 주변을 둘러보았지만 달라진 건 아무것도 없었다. 다만, 그들이 걸어온 대로가 텅 빈 것이 눈에 띄었다. ……원래 이렇게 대로가 텅 비어 있었나? 기억을 되살려 보려 했지만 제이 등만 보고 걸어서 영 기억이 안 났다.

"자네에게는 미리 언질을 줘야 할 것 같아서."

고개를 갸웃거리고 있자니, 제이가 몸을 돌려 에드워드를 본 채 입을 열었다. 걷는 속도는 전혀 느려지지 않아, 에드워드도 속도를 유지했다.

"자네, 픽에 대해서 얼마나 알지?"

"……솔직히 말해 잘은 모릅니다."

크뤼거가나 외가인 마리엔트가나 둘 다 픽 제한법 폐지에 반대하는 입장이긴 했지만, 그건 진짜 픽이 나라에 해를 끼친다고 생각해서 그런 게 아니었다. 그저 각 가문이 권력을 잡고 있는 데는 픽이 없는 편이 낫기 때문에 그런 거였지. 그러니 픽 본연의 성질 따위에 관심이 있을 리가 없었다.

제이는 솔직한 발언에 피식 웃었다.

"픽은, 이형 생물을 만들고 조작할 수 있네."

그 한마디로도 에드워드는 제이의 의도를 알 수 있었다. 방금 전 술집에서 나왔던 의혹에 이 정보를 더하고, 일전에 제이가 알려준 사실. 로즈가 로쉔에 들어왔을지 모른다는 의혹을 합치면 결론은 하나가 나오니까.

"……대위님께 하고 싶은 말이 있는 걸까요?"

"아마 그렇겠지."

제이는 얼굴을 찌푸리곤 덧붙였다.

"내게 말해 봤자 해 줄 수 있는 말도 없는데 말이야."

아무리 강하다고 해도 그녀는 현장직이고, 직급으로 치자면 일개 대위에 불과했다. 정치적인 결정을 내릴 수 있는 권리가 그녀에게는 없었다. 그녀를 불러서 사정을 토로해 봤자 해 줄 수 있는 말은 '조세핀에게 물어

보겠다'는 말밖에 없는데.

에드워드 역시 동감했다. 제이는 아무것도 결정할 수 없다. 그런 그녀를, 이런 식으로 불러내어 봤자 상대도 얻을 수 있는 게 없다. 조세핀과 약속을 잡는 루트는 제이가 아니어도 충분히 많고.

그래서 그는 제이가 왜 이걸 제게 알려주는지가 궁금해졌다.

로즈 쪽 인사가 국내에 들어와 있고, 겉으로 봐서 얻을 수 있는 이득이 없음에도 불구하고 제이와 접촉하고 싶어 한다. 이건 자칫 잘못 쓰면 꽤나 위험한 카드가 된다. 세계에서 가장 위험한 테러리스트와 르퀸가가 엮여 있다는 식으로 밀어붙일 수도 있다는 거니까.

물론 테러 조직과 대테러대응반 사이는 단순한 적이 아니다. 거기에는 정치적인 문제가 엮여 있고, 그래서 대 테러 대응반의 수뇌부는 다들 인맥이 넓은 귀족들로 채워져 있다. 거물 테러리스트를 잡아들이는 일 뒤에는 수많은 정치적 공작이 오간다.

하지만 그건 어디까지나 물밑의 일. 다들 하는 일이라고 해도 물 위로 끄집어내서 트집을 잡는다면 르퀸가로서는 할 말이 없어진다. 그런데 제이는 아무렇지도 않게 이 위협적인 카드를 에드워드에게 건네주고 있었다. 왜? 에드워드는 알 수가 없었다.

"대위님."

"왜?"

"왜 이런 걸 알려 주시는지……. 이유를 여쭤 봐도 되겠습니까?"

물론 에드워드는 평생을 제이에게 바칠 작정이지만, 제이로서는 아직 그걸 확신할 일이 없었을 것이다. 에드워드가 직접 말한 적도 없으니까. 그러니 제이가 보는 에드워드는 '1년간 그녀의 부관 노릇을 하다 자기 자리로 돌아갈 적대 세력'이어야 할 것이다.

그런데 제이는 지난번부터 에드워드에게 귀한 정보를 많이 주고 있었다.

정치를 배우지 않은 사람이라 정보 선별을 제대로 못 하는 건가 싶기에는, 이런 굵직한 정보 외의 정보는 기가 막히게 컨트롤을 하고 있고. 특히 조세핀에 대한 건 실수로도 말을 안 흘릴 정도였다.

그러니 이건 그녀가 보여주는 호의가 분명한데, 에드워드는 왜 그녀가 자기에게 호의를 보여 주는지 알 수가 없었다. 제이가 가볍게 웃으며 말했다.

"자네는 내 부관이니까."

전혀 엉뚱한 대답이었다. 정말 그 말을 못 알아들었을 리는 없으니 아마 대답을 하기가 싫은 거겠지. 미치도록 궁금하긴 했지만 제이가 싫다면 더 추궁할 생각은 없었다.

에드워드가 미련을 버리려는 순간, 제이가 물었다.

"자네는 왜 굳이 내게 왔나?"

예상했어야 했지만 예상치 못한 질문이었다. 에드워드는 이미 첫 만남 당시 절반의 대답을 했으니까.

제가, 당신을 흠모하노라고.

하지만 고작 그 정도 감정으로 감수하기는 힘든 상황인 것을 제이도 에드워드도 알았다. 에드워드 델 크뤼거가 제이 르퀸의 밑으로 들어오기 위해서는 아주 많은 반대를 이겨야 한다.

심지어 한 번 이겨 낸다고 끝나는 일도 아니고. 좌절 한번 겪지 않고 자랐을 잘나 빠진 도련님이, 이런 곤욕을 겪어 가며 굳이 누군가를 수발들기 위해서는 더한 이유가 필요하다.

허나 이걸 물을 거라면 첫 만남 때 물었어야 옳다. 에드워드를 옆에 둘 것인가 말 것인가 결정하기 전에. 그러나 제이는 묻지 않았고, 그래서 에드워드는 제이가 영영 묻지 않을 거라고만 생각했다.

그래서 에드워드에게는 준비된 대답이 없었고, 그래서 에드워드는 대답을 지체했다. 에드워드는 제이에게 언제나 완벽한 대답만을 바치고 싶었으니까.

제이는 차분히 기다렸고, 에드워드는 잠시간의 고민 끝에 딱 한마디를 말했다. 너무 길어서 변명 같이 들리지도, 너무 허황되어서 진실 되지 않게 들리지도 않는. 어쩌면 그의 마음을 제대로 표현했다고는 볼 수 없지만 그래도 할 수 있는 한은 가장 진심을 담은 한마디를.

"대위님이, 제가 원하던 바로 그런 사람이라는 생각이 들어서입니다."

에드워드가 이상적인 신의 모습을 그린 건 여섯 살 때였다. 하지만 자기가 그려보고도 너무 어이없는 상이라 진지하게 바란 적은 없었다. 그도 그럴 것이, 인간을 뛰어넘는 재능을 가지고도 핍박 받는 신이라니 너무 황당하지 않은가. 그런데, 그런 사람이 나타났다.

제이는, 저 대우를 받지 않고 살 수 있었다. 아예 다른 나라로 가 버리면 그만일 것이다. 그녀 정도의 재능이라면 어느 나라를 가도 망명 신청을 받아줄 테고, 나라를 바꾸면 사실도 루머가 될 것이다.

그냥 입을 싹 닦고 헛소문인 척 지내면 된다. 그런다면 그녀는 지금 이 불합리한 상황에서 벗어날 수 있을 거였다. 하지만 그녀는 그러지 않았고, 딱히 지금 상황에 불만을 갖고 있는 것 같지도 않았다.

자존감이 낮은 것도 아니면서. 자신을 사생아라 모욕하는 이들은 용서치 않으면서 그 대우를 받게 한 이들은 너그러이 넘긴다. 원래대로라면 그녀와 가장 사이가 나빠야 할 조세핀에게 충성을 다한다.

제이는 모순으로 가득 찬 존재였고, 그 모습이야말로 에드워드가 신에게 바라던 거였다. 한마디로 그는 혼자서 그의 신을 찾아 낸 것이다.

"그래?"

제이는 사실 에드워드의 대답은 별로 상관없었다는 것처럼 웃어 버렸다.

"나는, 내 생애 절대 볼 수 없을 거라 생각했던 이가 내 눈앞에 나타났기 때문이야."

에드워드는 그대로 심장이 멎어 버리는 줄 알았다.

"크뤼거 소위."

하지만 제이가 그를 불렀기에, 대답을 하기 위해 에드워드는 다시 숨을 쉬기 시작했다.

"……네."

"자네는 잘 모를 테지만, 나한테는 자네가 귀해."

에드워드는 입술을 꾹 깨물었다. 가슴이 너무 벅차, 지금 입을 열면 무슨 말이 나올지 몰랐기 때문이었다.

"기껏해야 1년의 인연이라는 것은 잘 아네. 자네는 아마 내게 1년간은 충성할 테지만, 그 후에는 다시 크뤼거가의 후계자답게. 나중에는 크뤼거가의 가주답게 살아가겠지. 이 1년간 내가 자네에게 흘린 말이 10년 뒤에 내 발목을 잡을 수도 있어. 그걸 내가 모르는 바는 아니야."

물론 에드워드는 자기가 귀한 아이라는 것을 잘 알았다.

에드워드 델 크뤼거는 태어날 때부터 귀한 아이였다. 롤랜드 윰 크뤼거와 엘레나 센 크뤼거 사이의 적자로, 태생부터 마리엔트가의 비호를 받는 크뤼거가의 후계자였다.

그는 태어나면서부터 금 딸랑이를 쥔 채 비단 강보에 싸여 유모의 젖을 먹고 자랐다. 그는 뭘 원할 필요조차 없었다, 원하기도 전에 모든 게 그의 손에 쥐어져 있었으니까.

그런 귀한 아이는 자라 귀한 사람이 되었다. 모두가 그를 귀히 여겼고 그 자신도 그가 귀한 걸 알았다. 에드워드가 '귀하다'는 그 말은 새삼스러운 게 아니었다.

"하지만 크뤼거 소위. 나는 자네 같은 이를 내 인생에서 만나게 될 줄 정말 몰랐어. 이건 두 번 다시는 오지 않을 행운이야. 10년 뒤의 불안 때문에 흘려보내기에는 지나친 행운. 그래서일세, 크뤼거 소위."

하지만 그 말을 한 이가 제이였기에 그 말은 새삼스러운 게 되었다. 그 어떤 신도도 자신의 신에게 이런 말을 듣고 태연하지는 못할 것이다. 그래서 그는.

"대위님."

한쪽 무릎을 꿇고 양손을 맞잡았다. 기도하는 것과 매우 흡사한 자세로, 그는 제이를 올려다보았다. 그보다 머리 하나는 작은 제이지만, 그렇게 하니 올려다 볼 수가 있었다. 길거리에서 갑자기 무릎을 꿇었음에도 불구하고 제이는 놀라는 기색이 없었다.

"저 역시, 제 인생에서 대위님 같은 분을 만날 수 있을 거라고는 생각하지 못했습니다."

이곳은 귀족가의 저택이 늘어서 있는 곳이기에 도로는 골목길임에도 불구하고 깨끗했다. 포석이 깔려 있었고, 아마 양쪽 저택의 하인들이 일주일에 한 번씩은 청소도 할 것이다. 어지간한 건물 안보다 깨끗할 것이다.

하지만 에드워드는 지금 이곳이 귀족가 저택 사이의 돌길이 아니라 오물로 더럽혀진 진창이라 해도 무릎 꿇을 수 있었다. 그녀는 그의 신이고, 기도는 장소를 가리지 않으니까.

"저는 대위님 같은 사람이 있기를 바랐지만, 정말 그런 사람이 있을 거라고는 생각하지 못했습니다. 설사 있다고 해도 제가 볼 수 있을 거라고는 더더욱 생각하지 못했고요. ……그런 제 앞에, 대위님이 나타나신 겁니다."

그의 어머니는 그에게 신앙심이 부족하다 꾸짖었고 그 역시 그렇게 생각했지만, 이제 그의 신을 찾고 보니 알 수 있었다. 그는 결코 신앙심이 부족하지 않았다. 외가에 흐르는 광신도의 피가 그의 몸에도 흐르고 있었다.

다만 외가에서 섬기는 신은 그의 신이 될 수 없을 뿐이었지.

"그러니. 대위님께 정말 그렇게 제가 귀하다면."

신앙이란 원래 대상과 관계없이 발생하는 것이니 에드워드는 제이가 설사 그의 신앙심을 몰라준대도 좋았을 것이다. 단호하게 그를 잘라내고, 그가 바치는 것들은 아무것도 받지 않았어도 그는 이 열병 같은 신앙을 간직했을 것이다.

하지만 그의 신은 어머니의 신과 달리 그의 눈앞에서 살아 있었다. 그를 보고 웃고 말하고 움직였다. 그의 충성과 신앙을 받아주고, 그에 대한 답례마저 돌려주고 있었다.

"……그렇다면, 제게 옆에 있으라 명하십시오. 명하신다면, 옆에 있겠습니다. 1년이 아니라 10년이라도, 평생이라도요. ……대위님의 뜻이 곧 제 뜻이니까요."

그런데 그가 어떻게 기쁘지 아니할 수 있을까. 십 몇 년간 억눌러 왔던 신앙심이 넘쳐흘러, 그는 환하게 웃었다. 배경에 깔리는 성가도 반사판도 없는 고백이었지만, 절절한 신앙심만은 예전과 똑같았다.

그리고 제이는.

그녀는 자기 앞에 무릎 꿇은 남자를 보았다. 그녀가 처음으로 만난 조국의 픽을.

……제이는 단지 에드워드가 픽이라는 사실 하나만으로 그를 특별하게 여기는 건 아니었다. 제이가 픽을 만나 보지 않은 것은 아니니까. 가장 먼저는 그녀를 가르친 달리아가 픽이었고, 테러리스트로도 가끔 봤고, 로즈처럼 국가 간의 협력 하에 다른 나라의 픽이 오는 경우도 있었다.

그리 많지는 않았지만, 적대 세력의 후계자를 부관으로 받아들여 발목 잡힐 수도 있을 사실을 알려줄 정도로 그녀 인생에 있어 희귀한 존재는 아니라는 뜻이었다.

하지만 그들과 에드워드 사이에는 아주 큰 차이가 하나 있었다. 그들은 전부 다른 나라의 이들이었다. 즉 다시는 그녀와 스쳐지나가지 않을 이라는 뜻이다.

로쉔이 픽 제한국이라는 특이성 때문에 르퀸가와 하연 인더스트리로 엮여 있는 달리아조차도 못 본 게 10년이 다 되어 가고 있을 정도였다. 그녀가 만난 픽들은 결국 그녀의 인생에서 차근차근 퇴장해 나갔다.

하지만 에드워드는 다르다. 지금과는 다른 사이가 되겠지만, 그래도 에드워드는 계속 이 나라에 있을 테고 그녀의 시야 안에 들어와 있을 것이다. 각자의 이득을 위해 움직이다 대립하는 경우도 있을 수 있겠지만, 그래도 그는 그녀처럼 픽 제한국에서 픽으로서 살아남기 위해 픽임을 숨긴 채로 그녀와 가장 오래 알고 지내는 픽이 될 거였다.

그게, 그녀에게 에드워드를 특별하게 만들어 주는 요소였다. 미래의 시간과 현재의 동질감이.

그래서 그녀에게는 에드워드가 귀했고, 그래서 그녀는 쉬이 믿기 힘든 에드워드의 고백을 밀어내지 않았다.

에드워드의 말을 정말 순수하게 믿는 건 아니었다. 평생이라는 건 그 누구도 장담할 수 없는 일이니까. 에드워드의 마음이 바뀔 수도 있는 거고, 조세핀의 문제 때문에 제이가 먼저 에드워드의 손을 놔버릴 수도 있다.

하지만 그걸 바꿔 말하자면, 에드워드가 일 년 뒤에 확실하게 그녀와 대립하게 될 거라는 장담도 할 수 없다는 뜻이었다. 그렇기에 제이는 조용히 웃으며 그에게 손을 내밀었다.

"그만 일어나게, 옷이 더러워지겠군."

에드워드는 망설임 하나 없이 그 손을 잡았다. 덩치 차이가 있지만 제이에게 에드워드를 일으키는 건 그리 어려운 일이 아니었다. 시선이 순식간에 아래에서 위로 이동했다. 그를 일으켜 놓고 나서야 제이는 대답을 돌려주었다.

"……자네가 원한다면, 그래도 좋겠지."

모호한 대답이었지만, 그녀가 줄 수 있는 최선의 대답이기는 했다. 아무리 에드워드가 특별해도 그녀에게 가장 소중하고 특별한 이는 결국 조세핀이니까.

그녀는 아마 평생 에드워드가 특별할 테지만, 그렇다 해도 조세핀과 크뤼거가 사이에 대립이 일어난다면 그녀는 조세핀을 택할 수밖에 없었고 크뤼거가가 에드워드를 포기할 리도 없었다. 그런 사태가 벌어지면 더 이상 선택은 그녀의 몫이 될 수 없다.

자신이 할 수 있는 최선의 대답을 끝난 뒤 제이는 손을 놓으려 했다. 하지만 이번에는 반대로 에드워드가 잡은 손에 힘을 주며 입을 열었다.

"대위님."

"왜?"

"제 생일이 곧입니다."

제이가 손을 꼼지락거리려다, 그 말을 듣고 움직임을 멈췄다.

"그래? 언제지? 선물을 준비해야 하니……."

"아뇨, 선물은 괜찮습니다."

에드워드는 호흡을 골랐다.

"그 대신, 제 생일 파티 초대장을 받아주실 수 있습니까."

"나는 거기 참석 못해, 알잖나."

제이가 파티장에 모습을 보였던 건 4년 전, 조세핀이 막 가주 자리에 올랐을 때뿐이었다. 심지어 그때도 조세핀의 호위로 간 거였지 파티에 참석을 한 건 아니었고, 조세핀이 안팎으로 인정받게 되며 그나마도 안 한 지가 오래였다.

그런 그녀가 이제 와서 자기 이름 적힌 초대장을 들고 파티에 갈 리 없고 에드워드도 그걸 뻔히 알 텐데 왜 이런 요청을 하는지 모를 일이었다. 에드워드는 표정 하나 변하지 않고 대답했다.

"예, 압니다. 그냥 받아만 주셨으면 하는 겁니다."

"의미가 없는데?"

"제게는 의미가 있습니다."

제이는 에드워드의 눈을 찬찬히 들여다보았다. 보석 같이 푸른 눈동자는 너무 감정이 가득 들어차 있어, 제이로서는 그 감정의 색깔을 읽기가 어려웠다. 그래서 제이는 에드워드의 의도를 파악하는 대신 요청에 대해서만 생각했다.

생일 파티에 와 달라는 것도 아니고 그냥 초대장을 한 장 받아 달라는 것뿐이다. 그녀는 그의 상관이니 예의상 줬다 해도 그리 문제가 될 상황은 아닐 테고.

만약 단 둘이 있을 때 주는 거라면 받고도 안 받은 척 하면 그만이고, 남들 앞에서 준다면 예의상 준 걸 예의상 받은 것처럼 하고는 모른 척하면 그 뿐이다. 그리 어려울 건 없었다, 정말로.

그래서 그녀는 고개를 끄덕였다.

"그러지, 뭐. 어려운 일도 아니고."

"감사합니다."

에드워드는 꼭 울 것처럼 웃었다.

너무 벅차서 울지 않고는 견딜 수 없는 것처럼, 그렇게.

* * *

어떤 정신으로 돌아왔는지 모를 일이었다. 허락을 받은 뒤 손을 놓자 제이가 다시 뒤돌아 걸었고, 그는 한참 작은 그 등을 보며 걸음을 옮길 따름이었다. 그 등이 멈추어 걸음을 멈췄더니 어느새 그들은 집 앞이었고, 제이는 들어가 보라며 웃었다. 그는 홀린 듯 고개를 끄덕였다.

그나마 제이가 눈앞에 있을 때는 좀 진짜 같더니, 그녀가 사라지자 영 실감이 나지 않아 에드워드는 무릎을 보았다. 옷에 무릎 꿇은 자국이 남아 있는 걸 보면 꿈은 아닌 모양이었다.

에드워드는 주인님을 걱정하는 데미안을 손짓 하나로 물린 뒤, 침대 옆 협탁 서랍을 열었다. 그곳에는 한 장의 초대장이 들어 있었다. 에드워드는 초대장을 집어 들고는 안을 열어, 적힌 이름 아래 빈 공간에 키스했다. 이름에 입 맞추기에는 아직 용기가 부족했으니까.

* * *

제이는 조세핀과 머리를 맞대고 고민을 해 봤지만 해결법은 나오지 않았다.

에드워드의 세계를 침범하지 않도록 조심하고 있는 걸 차치해도 에힐드에 깔린 락이며 서른여 명의 병아리들을 보살펴야 하는 거며 자신을 예의주시하고 있는—감시의 목적이 아니라 학습의 목적이지만 주시는 주시다—열 명 가량의 눈을 신경 써야 하는 걸 감안하면 탐색은 효율이 떨어질 수밖에 없었고, 비교적 자유롭게 탐색이 가능한 퇴근 이후 시간에는 상대가 몸을 숨기고 있었다.

어쩔 수 없는 상황에 조세핀과 제이는 상황을 일단 보류해 두기로 했다. 뻔히 사람들이 보고 있는 중에 상대와 접촉을 할 수는 없는 노릇이었으니까. 상대가 대낮에 더 적극적으로 접근해 온다면야 어쩔 수 없지만, 이쪽에서 먼저 가지는 말 것.

머리로는 조세핀의 방침이 합리적인 걸 알았지만, 전략상 대기하는 거면 모를까 이렇게 무력한 상황에 놓인 적이 별로 없던 제이는 영 기분이 좋지 않았다.

물론 불만은 조세핀에게 향한 게 아니라 그녀에게 형체 없는 초대장을 발송한 상대에게 향했다. 보이기만 해라, 세계를 다섯 번은 후려쳐 주리라.

이를 가는 제이를 그나마 진정시켜 준 것은 에드워드였다. 더 정확히는.

"오늘 곁들일 간식은 르 뷔티엥의 티타임 세트입니다."

제이의 기분이 저조한 것을 눈치챘는지, 에드워드는 요사이 티타임마다 호화로운 간식을 늘어놓곤 했다. 짐작건대 사비로. 제이는 날카로워졌던 신경이 누그러지는 것을 느끼며 흐뭇하게 웃었다. 단지 간식의 맛이 기대되어서만은 아니었다.

그리고 둘이 그러고 있는 동안, 쥰은 옆에서 차가운 눈초리로 제이를 한번 봤다가 에드워드를 한번 봤다가 소리 없는 한숨을 삼켰다. 대체 그날 무슨 일이 있었기에.

사이좋게 팔짱 끼고—정확히는 제이가 에드워드의 팔꿈치 부분을 잡고 끌고 간 거였지만 쥰이 보기에는 거기서 거기였다—사라졌던 날 다음 날부터 저렇게 사비를 털어가며 사심을 드러내고 있는지 모를 일이었다.

에드워드의 행동력이야 자신에게 접근한 다음 날 판 깔아줄 때부터 알아봤지만, 제이는 좀 더 사람 사귀는데 신중한 줄 알았는데.

아이러니하게도 정보가 제한된 탓에 제이 본인보다도 더 정확하게 사태를 파악하고 있는 쥰이었다.

오단 트레이에 담긴 손가락 두 마디 크기의 조각 케이크 다섯 개와 에드워드의 재롱으로 인해 퍽 누그러진 상태로 제이는 마지막 현장 학습에 참여했다.

의도야 어쨌든 상대의 협조 덕에 마지막까지 참 알차기도 했다. 이것만 마치면 자유이니, 그때는 좀 철저하게 상대를 찾아봐야지. 그렇게 다짐한 제이는 3층 건물 옥상에 걸터앉아 병아리들의 고군분투를 지켜보았다.

언제나 새롭게도 병아리들의 움직임은 어설프기 짝이 없었다. 하지만 이형 생물의 움직임이라고 딱히 특출날 건 없었기에 제이는 느긋한 심정으로 지켜보고 있었다.

보통 사람이라면 방심하고 있는 상태이기에 변화에 대응하기 어려웠겠지만 제이는 픽, 그것도 세계에서 손꼽히는 픽이었다.

그래서 제이는 완벽하게 방심하고 있었음에도 불구하고 또 다른 이형 생물의 출현에도 당황하거나 늦지 않고 침착한 대처를 할 수 있었다.

쥰은 갑자기 날아온 총알에 깜짝 놀랐지만, 그게 발치에서 스멀스멀 올라오고 있던 이형 생물의 숨통을 끊어놨다는 걸 알고는 씩 웃으며 목소리를 높였다.

"빗나가서 엉뚱한 걸 맞췄잖아! 그러니까 평소에 사격 연습 좀 하라고 했는데—"

아슬아슬하고 위험한 농담이었지만 제이는 대답하지 않았다. 농담이 과해 기분이 상한 게 아니라, 새로운 이형 생물이 나타났기 때문이었다. 이번에는 신병들이 상대하고 있던 이형 생물의 발치 아래에서였다.

말만 들으면 그리 문제될 게 없어 보였다.

하지만 원래 있던 이형 생물이 4미터짜리 외다리 생물체였고 새로운 이형 생물이 그 발밑에서 반보쯤 비켜난 위치에서 발생하며 원래 있던 것의 균형을 무너트렸다는 것은 큰 문제였다.

어지간한 사람의 키 두 배를 훌쩍 넘는 이형 생물이 균형을 잃고 쓰러지려 했고, 신병들은 이형 생물을 둥그렇게 둘러싸고 진영을 짠 채였다.

신병들이 알아서 잘 피할 수 있을 거라는 생각이 들지 않았기에 제이의 채찍이 번개같이 날아가 목인지 더듬이인지 모를 부분을 옥죄어 끌어당겼다.

아래에서 상황을 파악한 쥰이 신병들을 물러나게 했고, 넘어져도 다칠 이가 없다는 것을 확인한 다음에야 제이는 채찍을 쥐지 않은 손에 칼을 빼어들고 몸을 날렸다. 이번에도 단칼이었다.

제이는 쓰러진 원래의 이형 생물 위에 선 채로 칼을 집어넣고 이번에는 총을 꺼내어 새로 생겨난 이형 생물을 쏘았다.

반동으로 반대 방향으로 넘어지려는 것을 다시 채찍을 휘둘러 원래의 이형 생물 위에 겹쳐 쌓아놓은 다음 밑으로 내려왔지만 쉴 틈이 없었다. 사방에서 포석이 날아가며 이형 생물들이 나타났기 때문이었다.

제이는 대놓고 한숨을 내쉰 다음, 현장에 있는 모든 사람에게 들릴 만한 크기의 목소리로 물었다.

"로버 중위. 현장을 맡겨도 되겠나?"

"……뭘 하려고?"

"근원을 배제하지 않으면 끝이 없잖아. 원인을 제거해야지."

죄다 사람 키를 넘기는 크기의 이형 생물들이 십 단위로 발생한 상황에서 낼 만한 목소리가 아니었지만, 그 평온한 목소리 덕에 이성을 되찾을 수 있었다.

침착해진 쥰은 마치 제이의 말을 기다려 주기라도 하듯 별다른 움직임을 보이지 않는 이형 생물들을 둘러보았다. 그는 전후 사정을 전혀 몰랐지만, 모르는 그가 봐도 노골적인 도발이었다.

"찾을 수 있습니까?"

쥰의 질문에 제이가 덤덤하게 대꾸했다.

"있고 없고 간에 해야지, 할 수밖에 없는데."

이런 대답이 돌아왔는데 못 한다고 할 수 있을 리 없었다. 쥰은 평가를 위해 들고 있던 서류를 내던지고, 칼을 꺼내들었다.

실전에서야 능력을 써서 적당히 속인다지만 가르치는 건 별개의 문제였다. 그러다 보니 학창 시절 제이가 가르쳐 준 무기들은 죄다 근접 무기들뿐인 터라 쥰의 주무기 역시 근접 무기인 칼이었다.

“그렇다면 이쪽도 할 수밖에 없으니 해야겠지요. 다녀오십시오.”

제이는 빙긋 웃고는 다시 옥상 위로 올라가, 옥상을 내달리기 시작했다.

두 번째 이형 생물이 발생한 순간 제이는 세계를 넓혔었다. 원래는 에드워드를 신경 써서 축소시키고 있었지만, 이런 위기 상황에서까지 배려해 줄 수는 없는 거였으니까.

하지만 큰맘 먹은 게 무색하게도 상대의 세계는 견고했다.

상대의 세계와 부딪힌 순간 제이는 의심을 확신으로 바꾸었다. 로즈구나. 로즈 외의 사람이, 제이의 세계에서 자신의 세계를 방어해 낼 수 있을 리가 없었다.

제이는 상대를 누르는 대신 상대의 세계 외벽을 타고 가 상대의 위치를 찾아내는 데 주력했다. 로즈는 가는 게 귀찮을 정도로 멀지는 않지만 현장에 있는 군인들이 신경 쓰일 만큼 가깝지는 않은 곳에 있었다.

제이는 한숨을 내쉰 뒤 옥상을 따라 달리기 시작했다. 위치를 정확하게 알고 있으니, 보는 눈만 아니었다면 순식간에 이동해도 됐을 텐데. 쉬운 길을 놔두고 항상 번거로운 길을 택하는 건 꽤나 귀찮은 일이었다.

로즈가 있는 곳은 완공 뒤 입점 업체를 받고 있는 중이라 아직 비어 있는 건물이었다. 사정을 모르는 제이는 새 건물이 비어 있는 걸 의아하게 여겼다가, 로즈가 무슨 수라도 썼겠거니 하고 넘겨 버렸다.

총 5층 건물 중 3층, 가장 안쪽 점포. 방 안에 들어서자, 텅 빈 점포 안에 덩그러니 놓여 있는 의자와 그 의자에 걸터앉아 창밖을 보는 여자의 등이 보였다. 온 걸 모르지도 않으면서 왜 저러고 있는지 모를 일이었다.

제이는 한숨처럼 여자의 이름을 불렀다.

"로즈."

여자가 순순히 뒤를 돌아보았다. 나무처럼 올곧은 눈이었다. '정의'라는 글자가 사람의 모습을 한다면 저런 모습이겠지. 하지만 모순적이게도, 정의가 사람 모습을 한 것 같은 상대는 경계 1순위의 테러리스트였다. 여자가 표정을 누그러트리며 웃었다.

"안녕, 제이."

물 흐르듯 부드럽게 로즈의 세계가 접혀 들어갔다. 철저한 로즈의 성격상, 만들어 낸 이형 생물도 알아서 처리했을 게 뻔하기에 제이는 맘 편히 현장의 걱정을 그만두었다. 이제 걱정해야 할 건 제이 본인이었다.

"그래서. 굳이 업무 시간에 사람을 불러 낸 이유가 뭐야?"

로즈가 나직하게 웃었다. 적의는커녕 긴장도 전혀 하지 않고 있는 게 다행인 건지 무시하는 거라고 생각하고 화내야 할 부분인지 알 수가 없었다.

"상대가 나라면 대화도 업무의 일부에 들어갈 텐데."

"대화가 업무에 포함되는 건 조세핀이지, 내가 아니야."

내숭이 쓸모 있는 상대도 아니었기에 제이는 '르퀸 소장님'이라고 부르는 대신 편하게 조세핀의 이름을 불렀다. 로즈는 들은 척도 하지 않고 손가락을 흔들며 세계를 움직였다.

세계를 움직이는 데 책에 나오는 것처럼 수인(手印)이나 주문이 필요한 건 아니니, 그건 세계를 움직이는 것에 대한 양해의 손짓에 가까웠다.

제이가 양해를 받아들여 세계를 조금 물렸고, 곧 제이의 뒤에 로즈가 깔고 앉은 것과 비슷하게 생긴 의자 하나가 생겨났다.

"일단 앉아."

"앉을 만큼 대화가 길어지면 곤란한데."

제이가 한숨을 내쉬며 하늘을 체크했다. 퇴근 시간까지는 일을 마무리 짓고 신병들을 해산시켜야 하는데. 로즈가 어이없다는 듯 피식 웃었다.

"늦기 전에 돌려보내 줄게. 하지만 서 있는 사람하고 대화하는 건 영 껄끄럽단 말이야, 그러니까 앉으라고."

"……그런 거라면."

제이는 의자에 앉았다. 묘하게, 거울상을 그리듯 닮은 자세였다.

"원하는 게 뭐야? 조세핀은 어지간한 건 맞춰주겠다고 했어."

그나마 비슷하게 대항할 수 있는 제이가 있다지만 어디까지나 '비슷하게'이고, 만약 제삼자가 현장에 끼어들기라도 하면 제이는 쓸 수 있는 수단이 확 줄어든다. 픽인 걸 공표하고 있는 로즈와 달리 제이는 락을 가장하고 있으니까. 그러니 말로 해결을 볼 수 있다면 그게 좋았다.

로즈는 다리를 꼬고, 턱을 괴었다. 그 와중에도 허리가 곧은 게 신기했다.

"너."

"풀어서 설명해."

"네가 도와줄 일이 좀 있는데."

"어떻게."

"해 준다고?"

"경우에 따라서는."

"집에 가야겠는데."

"그럼 불가."

제이는 물 흐르듯 이어지던 대화 흐름을 칼같이 잘라 냈다.

"……좀 고려해 보는 척이라도 해 주면 안 돼?"

"네 앞에서 잔재주 피워 봤자 소용 있어?"

제이가 르퀸가에 입성할 때, 르퀸가에서는 여러 조건을 내세웠었다. 일고여덟 장에 이르는 그 규칙을 한마디로 줄이면 그거였다.

'르퀸의 테두리에서 벗어나지 말 것'.

르퀸은 제이에게 출국을 금했다. 로쉔 내의 지방 출장 시에는 르퀸가의 사람과 함께 가는 게 조건이었고. 당연히 허가가 나올 리 없었다.

"불가해. 그 외에는?"

"그럼 요청할 게 없는데. 그럼 이제 네 안건을 들어볼까?"

갑자기 핵심을 찌르는 말에도 제이는 당황하지 않았다. 그도 그럴 것이, 픽 제한국인 로쉔에서 제이가 픽 부관을 달고 다니기 시작했으니 눈에 안 띌 리가 없다. 제이가 재능에 비해 능력 사용에 서투른 건 이미 알고 있으니 물어보고 싶은 게 있으리라 짐작했어도 이상할 건 없다. 제이는 사양하지 않고 물었다.

"완전 초보인 픽은 어떻게 가르치는 게 좋아?"

"……초보 픽?"

"응, 세계의 크기를 제어할 줄도 모를 정도로 초보인 애. 나보다도 더 심한."

"네 부관?"

망설임은 짧았다. 아무리 다 아는 사이라 해도 픽 제한국에서 남이 픽인 걸 제 입으로 긍정해도 되나 싶었지만 상대는 로즈였다. 제이의 비밀도 지켜 준. 이제 와서 에드워드의 비밀을 폭로하고 다니지는 않을 거라는 생각에 제이는 마음 편히 긍정했다.

"응."

로즈의 표정이 한결 미묘해졌다.

"흠……. 그건 지금 너한테는 필요 없는 일이니 신경 쓰지 않아도 될걸."

로즈는 정말 할 말이 다 끝난 듯, 자리에서 일어섰다. 제이가 몸을 움직이지 않은 채 말로만 그녀를 제지했다.

"잠깐. 난 아직 대화 안 끝났는데. 지금 나한테는 필요 없다는 건 뭐야?

지금 말고 다른 때 필요하다고, 아니면 나 말고 다른 사람한테 필요하다고? 그리고 도움을 줄 수 없다는 대답을 들었으니 이제 돌아가는 건가? —추후 행방을 알지 못하면 대책을 세울 수가 없는데 말이야."

로즈는 창틀에 한쪽 발을 얹은 채로 제이를 돌아보며 대답했다.

"어느 쪽이든 해석은 자유야. 어쨌거나, 지금 네가 날 도와줄 수 없는 것처럼 나 역시 널 도와줄 수 있는 부분이 없다는 거지. 초보 픽을 가르치는 방법을 알려주는 건 가능하지만, 너한테 그게 도움이 되지는 않을 거라는 뜻이야. 쓸데없는 짓을 해 봤자 둘 다 피곤하기만 하고, 각자 할 일도 있잖아? 나는 나대로 문제가 있고, 너는—"

로즈가 장난스레 웃었다. '정의'라는 단어가 사람의 모습을 한 것만 같은, 평상시의 비인간적인 모습이 자취를 감추고 그곳에 남은 것은 평범한 또래의 여자였다.

"과연 부탁을 거절당한 내가 무슨 짓을 할지, 그걸 네 언니와 함께 고민해 봐야 할 테고."

"……둘 다 안 알려주겠다는 거지?"

"네가 협조해 주면 쉽게 갈 수 있는 걸, 괜히 복잡하고 어렵게 가야 돼서 좀 짜증났거든. 그러니까 쉽게는 안 알려줄래."

쉽게는 안 알려준다는 건, 나중에는 알려준다는 건가. 그렇다면 결국 여기 남아 있겠다는 소리군. 제이는 소리 없는 한숨을 내쉬었다. 로즈가 짧게 웃고는, 그대로 몸을 앞쪽으로 숙여 넘어지듯 시야에서 사라졌다.

3층에서 취하기 적당치 못한 자세였지만 제이는 촌스럽게 창가로 달려가 아래를 확인하는 따위의 짓은 하지 않았다. 대신 그녀는 그저 의자에 앉은 채로 로즈의 충고를 생각했다. 에드워드를 픽으로 교육시킬 필요가 '지금은' 없을 거라던 그 말을.

* * *

각오한 게 무색하게도, 이형 생물은 10분도 채 되지 않아 자취를 감추었다. 물처럼 녹아 사라지는 이형 생물들을 보며 남아 있던 이들은 어안이 벙벙해졌지만, 그들로서는 제이가 돌아올 때까지는 일이 어떻게 된 건지 알 수가 없는 노릇이었다.

그래서 그들은 통행에 방해가 되지 않게 신병들을 4열종대로 줄 세운 뒤 한적한 곳으로 이동시켜 놓았다.

흡사 기본학교 소풍날 풍경이었다. 급기야 인솔자들이 공금으로 신병들에게 길거리 간식을 사 먹이면서 자기들도 하나씩 먹으면, 그건 공금횡령에 속할지 안 속할지를 논의하는 지경에까지 이르렀다.

이렇게 되자 신병들도 학생 때의 기분을 한껏 내어, 방금 전 봤던 제이의 활약상에 대해 열심히 논했다. 그러고 있자니 곧 제이가 돌아왔다. 혼자의 몸이었다. 쥰이 눈을 동그랗게 뜨고 물었다.

"원흉은?"

제이는 조금만 무리하면 인간도 충분히 할 수 있을 것처럼 보이는, 하지만 실제로는 픽이 아니라면 절대 불가능한 동작으로 4층 옥상에서부터 내려와 쥰의 앞에 섰다.

하여간에 재능을 숨기려 하니 잔재주만 느는 그녀였다.

"놓쳤어."

어려 보이는 얼굴에 걸맞게 귀여운 얼굴이었지만, 제이 르퀸이라면 절대 짓지 않았을 애교 어린 표정이라 쥰은 그게 꾸며 낸 얼굴인 걸 금방 알았다.

외모에 어울리지 않게 군인다운 그녀의 태도를 봐 온 다른 이들도 아마 쉽게 짐작했으리라, 놓쳤다는 게 정말로 놓쳤다는 게 아니라는 것쯤은.

그도 그럴 것이, 방금 전도 눈 깜빡할 새에 이형 생물 셋을 해치워 버린 제이가 이렇게나 빠른 시간 안에 상대를 놓치고 돌아왔는데 이형 생물이 전부 사라졌다니, 앞뒤가 맞지 않는다. 그럼 일부러 놔줬다고 보는 게 더 말이 맞는다.

그래서 쥰은 말을 길게 끌지 않았다. 제이 본인이 말한 것처럼 제이는 현장 요원일 뿐이니 조세핀에게 빨리 보고를 올려야 할 테니까.

"그럼 이만 돌아갈까?"

"그러지, 뭐."

테러 대응이란 건 결국 정치적인 문제를 빼놓을 수가 없다. 그냥 범죄자도 아니고, 조직을 이루어 국가를 넘나들며 테러 범죄를 일으키는 무리들은 결국 어딘가에서는 정치 세력과 결부가 되어 있기 마련이니까.

그러니까 잡범들과 달리 그냥 보이는 족족 때려잡으면 되는 게 아니라 과연 이 집단과 이어진 정치 세력과 현재 로쉔, 또는 자기네 파벌의 이권 다툼이 어떻게 엮여 있는지를 고려하여 잡아야 하는 것이다.

그러니 일부러 놔줬다고 해도 이상할 건 없다. 물론 그렇다고 해도 대놓고 설치고 다니게 놔두는 게 도움이 될 것 같아 놔줬습니다, 이럴 수도 없는 노릇이지만.

쥰과 다른 이들은 제이의 미소를 그렇게 해석했다. 제이의 의도대로 말이다.

* * *

제이의 걸음은 빨랐다.

제이와 에드워드는 머리 하나쯤 차이가 나고, 그럼 당연히 다리 길이도 다르다. 걸음 폭이 다르니 속도도 달라야 할 텐데 에드워드는 자기보다 머리 하나는 더 작은 사람의 속도를 쫓아가기 급급했다.

똑, 똑똑.

그래서 에드워드는 제이가 조세핀의 집무실 문을 두드리고 나서야 간신히 질문을 던질 수 있었다.

"……제가 같이 들어가도 됩니까?"

"예의상 물어보는 건가, 정말 몰라서 물어보는 건가?"

"당연히 전자입니다."

당당하기 그지없는 대답에 제이는 피식 웃어 버렸고, 에드워드는 일말의 뿌듯함을 느꼈다.

애초에 정치 싸움은 절반 이상이 정보 싸움이다. 에드워드는 제이가 일부러 놔준 척했다는 걸 알았다. 제이가 '정말로' 놓친 거라면 상대는 로즈인 게 틀림없고, 세계 최강, 견제 순위 1위의 테러리스트가 들어와 있는 거라면 그 정보가 숨겨질 리 없다.

그렇다면 에드워드가 정보를 풀어 버려 봤자 얻을 수 있는 이득은 좀 더 빨리 정보를 입수하는 것 정도인데, 그랬다가는 바로 정보원이 누구인지 조세핀이 짐작할 수 있게 되는 것이다.

만약 정보를 얻을 마음으로 접근했다면 지금 정보를 푸는 건 멍청한 짓이다. 왜냐하면 아직 제이조차도 로즈의 진짜 의도를 알지 못하니까. 반대로, 정말 중요한 정보를 말할 거였으면 차라리 퇴근 후까지 기다렸다가 보안이 철저한 집에서 말할 것이고.

그러니 에드워드를 데리고 집보다 보안이 덜한 군부청사에서 보고를 올리려는 행위 자체가 지금 제이가 보고하려는 게 그렇게 위험을 감수할 필요는 없는 정보라는 뜻이었다. 그리고 에드워드 역시 그걸 잘 알고 있었다. 다만 그냥 입을 다물고 있자니 뭣해 예의상 물어는 본 거고.

대화가 더 오갈 것도 없이 집무실의 문이 열렸다.

조세핀의 부관, 라라 폴 슈왈츠였다.

"들어오십시오."

딱딱한 얼굴이긴 해도 일단 말은 정중했다. 제이는 안으로 들어가, 문이 닫히길 기다렸다가 입을 열었다.

"들어온 건 로즈 본인 맞습니다, 직접 확인했습니다."

조세핀의 얼굴이 한껏 구겨졌다.

"왜 온 거래?"

"그것까지는 파악 불가했습니다. 다만, 중요한 것은 본국에서 벌일 예정인 듯하고 이곳에는 사전 준비를 위해 방문한 듯합니다."

조세핀은 등받이에 몸을 기댔다.

"……일단은 호의적인 거라고 봐도 될까?"

"굳이 양해를 구하러 온 걸 보면, 본의 아니게 피해를 끼칠 수도 있다는 것 같습니다."

조세핀이 기어코 신음소리를 내고야 말았다. 세계 최강, 견제 순위 1위의 테러리스트가 미리 양해를 구해야 할 정도의 민폐라면 대체 어느 급일지 짐작도 가지 않았다.

"그래……."

탐색은 안 되는지, 정확히 어떤 대화가 오고 간 건지. 묻고 싶은 건 많았지만 여기서 물을 건 아니었다. 남이 들어도 되는 이야기라면 제이가 알아서 말했겠지. 자세한 건 집에 가서 묻자. 조세핀은 마음을 정했다.

정리해야 될 서류는 여전히 많았지만, 무엇보다도 로즈를 직접 만난 제이의 증언이 우선이었다. 조세핀은 마음속으로 빠르게, 무슨 일이 있어도 오늘 처리해야 될 일과 내일까지 미뤄도 될 일을 분리했다.

"보고 수고했고, 그럼 이만 퇴근하게."

"예, 알겠습니다."

조세핀의 마음을 읽은 제이가 깔끔하게 경례를 올리고는 돌아섰다.

* * *

“자, 그럼 돌아갈까?”

“아, 대위님 먼저 퇴근하십시오. 전 정리를 좀 해야 할 것 같아서요.”

“정리?”

제이의 눈이 흐트러진 것 하나 없는 집무실을 훑었다. 하지만 곧 아무래도 상관없다는 듯 어깨를 으쓱했다. 이곳에는 기밀이랄 것도 없고, 있어 봤자 그녀가 결근한 동안 에드워드가 다 털었을 게 분명했다.

“그러게, 그럼.”

몸을 돌리는 제이를 보고, 에드워드는 반사적으로 손을 뻗었다.

“아.”

“응?”

목 뒤로 뻗어오는 손길에 제이가 멈춰 서서 시선을 등 뒤로 주었다. 에드워드의 손이 들뜬 목깃을 눌렀다.

“……깃이 떠서요.”

“아.”

제이가 웃었다. 둘 사이에 잠시 정적이 내려앉고, 뒤늦게 침묵의 의미를 눈치챈 에드워드가 황급히 손을 회수해 경례를 올렸다.

“안녕히 가십시오.”

제이도 마주 경례한 뒤 손을 떼었다.

“그래. 너무 늦지 않게 들어가 보게.”

에드워드는 제이가 나간 뒤에야 손을 내렸다. 정리할 것 없는 방 안을 둘러보고, 의자를 끌어다 앉았다. 생각을 정리해 볼 시간이었다.

에드워드는 원래부터 릴리가 혹시 로즈가 아닌가 하는 의심 하에 조사를 진행하고 있었다. 다만 그리 적극적이지는 않게.

만약 릴리가 정말 로즈라면, 크뤼거가의 후계자가 그녀와 접촉했다는 사실은 문제가 될 수도 있다. 그쪽에서 정보가 오가는 거야 루머라고 우길 수 있지만 이쪽에서 정보가 돌아 버리면 큰일이니까. 하지만 오늘의 일로 판도는 뒤바뀌었다.

지금까지 그에게 중요한 건 릴리가 로즈가 아니라는 사실이었다. 이 경우, 에드워드에게 중요한 건 상대의 진영이다. 실제 로즈 본인이 아니라도 로즈의 조력자라면 돕지 말아야 하니까.

하지만 이제는 릴리가 로즈 본인인지가 중요해졌다. 로즈 본인이 아니라면 로즈의 조력자라고 해도 중요순위가 떨어지게 된 것이다.

지금까지는 릴리가 로즈 본인이 아니면 릴리를 돕고 로즈 본인이거나 로즈의 협력자라면 그냥 모른 척을 할 생각이었다. 하지만 이제는 릴리가 로즈 본인이어야 로즈를 잡으려는 제이를 위해 움직일 생각이었다.

로즈 본인이 아니라면 굳이 협력자 따위를 잡는데 시간을 허비할 필요가 없으니까.

다만 중요도가 달라졌을 뿐, 해야 할 일은 똑같았다. 일단은, 릴리가 로즈인지 아닌지 알아보아야 한다.

에드워드는 인상을 쓰며 머리를 헝클어트렸다. 짐 쪽에 연이 있다면 좀 더 쉬울 텐데, 그만이 아니라 그의 집안이 통째로 짐과는 연이 없었다. 짐과 연만 있으면 릴리의 신분을 확인해 볼 수 있었을 테고 그럼 모든 일이 쉬웠을 텐데.

“참 쓸모가 없네.”

에드워드가 씹어 내뱉듯 말했다.

로쉔 보수 진영의 큰 축, 크뤼거 가문의 후계자가 입에 올리기엔 지나치게 웃긴 말이었지만 그걸 지적해 줄 이는 없었다.

* * *

조세핀은 오랜만에 이른 퇴근을 했다. 제이와 조세핀은 조세핀의 방에서 저녁을 먹으며 로즈의 이야기를 했다.

"……짐에 와 달라고 했다고?"

조세핀이 얼굴을 찌푸렸다.

"정말 짐인 거야, 아니면 대충 짐인 거야."

"대충 짐은 또 뭐야?"

"아밀스턴을 짐에 넣느냐 마느냐 그거지."

"아."

만약 로즈가 아밀스턴을 짐에 끼워 넣었다면 가장 유력한 목적지는 하연 인더스트리였다.

로즈는 명문가 출신에 능력이 있었고, 정의롭기까지 했다. 국가의 신뢰를 받는 공무원이 하루아침에 요주의 테러리스트가 된 데에는 하연 인더스트리의 회장 실종 사건이 있었다.

하루아침에 세계에서 유일한 생명 공학 기업의 회장이 실종되었고 부회장은 그때 입은 부상을 이유로 들어 섬에 칩거했으며 그 용의자는 모든 기반을 내버려두고 도망을 쳤다.

외부인들은 대체 그날 무슨 일이 있었는지 절대 알 수 없었지만 하여간 하연 인더스트리와 로즈 사이에 분쟁이 있었던 건 확실했고 그건 표면적으로는 현재진행형이었다. 하연 인더스트리에서 로즈에게 자체적인 현상금을 내걸었으니까.

물론 회장을 처리한 걸로 로즈의 목적이 끝났을 가능성도 있지만 그래도 일단 가장 의심스러운 건 하연 인더스트리임이 틀림없다는 뜻이다.

"경고를 해 줘야 될까. 참, 그러고 보니까 너 달리아한테 정기 검진 와 달라고 한댔지. 뭐래?"

올 것이 왔다. 제이는 몸을 약간 긴장시켰다.

원래는 도리언 그레이하운드의 얘기를 하지 않고 넘어가려 했지만, 로즈가 하연 인더스트리를 노리고 있을지도 모르는 이상 정보는 전부 공개하는 게 맞을 것 같았다.

제이는 솔직하게 달리아가 조세핀과 같은 학년 수석이었던 도리언 그레이하운드를 찾는다는 얘기를 털어놓았다. 얘기를 듣던 조세핀의 얼굴이 일그러졌다.

"이유는 안 알려줬고?"

"개인적인 이유라던데."

후. 조세핀이 한숨을 내쉬었다.

"……이건 문제가 좀 많이 복잡한데."

조세핀의 목소리가 차가워졌다.

"짐에서 벌일 일 사전 준비를 로쉔에서 하려고 하는 로즈. 로쉔의 사람인 도리언 그레이하운드를 찾는 달리아. 도대체 무슨 일인지는 모르겠지만, 짐의 일에 로쉔을 쑥대밭으로 만들어서야 쓰나."

"제이."

달래는 듯한 제이의 목소리에 조세핀은 일단 분을 가라앉혔다. 하지만 머리가 차가워졌을 뿐 짜증은 여전했다.

"조. 다시 한번 달리아한테 연락해 줄래? 도리언 그레이하운드를 찾는 이유를 말해 달라고, 타당한 거면 충분히 협조하겠다고."

조세핀이 이성을 되찾은 걸 확인한 제이가 빠르게 고개를 끄덕였다.

"알았어, 물어볼게."

어쨌거나 사람 하나를 원할 뿐인 달리아와 달리, 로즈는 로쉔에서 직접 깽판을 칠 생각인 듯한 데다가 달리아와는 이전의 친분도 있었다.

도리언 그레이하운드를 찾아 줄 자신은 없지만, 굳이 손을 잡아야 한다면 달리아 쪽이겠지. 조세핀은 마음을 정했다. 그렇다 해도 여전히 짐의 문제 때문에 로쉔이 피해를 보는 기분은 사라지지 않긴 했지만.

* * *

신병들의 중앙 거주 기간이 끝나고, 재배치가 이루어졌다. 당연히 징계성 인사 배치도 끝을 봤고, 제이와 에드워드는 빠르게 조용한 일상으로 되돌아갔다.

아침에 제이가 처리할 그 날치 서류가 오면 그걸 처리하며 차를 한 잔 마시고, 군식당에서 점심을 먹고, 서류 처리하다가 오후의 티타임을 가지고, 마무리한 서류를 다시 보내고, 시간이 남으면 가벼운 잡담을 하다가 퇴근하고.

그 간의 바쁜 일정이 꿈이었다는 것처럼 잔잔하게 돌아온 일상 속에서 에드워드는 고민에 고민을 거듭했다. 시한이 있는 고민이었다.

그리고 오늘이 그 시한의 끝이었다. 에드워드는 퇴근을 앞두고 나서야 마음을 정할 수 있었다.

"대위님."

"왜 그러나?"

멍하니 창밖을 보던 제이가 고개를 돌렸다. 두 달 간 알게 된 사실이지만, 제이는 그리 말이 많은 편이 아니었다. 에드워드는 자리에서 일어나 테이블을 돌아 제이에게 다가갔다.

"내일이 제 생일입니다."

"그래?"
제이가 눈을 동그랗게 떴다.
"선물이 아직 준비가 안 됐는데……."
"선물로는, 다른 걸 원한다고 말씀드렸잖습니까."
"그래도, 그게 아니지. 좀 늦게라도 줄 테니까 기다려 주게."
정말 상관없었지만, 제이가 꼭 주고 싶다면 못 받을 이유도 없었다. 에드워드는 웃으며 품속에 손을 넣었다.
"예, 기대하고 있겠습니다. 그리고 이거."
제이는 품속에서 나온 봉투를 보고 픽 웃었다. 에드워드도 따라 웃었다.
"받아주겠다 약속하셨지요?"
"어려울 것 없지."
제이는 다섯 손가락을 쫙 편 채 엄지와 검지만을 이용해 과장스러운 동작으로 봉투를 받아들었다.
"이거면 되는 건가?"
농담조에도 불구하고 에드워드는 웃지 않았다.
"예, 그거면 됩니다."
한 호흡을 쉬고, 에드워드가 말을 이었다.
"그거면 됩니다. 충분합니다. 하지만 만약에 대위님께서 직접 축하의 말을 전해 주고 싶으시다면."
에드워드는 제이의 눈동자를 들여다보았다.
시간은 오후 여섯 시. 제이의 눈동자가 검게 반들거렸다.
"그렇다면 언제든 좋습니다. 오십시오. 정문, 후문, 쪽문에 각각 사정을 설명해 둔 사람을 한 명씩 붙여놓겠습니다. 이렇게 생긴, 자수정 브로치를 단 사람입니다."
르퀸가에 인지(認知)된 이로서 정문으로 오든, 아니면 사생아로서 후문으로 오든, 그것도 아니면 하인들이 드나드는 쪽문을 통해 오든. 어느 쪽이든 제이가 원하는 곳으로 들어와, 제이가 원하는 방식으로 그에게 축하를 줄 수 있게.

에드워드는 주머니에서 브로치를 하나 꺼내 제이에게 내밀었다.

보석상에서 우연히 본 뒤 제이의 눈동자 색과 매우 흡사한 것이 마음에 들어 구입한 브로치였다. 이것을 본 따 만든 다른 브로치들과 달리 이 브로치의 보석은 바이올렛 사파이어였고, 색 자체도 그리 깨끗하지는 않았다.

보석의 급만 따지자면 선명한 파란빛 사파이어보다 낮겠지만, 그래도 에드워드는 이게 마음에 들었다. 제이는 잠시 에드워드 손에 들린 브로치를 빤히 바라보더니, 손째로 밀어냈다.

"아마 필요는 없을 거라 생각하지만…… 알았네, 기억했네."

역시 받아 주지는 않는군. 에드워드는 속이 쓰렸지만 웃으며 다시 브로치를 거둬들였다.

시간으로 따지자면 아직 두 달도 채 되지 않았다. 그에게 주어진 시간은 약 1년. 서두르다 일을 망치느니, 천천히 가는 게 맞았다.

"그럼, 나는 먼저 나가 보지. 정리하고 퇴근하게."

"예."

에드워드는 경례 대신 묵례를 했고, 제이는 반사적으로 손을 올리다 멈칫했다. 어떻게 할까. 손을 내리는 그 짧은 시간 동안 고민하던 제이는 그냥 마주 웃어 주기로 했다. 생일 전날, 경례를 올리지 않았다 해서 뭐라 할 것까지는 없을 듯했으니까.

* * *

계속 고민하던 문제를 해결했음에도 불구하고 에드워드의 발걸음은 무거웠다. 잘한 게 맞을까. 어차피 제이는 오지 않을 확률이 더 높았고, 시간은 열 달이 남아 있었다. 괜히 부담을 줘서 가까워진 거리를 벌린 게 아닐까.

무거운 마음으로 집에 돌아온 그를 그의 집사 데미안이 맞이했다.

"주인님."

"어, 왜."

"전에 조사하라 하신 것, 조사가 끝났습니다."

그 사이 별 일이 다 있었던 터라, 에드워드는 잠시 후에야 데미안이 말하는 게 아밀스턴 양에 대한 얘기임을 알았다.

"아, 그래? 내용이 어때, 길어?"

"보고드릴 내용 자체는 짧은데, 아마 듣고 나시면 궁금한 게 많으실 겁니다."

"그럼 식사하면서 듣도록 하지."

"예, 알겠습니다."

데미안은 에드워드의 재킷을 받아들며 무심한 목소리로 대답했다.

저녁식사는 피시 뫼니에르였다. 곁들인 음료는 물 한 잔. 간단한 식사였지만 에드워드는 그 간단한 식사조차도 끝내지 못했다.

"아밀스턴산 돼지를 취급하는 회사는 로터스(lotus)사입니다. 생각보다 생산량이 적고, 로쉔에는 현재 유통되지 않고 있습니다. 거의 전쟁으로 인한 난민 캠프로 흘러들어갑니다. 절반 이상이 키르케와 슈헤드로 가고 있고요."

그러고 보니, 릴리가 농장이 있는 아밀스턴은 키르케와 슈헤드 분쟁 지역 사이에 낀 삼각지대라고 했었던 기억이 났다. 생산 지역 근처에서 팔아치워 운수 비용을 줄이겠다 이건가.

에드워드는 넙치의 옆구리를 갈랐다. 뜨거운 김이 갇혀 있다가 쏟아졌다. 괜찮은 전략이었다. 하지만 이어진 말은 그의 예상을 깨는 것이었다.

"로터스 사는 아밀스턴 돼지의 출처를 키르케와 슈헤드 사이의 삼각지에 있는 아밀스턴이라는 지역이라고 밝히고 있지만, 실제로 추적해 보니 아밀스턴이라는 지역은 없더군요."

에드워드가 넙치를 한 점 찍어 입에 넣고 우물거렸다. 버터 향이 깊게 배어 고소했다.

"그럼 어디서 나온 건데, 그 고기는?"

"아밀스턴입니다."

"무슨 소리야? 방금 전에는 없다며."

에드워드는 입에 든 것을 꿀꺽 삼키고는 한 점을 더 입에 넣었다.

"키르케와 슈헤드 사이에 아밀스턴 지방이 없다고 말씀드렸지요."

"그게……."

에드워드는 고개를 들어 데미안과 눈을 마주치고는 곧 직감했다. 식사를 받지 말았어야 했다고.

"……아밀스턴 섬?"

"예."

에드워드는 잠시 고민하다 아예 포크를 내려놔 버렸다. 아무리 그래도 음식을 뱉기는 좀 그래서 입 안에 있는 건 일단 삼켰다.

"거기 농장이 있다고? 판매 금액도 저렴해, 개수도 많지 않아, 대륙을 넘어 오는 거면 운수 비용도 만만치 않아서 이득이 안 날 텐데?"

"농장은 없습니다."

에드워드는 약한 짜증을 느꼈다.

"그냥 한 번에 털어, 계속 말 돌리지 말고."

데미안은 기다렸다는 듯 빠르게 설명을 시작했다.

“하연 인더스트리에서 근 8년간 생체 폐기물이 없더군요. 생체 공학의 1위 기업인데 말입니다. 그래서 물류 이동을 지켜보니, 하연 인더스트리에서 주기적으로 귀(龜)국으로 이동하는 물자가 있고, 그곳에서 통조림이 나와 키르케와 슈헤드 지역으로 흘러 들어가는 걸 확인했습니다.”

미리 포크를 놓길 잘했다. 에드워드는 심호흡을 한번 하고 물었다.

“그러니까. 생체 폐기물을 재활용해서 통조림을 만들었다?”

하연 인더스트리에서 판매하는 물품은 인간이다. 클론, 인공 수정, 오더메이드 인간 등등. 그곳에서 나오는 생체 폐기물이란 결국 시체인 것이다.

“아밀스턴에 들어갈 수가 없어서 확인은 불가능했습니다만, 정황을 추측해 보면 그렇습니다. 귀(龜)의 공장에 아밀스턴에서 이동한 물자 빼고는 고기가 들어가지 않는 건 확인했거든요. 그리고 하연 인더스트리의 이름 중 ‘연’이 ‘lotus’를 뜻하는 단어라고 하더군요.”

앞뒤 정황이 맞았다. 에드워드는 손깍지를 끼고 생각에 잠겼다. 아니, 잠기려 노력했다. 하지만 노력이 무색하게도 곧 그는 자리를 박차고 일어나 화장실로 뛰어 들어갔다. 데미안은 이미 짐작했다는 것처럼 가만히 제자리에 서 있었다. 곧 화장실에서 토악질 소리가 들려오기 시작했다.

“웩, 우웩……!”

단 두 점 먹은 넙치는 물론이고, 티타임 시간에 먹었던 디저트까지도 반쯤 소화된 채 도로 나왔다. 위액만 나올 정도로 속을 다 게워 낸 뒤에야 에드워드는 입을 헹구고 다시 밖으로 나왔다.

“그래서. 왜 하필 돼지인데? 하고많은 동물 중에.”

“동물 중에 관세가 가장 싼 게 돼지랍니다.”

“아. 8년 전이라고 했지.”

“예, 생체 폐기물에 대한 국제 조세법이 통과된 직후입니다.”

즉, 돈 아끼려고 동물 고기인 척 라벨을 바꿔 달아 팔아먹는다는 거군. 운수 비용과 처리 비용을 계산하면 적자일 게 틀림없지만, 생체 폐기물에 부과되는 세액보다는 싸게 먹힐 게 분명했다.

에드워드는 물 잔을 문지르며 물었다.

"그래. 그럼 하나 더. 이걸 꼭 생일 파티 직전에 말했어야 했어?"

"최대한 빨리 알아보라 하셨기에."

일견 평온해 보이는 얼굴이었지만, 에드워드는 미세하게 흔들리는 그의 입꼬리를 발견했다.

"아, 웃기지 마. 조사하고 나니 너도 끔찍해서 같은 충격을 공유하고 싶었다 이거지?"

"부인하지는 않겠습니다."

"아, 진짜."

에드워드는 물로 입을 헹구고는 인상을 썼다. 아밀스턴 통조림이 평범한 통조림이라 생각했을 때는 구입처와 직거래 여부를 알고 싶었지만, 숨겨진 뜻을 안 이상 그런 건 하나도 중요하지 않게 됐다.

이제 중요한 건 하나였다.

"아밀스턴 양은 뭐야?"

"아, 안 그래도. 그거에 대해 찾아봤는데, 없습니다."

"없다고?"

"로터스 사에서 내놓는 아밀스턴산 품목은 돼지밖에 없습니다. 혹시 다른 이름으로 팔고 있나 해서 찾아봤지만, 아밀스턴이라는 이름이 붙은 품목 중 하연 인더스트리에서 내놓는 것 외에는 정말 로터스 사에서 판매하는 아밀스턴 돼지 통조림밖에 없습니다. 아밀스턴 양에 대해 뒤져봤지만, 나오는 게 없습니다."

대체 어디서 들으신 겁니까? 데미안의 눈이 그렇게 묻고 있었다.

에드워드의 얼굴이 조금 심각해졌다.

잘못 들었나 하려 해도, 그는 항상 제이의 일거수일투족에 주의를 기울이고 있었다. 돼지와 양을 잘못 들었을 리는 없다. 다른 뜻이 있나 하려 해도 아밀스턴에서 나는 것 중 동물의 이름을 붙인 건 아밀스턴 돼지밖에 없다 하고.

그렇다면 제이는 대체 왜 아밀스턴 양이라 했고, 어떻게 아밀스턴산 동물에 대해 알게 된 걸까. 로쉔에는 수입도 되지 않는 통조림에, 기간도 8년밖에 되지 않아 숙어 같은 게 되기도 어려운 기간인데.

고민하던 에드워드는 중요한 사실 하나를 깨닫고는 고개를 흔들어 잡생각을 털어냈다.

제이가 어떻게, 왜 아밀스턴 양을 입에 올렸는지는 알바가 아니었다. 신이 하는 일을 일개 인간이 해석할 수 있을 리 없는 게 당연하니까. 에드워드는 본분에 걸맞게, 릴리에 대해서만 조망하기로 마음먹었다.

농장까지 가 봤다고 자기 입으로 그랬으니 모르고 한 말이지는 않을 테고. 대체 무슨 연유로 인해 인육이 팔려 나가는데도 그걸 방관하고 있다가 아밀스턴 양에 대해 묻는 사람에게 그냥 평범한 통조림일 뿐이라고 상세한 거짓말까지 해 줬는지.

우선은 그걸 좀 알아볼 필요가 있을 듯했다. 에드워드는 인상을 찡그린 채 거의 손도 대지 않은 뫼니에르 접시를 보았다.

"치우라고 하고, 와인이나 한 병 가지고 올라와."

입맛이 뚝 떨어져 뭘 먹을 기분은 아니지만, 위에 뭘 넣기는 해야 할 것 같았다. 술이라면 그래도 들어가겠지. 에드워드는 혀를 차고 자리를 떴다. 오늘 종일토록 아무것도 먹지 못한 데미안이 뒤에서 정중하게 절을 했다.

"알겠습니다, 주인님."

* * *

생일 당일 날, 에드워드는 매우 바빴다. 준비는 이미 다 해 뒀지만, 파티 전 마지막으로 체크를 해야 했으니까. 집 안을 점검하고, 시간대별로 도착하는 물품들을 확인하고. 그러기 전에는 물론 아침에 눈을 뜨자마자 끌려가 부모님과 식사도 해야 했다.

축하인사를 빙자한 잔소리 시간이었다. 어머니와 아버지, 둘 다 다른 이유로 에드워드가 제이의 부관이 된 걸 치 떨리게 싫어하니 당연했다.

너도 이제 성인이니 생각을 좀 하고 움직여라, 네가 크뤼거가의 후계자인 걸 잊지 말라는 등의 잔소리를 귓등으로 흘리며 에드워드는 생각에 생각을 거듭했다.

제이에 대한 건 생각지 않기로 결정했고, 이제 중요한 건 릴리였다.

자, 그래서. 단순히 아밀스턴 섬을 방문하는 거야 어렵지 않을지 모른다. 하지만 가공이 제3의 장소에서 이루어지는 판국에 그 커넥션을 안다는 건 릴리가 '로터스 사'의 관련 인물과 관계가 있다고 봐도 무방할 듯했다.

하연 인더스트리 안에서도 생체 폐기물을 돼지고기로 가공해 세금을 피하는 작업에 관련된 인물과 말이다. 어쩌면 릴리가 관련 인물 본인일 수도 있고.

로즈, 하연 인더스트리, 릴리, 로터스 사.

머릿속이 다른 생각으로 꽉 차니 잔소리도 견딜 만해, 그는 드물게도 제이에 대한 화제가 올라왔는데도 불구하고 웃는 얼굴로 물러날 수 있었다. 아예 듣지를 않았으니 당연했다.

……아니면 릴리가, 짐의 정부가 아니라 하연 인더스트리에서 회장 실종 건에 앙심을 품고 파견한 인물일 수도 있는 건가?

늘어난 선택지에 에드워드는 입꼬리를 올렸다.

로즈의 가문은 꽤나 대단하다고 들었다. 그렇다면 아무리 테러리스트라 해도 짐 본국에서 그녀를 처벌하는 건 좀 눈치가 보이겠지.

하지만 하연 인더스트리에서 보낸 인재라 하면 얘기가 달랐다. 기업의 회장이 엮인 이상 그들은 로즈네 가문의 눈치 같은 건 보지 않을 테니까. 그래, 이쪽이 최선이긴 하겠군.

하지만 문제는 그걸 어떻게 구분하냐는 건데.

아무리 그래도 부모 앞이라고 좀 자제했던 머리가 릴리 건으로 꽉 차기 직전, 데미안이 그를 불렀다.

“주인님, 파티장에 장식할 꽃이 도착했습니다. 확인해 주시겠습니까?”

머릿속에서 빠르게 고민이 빠져나갔다. ……그래, 오늘은 할 일이 많지. 에드워드는 한숨을 내쉬고는 데미안을 따라 걸음을 옮겼다. 아무래도 생각은 좀 나중에 해야 할 모양이었다.

파티의 시작은 일단 성공적이었다. 물품 배송이 지연되거나 잘못된 곳도 없었고, 스웬이 열었던 파티 때와 달리 그에게 제이 건으로 시비를 걸어오는 사람도 없었다.

진보와 보수, 중립을 전부 섞어 초대했기에 불안한 감도 있었지만 다행히도 그들 역시 중립 가문도 아닌 곳에서 싸울 생각은 없는지 에드워드가 계획한 대로 각자 무리를 나누어 자기들끼리만 잘 얘기하고 놀았다.

에드워드는 분수를 잘 아는 이였고, 그렇기에 자기 생일 파티에서 진보와 보수의 대통합이 이루어지리란 기대 같은 건 하지도 않았다.

두 무리가 말 한마디 안 섞어도 좋으니 조용하게 한 공간에 있기만 하다가 돌아가면 그걸로도 성공이었고, 지금까지는 일단 참석자들도 다 에드워드의 바람을 맞춰줄 모양인 듯했다.

상대 진영 사생아의 부관으로 들어가는 전대미문의 짓을 저지르며 깎인 평판을, 제이가 선택을 마칠 때까지 다시 올려둘 필요가 있던 에드워드로서는 참으로 다행인 일이었다.

그는 속으로만 안도의 한숨을 내쉬며 자신에게 말을 걸어오는 이에게 환한 미소를 돌려주었다.

* * *

라라 폴 슈왈츠는 벽에 선 채 조금 멀리 떨어져 있는 조세핀의 얼굴을 보고 있었다. 초대를 했고 직속상관인 조세핀이 참석했으니 따라 오긴 했지만, 라라는 영 이곳이 마음에 들지 않았다. 특히 집주인인 에드워드가 가장 마음에 들지 않았고.

연회로 명성을 높이는 데는 두 가지 방법이 있다. 하나는 소수정예만 모아 하나부터 열까지 완벽한 파티를 꾸준히 제공할 것. 나머지 하나는 최대한 많은 인원을 모은 뒤 큰 문제없이 무난하게 마무리할 것.

사실 크뤼거가쯤 되는 가문이면 후자는 그리 큰 도움이 되지 못하지만, 지금 에드워드는 좀 특수한 경우였다.

첫째로, 그는 아직 가주가 아닌 후계자였다. 둘째로, 나이 역시 갓 성인이 된 나이였다. 셋째, 이번 파티의 목적은 그의 생일 축하인 터라 장기적인 연회의 시작에는 어울리지 않았다. 넷째, 그는 제이의 부관으로 들어오며 구설수의 정중앙에 서게 되었다. 그걸 최대한 빨리 불식할 필요가 있다.

소수 정예 파티는 품이 굉장히 많이 들고 장기적인 플랜을 짜서 입소문이 나야 명성에 도움이 된다는 단점이 있다. 입소문이 한 바퀴 돌 때가 되면 어마어마한 효과를 갖게 될 테지만 그럴 때까지 몇 년이 걸릴지 알 수가 없다.

게다가 깐깐한 귀족들이 트집 잡을 곳 하나 없는 파티를 꾸리는 건 갓 성인이 된 군인으로서는 좀 무리일 것이다. 게다가 그런 건 파티를 주기적으로 열어 줘야 하는 터라, 생일처럼 개인적이고 1년에 딱 한 번밖에 쓰지 못할 카드가 끼어들면 모임의 성격과도 맞지 않게 된다.

그러니 에드워드로서는 한 번의 파티로 최대한의 명성을 끌어 모을 수 있는 방법을 쓰고 싶었던 게 틀림없다. 라라 같은 이까지 초대를 한 걸 보면.

객관적으로 말해서, 슈왈츠 가문은 크뤼거 가문보다 두세 계단쯤 떨어진다. 평범한 파티였다면 그녀에게 초대장이 왔을 리가 없다. 하지만 에드워드는 자기가 감당할 수 있는 한 최대한 많은 인원을 부르고자 했고, 특히 르퀸에게는 잘 보여야 할 이유가 있었다.

라라가 알기에 르퀸에 들어간 초대장만 다섯 장이 넘으며 르퀸가문과 친한 가문들에는 고루고루 초대장이 발부되었다고 했다. 그러니 슈왈츠도 이곳에 와 있을 수 있는 것이다.

하지만 결국에는 그녀가 문제를 일으킬 경우 그녀의 직속상관인 조세핀이 그 책임을 져야 하니 몸 사릴 걸 뻔히 알고 보낸 것이다.

그걸 알기에 라라의 기분은 영 좋지가 못했다. 어린 새끼가 자꾸 간을 보고 지랄이야.

예전에 제이가 내부 사정으로 인해 결근할 때 매일같이 케이크며 과자 상자를 들고 찾아와 대위님께 전해달라며 은근히 압박을 줄 때부터, 아니, 전무후무하게도 적대 진영 사생아의 부관으로 들어오겠다고 우길 때부터 라라는 에드워드가 싫었다.

라라는 원래 제이도 싫어했다. 진보 진영에서 손꼽히는 명문가인 르퀸이 제이를 집에 들이면서부터 온갖 더러운 소문에 시달렸다. 제이의 출생에 대한 소문부터 시작해서 4년 전에는 무려 친족 살해 소문까지 몰고 다녔다. 같은 진보 진영, 그것도 르퀸보다 급이 낮아 르퀸을 모시는 입장인 슈왈츠 가문으로서는 제이의 존재가 마음에 들 리가 없는 것이다.

그나마 그 사생아는 제 분수나 알아서 조용히 있기나 했지. 라라는 이를 갈았다. 친족 살해 논란이 4년 전. 엘리제 줠 슈와르가 감싸 주며 간신히 그 오명에서 벗어난 뒤 4년간 제이가 입을 다물고 조세핀이 노력하며 간신히 다시 명예를 되찾아 가고 있었는데 이런 논란이라니.

제이의 존재 자체가 언급 안 되는 게 가장 르퀸에 도움 되는 일이라고 믿는 라라로서는 미치고 환장할 노릇이었다.

라라는 파티장의 정중앙에 서 있는 에드워드를 보고는 인상을 찌푸렸다. 명령 때문에 참석했지만, 와서 인사는 했으니 이제 돌아가도 될까 싶었다. 이 인원이면 누가 언제 나가는지 일일이 체크하지는 않겠지. 소장님께는 급작스레 몸이 안 좋아져서 돌아갔다고 둘러대자. 뭐라고 하시지는 않을 거야.

마음을 정한 라라는 조용히 파티장을 빠져나왔다.

"라라 중위."

마치 기다렸다는 듯, 그녀가 파티장을 나서자마자 어깨를 두드려 오는 손길이 있었다. 누구지? 라라는 뒤를 돌았다.

"이걸 르퀸 대위에게 좀 전해 주게."

조세핀이었다.

……어라? 라라는 뭔가 이상하다는 생각이 들었지만, 뭐가 이상한지 알 수가 없었다. 생각을 해 보려 하면 자꾸 집중력이 흩어졌다.

멍하니 눈을 껌벅이고 있자니, 조세핀이 억지로 그녀의 손에 유리병 하나를 쥐어 주었다.

"부탁하겠네."

꽃…… 이었다. 말린 꽃. 얼핏 봐서는 포푸리 같아 보였다. 라라는 멍하니 고개를 끄덕였다.

"예. 알겠습니다, 소장님."

꽃은 꼭 조세핀의 눈 색깔 같은 색을 하고 있었다. 아마도 제비꽃이든가, 그런 모양이라고 라라는 얼핏 생각을 했다.

* * *

제이는 집에서 휴식을 취하고 있었다. 에드워드의 예상대로, 그녀는 파티에 갈 생각이 아예 없었으니까. 평소 때라면 휴일이니 취미 생활이라도 즐기겠지만 조세핀이 집에 없는 이상 그러기도 불안했다.

집 안에서야 순간 이동이든 공간 중첩이든 시간 조작이든 별 짓을 다 해도 좋지만 밖에서는 그럴 수 없으니까. 사태를 파악하고 행동 방침을 정할 시간을 벌려면 이곳에 머무르는 쪽이 나았다. 그래서 제이는 느긋하게 안락의자에 앉아 세계를 조작하는 연습이나 하고 있었다.

지금까지야 타고난 재능 하나로 밀어붙일 수 있었다지만, 로즈 본인도 재능을 타고난 이였다. 게다가 세계를 조작하는 능력은 제이보다도 위이고. 솔직히 잠깐 노력한다고 될 문제는 아니지만, 그래도 안 하는 것보다는 나을 테니까.

제이는 세계를 다듬고, 움직이고, 시간과 공간을 조작해 보았다. 평소에 자주 쓰지 않는 수단들을 중심으로 해서 하나하나 점검하고 있자니, 문을 두드리는 소리가 들렸다. 집사였다.

"무슨 일이야?"

고용인들은 어지간해서는 그녀에게 먼저 말을 걸지 않는다. 사실 걸 일도 없긴 했다, 그들의 주인은 조세핀이니까. 그들이 먼저 말을 걸 만한 건 보고 같은 일이 있을 때뿐인데, 그걸 제이한테 할 리는 없으니까.

흔치 않은 일에 의아해하는 제이에게 집사가 유리병 하나를 건넸다.

"주인님께서 보내셨다 합니다."

"……조세핀이?"

제이는 유리병을 받아들어 안을 확인했다.

꽃. 말린 꽃. 포푸리인가? 하던 그녀는, 꽃 사이에 하얀 알갱이를 발견했다. 제이는 뚜껑을 열고 안을 확인했다. 설탕의 단내가 확 풍겨 왔다. 혹시나 하는 마음에 꽃을 하나 들어 올려 씹자, 꽃잎이 파삭파삭하게 부서지며 단맛이 확 퍼졌다.

……설탕 절임? 그런데 절임이 이렇게 파삭파삭하던가? 그리고. 이걸 조세핀이 보냈다고? 대체 왜? 제이는 의아한 마음에 물었다.

"누가 가져왔는데?"

"라라 중위님이십니다."

……라라 폴 슈왈츠? 제이가 가볍게 인상을 구겼다. 그녀가 알기로 오늘 라라는 조세핀과 함께 파티에 참석했다. 하인도 아니고, 아무리 급이 떨어져도 같은 귀족을 심부름이나 시키자고 내보낼 리 없을 텐데. 게다가 파티가 끝나면 어차피 집으로 올 테니 그때 줘도 될 걸, 대체 왜?

영문을 알 수가 없었지만 집사라고 알 리 없어, 제이는 유리병을 들고 있지 않은 쪽 손을 내저었다.

"알았어, 그만 가 봐."

뭐, 조세핀이 오면 물어보면 되지. 가볍게 생각한 제이는 뚜껑을 다시 닫으려다 마음을 바꿨다. 생각보다 맛이 마음에 들었기에 몇 개 더 먹어 볼까 싶었던 것이다. 별 말 없이 보낸 거라면 뭐, 먹으라고 보낸 거겠지.

그리고 그녀는 제비꽃을 몇 송이 더 꺼내려다 발견했다.

제비꽃 안에 묻혀 있던 백합 한 송이를.

* * *

모든 게 순조로웠다. 생각보다 더 순조로웠다. 가벼운 다툼 정도는 각오를 하고 분가에까지 연락을 넣어 힘깨나 쓰는 하인을 죄다 긁어모았거늘 그들을 활용할 일도 없을 정도였다. 다들 눈치를 보는 건지 뭔지. 김이 빠지긴 해도 다행인 일이었다. 이러한 조건에서도 훌륭히 파티를 마친다면 이름값이 좀 올라가겠지.

에드워드는 웃는 낯으로 파티장을 둘러보았다. 삼삼오오 모여 자기들끼리만 얘기하고 있긴 했지만, 어차피 그가 자기 생일 파티에서 정치적 화합 같은 걸 노린 건 아니니 아무래도 좋았다. 차라리 말도 안 섞으면 부딪힐 일도 없겠지.

휘 둘러보고 있자니, 옆에서 그의 팔을 두드리는 손길이 있었다. 돌아보던 그는 웃는 얼굴 그대로 굳어졌다.

"생일 축하해, 도련님."

릴리였다.

"고마워."

그는 곧 아무렇지도 않게 축하 인사를 받았다. 사교술을 배워놓은 게 이렇게 다행인 건 처음일 정도였다.

"그런데 여긴 어쩐 일이야? 너한테 초대장 준 기억은 없는데."

"아는 사람이 간다기에, 졸라서 같이 와 봤지. 도와주겠다는 말까지 했는데 생일 축하 하나 못 해 주겠어?"

거짓말.

"이야, 역시 귀하게 자란 아가씨야. 인맥 한번 넓네."

에드워드는 속으로 코웃음을 쳤다. 초대되지 않은 이를 대동하는 건 그럴 수 있다. 하지만 그럴 경우 들어오자마자 집주인에게 와서 인사하고 상대를 소개하는 게 예의다. 릴리 혼자 인사하라고 보냈을 리 없는 것이다. 아무리 릴리가 에드워드와의 친분을 주장한다 해도.

역시, 타국 사람이니 이런 사소한 건 놓치는구나. 그렇게 생각하고 넘어가려 하던 그에게 갑자기 번뜩 떠오른 생각이 있었다. 처음 만났을 때 나눴던 대화였다.

그때 릴리는 로쉔에서 유행하는 공연이며 인기 있는 배우의 조합 같은 걸 능숙하게 얘기했다. 로쉔어도 현지인처럼 구사해서, 정말 3대륙 사람인지 알기 위해 미끼를 던져 봐야 했을 정도였다.

그런데 그런 이가 몇백 년 동안 유구히 내려져 오는 예의범절을 모를 수도 있을까? 사람 찾는 데 하등 쓸모없는 주제마저도 완벽하게 숙지하고 있던 사람이?

에드워드는 다시 한번 주위를 둘러보고 섬뜩한 사실 하나를 깨달았다.

아무도 이쪽을 보고 있지 않았다.

릴리는 로쉔어를 꼭 로쉔인처럼 구사하고, 대화도 매끄럽게 이어 나갈 줄 안다. 하지만 그건 어디까지나 말투의 문제고, 그녀의 외양은 누가 봐도 3대륙 사람이다.

3대륙계 귀족이 아예 없는 건 아니지만 아무래도 1대륙이나 대륙이 거의 붙어 있다시피 한 2대륙인보다는 적기 마련이고 만약 있다 해도 다들 알만한 얼굴들뿐이다. 하지만 릴리는 에드워드조차도 모르는 얼굴이었다.

낯선 3대륙계 사람이 집주인에게 친근한 척 말을 걸고 있으면, 심지어 꽤 미인이기까지 하다면 호기심에라도 이쪽을 돌아볼 법하다.

그런데 아무도 이쪽을 보고 있지 않는 지금 이 상황이 정상인가? 소름이 쭈뼛 돋은 그의 팔을 릴리가 부드럽게 감싸 왔다.

"……뭘 깨달은 걸까, 우리 도련님께서?"

릴리의 목소리는 항상 산뜻하고 가벼웠다. 여자의 접근이 귀찮고 부담스럽던 때, 이 사람이면 같이 앉아서 대화해도 별 상관없겠다는 확신이 들어 옆을 허락했을 정도로.

하지만 그 산뜻하던 목소리가 캐러멜처럼 엉겨오니, 대비 때문에 배로 기분이 나빴다. 꼭 현지인 같다고 감탄했던 완벽한 로쉔어마저도 지나치게 완벽해서 더욱 더 이질감을 불러일으킬 정도였다.

당황해 몸을 빼려는 에드워드를 오히려 릴리가 반대로 잡아당겼다. 체격 차이만 보면 에드워드가 힘 싸움에서 가볍게 이겨야 함에도 불구하고 에드워드는 팔을 뺄 수조차 없었다.

당황한 그의 얼굴가로 그의 팔을 잡지 않은 손이 다가왔다. 아, 위험하다. 그렇게 생각하면서도 그는 눈을 감지도 못했다.

그 순간, 옆에서 튀어나온 손이 릴리의 손을 잡아챘다. 에드워드와 릴리의 시선이 동시에 돌아갔다.

"그간 옥체 일향만강하셨습니까, 프린세스 릴리?"

그곳에는 그의 신이 서 있었다.

* * *

제이는 백합을 발견하자마자 내던지듯 유리병을 내려놓고는 세계를 폭발적으로 확장시켰다. 중간에 걸리는 락의 세계 같은 건 쫙 다 밀어버렸다. 제이의 세계가 순식간에 크뤼거가의 저택까지 확장되었고, 제이는 세계에 와닿는 두 개의 세계에 숨을 삼켰다.

하나는 당연히 에드워드이고, 또 하나는.

제이는 이를 악물고 그녀가 서 있는 자리와 크뤼거가 저택의 지붕 위 사이에 통로를 만들었다. 그런 뒤 도착지 주변에 거울처럼 막을 세워 자신의 모습을 가렸다.

그녀는 크뤼거가에 가 본 적이 없었기 때문에 이동 위치를 저택 안이 아니라 지붕 위로 잡을 수밖에 없었는데, 만약 누가 그때 지붕 위를 올려다보기라도 하고 있으면 안 되니까.

물론 픽에 대해 잘 모르는 로쉔의 특성상, 사람이 허공에서 갑자기 나타났다고 하면 다들 그 사람이 미쳤다고 생각할 테지만 괜히 위험을 무릅쓸 필요는 없었다.

제이는 이동을 마친 뒤 지붕 위에 납작 엎드려, 만약 누가 계속 지붕 위를 보고 있었어도 그녀가 갑자기 나타난 게 아니라 자신이 그녀를 지금에야 발견했다고 착각할 만한 상황을 만들었다. 그런 뒤에야 주변에 둘러 친 막을 제거했다.

폭발적으로 늘려놨던 세계를 좁혀 밑에 있는 저택 안으로 한정시키자 세세한 것 하나하나까지 느껴졌다. 파티장 안의 인원, 어떻게 배치되어 있는지까지.

조세핀은 에드워드와 조금 떨어진 곳에 세 명이 모여 서 있었고, 에드워드의 옆에는 이질적인 세계 하나가 붙어 있었다. 제이가 처음 느껴 보는 세계였지만 제이는 백합을 상징으로 쓰는 사람을 알았다. 은으로 만든 백합, 'Lily of silver'.

릴리는 테러리스트는 아니었지만, 로즈와 친하게 지내던 사람이기는 했다. 제이가 로쉔에 온 적도 없는 픽을 알고 있던 것부터가 로즈의 입에서 릴리에 대해 들은 적이 있었기 때문이었다.

하지만 테러리스트가 아니라 해도 픽은 픽. 원래대로라면 릴리는 로쉔에 입국하는 것 자체가 불가능하다. 여기 있다는 사실만으로도 즉결 처분이 가능한 것이다.

게다가 이전에 로즈가 로쉔에 왔을 때, 그 일은 원래 릴리의 담당이었다. 세계 최강과 차강이 함께 모일 정도의 임무는 아니었으니까.

하지만 릴리가 아무리 국가간 협의가 있었다 해도 법적으로 존재를 금지하는 나라에 가고 싶지 않다고 했기 때문에 릴리와 친하던 로즈가 대신 왔었다.

그런 릴리가 이제 와서 로쉔에 와 있는데다가 제이에게 조세핀의 모습을 빌려 제비꽃을 보냈다고? 에드워드와 르퀸가 몇 명, 사파이어와 달리아를 제외하면 알지도 못하는 제이의 진짜 눈 색을 닮은 꽃을? 릴리와 친하게 지내던 로즈가 와 있는 중에? 이게 우연일 리 없었다.

제이는 신중하게 아래의 기척을 살피고는 욕설을 내뱉었다.

"젠장."

릴리와 에드워드의 세계가 지나치게 가까웠다. 끼어들어야 할까.

제이는 잠시 갈등했지만, 갈등할 시간은 그리 길지 않았다. 얌전하게 갈무리되어 있던 릴리의 세계가 에드워드의 세계 쪽으로 확장되기 시작했으니까. 명백한 전의였다.

제이는 고민을 멈추고, 멈춘 바로 그 순간 마음이 기울어 있던 쪽을 택했다. 그녀는 테라스로 뛰어내려 파티장 안으로 들어가는 루트를 골랐다.

물론, 릴리는 제이의 고민을 손바닥 들여다보듯 훤히 알고 있었다. 제이의 머릿속을 읽은 게 아니라, 제이의 세계가 릴리의 세계와 접촉하여 그녀의 존재를 파악하고도 잠시간 후속 행동 없이 멈춰 있었기 때문이었다.

고위급 픽이 할 수 있는 일은 아주 많다. 맥박을 재고 호르몬을 분석하는 건 애 손목을 비트는 것보다도 쉬운 일이다.

그래서 고위급 픽들은 대부분 사람에 대해 무지하기 마련이었다.

얼마든지 꾸며 낼 수 있는 겉가죽과 캐치하기 어려운 사소한 비언어적 행동들을 읽느니 뇌를 뒤집어엎고 장기를 갈라 속을 들여다보는 게 상대를 파악하기에 더 편하고 효율적이니까.

하지만 릴리는 그 대부분에 속하지 않았다. 그녀는 아주 뛰어난 픽이지만 어릴 때부터 그녀보다 더 뛰어난 픽과, 픽도 락도 아니라 알량한 머리 하나밖에 믿을 것 없는 일반인과 함께 자랐다. 그녀는 픽에게서 겸손을 배웠고 일반인에게 교활을 배웠다.

그녀는 그래서 대답 전 시선을 피하는 것, 괜히 목을 쓸고 손을 비트는 것, 반대로 손을 맞잡아 움직이지 못하게 하는 것, 평소보다 빨라지는 말의 속도와 쓸데없는 부산물이 붙는 언어 등 수많은 비언어적 활동이 뜻하는 바를 잘 알았다. 뇌를 뜯어보지 않고도 상대를 읽을 수 있었다.

제이는 아마 고민했을 것이다. 제이의 1순위는 조세핀. 만약 릴리가 조세핀에게 접근했다면 뒤도 안 돌아보고 당장 뛰어들어 왔을 테고 다른 이에게 접근해 있었다면 차분히 시간을 두고 눈에 띄지 않게 들어와 조세핀만 빼돌리는 방안을 고민했을 것이다.

그러나 릴리가 선택한 건 에드워드였다. 무시하기도 유난스레 굴기도 어중간한 상대. 제이는 잠시 판단을 유보하듯 세계를 멈췄고, 릴리는 그런 그녀를 재촉하듯 반대로 세계를 확장시켰다. 그에 반응한 제이는 결국 파티장 안으로 들어오고야 말았다.

원하는 대로 손쉽게 제이를 조종한 릴리는 화사하게 웃었다.

제이를 모두의 앞에서 무대 위로 올린 것, 에드워드를 제이가 특별하게 생각한다는 사실을 확인한 것. 싸움은 시작도 안 했는데 릴리는 벌써 원하던 결과 두 개를 얻어냈다.

마치 마법에서 깨어나는 것처럼 사람들의 시선이 하나둘씩 그들에게로 몰리기 시작했다. 그럴 법도 했다.

이국적인 미녀와 공식 사생아, 그리고 그 사이에 낀 젊고 잘생긴 후계자. 백 년에 한 번 나올까 말까한 구경거리다. 에드워드도 자기 일만 아니었다면 체면이 손상되지 않는 한도 내에서 신나하며 즐겼을 것이다.

하지만 지금 이건 그의 일이라는 게 문제였다.

"좀 놓지?"

릴리가 손을 흔들었지만, 얼마나 세게 잡고 있는 건지 손목 아래로는 미동도 안 했다.

"외람되지만 공주 전하, 적법한 절차를 밟으셨는지요."

아, 저 놈의 공주 소리. 릴리는 겉으로는 여전히 웃으면서 속으로는 얼굴을 구겼다.

짐에는 신분제가 없다. 당연히 왕족도 없고, 사실 신분제가 남아 있었을 때도 릴리네 집안은 왕족 가문이 아니었다. 그런 릴리의 별명에 '공주'가 붙은 건 순전히 그녀의 이름 때문이었다. 공주연. 그것이 그녀의 본명이었으니까.

부르는 사람들은 명문 중의 명문인 그녀의 집안과 품격 있는 그녀의 태도를 보며 참 잘 어울리는 별명이라고 감탄했지만 듣는 입장에서는 유치하고 짜증날 뿐이었다. 코드 네임을 짓게 되며 간신히 그 별명에서 벗어났다 싶었는데 다시 듣게 되다니. 릴리는 이를 악물었다.

외국인이 이해하기는 어려운 별명이라 외국까지 퍼지지는 않았으니, 저 별명이 전달된 루트는 뻔했다. 하지만 여기서 그렇게 부르지 말라고 해 봤자 말려 들어갈 게 뻔한 터라 릴리는 애써 호칭에 대한 불쾌감을 떨쳐냈다.

"네 주인이 예의를 가르치지 않았나 보구나. 사람 손목을 이렇게 잡고 있는 건 상당히 무례한 짓인데 말이야."

대체 누가 무례한 건지 모를 발언이었다. 제이에게 적대적인 이들마저도 숨을 삼킬 만큼 무례한 발언이었지만 정작 당사자인 제이는 평온했다.

"말 돌리지 마십시오, 프린세스 릴리. 당신은 제국 보안법 제 14조

2항에 따라 로쉔에 입국이 금지된 부류입니다. 당신이 적법한 절차를 밟아 입국했다는 증거를 제출하지 않는다면 나는 지금 당장 당신을 구속할 수도 있습니다."

"해 보지 그러니?"

"프린세스 릴리."

생긋, 제이가 예쁘게 웃었다. 그 순간 릴리는 확신을 했다. 알고 꼬박꼬박 프린세스 붙이는 거구나? 얘. 릴리는 이를 갈았다.

"그 법안에, 남의 집안 파티에서 깽판 쳐도 된다는 내용도 있니?"

제이가 약하게 한숨을 내쉬었다.

"프린세스 릴리. 증명해야 할 것은 제가 아닙니다. 지금 제가 당신께 증거를 요청하는 행위 자체가 굉장한 배려라는 걸 유념하셨으면 합니다. 말없이 진압해도 법적으로 저는 잘못이 없습니다."

"법적으로야 물론 문제가 없겠지. 하지만 법만 가지고 사회가 굴러가는 건 아니잖아."

"집주인인 제가 허가합니다. 법적 의무를 이행하셔도 좋습니다, 대위님."

에드워드가 적절한 타이밍에 끼어들었다. 초치네. 릴리는 에드워드 쪽에 시선도 주지 않고 빠르게 말했다.

"어머나. 난 네 주인이 조세핀 라 르퀸인 줄 알았는데 말이야."

갑자기 이름이 언급된 조세핀이 미약하게 얼굴을 굳혔지만 티가 날 정도는 아니었다.

"프린세스 릴리."

"그 새 주인이 바뀐 줄은 미처 몰랐네."

생글생글 웃으면서 하는 말은 죄다 욕이었다. 에드워드가 다시 입을 열려는 것을 제이가 눈짓으로 막았다. 이미 억지였으니 논리로 맞받아친다 해서 릴리가 물러날 리 없었다.

대체 왜 이렇게 귀찮게 구는지는 알 수 없지만, 릴리 입에서 자신이 불법 입국을 했다는 말을 뽑아내지 않는 한 함부로 손대기 어려운 상대인 것도 사실이다. 그래서 제이는 한 발 물러서기로 했다.

사실 릴리가 에드워드의 옆에 있는 걸 보고 파티장에 들어올 때부터 이미 행동으로는 보여 준 사실이었다. 그걸 말로 인정한다는 것뿐이지. 의도는 뻔하니 원하는 대답을 들려 주는 건 쉬웠다.

드디어 손목을 놓고 한 발짝 물러난 제이가 최대한 무감정하게 들리도록 목소리 톤을 조절했다.

"프린세스 릴리. 에드워드 델 크뤼거는 제 부관입니다. 상관으로서 부하를 지키는 것은 의무에 속합니다. 자, 대답해 드렸으니 이제 답변하시지요. 적법한 절차를 밟으셨습니까?"

그게 그녀가 할 수 있는 최대한의 대답이었다. 릴리는 그 대답에 퍽 만족한 듯, 옅게 웃으며 고개를 저었다.

"네 의무를 행하렴."

이것 역시 릴리가 할 수 있는 최대한의 대답이었다. 릴리만큼은 아니어도 대답에 그럭저럭 만족한 제이는 셔츠 소매 안쪽에서 얇은 끈 같은 채찍을 꺼냈다.

"그쪽을 택하시겠다면야, 기꺼이."

파티장에 있던 사람들은 어쩐지 품이 헐렁하다 싶더니 준비가 철저하다고 감탄을 했지만 같은 픽인 릴리의 눈에는 그녀가 소매 안의 빈 공간에서 실시간으로 무기를 만들어내는 게 뻔히 보였다.

잔재주만 좋아 가지고는. 릴리는 혀를 차며 비어 있는 한 손을 들어 목걸이를 훑어 내렸다. 섬세하게 짜여 있던 은 베이스는 칼이 되었고, 박혀 있던 다이아몬드는 허공에 떴다. 파티에 어울릴 법한 화려한 드레스가 순식간에 전투에 적합한 장식 없는 바지가 되었다.

그 변화를 본 사람들이 재빨리 벽 쪽으로 붙어 중앙을 비워 주었다.

텅 빈 공간에서 마음 놓고 다이아몬드를 제이에게 쏘아 보내자, 제이는 음식이 놓여 있던 테이블을 채찍으로 끌어와 앞을 막았다. 그 와중에 허공을 날아 바닥에 안착한 파티 음식 따위야 제이가 알 바 아니었다.

물론 총알보다도 더한 힘을 준 다이아몬드가 나무 탁자에 막힐 리가 없었으니 제이가 테이블에 농간을 부린 게 분명했지만 남들이 그걸 알 리는 없었다.

릴리는 혀를 차며 은 목걸이로 만들어 낸 칼을 들고 직접 달려들었다. 원래대로라면 은은 너무 물러서 무기로 쓸 수 있는 금속이 아니었지만, 그녀가 직접 분자 구조를 재배치시킨 은제 칼은 평범한 철보다도 훨씬 강했다.

제이 역시 테이블을 내팽개치고는 허리춤에 찼던 쌍검을 꺼내 응전했다. 역시 남들은 준비성이 정말 철저하다며 감탄을 했지만 에드워드는 고개를 갸웃거렸다. 아까 대위님이 릴리 손목을 잡으실 때, 허리춤에 칼이 있었던가? ……있었겠지, 지금 뽑아 드시는 거 보면?

물론 파티장에 막 들어왔을 때 제이에게 칼 같은 건 없었다. 아니, 아무리 사람들이 상식적으로 이해 안 가는 일이 생기면 자기 기억을 조작한다지만 이건 너무한 거 아닌가? 릴리는 어이가 없어서 피식 웃었다.

남들도 다 제이가 마술사 같다는 생각을 하고 있겠지만 릴리는 다른 의미로 제이가 마술사 같았다. 뻔히 보이는 수작질을 남들 모르게 포장할 줄 안다는 점에서.

"웃을 여유도 있고, 좋네요."

제이가 부드럽게 말하며 릴리의 칼을 막지 않은 쪽 칼을 휘둘러 공격해 들어왔다. 릴리는 팔을 들어 그걸 막았다.

캉! 맑게 울리는 소리에 제이는 릴리의 팔을 보았다. 테이블에 박혀 있던 걸 언제 빼다 둘렀는지, 다이아몬드가 릴리의 팔을 감싸고 있었다. 제이는 칼날을 미끄러트려 팔을 긁어내려 했지만 다이아몬드들은 마치 자석처럼 제이의 칼날을 따라갔다. 연속 공격은 좀 힘들겠네.

제이는 일단 칼을 빼려 했으나 릴리가 그리 쉽게 놓아줄 리 없었다. 집요하게 쫓아오는 칼날에 제이는 혀를 차고는, 반대로 힘을 주어 밀어 보았다. 픽은 대개 픽의 능력만 갖고 싸우니 신체를 단련하지 않아 힘으로 싸우면 쉽게 밀릴 거라 생각한 것과 달리 릴리는 잘도 버텼다.

대단한데. 제이는 진심으로 감탄했다.

픽인 걸 숨겨야 하는 제이와 달리, 짐의 픽들은 자유롭게 픽의 능력을 쓸 수 있는 만큼 신체를 잘 단련하지 않는다. 하지만 릴리는 신체 능력이 제이와도 엇비슷했다. 필요도 없는 몸을 단련시킨 것도 놀라운데, 그러면서도 세계의 컨트롤력이 떨어지지 않는 게 더 놀라웠다.

픽과 픽의 싸움은 결국 세계의 싸움이다. 사람들 눈이 있으니 칼 들고 설치고야 있지만 여기서 제이가 릴리의 목을 베어도 릴리는 멀쩡하게 살아남을 것이다. 픽이란 그런 존재니까. 세계만 깨지지 않는다면 육체야 어찌 되든 상관없다.

결국 누가 상대의 세계를 먹어 '포밍'하느냐가 승패를 가른다. 그러니까, 누가 상대의 '세계'를 찍어 눌러 제 세계에 편입시키느냐에 따라.

그리고 그 싸움에서 절대적으로 유리한 건 제이였다. 픽의 재능만 놓고 보면 제이가 훨씬 위니까. 하지만 릴리는 그 압도적인 격차에도 불구하고 포밍당하고 있지 않았다.

물론 처음부터 제이의 세계를 포밍하는 걸 포기하고 자기 세계를 본인의 신체에만 한정시킨 덕도 조금은 있겠지만, 그렇다고 해도 이 정도 재능 차에서 버티는 건 아무나 할 수 있는 일이 아니다.

범위를 줄인 만큼 세계가 견고해진 데다가, 허술해지기 마련인 세계의 끝부분을 칼로 자른 듯 깔끔하게 마무리해 놓아서 이도 안 들어갔다.

픽의 능력만 놓고 따지자면 릴리는 옴짝달싹도 못하고 제이의 침입을 막는 데만 온 힘을 다 기울여도 모자랄 판인데, 저 경계를 유지하면서도 잘도 움직이고 있었다.

이 정도로 깔끔한 경계는 달리아도 못 만들어 내지 않을까 싶을 정도였다. 어렸을 때 잠시 달리아에게 배운 게 전부인 터라 재능에 비해 컨트롤이 부족한 제이로서는 감탄밖에 안 나오는 능력이었다.

* * *

그녀는 차분히 세계를 잘게 쪼갰다. 거의 모래알 만하게, 상대가 그녀의 세계를 눈치채지 못할 정도로 잘게.

* * *

츠칵! 잠시 방심을 한 사이에 기어코 릴리가 힘으로 제이를 찍어 눌렀다. 반사적으로 쳐낸 덕에 큰 부상을 입지는 않았지만 팔 위쪽에 상처를 입었다. 제이는 흠칫 놀라 억지로 칼날을 떼고 뒤로 물러났다.

아, 위험하다. 제이는 재빨리 칼을 도로 칼집에 꽂고는 바람을 불게 하여 커튼 사이로 몸을 감췄다.

상처가 위험한 게 아니라, 상처가 사라진 게 위험했으니까.

제이의 몸에는 상처가 남지 않는다. 생채기마저도 순식간에 전부 낫는다. 병에도 걸리지 않고 독도 듣지 않는다. 달리아의 말에 따르자면 그건 달리아가 포밍을 해 놓은 결과였다. 항상 최적의 몸 상태를 유지하게 제어를 걸어 놓은.

이유야 어떻든 간에, 평범한 사람은 눈 깜짝할 사이에 상처가 낫지 않기 때문에 제이는 항상 외상을 입지 않도록 조심했다. 없던 칼이 생겨나는 거야 상대가 못 봤었던 거라며 우길 수 있어도 상처가 사라지는 건 그렇게 우길 수도 없었으니까.

지금도 그랬다. 릴리가 입힌 상처는 어느새 다 나아 있었고, 제이는 그 사실을 숨겨야 했다. 제이는 잠시 고민하다가, 마치 주머니에 원래부터 들어 있었던 것처럼 손수건을 하나 꺼내어 팔에 질끈 묶었다. 그런 다음 입을 열어 조세핀을 불렀다.

"소장님."

"왜."

조세핀은 놀랄 정도로 빠르게 대답했다. 제이는 시선을 릴리에게 둔 채로 말을 이었다.

"산 채로 잡을 자신이 없는데, 어떻게 할까요."

인위적으로 만들어 낸 바람이 가라앉고, 다시 제이의 모습이 드러났다. 약한 소리처럼 들리는 말에 사람들이 놀라 술렁거렸지만 조세핀은 차분하게 물었다.

"죽여서는 잡을 자신 있고?"

제이는 조세핀을 보고 가벼이 웃었다. 대답할 필요도 없을 만큼 별거 아니라는 것처럼.

"예."

그제야 사람들은 제이의 말뜻을 이해했다. 질 것 같다거나 잡지 못할 것 같다는 게 아니라, 그냥 말 그대로 '산 채로' 잡을 자신만 없다는 것임을. 전력을 다해도 놓친다는 건 아예 제이와 조세핀에게는 고려의 대상조차 아닌 거였다.

"살릴까요, 잡을까요."

"잡게나. 그게 자네 일이잖나."

대답한 건 조세핀이 아니었다. 파티장에 문제가 생겼다는 보고를 받고 달려온 에드워드의 아버지, 롤랜드 윰 크뤼거였지. 하지만 제이는 마치 아무 말도 듣지 못한 것처럼 조세핀을 보고 다시 물었다.

"어쩔까요, 소장님."

불손하게 보일 수 있다는 사실을 몰라서 그러는 건 아니었다. 이 불똥이 에드워드에게 튈 줄 몰라서 그런 것도 아니었다. 하지만 상대는 픽이었고, 오늘 처음 얼굴 본 데다가 둘 다 주고받은 게 조롱뿐이라 해도 제이는 릴리에게 픽 나름대로의 동질감과 유대감을 갖고 있었다.

그래서 그녀는 나라 하나를 멸망시키는 것보다도 이게 더 중요하고 힘들었고, 그런 일을 제3자의 명령으로 실행하고 싶지는 않았다. 그녀에게 이 세상에서 가장 중요하고 유일한 사람. 조세핀의 말씀은 되어야 픽을 죽일 용기가 생길 것이다.

조세핀은 마른 입술을 축였다.

"……잡아."

제이는 그제야 빙그레 웃으며 정중하게 절을 해 보였다.

"소장님의 뜻이 그러하시다면."

깊이 숙인 고개를 들고 다시 릴리를 보자, 릴리가 기다렸다는 듯 빈정거렸다.

"집 지키는 개도 너보다는 덜 충성스러울 텐데 말이야."

고작 이 정도 도발에 넘어갈 거였다면 아까 주인 운운할 때 이미 눈이 뒤집혔을 것이다. 제이는 차분하게 칼을 고쳐 잡았다.

"개보다 덜 순순해야 할 이유라도?"

방금까지 유지하던, 겉으로나마 공손한 말투는 갖다 버린 후였다.

"너무 그렇게 저자세로 굴지 마, 약점 있는 거 같잖아."

제이가 피식 웃었다.

“그렇게 비밀 얘기하는 것처럼 굴지 마, 어차피 세상 모든 사람이 내 약점을 다 아는데.”

꼭 뭘 아는 것처럼 말하네. 에드워드에 대한 말을 끌어내려고 했던 것도 그렇고, 못 이길 걸 뻔히 알면서도 싸움을 건 것도 그렇고, 로즈가 도와달라고 한 것도 그렇고, 뭐가 있는 건 확실한데 말이야.

하지만 궁금한 게 있어도 어쩔 수 없었다. 조세핀이 죽음을 각오하고라도 잡아 달라고 한 이상, 릴리의 목숨보다도 그녀를 잡는 게 우선이었으니까. 포밍이 가장 확실하면서도 온건한 방법이지만, 포밍이 안 먹히는 이상 더 과격한 방법을 쓸 수밖에 없었다. 설사 그러다 릴리가 죽게 되더라도 말이다.

제이는 일순 세계를 물렸다. 하지만 릴리의 세계는 움직이지 않았다. 아, 아깝네. 제이는 릴리의 재능이 아까워졌다. 픽의 재능도 물론 뛰어난 편이지만, 자기 주제 파악하는 능력이 정말 대단한데. 제이는 세계를 조절한 채로 다시 한번 칼을 맞댔다.

* * *

그녀는 거의 모래알 만하게 잘게 쪼갠 세계를 상대 세계에 맞댄 뒤, 상대의 세계를 포밍하는 대신 역으로 그녀의 세계를 상대의 세계에 맞추기 시작했다. 밀어 넣어도 상대가 이변을 느낄 수 없도록.

* * *

픽의 겉싸움이란 원래 집중력을 흐트러트려 포밍이 쉽게 만드는 목적인 터라 릴리 같은 사람을 상대로는 필요 없는 짓이지만, 제이는 일단 락이라고 알려진 상태였다. 픽과 달리 락은 세계를 조절할 줄 모르고, 그렇기 때문에 보이기 위한 싸움이 꼭 필요했다.

그래서 제이는 시간을 끌었고, 릴리 역시 순순히 그에 따랐다. 사실 도망치지 않을 거면 딱히 방도가 없기도 했다. 순전히 보여 주기 위한 전투였기에 둘의 싸움은 보기는 화려했지만 단지 그뿐이었다.

하지만 아예 군인이 아닌 이들도 많고, 있어도 대부분이 사무직인 파티장 안에서 그걸 눈치챌 수 있는 사람은 없었다.

사람들은 그저 동선이 크고 요란한 소리가 나는 전투를 보며 대단한 싸움이라고 감탄을 할 뿐이었다. 다만, 아무리 사무직이여도 인생 경험이 남다른 롤랜드 융 크뤼거만은 뭔가 이상한 것을 눈치챘다.

"……뭔가 좀 이상한데."

에드워드가 소리를 낮춰 말대꾸를 했다.

"뭐가요, 괜히 트집 잡지 마세요."

이 아들놈 뒤통수를 때려서 정신을 차리게 만들어야 할까. 롤랜드는 언짢은 얼굴을 했지만 에드워드는 제이를 보느라 정신이 없었다.

"트집 잡자는 게 아니라……."

지나치게 합이 잘 맞는데. 그렇게 말하려는 찰나, 제이가 검 두 개를 모아 릴리를 후려쳤다. 캉! 지금껏 잘 받아내고 있던 릴리의 몸이 크게 휘청였고, 롤랜드는 이상하다 생각하던 걸 잊고 입을 다물어 버렸다.

* * *

충분히 자신의 세계를 상대의 세계와 닮게 만든 뒤, 그녀는 상대의 세계에 잘게 쪼갠 그녀의 세계를 밀어 넣기 시작했다. 상대의 세계에 맞춘 터라 그녀의 세계는 이질감 없이 부드럽게 들어갔다.

* * *

물론, 릴리가 휘청인 건 힘에서 밀려서가 아니었다. 공격 의사가 없는 것처럼 세계를 물려놓고 있던 제이가 이제 겉싸움을 충분히 보여 줬다 생각했는지 한꺼번에 세계를 모아 노도같이 몰아쳤던 것이다.

단단히 경계선을 그려 방어하고 있던 릴리지만 잔잔한 포밍이 아니라 힘으로 밀어붙이는 데는 이길 도리가 없었다. 경계선이 깨어지고, 세계가 깨어진 충격에 릴리의 몸이 크게 휘청였다.

제이는 그 순간을 놓치지 않고 릴리를 바닥에 밀어붙인 뒤 그 위로 올라타 칼을 들어올렸다. 릴리의 세계는 이미 절반 이상이 깨어졌고, 이대로 칼을 내려찍어 뇌를 공격하며 밀어붙이면 정말 끝이었다.

그렇게 생각하자 제이는 릴리의 재능이 아까워졌다. 아, 정말 아깝다. 조금만 덜 뛰어났어도 죽이지 않고 끝낼 수 있었을 텐데, 너무 뛰어나서 아까워. 그렇게 생각하면서도 제이의 손은 가감 없이 아래로 내려갔다.

한편 심적으로 우위에 서 있는 제이와 달리, 릴리는 이가 득득 갈리는 중이었다. 릴리라고 픽의 싸움이 결국 재능의 싸움인 걸 모르지는 않는다. 릴리는 죽었다 깨어나도 제이를 이길 수 없다. 아마 지지 않는 것만도 어려우리라. 하지만 그걸 알기에 더 분통이 터졌다.

기울인 노력을 비교하자면 릴리가 훨씬 위다. 시간과 기울인 노력이 다르다. 세계를 관리하는 것만 봐도 알 수 있었다.

제이는 절대, 릴리처럼 이렇게 피부에 달라붙는 수준으로 세계를 섬세하게 관리하지 못한다. 이렇게 빠른 속도로 세계의 구성을 바꾸어 자기보다 더 강한 이의 포밍에 대처하지 못한다.

하지만 그래 봤자 릴리는 제이를 이길 수 없다. 픽이란 그런 존재다. 타고난 재능이 무엇보다도 중한 이들. 90의 재능을 가진 이가 95의 재능을 가진 이를 노력으로 뛰어넘는 건 가능하지만 99가 100을 이길 수는 없는, 80이 99를 이길 수는 더더욱 없는.

릴리는 억눌러 참던 열등감이 폭발하는 것을 느꼈다.

그녀는 다섯 살 때 이후로 죽 열등감에 시달려 왔다. 그녀의 곁에는 언제나 그녀보다 뛰어난 픽이 있었고, 그 누구도 그녀보다 더 노력을 하지는 않았다.

사실 이건 릴리 잘못도 좀 있는 게, 그들이 게을렀던 건 아니다. 그들도 나름대로 정말 열심히 살았지만 릴리는 지나치게, 하루가 24시간이 맞는 건가 궁금할 정도로 열심히 사는 사람이었다. 그러니 누구랑 비교해도 릴리에 비하면 더 노력했다고 하기 어려운 것이다.

어쨌거나 결과만 놓고 보면, 그녀는 그녀보다 노력은 덜 하고 재능은 더 넘치는 픽들에게 거의 평생을 져왔다고 볼 수도 있다. 열등감이 안 생기는 쪽이 보살이고, 릴리는 절대 보살이 아니었다.

하지만 정말 불우하게도, 그녀보다 뛰어난 픽들은 대개 그녀를 좋아했다. 그리고 그녀 역시 자기를 좋아하는, 자기보다 뛰어나지만 자기보다 노력은 덜한 그 픽들을 좋아했다.

그게 사실 가장 큰 불행이라 할 수 있었다. 열등감과 질투를 발산할 수가 없었으니까.

애정 때문에 릴리는 결국 자신의 열등감을 묻고 질투를 죽였다. 그건 어찌 보면 그녀 자신을 조금씩 죽여 가는 것에 가까웠지만, 역시 노력으로 그녀는 어찌어찌 잘 해낼 수 있었다. 그래도 그녀의 노력은 항상 보상을 받는 쪽이었으니까.

보상받아 봤자 타고난 이보다 못하다는 게 문제기는 했지만.

그렇게 억눌러 온 열등감과 질투가 비어져 나왔다. 나는 너를 이길 수 없지만, 너는 질 거야. 릴리는 이를 악물고 웃었다.

결국 이 승리조차도 재능에 기댄 거라는 게 뼈아프지만, 그렇게라도 이길 수 있다는 게 그나마 위안이었다.

* * *

그리고 그녀는 순식간에 그녀의 세계를 원래대로 되돌리며 상대의 세계를 포밍시키기 시작했다. 연쇄적으로 일어나는 포밍에 상대의 세계가 흔들리기 시작했다.

* * *

내려오던 제이의 손이 멈췄다. 홀린 듯 그녀를 보고 있던 주위 사람들이 웅성거리기 시작했다. 뭐지? 이대로 끝인가? 밑에 깔린 릴리가 움직이지 않아, 얼핏 보면 결착이 난 듯도 싶었으니까.

제이가 픽인 걸 아는 조세핀은 제이가 누누이 말해 오던 '포밍'이라는 게 성공했나 하고 밝은 얼굴을 했다.

"르퀸 대……."

하지만 다음 순간 제이의 손에서 칼이 떨어졌다. 에드워드의 얼굴이 굳어졌다. 칼을 떨어트린 제이는 잠시 그대로 멈춰 있다 몸을 일으키더니, 뒷걸음질을 쳤다. 아니, 뒷걸음질이라기보다는 마치 누가 뒤에서 잡아끄는 것 같은 부자연스러운 동작이었다.

제이에게 무슨 일이 생길 수도 있다는 상상을 전혀 못하고 있던 조세핀의 얼굴마저 굳어졌다.

텅 빈 홀 중앙까지 이동한 제이는 숨을 한번 크게 몰아쉬더니 허리를 숙였다. 그러더니 입에서 피를 쏟아내기 시작했다.

"꺄아악!"

"으아악!"

비명이 홀 안을 울렸다. 그럴 법도 했다.

조세핀은 잠시 이게 제이의 연기인지 진짜 상황인지 구분을 못 하고 있다가, 브로치를 빼내 바늘로 왼손등을 찔러 보았다. 아팠고, 피가 방울방울 솟기 시작했다. 조세핀의 머릿속이 하얘졌다.

아.

아.

아.

어떻게 이럴 수 있지.

물론 조세핀이 제이를 걱정 안 한 건 아니었다. 조세핀은 항상 제이를 걱정했다. 하지만 그건 외압을 걱정한 거였지, 이렇게……. 전투에서, 실력으로 밀릴 수도 있다는 건 생각조차 안 했었다.

원로원의 압박 하에 스스로 목숨을 끊는 제이는 상상해 본 적 있어도 이렇게 인간처럼 공격을 당해 상처 입는 제이는 상상해 본 적이 없었기 때문에 조세핀은 현실을 받아들이기가 어려웠다.

쯧. 로즈가 혀를 찼다. 옆에 앉아 있던 남자가 자못 궁금하다는 듯 물었다.

"잘됐어?"

"아니."

"네가 어려운 것도 있다니 신기하다."

능력을 의심받는 게 싫은 건지 다른 이유가 있는 건지, 로즈가 변명하듯 중얼거렸다.

"포밍 자체는 그리 어렵지 않았어. 원래대로라면 벌써 끝났어야 한다고. 그런데 밑바닥에 깔린 게 너무 강하게 때려 박혀놔서……. ……이거 달리아인가?"

"걔가 포밍을 좀 강제적으로 하긴 하지."

달리아를 잘 아는 듯 친근한 어조였지만 로즈는 신경도 쓰지 않았다.

제이를 포밍시키는 건 절대 쉬운 일이 아니었다. 만약 정상적인 상황이었다면 시간을 아무리 많이 줬어도 로즈가 제이를 포밍시키는 데 성공할 수 있었을지 확신할 수 없었다. 하지만 지금 상황은 조금 특수하다. 에드워드가 있고, 릴리가 주의를 끌었다.

제이는 겉전투로는 릴리의 세계를 흔들 수가 없다며 속으로 투덜댔지만 실상은 반대였다. 제이가 릴리의 세계를 흔드는 데 실패한 게 아니라, 릴리가 제이의 신경을 분산시킬 의도로 겉전투를 치른 거였다. 로즈가 밑작업을 전부 끝낼 때까지 제이가 그걸 모르도록.

제이는 정말, 왜 절대 이길 수 없는 싸움에서 릴리가 물러나지 않았는지 생각해 볼 필요가 있었다.

물론 짐작했다고 해서 봐줄 그들도 아니었지만.

어쨌거나 릴리는 훌륭하게 시선을 끌어냈고, 심지어 제이의 세계를 약화시키는 데까지 성공했다. 직접 공격해서 그런 게 아니라 제이가 자신을 공격하게 함으로써. 꽤나 온건한 방법인 포밍과 달리 세계를 깨부수는 건 공격자의 세계에도 피해가 가기 마련이니까.

덕분에 로즈는 포밍에 거지반 성공했다. 이 낙인만 어떻게 처리하면 끝인데, 이게 쉽지가 않았다.

"쓸데없이 괴롭게 만들고 싶지는 않았는데."

포밍은 원래 꽤나 평화적인 방법이다. 물론 상대가 거부하는 와중에는 좀 고통이 따르기 마련이지만 이번에는 밑작업을 철저하게 해 놓고 순식간에 뒤엎었으니 거부고 나발이고 할 시간도 없었다. 즉 원래대로라면 이렇게 내장을 다 헤집어 피를 토하게 만들 만한 상황이 아니었단 거다.

그런데 이, 달리아의 포밍으로 추정되는 낙인이 골치가 아팠다.

제이의 세계와도 다르고, 이것 역시 일종의 포밍이라 제이의 상태에 따라 움직이는 것도 아니고. 대충 전후 사정으로 추정해 보자면 최소한 십 년 전에 한 포밍일 텐데 뭐가 이렇게 단단한 건지. 거의 락의 세계를 뒤엎는 느낌이 들 정도라면 말 다했을 정도였다.

제이에게 별 앙심이 없던 터라, 로즈는 최대한 빨리 포밍을 완료하기 위해 대화마저 멈추고 포밍에 온 힘을 쏟기 시작했다. 포밍을 중단하든 완료하든 해야 제이가 더 이상 고통스럽지 않게 될 테니까.

오히려 현실을 비교적 쉽게 받아들인 건 에드워드 쪽이었다. 에드워드는 숨을 멈추고 주변을 훑어보았다.

바닥에 기절하듯 쓰러진 릴리가 보였다. 의식이 없어 보이긴 했지만 그는 픽에 대해 아무것도 몰랐다. 의식이 없는 상태에서도 상대를 공격할 수 있는 수단이 있을지도.

마음을 정한 에드워드는 제이가 떨어트렸던 칼을 주워들었다. 그는 픽을 상대해 본 적 없었지만, 그렇다고 손 놓고 가만히 있을 수도 없었으니까. 에드워드는 제이가 원래 공격하려고 했던 눈에 비스듬히 칼을 찔러 넣었다.

"……!"

그의 생각이 맞았는지, 제이가 크게 어깨를 들썩이며 마지막으로 검게 죽은피를 토하고는 넘어질 듯 비틀거렸다.

"제이!"

그제야 충격에서 깨어난 조세핀이 달려가 넘어지는 제이를 품에 안았다.
다행이다. 에드워드는 안도감에 어깨를 늘어트렸다.

로즈의 숨이 일순 멎었다. 로즈의 파트너, 골드보다도 더 주의 깊게 로즈의 안색을 살피고 있던 실버가 무섭게 추궁을 했다.

"뭐야, 무슨 일이에요? 안에 무슨 일 났어요?"

로즈는 말문마저 막혀 입만 뻐끔댈 뿐, 소리를 내지 못했다. 마음 같아서는 어깨라도 잡아 흔들고 싶었지만, 지금 저 파티장 안은 로즈의 세계로 가득했다. 자칫 잘못했다가 릴리가 잘못 될 지도 모른다는 생각에 그럴 수도 없어, 실버는 초조하게 손을 쥐었다 폈다를 반복했다.

"이 정신 나간 애송이가……."

픽은 심장을 뽑아내고 목을 잘라도 산다. 그런 픽의 유일한 약점이 바로 세계가 시작되는 지점인 뇌였다. 아주 가끔 돌연변이가 있긴 하지만 대부분 픽의 세계는 뇌로부터 시작되었고, 그래서 뇌를 파괴하면 픽도 죽는다.

하지만 세계의 시작이란 건 뇌가 항상 세계에 보호되고 있다는 뜻도 된다. 그렇기에 픽은 같은 픽이나 락이 아니고서는 죽일 수가 없다. 픽의 유일한 약점인 뇌를 파괴하려면 픽의 세계를 해제해야 하니까.

하지만 에드워드는 일반인이 아니고, 릴리의 세계는 제이가 반쯤 깨부숴 놓은 상황이기까지 했다.

즉, 릴리는 정말 죽을 수도 있었다는 얘기였다. 기겁한 로즈가 포밍을 내팽개치고 릴리의 안구를 경계선으로 잡아 다른 곳과 연결시키지 않았다면.

로즈는 손이 덜덜 떨리는 것을 느꼈다. 그녀는 이 작전을 세우고 실행하며 릴리가 아무 일 없이 안전할 거라고는 생각하지 않았다. 릴리는 정말 목숨을 걸고 들어간 게 맞았다.

하지만 그들이 고려한 건 제이가 그들의 생각보다 훨씬 더 강하거나 세계의 컨트롤을 잘할 경우였지, 아무것도 모를 것 같은 에드워드가 급작스레 끼어드는 상황은 아니었다.

어찌어찌 간신히 릴리를 구해내긴 했지만 생각지도 못한 개입에 소름이 쫙 끼쳐, 로즈는 괜히 팔을 문질렀다. 아무것도 모르는 도련님을 이용하는 건 쉽겠다 싶었는데, 생각 외로 또라이 같았다. 픽이 뭔지도 모르면서 대체 뭘 믿고 저런 거지, 자기가 뭔지도 모르면서.

"……그래서, 지금 대체 무슨 일이 일어난 건지 진짜 설명 안 해 줄 거예요?"

안을 볼 수도 없는 실버만 옆에서 속이 터져나갔다.

제이를 안아 지탱한 조세핀이 황급히 맥박을 쟀다. 정말 괜찮은지 보려는 게 아니라 남들에게 보이기 위한 행동이었다. 그랬기에 조세핀은 아무것도 잡히지 않음에도 불구하고 마치 아무런 이상도 없다는 것처럼 안도의 한숨을 흘리며 손을 늘어트렸다.

그녀의 연기는 잘 먹혀, 곧 사람들 사이에서도 안도하는 소리들이 나왔다. 제이를 싫어하고 경멸하고 조롱하는 사람은 많았지만, 정체도 모르는 제3자와의 싸움에서 로쉔에서 가장 강한 락이 죽어 버리길 원하는 사람은 없었으니까.

"대위님은 괜찮으십니까?"

볼일이 다 끝났다는 듯, 릴리에게는 시선도 주지 않고 에드워드가 다가왔다. 겉으로는 멀쩡한 척했지만 사실 제이는 지금 의학적으로는 사망 상태에 가까웠다. 맥박도 뛰지 않고 숨도 쉬지 않았다.

이렇게 심하게 다친 건 처음이니 회복에 얼마나 걸릴 지도 모르겠고.

그러니 남에게는 최대한 상태를 보이지 않는 게 나았다. 조세핀은 제이를 좀 더 꽉 끌어안으며 에드워드를 경계했다.

"예. 제가 데리고 나가……."

조세핀의 말이 다 끝나기도 전에 제이가 손을 뻗어 에드워드의 멱살을 잡아챘다. 손등에 핏줄이 도드라졌다. 언제 뜬 건지, 선명한 보랏빛 눈동자가 에드워드를 보고 있었다.

한동안 제이가 움직이지 못할 거라 생각했던 조세핀은 놀라 말을 멈췄고, 에드워드는 웃으며 제이가 잡아당기는 대로 상체를 숙여 주었다.

"예, 대위님. 당신의 종복이 여기 있습니다."

말하고 나서야 '종복'이라는 단어는 성서에나 쓰인다는 사실을 깨달았지만 에드워드는 신경 쓰지 않았다. 단어 하나하나에 그렇게 신경을 기울일 사람도 없거니와, 신경을 기울여 봤자 에드워드가 제이를 신으로 모실 거라는 상상 같은 건 그 누구도 하지 않을 테니까.

"그러니 놓으셔도 됩니다, 곁에 있겠습니다."

에드워드가 조심스레 제 멱살을 쥔 제이의 손가락을 하나하나 펴고는 아예 손을 잡아 버렸다. 손 크기에 차이가 났기 때문에 에드워드의 손이 거의 손목까지 감쌌다. 조세핀은 조마조마한 심정으로 그걸 지켜보았다.

……괜찮은가?

하지만 에드워드를 끌어당긴 건 제이였다. 고민은 짧았다. 결정을 내린 조세핀이 물었다.

"죄송하지만, 제 동생의 부상이 심한 것 같군요. 쉴 수 있도록 방을 내주실 수 있을까요? 대신 후처리에 협조하도록 하겠습니다."

뒤의 말 같은 건 아무래도 좋았다. 에드워드는 가주인 그의 아버지가 뭐라 말하기 전에 재빨리 대답했다.

"예, 당연하죠. 제가 옮겨 드려도 될까요?"

남들 앞에서 부자지간에 의견이 안 맞는 모양새를 보여 줄 수도 없는 노릇이니, 그가 괜찮다고 한 이상 아버지가 여기서 의견을 뒤집을 수는 없는 노릇이다. 그의 계산대로 롤랜드는 입을 다물었고, 조세핀은 제이를 에드워드에게 넘겼다. 에드워드는 인형같이 축 늘어진 제이의 몸을 아무렇지 않게 안아 올렸다.

에드워드는 제이를 안은 채로 성큼성큼 걸음을 옮겼다. 황급히 그를 따라 나온 데미안이 절박하게 손을 뻗었다.

"제가 모시겠습니다, 주인님."

하지만 에드워드는 슬쩍 몸을 틀어 데미안의 손을 피했다.

"너 안 들어 가냐? 뒷수습 해야지."

그건 파티의 주최자인 에드워드가 해야 할 일이었다. 물론 데미안이 놀아도 된다는 건 아니지만, 데미안에게 직접 명령을 내리면서 사태를 수습하는 모습을 보여줘야 하는 건 에드워드인 것이다. 데미안이 애원했다.

"주인님, 제발."

"들어가서 할 일이나 해, 내가 없으면 너라도 있어야지."

한 번 더 매달리려던 데미안은, 에드워드의 발길이 심상치 않다는 걸 알아차렸다.

"주인님. 혹시……?"

"혹시 뭐."

"제발…… 아니죠? 계단만은 올라가지 말아주세요."

손님방은 1층에도 있었다. 굳이 계단을 올라갈 필요가 없단 얘기였다. 하지만 에드워드는 코웃음을 치며 계단에 발을 올렸다.

"주인님……!"

차마 누가 들을까 큰 소리는 못 내고, 데미안이 에드워드의 옷자락을 붙잡고 늘어졌다. 하지만 에드워드는 아랑곳 않고 데미안의 손을 털어냈다.

"너 진짜 저리 안 가?"

"소문이 뭐라고 날지 뻔히 아시잖아요!"

계단을 두 번 올라가 왼쪽으로 꺾으면 에드워드의 방이 나온다. 그런데 자진해서 제이의 밑에 들어간 에드워드가 부상당한 제이를 자기 방으로 데리고 가면 소문이 어떻게 날지는 세 살 먹은 어린애도 알 것이다. 그리고 에드워드는 세 살 먹은 어린애도 아니고.

하지만 에드워드는 꿋꿋했다.

"네가 손님방 앞 막아서서 부모님이 못 들어오게 할 수 있으면 손님방에 눕혀 드리지."

물론 그럴 수 없었기 때문에 데미안은 입을 다물었다. 그래. 지금이야 보는 눈이 있으니 놔뒀지, 파티장에 손님들이 빠지면 당장 제이를 내쫓고 싶어서 안달이 나 있을 거였다. 이 집의 가주는 롤랜드이니 당연히 에드워드보다 롤랜드의 의사가 우선시 될 테고.

하지만 에드워드의 방은 얘기가 달랐다. 아무리 부모이고 가주라 해도 에드워드의 방에 멋대로 들어갈 수는 없고, 하인을 불러다 에드워드 방에 들여보낼 수는 더더욱 없다. 들어가지 못하면 당연히 그 안에 누워 있는 제이를 쫓아낼 수도 없고. 참으로 타당한 논리긴 했지만 남들이 거기까지 신경을 써 줄 리 없다는 게 문제였다.

"주인님……."

애절한 데미안의 목소리에, 에드워드가 드디어 걸음을 멈췄다. 이미 3층이었다.

"데미안 오하일."

"예."

"네 주인이 누구냐."

단호한 목소리에 데미안은 에드워드의 결심을 꺾을 수 없다는 걸 깨달았다. 그는 허리를 깊게 굽혀 절했다.

"당신이십니다."

"그럼 하녀 하나 잡아서 따뜻한 물과 수건 가지고 올라오라고 하고 넌 내려가서 수습해."

"예, 알겠습니다."

데미안은 가끔씩 주제 모르고 선을 넘을 때가 있긴 해도 경고를 받고도 계속 그럴 이는 아니었다. 데미안은 시선을 바닥에서 떼지 않은 채 계단을 내려갔고, 에드워드는 다시 방을 향해 걸음을 옮겼다.

발로 방문을 밀고 들어간 그는 푹신한 이불 위에 제이를 조심스레 내려놓은 뒤, 팔을 떼기 전에 물었다.

"팔을 떼면 안 되는 겁니까?"

제이가 작게 고개를 흔들었다. 살아 계시구나. 아무렇지 않은 척했지만 품속에서 제이의 체온이 점차 식어가는 게 느껴지던 터라 에드워드는 안도했다.

"그럼 옆에 있겠습니다."

에드워드는 팔을 빼고는 침대에 걸터앉았다.

"필요하신 게 있으신가요? 얼굴 닦을 물은 가져오라고 했습니다만."

제이는 이번에도 고개를 저었다. 혹시 말을 못 하시는 게 아닌가. 의혹이 확신을 얻기 전에, 밖에서 문을 두드리는 소리가 들렸다.

"들어와."

하녀가 뜨거운 물을 담은 은 대야와 수건을 갖고 들어왔다. 에드워드는 자리에서 일어나 대야를 받아오려다, 자기가 얼마만큼 멀어져도 괜찮을지 몰라 그냥 자리에 앉아 있었다.

애초에 자리에서 일어나려던 것부터가 습관이 그렇게 들어서가 아니라 제이의 수발을 직접 들려던 거였기에 하녀는 자리에 가만히 앉아 있는 도련님에게 아무런 의심도 하지 않고 얌전히 대야와 수건을 내려놓았다.

"내가 할 테니 넌 가 봐."

"……네?"

하녀가 놀란 건 오히려 이 말 때문이었다. 에드워드는 타고나길 귀하게 타고난 도련님이라 남들이 자기 수발드는 것에 익숙했다. 그런 사람이 남 수발을 들다니? 망설이는 하녀를 에드워드가 재촉했다.

"나가 봐, 할 일이 많을 텐데?"

"예, 예……."

하녀는 데미안보다 에드워드와 덜 친한 만큼 순응도 더 빨랐다. 하녀는 재빨리 수건을 내려놓고 절을 한 뒤 방을 빠져나갔다.

"대위님. 제가 피를 좀 닦아 드려도 괜찮겠습니까?"

제이는 고개를 끄덕이는 대신 눈을 깜박였다.

에드워드는 수건에 물을 적시려다, 제이를 안아 들었던 자기 손과 옷에도 피가 묻은 걸 알아챘다. 하지만 제이가 먼저였기 때문에 그는 손만 물에 씻고, 소매는 그냥 걷어 올리는 걸로 대신했다.

수건을 물에 적신 에드워드는 조심스레 제이의 얼굴과 목, 그리고 손을 닦아냈다. 허리를 숙인 상태에서 피를 쏟아 낸 터라 턱 아래로는 별로 피가 튀지 않은 게 다행이었다.

그보다 옷이 문제였다. 제이의 얼굴에 묻었던 피가 조세핀이 제이를 받아들 때 조세핀의 옷에 묻었다가 제이의 옷에 다시 옮겨 묻었으니까.

푹 젖은 건 아니니 그냥 놔둬도 괜찮을까, 아니면 좀 커도 자기 옷을 빌려주거나 조세핀에게 말해 옷을 갖고 오게 해야 할까. 에드워드가 고민을 하고 있는데, 제이가 힘겹게 손을 움직여 그의 팔을 잡았다.

"……크뤄거 소위."

"힘드시면 말 대신 글로 쓰셔도 됩니다."

에드워드가 재빨리 협탁 위에 놓여 있던 메모지와 펜을 들어 건넸다. 제이는 망설이지 않고 펜을 잡았다. 겉으로야 티가 별로 안 난다지만 지금 제이는 내장이 전부 작살난 상태였다. 폐가 아작 났으니 당연히 목소리가 정상적으로 나올 리가 없었다.

[지금 내려가 봐야 하는 거지]

"상관없습니다."

그래야 한단 뜻이었다. 제이는 마음속으로 한숨을 내쉬고는 다시 손가락을 움직였다.

[빨리 낫는 방법이 있는데]

에드워드의 표정이 밝아졌다. 평판 따위야 아무러면 어떠냐마는, 제이가 빨리 낫는다는 건 좋은 일이었으니까.

"대위님께 무리가 가지는 않습니까?"

[응. 그런데 중간 과정이 좀 보기 안 좋아서 말이야. 문가에 서서 뒤돌아 줄 수 있겠나?]

에드워드는 잠시 생각에 잠겼다.

내장이 완전히 작살난 것까지는 몰라도, 에드워드는 심장이 멎은 제이의 손목을 잡았고, 여기까지 옮겨 왔다. 맥박이 뛰지 않는 상태로—혹은 느껴지지 않을 정도로 약한 상태로— 의식이 있다는 것쯤은 알 수 있었다.

그렇기에 그는 제이의 정체를 짐작할 수도 있었다.

픽. 그는 픽에 대해 잘은 모르지만, 평범한 사람이 저 정도 양의 피를 토하고 맥이 멈췄으며 체온이 점차 떨어져 가고 있는데도 이렇게 멀쩡하게 의사 표현을 할 수 없다는 건 알았다.

그러니 제이는 평범한 사람일 리가 없었고, 그렇다면 픽일 것이다. 락은 픽을 상대할 수 있다는 것 외에는 평범한 사람들과 똑같다는 것 정도는 그도 아니까 말이다.

"제가 보지 않았으면 하십니까?"

제이의 손이 잠시 멈췄다가 느리게 움직였다. 평소 때라면 보지 말라고 명령을 했을 것이다.

아니, 애초부터 대충 둘러대 그를 내보낸 뒤 혼자 수습을 했겠지. 아무리 상대가 픽이라고 해도, 픽 제한국에서 말로 확언을 해 주거나 눈으로 직접 보여 주는 건 심적인 거부감이 들었으니까.

실제로 제이는 지금껏 에드워드에게 그가 픽이라서 옆에 두기로 결정했다거나 자기가 픽이라는 말을 한 적도 없었고 단 둘이 있을 때도 픽의 능력이 아니고서는 불가능한 행동을 보이거나 시키지 않았다.

하지만 지금은 문제가 좀 달랐다.

에드워드는 그녀의 숨이 멎은 걸 확인한 상태였고 밑에는 릴리가, 밖에는 로즈가 있었다. 재빨리 상태를 수습해서 돌아가지 않았다가는 다 잡은 릴리마저 놓칠지도 모르는 일이었다.

릴리의 세계를 그녀와 에드워드가 연달아 부수고 흔들어 놨으니 지금 당장은 못 건드릴 테지만, 시간을 끌었다가는 어떻게 될지 몰랐고 지금 그녀는 에드워드의 힘이 필요했다.

움직일 수 없는 증거를 보여 주는 정도는, 못할 것도 없었다.

[보기 좋은 장면이 아니야]

"……그래도 보고 싶다면요?"

제이의 손이 다시 멈췄다. 에드워드는 간절한 심정으로 제이의 이어질 말을 기다렸다.

로셴은 픽 제한국이지만, 웃기게도 종교에서 성령에 의한 기적은 인정을 하고 있었다. 어린 에드워드는 도대체 기적이라는 것과 초능력이라는 게 무슨 차이인가 궁금했었고, 그건 지금도 마찬가지였다.

제이는 분명 사람이 할 수 없는 걸 해낸다. 지금 그녀가 또렷한 의식을 갖고 글을 쓰는 게 그랬고, 저 몸 상태를 가지고 금방 나을 수 있다고 하는 게 그랬다.

그러니 그의 눈에는 픽인 제이의 능력이 기적처럼 보일 수도 있었고, 그는 그의 신이 일으키는 기적이 보고 싶었다. 성령에 의한 기적은 모든 종교인들의 꿈이니 말이다. 망설이던 제이는 고개를 끄덕이고는 짧게 적었다.

[지금보다는 좀 더 거리가 있는 편이 좋아. 문가에 가서 서주게. 보기 힘들면 뒤를 돌아도 좋고]

과연 무슨 일이기에 그러는 걸까. 두근거리는 마음으로, 에드워드는 문가에 가 문을 등지고 섰다. 제이는 에드워드가 자세를 잡은 걸 확인하고는 천천히 피가 묻은 셔츠의 단추를 풀기 시작했다.

* * *

—내장이 아작 난 건 사실 그리 큰 문제가 아니었다.

달리아가 해 놓은 포밍으로 인해 그녀의 부상은 순식간에 낫게 되어 있었고, 내장이 아작 난 상태에서도 그녀는 아무 문제없이 살아 움직일 수 있었으니까.

문제는, 달리아에 의한 포밍이 남아 있는 상태에서 로즈가 그녀를 포밍하려고 제이의 세계를 온통 헤집어 놨다는 데 있었다.

지금 그녀의 세계는 비유하자면 어린아이가 흙발로 밟고 돌아다녀 망쳐진 정원과도 같았다. 쓰러진 풀을 세우고 흙을 털어내는 재정비 작업이 필요했다.

그런데 로즈는 달리아의 포밍을 풀어내지도 못했다. 그러다 보니 로즈의 개입이 끝난 바로 그 순간부터 달리아가 심어놓은 규칙이 발동을 하려 들었다. 모든 상처가 낫도록, 순식간에 장기가 회복되고 피를 쏟아내어 비어 버린 혈관을 채우도록.

그런데 지금 제이의 세계는 망가져서 그 규칙을 제대로 이행시킬 수가 없는 상황이다. 자원이 부족한 상황에서 규칙이 발동하려 하니 세계가 삐걱거리는 게 당연했다. 제이는 전무후무하게도, 상대의 포밍 실패로 인해 사망한 픽이 될 뻔했다.

하지만 바로 그때 에드워드가 다가온 것이다. 제이의 세계를 한순간 밀어낼 정도로 강력한 세계를 가진 자.

제이는 필사적으로 에드워드를 붙잡아 옆에 두었고, 제이의 세계가 약해진 만큼 달리아의 규칙은 에드워드의 세계에 눌려 발동되지 않았다. 제이는 에드워드의 세계를 빌려 달리아의 규칙을 눌러 둔 상태에서 간신히 망가진 세계를 다듬었다.

비록 컨트롤력은 좀 안 좋고 달리아가 걸어 둔 규칙을 깨지는 못했지만 픽으로서의 재능은 로즈와도 비등할 정도라는 평을 들은 제이였다.

제이는 에드워드가 그녀를 안고 방에 간 그 짧은 시간 안에 어느 정도 수습을 마쳤다. 다만 아직 완벽하지는 않았고, 토해 낸 피가 워낙 많았던 탓에 달리아의 규칙대로 순식간에 최상의 몸 상태를 만드는 건 좋지 않았다. 무리도 가거니와 남들이 볼 때 지나치게 의심스러울 게 분명하니까.

그래서 그녀는 에드워드를 옆에 둔 채, 직접 장기를 수복시키기로 마음먹었다. 그리고 그러려면 눈으로 보면서 하는 게 훨씬 편하긴 했다.

즉, 그녀는 장기가 있어야 할 곳을 보기 위해 산 채로 배를 갈랐단 얘기였다. 자기 배를, 자기가 직접 말이다.

한바탕 피를 쏟아내어 핏기 없이 하얗게 질린 피부 위로 둥근 손톱이

지나갔다. 드러난 안은 참혹했다. 몸 안에서 작은 폭탄이라도 터졌나 의심이 갈 정도였다. 갈비뼈는 전부 부러졌고, 그 안에 있던 내장도 처참한 수준이었다. 어떻게 사람 형체를 유지했는지 그게 신기할 정도로.

그것마저도 픽의 능력인가. 어쩐지, 체온 떨어지는 게 이상할 정도로 빠르다 싶었다. 에드워드는 안타까운 심정으로 제이의 몸속을 지켜보았다.

제이는 직접 부서진 갈비뼈 조각들을 집어 들어 척추 뼈에 갖다 댔다. 마치 아교로 붙이기라도 한 듯 뼛조각들은 제이가 갖다 대는 대로 그 자리에 굳어졌다.

딱히 자리와 크기를 신경 쓰지도 않는 듯 조각들은 서로 아귀가 맞지 않았지만 상관없었다. 제이가 다른 조각들 들어 올리는 사이 뼛조각들은 서로 모양을 맞춰 나갔으니까. 곧 갈비뼈가 원래대로 모양을 갖춰 냈다. 완전히 박살이 난 갈비뼈 말고, 적당히 금이 갔던 다른 뼈들은 그 사이 알아서 다 나은 상태였다.

그 상태에서 제이는 손을 빼냈다. 내장은 뼈와 달랐으니까. 그래서 그녀는 그냥 해부학 책에서 보았던 장기의 모습을 떠올리고는 거기에 자신의 몸을 맞추려 했다.

쪼그라들었던 폐포가 부풀어 오르고, 소화 기관들끼리 얽혀들었다. 거멓게 죽었던 피에 붉은 기가 돌며 다시 재생된 혈관으로 스며들어 갔고.

그러니까, 에드워드가 지금 보고 있는 건 인간을 새로 만드는 과정에 가까웠다. 물론 재료는 사람의 살과 피였고, 제이가 미리 경고한 대로 보기 좋은 장면은 아니었다. 그러니 만약 다른 이가 이러고 있는 장면을 봤다면 에드워드는 그를 괴물이라 불렀을 것이다.

하지만 눈앞에 있는 건 그의 신이었다. 악마가 행하면 사악한 흑마술, 신이 행하면 기적. 그 놀라운 논리를 에드워드는 눈앞의 광경에도 적용시켰다.

정말 놀라운 기적이었다.

야무진 손끝이 갈라진 피부를 잡아 붙이자, 피부는 생채기 하나 없이 매끄럽게 아물었다. 제이는 사지를 움직여 뭉그러진 근육을 되돌리는 것으로 재생을 마쳤다.

곤죽이 되어 텅 비었던 몸체와 달리 사지는 근육이 뒤틀리고 혈관이 짓이겨진 정도였다. 모양은 멀쩡하니 굳이 살을 갈라 눈으로 확인해 가며 복구할 필요까지는 없었다.

반쯤 빈 혈관은 다시 채우지 않았다. 밑으로 내려가 사람들 앞에 얼굴을 보일 때 핏기 없이 창백해야 자연스러울 테니까.

피가 부족해 심장이 지나치게 느리게 뛰는 것 말고는 이제 모든 게 완벽해졌다. 제이는 셔츠 단추를 다시 채웠다.

"그럼 이제 갈…… 아, 자네가 옷을 갈아입어야겠군."

제이를 직접 받아든 조세핀만큼은 아니지만 에드워드의 옷에도 드문드문 핏자국이 보였다. 검정 일색인 제이야 피가 튀었어도 크게 티가 안 난다지만 오늘 에드워드는 금발과 푸른 눈을 강조하기 위해 흰 옷을 입고 있었기 때문에 핏자국이 눈에 너무 띄었다.

"조금만 기다려 주십시오."

피는 소매와 가슴팍에만 묻었을 뿐이라 겉옷만 갈아입으면 될 일이었다. 방에 붙은 옷 방으로 건너 가 대충 손에 잡히는 대로 집어 들고는 옷을 갈아입던 그는 한 가지 꾀를 떠올렸다. 약해진 때를 노리는 건 좀 비겁한 것도 같았지만…….

그는 자신의 옷보다 조금 더 신경 써서 고른 두꺼운 겉옷을 하나 꺼내 들고 나왔다.

"대위님도 위에 뭘 좀 걸치셔야 하지 않겠습니까? 맞는 옷이 있으면 좋겠지만……. 제 옷이라도 빌려드릴까요?"

어느새 문 앞에 가 있던 제이가 에드워드의 손에 들린 옷을 보고는 인자하게 웃었다.

"크뤼거 소위."

"예, 대위님."

"얕은 수작은 부리지 말게."

에드워드는 얌전히 손목을 뒤로 젖혀 손에 든 옷을 옷 방에 던져 넣고는 문을 닫았다.

"자, 그럼 가실까요?"

제이는 문을 열고 복도로 나섰다. 에드워드가 그런 제이의 뒤로 따라붙으며 슬쩍 물었다.

"참, 대위님."

"뭔가?"

"지금 제가 대위님께 도움이 됐습니까?"

제이는 잠시 멈칫했지만 걸음을 멈추지는 않았다.

"……아주."

아마 로즈는 제이를 죽이려는 의도는 아니었을 것이다. 그랬다면 릴리같이 귀한 인재를 미끼로 쓰느니 차라리 직접 제이에게 일기토를 청했겠지. 로즈가 이기면 그걸로 끝이고, 만약 지더라도 멀쩡한 상태의 릴리라면 로즈를 꺾느라 약해진 제이를 뿌리치고 도망가는 것쯤은 할 수 있을 테니까.

그러니 사실 제이의 '목숨'이 위험했던 건 에드워드가 그녀를 구하려 들어서였다. 그래서 로즈의 포밍이 깨지며 그 누구도 그녀의 세계와 그에 속한 달리아의 규칙을 통제하지 못해 이 사단이 났던 것이니.

하지만 포밍당한다는 건 결국 로즈의 손에 세계가 좌지우지된다는 것이다. 세계를 빼앗기고도 존재하는 신은 없으니, 그 순간 제이는 존재 자체가 위험했다. 에드워드는 목숨의 위협보다 더한 존재의 위협에서 그녀를 구했다. '도움이 된' 정도가 아니었다.

"그렇다면 제 부탁을 하나 들어주실 수 있겠습니까?"

그러니 그녀는 정말, 흔쾌히 그의 부탁을 들어줄 생각이었다. 조세핀을 죽여 달라는 것 같은 허무맹랑한 게 아니고서야. 어지간히 무리한 부탁도, 그가 제이를 두 번이나 구했다는 걸 말하면 조세핀 역시 납득할 테니까.

하지만 에드워드는 정말 생각지도 못한 부탁을 내어 놓았다.

"그럼 저를 이름으로 불러 주실 수 있겠습니까?"

이번에야말로 제이의 발이 멈췄다. 되물을까, 그냥 넘어갈까, 아니면 말을 할까. 고민하던 제이가 조그맣게 말했다.

"……내가 무례를 범했군."

워낙 전투에 뛰어난 터라 묻히곤 하는 사실이었지만, 제이는 결코 바보가 아니었다. 오히려 꽤나 뛰어난 축에 속했지. 아마 무예가 그냥저냥 했다면 머리만으로도 수재 소리 정도는 쉽게 들었을 것이다.

그러니 제이는, 이 급한 와중에 에드워드가 제 이름을 불러 달라 굳이 부탁하는 의미를 알 수 있었다.

그녀가 아는 에드워드는 이런 시국에 호칭같이 사소한 문제를 물고 늘어지는 어린애는 아니었으니, '크뤼거 소위'라는 호칭 자체에 문제가 있다는 거였다. 그러니까, 제이 르퀸은 에드워드 델 크뤼거를 '크뤼거 소위'라고 부르면 안 됐다는 뜻이지.

지금 그들은 귀족이 즐비한 파티장으로 가고 있었고, 수습을 하는 과정에서 그녀는 아까 에드워드의 멱살을 끌어당긴 걸 반공식적으로 해명할 필요가 있었다. 그러니 당연히 그의 호칭을 입에 올릴 거고.

귀족들이 바글바글한 곳에서 그를 '크뤼거 소위'라 부르면 새로운 문제가 추가될 뿐이니 그 전에 막아 주겠다는 뜻이지. 에드워드가 난처하게 웃었다.

"대위님이 말하시고 행하시는 모든 게 제게는 예이고 도입니다."

남에게는 예가 아닌 게 맞다는 소리였다. 제이는 한숨을 내쉬며 다시 걸음을 옮기기 시작했다.

"원래 어떻게 되어야 하는 거지?"

"대위님의 부관을 칭하실 때는 에드워드 소위, 크뤼거가의 후계자를 칭하실 때는 에드워드 경입니다."

"알았네, 에드워드 소위. ……그리고, 이건 부탁으로 치지 않기로 하지. 빚을 기억해 두겠네, 나중에 부탁이 생기면 말하게."

제이는 남들이 그녀가 예의도 모르는 무지렁이라며 욕을 해도 상관이 없었다. 면전에서 대놓고 그러겠다면 그쪽이 더한 무례이다. 이쪽 역시 말로 되갚아 주면 되고, 해코지를 하려 들어도 그녀에게 물리적인 해를 끼칠 수 있는 인간 같은 건 없다.

전 세계의 인간이 그녀에게 손가락질을 해도 하등 상관없으니 제대로 된 호칭 따위가 무슨 상관이겠냐마는, 조세핀이 엮여 있다면 얘기가 달랐다. 남들은 그녀를 욕하는데 그치지 않고 조세핀까지 같이 욕할 것이다.

옆에 끼고 지내는 사생아에게 제대로 된 교육조차 시키지 않았다고, 조세핀의 예의범절 또한 의심해 봐야 옳다고.

제이는 자신을 욕하는 말은 신경 쓰지 않았지만 조세핀을 욕하는 말에는 크나큰 주의를 기울였고, 그러니 이건 오히려 그녀가 진 빚에 더해도 될 지경이었다. 역시 아무래도 상관없는 남이면 모를까, 에드워드가 상대라면 빚을 갚아 주고 싶었다.

"예, 기억하겠습니다."

에드워드는 그 말만으로도 차고 넘치게 보상받았다고 생각했지만, 굳이 말로 하지는 않았다. 다만 벅차게 웃었을 따름이다.

* * *

파티장은 난리도 아니었다. 릴리는 의식을 잃은 채 파티장에 방치되었고 그 옆에는 요란한 핏자국이 있었으며 홀 중앙에 선 조세핀은 피를 토한 당사자보다도 더 엉망인 꼴이었다.

이걸 수습해야 할 주최가 제이를 안고 홀랑 사라져 버렸으니 수습이 될 리가 없었다.

롤랜드가 저택의 주인 된 바로 수습을 하려 했지만 참가자들이 대부분 십 대 후반에서 이십 대 사이이다 보니 그것도 어려웠다. 그 나이에는 윗세대의 제지가 늙은이의 잔소리처럼 들리기 마련이니까.

일말의 책임감을 느낀 조세핀이 그걸 도우려 했지만 옷이 이래서는 혼란을 가중시킬 것만 같았다. 적어도 겉옷이라도 벗어 남에게 넘기자 싶어 부관인 라라를 찾았지만 코빼기도 보이지 않았고.

대체 어딜 간 거야. 조세핀은 어쩔 수 없이 겉옷을 벗어 팔에 걸쳤다. 우선 그 상태로 수습을 돕고자 롤랜드 쪽으로 걸음을 옮긴 순간, 파티장 문이 필요 이상으로 큰 소리를 내며 열렸다.

에드워드였다. 그리고 제이.

모두의 시선이 둘에게 쏠리고, 그러면서 에드워드의 의도대로 파티장 안에 침묵이 내려앉았다. 에드워드는 그때를 놓치지 않고 입을 열었다. 애초에 이걸 노리고 소리 하나 없이 조용히 들어올 수 있는 걸 일부러 요란한 소리를 내며 들어온 거기도 했다.

"불쾌한 일을 겪게 해 죄송합니다."

정중하기 그지없는 태도였지만 진심은 한 톨도 섞이지 않은 사과였다.

조금이라도 진심이었다면 수습 먼저 한 뒤 손님들이 나갈 때 마중을 하며 한 명 한 명에게 직접 사과했겠지.

하지만 이 상황에서 소리 높여 그걸 지적할 배짱이 있는 이도 없었기에 파티장은 여전히 조용했다. 뒤에서 욕을 할지는 모르겠지만.

그리고 뒤에서 욕을 하든 말든 신경도 쓰지 않는 도련님은 성큼성큼 걸어 조세핀에게 다가갔다.

“파티 중 일어난 사고는 주최자인 제 책임입니다. 제가 적극적으로 협조할 테니, 손님들은 일단 돌려보내드려도 되겠습니까? 추후 수사에 필요한 부분이 있다면 그때 따로 협조 요청을 하면 될 테니까요.”

교묘했다. ‘자기 책임’이라는 단어를 쓴 주제에 릴리의 침입을 사고로 돌리고, ‘수사’라는 단어로 이게 파티라는 사적인 영역에서 벌어진 일이 아니라 공권력의 개입이 필요한 사건이라는 암시를 주고 있었으니까.

그리고 손님의 귀가를 조세핀의 결정에 맡기며 자연스레 손님들을 죄다 내보낼 분위기를 조성시켰다. 분명 여기 남아서 수사에 협조한다는 명목하에 구경하고 싶은 이들도 많았을 텐데.

어차피 제이에게 릴리만 던져 준다면 수사에는 문제가 없을 게 뻔했기 때문에 조세핀은 에드워드와 말을 맞췄다.

“크뤼거가의 협조가 있다면 괜찮겠지요. 손님들을 귀가시켜도 좋습니다.”

“감사합니다.”

명백히 아쉬움을 담은 탄식이 여기저기서 흘러나왔지만 둘은 들은 척도 하지 않았다. 제이가 재빨리 다가와 손을 내밀었다.

“소장님, 옷을.”

조세핀은 잠시 멈칫했다가 웃으며 겉옷을 제이에게 건넸다.

“몸은?”

“걱정해 주셔서 감사합니다, 괜찮습니다.”

겉보기에는 창백하니 핏기가 하나도 없어 전혀 괜찮지 않아 보였지만, 조세핀은 제이를 겉모습으로 판단할 만큼 제이를 잘 모르지는 않았다.

"그래. 일단 릴리를 이동시켜야 하겠군. 에드워드 경, 전화를 빌려주시겠습니까?"

에드워드는 당연히 그럴 마음이 있었다. 하지만 그가 입을 열기 전에 제이가 재빨리 끼어들었다.

"소장님, 그 건에 관해서 말씀드릴 게 있습니다."

조세핀이 제이를 돌아보았다.

"뭐지?"

"검증을 거치지 않아 확인되지 않았습니다만, 제 생각에 에드워드 소위는 락으로 추정됩니다. 그것도 A급 이상입니다. 그러니 오늘은 에드워드 소위에게 릴리의 신병 구속을 맡기고, 구속할 구금실을 마련한 뒤 제가 이동 임무를 맡는 게 어떻겠습니까?"

조세핀은 순간 멈칫했다. 제이가 에드워드를 '에드워드 소위'라고 불렀기 때문이었다.

……대체 언제부터? 기억을 되살려 보려 해도, 에드워드에 대해 말한 게 언제였는지도 까마득했다. 아까 릴리에게는 '에드워드 델 크뤼거'라고 풀네임을 전부 말했고.

머릿속이 복잡해지려 했지만 지금은 그러고 있을 때가 아니었다.

"그걸 어떻게 자네가 판단하지?"

서로를 알아볼 수 있는 픽과 달리, 락은 서로를 알아볼 수 없다. 사실 락은 픽도 못 알아보긴 했다.

그들이 할 수 있는 건 그저 픽의 세계를 부정하는 것으로, 픽이 없다면 락은 일반인과 구분도 가지 않는 이들이다. 그러니 겉으로는 락이라 꾸미고 있는 제이는 같은 락을 못 알아봐야 맞았다.

조세핀의 물음에 제이는 사실과 거짓을 교묘하게 섞어 대답했다.

"픽은 락밖에 제압하지 못하는데, 우수한 픽인 릴리를 그가 제압했기 때문입니다."

아. 그제야 조세핀은 제이에 대해 숨기느라 급급해 잊고 있던 인물을 떠올렸다. 그래, 릴리가 있었지. 민망해진 조세핀은 남들도 다 이 간단한 사실을 잊고 있었기를 빌었다.

"그렇군. 에드워드 경, 부탁드려도 괜찮겠습니까?"

"저는 크뤼거가의 후계자인 동시에 대위님의 부관이기도 합니다. 명령하신다면 따르겠습니다."

그 대위님이 방금 전 조세핀보다도 높은 직급인 롤랜드의 명령을 못 들은 척한 건 까맣게 잊어버린 듯한 말투였다. 조세핀이 부드럽게 대답했다.

"하지만 이곳은 크뤼거가의 저택이지요. 사적인 영역이니 명령으로 강제할 수는 없습니다. 호의로서 받아들여 주신다면 감사하겠습니다."

에드워드는 빙그레 웃었다.

"기꺼이 부탁을 받아들이겠습니다."

겉으로는 차분하게 서 있는 롤랜드가, 그 당시 속으로 무슨 생각을 했는지는 아무도 알지 못하거나 관심이 없었다. 참으로 안쓰러운 일이었다.

에드워드가 기꺼이 릴리를 하룻밤간 맡아 주기로 했지만 그렇다고 조세핀과 제이가 쉴 수 있는 건 아니었다.

아무리 제 입으로 의무를 행하라 했다지만 릴리는 짐 내 유수의 명문가 출신, 그것도 후계자다. 국교도 없는 사이지만 그렇다고 멋대로 처벌할 수는 없는 노릇인 거다. 물론 제이는 로즈와 릴리가 한 패라 확신했지만 그건 심증뿐이고.

그래서 로쉔은 전후사정을 듣기 위해 짐 쪽에 사절을 파견해 달라 해야 했다. 대가를 지불한 뒤 싹 다 데리고 돌아가면 그것도 좋을 테고.

원래대로라면 배를 타고 사절을 보내 사정을 설명한 뒤 사절을 청하고, 그쪽에서 멤버를 정해서 다시 배를 타고 오게 될 테니 석 달 열흘은 족히 잡아야 한다. 하지만 문제는 로즈를 밖에 둔 채 릴리를 그리 오래 잡아둘 자신이 없다는 거다.

그래서 조세핀은 대테러대응반에 속한 가문들 인맥을 죄다 그러모아, 로쉔 주변국에 있는 픽들에게 사절을 부탁했다.

아무리 사절 요청을 위한 약식 사절이라지만 국가 사절을 외국인으로 채우다니. 말도 안 되는 짓이었지만 로쉔에는 픽이 없었고 대륙을 넘어 가는 방법에 픽의 능력보다 더 빠른 건 없으니 어쩔 수 없는 일이었다.

그런 뒤 릴리를 가둘 구금실을 준비시키고 대테러대응반에 로즈의 입국 사실 확정을 알린 뒤 24시간 비상 체제로 바꾸었다.

사실 현장직들만 대기 중이었던 거지, 내근직들은 이미 자리 비는 일이 없게 교대 근무표를 짜서 움직이고 있었으니 절반만 비상 체제로 전환시켰다 봐도 맞기는 했다.

조세핀이 그러는 동안 제이는 마차 안에서 세계를 가다듬고 있었다. 에드워드의 곁에서 떨어지는 순간 핏기가 돌아오고, 누가 봐도 방금 전 피를 한 양동이쯤 토해 낸 사람답지 않게 건강해 보이게 됐으니 조세핀의 옆에 대동하고 다닐 수는 없었던 탓이었다.

옆에 붙어 있지 않을 거라면 그냥 돌려보내도 좋았지만 아까의 소동으로 씨앗이 깨져 보안이 위태롭다며 제이가 걱정스러워 해서 그럴 수도 없었고.

결국 자매가 돌아온 것은 자정이 넘어서였다. 녹초가 되어 하녀들의 시중 하에 씻고 잠옷을 갈아입은 조세핀의 곁으로, 똑같이 하녀들의 시중을 받아 잘 준비를 마친 제이가 다가왔다.

"상태는 어때?"

"아침까지면 얼추 다 회복될 것 같아."

"다행이다."

조세핀은 지독하게 지친 와중에도 빙그레 웃었다. 하지만 제이는 자기 몸 상태에는 별 관심이 없었다.

"아무래도 씨앗은 아침에, 수습이 끝난 다음에 다시 심는 게 나을 거 같아. 지금 조각은 다 맞췄는데 이음매가 좀 헐거워서……. 그래서 그런데, 오늘 밤에 네 침대에 있어도 돼?"

제이는 애당초 잠이 필요 없는 인간이다. 그래도 평상시에는 인간의 생활 패턴을 맞추자는 조세핀의 권유하에 잠을 잤지만, 지금은 덜그럭거리는 세계를 두고 잠을 청할 수 있을 만큼 속 편한 상황이 아니다. 그러니 어차피 밤은 새야 했다.

그런데 씨앗도 없겠다, 정신은 다른 데 팔릴 예정이겠다, 이런 상황이니 조세핀의 안전이 걱정되는 건 어쩔 수 없으니 아예 옆에서 보초를 서겠다는 뜻이었다. 조세핀을 해하고 싶은 사람이 있다면 당연히 지금을 노릴 테니까.

조세핀 입장에서야 바로 옆에 붙은 제이 방 침대나 자기 침대나 무슨 차이가 있겠냐 싶기는 했지만 안전 때문이 아니라 천둥이 무섭다는 헛소리를 해도 조세핀은 기꺼이 제이에게 침대 한 편을 내줄 마음이 있었다.

"올라와."

조세핀은 옆으로 움직여 제이가 올라올 자리를 만들어 주며 이불을 걷었다. 제이는 냉큼 침대 위로 올라와 이불을 덮었다.

"잘 자, 제이."

평소라면 너도, 라고 했겠지만 오늘 어울리는 말은 아니었다. 그래서 조세핀은 그냥 눈을 감고 웃었다.

* * *

에드워드는 자기가 무슨 짓을 저질렀는지 아주 잘 알고 있었다. 그래서 손님들을 돌려보내고 하인들을 단속한 뒤 어머니의 회개 기도에 동참까지 한 다음—물론 동참은 몸만 했다—, 저를 부른 아버지에게 향하며, 그는 뺨 몇 대쯤은 맞을 각오를 했다.

아니, 분에 못 이겨 재떨이로 머리를 후려쳐도 한 대쯤은 맞아줄까. 어쨌거나 그가 끌어다 쓴 건 크뤼거의 명성이니까. 하지만 웬걸, 롤랜드 융크뤼거는 화를 내지 않았다.

"그것의 말을 믿어도 되느냐?"

에드워드는 물론 제이를 '그것'으로 부르는 게 마음에 들지 않았지만, 뒤에서 못 부르게 해 봤자 의미가 없었다. 억지를 쓰자면 차라리 얼굴을 맞댔을 때 웃는 낯을 해 달라고 쓰는 게 낫지.

그래서 에드워드는 단어에 트집 잡는 대신 물었다.

"하신 말씀이 한두 가지가 아닌데요."

롤랜드 역시 아비 앞에서 제이를 높여 말하는 게 마음에 들지 않는 듯 아들을 노려보았지만, 역시 억지를 써 봤자 피곤만 할 뿐이었다. 그래서 그는 한숨만 내쉴 뿐, 아들의 언어생활에 대해 타박하지는 않았다.

"네가 락이라는 거 말이다."

"아."

에드워드는 고개를 끄덕였다.

"네, 맞을 겁니다."

이제야 짜맞춰지는 게 있었다. 제이는 분명 그보고 픽을 상대할 수 있을 거라고 했었다. 픽은 같은 픽이나 락이 아니면 상대할 수 없는 걸 알면서도 말이다.

그때야 제이가 락인 줄 알았으니 무슨 소리인가 하며 넘겼지만 이제는 알 수 있었다. 제이는 픽이고, 그래서 락인 그를 알아본 것이리라. 아마 그에게 가르치려던 것도 락의 전투법 같은 거겠지. 에드워드의 대답을 들은 롤랜드가 긴 한숨을 내쉬었다.

"그래……. 바쁠 텐데 이만 가 보거라."

에드워드는 순간 정말 이걸로 끝이냐고 물을 뻔했지만 간신히 혀끝에서 말을 감아올릴 수가 있었다. 이유는 모르겠지만, 혼날 짓을 하고도 혼나지 않는다면 그게 더 나았다. 안 그래도 할 일은 많았으니까.

손님들을 되돌려 보냈다고 끝이 아니었다. 아무리 그 역시 피해자라 해도 그가 주최한 파티에서 이런 불미스러운 일이 일이 생겨 파티를 중단한 이상 그는 손님들에게 사죄의 선물과 카드를 보내야 했다. 그것도 각 가문의 권세와 파벌에 따라 선물 내용과 순서를 달리해서.

아무 일도 없었던 것보다 평판이 깎이는 거야 어쩔 수 없다 해도 깎이는 걸 최소한으로 하고, 이왕 이렇게 된 거 크뤼거가의 후계자는 사고 대처 능력이 뛰어나다는 평이라도 챙겨야 했다.

너무 늦지 않게 선물을 준비하고 순서를 짜려면 밤을 새워도 모자랐다. 혼날 시간 같은 건 있지도 않았다. 에드워드는 고개를 숙여 인사했다.

"그럼 나가 보겠습니다, 안녕히 주무십시오."

나가는 아들의 등에 대고, 크뤼거가의 가주가 말했다.

"바쁘면 제럴드를 데려다 써도 좋다."

제럴드는 롤랜드의 집사, 그러니까 크뤼거 본가의 총괄 집사였다. 고용인이지만 후계자인 에드워드조차도 함부로 대하지 못하는 상대이자 연륜이 넘치는 노련하고 유능한 인물. 그런 사람이 도와준다면야 분명 일은 훨씬 쉬워지겠지만…….

에드워드는 눈을 휘둥그렇게 떴다. 왜냐는 질문이 목 끝까지 차올랐지만 그는 이번에도 참아 냈다. 상대가 베푸는 건 그에게 그만한 가치가 있어서였다. 제 가치를 모른다는 걸 상대에게 증명할 필요는 없었다.

"감사히 빌리겠습니다."

에드워드는 문을 닫고 나서, 락 후계자가 그렇게 기꺼울 일인가 조사해 봐야겠다는 생각을 했다.

외전 02

재상 에드워드의 기록 —또 다른 너에게—

침실 문을 열자 모르는 소녀가 앉아 있었다. 하지만 에드워드는 당황하지 않았다. 왕께서 또 저급한 장난질을 치시나 보지. 아, 왕께서 하신 일이면 연령대는 맞추셨으려나. 그럼 합하신가?

"그래. 합하께서 뭘 시키셨든?"

무슨 일고여덟 살 먹은 아이를 대하듯 다정하게 묻자, 소녀의 얼굴이 묘하게 일그러졌다.

"말투가 왜 그 모양이지?"

그건 에드워드가 하고 싶은 말이었다. 합하께서는 외모만 보고 나이고 성격이고 아무것도 안 보신 건가?

지나치게 격의 없는 말투에 당황한 에드워드가 그 자리에 멈춰 섰다. 하지만 소녀는 에드워드의 당황을 눈치채지 못한 것처럼 손짓을 했다.

"와서 앉지 그래, 에드워드 군. 사람 세워놓고 대화하는 취미는 없는데."

지나치게 뻔뻔하고 태연한 말투에, 에드워드는 지대한 착각을 하게 된다. 어려 보이는 외모에 걸맞지 않는 태도, 마치 그가 하급자라도 된다는 듯한 어투, 이 밤중에 그의 방에 들어올 수 있는 인물.

혹시…….

"혹시 합하의 친구분이십니까?"

소녀는 의미심장한 미소를 지은 채 어깨를 으쓱해 보였다. 만약 이 대화가 대낮에 바깥에서 오가는 중이었다면 절대 넘어갈 리 없는 허술한 대응이었다. 사기로 치자면 초급도 못 될.

하지만 지금 이곳은 재상 에드워드의 침실이었고 시간은 밤이었다. 자객이 들어오지 못하게 가장 방비가 삼엄해지는 시간대의, 왕궁 다음으로 경비가 삼엄한 재상의 사저. 평범한 사람은 결코 그의 침실에 들어와 그를 기다릴 수 없다.

이 상황의 특수성이 그를 손쉽게 만들어, 그는 이 가벼운 암시만으로도 소녀가 정말 합하와 같은 존재라고 믿어 버리고 말았다. 그래서 그는 태도를 공손하게 바꾸어 사과부터 했다.

"일단, 무례를 사과드리겠습니다. 합하의 장난인 줄 알아 감히 실례를 범했군요, 제가."

"괜찮아, 그럴 수 있지. 먼저 설명하지 않은 건 나니까."

소녀가 관대하게 넘기며 다시금 손짓했다.

"그것보다, 앉으라니까? 물어보고 싶은 게 있어."

상대를 인외라고 착각한 이상 되도 않는 반항을 할 리가 없어.

에드워드는 시키는 대로 소녀의 앞에 앉았다. 앉고 나니 상대의 복식이 매우 독특한 게 눈에 들어왔다. 꽤나 멀리서 오셨나 보군. 그렇게 넘긴 에드워드는 바로 본론으로 들어갔다.

"그래서. 여쭙고 싶으신 말씀이 무엇이시죠?"

"별건 아니고. 혹시 나 같은 보라색 눈동자의 여자를 본 적 있어?"

에드워드는 대답 전에 상대의 눈을 들여다보았다. 침실의 조명이 어두워 잘 몰랐는데, 듣고 보니 상대의 눈색은 선명한 보랏빛이었다. 햇빛 아래에서 봤다면 정말 사람을 홀릴 법한 눈이었다. 에드워드는 동요를 티내지 않고 침착하게 대답했다.

"글쎄요. 그저 보라색 눈이라면 몇 명 본 적 있지만 이렇게까지 선명하고 아름다운 눈동자는 본 적이 없군요."

"그래?"

상대는 미적지근하게 실망했다. 에드워드는 제가 다 미안하다는 듯 객쩍게 웃었다.

"도움이 되지 못해 죄송하군요."

"아니, 뭐. 이게 자네 잘못도 아니고."

"이해해 주신다니 다행입니다. ……그럼, 저도 하나만 여쭈어보아도 될까요?"

"응, 그러게."

에드워드는 방심한 소녀의 얼굴에 대고 단도직입적으로 물었다.

"당신은 누구십니까?"

소녀의 미소가 약간 굳어졌다.

"……자네가 말했지 않아."

"아뇨."

에드워드가 환하게 웃었다. 오밤중에, 자신의 침실에 숨어든 여자를 추궁하는 것 같지 않게 평화로운 얼굴이었다.

"신수님들은 전부 머리색과 눈색이 같지요. 하지만 당신의 머리색은 검은색인데 눈은 보랏빛이 아닙니까. —그러니 당신은 신수가 아니시지요."

소녀의 얼굴에 쓴웃음이 번졌다.

“아……. 그런 법칙이 있는 곳이었나.”

방금 전까지의 절도 있는 태도를 던져 버린 소녀가 거칠게 머리카락을 헤집었다. 뭐, 겉모습으로 추정되는 연령에 어울리는 행동이긴 했다.

“근데, 그럼 네가 할 일은 호위를 부르는 거 아닌가? 거짓말쟁이가 네 침실까지 들어온 건데, 당장 잡아다가 조사해야지.”

에드워드가 즐거워 어쩔 수 없다는 듯 소리 내어 웃었다. 이유를 몰라 어리둥절해하는 소녀에게 에드워드가 친절하게 설명을 했다.

“아뇨, 그럴 것 없습니다.”

“왜?”

“신수의 머리색과 눈색이 같다는 건 우리에게 있어 극비가 아닙니다. 신수에 대해 조금만 안다면 모두들 아는 거지요. 즉, 당신이 절 노리고 숨어들어온 자객이라면 모를 리가 없다는 얘기입니다.”

에드워드는 상체를 숙였다. 거리가 훅 가까워지고, 그는 비밀 얘기라도 하듯 목소리를 낮춰 속삭였다.

“당신은 모순되었습니다. 제 집, 제 방에 몰래 숨어들 정도의 실력. 그런데 숨어들어서 한다는 짓은 당신과 같은 사람을 본 적이 없냐는 이상한 질문뿐이고, 신수에 대해 아무 것도 모른다. ……이게 어떻게 가능할까요?”

조명이 일렁이며 에드워드의 얼굴에 그림자를 만들었다. 제이는 그런 에드워드를 가만히 보다, 가볍게 목을 꺾었다.

“그래, 뭐……. 어차피 믿지 않으면 돌아가면 그만이고.”

무슨 말인지 모를 말을 중얼거리는 소녀를, 에드워드는 참을성을 갖고 기다렸다.

고민이 끝난 소녀가 손가락을 움직였다. 탁자 위에 가벼운 다과와 찻잔이 나타났다. 에드워드는 눈을 조금 크게 떴을 뿐, 기겁을 하진 않았다.

“놀라질 않네.”

"말씀드렸다시피, 제 집 제 침실은 아무나 들어올 수 있는 곳이 아니니까요. 이 정도로 상식이 없으면서 그럴 수 있다면 당연히 무언가가 있어야겠죠."

그러니, 뭐. 라고 하며 에드워드는 어깨를 으쓱해 보였다.

"그래. 그럼 이 말도 그러려니 하고 넘길 수 있을 거라 믿어?"

생긋 웃은 소녀가 찻잔 둘 중 하나를 에드워드의 앞으로 밀어 주며 아무렇지도 않게 말도 안 되는 소리를 했다.

"난 다른 세계에서 왔어."

에드워드는 대답 전에 일단 차로 목을 축였다. 차는 평소에 마시던 것과 달랐지만 못 마실 정도는 아니었다. 적당히, 처음 마셔 보는 이국의 차라고 생각하면 납득 가능한 수준이라고 할까.

"일단, 성함을 좀 알려 주시겠습니까? 당신은 저를 아시는 것 같은데 저만 모르니 좀 불공평한 것 같아서요."

"제이. 제이 르퀸."

제이 르퀸. 에드워드는 입 안에서 그 이름을 굴려 보았다. 이름은 차보다도 훨씬 더 가까운 느낌이었다. 이 나라 사람이라고 해도 전혀 어색하지 않을 거 같은.

"좋습니다, 제이. 다른 세계라는 게 무슨 뜻이지요? 다른 대륙을 말씀하시는 겁니까?"

"아니."

제이가 손가락을 움직여 허공에 쿠키 하나를 띄웠다.

"자, 이게 이쪽 지구야. 아, 지구라는 단어를 아나?"

"……전 이래봬도 최상급의 교육을 받은 사람인데요."

무슨 세 살배기 애를 대하는 것도 아니고. 어이없어 하는 에드워드를 보고 제이가 멋쩍게 웃었다.

"아니, 여기엔 좀 사정이 있어서……. 하여간 안다니 잘됐네."

제이가 손가락을 흔들자, 허공에서 쿠키는 두 개로 분열되었다. 두 조각으로 나뉜 게 아니라, 똑같은 쿠키가 두 개가 되었다는 뜻이었다. 제이가 새로 생겨난 쿠키 쪽을 가리켰다.

"그럼 이게 우리 지구라는 거지."

에드워드는 대답 전에 쿠키를 자세히 들여다보았다. 분명 분열처럼 보였고 크기며 모양이 똑같음에도 불구하고 두 쿠키는 초코칩의 위치가 미묘하게 달랐다.

"아, 과연. 그러니까 바탕은 같지만 그 안을 채우는 것들이 다르다 이거군요. 그래서 신수에 대해 몰랐고. ……그런데, 그럼 제 이름은 대체 어떻게 아신 겁니까?"

제이가 잔잔하게 웃었다.

"분명 우리 지구와 이쪽 지구는 달라. 우리 지구에는 신수라는 게 없고, 아마 나라 이름이나 왕가, 그런 세부 사항도 다를 거야. 다른 지구들과도 나라나 세세한 흐름은 다 달랐거든."

"아, 지구가 두 개만이 아니라 많은 건가요?"

제이가 생긋 웃었다.

"아주. 아주, 많지. 매주 다른 지구에 가 봐도 아직 못 가 본 곳이 남아 있을 정도로."

"그, 다른 지구로 가는 건 당신의 능력입니까?"

"응. 우리 세계에서도 이게 가능한 사람은 거의 없었어. 참고로 다른 사람을 데려가는 것도 못 하고."

그렇다면 그가 다른 세계에 가 볼 일은 없을 거란 뜻이었다. 에드워드는 아쉬움을 삼켰다. 다른 세계에 가볼 수 있다면 그의 견문도 더욱 넓어질 텐데.

"뭐, 말을 계속 하자면. 근데 신기하게도, 그렇게 세세한 부분은 다른데도 인간은 겹친다는 거야."

에드워드의 명석한 두뇌에는 더 이상의 말이 필요 없었다. 그는 담담하게 정답을 말했다.

"당신의 세계에서도 제가 있었군요."

"응."

제이가 그를 보고 웃었다. 이제 보니, 확실히 그녀의 눈은 에드워드에게 다른 사람을 겹쳐 보고 있는 눈이었다. 에드워드는 지금 이걸 기분 나빠 해야 하는 건지 아닌지 감을 잡을 수가 없었다.

"그래서, 듣지 않고도 네 이름을 알았던 거지."

그래서 많고 많은 사람 중에 하필 너를 골라 질문한 거고.

에드워드는 그 말을 듣고, 잠시 망설이다 물었다.

"그럼 당신은, 이렇게 지구를 넘어서 누굴 찾고 싶으셨던 건가요?"

제이는 잠시 대답을 망설였다. 다른 세계에서 왔다는 말도 손쉽게 하던 이가. 에드워드는 진득하니 기다렸고, 결국 그녀는 입을 열 수밖에 없었다.

"……나."

"당신이요?"

에드워드가 눈을 크게 떴다. 예상하지 못한 대답이었다.

"그럼, 그냥 제 앞에 모습만 드러내면 끝이었던 거 아닙니까? 당신을 알고 있으면 당연히 제가 아는 척을 했겠죠."

"아니, 그게. 이곳의 내가. 그러니까 내가 있다면 말이지만, 몇 살인지를 모르잖아. 어쩌면 이곳의 나는 일곱 살짜리 어린애일 수도 있어. 죽을 날 받아놓은 노인일 수도 있고. 그럼 지금 내 모습을 본다고 해도 눈치 못 채는 게 당연하잖아. 하지만 눈 색으로 물어보면 바로 추려지니까."

꽤나 현명한 방법이기는 했다.

"그런데 그건 제가 이곳의 당신을 모르면 소용이 없어지는 건데요?"

"그렇긴 한데, 그건 어쩔 수 없지. 애초에 내가 지구를 전부 뒤지는 게 힘들어서 간단하게 가려고 물어보는 거니까."

"하지만……."

이건 너무 과한 참견이 아닌가. 어차피 세계도 다르면서. 그녀가 자기 세계로 돌아가면 다시는 만날 일 없는 주제에.

에드워드는 잠시 망설였으나, 곧 마음을 다잡았다. 반대로 말하자면, 어차피 세계가 다르니 지금 무슨 헛소리를 해도 상관이 없겠지. 어차피 이 순간이 지나면 끝날 인연이니. 미련을 남기지 않는 쪽이 낫겠지.

"그쪽의 에드워드는 대체 어떤 사람인지, 당신과 어떤 사이인지 물어봐도 괜찮겠습니까?"

제이가 눈을 조금 크게 뜨더니, 곧 웃었다.

"당연하지."

무례할 수도 있는 질문에 돌아온 대답은 시원시원했다.

* * *

제이는 그 세계의 에드워드와 자신에 대해. 그리고 자신의 세계에 대해 말해 주었다. 기본적인 체계는 같다지만 이곳에는 없는 픽과 락의 존재는 에드워드의 흥미를 끌기 충분했다.

이것저것 물어본 에드워드는 그 대가로 이 세계의 신수에 대해 말해 주었다. 신수의 존재에 딱히 흥미를 느끼지는 않는 것 같은 제이도, 현재 그가 모시고 있는 신수와 왕에 대한 얘기는 흥미롭게 들었다.

사흘 밤낮을 새도 다 얘기할 수 없을 이야기가 끝난 건, 동이 튼 후였다. 재잘대며 즐겁게 떠들던 제이는 부옇게 밝아오는 밖을 보고는 난처한 얼굴을 했다.

"아, 이런. 원래 이렇게 길게 머무르는 법이 없는데. 이야기가 즐거워서 너무 지체해 버렸네."

커튼을 쳐 둘 것을. 에드워드는 하나 마나한 후회를 했다.

"가시나요?"

"그래야지."

제이는 자리에서 일어나 창문가로 걸어갔다. 창문에 손을 댄 채 에드워드를 돌아본 제이가 생긋 웃었다.

"원래의 너에게조차 말하지 않은 걸 다른 지구의 네게 말하게 될 줄은 몰랐는데 말이야. ……그래도, 널 만나게 되어서 좋았어. 그럼, 네 앞길에 행운이 있길 빌게."

에드워드는 웃으며 눈을 감았다. 다시 눈을 떴을 때 창문이 반쯤 열려 있었고 정체 모를 소녀는 사라진 후였다. 어쩌면 상대는 타고난 거짓말쟁이일지도 모른다. 그녀가 말한 또 다른 자신은 없을지도 모르고, 그녀는 그저 자기를 속이고 자취를 감췄을지도 모른다.

어쩌면 그쪽이 더 구미에 맞을 지도 모르지. 다른 세계의 사람이라면 다시는 만날 수 없지만 같은 세계의 거짓말쟁이라면 언젠가 다시 만나게 될지도 모르니까.

하지만 그래도 에드워드는 제이를 믿기로 했다. 제이의 말을 믿기로 한다.

Chapter 06
까치가 울면 반가운 손님이 온단다

아밀스턴 섬에 위치한 하연 인더스트리 본사에 편지 한 통이 날아왔다.

비유가 아니라 진짜로. 바다 위에 둥둥 떠 있던 걸 잡았다며 사원이 쟁반 위에 얹어 온 편지 한 장을 보았을 때는 제 아무리 달리아라고 해도 놀랄 수밖에 없었다.

"차라리 씨앗 전화를 다시 보낼 것이지."

물론 씨앗 전화로 쓸 금속구를 보내는 것보다야 종이 한 장을 날려 보내는 쪽이 빠르기야 더 빠르긴 하겠지만, 중간에 소실될까 무서워 어지간한 사람은 못 할 짓인데. 달리아는 고개를 갸우뚱하며 편지를 뜯었다.

편지에는 짐의 언어가 적혀 있었다.

[도리언 그레이하운드를 찾는 데 협조하겠음. 사절에 끼어 방문해 줄 것. -J]

무슨 말인지 모를 편지였다. 안 그래도 가벼운 게 종이건만 무게를 극단적으로 줄이고 싶었는지, 편지는 편지라기보다는 메모에 더 가까웠다. 밖에 봉투를 붙인 것만 해도 큰 배려라고 생각해 줘야 할지 모를 일이었다.

달리아는 메모를 뒤집어보았고 사파이어는 봉투를 다 뜯어 안쪽을 살폈지만 다른 글은 없었다.

"아니, 무슨 사절인지는 알려 줘야 할 거 아냐."

달리아는 황당하다는 듯 중얼거렸다.

그리고 그녀는 사흘 후에야 메모의 뜻을 이해하게 되었다.

* * *

릴리는 자신의 손목이 묶여 있다는 사실을 알아차렸다. 사실 손목만이 아니라 손가락, 손목, 팔꿈치까지 관절마다 묶여 있긴 했다. 어깨에 꽤나 무리가 가는 자세였는데, 릴리는 로쉔에서 원래 범인을 이렇게 다루는 건지 아니면 픽이라 마음 놓고 막 묶은 건지가 궁금해졌다.

발목과 무릎도 묶여 있고, 눈은 안대로 가려 놨다. 평소 때라면 픽의 능력으로 주변을 인지할 수 있으니 아무 상관없었을 테지만 정말 앞이 보이지 않고 몸을 움직일 수가 없자 꽤나 불편했다. 그리고 피도 안 통했고.

이런 사소한 불편에 직면한 적 없는 릴리가 한숨을 내쉬자, 안대가 벗겨졌다. 당연하게도 제이였다.

"불편하게 만들어서 미안. 픽한테 이런 게 쓸모없다는 걸 이해시키기가 어려워서."

제이는 안대를 옆에 있던 탁자에 내려놓았다. 그 옆에 늘어선 섬뜩한 도구들이 보였지만 릴리는 애써 무시했다.

"사과해야 할 건 다른 게 아닐까……."

릴리는 한숨처럼 투덜댔지만 제이는 신경 쓰지 않았다.

"그대에게 사과할 건 더 없는 것 같은데."

……달리아와 같이 지낸 시간은 기껏해야 1년여라고 들었는데, 어쩜 저렇게 나쁜 점만 쏙쏙 골라 닮았는지 모를 일이었다.

"앞으로도 없을 예정인지 물어봐도 되니?"

제이는 안대를 짚고 있던 손을 미끄러트려 펜치를 만지작거리기 시작했다.

"당연하지."

"……그런 흉악한 도구에서는 손을 떼고 말해야 신빙성이 있지 않을까?"

세계를 포밍해 놔 통증을 못 느끼게 조정할 수도 없게 만들어 놓고는. 제이가 온화하게 웃었다.

"내가 이걸 쓰는 건 그대가 제대로 대답을 안 할 때뿐이니까 미안할 일 없다는 거야."

대답 좀 안 한다고 손톱을 뽑을 거면 미안해 볼 줄도 좀 알 것이지. 릴리는 눈을 감았다.

"부드럽게 부탁해."

"대답을 해 볼 생각을 해, 손톱 뽑힐 준비하지 말고."

"대답할 수 있는 걸 물어봐야 하지."

"대답 못할 것도 아닐 텐데?"

제이는 펜치를 만지작거리던 손을 떼고, 릴리 앞에 놓여 있던 의자에 앉았다.

"왜 에드워드 델 크뤼거였지?"

그녀는 이미 에드워드에게, 릴리가 접근해 온 시점을 들었었다. 그건 제이의 부관이 된 뒤 일주일 정도 뒤였다.

"고작해야 일주일 정도였는데. 어떻게 알았지, 그걸?"

그전의 에드워드는 눈에 띌 일이 없는 이였다. 나라가 같고 스쳐지나간 적 있는 제이조차도 그의 존재를 몰랐을 정도면 말 다한 거지.

에드워드는 제이의 세계를 일순 밀어 낼 정도로 강한 능력을 갖고 있었지만 자기 능력을 활용할 줄은 몰랐다. 그러니 단순히 픽이라 눈에 띄었을 리는 없고 아무리 대단한 집안의 귀한 자식이라 해도 그녀나 릴리 같은 상위급 픽에게 현실의 가치가 가치 있을 리 없다.

심지어 에드워드는 짐과 교류가 있는 것도 아닌 로쉔의 사람이니 릴리가 현실의 가치를 신경 썼다고 해도 에드워드를 알았을 리는 없다. 릴리가 에드워드를 신경 썼다면 그건 분명 제이 때문이다.

하지만 어떻게? 어떻게 일주일 만에 릴리가 에드워드를 알았을까? 아니, 알았다고 해도, 제이를 이용하려면 에드워드를 이용하면 되겠다는 생각을 어떻게 해냈을까?

제이는 그저 에드워드가 같은 픽이라서 잘해 준 것뿐이었다. 원래 픽들끼리, 특히 상위급 픽들끼리는 서로 잘해 주는 게 당연한 것이니 옆에 둔다고 해서 눈에 띌 리는 없…….

“장난해? 너 같은 뛰어난 픽이 옆에 락을 두고 있으면 당연히 눈에 띄지. 대륙이 다르다고 해서 그거 하나 눈치 못 챌까 봐?”

어이없다는 릴리의 목소리에, 제이의 생각이 뚝 잘려 나갔다.

“뭐?”

릴리는 제이의 표정 변화를 기민하게 잡아냈다. 하지만 그 표정에서 읽어 낸 정보는 사람의 표정 변화에 능한 그녀의 재주를 원망하고 싶어지게 만드는 것이었다.

“다시 한번 말해 봐. 뭐라고?”

제이는 자기가 얼토당토않은 말을 들은 걸처럼 굴었지만, 어처구니없는 건 릴리였다.

"아, 제발. 로즈 언니 그림자를 밟을 만큼 대단하다는 픽이 락과 픽도 구분 못하는 얼간이라는 말은 말아 줘."

듣던 얼간이는 빡이 쳤다.

"지금 나랑 장난을 하고 싶은가 보지?"

제이의 손짓에 따라, 릴리가 묶인 의자 옆 테이블에 놓여 있던 펜치가 허공에 흔들렸다. 하지만 손톱에 대한 걱정은 들지도 않았다.

"차라리 장난이었으면 좋겠다는 건데."

제이는 대답 대신 릴리의 얼굴을 찬찬히 뜯어보았다. 그녀는 릴리처럼 눈만 보고도 속을 읽어 낼 수는 없었지만, 그래도 릴리가 지금 정말로 어이없어 하고 있다는 건 알 수 있었다.

하지만 그걸 알면서도 쉬이 믿기가 어려웠다. 에드워드가 락이라고 믿게 해서 릴리에게 올 이득이 없다고 생각하면서도, 그녀가 생각해내지 못한 무언가가 있어서 릴리가 거짓말을 하고 있다고 믿고 싶어졌다.

왜냐하면, 에드워드가 락이라면 픽인 제이에게 이럴 리가 없으니까.

픽과 락을 알아볼 수 있는 픽과 달리 락은 픽을 알아보지 못한다. 락은 그저 픽의 세계를 배제할 뿐이다. 바꿔 말하자면, 픽이 만들어 낸 픽의 세계를 원래대로의 세계로 되돌릴 뿐이다.

그러나 바로 그 과정에서, 락은 픽에게 꺼림칙함을 느끼게 된다. 이질적인 존재, 자연에서 존재할 수 없는 세계. 픽의 세계는 픽의 존재와도 같고, 그걸 부정하고 지워 내는 락은 픽의 존재 자체를 꺼리게 된다. 그게 바로 락의 본능이다.

그러니, 에드워드가 락이면 제이에게 이럴 리가 없었다. 필요에 의해 그랬다기에는 로쉔에서는 그녀보다도 에드워드가 더 소중하니 싫다는 사람에게 억지로 시키지는 않았을 테고.

제이는 세계에서 두 번째로 강한 픽이지만 두 번째로 뛰어난 픽은 아니며 심지어 로쉔이 픽 제한국인 터라 자신의 능력의 십분의 일도 제대로 발휘를 못하고 있었다. 크뤼거가 같은 명문가의 후계자가 일부러 자존심을 굽히고 대해야 될 상대가 아니란 뜻이다.

단순히 제이를 이용하고 싶었다면 평민 출신이나 방계 출신을 붙이는 게 제이의 경계심도 누그러트리는 데 훨씬 좋았을 테니 더더욱.

제이가 락과 픽을 헷갈리는 건 그렇다 넘어가도, 에드워드가 락이라면 절대 보일 리 없는 행동들 때문에 제이는 릴리의 말을 믿기가 어려웠다. 제이는 조금 더 심도 있게, 다시 한번 물어보기로 했다.

방식을 조금 달리해서.

제이는 문을 두드리는 소리에 바늘을 내려놓았다. 식사시간인 듯했다. 제이는 손을 세척하려다 공기 중에 떠도는 피 냄새를 깨닫고는 손을 멈췄다.

"들어오게."

문이 열리고, 에드워드가 들어왔다.

"식사 가져왔습니다."

제이는 에드워드가 들고 있는 식판을 보았다. '취조실'이라 이름 붙였지만 본질은 고문실인 탓에 식사는 차갑고 냄새가 거의 나지 않는 음식 위주로 짜여 있었다. 다만, 보기만 해도 입맛이 사라지는 음식들 사이에 시판되는 판 초콜릿 하나가 눈에 띄었다.

포장지를 벗기지 않았기에 제이는 초콜릿을 판 가게를 알 수 있었다. 단 것을 좋아하는 입맛 덕에 제이는 군에 납품되는 모든 디저트류의 브랜드를 꿰고 있었는데, 식판 위에 올라와 있는 초콜릿을 판매한 가게는 군에 납품하지 않는 곳이었다.

제이는 식판에서 시선을 들어 에드워드를 보았다.

아무리 부관이라고 해도 에드워드는 엄연히 소위이다. 이런 잔심부름까지 그가 맡아 할 이유는 없고, 설사 그녀에게 환심을 사려고 이런 잔심부름을 떠맡았다고 해도 일부러 사비까지 털어 초콜릿을 사 올 필요는 없다.

아무리 사생아 신분이라고 해도 그녀는 장교고, 군은 권력의 중심이다. 비록 크뤼거가의 도련님이 손에 넣을 수 있는 것에 비하면 별로라 해도 그녀에게 지급되는 식사가 객관적으로 질이 떨어지지는 않는다. 요컨대, 에드워드가 보다 못해 주머닛돈을 털어야 할 만큼 처참한 수준은 아니다.

확인에 확인을 거쳤음에도 불구하고 제이는 또다시 의심이 들었다.

락과 픽은 존재 자체가 대립된다. 그런 상대에게 이렇게 헌신적일 수 있을까? 제이는 한 달이 조금 넘는 시간 동안을 돌이켜 보았다.

평생 남에게 차를 타 줘 봤을 리 없는 도련님이 그녀에게 차를 타 준 뒤 굳이 말로 반응을 묻지도 않고 가만히 그녀의 안색을 살피더니 일주일 만에 결국 그녀의 입맛을 맞춰 내던 걸 기억했다.

그녀 앞에서 무릎을 꿇고 그녀를 올려다보던 얼굴을, 오지 못할 걸 알면서도 초대장을 받는 걸 생일선물로 달라던 목소리를 기억했다. 그리고 물었다.

"에드워드 소위."

"네."

에드워드는 공기 중에 떠도는 피 냄새나 깨끗하게 손톱이 발려 나간 릴리의 손 따위는 없는 것처럼 단정한 목소리로 대답했다.

"릴리의 첫인상이 어땠나?"

에드워드는 잠시 기억을 되살리더니, 한마디로 정리했다.

"뱀 같았습니다."

"……첫인상이?"

"예."

"얼굴만 보고 판단한 게 말이지."

"목소리를 먼저 들었습니다만, 목소리와 얼굴을 종합해서 내린 평가였습니다."

제이는 입을 다물었다. 한층 더 이해가 가지 않았기 때문이었다.

릴리는, 속알맹이야 어찌 됐건 겉모습만은 명문가에서 잘 자란 아가씨 그대로였다. 또렷한 눈매는 영민했으며 다물린 입매는 신중했고 반듯한 이마는 올곧았다.

로즈가 '정의'라는 단어를 사람으로 만들어 낸 것처럼 생겼다면 릴리는 '도덕'이라는 단어가 사람의 가죽을 뒤집어 쓴 것처럼 생겼다.

짐과 로쉔에서 각각 여자에게 바라는 이상적인 모습이 조금 다르다지만 대충 음전한 아가씨로 못 비춰질 것도 없었다.

게다가 릴리의 얼굴은 아무리 이상하게 보려고 해도 여자답지 않게 고집 세고 깐깐하게 생긴 미인이면 모를까 뱀처럼 교활해 보이기는 무리였다. 아무리 뜯어봐도 뱀은커녕 지렁이만 한 교활함도 엿보이지 않는다. 목소리라고 달라질 것은 없었다.

물론, 에드워드가 락이라면 모든 것은 해결이 된다. 본능적으로 꺼리니 뱀이든 거미든, 안 좋은 이미지가 먼저 떠올랐겠지. 혹시나 하는 마음에 제이는 또 물어보았다.

"……그럼 내 첫인상은 어땠나?"

에드워드는 아까보다는 좀 더 시간을 들여 고민한 뒤 대답했다.

"정말 막 처음에 훈련장 문을 열고 들어오셨을 때는 생각보다 작고 가녀리시다고 생각했고, 훈육 장면을 본 때부터는."

에드워드는 중간에 말을 멈추고 환하게 웃었다. 방 안은 취조실답게 창문 하나 없이 어둑했지만, 흐릿한 전등불 아래서도 그의 미소는 눈부시게 빛났다. 제이가 순간 고민이 날아가는 것을 느낄 정도였다.

"드디어 신이 제 기도를 들어주셨구나 싶었습니다."

한번 날아간 고민을 다시 찾으러 떠나는 여정은 무척이나 힘들 것이 분명했다. 제이는 달리아가 오면 물어보기로 마음먹었다. 무엇이든 언니가 나보다 더 잘 알겠지, 뭐.

명백한 도피였다.

* * *

릴리의 처우에 대해 논의하기 위한 짐의 사절단은 믿을 수 없는 속도로 날아왔다. 비유가 아니었다, 정말로 그들은 '날아'왔다. 에힐드의 주민들은 하늘에서 내려오는 쇳덩이를 보고 입을 떡 벌렸다.

릴리를 감시해야 하는 제이 대신 사절단을 마중 나간 에드워드도 다를 것은 없었다. 굳이 차이점을 찾자면 일반 시민들은 실제로 입을 벌렸고 그는 속으로만 입을 벌렸다는 게 차이겠다.

혼자 떠 있는 게 믿기지 않는 쇳덩이는 텅 빈 연병장에 조심스레 내려섰고, 그 안에서 네 명의 사람이 내렸다.

여성 상위 사회인 짐에서, 넷 중 한 명만이 여자인 건 로쉔의 분위기를 고려한 것인지 단순히 적임자를 고르다 보니 생긴 우연인지 아니면 다른 의도가 숨어 있는지 모를 일이었다.

생각해 보면 짐쪽 사람이 로쉔에 들어와 물의를 일으킨 상황이니 저쪽에서 수작을 부릴 리는 없겠지만, 인상이 안 좋은 인간이 절반쯤 섞여 있으니 저절로 의심이 드는 것은 어쩔 수가 없었다.

"안녕하십니까, 안내를 맡은 에드워드 델 크뤼거 소위라고 합니다."

제이가 하연 인더스트리의 부회장인 달리아와 사파이어가 온다고 했으니 저 유일한 여자가 바로 그 달리아일 거다. 나머지 둘의 신분은 모르니, 에드워드는 일단 신분이 확실한 여자에게 먼저 말을 걸었다. 인사를 들은 달리아가 눈을 동그랗게 떴다.

……내가 무슨 실수라도 했나?

"에드워드 델 크뤼거?"

"……예, 그렇습니다."

"제이 르퀸의 부관인?"

도대체 이런 사소한 정보는 어떻게 알고 있는 건지 모를 일이었다.

"……예, 그렇습니다."

달리아는 가만히 에드워드를 머리끝부터 발끝까지 훑어본 뒤 바로 뒤에 붙듯이 서 있던 남자를 돌아보았다. 둘 사이에 시선이 오고 갔는데, 도대체 자신이 제이의 부관인 게 무슨 문제기에 저런 반응인지 죽어도 모를 일이었다.

"……사람을 저렇게 세워놓는 건 좋지 않은 대응 같은데요. 안녕하십니까, 한유서라고 합니다. 그냥 편하게 한이라고 부르시면 됩니다."

가장 뒤에 서 있던 남자가 앞으로 나오더니 고개를 숙여 인사했다. 3대륙 사람들은 유전적으로 1대륙 사람들보다는 작다고 들었는데, 어찌나 체격이 좋은지 에드워드와 눈높이가 엇비슷했다.

"저도 잘 부탁드립니다."

에드워드가 마주 인사를 하자 한은 다시 뒤로 물러섰고, 제자리에 서 있었을 뿐인데 위치가 휙휙 바뀐 여자가 손을 내밀었다.

"아, 초면에 무례했네요. 미안해요, 예상했던 거랑 좀 달라서. 하연 인더스트리의 부회장인 달리아라고 합니다. 이쪽은 저와 같은 부회장, 사파이어."

뒤에 부관처럼 서 있던 남자가 눈인사를 보내 왔다. 제이가 미리 언질을 주지 않았으면 같은 부회장이라는 걸 듣고 놀랄 뻔했다. 에드워드는 속으로 제이에게 감사를 보내며 마주 인사했다.

"괜찮습니다, 놀라실 만하죠."

물론 에드워드는 달리아가 왜 놀랐는지는 몰랐지만, 이게 사회생활이라는 거였다. 그는 예의바르게 웃으며 달리아의 손을 마주 잡았다.

기분 탓인지 달리아의 손이 그의 손을 감쌀 때 주변이 약간 술렁인 것도 같았지만, 에드워드는 모른 척했다. 악수를 마치고 한 발짝 물러서자, 주변 공기는 이미 원래대로 약간은 삭막하게 돌아가 있었다.

마지막으로 맨 뒤에 서 있던 소년이 나와 인사를 했다. 고갯짓이나 눈인사, 악수를 한 다른 셋과 달리 허리까지 굽히는 정중한 인사였다. 허리를 숙인 채 소년은 에드워드가 알아듣지 못할 말을 몇 마디 중얼거렸고, 한이 통역을 했다.

"이분은 로쉔어를 하시지 못하기 때문에, 제가 대신 통역하겠습니다. 양해 부탁드립니다."

"괜찮습니다."

오히려, 넷 중 둘 이상이 로쉔어를 능숙하게 한다는 게 더 놀라웠다. 달리아야 로쉔과도 교류가 있으니 그렇다 쳐도. 한이 소년의 말을 마저 통역했다.

"릴리의 전 약혼자인 도연후라고 합니다, 편하게 도라고 부르시면 됩니다. 이번에는 릴리의 집안에서 중재를 부탁하여 오게 되었습니다. 잘 부탁드립니다."

아직 미성년자처럼 보이는 얼굴에 에드워드는 순간 릴리를 오해할 뻔했지만, 릴리의 애인이라던 남자가 릴리와 비슷한 연령대였던 걸 기억해 내고는 의심을 거뒀다. 집에서 나이차는 고려하지 않고 짝지어 준 거겠지.

"저도 잘 부탁드립니다."

웃으며 가볍게 고개를 숙여 보였지만 한은 통역할 생각을 하지 않았다.

흘깃 그를 보자, 그가 변명처럼 덧붙였다.

"스피킹이 안 되는 거지 리스닝은 된다는군요. 그러니 편하게 말씀하시면 됩니다."

도대체 무슨 조합인지 모를 일이었다. 에드워드는 넘쳐나는 궁금증을 꾹 누르고 등을 돌렸다.

"예, 알겠습니다. 따라오시지요, 안내하겠습니다."

넷은 에드워드의 뒤를 일렬로 따라오기 시작했다. 순서는 달리아, 사파이어, 도, 한의 순이었다. 맨 처음에 달리아에게 말을 건 건 옳은 선택인 듯했다.

* * *

넷을 사고 대책 위원회 회의실까지 안내한 뒤, 에드워드는 다시 제이를 모시러 취조실로 향했다. 취조실은 건물부터 달랐기 때문에 동선에 낭비가 심했다. 에드워드는 품위가 손상되지 않는 선에서 걸음을 재촉했다.

취조실 문을 노크하자 들어오라는 소리가 들렸다.

들어가자, 안에는 이미 교대자가 와 있었다. 제이, 넓게 봐도 에드워드 말고는 릴리를 제대로 막을 수 있는 사람은 없을 테지만 그래도 기분상 필요한 모양이었다. 에드워드는 교대자를 무시하고 제이에게 인사했다.

"대위님, 모시러 왔습니다."

"거기 재킷 좀 집어 주게."

에드워드는 문 옆 옷걸이에 걸려 있던 재킷을 집어 들어 주름을 턴 뒤 제이에게 다가갔다.

"팔 주십시오."

제이는 재킷에 팔을 꿰어 넣고는 교대자를 돌아보았다.

"그럼 맡기겠네, 솔반 소위."

"예."

솔반 소위는 딱딱하게 굳은 얼굴로 인사했다. 인간을 뛰어넘는 재능으로 인해 현장직에게 인기 있는 편인 제이이지만, 우습게도 그녀가 속한 대테러대응반 소속 군인들은 그녀를 좋아하지 않는 편이었다.

차라리 다른 부서였으면 좀 더 나았을까. 에드워드는 솔반에게 차가운 시선을 던진 뒤 제이의 뒤를 따라 나갔다.

"다른 일행은 누가 왔던가?"

제이는 문이 닫히길 기다렸다 물었다. 에드워드는 제이의 뒤를 따라 걸으며 대답했다.

"릴리의 전 약혼자라는 도연후와 한유서라는 사람이 왔습니다."

"한유서?"

도연후가 온 것은 상정 범위 내인 듯, 제이는 한 사람의 이름만을 짚어냈다.

"예. 아시는 분인가요?"

"Gypsophila, 로즈 사촌이자 그 본인도 꽤 우수한 픽일세. 아마 남자 중에서는 가장 뛰어난 픽일걸."

"Gypso……. 뭐라고요?"

처음 듣는 단어에 에드워드는 당황했다. 제이가 아주 잠시 머뭇거리다 덧붙였다.

"Baby's breath(안개꽃) 말일세. 짐에서는 현장 요원들 코드네임을 꽃 이름으로 짓잖나. 한유서의 코드네임이 Baby's breath, 학명 Gypsophila일세."

에드워드는 웃지 않기 위해 입술을 꽉 깨물었다.

한유서는 키도 그랬지만 어깨도 널찍했고, 노출 하나 없이 꽁꽁 싸맨 옷

아래로도 근육질인 게! 잘 느껴질 정도였다.

그런 남자의 코드네임에 Baby가 들어가다니. 제이가 작게 웃었다.

"웃어도 되네, 나도 듣고 웃었거든."

에드워드는 기꺼이 제이의 말에 따랐다. 제이는 에드워드를 위해 기꺼이 걸음을 잠시 멈춰 주었다. 한참을 웃은 에드워드가 허리를 폈다.

"로즈의 사촌이 온 게 우연은 아니죠?"

제이는 기특한 얼굴로 에드워드를 보았다.

"맞네. 사실 릴리에는 관심도 없을 거야. 그로서는 로즈를 찾고 싶겠지."

"그쪽에도 정보가 들어간 걸까요?"

"아니."

제이는 고개를 저었다.

"내가 크게 다쳤다는 말을 듣고 눈치챈 걸걸."

에드워드는 곧 뜻을 알아차렸다. 제이는 세계에서 두 번째로 강한 픽이고, 첫 번째는 로즈이다. 그러니 제이가 다쳤다는 말을 들으면 당연히 로즈가 엮여 있다고 생각하는 게 자연스럽겠지.

"한이 왔다는 건 좋지 못하군. 거짓말이 통하지 않는 상대거든. 계획은 폐기하는 게 좋을 거 같네."

"거짓말을 꿰뚫어보는 능력이라도 있는 건가요?"

제이는 이쯤해서 픽에 대한 오해를 바로잡아 줄 필요가 있다고 느꼈다. 지금까지야 어련히 잘 알겠거니 했지만, 릴리의 말대로 에드워드가 락이라면 픽에 대해 알 리가 없으니까.

"에드워드 소위. 픽이 좀 이해하기 어려운 개념이다 보니 대충 초능력자 비슷한 거라고 하고는 있지만, 엄연히 말하자면 픽은 초능력자가 아닐세. 초능력자처럼 머릿속을 들여다본다든가 하는 건 불가능해."

"그럼……."

"음……. 설명하기가 어렵군. 어차피 현장은 자네 집이니 조사할 때 자네도 그 능력을 보게 되겠지. 설명보다는 직접 보는 게 이해가 쉬울걸세."

그렇다면야, 뭐.

에드워드는 수긍하고는, 제이의 조언에 따라 미리 짜 놨던 스토리를 머릿속 쓰레기통에 버려 버렸다. 아버지인 롤랜드는 이 건에 대해 아는 바가 없다는 입장을 취하기로 했으니 말을 맞춰 둘 필요는 없으리라.

소소하게 대화를 나누는 사이 그들은 어느 새 회의실 앞에 도착해 있었다. 에드워드는 문을 두드렸다. 안쪽에서 문이 열렸다.

안에는 아까 데려다 놓은 넷에 더불어 릴리를 생포한 제이가 속한 가문의 가주인 조세핀과 현장인 크뤼거가의 가주인 롤랜드가 있었다. 에드워드는 일부러 아버지 쪽에 시선을 주지 않고 말했다.

"르퀸 대위님을 모셔왔습니다."

"수고했네."

입을 연 것은 질렛 중장이었다. 원래대로라면 중장이 둘씩이나 붙을 일은 아니지만, 롤랜드의 집이 사건 현장이니만큼 객관성을 잃을 수 있다는 우려 때문에 불려온 이였다.

에드워드는 안으로 들어서자마자 방향을 꺾어 벽에 가서 섰고, 제이는 그대로 걸음을 옮겨 중앙으로 걸어갔다.

그때, 한이 자리에서 일어섰다. 테이블을 돌아 나온 그가 에스코트하듯 제이의 손을 잡고 허리를 굽혔다. 제이는 반사적으로 그에게 잡힌 손을 뒤집어 제 쪽으로 끌어당겼다. 눈앞에서 손등을 놓친 그가 고개를 들었다. 당황한 얼굴이었다.

당황할 게 누군데. 제이는 어이가 없었지만 점잖게 충고했다.

"저는 레이디가 아닙니다."

한은 어쩐지 억울해 보이는 얼굴이었지만, 곧 표정을 갈무리하고는 사과해 왔다.

"……실례했습니다."

신속한 사과였고 상대가 제이였기 때문에 위원회의 사람들은 딱히 정식으로 불만을 제기하지는 않았다. 한은 자리로 돌아와 앉았고, 제이는 중앙에 가서 섰다. 등이 곧았다.

"그럼 이제부터……."

"르퀸 대위. 릴리가 거기 있는 건 어떻게 알았습니까?"

'위원회'라고 이름을 붙여놨지만 이건 일종의 법정이고 제이는 증인 출석을 한 셈인 터라 절차가 있었다.

그런데 달리아가 그걸 싹 무시해 버린 거였다. 둘러앉은 이들의 표정이 흐려졌지만 달리아는 눈이 없는 것처럼 굴었다.

"릴리가 제게 초대장을 보냈습니다."

"초대장이요?"

"예."

질문을 한 건 달리아였지만, 제이는 도를 바라보며 품속에서 유리병을 하나 꺼냈다. 혹시 몰라 제비꽃은 전부 꺼내고 백합 한 송이만 남겨 둔 절임 병이었다. 병을 본 도가 뭐라고 하자, 한이 통역을 해 줬다.

"그럼 릴리가 이전에 접촉한 적은 없다는 말씀이시죠?"

"예."

릴리가 제이에게 접근한 적은 없으니 아주 거짓말은 아니었다. 제이는 뻔뻔하게 그런 생각을 했다. 달리아가 톡 끼어들었다.

"보안이 허술하네요."

누가 봐도 시비 같은 광경이었다. 달리아를 몰랐다면 제이도 그렇게 생각했을 것이다. 제이가 빙그레 웃었다.

"달리아 부회장님. 제가 들어가지 못할 수준의 보안은 인력 낭비를 넘어 불가능에 가깝습니다."

본인에 대한 자신감이 넘쳐흐르다 못해 폭발할 수준이 되어야 할 수 있을 말을 저렇게 담담하게 하는 것도 참 재주였다. 달리아는 수긍했다.

"그건 그렇겠죠. 그래서. 릴리가 왜 그런 건지 이유를 알아냈나요?"

"릴리는 입을 열지 않는 상태고, 판단은 제 몫이 아닙니다."

정론이었다. 한의 표정이 미묘하게 변했다. 달리아가 시비를 거는 척 제이에게 유리한 방향으로 대화를 끌고 가는 걸 알아차린 탓이었다. 하지만 눈치챘다고 해서 뭘 하는 건 아니었다.

그는 가만히 달리아 쪽을 보았다가 시선을 거두었다.

"그럼 릴리가 어떻게 당신을……."

달리아는 드물게도 말을 골랐다. 달리아를 아는 사람 전원이 놀랐지만, 놀라 봤자 소수인 터라 별다른 일은 없었다.

"제압한 건지 모른다는 거네요."

"……예."

제이는 너무 놀라 대답을 지체했지만, 다행히도 사람들은 제이가 잠시 생각을 해 보느라 대답이 늦어진 줄 아는 모양이었다.

판단은 자기 몫이 아니라고 한 게 방금 전인데. 사람 말을 귓등으로도 안 듣는 게 쓸모 있어질 날이 올 줄은 미처 몰랐다. 제이는 한숨을 삼켰다.

"릴리의 침입 경로도 밝혀진 바가 없고?"

"예."

달리아는 그 외에도 몇 가지 질문을 더 던졌다. 누가 보면 달리아가 릴리 친구인 줄 알 정도였다. 질문을 마무리하는 것조차 그랬다.

"그럼 이제 상황은 다 나왔네요. 현장 확인을 해 봐야 다음 단계로 넘어갈 수 있을 테니 이만 일어날까요."

시작부터 해서 진행, 종료까지 전부 제멋대로였다. 질렛이 입을 열었다.

"모든 일에는 절차가 있는 법입니다, 달리아 부회장. 이렇게 일방적으로 종료를 선언하면 곤란합니다."

달리아는 눈을 동그랗게 떴다.

"하지만 그쪽의 취조 및 논의는 우리가 이동하는 사이 이미 다 이루어졌을 거고. 우리는 필요한 질문을 전부 했고. 그럼 사실 관계 확인이 그 다음이잖아요? 가만히 앉아 있어 봤자 뭘 하죠? 아니면."

톡, 톡. 펜조차 잡아 본 적 없을 것같이 아름다운 손가락이 테이블을 두드렸다. 꽃이 웃었다.

"기죽이기인가요?"

그 의도가 아예 없다고는 말할 수 없는 만큼 질렛은 입을 다물었다. 알아도 보통은 예의나 처세 때문에 지적하지 않는 부분을 찔러 들어오니 할 말이 없었다. 저런 막나가는 인간을 잘도 부회장 자리에 앉혀 놨군. 질렛은 속으로 혀를 찼다.

"죄송합니다, 질렛 중장님."

뱀처럼 매끄러운 목소리가 끼어들었다. 사파이어였다.

"아시는 분도 있겠지만, 달리아는 작년의 일로 인해 몸이 많이 상한 상황입니다. 좋지 않은 몸으로 긴 거리를 이동하느라 피곤해져 신경이 예민해진 탓이니, 너그럽게 봐주셨으면 합니다."

달리아와 로즈의 격돌은 모르는 사람 빼고는 세상천지가 다 알았다. 물론 세상천지가 죄다 그녀의 약화를 믿지 않고 있지만.

어쨌거나 주구장창 아프다고 주장하는 인간이 아픈 걸 내세우니 뭐라 하기도 뭣했다. 꼭 필요한 과정을 빼먹자는 것도 아니고, 일단 와서 물어볼 건 다 물어봤으니까. 질렛이 애써 꾸며 낸 목소리로 대답했다.

"몸이 좋지 않으시다면 어쩔 수 없지요. 에드워드 소위, 사절단 분들을 안내해 드리게."

"아뇨, 굳이 돌아가게 할 것 없죠. 르퀸 대위, 당신이 안내해 주지 않겠어요?"

"……숙소는 크뤼거 가문의 저택에 마련되어 있습니다."

"아, 그래요? 그럼 안개꽃과 다이아……."

달리아의 말이 계속되는 중간에, 도가 입을 열어 무어라 말을 했다. 혹시나 달리아의 고집을 말려 주지 않을까 기대한 게 무색하게도, 달리아는 호칭만을 바꿨다.

"안개꽃과 도가 거기 묵으면 되겠네요. 르퀸 소장, 손님방 두 개쯤은 준비해 줄 수 있죠?"

안 된다고 말해. 옆에서 질렛이 눈으로 강요했지만 조세핀은 아무것도 느끼지 못한 척 어색하게 웃었다.

"원하신다면 그쯤이야 어렵지 않지만요……."

아무리 그래도 조세핀은 달리아처럼 막 나갈 수는 없었다. 그래서 그녀는 달리아가 우겨서 그런 것처럼 굴었다. 달리아는 그쯤이야 너그럽게 넘겨줄 수 있는 이였으니까.

"크뤼거 저택이 현장입니다. 조사하시려면 그곳에서 묵으시는 게 좋지 않겠습니까?"

결국 레틀러 준장마저 나섰다. 그러자 지금껏 도의 말을 통역만 하던 한이 끼어들었다.

"어차피 현장 조사는 제가 맡을 겁니다. 게다가, 저희로서는 문제를 일으킬 생각이 없지만 로쉔 측에서는 저희를 믿기 어렵지 않습니까? 그러니 저를 크뤼거 소위께서, 달리아 부회장을 르퀸 대위께서 전담하신다 생각하면 오히려 일행을 분리하는 게 로쉔 측에게도 안심이 되겠지요."

저쪽의 입장만 내세우던 사파이어와 달리 이쪽도 챙겨 주는 척을 하니 할 말이 없어졌다.

분명 불법 밀입국을 해서 상해 사건을 일으킨 건 저쪽 사람인데 왜 저렇게 당당하게 구는지 모를 일이었지만. 대놓고 알았다고 하기는 자존심 상하고 그렇다고 윽박지르기에는 사회적 지위가 걸리고.

이런 애매한 상황에서 제이가 나섰다.

“모시겠습니다. 움직이실까요?”

달리아는 가슴 위에 손을 얹고 가련한 표정을 지었다.

“부탁해요. 지금이라도 쓰러질 것 같네요.”

* * *

“쟤 어디가 인형이야, 저렇게 나이 든 인형이 어디 있어?”

회의장을 나오자마자 달리아는 목소리를 낮춰서 제이를 윽박질렀다. 제이는 순간 무슨 말인가 의아해했다가, 곧 에드워드를 가리키는 말임을 깨닫고는 따라 목소리를 낮췄다.

“쟤 이제 열아홉이야, 어떻게 봐도 나이가 든 건 아니지.”

“인형들 평균 연령대를 생각하면 나이 든 거 맞거든? 인형은 동물형 아니면 죄다 어린애들 모양밖에 없잖아. 난 너 정도 외모인가 했다.”

어린애들 모양밖에 없다고? 제이는 고개를 갸웃했다.

“무슨 소리야, 섬에 널려 있었잖아, 어른형 인형.”

“……섬?”

이번에는 달리아가 고개를 갸웃할 차례였다.

섬…… 이면 본사가 있는 아밀스턴 섬 얘기일 거고. 거기에 널려 있는 어른형 인형?곧 달리아는 제이의 말을 눈치챘다.

“아.”

달리아가 눈가를 덮고 웃었다.

"제이."

"응."

"지금 나 읽어 봐."

"내가 언니를 어떻게 읽어."

사람을 읽는 건 일반인 상대로나 가능한 거지, 각자의 세계를 가진 픽이나 픽의 능력을 무산시키는 락에게 쓸 수 있는 게 아니었다. 그걸 뻔히 알 텐데도 달리아는 재차 권유했다.

"해 봐, 가능할 테니까"

미심쩍어 하면서도 제이는 달리아를 한번 읽었다.

달리아의 말대로 걸리는 것은 없었다. 제이는 걸리는 것 하나 없이 달리아의, 달리아의 모습을 하고 달리아의 목소리를 내며 달리아의 말투를 사용하는 존재의 구성 성분을 분석해 냈다.

"이건……."

제이의 안색이 변했다. 달리아가 눈가를 덮었던 손을 미끄러트리며 조금 웃었다.

"이건 인형이 아니라 안드로이드라고 부르는 거야. 지적 회로를 갖춰 인공 지능을 실행시킬 수 있는 인간형 기계 장치. 나는 속은 다 뜯어고치고 겉껍데기만 재활용하긴 했지만."

뭐라는 건지 이해는 안 갔고, 제이가 인형이라고 생각했던 게 인형이 아니라는 말을 들었지만 그건 별로 중요해 보이지도 않았다.

중요한 건 지금 옆에서 걷고 있는 이는 달리아이되 그 겉껍데기는 달리아가 아니라는 점이었지. 딱딱하게 굳은 제이의 얼굴을 본 달리아가 웃으며 제이의 얼굴을 쓸어내렸다.

"표정 관리해, 일단 이거 비밀이니까."

그게 말처럼 쉬울 리는 없었지만, 제이는 일단 노력했다.

제이가 달리아와 사파이어를 안내하는 사이, 에드워드도 한과 도를 안내하고 있었다.

"방은 1층에 세 개, 2층에 하나를 준비해 뒀습니다. 어느 쪽을 쓰시겠습니까?"

"르퀸 대위와는 무슨 사이입니까?"

하라는 대답은 안 하고 엉뚱한 걸 묻고 있었다. 마음 같아서는 무시하고 싶었지만 에드워드는 일단 한 번은 참아 주기로 했다.

"듣지 않으셨습니까, 르퀸 대위님 부관입니다."

"그 외에는?"

무례한 게 국민성이라도 되나. 에드워드는 약하게 짜증을 담아 되물었다.

"어떤 대답을 원하시는 겁니까?"

차가운 대답에, 한이 목소리를 한결 부드럽게 했다.

"……무례를 저지를 생각은 없었습니다. 다만, 르퀸 대위는 달리아 부회장과 친분이 있는 걸로 알고 있어서……. 만약 사적인 관계가 있는 거라면 그 점은 주의를 주는 게 좋지 않을까 한 겁니다."

도가 불편해하는 게 피부로 느껴졌다. 한은 잠시 입을 다물었다가 머뭇거리며 덧붙였다.

"편견을 심어 줄 생각은 없지만, 달리아 부회장은 세간의 상식과 규율에 비추어 볼 때 올바른 인간이라고는 할 수 없습니다. 그리고 저는 사람은 어울리는 사람에게 물든다는 말을 믿고요. 만약 당신이 단순한 부관일 뿐이라면 상관의 인간관계에 간섭할 수 없는 게 당연하지만, 그게 아니라면 말을 꺼내 보는 게 좋지 않겠습니까."

에드워드는 걸음을 멈추고 빙글 돌았다. 어차피 방에 대한 대답이 나오지 않았으니 더 갈 수도 없기는 했다.

"사적인 관계가 있든 없든 그분이 제 상관이신 건 변하지 않습니다.

제가 충고 운운할 수 있는 분이 아니시죠."

한이 조금 놀란 얼굴로 그를 보았다.

"뭔가……."

해명하려는 듯 입을 여는 한을 옆에서 도가 제지했다. 에드워드는 알아듣지 못한 짐의 언어를 들은 한의 눈이 가라앉았다.

"……죄송합니다."

거슬리기는 했지만 심한 무례를 저지른 건 아니다. 에드워드는 목소리를 누그러트렸다.

"아뇨, 괜찮습니다. ……그래서. 방은 어느 쪽이 좋으신가요?"

한과 도가 서로를 마주 보았다. 먼저 입을 연 것은 도였다. 물론 도는 짐의 언어로 말을 했으므로, 통역은 한이 했고.

"……2층에 준비된 방을 쓰겠답니다. 그럼 제가 1층에 준비된 방 중 하나를 쓰지요."

에드워드는 피식 웃었다.

"사이가 좋으신가 보군요."

아까 도가 말리자 쉽게 사과를 한 것도 그렇고 방 선택권을 넘겨준 것도 그렇고. 덩치 작고 어린 소년에게 양보하는 모습이 퍽 보기가 좋았다. 하지만 한은 고개를 저었다.

"아뇨, 짐은 로쉔과 달리 한 살 차이도 크게 치는 경향이 있어서요. 도…… 로쉔어에는 한두 살 연상의 동성을 부르는 호칭이 없으니 어색하군요. 하여간 이쪽이 연상이다 보니 아무래도 입장상."

"……네?"

에드워드는 걸음을 옮기려던 발을 멈췄다. 익숙한 반응인 듯, 한은 덤덤하게 설명했다.

"릴리와 도는 동갑으로, 저보다 두 살 많습니다."

에드워드는 실례인 걸 알면서도 자기도 모르게 도를 보았다. 그보다 머리 근 머리 하나가 작은 키에 채 빠지지 않은 젖살, 동그란 눈, 여물지 않은 턱. 아무리 봐도 자라다 만 소년 같았다.

도가 쑥스럽게 웃었다. 웃으니 더 어려 보였다. 릴리와 동갑인 것도 믿기 힘들고 한보다 두 살이 더 많은 건 더 믿기가 힘들고.

에드워드가 조심스럽게 물어보았다.

"나이가……?"

"스물이니까, 이쪽 나이로는……."

계산을 해 보려는 한에게 도가 뭐라고 말을 했다. 가만히 듣던 한이 고개를 갸웃했다.

"저와 크뤼거 소위가 동갑이라는군요. ……그런데 크뤼거 소위 나이는 어떻게 아셨습니까?"

그러고 보니 궁금했다. 제이야 세계에서 1, 2위를 다툰다니 그렇다 치지만 에드워드를 짐에서 알 이유가 없을 텐데. 도는 짧게 뭐라뭐라 말을 했고, 한은 하나도 납득이 되지 않은 얼굴이었다.

"그냥 그런 게 있다는군요."

에드워드도 납득이 안 가는 대답이었지만, 도는 더 말할 생각이 없어 보였다. 에드워드는 멈췄던 걸음을 다시 옮기기 시작했다.

"아 참, 제 호칭은 정확히 따지자면 에드워드 소위가 맞습니다. 한 가문의 후계자는, 나중에 가문의 이름을 이어받을 존재로 쳐서 가주가 되기 전까지는 이름으로 부릅니다."

"아."

한이 난처한 웃음을 지었다.

"죄송합니다, 실례를 저질렀군요."

"아뇨, 외국분이시니 잘 모르실 만하지요. 그러고 보니, 달리아 부회장과 사파이어 부회장은 나이가 어떻게 되죠?"

딱히 그렇게 궁금한 건 아니었지만, 엘리트들은 보통 자신이 모르는 걸 지적받으면 부끄러워하기 마련이므로 에드워드는 자연스레 화제를 돌렸다. 에드워드의 배려를 눈치챈 한이 쓴웃음을 지으며 대꾸했다.

"그 둘은 릴리와 도보다 한 살 위, 그러니까 르퀸 대위보다 한 살 연하입니다."

3대륙인들이 1대륙인들에 비해 어려 보이는 걸 감안하면 전부 납득 가는 나이였다. 도만 빼면 말이다. 3대륙인 사이에서도 유독 어려 보이는 걸 보면 3대륙인들의 특성인 동안 때문이라고 할 수도 없을 텐데.

에드워드는 고개를 갸웃하다, 제이를 떠올리고는 납득했다. 하긴 도보다 두 살 많은 제이가 도와 비슷해 보이는데 도가 어려 보이면 안 될 일이 뭐가 있겠는가. 심지어 제이는 1대륙인인데도 그런데.

알아서 납득을 마친 에드워드는 안내를 계속했다.

1층에 준비된 방에 한을 안내해 준 뒤, 에드워드는 도를 데리고 2층으로 올라갔다.

"이 방을 쓰시면 됩니다. 필요하신 게 있다면 이 줄을 당기시고요. 이따 저녁 때……."

간단하게 설명을 해 주는 그의 소매를 도가 붙잡았다.

"왜 그러시죠?"

"경고, 달리아, 주의."

도의 입에서 처음으로 듣는 로쉔어였다. 리스닝은 되고 스피킹은 안 된대서 그냥 단순히 발음이 좋지 않아 원어민 앞에서 말하기 부끄러운 건가 싶었는데, 오히려 발음은 멀쩡한 편에 가까웠다. 사실 발음을 따져 볼 만한 문장도 아니긴 했지만.

조사도 못 넣는 실력으로 어떻게 리스닝이 되는 거지?

에드워드는 의아했지만, 솔직하게 궁금해하자니 예의에 어긋나는 짓이기에 내색을 감췄다. 대신 그는 허리를 약간 굽혀 눈높이를 맞추고 물었다. 꼭 어린아이를 상대하는 기분이었다.

"달리아 부회장을 주의하란 뜻입니까?"

도는 고개를 끄덕였다.

"달리아 이상형, 남자. 몸. 좋은."

명사만 늘어놓는 것치고 도의 말은 이해하기가 쉬운 편이었다. 하지만 혹시 몰라 에드워드는 굳이 조사를 끼워 넣어 문장을 완성해 보았다.

"달리아 부회장의 이상형이 몸이 좋은 남자라는 거죠? 제가 달리아 부회장의 눈에 들까 봐 걱정이 되시는 겁니까?"

다시 한번 끄덕. ……대체 왜? 에드워드는 다른 의미로 의아해졌다. 달리아가 자신을 마음에 들어 한다 해도 별 문제는 없다. 막말로 에드워드가 밤시중을 들어야 할 위치나 신분도 아니고, 마음에 든다고 해도 정중하게 거절하면 그만인데.

"왜죠?"

도는 잠시 망설이더니, 시선을 피한 채로 조그맣게 대답했다.

"달리아, 한, 치정 싸움. 사이 끼면 곤란."

……문장도 제대로 완성을 못 시키면서 어떻게 치정 싸움 같은 단어를 알고 있는 건지 너무 궁금했지만, 그보다 더 중요한 건 따로 있었다.

"달리아 부회장과 미스터 한 사이에 치정 싸움이 있다고요?"

도는 또 고개를 끄덕였다. 에드워드는 방금 전 한이 했던 말을 떠올렸다. 분명, 제이와 사귀고 있는 거면 달리아와 놀지 말라고 하는 게 좋을 거라는 식으로 말하지 않았던가.

"그……. 지나간 얘기에 매달릴 생각은 없지만, 아까 미스터 한이……."

"나, 이전, 지적."

아까 전에 짐어로 말한 게 그 얘기였다는 뜻인 듯했다.

짝사랑인지 쌍방인지 사귀었다 헤어진 건지는 몰라도 어쨌거나 치정싸움이 있고, 달리아가 다른 남자한테 관심을 보이면 문제를 일으킬 만한 감정도 있으면서 입으로는 상식이 어쩌고 떠들어 댔단 뜻이렷다?

남의 일인 터라 너무나도 즐겁고 재미있어 보였지만, 애석하게도 도의 로쉔어 실력으로는 이 재미나고 흥미로운 일에 대해 설명해 주는 게 불가능했다. 한과 달리아에게는 물어봤자 대답을 해 줄 리 없고, 사파이어는 달리아와 한 몸 같아 보였고, 다른 이들은…….

제이는 혹시 알고 있을까? 하지만 제이에게 이런 가십에 눈을 빛내는 모습은 또 보여 주기가 싫었다. 아, 이렇게 재미있는 걸 놓쳐야 하다니. 에드워드는 속으로 눈물을 삼키며 굽혔던 허리를 다시 폈다.

"그렇군요. 명심하도록 하겠습니다. 충고 감사드립니다."

도는 약간 안도한 표정으로 에드워드의 소매를 놓았다. 아무래도 친구를 위해 날아온 곳에서 일행이 치정싸움이나 벌이고 있으면 본인으로서도 고통스러울 것 같았나 보지.

"그럼 저녁 때 사람을 보내겠습니다, 푹 쉬십시오."

도는 고개를 끄덕였지만, 에드워드가 문을 닫을 때까지 짐을 풀거나 어디 앉지도 않고 가만히 서서 에드워드를 보고 있었다. 좀 독특한 사람 같군. 짐에는 다 저런 사람들밖에 없나.

에드워드는 어깨를 으쓱하고는, 곧 도에 대한 생각을 지워 버렸다.

* * *

사파이어의 요청으로 셋은 밖으로 저녁을 먹으러 나갔다. 조세핀이

화를 할 필요도 있긴 했고.

들어와서 말이야. 최대한 많은 요리법을 익혀 본 뒤 고르고 싶거든. 간한 건 본사에서도 레시피를 입수할 수 있으니 여기서밖에 먹지 못할 메뉴로 부탁해."

제이가 알기로 사파이어가 사용하는 주재료는 하나밖에 없었다. 이제와서 오백 년 묵은 산삼 같은 걸 요리해 보겠다는 꿈에 눈떴을 리는 없어, 제이는 그 귀한 재료가 뭐냐고 묻지 않았다.

"그런데 로쉔에서 고기는 보통 굽는데."

"꼭 고기 요리가 아니어도 돼, 어레인지할 주변머리 정도는 있으니까. 그냥 다양한 맛을 보고 이미지를 떠올릴 수 있는 정도면 충분해."

그렇다면야 맛보여 줄 음식이 많았다. 제이는 조세핀의 지위를 빌려 유명 레스토랑의 방을 하나 빌렸다.

원래대로라면 순서대로 내와야 할 요리지만 은밀한 대화를 해야 했기에 제이는 한꺼번에 모든 음식을 내오라고 한 다음, 웨이터가 음식을 전부 차려놓고 나가자 방 벽을 따라 세계를 둘렀다. 어차피 음식은 제이가 식지 않도록 조절할 수 있으니 상관없었고.

"공주연이 에드워드 델 크뤼거가 락이라고 말했다고? 그럼 락인 거겠지."

진하게 우려낸 조갯살 수프를 떠먹으며 달리아가 가볍게 대꾸했다. 참, 다른 사람이면 남의 일이라고 그렇게 막말하는 거 아니라고 하겠지만 달리아는 본인의 일에도 저러는 사람이었다.

"하지만 난 픽이라고 생각했는걸."

"왜?"

"다른 락들이랑은 다른 거 같았으니까."

"어떤 락. 네 동료들, 아니면……."

"그냥 도시 전체에 깔려 있는 락들."

"아, 그럼 네가 잘못 본 게 맞아. 걔들 락 아냐."

……이건 또 무슨 소리일까. 제이는 설명을 듣기 전에 일단 숟가락부터 내려놓았다. 제이가 숟가락을 놓게 만든 달리아는 멀쩡하게 빵이나 뜯어 먹고 있었다. 껍질은 바삭하니 속은 보드라운 게 퍽 맛이 좋았다.

"얘를 포밍하는데."

빵 반쪽을 든 손가락이 사파이어를 가리켰다.

아까 달리아의 몸이 안드로이드라는 걸 알게 된 후, 달리아의 세계라고 착각한 게 사실은 포밍당한 사파이어의 범위였다는 사실도 같이 전해 들었던 터라 제이는 놀라지 않았다.

"락을 포밍하는 건 전례가 없는 일이잖아."

그건 그랬다. 애초에 락의 능력은 세계도 아니고 픽에 반발하여 발생하는 반발력에 가깝기 때문에, 포밍 자체가 가능한 줄도 모르고 있었다. 제이만이 아니라 아마 다른 이들도 다 그랬으리라.

"그러니까 다짜고짜 해 버릴 수는 없었지. 실패했다가는 무슨 일이 생길지 모르는데. 그래서 얘를 포밍시키기 전에 락도 포밍이 가능한가 실험해 보느라 연구소에 있던 락들한테 실험을 해 봤어. 죄다 죽더라."

달리아는 겸연쩍게 웃었지만, 겸연쩍게든 면목없게든 지금은 웃을 때가 아니었다.

"……얼마나?"

"정확한 숫자는 모르고, 만 단위였던 건 기억난다."

"그래서. 성공은 했어?"

"아니, 끝끝내 성공 못해서 그냥 생으로 덤볐는데 어이없게 얘는 성공을 하더라고."

제이는 입맛이 뚝 떨어지는 기분을 느꼈다.

"……만 단위로 실패한 실험을 사파이어 오빠한테 해 볼 생각이 들었다고?"

"그때 그거 안하면 어차피 우리 둘 다 죽을 지경이었어. 시도도 못하고 같이 죽냐 시도했다 실패하고 차례로 죽나 그 차이니까 그냥 해 본 거지. 다행히 성공했지만."

사파이어가 달리아를 옹호했다. 할 말은 정말 많았지만 일단은 사정을 듣는 게 먼저였다.

"……그래서. 그거랑 에힐드의 락을 보고 내가 에드워드 소위가 픽이라 판단한 거랑 무슨 상관이야?"

"로쉔은 픽 제한국이지."

"그렇지."

"그런데 픽을 막아 낼 수 있는 건 픽과 락밖에 없단 말이지. 아이러니하게도, 픽 제한국이기 때문에 로쉔은 픽의 침입에 취약해. 다른 나라에서는 픽과 락이 힘을 합쳐서 불온한 움직임을 보이는 픽을 제압할 수 있는 걸, 로쉔에서는 락의 힘으로만 해내야 하니까."

"그건 그렇지."

만약 제이가 픽인 걸 밝힐 수 있었다면, 대테러대응반 같은 건 필요가 없다. 제이급의 픽이라면, 연락망이 제대로 갖춰져 있다는 전제하에 로쉔 전체를 커버하는 것도 어렵지 않으니까. 게다가 동급의 락과 픽이 있다면, 자신의 세계를 운용할 수 있는 픽이 훨씬 더 사태에 대응하기 쉽기도 하고.

"그래서 로쉔 측에서는 생각을 한 거지. 픽을 없앤 만큼 그만큼의 락이 필요하다고. 그리고 하연 인더스트리는 사람을 팝니다."

"아."

거기까지 말하자 전부 알 것 같았다.

그러니까, 로쉔에서 하연 인더스트리에게 대대로 픽의 견제용으로 락을 구입해 왔는데 중간에 달리아가 락을 만 단위로 해 먹다 보니 판매할 개체가 남지 않았다는 뜻이다.

락과 픽은 인위적으로 만들 수 없어서 그냥 인간 생산을 억 단위로 진행해 놓은 뒤 거기서 우연히 발생한 락과 픽을 골라 팔 수밖에 없으니까.

그런데 판매할 락이 사라진 이유를 설명할 수 없으니 대신 남은 픽을 포밍해서 능력을 봉인한 다음 락으로 위장해서 팔아먹었다는 뜻이다.

"픽은……."

"락을 가장할 수 있지."

락이 일반인과 다른 건 픽의 세계를 방해한다는 것뿐인데, 그건 픽도 가능하니까. 즉, 락은 픽을 가장할 수 없지만—제이가 락인 에드워드를 픽이라 착각한 건 오해일 뿐이고, 에드워드가 픽을 가장한 건 아니다—픽은 락을 가장할 수 있다는 뜻이다. 제이가 그러한 것처럼.

"그리고 나는 낙인처럼 단단한 포밍을 할 수 있고."

픽의 능력만 놓고 보면 최상급인 달리아가, 하위급 픽의 세계를 포밍해서 그대로 고정시켜 놓으면 그 픽은 락을 가장하는 걸 넘어서 락과 차이가 없어지게 된다. 즉, 제이가 지금껏 락이라 생각해 왔던 것들 중 많은 수가 사실은 픽이란 소리였다.

그러니까 헷갈리지……. 제이는 맥이 탁 풀렸다.

"……진짜 락이구나."

"그렇겠지, 뭐. 그럼 처음에 나한테 도와달라고 했던 건 필요가 없던 거였네?"

"응……. ……아. 근데 하나 궁금한 거. 락은 보통 픽을 싫어하잖아. 근데 왜 에드워드 소위는 날 따르지?"

"응?"

밥 잘 먹고 있던 락이 고개를 들었다. 제이가 해명을 했다.

"오빠랑은 경우가 다르지, 오빠는 실험체잖아."

달리아도 말을 막 하기는 하지만, 사실 제이도 어디 가서 뒤지지는 않았다. 하지만 본인이 가르친 결과였기에 사파이어는 제이의 말에 트집을 잡지는 않았다.

"아니, 우리는 결과를 관찰하기 위한 실험이기 때문에 유전자 단계에서 뭐가 조작되지는 않았는데……. ……근데 또 아주 틀린 말은 아니겠네. 혹시 크뤼거 소위, 오백 년 전 사람이거나 하진 않지?"

"사관학교를 나왔으니 아니겠지. 근데 그건 왜?"

대답은 달리아에게서 나왔다.

"회장이 사파이어에게 걸었던 실험 조건이 그거야. 원래대로라면 오백 년 전에 태어나서 살고 죽었어야 할 사람을 현재에 살게 해서 그 경과를 지켜보는 거. 물론 정확한 년도는 알 수 없으니 정확히 오백 년인지는 모르지, 한 삼백 년 정도 전일지도."

"인간 화석이라고 할까."

"바로 그거지. 오백 년 전의 사람이어야 했을 사파이어는 현 시대의 락들과 달리 픽에 대한 거부감이 없으니까, 혹시 오백 년 전에는 그게 일반적인 게 아니었을까 싶은 거야. 하지만 회장쯤 되는 인간이 아니면 이런 걸 성공시킬 수 있을 리도 없으니까 이건 아니긴 하겠다."

"그렇지? 로즈나 릴리 같은 경우도 있긴 하지만 걔네는 처음부터 사이가 좋았던 건 아니잖아."

로즈와 릴리, 둘 다 애인이 락이지만 두 경우 다 픽이 먼저 호감을 보였던 케이스였다. 타고난 본능을 노력이 이길 수 있다는 케이스는 될지언정 에드워드 같은 경우를 설명하기는 어려웠다.

"그렇지, 오히려 그 둘이 먼저 들이댔으니까 이거랑은 경우가 안 맞지. 좀 희한하긴 하네."

달리아는 가지 그라탱을 한 스푼 떴다. 치즈 안에 갇혀 있던 김이 사르르 퍼졌다.

"어쩌면 돌연변이일 수도 있고. 픽을 꺼리지 않는 락."

"그렇다고 치기에는……."

릴리에 대한 첫인상은 또 평범하게 안 좋았던 걸 말하려다, 제이는 혹시 모를 경우를 떠올리곤 입을 다물었다.

아무리 겉모습이 청순하다고 해도 사람마다 느끼는 감상은 다른 법이고, 혹시나 릴리의 본성을 감으로 눈치챘던 걸지도 모른다. 릴리에 대해 안 좋게 평가했다고 해서 에드워드가 무조건 다른 픽에게 적대적이라고 단언할 수는 없는 것이다.

달리아는 픽인 상태가 아니니 제쳐두고서라도 한유서의 첫인상을 먼저 물어볼 필요가 있다. 그 다음에 다시 물어도 늦지는 않으리라.

제이는 중간에 입을 다문 걸 만회하기 위해 스테이크 접시를 끌어당겼다. 사슴 파테를 씹어 삼킨 뒤 사파이어가 민망한 듯 웃었다.

"받기로 한 게 있으니 그 값은 해야 할 텐데 도움이 못 되어 미안하네."

제이가 따라 웃고는 분위기를 풀기 위해 농담을 던졌다.

"그러게, 노력하도록 해."

가지가 마음에 들지 않았는지 위에 있는 치즈만 걷어 먹고 있던 달리아가 푹 웃었다.

"그래, 그래야겠다."

* * *

한은 저녁식사 후 릴리의 침입 경로를 알아내기 위한 조사에 나섰다. 감시역으로 에드워드가 붙었고, 도는 이유 없이 그냥 따라왔다. 딱히 오지 말라고 할 이유도 없긴 했다.

"제가 있어도 괜찮겠습니까? 곤란하시다면 집사를 붙이겠습니다."

"아뇨, 괜찮습니다. 대신 조금만 거리를 둬 주십시오."

에드워드는 그렇게 했다. 한은 현관에 자리를 잡았고, 에드워드는 도와 함께 로비에서 이어지는 계단참에 섰다. 한은 현관문에 손을 대더니, 그대로 벽을 짚고 로비를 한 바퀴를 돌아 다시 문 앞에 섰다.

뭐 하는 거지? 에드워드가 의아해하고 있자니, 한이 목소리를 높였다.

"얼굴과 피부색은 보지 말고, 릴리가 에드워드 소위에게 말을 걸었을 당시 그 옷차림만 떠올려 줄 수 있습니까?"

그건 어렵지 않았다. 보석 가루를 뿌린 듯 빛나던 은빛 드레스. 어깨는 드러냈고, 무릎 근처에서 좁아졌다가 다시 퍼지는 형태였다.

아니, 드레스는 기억 안 나도 그 화려하던 목걸이는 확실하게 기억에 남았다. 목과 쇄골까지 감싸던 다이아몬드 목걸이. 이어진 전투에서 무기로도 썼었지.

릴리의 차림새를 떠올린 에드워드가 고개를 끄덕이자, 한이 눈을 감고 심호흡을 했다. 곧 한의 양 옆으로 흐릿하게 사람의 모습이 떠오르기 시작했다.

"유……!"

기겁하려는 에드워드의 소매를 도가 잡아당겼다.

"한, 능력."

여전히 조사가 없지만, 그래도 이해하기는 쉬웠다.

"미스터 한의 능력이 저거인 겁니까?"

도는 고개를 끄덕였다. 어떻게 하는 건지 궁금했지만, 도에게 설명을 듣느니 그냥 쭉 모르는 게 속편할 것 같아 에드워드는 입을 다물었다. 사실 도에게 설명을 부탁한다고 해서 이해를 할 수 있을 거라는 보장도 없긴 했다.

흐릿한 인간의 형상은 다시 보니 파티 당일 날 세워 둔 시종이었다. 과거의 일을 보이게 만드는 건가. 사람의 마음이라도 읽는 거냐는 에드워드의 질문에 제이는 픽은 초능력자가 아니라고 했지만, 마음을 읽는 것보다 이게 더 초능력 같아 보일 지경이었다.

곧, 닫힌 문 사이로 사람들이 들어오기 시작했다. 자세히 보니 시종들 뒤로 열려 있는 문짝도 보였다. 한은 사람들이 자신의 몸을 통과해 걸어가자 뒤로 물러서 통행에 방해가 되지 않는 곳에 가서 섰다.

에드워드는 이쪽으로 걸어오는 환영을 보고 움찔해서 한걸음 뒤로 물러섰지만, 환영은 마치 잘린 것처럼 계단이 시작하는 곳에서 사라져 버렸다. 딱, 아까 한이 손으로 쓸고 지나간 자리쯤 되었다.

"조금 더 빨리……."

그의 앞을 스쳐 지나가 에드워드와 도가 서 있는 계단 쪽으로 사라지는 환영을 지켜보던 한이 중얼거리며 손을 움직이자, 환영들의 속도가 빨라졌다. 환영은 빠르게 들어와 빠르게 초대장을 내밀고 빠르게 걸어와 사라졌다. 에드워드는 집중해서 환영들의 옷차림을 살폈다.

아니고, 아니고, 아니고…….

……맞고.

"여기, 이 사람입니다."

에드워드가 제 눈앞까지 걸어온 환영을 가리켰다. 한이 손가락을 움직이자 반투명하던 환영이 현실의 인물에 가깝게 짙어졌다.

이렇게 보니, 피부색과 머리색을 바꾼 것 외에는 이목구비조차도 건드리지 않았다. 마치, 과거를 돌아보고는 그녀를 아는 사람이 알아봐 주기를 원했던 것처럼.

한은 다시 한번 손가락을 움직였다. 시간을 되감는 것처럼 릴리가 멀어졌다. 한은 릴리가 시종에게 초대장을 내미는 장면에서 멈추게 만들더니 펼쳐진 초대장 안의 이름을 읽었다.

"엘리제 쥘 슈와르. 아는 이름입니까?"

에드워드는 이마를 짚었다.

"……예. 진보파 가문의 영애이자, 조세핀 라 르퀸 소장의 가장 친한 친구입니다."

조세핀을 초대하느라 에드워드는 다른 진보파 가문에도 평소 같으면 들어가지 않았을 초대장을 열심히 뿌려 댔다. 구색 맞추기 용인 걸 아는 터라 조세핀 외의 다른 이들은 거의 오지 않았고. 엘리제 역시 보이지 않았던 걸로 기억한다.

그렇다고 해서 엘리제가 자신의 초대장을 넘겨줬다고 생각하는 건 아니지만, 그건 에드워드 개인의 판단일 뿐이다. 이 사실이 밝혀지면 보수파에서는 어떻게든 진보파와 릴리를 엮어 넣기 위해 노력할 게 틀림없었다. 그 사이에서 제이와 자신은 입장이 꽤나 곤란해질 테고.

난처해하는 에드워드의 얼굴을 본 도가 뭐라고 했다. 한은 약간 놀란 듯 눈을 크게 떴다가, 곧 평온한 얼굴로 돌아와 물었다.

"릴리가 누구의 초대장으로 들어온 건지, 안 밝혀지면 좋겠습니까?"

"……예, 밝혀지면 좀 골치 아파질 것 같아서요."

"그럼 위원회에는 릴리의 공범자는 없는 걸로 보인다고 보고하는 걸로 끝내죠. 어차피 이 조사는 로쉔 측의 주장이 사실인지 알기 위해 진행한 것이니 에드워드 소위의 입장에서도 굳이 위원회에 알려야 할 의무는 없죠?"

"그래도 되겠습니까?"

에드워드는 물론 엘리제가 이 일에 참여하지 않았을 거라고 생각했다. 릴리와 손을 잡았을 리 없다고 생각하는 게 아니라, 손을 잡았다고 해도 자기 이름으로 된 초대장을 내어주지는 않았을 거란 뜻이었다.

같은 보수파도 아닌 가문의, 후계자도 아닌 영애의 얼굴을 하나하나 다 알고 있지 않아 그냥 넘어갔지만 만약 초대장을 확인하던 시종이 엘리제의 얼굴을 알고 있었다면 꼬리가 밟히는 건 금방이니까.

하지만 그건 에드워드의 생각일 뿐이고, 짐에서 날아온 그들도 그렇게 생각해 줄지는 미지수였다. 한이 어깨를 으쓱했다.

"도가 납득했으니까요. 저는 릴리와 개인적인 친분이 없어서 모릅니다만, 초대장의 이름과 그 사람의 정체를 들은 도가 그 사람은 릴리의 공범이 아닌 것 같으니 굳이 알릴 필요 없다고 말했습니다. 그럼 괜찮은 거겠죠."

무심하게 말을 맺은 한이 표정을 바꾸어 장난스레 웃었다.

"어차피 픽 제한국인 로쉔에서, 이런 식의 조사는 상상도 하지 못할 일이니까요. 초대장 이름을 알 수 있는지 없는지 그걸 누가 알겠습니까?"

듣고 있자니 더 이상했다. 차라리 한이 먼저 비밀로 해 주자고 제안을 했다면 이해가 갈 수도 있다. 어쨌거나 한은 릴리에게는 관심이 없는 것 같으니까.

하지만 제안을 한 쪽은 도였다. 도로서는, 설사 정말 릴리에게 공범이 없다고 생각해도 일단 물고 늘어지는 쪽이 좋다. 공범이 있는 척하면 책임을 분산시킬 수 있으니까.

그런데 왜 나서서 사정을 봐주지?

에드워드는 도를 흘깃 내려다보았다. 도는 시선을 느끼고 에드워드를 보더니 가만히 입꼬리만 끌어올려 웃어 보였다. 찜찜한 마음은 가시지 않았지만, 이 제안을 받아들이면 빚을 지는 건 에드워드 혼자가 된다.

하지만 사실 그대로 공표할 경우에는 조세핀한테까지 책임 소재가 넘어가게 되고, 그럼 제이까지 엮여들어 가게 된다.

제이가 엮여 들어갈 가능성과 자기 혼자 손해 보면 끝날 선택지 중, 에드워드는 당연히 뒤쪽을 골랐다.

"그거야 그렇죠."

찜찜한 기색 따위는 전혀 느껴지지 않는, 화사한 미소였다.

* * *

제이가 에드워드를 다시 보게 된 건 그 다음날, 근무 시간이 끝나고 교대할 때즈음이 되어서였다.

"대위님, 모시러 왔습니다."

2교대, 매일 12시간 근무인 점을 들어 에드워드는 릴리의 감시가 시작된 이후 거의 항상 제이의 출퇴근길마다 따라 붙었다. 어제 저녁처럼 할 일이 있는 경우는 어쩔 수가 없었지만, 그 외에는 언제나.

겉으로는 과중한 노동 탓에 피로해진 제이가 사고를 당할 수도 있으니 미연에 방지하자는 이유였고, 속으로는 원래 매일 근무시간마다 붙어 있으며 얼굴 도장을 찍었는데 그게 안 되니 핑계를 대서라도 만날 일을 만들자는 심산이었다.

잘생긴 게 3개월이라고 누가 그랬던가. 에드워드는 19년간 잘생기게 살아 왔기 때문에 그게 헛소리인 걸 아주 잘 알고 있었다. 19년간 질리지 않은 얼굴이라면 1년 내내 보여 줘도 질리지 않을 것이다.

제이를 혼자만의 신으로 모시며 얼굴로 밀어붙이는 건 모순이 아닐까 싶지만, 에드워드의 마음은 시작점부터가 모순으로 가득 차 있었다. 제이는 에드워드를 흘깃 올려다보았다. 교대자는 아직 오지 않았다.

"에드워드 소위."

"네, 대위님."

"어제 사절단을 데리러 갔을 때, 각각 첫인상이 어떻던가?"

에드워드는 곰곰이 어제 일을 떠올렸다.

"미스터 도는 처음에 미성년자인 줄 알았습니다. 알고 보니까 저보다도 나이가 많다고 해서 놀랐죠. 달리아 부회장은 딱히 특기할 만한 점이 없었고. ……미스터 한과 사파이어 부회장에게서는 그리 좋은 인상을 받지 못했습니다."

제이는 자기도 모르게 한숨을 내쉬었다. 어떻게 오해를 한 건지, 에드워드가 변명을 했다.

"질투라던가 견제 때문에 그렇게 생각한 건 아닙니다."

"그건 그렇겠지. 남을 견제해야 될 사람이진 않으니까, 자네가."

가볍게 던진 돌에 개구리는 맞아 죽는 법이다. 제이는 에드워드의 얼굴이 순식간에 새빨개진 걸 보고 당황했다.

"……많이 듣지 않았나, 그런 말?"

외모면 외모 가문이면 가문 신체면 신체 두뇌면 두뇌, 어느 한구석 빠지는 곳이 없으니 누굴 질투해 본 적도 없을 게 당연하고, 칭찬이라면 이런 에두른 칭찬보다 더한 걸 숨 쉬듯 듣고 살았을 것이다. 고작 이 정도 말에 얼굴을 붉힐 이유는 없을 텐데.

에드워드는 잠시 말을 잇지 못하다가 간신히 입을 열었다.

"……대위님께서 해 주시는 말씀은 다르니까요."

제이는 신기한 것을 보듯 가만히 에드워드를 보았다.

그녀는 능력 있는 픽답게 사람의 마음을 읽는 데는 서툴렀지만. 그래도, 에드워드가 지금 치밀어 오르는 불쾌감을 억누르고 연기를 하고 있는 것 같지는 않아 보였다.

* * *

내리깐 속눈썹의 그림자가 뺨에 드리웠다.

에드워드는 눈을 한번 꾹 감았다 떴다. 마음이 정해졌다. 에드워드는 술렁이는 마음을 억누르고 자리에서 일어났다. 물어볼 게 있었다. 단지 상대가 껄끄럽다는 이유만으로 기회를 놓칠 수는 없었다.

문을 두드리는 소리에, 한은 자리에서 일어났다. 다른 사람이면 능력으로 문을 열겠지만 상대가 상대이니만큼 불가능한 일이었다.

"무슨 일이십니까?"

문을 열자 그곳에는 에드워드가 서 있었다. 도련님이 직접 방문했음에도 불구하고 한은 놀라지 않았다. 문을 열기 전부터 이미 알고 있었기 때문이었다. 에드워드는 웃으며 말했다.

"들어가도 되겠습니까?"

한은 눈을 동그랗게 뜨고 에드워드를 바라보았다. 생각지도 못했다는 반응에 민망해진 에드워드가 한 발 물러섰다.

"아니면 응접실로 갈까요? 잠시 물어보고 싶은 게 있어서 말입니다."

한은 급하게 고개를 젓고는 뒤로 물러나 에드워드가 들어올 공간을 마련해 주었다.

"아닙니다, 들어오십시오."

뭐라도 대접해야 할 것 같은 기분에 한은 방 안을 둘러봤지만, 급하게 날아오며 음식물까지 챙겨 왔을 리는 없었다. 심지어 먹지 않아도 살 수 있는 픽이니 더더욱. 그의 기색을 알아차린 에드워드가 물었다.

"하인을 부를까요?"

"아니, 아닙니다. 습관이라……. ……그보다, 절 찾아오실 줄은 몰랐습니다만."

"왜 그렇게 생각하셨습니까?"

에드워드는 별 생각 없이, 대화를 이어 나가기 위한 말을 던졌다.

"그야, 락이시니까요."

"제가 락인 것과……. 아, 혹시 굉장히 실례되는 행동인가요? 좀 거리를 두는 편이 낫습니까?"

한은 또 한번 에드워드를 빤히 들여다보았다. 내가 대체 무슨 말을 했다고 저러지? 기분이 이상해지려는 차에 한이 무언가를 깨달은 듯 고개를 끄덕였다.

"아, 그렇군요. 여기는 픽 제한국이라 픽에 대한 연구가 부족하겠군요."

"제가 뭔가 무례를 범하고 있다면……."

혹시나 오해가 생길까, 한은 급하게 에드워드의 말을 끊었다.

"아뇨, 반대입니다. 보통 락은 픽은 꺼리기 마련이거든요. 그래서 이렇게 따로 저를 찾아오실 줄은 몰랐습니다."

아까의 질문은, 정말 그냥 별 생각 없이 던진 말이었다. 대화를 자신이 원하는 방향으로 이끌기 위해 미리 던져 놓는 수많은 포석 중 하나. 그런데 설마 첫 방에 퀸이 걸릴 줄이야. 에드워드는 흥분된 기색을 간신히 억누르며 거짓된 평온함을 이끌어냈다.

"보통이요? 그냥, 이유 없이 그런다는 뜻인가요?"

"네. 저야 락이 되어 본 적 없으니 모르지만, 본능적으로 락은 픽을 꺼린다고 하더군요."

"전부 말입니까?"

에드워드의 질문을 오해한 한이 변명했다.

"물론 예외도 있다 하니, 설사 픽이 꺼려지지 않는다고 해도 신경은 쓰지 마십시오. 락과 달리 픽은 락을 알아볼 수 있는데, 에드워드 소위께서는 명실공히 우수한 락이십니다."

"아뇨, 그게 아니라."

이번에는 에드워드가 당황할 차례였다.

"사실 처음 뵈었을 때부터 좀 꺼림칙한 기분이 들었거든요. 하지만 인상도 좋으시고 제게 잘 대해 주시기에 죄책감이 들었습니다. 혹시 잘생기고 유능한 분이라 저도 모르게 질투를 하는 게 아닌가 하고요. 그래서 좀 친해지면 이런 기분이 가실까 해서 찾아오기도 한 거고요. 그런데 이게 원래 그런 거라니 마음이 편해져서 그런 겁니다."

대충 둘러댄 핑계였지만 한은 납득을 하는 듯 보였다.

"아아. 픽의 비율이 높은 집에서는 거의 기정사실화된 건데, 로쉔은 픽 제한국이라 그런 풍문이 퍼지지 않았군요. 걱정하지 마십시오. 본능 같은 겁니다."

한이 가벼이 웃자, 에드워드도 안심한 척 마주 웃었다.

"참, 하연 인더스트리의 부회장께서는……."

"예, 달리아 부회장께서도 픽이십니다. 아마, 세상에서 가장 뛰어난……."

달리아의 이름을 말하는 순간 한의 얼굴이 부드러워졌다. 입은 그래도 얼굴 근육은 솔직한 모양이었다.

……그런데, '가장 뛰어난'? 에드워드가 고개를 갸웃거렸다. 다른 궁금한 점들도 있긴 했지만 일단 가장 먼저 귀에 들어오는 단어는 저거였다.

"저, 제가 픽에 대해 잘 아는 건 아니지만 제가 듣기로 가장 강한 픽은 로즈라고 들었었는데요."

로즈의 이름이 나온 순간 한의 얼굴이 무섭게 굳었다가 곧 다시 풀렸다. 한이 로즈의 사촌이라는 사실은 제이에게 전해들은 것이므로, 에드워드는 둘 사이의 혈연에 대해서는 모르는 척 빼겼다.

"예, 맞습니다. 가장 강한 픽은 로즈입니다. 하지만 가장 뛰어난, 우수한 픽은 달리아 부회장, 혹은 지금은 실종된 이하연 회장으로 꼽히죠."

한은 물을 한 잔 따라 목을 축인 뒤 말을 이었다.

"에드워드 소위께서 아시는지 모르겠지만, 보통 픽은 능력과 전투력이 비례하거든요. 특히 상위권으로 올라갈수록 이 경향은 더더욱 강해지고요.

아마 선배이신 르퀸 대위가 더 잘 설명해 주실 수 있을 듯하니 나중에 여쭤 보십시오."

한으로서는 에드워드가 제이의 정체를 아는지 모르는지 몰랐지만, 락이라고 해도 현장에서 뛴 경력이 경력이니만큼 픽에 대해 잘 알고 있다고 해도 이상한 일은 아니겠지. 한은 조심스러운 계산 끝에 아슬아슬한 설명을 이어 나갔다.

"하지만 이하연 회장과 달리아 부회장은 예외입니다. 회장께서는 워낙 나이가 있으시고 사회적 지위도 있다 보니 현장에 나갈 일이 없어 전투력을 알 수 없지만, 달리아 부회장은 좀 특이 케이스입니다. 아까, 락 중에 드물게도 픽에게 거부감을 느끼지 않는 락도 있다고 말씀드렸죠? 락에도 그런 특이 케이스가 있는 것처럼 달리아 부회장도 픽 중 특이 케이스에 해당한다고 할 수 있겠죠."

"아, 그렇군요."

그럼 지금 사절단으로 세계에서 가장 뛰어난 픽 1, 2위를 다투는 사람과 남자 중에서 가장 뛰어난 픽이 와 있단 뜻이었다. 참 호화롭기도 하지.

"그럼 사파이어 부회장은……."

사실은 아까 에드워드가 물어본 부회장은 사파이어쪽이었다. 부회장이 둘인데 주어를 명확하게 하지 않았더니 생각지도 못한 정보를 얻었지만. 한이 남은 물을 마시고는 말했다.

"아까 말한 돌연변이 락이 그입니다. 그렇게나 우수한 픽인 달리아 부회장과 꼭 붙어 다니는 걸 보십시오. 멀쩡한 락이라 할 수 없지요."

아까는 가끔 그런 일이 있으니 걱정 말라더니, 에드워드가 그 특이 케이스에 속하지 않는다는 걸 알게 되자 막말이 끝내 줬다. 원래 그런 부류의 락에 대해 편견이 있다기보다는 그냥 사파이어가 싫은 듯했다.

하긴, 이유는 몰라도 치정싸움을 벌일 만큼 집착하는 상대에게 착 달라

붙어 있는 이성이 있으면 기분이 나쁘겠지.

질문을 하나 던질 때마다 펑펑 쏟아지는 정보에 에드워드는 적당히 하고 마무리 짓기로 했다.

한번 정보를 갈무리해야 뭘 알아야 할지 가늠이 되지, 아무것도 모르는 상태에서 정보를 얻겠다고 마구잡이로 찔러대다 잘못 건드리면 정보 나올 구석이 막혀 버릴 것이다.

그는 적당히, 만에 하나라도 한의 신경을 건드리지 않도록 대화 흐름에 주의하며 금방 대화를 끝냈다.

에드워드가 오해로 인한 죄책감 때문에 일부러 방문했다고 생각하고 있는 한은, 그가 금세 자리에서 일어나도 의아해하기는커녕 잘 가라며 앉은 자리에서 배웅을 해 주었다. 문가까지 나오지 않는 건 예의를 모른다기보다는 에드워드를 위한 배려인 듯했고.

문을 닫고 나온 에드워드는 숨을 크게 들이쉬며 목 근처의 단추를 몇 개 풀었다. 안에 있을 때는 오히려 괜찮았는데, 걸음을 옮기면 옮길수록 자기가 숨조차 제대로 쉬지 못하고 있었다는 사실을 새로이 깨닫게 되었다.

에드워드는 방을 향해 걸어가며 정리를 했다.

일단 제이가 자신에게 릴리, 본인, 그리고 사절단 넷의 인상에 대해 캐물은 이유는 알게 되었다. 문제는 산을 하나 넘고 나니 이제 제이와 똑같은 벽에 부딪힌 거였다.

겉모습은 무해하고 선량한 릴리와 한을 꺼림칙하게 느낀 이유를 이제는 알 수 있었다. 하지만 제이와 달리아에게는 아무런 느낌을 받지 못하고 엉뚱한 사파이어에게 거부감을 느낀 이유는 정말 알 수가 없었다.

만약 락에게도 똑같은 기분을 느껴야 하는 거라면 한은 락과 픽을 묶어서 말했을 것이다. 그러니 이게 '일반적인' 일은 아니라는 건데…….

에드워드는 거칠게 머리카락을 쓸어 넘겼다. 하지만 지금 락이 락을 어떻게 생각하냐든가 락이 일부 픽에게만 거부감을 느끼지 않는 경우가 있냐고 물어보면 이상한 낌새를 눈치채겠지.

부회장 둘만 그런 거면 돌연변이들이라 느껴지는 게 다른가 하거나 처음부터 신경을 안 썼을 텐데, 제이까지 엮여 있다 보니 신경을 끄기가 뭣했다.

쯧. 혀를 차며 계단을 올라 코너를 돌자, 쟁반을 받쳐 든 하인이 한 명 보였다.

"뭐 하는 중이지?"

"아, 도련님. 손님께서 야식을 가져다 달라 하셔서요."

"아, 그래. 그럼……."

가 보라고 하려던 에드워드는 마음을 바꿨다. 얼굴을 한 번이라도 더 보면서 친분을 쌓아 둬서 나쁠 건 없겠지. 이전처럼 무슨 혜택을 볼 수도 있고, 아니면 왜 앞장서서 조사 사실을 감추는지 알게 될 수도 있고.

"쟁반 이리 내, 내가 가져가도록 하지."

하인은 감히 도련님께 이런 일을 시킬 수 없다는 직업의식과 도련님의 명령을 따라야 한다는 복종심 사이에서 고민하는 듯했지만, 곧 공손하게 쟁반을 내밀었다.

"그럼 이만 가 봐."

"예, 알겠습니다."

하인이 고개를 깊이 숙여 인사하고 물러나기를 기다린 뒤, 에드워드는 딱 다섯 걸음을 걸어 도의 방문 앞에 섰다. 조금만 늦었거나 일렀어도 하인을 마주치지 못했을 테니, 타이밍은 정말 좋았던 참이었다.

"미스터 도, 들어가도 되겠습니까?"

노크를 하고 그렇게 묻자, 도는 대답 대신 직접 문을 열어 그를 맞이했다.

"아."

하인 대신 그가 직접 온 게 놀라운 듯했다. 에드워드는 웃으며 쟁반을 들어 보였다.

"지나가다 우연히 봐서요. 지내시는데 불편함은 없으신지 물어보려고 제가 대신 왔습니다."

어쨌든 사람을 문가에 계속 세워 두는 건 예의가 아니었다. 도는 옆으로 비켜서서 에드워드가 들어올 수 있게 자리를 만들어 주었다. 에드워드는 테이블 위에 쟁반을 내려놓고 예의바르게 물었다.

"잠깐 앉았다 가도 될까요?"

예의가 있다면 여기서 안 된다는 말은 나올 수가 없었다. 도는 예의를 아는 사람이었기에 고개를 끄덕였다. 도는 에드워드의 맞은편에 앉아 핫초코 잔을 끌어당겼다. 마시멜로우를 띄운 핫초코였다.

"어떻게, 지내시기엔 불편함이 없으십니까?"

도는 또 고개를 끄덕이는 걸로 대답을 대신했다. 부족한 로쉔어 실력보다도, 부족한 로쉔어 실력 때문에 어지간해서는 말을 하지 않는 게 더 크다 싶었다.

"릴리, 안부."

뭐 그래도 목소리는 들려주려는지, 도가 입을 열었다. 릴리의 안부를 묻고 싶다는 말인 듯했다.

어휘력을 보면 초보 수준은 넘고. 발음도 아주 나쁘지는 않은 것 같으니 어설프게라도 조사를 집어넣기만 하면 금세 실력이 늘 것 같은데. 하지만 해 봤자 한 달을 넘지 않을 체류 시간을 위해 언어를 배우라 하기도 뭣해, 에드워드는 그냥 대답이나 했다.

"신병을 구속당한 상태긴 하지만 처우는 좋습니다."

에드워드의 머릿속에 가지런히 놓여 있던 진줏빛 손톱들이 떠올랐지만 무시했다. 그 다음날 제이의 출퇴근길을 돕기 위해 갔을 때는 이미 다시

나 있었기 때문이었다. 다시 봤을 때 멀쩡하면 그만이지.

도가 희미하게 웃으며 짐어로 뭐라 중얼거렸다. 아마 다행이라든가 그런 말이겠지.

"빨리 해결되면 좋겠군요."

연상인 걸 알아도, 얼굴을 보다 보면 자꾸 어린애 대하듯 대하게 되는 건 어쩔 수가 없었다. 제이도 만만찮게 어려 보이는 외모이긴 해도 제이한테는 이런 기분이 안 들었는데.

핫초코를 마시던 도가 고개를 들고 쓰게 웃었다.

하긴, 갑자기 친구가 이역만리 타국에서 범죄를 저질렀으니 가서 석방에 힘써 달라는 말을 들으면…….

"한?"

생각이 도의 물음으로 끊겼다. 어느 정도는 적응되었다 해도 이 정도로 말이 짧아지면 알아듣기가 어려웠다. 에드워드가 되물었다.

"예?"

"지금, 목적지. 한?"

두 번을 더 묻고서야 한에게 다녀오는 길이냐는 질문인 걸 알 수 있었다.

"예, 지내기 불편한 건 없는지 물으러요. 저희 집에 묵으시는 손님이니 제가 살펴야 하지 않겠습니까."

"음."

수긍인지 불평인지 모를 소리를 내더니, 도는 머그컵으로 입가를 가렸다. 무슨 일이냐고 물어야 하나. 고민을 마치기도 전에 도가 알아서 먼저 입을 열었다.

"한, 주의."

한을 주의하라고? 왜?

"한을 주의하라고요? 왜죠?"

"방해."

방해? 무엇을? 릴리의 석방 활동을?

하지만 이어서 물어봐도 제대로 된 대답은 얻을 수가 없었다. 뭐라고 말을 하려고 열심히 노력을 하긴 했지만, 아무리 머리를 굴려 봐도 도무지 해독이 되지가 않았다.

에드워드는 열 번이 넘어가는 실패 끝에 결국 포기하고 자리에서 일어났다.

"피곤하실 텐데 이만 쉬십시오."

도는 말없이 손을 흔들었다. 하긴, 안 되는 외국어로 설명을 하려니 얼마나 힘들었을까. 에드워드는 쓰게 웃으며 문을 닫았다.

* * *

문이 닫히는 걸 확인한 도는 움츠리고 있던 어깨를 쭉 폈다. 어깨를 펴나 움츠리나 고만고만한 덩치긴 하지만 그래도 몸을 움츠리는 건 좀 더 가련한 분위기를 내는 데 도움이 되었다.

에드워드가 자기가 잘생긴 걸 잘 알고 있듯 도 역시 자기가 어리고 무해해 보이는 걸 잘 알고 있었고, 도는 에드워드가 잘생긴 걸 이용해먹는 것보다도 훨씬 더 자신의 외모를 잘 이용해 먹을 줄 알았다.

잘생긴 건 이성에게는 강하게 어필할 수 있을지언정 동성에게는 적대감을 불러일으키기 마련이지만, 무해해 보이는 건 남녀노소를 가리지 않고 써먹을 수 있는 자원이니까.

도는 침대로 걸어가 베개 밑에 숨겨 두었던 물건을 꺼냈다. 도넛을 1/4로 자른 뒤 끝을 둥글게 매만진 것 같은 형태였다.

"응, 지금 갔어. 어디까지 얘기했더라?"

통신구 너머에서 상대가 웅얼거리며 불평을 토했다. 영원히 자라지 않는 소년은 더 이상 자랄 일이 없는 노인처럼 웃었다.

* * *

똑똑, 문을 두드리는 소리에 조세핀은 고개를 들었다. 제이의 노크 소리는 아니고, 하인들이면 먼저 누구고 무슨 목적 때문에 들어가겠다 밝힐 테고. 답은 금세 나왔다. 조세핀은 펜을 내려놓고 대답했다.

"들어오시죠."

조세핀의 예상대로, 문을 열고 들어온 건 달리아였다.

"잠깐 대화 괜찮을까요?"

"당연하죠. 여기서 하실래요, 아니면 이동할까요?"

"아뇨, 길지 않으니까 그냥 여기서 하죠."

달리아는 벽가에 놓여 있던 의자를 끌어와 앉았다. 픽에 대해 잘 아는 인간이라면 이상함을 느낄 행동이었지만 조세핀은 약한 위화감만 느낄 뿐, 정확하게 뭐가 이상한지는 눈치채지 못했다.

"도리언 그레이하운드의 탐색에 도움을 주시겠다는 말은 변함이 없는 거겠죠?"

"약속한 사안은 어기지 않습니다. 릴리의 향후 거취에 대해 결정되어 감시 임무에서 제이가 빠질 수 있게 되면 당장 조사하러 보내겠습니다."

턱을 괸 달리아가 만족스레 웃었다.

"좋습니다. 협조에 대한 감사의 표시로, 정보를 하나 드릴까요."

제이에 대한 얘기이기라도 한가. 조세핀은 손을 모으고 좀 더 주의를 기울였다. 아주 잘한 짓이었다.

"로쉔의 보수파 쪽에서 락을 구입하고 있는 건 알고 계시죠?"

"예."

로쉔은 전 세계에서도 몇 개 되지 않는 픽 제한국이다. 픽은 쇳덩이를 하늘에 띄우고 사람과 꼭 닮은 살아있는 인형을 만들고 유전자 조작으로 목적에 맞는 인간을 만들어 낼 수 있는 존재들이다.

그렇기에 진보파는 고리타분한 픽 제한법을 폐지하여 국가 발전에 이바지하자는 입장을 취하고 있고, 보수파는 안전을 이유로 들어 반대하고 있다.

이럴 경우 픽이 사고라도 치면 보수파의 입장이 더 강화될 것 같지만, 픽을 제압할 수 있는 게 사실상 같은 픽 밖에 없다는 특수성 때문에 보수파는 오히려 그런 상황을 꺼리고 있었다.

물론 이론적으로야 락도 픽을 제압 가능하지만, 문제는 락이 픽을 알아보지 못하고 같은 픽처럼 떨어진 상태에서도 제압을 할 수 있는 게 아니라는 데 있다.

락은 락의 능력 범위가 미치는 곳까지 접근해 픽의 능력을 무력화 시키고 물리적인 수단을 활용하여 잡는 방법밖에 없다. 그래서 락의 흉내를 내는 제이가 필요하지도 않은 신체능력을 갈고 닦은 것이고.

그러니 있는 락으로 픽을 제압하는 게 불가능해지면 오히려 진보파의 의견이 힘을 얻게 될 수도 있는 것이다. 픽을 활용해서 픽을 제어하는 방식으로 리스크를 줄이고 능력은 활용을 하자는.

그렇기 때문인가, 보수파로서는 픽에 의한 사고를 미연에 방지하려 했고, 그래서 락을 대량으로 필요해 했다. 픽들이 제 능력을 제대로 쓰지 못하게. 그리고 하연 인더스트리에서는 락이든 픽이든 가격만 맞으면 팔았다. 락을 인위적으로 만드는 건 아니지만 어차피 백만 단위로 사람을 제작하다 보면 락이든 픽이든 발에 채일 정도로 나온다.

게다가 그곳에는 락과 픽을 구별할 수 있는 우수한 픽 역시 발에 채일 정도로 많으니 따로 골라다가 판매하는 게 그리 어려운 일도 아니고.

사안이 사안인 만큼 물 위에서 당당하게 벌어지는 일은 아니고 증거를 갖고 있는 것도 아니지만 아는 사람들은 다 아는 사실이었다.

"그 거래를 누가 하고 있는지 아시나요?"

국가 안에서 진행되는 거라면 방패막이로 허술한 가문을 내세울 수도 있겠지만, 이 경우에는 상대가 하연 인더스트리다. 범국가적인 기업이자 세계에서 가장 뛰어난 픽을 수장으로 내세운.

어설픈 이를 내세웠다간 역으로 털릴 수 있으니 아마 권력과 부, 지위를 전부 갖춘 가문을 내세웠겠지. 옛날식으로는 백작, 군의 지위로 작위를 대신하게 된 요새식으로는 소장 이상.

여기까지가 평소 조세핀이 거래 진행자에 대해 갖고 있던 생각이었고, 여기에 달리아가 굳이 저 얘기를 끄집어내며 가장 강력한 단서가 하나 더 추가되었다.

"크뤼거가인가요."

이것은 보수파의 가장 큰 치부이자, 하연 인더스트리의 고객 정보다. 진보파의 손에 들어가면 큰 권력이 될 수 있지만 이게 하연 인더스트리 부회장 입에서 흘러나왔다는 사실이 밝혀지는 순간 하연 인더스트리는 회사의 명예를 잃게 될 것이다.

그런데 그 위험을 감수하고서라도 줘야 할 정보라면 르퀸가가 고삐를 쥐고 싶어할 가문의 얘기라는 뜻이다. 그리고 진보파 중에서는 온건한 축에 속하는 르퀸가에게 그런 존재는 지금 당장 크뤼거가 뿐이고.

달리아가 기특하다는 것처럼 웃었다. 조세핀은, 자신이 더 연상인 걸 말해 줄까 하다가 포기했다. 달리아에게 나이 얘기를 꺼내는 것만큼 쓸데없는 짓도 없을 테니까.

"절반은 맞습니다."

절반?

"두 가문이 같이 진행했나요?"

"아뇨, 다릅니다. 서류상으로는 크뤼거가의 단독 거래거든요."

단독 거래. 앞에 나온 이의 이름이 지나치게 비쌀 뿐, 평범한 귀족의 거래다. 꼬투리 잡힐 만한 일에는 다른 가문을 내세우는 것.

그런데 대체 누가 중장, 옛날식으로는 후작 가문을 방패막이로 쓸 수 있을까. 황가는 오히려 군부가 힘을 얻으며 작위 임명용이 된 지 오래고.

답은 금방 나왔다.

"설마……. 마리엔트가를 말씀하시는 겁니까?"

제이가 집안을 철통 방어하고 있는 걸 아는데도 목소리가 절로 작아졌다. 달리아는 빙긋 웃으며 고개를 끄덕였다.

"그런……. 말도 안 되는……."

마리엔트가는 대대로 로쉔에서 가장 세력이 큰 종교인 국경회의 대신관을 배출하는 가문이었다. 픽의 존재 자체가 신의 섭리에 벗어나는 거라며 보수파 안에서도 극단적인 주장을 하고 있는 곳이니 마리엔트가가 픽의 습격에 신경 쓰고 있었다면 보수파의 태도도 이해가 간다.

아무리 이론상으로는 보수파의 주장에 타격이 간다고 해도, 픽이 일으킨 사고는 분명 픽 제한법을 폐지하자는 진보파에도 타격이 와야 옳다. 그러니 그 막대한 비용을 혼자 짊어질 필요는 없을 텐데도 보수파에서는 진보파에게 책임을 떠넘길 생각 없이 안에서 비용을 전부 감수했다.

그게, 단순히 픽 제한법의 폐지 존속을 고려한 결정이 아니라 픽 자체를 용납할 수 없어 벌인 짓이라면야 이해가 간다. 픽이 시내에서 화려하게 날뛰기라도 한다면 종교에 대한 믿음도 흐려질 테니 자기들 밥줄을 신경 쓴 거라면야. 하지만.

"마리엔트가에서 인신매매를 하고 있다고 말씀하신 겁니다. 알고 계시죠? 아무리 인더스트리라고 해도 정말로 사람은 생산되어 물건처럼 팔릴 수 있는 건 아니에요. 짐의 인식과 로쉔의 인식은 더더욱 다릅니다.”

아무리 타락했다고 해도 종교는 종교. 하연 인더스트리는 좋게 말하자면 생명 공학의 선두주자이고 나쁘게 말하면 인신매매 집단이다. 신을 믿고 사람을 살피는 종교계에서 손을 잡으면 절대 안 될.

달리아는 우수 고객이 보이는 그런 반응마저 즐겁다는 듯 활짝 웃었다.

“원하신다면 증거 자료를 보내 드릴 수도 있습니다. 모든 서류상에는 크뤼거가의 이름이 적혀 있지만 인준하고 락을 옮기면 수령해 가는 인물은 마리엔트가의 하수인입니다. 또한 저희 회사에서는 중간에 분실되거나 하지 않도록 모든 상품에 추적 장치를 붙여 놓는데, 수령한 락이 각 지방의 성소에 들어갔다가 다시 에힐드로 이동한 기록도 남아 있습니다. 물론 이 모든 증거를 가지고도 부정하자면 부정할 수 있겠지요. 공식적인 처벌이 불가능할 수도 있습니다. 하지만, 르퀸 소장이시라면 이 자료를 가지고 충분히 원하는 바를 얻어내실 수 있겠지요?”

상상을 뛰어넘는 말에 조세핀은 경악했다.

“자료를 주신다고요?”

“예.”

“그런 짓을 하면…….”

“회사의 일은 저희가 알아서 하겠습니다, 그러니 신경 쓰지 않으셔도 됩니다.”

신경이 안 쓰일 리가 없었다. 회장이 자리를 비운 이 사이에 고객 정보를 함부로 빼돌렸다가는 아무리 생명 공학의 선두주자, 아니, 유일한 기업이라고 해도 타격이 클 텐데. 하지만 달리아는 단호했다.

“그 정도로 도리언 그레이하운드의 존재가 중요한가요?”

“예. 회장이 자취를 감춘 이상, 그가 갖고 있는 그레이하운드 박사 부부의 연구 자료가 없다면 회사의 존속이 어려울 지경이거든요.”

항상 생글생글 웃고 있던 것과 달리, 달리아는 웃지도 않고 즉답했다. 조세핀은 어깨가 무거워진 것을 느꼈다.

"노력은 하겠지만……. 혹시, 도리언이 이미 사망했거나 연구 자료를 잃어버렸다면……."

"그건 걱정 마세요, 죽었을 리도 없고, 연구 자료는 그의 머릿속에 들어 있으니까요."

도대체 무슨 자신감인지는 모르겠지만, 조세핀은 아주 조금은 마음이 가벼워지는 것을 느꼈다.

"좋습니다, 그렇다면 꼭 단시일 안에 도리언 그레이하운드를 찾아, 그의 머릿속에 있는 연구 자료를 달리아 부회장께 드리도록 하겠습니다."

달리아는 다시 웃었다. 여전히, 사람의 몸이 아니라고는 볼 수 없을 만큼 자연스러운 미소였다.

"기대하고 있을게요."

방으로 들어와 문을 닫자, 침대 위에서 기다리고 있던 남자가 그녀를 반겼다.

"대화는 잘 됐어?"

"응."

달리아는 침대 위로 쓰러지듯 누우며 사파이어의 어깨에 머리를 기댔다. 살이 부드러운 것도 뼈대가 무른 것도 아닌 몸은 불편하기 짝이 없었지만, 애초에 푹신함을 원했다면 베개를 베고 누웠을 것이다.

그녀와 유일하게 세계를 공유하는 사람의 숨소리가 예민해진 신경줄을 느슨하게 했다. 달리아는 눈을 감았다.

"그럼 이제 크뤼거한테 빚을 질 일만 남았네."

"응."

"일이 잘 풀리면 좋겠다."

"잘 풀릴 거야, 항상 그랬으니까."

잠시 기억을 더듬던 사파이어가 고개를 끄덕였다.

"그렇겠다."

태생이 그래서 묻히는 감이 있지만, 그들은 대체적으로 운이 좋은 편에 속했다. 그러니 분명 기회가 찾아오리라. 사파이어는 달리아의 머리를 토닥였다.

"좀 쉬어, 이따 부를게."

"응."

벌써 목소리가 희미했다. 사파이어는 피식 웃고는, 달리아가 다시 의식을 연결할 때까지 그대로 움직이지 않았다. 인형의 머리를 내려놓지도 자세를 고치지도 않고, 마치 진짜 달리아가 잠들어 있는 것처럼 말이다.

* * *

사절단은 그 호화로운 면면들에 비해 실속이 좀 없었다.

달리아와 사파이어는 릴리의 석방에 별 관심이 없어 보였고 한은 초기 조사를 진행해 준 다음부터는 거의 통역 수준이었으니까. 도대체 뭘 하러 이역만리 타국까지 날아온 건지 알 수가 없을 지경이었다.

결국 일은 도 혼자 하다 보니 진행이 느릴 수밖에 없었다. 혼자 서류더미와 위원회와의 정치 싸움을 다 떠맡아야 하는 도가 안쓰러웠던 에드워드는 서류 작업을 조금씩 도와주기 시작했다. 어차피 사건 현장이 크뤼거가였기 때문에 도가 받은 서류 중 그가 보면 안 될 건 없었다.

한은 가끔 와서 도의 요구 조건을 통역해 주기는 했지만 같이 붙어서 도와주지는 않았다. 그간 둘을 관찰하며 알아차린 사실인데, 둘의 사이는 좀 복잡했다. 서로를 싫어하는 거 같지도 않고 적대적인 사이 같지도 않은데 서로 협조는 거부했다.

연유가 궁금했지만 쉽게 답을 들을 수는 없을 것 같아 절반쯤은 포기한 상황이었다. 한과는 대화를 할 일이 적었고, 도와는 말 그대로 말이 잘 안 통했으니까.

에드워드는 도가 수정 체크를 해 놓은 서류를 넘겨받아 살펴보다 새삼스레 도를 보았다.

"읽는 것도 잘 하시네요."

칭찬에 도가 애매한 미소를 지었다. 에드워드는 찬찬히 서류를 다시 훑어본 뒤 다시 말했다.

"꽤 전문적인 단어들이 많은데 해독이 가능하다니 대단하군요. 혹시 로쉔과 무역을 하신다거나 그러신가요?"

"동생."

"동생분이 하신다고요?"

도는 고개를 저었다.

"동생, 픽."

"아, 동생분이 픽이시군요."

"픽 능력."

이제 조사 빠진 도의 화법에 꽤나 익숙해졌기에 에드워드는 쉽게 알아들을 수 있었다.

"픽의 능력으로 듣고 읽기가 됩니까?"

도는 다시 한번 고개를 끄덕였다.

"그럼 그 능력으로 말하고 쓰는 건 안 되나요?"

"음……."

도는 펜을 입에 물고 고민을 하더니, 빈 종이를 끌어당겨 그곳에 그림과

기호를 그렸다. 설명을 보아 하니, 픽의 능력이 도 본인에게 걸렸기 때문에 밖에서 도에게 들어오는 것, 그러니까 들리고 읽히는 건 픽의 능력으로 해석이 가능하지만 도에게서 밖으로 나가는 것, 그러니까 말하고 쓰는 건 해석이 안 되는 듯했다.

"아, 그렇군요. 그럼 미스터 한의 실력은 그냥 본인의 능력인가요?"

도는 고개를 젓더니 또 막 그림을 그렸다.

솔직히 말로 하는 것보다 그림 설명이 이해가 더 쉬웠다. 설명에 따르면, 도에게 말하고 쓰는 걸 통역 걸 수 없는 건 타인이라 그런 거고, 픽 본인이면 그게 가능하다는 것도 같았다.

"무지. 한, 로쉔, 접점 무. 확률 증가."

에드워드는 저 말이, 나는 잘 모르지만 한이 로쉔과 접점이 있던 건 아니니 아마 로쉔어를 원래 할 줄 안 게 아니라 자기 능력을 이용해서 통역 중일 확률이 높다는 뜻임을 알아냈다. 이쯤 되면 거의 독심술급이었다.

"그럼 동생분도 하실 수 있는 거 아닌가요? 동생분과 같이 오셨으면 더 편했을 텐데 그랬군요."

추궁을 하려는 건 아니었고, 그냥 혼자 낑낑대며 서류 작업을 하는 게 좀 안쓰러워서 그런 거였다. 에드워드보다는 나이가 많다 해도 그래 봤자 갓 스물, 혹은 스물 하나일 텐데.

도는 또 펜을 물고 잘근거리더니 소심하게 대답했다.

"개인 사정."

아마 아픈 곳을 찌른 모양이었다.

"아, 그렇군요. 참, 여기에 지원을 협조라고 바꾸셨는데, 혹시 이 사항을 의무로 놓고 싶지 않다는 뜻인가요?"

에드워드는 물 흐르듯 자연스레 화제를 바꾸었다. 도는 티 나게 안도하고는 세상에서 가장 흥미로운 일인 양 서류를 들여다보았다.

서류 정리를 다 도와주고 나오다가 에드워드는 한과 마주쳤다. 서류 정리를 도와주러 온 건가. 에드워드는 친절하게 말해 주었다.

"오늘치 서류정리는 끝났습니다."

한은 닫힌 문을 보고는 고개를 끄덕였다.

"그런 것 같군요."

한은 왔던 길을 돌아가는 대신, 방으로 향하는 에드워드의 뒤를 따라 걷기 시작했다. ……대화를 하자는 건가? 응접실로 가겠냐고 물어보려고 입을 떼는 찰나, 한이 선수를 쳤다.

"도와 친해지신 것 같습니다."

……서류 작업만 도와주는 사이도 친하다고 할 수 있나? 말도 아직 잘 안 통하는데? 하지만 그렇다고 또 아니라고 하기도 뭣해 에드워드는 어색하게 웃었다.

"아, 예, 뭐……."

가만히 있기도 뭣해 에드워드는 아까 들었던 정보를 토대로 대화의 주제를 돌렸다.

"참, 미스터 도의 동생분께서도 픽이시라던데요."

"……도가 그렇게 말했습니까?"

"예, 말하고 쓰는 것에는 서툴면서 듣고 읽는 것에는 능한 게 신기해 물어보니 그게 동생분의 능력 덕분이라더군요. 픽의 능력이 그렇게 다양한 줄 처음 알았는데, 참 편리하겠더군요."

"예?"

"네?"

"도가, 자기 로쉔어 실력이 동생이 해 준 일이라고 했다고요?"

"어……. 말하고 쓰는 것에는 적용이 안 되지만 듣고 읽는 것에는 된다고 하던데요. ……미스터 한께서도 능력으로 통역을 하고 있을 거라 하던데, 아닌가요?"

"아뇨, 아닙니다. 저는 지금 능력을 쓰고 있는 게…… 맞긴 한데……. 아, 아닙니다."

누가 봐도 아닌 게 아닌 얼굴이었지만, 에드워드는 직감했다. 이건 재미있지도 않고 귀찮기만 하겠다. 마침 계단참에 도착했기에 그는 예의상 물었다.

"더 하실 말씀 있으시면 응접실에 가시겠습니까?"

한은 숙이고 있던 고개를 들어 에드워드를 보았다.

"……아뇨, 할 일이 생각나서요. 이만 돌아가 보겠습니다."

그래 준다면 다행이었다. 에드워드는 예의 바르게 웃어 보인 뒤 계단을 오르기 시작했다. 도대체 언제 이 일은 마무리 되려나. 벌써부터 골치가 지끈지끈 아파 왔다.

한은 생각에 잠겨 계단을 내려갔다.

동생. 통역. 로셸. 릴리. 도의 동생, 히비스커스. 릴리. 실버. 한 달.

계단의 마지막 단을 밟았을 때 그는 마음을 정했다. 한은 바닥을 밟는 대신 다시 뒤를 돌아 계단을 올라갔다. 다행히 서두른 덕에 에드워드가 방에 들어가기 전에 그를 따라잡을 수 있었다.

"에드워드 소위."

에드워드가 마치 기다렸다는 것처럼 뒤를 돌아보았다. 한은 에드워드의 앞까지 걸어간 뒤 준비해 뒀던 말을 쏟아냈다.

"도의 동생, 히비스커스는 한 달 전부터 잠적 상태입니다."

"예?"

"한 달 좀 전에 릴리와 실버가 약혼 기념 여행이라고 여행을 떠났고, 며칠쯤 있다가 히비스커스도 자취를 감췄습니다. 히비스커스는, 코드 네임을 들으시면 아시겠지만 국가에 소속된 픽이었는데 휴가도 받지 않고 사라져서 도가 사후 통보를 했다고 합니다. 즉, 도의 말대로 정말 히비스커스가 도에게 통역 기능을 걸어 준 거라면……."

"적어도 한 달 전에 걸어 놓고 떠났다는 뜻이겠군요."

제이 외의 사람에게는 말하지 않은 사실이지만, 그때 즈음에 릴리는 이미 에드워드에게 접촉한 상태였다. 에드워드는 재미없어 보인다고 발을 빼려 했던 방금 전의 자신을 반성했다. 자기들끼리의 싸움인 줄 알았더니만.

"예. 그리고 덧붙여 충고하자면, 도는 외모만으로 판단해서는 안 될 사람입니다. 저 귀여운 얼굴 안에는 꼬리 아홉 달린 여우가 들어 있지요. 부디, 조심하시기를."

여기서는 저 놈을 조심하라 하고 저기서는 이 놈을 조심하라고 하다니. 이렇게 서로 사이가 안 좋은데 어떻게 같이 온 건지 모를 일이었다.

"……예, 명심하겠습니다. 알려주셔서 감사합니다."

어쨌거나 사절단 넷 중에 믿을 놈이 하나도 없다는 것만은 아주 잘 알 수 있었다. 에드워드는 한껏 도가 의심스러워지기 시작한 것처럼 표정을 꾸며 냈다. 한이 그에 만족을 했는지는 알 수 없는 일이었다.

* * *

만나라는 에드워드는 못 만나고, 달리아와 사파이어는 이제 지겨운 얼굴을 또 보게 되었다.

"어!"

"안녕하세요, 달리아 부회장님, 사파이어 부회장님, 르퀸 대위님."

도였다. 회의장에서도 지겹게 본 얼굴이었지만 그래도 밖에서 만난 자국 사람이라고 셋은 인사를 나누었다.

"안녕하세요, 연후 군. 혼자신가요?"

"예. 부회장님께서는 어쩐 일이신가요?"

"저녁 먹으러 나왔어요."

"……관광 같네요, 꼭."

은근한 비난이 느껴지는 것 같기도 했지만 달리아는 괘념치 않았다. 면전에 대놓고 말 못할 일을 굳이 신경 써 줄 필요는 없지.

"연후 군은요?"

"전 뭘 좀 사러 나왔어요."

"혼자 다니면 위험하지 않아요? 이방인에, 특히 연후 군은 어려 보이는 외모잖아요. 같이 가 줘요?"

이런 식의 배려는 본국에서도 지겹도록 받아 왔던 터라 도는 자존심 상해하지 않았다. 그저 예의바르게 웃으며 거절할 뿐이었다.

"아뇨, 가게가 멀진 않아요. 신경 써 주셔서 감사합니다, 식사 맛있게 하세요."

두 번 잡을까 걱정한 건지, 도는 재빨리 고개를 숙여 인사하고는 떠나갔다. 참 쥐뿔도 없는 게 겁까지 없네. 지금은 동생도 옆에 안 붙어 있는데. 달리아는 피식 웃고는 다시 걸음을 옮기기 시작했다.

"가자."

하지만 제이는 도가 사라진 방향을 돌아보며 계속 고개를 갸웃거렸다. 보다 못한 달리아가 제이의 팔을 잡았다.

"왜 그래, 걔한테 뭐 이상한 거 느껴져? 픽의 씨앗이 느껴지는 거면, 아마 걔 동생이 픽이라서 심어 놓은 걸 거야, 신경 쓰지 마."

"아니, 그게 아니라."

제이는 석연찮은 얼굴을 했다.

"아까 인사할 때, 나한테까지 짐어로 인사했잖아. ……단순한 실수인가, 아니면 내가 짐어를 할 줄 아는 걸 알고 저러는 건가?"

느리게나마 식당을 향해 움직이고 있던 달리아와 사파이어의 걸음이 그 자리에 못 박혔다. 너무 사소해서 쉽게 흘려 넘겨버린 일이었다.

* * *

도는 혹시나 뒤에서 달리아나 사파이어가 자신을 붙잡지는 않을까 신경을 쓰다가 코너를 돌던 사람을 미처 보지 못하고 부딪히고 말았다. 체격 차이 때문에 나동그라진 도를 상대가 잡아 일으켜 주었다.

"미안해라. 다치지는 않았니?"

"괜찮아요, 앞을 제대로 보지 않은 제 잘못이죠."

도는 생긋 웃어 보인 뒤 상대가 다시 입을 떼기 전에 재빨리 골목을 돌아 사라졌다.

여기서 태어나서 평생 살았다고 해도 믿을 만큼 완벽한 로쉔어였다.

* * *

릴리의 일 이후로 에드워드는 큰 교훈을 하나 얻었다. '보고는 재깍재깍 하자'는 게 바로 그것이었다. 락이 어쩌고 픽이 저쩌고 하는 거야 제이도 알고 있는 것 같으니 그렇다 쳐도, 다른 정보는 보고를 해야 할 듯하여 그는 일부러 평소 가던 시간보다 일찍 취조실로 향했다.

제이는 릴리 바로 앞에 앉은 채로 에드워드의 보고를 들었다. 잠자는 공주님은 자기 전 약혼자 얘기가 나오는데도 미동도 하질 않았다.

"……한과 도. 자네가 보기에는 둘 중 누가 더 위험해 보이나?"

에드워드는 성실하게 대답했다.

"미스터 도입니다."

"이유는?"

"릴리를 보러 오지 않고 있으니까요."

제이가 시선을 릴리에게서 떼어 내어 에드워드를 보았다. 설명을 요하는 눈빛에 에드워드는 덧붙였다.

"위원회의 분위기는 너그럽고, 그는 대위님의 부관인 저와 많은 시간을 보냅니다. 말로만 안부를 물어 볼 게 아니라 직접 보고 싶다고 하는 게 자연스럽지요. 게다가 대위님 덕분에 인명 피해가 발생한 것도 아니니 그리 터무니없는 요구도 아닌데요."

신선한 시각에 제이는 눈을 깜박였다.

픽인 제이는 같은 픽인 릴리가 신체적 후유증 같은 건 겪지 않을 걸 알았다. 걱정해야 할 건 포밍당한 여파인데, 세계를 다루던 그 예술적인 솜씨를 보면 알아서 잘 떨쳐낼 것 같고.

그렇기에 제이는 사절단 중 그 누구도 릴리를 보러 오거나 현재 릴리의 상태에 대해 걱정하지 않는 걸 당연하게 여겼다. 죽지만 않으면야 알아서 잘 극복하는 게 그들 픽의 특징이니 그걸 잘 알아서 그런 거라고 생각한 것이다.

"미스터 한은 아예 릴리에게는 관심이 없어 보이니 그럴 수 있습니다. 하지만 하루 종일 이 건에만 매달려 있는 미스터 도가 릴리 본인을 말 한마디로만 걱정하고 끝내는 건 좀 이상합니다."

하지만 그랬다면 말로도 묻지 않았겠지. 제이는 그럴 듯한 의견에 턱을 매만졌다. 일단은 도에 대해 정보를 듣는 게 좋을 것 같았다. 일반인이여도 달리아나 사파이어라면 뭔가를 좀 알고 있겠지.

그러려면 일단 교대자가 와야 했다. 제이는 시계를 보았다. 틱, 톡, 틱, 톡. 분침이 12를 가리키고.

똑똑.

노크 소리가 들렸다. 제이와 에드워드의 시선이 문을 향했다.

"들어오게."

제이가 입을 열고, 문이 열렸다. 들어온 것은 교대자인 옐친 중위였다. 제이는 의자에서 일어나 문을 향해 걸어갔다.

릴리의 감시자는 당연하게도 전부 락이었고, 락은 원래 픽을 본능적으로 싫어하기 마련이다. 락이 세계를 유지하는 자라면 픽은 세계를 새로이 창조하는 자니까. 그렇기 때문에 다른 감시자들은 전부 제이를 싫어했다.

그걸 뻔히 알면서 관등성명을 대니 교대 선언을 하니 근무일지를 서로 확인해서 틀린 곳이 없나 살펴보니 해 가면서 상대의 기분을 상하게 할 생각은 제이에게도 없었다. 확실하게 하는 건 조세핀에게 올라가는 근무일지면 충분했고, 상대가 농땡이를 부리지 않는지 검사하는 건 할 일 없는 근무시간 중에 해도 충분하니까.

"수고하게."

그렇기에 제이는 인사 한마디로 세부 절차를 마친 뒤 방을 나서려 했다. 그 와중에 어깨가 살짝 스쳤고, 제이는 그 자리에 멈춰 섰다.

제이의 뒤를 따르기 위해 기다리고 있던 에드워드와 제자리에 서 있던 옐친 중위의 시선이 제이에게 꽂혔다. 왜 어깨가 스쳤지? 제이는 옐친 중위를 돌아보았다.

제이는 대위고 상대는 중위다. 락과 픽을 떠나서, 상급자가 옆을 지나가는데 몸을 피하지 않는 군인은 없다. 그녀가 멈춰선 것을 알아차린 상대가 그녀를 보았다. 시선이 마주치자 그녀는 두 배로 당황했다.

어깨가 부딪혔고 상급자가 멈춰 섰는데, 사과 한마디 없이 눈을 똑바로 쳐다봐? 기묘한 느낌에 상대를 부르려 입을 여는 순간, 상대가 웃었다.

그리고 그녀는 깨달았다.

우수한 픽은, 락을 가장할 수도 있다.

상대는 웃는 얼굴로 그녀를 보다가, 자연스러운 태도로 시선을 돌려 에드워드를 보았다. 제이가 보는 이가 에드워드를, 에드워드는 또 제이를 보는 기묘한 상황 끝에 제이는 고개를 돌리고 다시 걸음을 옮기기 시작했다.

에드워드는 상대를 한번 흘긋 본 뒤 문을 닫았고, 닫히는 문 안쪽에서 낮은 웃음소리가 들렸다. 복도를 절반쯤 걸었을 때 에드워드가 입을 열었다.

"대위님."

제이는 걷는 속도를 전혀 늦추지 않은 채로 시선만 돌려 에드워드를 보았다.

"저 때문이었습니까?"

물어보는 목소리가 낮았다. 제이의 걸음이 반걸음 느려졌다 다시 빨라졌다.

"에드워드 소위."

제이가 조용히 입술 앞에 검지를 갖다 댔다.

"자네는 아무것도 모르는걸세."

묻고 싶은 것도 궁금한 것도 참 많았지만, 그 말을 들은 순간부터 에드워드는 아무것도 모르는 게 되었다. 모르는 것을 궁금해하고 물을 수는 없는 법이다. 그래서 그는 입을 다물었다.

* * *

문이 닫히고, 멀어지는 기척을 느끼며 그녀는 고개를 돌렸다.

"공주연."

잠든 공주님을 깨우는 것은 왕자님의 키스만이 아니다. 릴리가 눈을 뜨며 크게 숨을 몰아쉬었다.

"……민서 언니."

뒤집어썼던 옐친의 환영이 순식간에 녹아내리고, 자리에 남은 것은 한민서. 코드 네임 로즈뿐이었다. 로즈는 손목에 찬 시계를 들여다보고 분을 쟀다.

"지금 속도면 12분 정도 걸리겠다. 가서 인사할 시간 포함해서 15분 줄게, 복구해."

눈꺼풀이 바르르 떨리는 게 기분 나빠 릴리는 다시 눈을 감았다.

"……못 하면?"

"그럼 내가 직접 주물러서 끌고 가야지."

고문보다 더한 포밍의 여파를 15분 만에 떨쳐내라니 참 가혹했지만, 그나마도 로즈가 신경 써 준 거라는 사실을 잘 알았다. 그렇기에 릴리는 심호흡을 하며 제멋대로 뒤섞인 세계를 정리하기 시작했다. 할 수 있을 테고, 할 수 있어야 했다.

* * *

로즈가 12분이 걸리겠다고 한 순간으로부터 정확하게 11분 45초 후, 제이는 회의실 문 앞에 서 있었다. 오늘은 마침 그녀가 두 번째로 증인 출석하는 날이었다.

아니, 마침이 아니겠지. 제이는 방금 전에 들었던 도와 릴리의 공범 가능성에 대해 떠올리곤 속으로 혀를 찼다. 이걸 지금 배려라고 봐야 할지 모를 일이었다. 제이가 문 앞에 서자 에드워드가 문을 노크했다. 문이 열렸다. 제이는 안으로 들어갔다.

이번에 대두된 것은 '릴리의 공범 유무'에 관해서였다. 제이가 본 것만 해도 로즈, 에드워드가 본 것만 해도 실버가 있었지만 제이는 둘 다에 대해 입을 다물었다. 말할 이유도 없거니와, 어차피 로즈가 직접 강림한 이상 릴리는 풀려날 텐데 괜히 일을 귀찮게 만들 필요도 없으니까. 에드워드는 자기가 질문 받은 게 아니니 그냥 입을 다물고 있었고.

"사정은 알겠지만, 이유를 모르는 이상 쉽게 풀어 줄 수는 없습니다. 적어도 입국 목적이라도 밝혀지지 않는 한은 어렵죠."

위원회 중 그나마 나이가 어린 칼시아 대령이 도를 설득하는 도중이었다, 이변이 일어난 것은. 이상을 눈치챈 것은 한과 제이 둘뿐이었다.

제이는 자신의 세계를 압박해 오는 또 다른 세계에 이를 악물었다. 무슨 짓이지? 기껏 자리까지 피해 줬고 다음 교대자는 치워 놨으니 얌전히 데리고 튀면 될걸, 왜 이렇게 깽판을 치는지 모를 일이었다.

어차피 이변을 알아차리는 건 한과 제이, 그리고 달리아…….

……달리아! 제이는 잊고 있던 사실을 깨닫고는 황급히 달리아에게 눈짓을 했다. 픽은 세계를 침범하는 존재를 알아차릴 수 있다. 그러니 지금 로즈가 벌인 세계의 확장도 당연히 눈치를 채야 하고.

하지만 달리아는 지금 픽의 몸이 아니고 사파이어는 포밍이 됐을 뿐, 락이다. 즉, 둘 다 세계의 확장을 눈치채지 못했을 거라는 뜻이다, 평소와 달리.

눈치채라, 제발. 제이가 이를 악물고 신호를 보내는 사이, 한이 자리에서 벌떡 일어났다.

"……뭡니까?"

모두의 시선이 한에게 쏠렸다. 제이는 그 사이를 틈타 능력을 써서 달리아의 손등을 두드렸다. 달리아는 손등을 내려다보았다가, 아무도 그녀를 직접 건드리지 않았다는 사실을 깨닫고는 제이를 보았다.

둘 사이에 눈빛이 오갔지만 다른 이들은 전부 한을 보고 있던 터라 둘 사이의 시선 교환을 눈치챈 이는 없었다.

"……로즈."

한이 신음 같은 목소리를 냈다. 한의 시선이 허공에서 다시 달리아로 내려왔을 때, 달리아는 이미 모든 것을 알고 있는 것 같은 얼굴을 하고 있었다.

"달리아 부회장님, 도와주십시오."

"말씀 드렸지만, 나는 지금 몸이 좋지가 못합니다. 당신이 말하는 것 같은 협조는 불가능합니다."

진실이었다. 하지만 누가 봐도 정말 몸이 안 좋은 것 같지는 않은 태도였다. 당연히 한이 그 말을 믿을 리 없어, 그는 애원하는 목소리를 냈다.

"제발……. 지금 아니면 기회가 없습니다."

그 말대로였다. 픽으로서의 전투력만 놓고 보면 최강이라 일컬어지는 로즈다. 한은 물론이거니와 달리아도 단독으로 로즈를 잡지는 못한다. 그나마 가장 비견될 만한 건 제이지만 제이는 또 나라의 법 때문에 제 실력을 내지 못하고.

하지만 여기에는 지금 제이, 달리아, 한, 셋이 모여 있고 상대 쪽에는 릴리라는 혹이 달려 있다. 로즈를 잡고 싶으면 지금보다 더 좋은 기회는 없다. 제이와 달리아가 제 실력을 내지 못한다 해도 차고 넘칠 것이다.

달리아 역시 그 의견에는 동의했지만, 문제는 달리아가 지금 제 실력을 내고 못 내고의 문제가 아니라 아예 힘을 못 쓴다는 데에 있었다.

"달리아. 제가 지금껏 당신을 거스른 적이 있었습니까? 당신의 모든 말을, 설사 거짓이 분명한 말도 그냥 순응하고 따랐던 제가 아닙니까. 지금 이 순간이 지나면 다시 그러겠습니다. 딱 한 번입니다, 지금 한 번. 지금 한 번만 제 부탁을 들어주십시오."

난 사실만 말했는데. 달리아는 속으로 쓴웃음을 삼켰다. 본의는 아니지만 거짓말을 할 수밖에 없을 듯했다. 사실을 말해 봤자 안 믿으면 어쩌겠는가, 거짓을 말할 수밖에.

달리아는 주변을 한번 둘러보았다. 한이 왜 저러는지 감을 잡지 못한 사람들이 웅성이고 있었다. 어차피 반 이상은 보지 않을 사람들이라지만 굳이 이유를 알려줄 필요는 없겠고.

달리아는 다시 한을 보고, 알아듣는 이가 적은 조국의 언어로 말을 했다.

"한유서."

"……예."

한도 그에 맞췄다. 달리아는 조금 차가운 얼굴을 하고는 태연하게 거짓말을 늘어놓았다.

"협조할 수 없는데."

"선배, 제발."

"한유서. 나는 피가 물보다 진하다는 말을 믿어. 회장의 행방과 로즈가 어떻게 우리의 텃밭과도 같은 아밀스턴 섬에서 회장을 빼돌렸는지 그 방법조차도 밝혀지지 않은 이 상황에서, 내가 널 믿고 전투에 참여할 수 있을 거라고 생각해?"

충격으로 한의 눈이 커졌다. 미안하지는 않아도 안쓰럽기는 했지만, 달래줄 생각은 들지 않았다. 달리아는 웃지 않는 얼굴로 가만히 한을 보았다. 한이 피를 토하듯 외쳤다.

"내가 어떻게 당신을!"

가만히 둘의 말을 듣고 있던 제이는 이상한 것을 느꼈다.

"……당신이 어떻게 내게가 아니라?"

아무에게도 들리지 않았지만, 제이에게 무슨 이상이 있지는 않나 꼼꼼히 지켜보고 있던 에드워드에게는 그 말이 보였다. 다만 입술의 움직임이 적었던 터라 확실하게 읽어 낸 건 아니고, 그저 의문을 가지고 있다는 사실만은 알 수 있는 정도였다.

급작스레 발생한 둘의 싸움에 위원회 사람들은 모두 웅성거리고 있었다.

무언가 일이 벌어졌다는 건 알 수 있었지만 무슨 일이 벌어졌는지 아는 인간은 없었고, 그걸 설명할 수 있는 사람들 둘이 서로 싸우고 있어서 설명을 들을 수도 없었다. 제이는 락을 가장하고 있으니 설명해 줄 수 없는 게 당연했고.

긴장된 분위기의 정점에서, 한이 고개를 푹 떨구었다. 어깨가 크게 들썩이고, 손등 위로 눈물이 떨어졌다. 남자의 눈물에 회의실 안이 술렁거렸다.

* * *

회의는 개판이 되었다. 통역은 울고, 도는 당황을 하고, 달리아는 딴청을 부렸다. 결국 자리를 수습한 건 사파이어였다. 전 세계를 통틀어 경계 순위 1위의 테러리스트가 와있다는 말에 위원회에는 비상이 걸렸고, 제이는 열심히 뛰어서 허탕을 치러 가야 했다.

다행히도 로즈는 얌전히 앉아서 그녀를 기다릴 정도로 막 나가지는 않은 터라 취조실에는 의식을 잃은 옐친 중위만 묶여 있었다. 트집거리를 떠넘길 상대가 있어서 다행이다. 제이는 속으로 안도했다.

픽 제한국인만큼 픽에 대해 잘 모르는 위원회 사람들은 로즈가 교대 시간을 노렸다가 상대하기 비교적 쉬운 이를 노렸다고 생각해 주는 듯했다. 위원회는 비상이 걸렸지만 증언을 위해 불려 왔던 제이와 제이를 따라 온 에드워드, 그리고 눈물을 멈추지 않는 한은 방면이 되었다.

제이는 삶의 의욕을 잃어버린 것처럼 보이는 한을 데리고 가는 에드워드의 팔꿈치를 끌어당겨 귓속말을 했다.

"정보 교환을 할까. 조금 있다가 자네 방으로 가겠네."

에드워드는 자기도 모르게 무슨 말이냐고 되물을 뻔했지만, 다행히도 한은 존재감이 넘쳤기에 에드워드는 제때 입단속을 할 수 있었다.

에드워드는 작게 고개를 끄덕이는 것으로 대답을 대신했고, 제이는 에드워드의 팔을 미련 없이 놓은 뒤 반대쪽으로 돌아 가버렸다.

한은 집으로 돌아오자마자 방에 틀어박혔고, 에드워드는 한이 삶의 의욕을 잃든 말든 아랑곳없이 손님맞이에 열을 올렸다. 물론 제이가 정문을 통과해서 올 것 같지는 않으니 핑계를 댔지만.

하인은 오늘 너무 큰일을 겪어 충격이 심하다는 도련님의 억지에 의해 거리로 쫓겨났다. 언제부터 도련님이 충격을 받으면 케이크니 키쉬니 초콜릿 등속을 먹으며 마음을 달랬는지는 모르겠지만 시키시니 따라야 했다.

하인이 륀드빌 거리—유명한 디저트샵이 많은 거리였다—순회 공연을 떠난 뒤 그 다음으로 에드워드는 다른 하인을 시켜 꽃병의 꽃을 갈게 했다. 하필이면 오늘 꽂혀 있던 꽃이 장미였기 때문이었다.

하인들이 방을 정리하는 동안 가볍게 씻고 나온 에드워드는 거울을 보고 미모를 점검했다. 촉촉한 미남, 나쁘지 않았다.

편해 보이지만 진짜 편하지는 않은 옷으로 갈아입고 방 안에 향수까지 뿌리고 나자 창문을 두드리는 소리가 들렸다. 에드워드는 황급히 화병 안에 향수병을 쑤셔 넣고는 모른 척 커튼을 걷었다.

"들어가도 될까?"

제이가 창틀에 걸터앉아 있었다. 에드워드는 웃으며 창문을 열었다.

"기꺼이요."

제이는 군복에서 재킷만 벗은 차림이었다. 에드워드는 자연스럽게, 제이가 온다고 꾸민 게 아니라 원래 자신은 집에 돌아오자마자 씻고 옷을 갈아입는다는 듯한 표정을 짓고 그녀를 방 안으로 안내했다. 제이는 아무렇지 않게 자리에 앉았다.

"조금 이르지만, 차라도 드시겠습니까?"

"자네가 마시고 싶다면."

물론 마시고 싶었다. 정확히는 제이에게 차를 대접하고 싶은 거지만, 에드워드 입장에서는 그게 그거였으니 뭐.

"예, 그럼 잠시만 기다려 주십시오."

끓인 물을 가져오라고 하기 위해 설렁줄을 당기고 얼마 지나지 않아 노크 소리가 들렸다. 벌써 왔나?

에드워드가 문을 열자, 디저트를 사 오라고 내보냈던 하인이 양 손 무겁게 서 있었다.

"도련님, 시키신 걸 사 왔습니다."

에드워드는 아주 약간 난감해졌다. 준비 같은 건 하지 않은 척, 집에 있는 걸로 대충 낸 듯한 자연스러운 상차림이 목표였는데 하인이 가져온 디저트들은 포장이 예쁘게 되어 있어 누가 봐도 밖에서 사온 모양이었다. 그렇다고 가서 포장을 벗기고 가져오라고 하자니 그 말이 들릴 테니 소용이 없고.

에드워드는 눈물을 머금고 하인의 손에서 디저트들을 받아들었다.

"음……. 잘했어. 그럼 가서 끓인 물 좀 가져와."

"끓인 물이요? 차를 끓여다 드릴까요?"

"아니, 그냥 물이면 돼. 알아서 할 테니까."

하인은 할 말이 참 많아 보였지만, 현명하게도 아무 말 없이 돌아갔다. 에드워드는 창피함을 무릅쓰고 뒤를 돌았다.

"……먹고 싶어서요."

무표정하던 제이의 얼굴에 장난기가 돌았다.
"그럼 나는 자네가 먹는 걸 구경하도록 할까."
에드워드는 원래 단 것을 즐기지 않는 편이었다. 제이야 여기서 케이크 한 조각 안 먹는다고 아쉬울 거야 없겠지만 에드워드는 이걸 혼자 다 먹자면 아쉬울 것이 아주 많았다. 에드워드는 재빨리 항복했다.
"대위님이 오신다고 해서 준비를 좀 해 봤습니다."
제이가 웃음을 터트렸다.

둘은 홍차와 쿠키, 케이크, 타르트 등을 놓고 정보 교환에 나섰다. 보고를 요구하기만 해도 충분할 것을 정보 교환이라며 굳이 설명을 해 주는 제이에게 에드워드는 진한 감동을 느꼈다.
"아까 자네가 물어본 건 반은 맞아. 로즈가 자네를 잡고 협박을 하긴 했으니까."
엘친 중위로 위장한 로즈를 못 본 척 해 준 일에 관한 얘기였다.
"하지만 사실 자네가 없었어도 내가 거기서 뭘 하지는 않았을 거야. 자네가 생각하는 것보다 더 여기는 서열이 확실하거든. 나는 로즈를 못 이겨."
에드워드는 자기 일도 아닌데 묘하게 자존심이 상하는 기분을 느꼈다. 세상 전부를 상대로 해도 지지 않을 사람이, 단 한 사람에게만큼은 이길 수 없다는 건 대체 어떤 기분일까. 잘나긴 했지만 인간 수준으로 잘난 에드워드로서는 상상이 가지 않는 경지였다.
"……그걸 알고 온 거라면 좀 비겁한데요."
그냥 평범하게 엘친 중위와 교대한 다음에 왔어도 됐을 것을. 제이는 찌푸린 얼굴을 보고 웃었다. 다른 사람이 그랬으면 미모를 깎아먹는 짓이었을 텐데, 저 외모로 저러니 얼굴을 찡그려도 우수에 찬 미남이다. 잘생기긴 참 잘생겼네. 제이는 객관적인 평가를 내렸다.

“비겁하다기보다는.”

제이는 찻잔 테두리를 문질렀다.

“뭘 확인하는 거 같은데 이유를 모르겠단 말이야.”

“확인을 한다고요?”

“응. 릴리도 그랬고, 자네를 가지고 날 자꾸 떠보는데 왜 그러는지를 모르겠단 말이지.”

제이가 고개를 갸우뚱했다.

“보통 이런 경우에는 약점을 잡아서 뭘 요구하려는 경우인데, 나한테는 자네가 없어도 뻔히 보이는 약점이 있잖나.”

“르퀸 소장님 말씀이시군요.”

제이는 고개를 끄덕이고 초콜릿을 하나 집어 입에 넣었다. 초콜릿을 깨물자 안에 들어 있던 리큐르가 배어 나왔고, 쓴맛과 단맛이 섞인 입 안을 레몬을 짜넣은 차로 씻어내자 천국의 맛이 입 안에서 펼쳐졌다. 하지만 입 안에서 펼쳐지고 있는 천국과 달리 현실은 냉엄했다.

“솔직히 말해서 로즈는 내 힘을 빌릴 필요가 없어. 그녀는 세상에서 가장 강한 픽이라고. 그녀가 하지 못하는 건 나도 못해. 게다가 정 동료가 필요하다고 해도 다른 이가 있거든.”

“릴리요?”

에드워드는 자연스럽게 빈 접시를 치우고 새 접시를 채워 넣으며 물었다. 제이는 멀리 있는 접시를 집으려다, 앞에 있는 접시가 다시 찬 것을 보고는 멈칫했다.

“아니, 릴리 말고. 히비스커스라고, 도의 동생 말일세.”

“아.”

도의 동생 얘기는 일전에 도의 로쉔어 능력에 대해 얘기하다 들은 적이 있었다. 제이가 앞에 놓인 타르트 타탱을 자르며 물었다.

"얼마나 뛰어난 픽인지 알던가?"

"아뇨, 그건 듣지 못했습니다."

"음……. 그래. 간단히 말하자면, 히비스커스는 꽤나 뛰어난 픽이야. 나나 로즈에 비견될 바는 아니지만 이렇게 간을 보고 릴리를 제물로 써 가며 질질 끄느니 히비스커스를 쓰면 된다고. 히비스커스에 릴리. 나를 끌어들이느라 쓰는 비용을 제하고 계산해 보면 그 쪽이 훨씬 낫지. 게다가 만에 하나, 너무 위험한 일이라 차마 소중한 동생들을 끌어들일 수가 없다. 그렇다면 그냥 대놓고 와서 협박을 하면 그만이야. 모두가 내가 ㅈ……. 소장님께 헌신적인 걸 알고 있고, 락인 자네와 달리 소장님은 픽의 공격에 매우 취약하니까."

빈 찻잔을 다시 채우며 에드워드가 조심스레 권했다.

"제 앞에서는 편히 말씀하셔도 됩니다."

제이가 난처하게 웃었다.

"아니, 괜찮네."

아직 그 정도는 아니라는 건가. 에드워드는 작은 아쉬움을 속으로 감췄다.

"이유는 모르겠지만 저 쪽에서는 자네를 가지고 자꾸 나를 시험하고 있더군. 자네가 걸려 있으면 내가 어디까지 해 줄지 말이야."

에드워드는 찻물로 입 안을 데웠다.

"대위님."

입 안이 따뜻해지니 나가는 목소리도 따뜻하게 들렸다. 제이가 포크를 문 채로 웃었다.

"말해 보게."

"그쪽에서 그렇게 착각한다면 그렇게 두십시오."

제이는 문 포크를 빼지 않았다. 에드워드는 별거 아닌 것처럼, 아주 가볍게 얘기했다. 듣는 제이에게도 가벼우면 좋겠다는 생각을 하면서.

"간을 두 번이나 보고 있다면, 대위님의 협조를 구하는 건 아주 중요한 순간이 되어서겠지요. 그때까지는 제가 쓸모 있는 미끼라 생각하게 내버려두는 편이 좋지 않겠습니까. 그래야 르퀸 소장님이 안전해지실 테니까요."

제이가 말한 대로, 눈이 있다면 조세핀이 좋은 인질이 되리란 걸 모를 리가 없다. 에드워드를 인질 목록에서 빼낸다면 그들이 눈을 돌릴 곳은 조세핀이다. 그러니, 상대측이 계획을 수정할 수 없을 때까지 에드워드를 대신 세워두라는 소리였다.

만약 상대의 계획을 들어보고 해 줄 만하면—물론 이렇게 간을 보는 시점에서 그게 쉬운 일일 리는 없다—해 주면 그만이고, 안 되면 그때 가서 에드워드를 버려 버리면 그만이다. 조세핀은 안전할 테고 제이도 행복해지겠지.

에드워드는 자신이 나름 논리적인 의견을 내놓았다고 생각했다.

제이가 자신을 나름대로 아껴 주고 있다는 건 안다. 그는 자존심이 낮은 편이 아니었고, 제이가 다른 이를 대하는 태도와 자신을 대하는 태도의 간극을 눈치 못 챌 만큼 멍청하지도 않으니까. 하지만 그 말은 자신과 조세핀의 간극을 알 만큼 똑똑하다는 뜻도 되었다.

에드워드는 제이에게 있어 자신이 나름대로 소중한 인물 목록에 들어간다는 것을 알았다. 아마 로쉔 안에서는 두 번째로 소중하게 여겨 줄지도 모르지. 하지만 그 1순위에는 조세핀이 있었고, 그건 아마 바뀌기 어려울 것이다. 에드워드는 그걸 알았다. 그리고 그게 슬프지도 않았고.

에드워드는 제이가 자신이 바라던 신의 조건에 부합하다는 것을 깨달은 순간 제이를 가족과 친척, 친구 등 그가 아는 모든 사람보다 우선순위로 올렸지만, 그렇다고 해서 제이가 그에 보답해 줘야 할 의무는 없다.

제이가 그의 신이 아니라 다른 관계여도. 그건 에드워드 혼자 결심한 것이니.

제이가 물고 있던 포크를 빼 테이블 위에 내려놓았다.

“소위. 이걸 좀 확실하게 하고 가야 할 거 같은데, ……이건 내 책임이야.”

“예?”

“솔직하게 말하겠네. 나는, 자네가 나와 같은 픽인 줄 알았어.”

그 순간, 에드워드는 제이가 그는 할 수 있다며 시켜 대던 이상한 동작들의 정체를 깨달았다. 아, 그래서…….

“왜냐하면…….”

어떻게 설명해야 하나 난처해하는 제이를 위해 에드워드는 이미 들은 적 있는 정보를 입에 올렸다.

“락은 보통 픽을 싫어하죠. 미스터 한에게 들었습니다.”

“……그래. 그런데 자네는 나를 먼저 찾아와서, 거부감이라고는 하나도 없는 얼굴로 나를 존경하고 보좌하고 싶다지 않았나. 그래서 나는 착각을 했고, 픽은…… 락이든 다른 픽이든, 그렇게 큰 거부감은 받지를 않거든. 세계를 좀 조정해서 균형을 맞추면 되는데 나는 그 방법은 알고 있고. 그래서 자네를 받아들여서 옆에 놨는데 릴리와 로즈는 나와 달리 자네가 락인 걸 알고 있더라고.”

제이가 고해성사라도 하듯 말을 이었다.

“그래서…… 자네한테 흥미를 가진 거야, 그들이. 내가 상관이고 하니 내가 자네한테 관심을 가져서 옆으로 끌어왔다 생각하고.”

거 참 터무니없는 착각이었다. 제이가 사생아 신분인 걸 차치하고서라도, 에드워드는 무려 크뤼거가의 후계자이다. 제이가 아니라 조세핀이라 해도 그를 사심으로 끌어다 부관 자리에 꽂는 짓은 하지 못한다. 어이없어 하는 에드워드의 표정을 보고 제이가 난처하게 웃었다.

"우리 정도 되는 픽은 사실 뜻대로 뭐가 안 되는 거에 익숙하지가 못해서……."

하늘을 날고 바다를 가르는 건 오히려 쉬울 지경이었다. 락에게 쓰는 거야 불가능하지만, 일반인 상대라면 자신을 만날 때마다 기분을 좋게 만드는 호르몬이 분비되도록 해서 사랑에 빠졌다는 착각이 들게 만들 수도 있고 반대로 끔찍하게 증오하게 만들 수도 있다. 사람의 감정조차 주무르는 게 쉬우니 뭐든 어렵게 느껴질 리가.

"그러니 자네가 죄책감을 가지거나 그럴 필요는 없네. 이건 내 책임이니까."

에드워드는 대답 전에 잠시 벅찬 가슴을 갈무리했다.

제이는 책임감 운운했지만, 눈이 있다면 제이에게 책임감이라고는 눈을 씻고 찾아봐도 없다는 걸 알 수 있을 것이다.

책임감이 있는 인간은 이길 수 없다는 이유로 경계 순위 1순위의 테러리스트를 방치하지 않고, 사적인 궁금증을 해결한다며 허가도 나지 않은 고문을 자행하거나 자기보다 상급자에게 나에게 손을 댄다면 과잉방어로 병원에 보내주겠다는 협박을 하지도 않는다. 제이에게 책임감이라는 게 있다면 그건 책임감이 아니라 애정의 다른 이름일 것이다.

세상 어디에 가도 잘 먹고 잘 살고 잘 대접받을 수 있는 그녀가 비방과 모욕을 견디며 이곳에 머무르게 만드는 이유, 손가락을 튕기는 것보다도 쉬운 일을 굳이 세간의 상식에 맞추어 진행하는 이유, 그리고 조세핀의 말없이는 해치고 싶지 않은 상대의 손목을 붙들어야 했던 이유.

첫 번째가 아니라 해서 애정이 의미와 사유를 잃지는 않는다. 에드워드는 벅찬 감정을 꾹 눌러 담고, 대신 진심을 담아 말했다.

"감사합니다."

무엇에 대해 감사하는지를 모르는 건지 모르는 척하는 건지, 제이는 빙그레 웃고는 내려놓았던 포크를 다시 쥐었다.

"뭐, 엮여도 그렇게 큰일은 되지 않을 거라 생각하네. 본래 목적이 나인 것도 아닌 듯하니까."

"그런가요?"

이제 와서 사실 로즈와 접촉한 적 있다는 말을 할 필요는 없다고 여겼기에, 제이는 대충 얼버무렸다.

"음, 뭐. 집안싸움이거나 하연 인더스트리와 생긴 문제의 연장선상이라고 생각 중이네. 나하고는 이미 한번 붙어봤으니 공식적으로 싸움을 걸 이유가 없었잖나. 아니면 취조실에서 마주쳤을 때 직접 싸움을 걸었어도 되는 거고. 그걸 굳이 조금 있다가 자신의 존재를 알린 걸 보면 사절단에게 볼일이 있었던 게 아닌가 싶었던 거지."

도야 한패일 가능성이 있다고 하고, 달리아와 사파이어야 제이 본인이 불렀으니 그렇다 치고, 뜬금없이 한이 튀어나온 이유가 이해가 안 가던 차였다. 통역은 어차피 달리아가 하면 되는 거고, 자료 조사도 사절단의 핵심이 릴리와 한패라 치면 그닥 중요한 것도 아니고. 어차피 시간 끌기용이었을 테니까.

그래서 제이는, 하연 인더스트리와 로즈 사이의 분쟁 말고 로즈와 한 사이의 분쟁이 따로 있었던 게 아닌가 의심하는 참이었다. 마침 제이에게 협력을 구할 때 집에서 해 줄 일이 있다고 협력을 구하기도 했었고.

그런데 제이가 집에 갈 수 없다고 하니까 아예 이쪽으로 불러온 게 아닐까. 그녀가 가진 정보 안에서는 나름 타당한 결론이었고, 에드워드에게 말해 준 내용 안에서도 그럴 듯한 가설이었다.

"……그러네요, 그렇겠네요."

에드워드는 제이의 빈 찻잔에 차를 한잔 더 부어 주고는 싱긋 웃었다.

"주인님, 도 님께서 돌아오셨습니다."

에드워드의 집사, 데미안이 그를 불렀다. 턱을 괸 채 생각에 잠겨 있던 에드워드가 고개를 들자, 어느 새 해가 져 있었다.

"그래, 알았다."

날도 어둡겠다, 협박하기 딱 좋은 시간대였다.

에드워드는 굳이 벗어 두었던 군복 재킷을 끌어다 걸쳤다. 시각적인 권위일 뿐이라 해도 없는 것보다는 낫겠지.

"미스터 도."

막 문을 열려던 도가 이쪽을 돌아보았다. 반나절에 걸친 회의 탓인지 눈이 붉게 충혈 된 데다 금방이라도 쓰러질 듯 보였지만, 상대의 사정을 봐줄 여유는 없었다.

"잠시 대화 가능하실까요?"

누가 봐도 거절하고 싶은 눈치였지만, 도는 망설임 끝에 고개를 끄덕였다. 그래, 거짓을 유지하려면 고개를 끄덕여야겠지. 에드워드는 친근하게 웃었다. 문이 열리고, 도가 먼저 들어간 뒤 에드워드가 안으로 들어와 문을 닫았다. 도가 에드워드를 보고 물었다.

"차?"

에드워드는 방금 닫은 문에 기대어 실실 웃었다. 꽤나 호전적인 미소였다. 장신의 남성과 닫힌 공간 안에서 단 둘이 있는데 저런 미소를 짓는다. 꽤나 불길하고 긴장이 되어야 할 상황이지만 도는 전혀 불안하지 않은 모양이었다.

"내숭은 그만 떠시지요."

소년이 순진하게 눈을 깜박였다. 희게 질린 얼굴에 충혈 된 눈. 피로에 지친 기색이 역력한 소년은 정말 아무것도 모르는 것처럼도 보였다. 하지만 에드워드는 물러서지 않았다.

“그렇게 아무것도 모르는 순진한 소년 흉내를 내고 싶으셨으면 표정 관리를 잘 하셨어야죠. 옆에서 사람이 펑펑 우는데 그렇게 한심하다는 얼굴을 해 놓고 이제 와서 아무 것도 모르는 척하면 어이가 없지 않겠습니까?”

그 순간 소년의 얼굴에서 표정이 확 사라졌다. 알고 추궁한 에드워드마저도 흠칫 놀랄 정도의 변화였다. 아까 회의장에서 본 그 서늘하고 짜증스러운 얼굴을 한 소년이 거칠게 머리카락을 헝클어트렸다.

“아……. 걔는 어째 도움이 되는 게 없네.”

에드워드와 비교해도 손색없을 정도로 유창한 로쉔어였다.

“와, 나는 네가 제이 르퀸을 보고 있는 줄 알았는데. 표정 관리 실패한 건 맞지만, 아무도 보고 있지 않을 거라고 생각해서 방심한 거라고. 진짜 본 거야, 아니면 찍은 거야? 이거 하나만 물어보자.”

상대가 반말을 쓰는데 굳이 존대를 계속 써서 스스로를 낮출 필요는 없다. 에드워드 역시 말을 편하게 했다.

“본 거 맞아, 난 원래 시야가 넓은 편이거든. 시야 끄트머리에 딱 그대가 걸리던데.”

소년은 헛웃음을 흘리며 마른세수를 한번 했다.

“물어볼 게 많은 건 알겠는데, 나도 지금 좀 급한 게 있어서. 하나만 먼저 물어보고 그 다음에 대답해 줘도 될까?”

“마음대로.”

에드워드는 그게 당연히 자기한테 하나를 물어보겠다는 뜻인 줄 알았지만, 도는 에드워드를 등진 채 안쪽으로 걸어 들어가더니 짐 가방에서 쇳덩이를 하나 꺼내들고는 뭐라 뭐라 말을 했다. 그걸 가만히 지켜보고 있을 이유도 없어, 에드워드는 멋대로 방 안에 장식된 테이블 앞에 가서 앉았다.

쇼는 짧았고, 소년은 곧 쇳덩이를 내던지더니 머리를 움켜쥐었다. 에드워드가 냉정하게 말했다.

"하나만 물어본댔지 물어보고 좌절까지 한 뒤 대답하겠다는 말은 안 했어. 와서 앉지 그래?"

"와……. 나……. 진짜……."

악, 하고 비명을 지른 뒤 도는 에드워드의 앞자리에 와서 앉았다. 머리를 쥐어뜯고 있을 때보다는 한결 차분해진 얼굴이었다. 머리 꼴은 산발이었지만.

"……솔직히 순진한 도련님 같아 보여서 속여 넘기기 쉬울 줄 알았는데."

"그대만 할까."

에드워드가 꽃같이 웃었다. 솔직히 맞는 말이었기에 도는 반박하지 않았다.

"그래, 뭐가 궁금한데?"

"당연한 거 아냐? 목적이 뭐야."

"……내가 그걸 대답할 거 같아?"

에드워드는 웃음을 지우지 않은 채로 소년의 손을 잡아 올렸다. 잘 관리된 손톱은 분홍기가 돌았다. 에드워드는 협탁 위에 줄지어 놓여 있던 진줏빛 손톱을 떠올리고는 상냥하게 말했다.

"하는 게 좋을 거야, 친구와 같은 체험을 해 보고 싶지 않다면."

도가 질린 얼굴을 했다.

"예쁜 얼굴로 무서운 말을 하네."

"그대는 귀여운 얼굴로 터무니없는 말을 하고."

에드워드가 손을 탁 놓았다. 도는 주먹을 쥐어 손톱을 감춘 손을 품 안으로 끌어당겼다.

"우리가 노린 건 아밀스턴 섬이야."

"……진짜 얘기하게?"

도가 질린 얼굴을 했다.

"안 하면 손톱 뽑는다며?"

"그렇긴 했지만, 이럴 때는 예의상 죽어도 말 못 한다고 버텨야 할 때 아냐? 진짜로 손톱 몇 개 뽑히고 말하는 한이 있어도 지금은 버텨야지."

"아니, 어차피 말하는 건데 왜 아프고 나서 말을 해? 곱게 하면 서로 좋잖아."

"물론 그건 그렇지만……."

"에드워드 소위."

도는 진지한 얼굴을 했다.

"나는, 아픈 게 싫어."

진지한 얼굴로 한다는 말이 저 모양이라 그랬지.

"어차피 내 동료들도 그건 다 알고 있고, 그래서 나한테 큰 기대는 안 해. 추궁당하면 바로 불 건 짐작을 하고 있을 거야. 그러니까 남에게 알려지면 안 될 정보는 알아서 숨겼을 거고. 이해돼?"

그러니까, 알려줄 수 있는 부분만 털어놓겠다는 거였다. 어쨌거나 괜한 노동을 안 하게 된 건 좋았다. 에드워드는 등받이에 기댔다.

"좋아, 듣지. 아밀스턴 섬이라고?"

"하연 인더스트리의 본사가 있는 곳. 몰라?"

"알지. 그런데 거길 노리는데 왜 로쉔까지 넘어온 건지 모르겠어서."

도가 씩 웃었다.

"다들 너처럼 생각할 테니까."

"양동 작전을 내가 몰라서 묻는 것처럼 보여? 그게 성공하려면 그대들 목표물이 로쉔을 신경 쓰고 있어야 하는 거잖아."

"응, 신경 써. 근데 로쉔이 아니라 제이 르퀸을 신경 쓰지."

설명이 조금 더 필요했다.

"나는 픽이 아니라 모르지만, 로즈가 그러더라고. 제이 르퀸의 세계에서 달리아의 냄새가 난대."

에드워드는 알아들은 척 돌려 묻지 않았다. 내숭을 떨어 봤자 필요가 없는 상대였으니까.

"그게 뭘 뜻하는 건데?"

"그전에 질문 하나. 달리아의 냄새가 나는 픽이 하나 더 있어. 누구게?"

픽이고 락이고 아무것도 모르는 에드워드에게 이걸 물어본다는 건 이미 힌트는 나와 있다는 뜻이었다. 그리고 도는 일전에 달리아와 어떤 픽의 관계에 대해 언질을 준 적이 있고. 에드워드는 정답을 말했다.

"한."

도가 박수를 쳤다.

"역시 명석해."

"3분 전만 해도 속여 넘기기 쉬워 보였다며?"

"그때 이후로 평가를 바꿨지."

말은 참 잘도 했다.

"달리아와 제이 르퀸 사이는 아무 증거가 없어. 이 상황에서 추측만 말해 봤자 헛소리 같겠지. 그러니까 대신 달리아와 한 사이를 설명해 줄게. 그럼 우리가 왜 둘 사이의 커넥션을 의심하는지 알 테니까."

거기까지 말하던 도는 주변을 둘러보았다.

"근데 목이 좀 마르다, 뭐 마실 것 좀."

에드워드는 한숨을 내쉬고는 자리에서 일어나 하인을 불렀다.

Chapter 07
입에는 꿀, 속에는 칼

에드워드의 앞에는 럼을 조금 넣은 커피가 한 잔, 도의 앞에는 꿀을 넣은 우유가 한 잔 놓였다.

"이제 내숭 떨 필요 없으니까 취향대로 마시지 그래? 나이도 나보다 많으면서"

"……이게 내 취향이거든."

본의 아니게 남의 취향을 무시한 꼴이 된 에드워드는 얌전히 커피나 마셨다. 도는 따끈한 우유를 한 입 마신 다음에야 입을 열었다.

"한은 그래 봬도 꽤 뛰어난 픽이야."

"……그래 봬도가 아니라, 그냥 봐도 그래 보여."

한은 이곳에 온 첫날 과거에 일어난 일을 재현해 냈다. 그게 그저 그런 픽도 해낼 수 있는 정도라면 로쉔의 픽 제한법은 앙심을 품은 픽에 의해 진작 사라졌겠지.

“그런데 그렇게 뛰어난 픽들은 대개 어렸을 적에 문제가 좀 있기 마련이거든. 능력을 제대로 제어를 못 하니까.”

“그대 동생도?”

도는 눈을 동그랗게 떴다가 곧 재미있다는 듯 웃었다.

“응, 내 동생도.”

의도된 무례였기에 에드워드는 사과하지 않았다. 꽤나 깊게 찔렀는데도 반응이 없는 걸 보면, 정말 신경을 안 쓰거나 아니면 아주 대단한 포커페이스거나 둘 중 하나란 뜻이었다. 비율은 1대 9쯤 될까. 에드워드는 커피를 마시는 척 시선을 슬그머니 내렸다.

“능력 폭주로 괴로워하던 한을 위해 한네 집안에서 하연 인더스트리에 협조를 요청했다고 하더라고. 그래서 그쪽에서 내준 게 달리아야. 달리아가 한을 포밍시켜서……. ……포밍이 뭔지는 아나?”

“대충은. 픽끼리 상대를 제압하는 데 쓰는 거 아니야?”

“핵심을 잘 꿰뚫고 있는데? 대부분은 싸울 때 쓰지만, 제압을 당했다는 건 능력이 제멋대로 발휘되지 않는다는 뜻이기도 하지. 달리아는 그 포밍을 통해 한의 능력이 날뛰는 걸 막고, 한이 다룰 수 있을 만큼만 조금씩 포밍의 강도를 약하게 해 나갔던 것 같아. 이를테면…… 막 일어설 수 있게 된 애가 바로 뛰는 건 불가능하지. 하지만 일어서고, 한 걸음을 떼고, 그걸 반복해서 걷게 되고 그러다 보면 뛸 수도 있게 되기 마련이잖아? 그런 식으로, 조금씩 한이 자기 능력을 쓸 수 있을 만큼만 포밍을 풀어 준 거지.”

“……달리아 부회장이 대위님께도 똑같이 했을 거다?”

“확신은 못 하지만, 둘이 예전에 싸운 적이 있어서 그때 한 포밍의 여파가 지금껏 남아 있는 거라는 설명보다는 훨씬 그럴듯하잖아. 달리아는 전투에 재능이 있지도 않은걸. 제이 르퀸 정도의 픽과 싸웠다면 그렇게 멀쩡했을 리가 없고.”

에드워드는 생각에 잠겼다. 제이가 달리아에게 사사했다면 그녀 인생의 공백이 설명된다.

제이 르퀸은 어머니가 밝혀진 바 없다. 열세 살 때 르퀸가에 나타나기 전까지 어디서 살았는지도 알려진 바가 없다. 지금껏 사람들은 그게 제이의 어머니가 밝혀지면 안 될 인물이라 그런 거라고 생각했지만, 제이의 과거 자체를 비밀로 해야 할 이유가 있었다면.

한도 그렇고 도의 동생도 그랬다면, 제이도 어렸을 적에 능력 폭주로 고생을 했을 수도 있다. 어찌어찌 수습해서 아밀스턴에 보내 제 힘을 다룰 수 있게 만든 뒤 다시 데려오려고 하자 과거가 걸렸겠지. 걸리기라도 하는 순간, 제이는 물론이거니와 제이의 정체를 알면서 이용한 르퀸가에도 그 책임을 물으려 할 테니까.

물론 그렇다고 큰 타격이 올 리는 없지만, 조금이라도 손해 볼 가능성을 남겨두느니 차라리 어머니 쪽을 철저히 감춰 버리는 게 낫다. 괜한 말실수를 할 수도 있고, 어머니가 밝혀지면 근처에 살던 사람들이 제이의 능력 폭주에 대해 기억하고 있을 수도 있고.

아, 그럼 혹시 눈 색도 그래서 바꾸고 있는 건가. 보라색 눈은 흔치 않으니, 어렸을 적 알던 사람들이 보라색 눈동자를 한 소녀를 기억하고 있을지도 몰라서?

혼자 알아서 납득을 한 뒤 에드워드는 입을 열었다.

"좋아, 거기까지는 이해가 갔어. 다음 단계로 넘어가지."

"다들 로즈가 회장에 이어 부회장인 달리아를 노린다고 생각하는 거 같은데, 로즈의 진짜 목적은 아밀스턴 섬이거든. 이유는 우리도 못 들었지만 아밀스턴 섬을 박살내고 싶대, 거기에 뭐가 있나 봐. 그런데 그러려면 달리아가 걸린다는 거지. 달리아는 지금 아밀스턴 섬을 통째로 자기 세계로 감싸고 있거든."

섬 하나를 통째로 커버할 정도의 능력자라. 에드워드는 달리아의 얼굴을 떠올렸다. 겉보기에는 그렇게 특별해 보이지는 않았는데. 물론 제이도 겉모습만 보면 평범한 군인처럼 보이지만. 아니, 워낙 어려 보이는 편이니 그냥 군인도 아니고 사관학교 생도처럼 보일까, 나이를 모르면.

"전투에는 재능이 없다며?"

"공격에 재능이 없다고. 포밍을 그렇게 잘하고, 성격이 물러서 공격성이 없는 것도 아니면서 대체 왜 싸움은 못 하는 건지는 모르겠지만 싸울 일이 발생하면 제 능력을 온전히 발휘를 못 하더라고. 하지만 방어는 또 다른 문제니까."

이기지는 못하지만 지지도 않는다는 건가.

"그래서 우리로서는 달리아를 아밀스턴 섬 밖으로 빼낼 필요가 있었는데, 달리아는 로즈와의 싸움으로 몸이 안 좋아졌다는 핑계를 대고 섬 밖으로 절대 안 나오고 있단 말이지. 그래서 머리를 굴린 결과, 제이 르퀸 정도면 달리아를 유인할 수 있지 않을까 한 거야. 원래대로라면 제이 르퀸이 그대로 포밍을 당해서 직접 달리아를 부르게 만들 계획이었어. 포밍을 당하는 건 목줄을 차는 거나 진배없으니까. 로즈의 포밍을 풀어 주러 달리아가 아밀스턴 섬을 나오면 그때 섬을 정복하는 게 우리 계획이었다고. 계획이 성공하면 당연히 포밍도 풀어 줄 생각이었고."

"그런데 계획이 어그러졌군."

"그래, 바로 너 때문에."

에드워드는 빙그레 웃었다.

"과찬이십니다."

도는 말을 말자는 얼굴을 했다.

"포밍이 실패한 순간 아예 텄다고 생각했는데, 혹시나 해서 해 본 사절단 합류 권고를 냉큼 받아들여서 놀랐어. 그런데 더 놀란 건—"

"달리아 부회장이 아밀스턴 섬에서 나왔는데도 습격에 실패한 거겠군."

도가 쓰게 웃더니 에드워드 앞에 놓여 있던 커피 잔을 향해 손을 뻗었지만, 에드워드가 재빠르게 방어해 마시는 데는 실패를 했다.

"내 건 건드리지 마, 컵 같이 쓰는 취미 없으니까. 마시고 싶으면 한 잔 더 만들어 오라고 하고. 어쩔래?"

"……더럽고 치사해서 안 마신다."

도는 인상을 찌푸린 뒤 자기 우유를 한 모금 마셨다. 꿀 넣은 우유나 마시는 주제에 얼굴만은 도수 60도의 보드카를 마시는 얼굴이었다.

"내 동생이 습격을 맡았거든. 분명 달리아가 섬을 나갔는데도 불구하고 세계가 사라지지를 않아서, 혹시 아밀스턴 섬을 일부러 방어하고 있나 싶어서 로즈한테 부탁을 했대, 그쪽을 습격해 보라고. 겸사겸사 릴리도 좀 빼냈고, 다짜고짜 공격당하면 미안하니까 제이 르퀸한테는 지금부터 뭘 좀 할 거다 언질 주느라 얼굴도 먼저 보이고."

순수하게 알려주려는 의도로는 안 보였지만, 에드워드는 일단 입을 다물었다.

"그래서 알게 된 사실 하나. 지금 여기 있는 달리아는 달리아가 아니야."

"달리아 부회장이 아니면?"

"그거야 모르지. 한이 속아 넘어간 걸 보면 외양은 똑같은 거 같던데, 어떤 수단을 쓴 걸까. 클론을 교육시켜서 대신 내보내기라도 했나? 평균 이상의 지능을 가진 클론을 만드는 건 사칙에 위배가 될 텐데 회장 없다고 막 나가는 건가, 아니면 밖에서는 모르는 또 다른 수단이 있나."

"그런 사칙이 있어, 하연 인더스트리에?"

"어. 클론은 어차피 지금 장기 이식용으로만 쓰이니까. 멀쩡한 상태면 가엾다 이거지."

에드워드가 생각하기에는 장기 이식용으로 쓰이는 거 자체가 가엾지 않나 싶었지만, 남의 회사 사칙에 관여할 생각은 들지 않았다.

"그래서. 대위님 주변에 얼쩡거렸던 건 달리아 부회장을 끌어내기 위한 작전일 뿐이었고, 실패했으니까 이젠 얌전히 돌아가겠다?"

"너무 비꼬지 마, 혹시 모를 일을 대비했던 거라고. 달리아가 끝까지 섬에서 버틸 수도 있잖아. 그러려면 적어도 포밍당한 제이 르퀸을 섬으로 불러들이기는 하겠다 싶어서."

"안에서 도와 달라고 하려고?"

"물론 쉽지 않은 일이지. 친분이 얼마나 있는지도 모르고. 하지만 그냥 손만 빨고 있느니 방안을 생각이라도 해두는 게 낫잖아."

"……그럼 이젠 어쩔 건데. 포밍은 실패를 했고, 이제 와서 대위님이 섬에 가 보겠다고 하면 달리아 부회장이 퍽이나 그러라고 하겠다."

"추후 계획까지 들어야겠다고? 너무 날로 먹으려고 드는데."

"날로 먹는 게 싫으면 조건을 걸어보든가."

도는 거의 다 빈 우유 컵을 만지작거렸다.

"술 한잔 할까?"

"드디어?"

에드워드는 피식 웃고는 하인을 불렀다.

* * *

에드워드는 싱글 몰트 위스키라도 한 병 따 줄 생각이었지만, 도가 술에 그리 강하지는 못하다며 거절했기에 막상 딴 것은 평범한 와인이 되었다.

질 좋은 포도로 만들어 상큼하니 가볍게 마시긴 좋지만 오래 묵지는 않아서 지금으로서는 그리 귀하지 않은 와인. 시간만 들이면 확실히 값어치가 오를 것을 아무렇지도 않게 따 버린다는 점에서는 낭비라 할 수도 있겠지만.

"왜 내가 평소에 내숭을 떨고 다닌다는 걸 알게 되면 다들 입맛까지 속인 거라고 생각하는지 모르겠어."

"보통 음험한 사람은 술도 잘 마셔야지, 술 몇 잔에 해롱대며 본성 드러내면 없어 보이잖아."

"아니, 나한테 술 먹이는 사람이 아예 없다니까? 그리고 그거 편견이야."

편견이란 좋은 것이지. 잘생기고, 집안 좋고, 명석한, 남자. 에드워드에게 쏟아지는 편견은 항상 좋은 방향이었기에 에드워드는 딱히 본인이 남에게 내비치는 편견도 수정할 생각을 하지 않았다.

물론 반대 입장인 제이를 앞에 둔다면 당장 편견과 차별 철폐를 위한 인권 운동가가 될 테지만, 지금 앞에 있는 것은 제이가 아닌 도였다.

"……됐다, 말을 말자."

도는 쯧, 하고 혀를 차고는 잔을 빙글 돌렸다. 잔 안에서 작은 파도가 일었다.

"우리의 계획은 아까 말한 대로야. 제이 르퀸을 미끼삼아 달리아를 끌어내는 게 1안이었고, 그게 실패할 경우 제이 르퀸에게 거래를 제안해서 섬에 들여보내는 게 2안이었어."

"그리고 지금은 둘 다 실패했고."

"뻔한 얘기해서 사람 기분 잡치게 하는 게 취미야?"

"아니. 그런 건 아닌데, 기분 잡쳤는데 잡친 티 못 내는 사람을 보는 게 취미야."

성격 한번 끝내줬다. 도는 심호흡을 해서 마음을 다스린 뒤 다시 입을 열었다.

"설마 달리아가 섬 밖으로 나왔는데 나온 게 아닌 상황이 나올 줄은 몰랐지만, 그렇다고 아, 실패했네, 이제 다들 포기하고 원래대로 돌아갑시다, 이럴 수도 없잖아."

그건 그랬다. 전세계에서 가장 경계해야 할 테러리스트로 찍힌 로즈는 말할 것도 없거니와, 로즈가 빼돌려버린 릴리도 이제는 범죄자의 길을 걷게 되었을 테니. 그러고 보니 참 많은 걸 걸었다 싶었다. 인생을 던져버릴 만큼 가치 있는 일인가, 그게.

"여기서 새로 나온 방법. 이왕 이렇게 된 거, 전부 손에 손을 잡고 아밀스턴 섬으로 쳐들어간다. 동원 가능한 픽은 로즈, 릴리, 그리고 내 동생. 문제는, 저 호구 같은 한과 친분을 가늠할 수 없는 제이 르퀸이 달리아 쪽에 붙을 가능성이 있다는 것. 변주를 해서, 제이 르퀸까지 포섭한 다음 쳐들어간다. 가능성은 좀 올라가는데, 어느 쪽이든 크게 다치긴 할 거야. 참고로, 픽이 재생 불가능한 상처를 입는다는 건 정말 심각한 문제야."

"미스터 한을 포섭한다는 선택지는 없는 거야?"

"그 새끼는 글렀어. 오늘 하는 거 봤잖아, 내가 그 꼴 당했으면 눈깔 파내고 뒤지는 한이 있어도 절대 거기서 울지는 않을 텐데."

갑자기 말이 훅 험해져서, 곱게 큰 도련님은 깜짝 놀랐다. 도가 수줍게 웃었다.

"아, 미안. 너무 꼴값이라 그만."

"……운 게 그렇게 못 볼 꼴이었어?"

"아니, 우는 건 상관없지, 짐은 남자가 나약한 걸 배척하지는 않아. 한은 원래부터가 가주 노릇을 하게 키워진 애도 아니니까, 좀 나약한 모습을 보여도 그러려니 하고 넘어가지. 그런데……."

도는 와인잔을 반 넘게 채우더니, 그걸 원샷을 했다.

"……술 약하다며?"

"다시 생각해도 너무 소름 돋는 장면이라. ……아까 달리아가 뭐라고 했는지 알아?"

모르는 걸 뻔히 알면서 대체 왜 묻는 건지는 알 수가 없었지만, 에드워드는 상대가 원하는 대답을 입에 올려주었다.

"뭐라고 했는데?"

"네 뭘 믿냐고 했어. 네가 사촌인 로즈와 한통속일 수도 있는 건데 널 어떻게 믿고 내가 로즈와 싸우겠냐고."

"확실히 그건 좀……."

"아니, 그 말이야 달리아 인성을 생각하면 하고도 남을 말이긴 한데, 그 말 듣고 나서 보인 반응이 더 웃기다고."

도대체 달리아라는 사람은 어떤 사람이기에 저런 말을 하고 있어도 '그럴 수 있다'는 반응이 나오는 건지 모를 일이었다.

"그 말을 들으면, 화를 내든가 좀 식든가 해야지. 안 그래?"

에드워드가 그딴 말을 들었다면 곱게 화만 내고 끝나지는 않았겠지만, 일단은 분위기를 맞춰줬다.

"그렇지, 그래야지."

"근데 그 새끼는 거기서 울잖아! 심지어 내가 어떻게 당신을, 이러더라?! 진짜, 주인한테 발로 차이고도 애교 부리는 개새끼도 아니고—"

도는 분을 못 이기고 테이블을 쾅 내리쳤다. 다행히도 원목으로 만든 테이블은 묵직해서 흔들리지도 않았고, 도의 손만 혼자 아팠다. 에드워드는 도가 손을 부여잡고 낑낑대는 모습을 보면서도 제이 생각이나 했다. 아까 제이가 왜 의아해했는지 이제야 이해가 갔다.

하긴, 그런 상황이면 보통 어떻게 당신이 나에게, 라고 하지 내가 어떻게 당신을, 이라고 하지는 않을 것이다. 사실 에드워드로서는 아직도 왜 저 상황에서 내가 어떻게 당신을, 이라는 말이 나오는지 이해가 가지 않았고.

"……하여간, 그래서 한을 포섭하는 건 불가능해. 그래서 머리를 굴려 본 결과 나온 방안인데, 나 좀 도와 줘."

잔을 기울이던 에드워드가 피식 웃었다.

"말을 해야 도와 주든 말든 하지?"

"한한테, 여기 있는 달리아는 달리아가 아니라고 말해 줘."

"말도 안 되는 소리……. ……뭐라고?"

솔직히, 에드워드는 제이를 설득해 달라는 말이 나올 거라고 생각하고 있었다. 그래서 준비해 놨던 거절 멘트를 읊으려 했던 건데, 도는 예상외의 발언을 했다.

"한의 오해를 풀어 달라고. 오해한 상태에서도 질질 짜는 놈이니까 오해만 풀리면 알아서 착 달라붙을 거야."

"아까 배알도 없는 놈이라면서 까더니……?"

"없는 게 걔 배알이지 내 배알이야?"

정말, 이 대화를 한이 좀 들어야 했다. 한도 도에 대해 경고하긴 했지만 이렇게 열심히 상대를 비방하지는 않았는데. 언질을 좀 줘 볼까. 에드워드의 속내를 아는지 모르는지, 도는 아픈 손을 와인 버킷에 넣어 식히면서도 계속 종알댔다.

"프러포즈를 그렇게 거절당하고 매달리는 건 좀 쪽팔릴 수도 있겠다 싶었는데, 오늘 보니까 쪽은 이미 갖다 버린 거 같으니까 말이야. 한이 달리아를 설득해서—"

"프러포즈를 뭐 어떻게 거절했기에?"

"한이 달리아에게 프러포즈를 했고 달리아가 생각해 보겠다고 하더니, 얼마 지나지 않아 로즈를 섬으로 불렀어. 로즈가 한의 사촌에, 가주기도 하다 보니 프러포즈 관련해서 할 말이 있는 건가 하고 순순히 갔는데, 거기서 뭘 어떻게 했는지 둘이 섬 하나 날릴 기세로 싸우더라. 그러더니 로즈가 회장 실종 사건에 책임이 있다는 이유를 들어서 프러포즈를 거절했지 뭐야."

에드워드는 고개를 살짝 기울였다. 갑자기 궁금해진 게 있었다.

"달리아 부회장이 지금 아밀스턴 섬을 전부 감싸는 결계를 치고 있다고 했지."

"엄밀히 말하자면 결계는 아닌데……. 그래, 픽에 대해 잘 모르는 로쉔인은 결계라고 하는 게 더 이해하기 쉽겠다. 응, 그래."

"그거, 싸운 다음에 생긴 거야, 아니면 그 전부터 있던 거야?"

도가 픽 웃고는, 빈 에드워드의 잔에 와인을 따라 주었다.

"그 전부터, 유구히. 달리아가 섬 안에 있을 때는 계속."

에드워드는 채워지는 잔을 보았다.

"악랄하네, 그대. 그 대접을 받고 있는 사람을 다시 끌어다 붙여?"

로즈는 릴리에 도의 동생까지 합해도 달리아의 방벽을 뚫지 못해서 로쉔까지 왔다. 달리아와 어깨를 견줄 만하다는 회장을 로즈가 실종시킬 수 있는지 그것도 궁금하기는 하지만, 만약 로즈가 정말 회장을 실종시켰다고 해도 달리아의 협조 없이는 불가능하다는 뜻이다.

로즈가 관계가 없다면 달리아가 저지른 뒤 뒤집어씌운 거고, 아니면 같이 작당해서 회장을 처리해 놓고는 로즈가 원하는 조건은 들어주지 않는 거고.

근데 그래 놓고서는 오히려 한에게는 네가 로즈와 작당했을 수도 있으니 널 못 믿는다고 한 거다.

"오늘 우는 거 못 봤어? 본인이 원한다잖아. 게다가 내가 보기에는 달리아도 나름 진심이긴 할 거라고. 달리아가 속해 있는 하연 인더스트리는 숨 쉬듯 사람을 생산해 내는 곳이야. 한 해 그 회사의 판매량이 얼마나 되는지 알아? 달리아쯤 되면 입맛대로 적당히 잘생기고 몸 좋고 순종적인 남자를 열이고 스물이고 만들 수 있었을 거라고. 프러포즈를 그딴 식으로 거절당했으니 자존감이 내려갈 만도 하지만, 애초에 진짜 마음이 없었다면 사귀지도 않았겠지. 그러니까 나는 한이 생각하는 것과 달리 달리아에게도 애정이란 게 있다고 믿어."

도는 잠시 생각에 잠겼다가 다시 입을 열었다.

"그걸 사랑이라고 불러야 할지는 잘 모르겠지만, 적어도 본인은 사랑을 하고 있다고 믿는 거 같고. 그런 사랑이라도 원할 것 같고. 그럼 옆에서 도와주는 수밖에 없지 않나."

뒷말은 거의 혼잣말에 가까웠다. 에드워드는 먼 곳을 보는 도의 눈앞에 대고 손가락을 튕겼다.

"사람 앞에 두고 뭐 하는 짓이야?"

"아."

도는 정신을 차리고 고개를 흔들었다.

"술도 약하다면서 지나치게 빨리 마시더라니."

"……그러게."

도는 얼굴을 감싸고는 한숨을 쉬듯 웃었다.

"……어쨌거나, 우리의 계획은 이거야. 회장이 없는 이상 달리아는 딱히 회사를 지켜야 할 의무가 없어. 그러니까 한과 다시 잘 붙여서, 이번에는 한이 하연 인더스트리에 들어가는 게 아니라 달리아를 한의 가문으로 끌어들이는 거지. 이게 성공을 하면 우리는 가장 큰 장애물을 제거할 수 있게 되는 거고, 안 되면 그때 가서 다른 방안을 생각해 보는 거고."

에드워드는 도의 잔에 남아 있던 와인을 와인 버킷에 부어 버리고는 대신 물을 따라 주었다.

"아, 고마워."

도가 물을 마시며 정신을 차리는 동안, 에드워드는 생각을 정리했다.

일단, 들어온 정보는 충분했다. 도의 손톱을 내버려둬도 상관없을 정도로. 그럼 남은 것은 거래 조건이었다. 해야 할 것은 말 한마디. 그 대가로 돌아오는 것은 제이가 귀찮아지지 않는 것. 나쁘지 않았다.

"그걸로 릴리가 쓴 게 엘리제 젤 슈와르의 초대장이었다는 걸 숨겨 준 건을 털어 준다면야 그래 주지, 뭐."

지금 돌이켜 보면 숨기는 쪽이 자기들한테도 유리해서 그래 준 거겠지만, 그래도 표면적으로는 도와준 꼴이 되는 셈이니까. 이왕 하는 거 깔끔하게 이해타산을 털어 버리는 게 에드워드에게도 좋았다. 도는 잔에서 입을 떼지 않은 채 웃었다.

"좋아, 그럼 거래 성립이다."

에드워드가 잔을 들자, 도는 물이 담긴 잔으로 건배를 했다. 계약서 없는 거래가 성립되었다.

* * *

비슷한 시간에, 달리아와 사파이어 역시 르퀸 저택에 돌아왔다. 들어오자마자 침대로 직행한 달리아의 안드로이드를 잘 눕히고 이불까지 덮어 준 뒤 가볍게 씻고 나오자, 방에는 조세핀과 대화를 하러 갔던 제이가 들어와 있었다.

"대화는 잘 끝났어?"

"응, 대충. 이제부터 노인네들이랑 회의해야 한대서 나왔어."

"아……. 힘들겠다."

사파이어가 머리의 물기를 털며 웃자, 제이도 마주 웃었다.

"내가 뭐 도와줄 거 있어?"

"아니? 괜찮아. 아, 아니다. 도리언 그레이하운드 찾는 거. 그건 네가 도와줘야지."

"아니, 그거 말고."

제이는 고개를 살래살래 저었다.

"오늘 울었잖아."

한을 말하는 거였다. 사파이어는 눈을 감고 누운 달리아의 안드로이드를 흘깃 보았다.

"음……. 아냐, 괜찮아. 아마 달리아가 알아서 할 거야."

"……진짜?"

제이가 의심스러운 얼굴을 했다. 사실 오늘 태도를 보면, 그대로 인연을 끊고 싶어 한다고 해도 믿길 지경이라 전혀 신뢰가 안 갔다.

차라리 인연을 끊고 싶은 거면 이해나 하지, 달리아의 성격상 인연 끊을 사람에게 그런 식으로 친절하게—어디까지나 달리아 기준으로—이유를 설명해 주지는 않을 테니 배로 걱정이 되었고. 사파이어는 머리카락 끝부분을 수건으로 꾹 눌렀다. 물기가 배어 나왔다.

"말 한두 마디로 태도를 바꾼다면 어차피 거기까지라는 거겠지. 달리아의 옆자리라는 건 그 정도로 얄팍한 인연이 견딜 수 있는 곳은 아니고. 그러니까 괜찮아, 도와주지 않아도."

제이는 말 한마디가 가질 수 있는 위력을 잘 알았다. 그건 단순히, 말 한두 마디 없다고 벌어질 일이면 나중에라도 문제가 일어날 것이니 상관없다고 넘어갈 수 있는 문제가 아니다.

그 말이 없다면 문제가 되었을 수많은 사건들을, 그 말 한마디를 떠올리며 별거 아닌 사소한 일로 치부할 수 있게 만드는 게 말이다. 말은 사람과 사람 사이의 관계를 바꾸고 견딜 수 있는 역치를 올려 주니까.

하지만 제이는 그 말을 하지는 않았다. 사파이어와 그녀가 다르듯 달리아와 그녀 역시 달랐으니까. 달리아에 대해 더 잘 아는 것은 사파이어일 테니, 사파이어가 괜찮다면 달리아도 괜찮을 것이다.

본인이 괜찮다는데 남이 나설 이유는 없는 것이다, 특히 상대가 저 둘이라면 더더욱.

"알았어. 필요한 게 있으면 언제든지 얘기해."

사파이어는 가만히 웃었다.

"응, 신경 써 줘서 고마워."

* * *

에드워드는 일부러 며칠간의 유예를 두었다. 정보 수집에 걸리는 시간을 가정해야 자신의 말이 더 신뢰도가 높아질 것 같았기 때문이다.

그 유예 기간 동안 도와 두 부회장은 대책 회의에 불려 다녔고, 제이는 근신을 먹었다. 군이 아니라, 르퀸가에게.

"근 반 달간 이교대로 계속 근무 돌았으면 좀 쉴 때도 됐지. 원로원이야 그런 의도가 아니었지만, 소장님이 휴가라 생각하라 하셨으니 휴가라 생각하려고."

제이는 찻잔을 들었다. 차에 가미된 과일 향기가 달큼했다.

"그러니까 자네도 쉬지 그러나, 가뜩이나 사절단까지 돌봐야 해서 힘들 텐데."

제이는 자기가 근신 처분을 받자마자 바람같이 르퀸 저택으로 달려온 에드워드를 보고 말했다. 에드워드가 수줍게 웃었다.

"쉬려고 여기에 온 게 아니겠습니까. 집에서는 이래저래 신경 써야 할 일이 많아서요."

"아, 맞다. 한이 밖으로 안 나오고 있다고 했지. 자네도 참 고생이 많겠군."

한은 방에 콕 처박혀 있어서 마음이 불편한 것 빼고는 신경 쓸 게 전혀 없었지만, 걱정을 해 주는 게 좋아 에드워드는 그냥 웃었다.

"사절단이 가고 나면 아마 지방 출장을 좀 다니게 될 것 같아. 그러니 지금 푹 쉬어 두게. 개인적으로 처리할 일 있으면 해 두고."

"출장이요?"

"응. 싫다면 여기 남아도 되고."

물론 그럴 리가 없었다.

"아뇨, 아닙니다. 당연히 따라가야죠, 제가 대위님 부관인데요. 그런데 목적을 여쭈어 봐도 괜찮겠습니까?"

"겉으로는 징계의 일부분이고, 속으로는."

제이는 쿠키를 하나 집어 반으로 쪼갰다. 에드워드가 사 온 선물을 바로 대접에 내는 것은 예의에 어긋나는 짓이지만, 어차피 에드워드는 단 걸 싫어했다. 언제 뭘 내든 다 제이의 입으로 들어갈 테니 이런 사소한 예의쯤은 어겨도 좋으리라.

그리고 물론 에드워드의 입장에서도 제이가 맛있게 먹는 모습을 보여 주는 게 더 좋았고.

"뭘 좀 찾아야 할 게 있어서."

대답을 끝낸 뒤, 제이는 반으로 쪼갠 쿠키를 입에 넣었다. 차에서는 살구향, 쿠키 안에는 레이즌. 단 것과 단 것이 모여 보통 사람이라면 좀 물릴 법도 하건만 제이는 각기 다른 단맛을 즐겼다.

"그러시군요."

뭘 찾느냐고 물어봤다면 말해 줬을까. 하지만 에드워드는 언제나처럼 지금도 더 깊게 들어가는 대신 그냥 웃어 보이고 말았다. 처음 같았으면 꼬치꼬치 캐묻지 않는 게 편하다 생각했겠지만 이제 와서는 아주 약간 서운한 듯도 했다.

제이는 복잡 미묘한 심경으로 차분하게 차의 향기를 즐기고 있는 에드워드의 얼굴을 보았다.

……떫지도 않나? 제이의 시선이 찻잔을 향했다. 잠시 후 다시 차를 마시자, 차에서는 더 이상 살구향이 나지 않고 맛 역시 깊고 차분하게 바뀌어 있었다. 딱 그녀 눈앞의 에드워드가 마시고 있을 그 차만큼.

제이는 나머지 쿠키 반쪽을 입에 물었다. 과일 향이 가미되지 않은 차는 그녀 입맛에는 약간 떫지만, 단 디저트와 함께라면 그럭저럭 나쁘지 않은 듯했다.

제이와의 티타임을 즐긴 뒤, 에드워드는 도를 데리러 갔다. 말하는 본새를 보니 어디서 범죄의 표적이 될 것 같지는 않지만, 모양상 그게 보기 좋았으니까.

도는 에드워드 외의 사람들에게는 아직도 로쉔어를 못 하는 척하고 있으니, 아버지와 단 둘이 마차를 타고 돌아오게 하는 건 좀 불쌍했다. 아버지가.

"사절단 중 미스터 도는 어디에 있지?"

"아, 대기실에서 기다리신다고 하셨습니다."

대기실은 계단을 올라가야 했다. 귀찮게……. 1층에서 기다릴 것이지. 에드워드는 속으로 혀를 찬 뒤 느리게 계단을 올라 복도를 걸었다.

대기실에 도착해 노크를 하려는 순간, 뭔가 부딪히는 소리가 문 너머로 들렸다. 움찔한 에드워드는 노크하는 대신 손잡이를 잡고 문을 확 잡아당겼다. 문이 열리고 에드워드의 품안으로 소년이 쏟아졌다.

소년의 멱살을 잡고 있던 남자는 반쯤 끌려오다 아예 멱살을 놓아 버렸지만, 몸이 휘청대는 것은 막을 수가 없었다. 간신히 다시 균형을 되찾고 고개를 들자, 소년을 품에 안은 에드워드와 눈이 마주쳤다. 에드워드는 품안에 쏟아진 소년이 없는 것처럼 태연하게 인사를 건넸다.

"안녕하십니까, 사파이어 부회장."

안쪽에서 턱을 괸 채 이 사태를 구경하고 있던 여자에게도 인사를 잊지 않았고.

"안녕하십니까, 달리아 부회장."

여자가 흥미롭게 눈을 빛냈다.

"안녕하세요, 에드워드 소위."

"미스터 도를 마중 나왔습니다. 가는 길에 모셔다 드릴까요?"

"아뇨, 괜찮아요. 알아서 돌아갈 수 있어요."

여자는 꼬았던 다리를 풀고 자리에서 일어났다. 남자도 흐트러졌던 매무새를 정리했고, 에드워드는 소년의 어깨를 잡아 일으켜 문에서 비켜서게 했다. 분명 문에 더 가까웠던 건 남자인데 먼저 문을 나선 쪽은 여자였다.

"그럼, 안녕히."

여자는 생긋 웃으며 에드워드에게 인사를 남기고는, 도를 향해 상냥한 목소리를 냈다.

"충고하는데, 행동을 조심하는 편이 좋겠어요. 그럼 이만."

"다음에 또 뵙지요."

남자도 고개를 가볍게 숙이고는 여자의 뒤를 따라갔다. 봐도 봐도 두 부회장이 아니라 부회장과 그녀의 비서 같은 모양새였다. 둘의 뒷모습이 계단을 내려가 사라진 다음에야 에드워드는 도의 어깨를 잡고 있던 손을 놓았다. 도는 허리를 숙이며 명치를 문질렀다.

"아……. 생긴 건 맹하게 생겨서는, 손이 맵네……."

에드워드가 그런 도를 한심하게 내려다보았다.

"아픈 거 싫다며?"

"응, 싫어."

"그럼 나한테 했던 것처럼 홀랑 다 말하고 몸을 사렸어야지."

“아, 뭘 물어봐야 대답을 하지……. 그냥 너였냐? 하고 다짜고짜 패는데 뭐가 나라는 건지 묻지도 못했다.”

도는 숨을 반쯤 들이쉬다 다시 허리를 구부렸다.

“로즈랑 한 패냐는 거겠지, 당연히.”

“그걸 이제 와서 때릴 거 같지는 않은데……. 아, 모르겠다. 저지른 게 좀 많아서 걸리는 것도 많아.”

아주 잠시 안쓰러웠던 게 아까워지는 순간이었다. 에드워드는 도의 팔을 잡아 일으켜 세웠다.

“아, 좀.”

“가서 침대에 누워서 아파하면 되잖아.”

투덜거리면서도 도는 순순히 끌려왔다.

“참, 회의는 언제쯤 끝날 거 같아?”

“이번 주 안으로 끝날걸, 아마. 왜, 시간 더 필요해? 늘려 줄까?”

“그게 말처럼 쉽나 봐?”

“어렵지도 않지.”

도는 정말 회의 기간 연장이 홍차에 설탕을 하나 더 넣는 일처럼 쉬운 양 얘기했다. 잠시 고민하던 에드워드는 곧 고개를 저었다.

“아냐, 여기서 더 일을 끌 필요는 없겠지. 내일 안으로 한에게 말해 둘게.”

계속 찌푸려져 있던 도의 얼굴이 그제야 조금 펴졌다.

* * *

사관학교 시절을 지나 군인으로 근무하며 에드워드의 몸에는 규칙적인 생활이 배어 있었다. 하인이 깨우지 않아도 해가 뜨자마자 자리에서 일어난 에드워드는 대충 씻고 대충 아무 옷이나 주워다 걸쳤다.

제이에게도 오늘은 일이 있어 못 갈 것 같다 말했고 도의 양해도 구해 사람 만날 일이 없으니 굳이 꾸며야 할 이유가 없었다.

"미스터 한, 들어가도 되겠습니까?"

사실 만날 사람이 한 명은 있었지만, 남자에 곧 떠날 외국인이고 지금 제정신이 아니라 상대 외모 같은 건 눈에 들어올 리도 없으니 예외였다. 대답은 없었지만 에드워드는 아무렇지도 않게 문을 따고 들어갔다.

"미스터 한."

커튼을 얼마나 꽁꽁 싸맨 건지 방 안은 한 치 앞도 보이지가 않았고, 안에서는 대답이 없었다. 에드워드는 한숨을 내쉬고는 안으로 발걸음을 옮겼다. 옮기는 걸음걸음마다 어둠이 물러나고 희미한 아침햇살이 바닥을 밝혀, 에드워드는 그때서야 이 어둠이 한이 인위적으로 만들어 낸 것임을 알았다. 에드워드는 이불뭉치 앞에 멈춰 섰다.

"미스터 한."

이불은 대답이 없었다. 에드워드는 쓸데없이 이름만 계속 부르는 대신 이불을 벗겨 냈다. 생각과 달리 한은 반항하지 않았고, 이불 아래의 남자는 곱게 눈을 감은 채 양손을 가슴 위에 올리고 있었다.

……시체인가? 근 일주일 동안 식사는커녕 물 한 모금 안 마셨으니 혹시나 하는 의심이 들 만도 했다. 에드워드는 허리를 굽혀 숨소리를 확인했다. 다행히도 숨은 쉬고 있었다.

"……살아 있습니다."

심지어 자고 있지도 않았다. 에드워드는 아무렇지도 않게 허리를 다시 들었다.

"뭐라도 드시지 않겠습니까?"

"픽은 밥 좀 안 먹고 물 좀 안 마신다고 죽지는 않습니다."

"저는 픽이 아닙니다."

"……심려 끼쳐드려 죄송합니다. 회의가 끝나고 나면 폐 끼치지 않고 돌아가겠습니다."

"아뇨, 손님으로 맞아들인 이상 감내하는 건 제가 해야 할 일이죠. 폐라고 여기실 것 없습니다. 다만, 걱정이 된다는 겁니다."

한이 드디어 눈을 떴다. 쌍꺼풀 없이 커다란 눈이 그를 보았다. 검은 눈동자가 일렁였다.

"……목에 메여 아무것도 넘어갈 것 같지가 않습니다. ……죄송합니다."

생각보다 사태가 심각해 보였다. 에드워드는 자기를 그 상황에 대입했다. 다른 사람이 그랬으면 화가 나서 되갚아줄 생각을 했을 테고, 제이가 그랬다면……. 제이가 그랬어도 식음을 전폐했을 것 같지는 않았다. 하긴, 신앙과 연심이 같지는 않겠지만.

에드워드는 팔을 뻗어 커튼을 반쯤 걷었다. 아직 잠기운이 가시지 않은 해가 말갛게 빛났다.

"잠시 바람이라도 쐬지 않으시겠습니까?"

한은 대답이 없었다. 에드워드는 가볍게 협박을 해 보기로 했다.

"아니면 저희 아버지와 미스터 도와 함께 대식당에서 아침을 드시겠습니까?"

"……옷만 갈아입고 나가겠습니다."

역시 협박의 결과는 훌륭했다.

정원을 거닐까 하다가, 에드워드는 아예 말을 타고 나가는 쪽을 선택했다. 크뤼거 저택이 넓기는 하지만 그래 봤자 수도 안에 있는 저택일 뿐이라 장원만큼 크지는 못했으니까. 둘은 말을 타고 밖으로 나가 언덕을 올랐다. 이제 슬슬 더워지기 시작하는 바람이 그들의 뺨을 쓸고 지나갔다.

"……회의 중이겠군요, 이 시간이면."

먼저 말을 꺼낸 것은 한이었다. 에드워드는 망설이는 척을 하다 물었다.

"달리아 부회장과의 일을 전해 들었습니다."

"……도입니까?"

한은 얼굴을 구기더니 뭐라고 중얼거렸다. 아마도 도의 욕인 듯했다.

"처음 오셨을 때, 미스터 한께서 대위님과 달리아 부회장이 어울리는 걸 막는 게 좋지 않냐 했잖습니까. 그때 들었습니다."

모든 정보를 다 들었다고 하면 신뢰도가 떨어질 테고, 그렇다고 묻지도 않았는데 둘이 사귀었다는 말밖에 못 들었다고 하면 수상하다. 그렇기에 에드워드는 도를 감싸 주는 척 시기를 속였다.

"……그래서 2층을 골랐군요."

지금껏 에드워드도 몰랐던 선택의 이유가 밝혀지는 순간이었다.

"주제넘은 참견일지도 모르지만, 제게 털어놔 보는 것은 어떻습니까?"

한이 그를 돌아보았다. 그는 제이 앞에서나 지어 보이던 순진한 얼굴을 꾸며냈다.

"다른 사람에게 말하기만 해도 속이 좀 편해질 수 있지 않겠습니까. 손님이 이리 힘들어하시니 집주인으로서, 이 일에 연루된 사람으로서 책임감을 느낍니다."

"죄송……."

"탓을 하자는 게 아닙니다. 그저, 걱정이 된다는 말을 하고 있는 거죠."

어디까지나 그저 걱정이 되어 그런다는 것처럼, 다른 방법으로 털고 일어날 수 있다면 더 이상 신경 안 쓸 것처럼.

"저는 어차피 외국인. 며칠 뒤 본국으로 돌아가시면 더 이상 볼 일 없는 사람 아닙니까. 이걸로 도움이 된다면 기꺼이 들어드리겠습니다."

한은 고개를 숙였다. 저건 넘어온다. 에드워드는 확신했다.

마음이 약해지면 사람은 기댈 곳을 찾게 된다. 이역만리 타국에서, 같은 나라 사람이라고는 자기를 찬 여자와 그 부록, 범죄자와 한패밖에 없다면 더욱 더 기댈 곳이 절실하겠지. 속내를 들어주고 달래 줄 사람이 필요할 거다.

"……잊어보려 했습니다."

에드워드의 예상대로, 한은 입을 열었다.

"제가, 옆에 있는 것조차 부담인가 싶어서. 그럼 원하는 대로 해 줘야지 싶어 아무 감정 없는 척, 그렇게 굴다 보면 아는 사이로라도 돌아갈 수 있지 않을까 해서……."

"사람 마음이란 게 그렇게 쉬운 게 아니죠."

다정한 목소리와 부드러운 얼굴, 나는 당신을 이해한다는 비언어적 표시.

"……그런데 무리입니다. 이기적인 걸 알아도, 그 사람이 더 이상 내게 관심이 없어도, 그럼 이런 감정은 폐밖에 되지 않는 걸 알아도 멈출 수가 없어……."

사랑 때문에 눈가를 적시는 우수 어린 미남. 여자들이 봤다면 저 마음의 상처를 내가 치료해 주고 싶다며 가슴 떨려 했을 모습이지만 여기에 있는 건 미남 한 명뿐이었다. 잘생긴 남자라면 거울을 들여다 볼 때마다 보고 있으니 가슴이 떨릴 이유가 없었다.

"그분을 많이 사랑하시는군요……."

동정적인 어조에 한이 고개를 흔들었다.

"이제 와서는 이게 사랑인지 아닌지도 잘 모르겠습니다. 그냥, 그 사람의 삶에 내가 조금쯤은 필요한 존재이면 했습니다. 그랬는데……."

도가 치떨려 하는 것도 이해가 갈 지경이었다. 싫다는데 일방적으로 쫓아다닌 것도 아니고, 사귀다 헤어진 뒤 마음 정리가 좀 늦는 게 이렇게까지 자책할 일인가?

"그렇다면, 직접 물어보면 되지 않습니까? 무엇을 원하냐고, 그대로 따르겠다고."

"솔직히 말해 줄 리가 없습니다."

"왜 그렇게 생각하십니까?"

"그 사람은 더 이상 저를 믿지 않으니까요."

"왜 그렇게 생각하십니까?"

"……그렇게 말했습니다."

로즈와 사촌인 너를 믿지 못한다고. 한은 눈을 질끈 감았다. 에드워드는 지금 막 깨달은 것처럼 순진한 눈을 하고는 고개를 갸웃거렸다.

"달리아 부회장의 말이라면 전부 믿는 겁니까?"

"예."

"그럴 리가요."

에드워드는 한이 반박 당했다고 느끼기도 전에 재빨리 말을 이었다.

"그 전의 말은 믿지 않았잖습니까."

"그야……."

거짓말이었으니까. 한은 당황해서 입을 다물었다.

"달리아 부회장은 1년여 전부터 몸이 안 좋다고 했다면서요? 최강이라는 로즈와 싸우기 힘든 것도 당연하지 않습니까?"

"그것도……."

거짓이니까. 한의 동공이 흔들리기 시작했다. 그는 그 말이 거짓말이라고 생각했다. 달리아가 약해졌을 리 없으니까. 그녀는 언제나 대단하고…….

"저는 하연 인더스트리에 대해 잘 모르지만, 그곳의 회장이 대단한 사람인 건 압니다. 그런 사람이 실종될 정도의 일이라면 그 여파가 지금까지 미쳐도 이상하지 않을 거 같은데요."

한의 숨이 일순 멈췄다.

그는 지금껏 몸이 낫지 않았다는 달리아의 말을 거짓이라고 생각했다. 다른 누구도 아닌 달리아니까. 로즈가 아무리 강하다 한들 달리아에게 1년간 지속될 상처를 줄 수는 없다고 생각한 것이다.

그게 거짓이라고 생각했기에 섬에서 나오지 않는 게 자신을 거부하는 행위라 여겼고 회의가 끝나자마자 돌아가는 것 역시 자신 때문이라 생각했다. 로즈를 같이 잡자는 말을 거절하며 몸 상태를 들먹인 것을 핑계라 여겼기에 따라 나온 말을 진심이라 생각했다.

하지만 그게 아니라면? 달리아가 진실을 말하고 있었다면?

한의 시선이 그들이 떠나온 도시를 향했다. 그 안에 있을 한 사람을 찾았다.

"……죄송합니다, 먼저 가 보겠습니다."

"원하시는 대로."

에드워드는 처음과 같이 온화한 얼굴을 하고는 한을 배웅했다. 한을 태운 말이 날듯이 뛰어 시야에서 사라진 후에야 그는 꾸며낸 표정을 지웠다.

"아, 이럴 줄 알았으면 진작 불러낼 것을."

막상 말을 해 보니, 자신이 사실을 알고 있다는 운을 띄울 것도 없었다. 한은 생각보다 더 맹목적이었으니까. '그럴지도 모른다'는 말 한마디로도 충분할 줄 알았다면 일부러 유예 따위 둘 필요도 없었다. 에드워드는 툴툴거리며 등자를 걷어찼다. 말이 움직이기 시작했다.

"에드워드 소위."

도시로 다시 돌아온 그를 맞이한 것은 제이였다. 대로변에 서 있었으면 멀리서부터 알아봤을 것을, 그를 놀리려는 심산인지 건물 사이에 숨어 있다 갑자기 튀어나온 탓에 그는 하마터면 말에서 굴러 떨어질 뻔했다.

"……대위님."

다행히도 그의 운동신경이 그를 살렸다. 그는 말을 멈춘 뒤 긴 다리가 강조되는 멋진 포즈로 말에서 내렸다. 우아하고 절도 있는, 귀족 출신의 군인다운 동작이었다.

"교본대로군, 역시 모범생이야."

제이가 빙긋 웃었다.

……이럴 줄 알았으면 예쁘게 차리고 나오는 건데. 제이가 근신 중이라 너무 방심했었다. 에드워드는 앞머리를 쓸어 넘기는 척 머리카락을 재빨리 매만졌다. 옷도 좀 신경 쓸 것을.

하인들이 관리해 놓은 것이니 주름이나 얼룩은 없겠지만, 그래도 신경 써서 골라 입은 것과 손에 잡히는 대로 주워 입은 건 다르니까.

"밖에 나오셔도 괜찮으십니까?"

"상관없어, 내 마음 내킬 때만 지킬 거니까."

제멋대로인 말에 웃음이 나왔다. 생각해 보면 처음 만났을 때부터 그랬다. 집안의 터무니없는 요구에 순종하는 것 같으면서도, 기분에 거슬린다고 후처리를 해야 할 집안은 신경 쓰지 않고 움직인다.

……어쩌면, 르퀸가로부터 탈출하게 도와주려던 자신의 마음도 주제넘은 것인지도 모를 일이었다. 제이라면 언제든 알아서 탈출할 수 있을 텐데.

"어디에 가시는 거라면 모시겠습니다."

그를 보러 온 게 뻔히 보이는데도 그는 모른 척 의뭉을 떨었다. 제이는 뻔한 수작을 너그러이 넘겼다.

"아니, 고맙다는 말을 하러 왔네. 이런 건 그때그때 말해두는 게 좋다고 해서 말이야."

"예?"

대위님께 감사 인사를 받을 일이 뭐가 있지? 의아해하는 그를 보고 제이가 웃었다.

"한의 등을 밀어 줬다며."

"아……."

"자네는 몰랐겠지만, 내가 달리아 부회장한테 신세를 진 게 있어. 목숨 빚이라고 해야 할까."

도의 가설이 힘을 얻는 순간이었다.

"그래서, 나는, 그 둘이 행복하기를 빌고 있고."

"……그러셨군요."

"상대가 상대이니만큼, 죽을 때까지 갚을 수 없을 거라고 생각해서 반쯤 포기하고 있었는데 말이야."

바람이 불어왔다. 제이는 머리카락을 누르며 웃었다.

"고맙네. 자네에게는 계속 고마울 일만 생기는군."

도의 거래를 받아들이길 잘했다. 에드워드는 진심으로 그렇게 생각했다.

"모아 두게, 갚을 테니."

말을 마친 뒤 제이는 미련 없이 등을 돌렸다. 에드워드가 자기도 모르게 그녀를 불렀다.

"저, 대위님!"

"응?"

마치 부를 줄 알았다는 것처럼 제이가 다시 뒤를 돌았다. 말이 걸려 입안이 까끌했다. 에드워드는 입을 닫고 웃었다.

"자택까지 모시겠습니다."

아직은 문장이 되지 못한 말이었다. 준비되지 않은 말을 제이에게 줄 수 없어, 그는 대신 핑계를 댔다.

"자네가 원한다면야."

제이는 말 대신 건네 온 핑계를 기꺼이 받아들였다.

* * *

데미안 오하일은 집에 돌아온 자신의 주인을 반갑게 맞이했다.

"오셨습니까, 주인님."

주인은 잘생긴 얼굴을 차갑게 굳힌 채 방으로 직행했다. ……뭐가 잘 안 됐나? 데미안은 다급히 에드워드를 따라갔다.

방에 들어간 에드워드는 거울을 들여다보더니 갑자기 성질을 내며 서랍장을 걷어차기 시작했다. 데미안은 기겁을 하며 서랍장을 온몸으로 감쌌고, 자신의 예비 집사를 걷어찰 뻔한 에드워드는 깜짝 놀라 발을 멈췄다.

"뭐 하는 짓이야!"

"아악! 이것은 고조부님 시절부터 내려온 서랍장이에요! 걷어차시면 안 됩니다!"

……그랬던가? 에드워드는 정신을 차리고 서랍장을 다시 보았다. 확실히 오래 묵은 티가 좀 나긴 했다. 그래, 이젠 돈 주고도 못 구하는 걸 부수면 안 되지.

에드워드는 침착하게 방 안을 둘러보고는, 비교적 덜 오래 묵어 보이는 테이블을 향해 걸어갔다. 데미안이 기겁을 하며 에드워드의 바짓자락을 붙잡고 늘어졌다.

"아악! 그것은 증조부님 시절부터 내려온 테이블입니다! 안 돼요!"

듣고 보니 서랍장보다 새 거 같아 보일 뿐이지, 확실히 이것도 오래 묵은 티가 났다. 에드워드는 결국 그 테이블 위에 놓여 있던 촛대를 들어올렸다. 데미안이 입에 거품을 물었다.

"아악! 그것은 초대 시절부터 내려온 촛대! 절대 안 됩니다!"

"……뭐 다 안 된대! 그럼 뭐는 되는데?"

데미안은 황급히 방 안을 둘러보았다. 하지만 차기 가주의 방에 함부로 부숴도 되는 물건 따위를 갖다놓을 리가 없었다. 심지어 페이퍼 나이프마저도 장인이 한 땀 한 땀 세공을 한 값비싼 물건으로, 이제는 장인이 죽어 다시 구할 수도 없는 것이었다.

"자, 잠깐만 기다리십시오. 제가 제 방에 가서 부수셔도 될 것을 가져오겠습니다. 아, 아니죠. 여기서 부수시다가 파편이 잘못 튀어 가구가 상하면 큰일이니 그냥 제 방으로 가시죠."

그 말을 듣자 분노가 순식간에 식어 버리는 것을 느꼈다. 사실 무언가를 꼭 부숴야 할 만큼 심하게 화가 난 것도 아니긴 했다. 에드워드는 파괴욕을 간신히 억누르고, 대신 성질을 부렸다.

"넌 뭐 하는 놈이야! 내가 이러고 나가려고 하면 말렸어야 했을 거 아냐?"

"예? 어떻게 나가셨는데요?"

"이렇게 대충 하고 나가려고 하면, 머리도 좀 매만지고 옷도 좀 공들여서 챙겨 입으라고 했어야지! 이 꼴이 뭐야?"

에드워드는 신경질을 내며 아무것도 바르지 않은 머리카락을 헝클어트렸다. 외모가 어찌나 눈부신지, 커튼이 반쯤 쳐진 실내인데도 꼭 한낮의 정원 같은 착각이 일 정도였다. 데미안은 얼떨떨하게 대답했다.

"지금도 충분히 잘생기셨는데요……?"

"아, 물론 남들에 비하면 잘생겼지. 하지만 평소에 비하면 별로잖아."

진짜 말이 안 나왔다. 데미안이 억울함에 가슴을 치는 동안, 에드워드는 거울을 보고 요리조리 표정을 바꿔보다가 다시 얼굴을 찌푸렸다.

"미스터 한은?"

"……아까 돌아오셨습니다."

"내가 좀 뵙잔다고 전해."

주인님의 이해할 수 없는 성질머리를 받아주느니 말 통하는 외국인 손님에게 가 보는 게 나을 듯했다. 데미안은 명을 받들었다.

"주인님. 그 상태셔도 눈부시게 잘생기셨습니다, 걱정 마세요."

데미안은 그렇게 말했지만, 자신의 얼굴을 매일 보고 사는 에드워드에게는 영 성에 차지 않는 상태였다. 말이 준비되지 않아 다행이다. 에드워드는 진심으로 그렇게 생각했다. 자신이 무슨 말을 하려고 했는지는 아직도 잘 모르겠지만, 무슨 말이건 아주 중요한 말일 건 확실했다.

그 말을, 이 상태로 하지 않아 정말 다행이었다.

그런 중요한 말은 아주 공들인 상태로 해야 했다. 그야말로 그림에서 튀어나온 것처럼, 말의 내용과 관계없이 외모만으로도 기억에 길이길이 남을 만큼 공들여 꾸민 상태로.

에드워드는 한숨을 내쉬고는 헝클어진 머리를 대충 정리했다. 한을 만나는 데에는 이 정도로도 충분했다.

응접실로 온 한은 아까 전과 달리 안색이 매우 밝았다.

"일이 잘되셨나 보군요."

"감사합니다. 덕분에 눈이 트였습니다."

한은 정중하게 고개를 숙여 인사했다. 온몸에서 감사와 행복이 뚝뚝 흘러넘쳤다.

"아뇨, 도움이 되었다니 다행입니다. 차 한잔 하시겠습니까?"

"주신다면요."

둘은 데미안이 끓인 차를 한 잔씩 앞에 두고 앉았다. 구색 상 간단한 다과도 곁들였지만 둘 다 손을 대지는 않았다.

"그래서. 무슨 일로 부르셨습니까? 도움을 받은 만큼 최대한 도와드리고 싶군요."

에드워드는 잠시 망설였다. 다들 놀라는 사실이지만 그에게도 상식과 수치라는 게 존재하는 터라, 이런 걸 물어보기 전에는 망설일 수밖에 없었다.

“저…… 달리아 부회장께서, 미스터 한의 은인 같은 분이시라고.”

“아, 예. 은인 같은 분이 아니라, 그냥 은인입니다. 그분이 아니었으면 저는 진작 자살했겠죠.”

저런 무거운 과거를 참 아무렇지도 않게 털어놓는다 싶었다. 하지만 지금 표정이 밝으니 다 괜찮은 거라고 자가 세뇌를 하며 에드워드가 힘겨이 입을 열었다.

“그…… 은인께 연모의 감정을 품는 데 있어 감정적인 거부감은 없었습니까?”

말하는 본인도 이건 알아듣는 게 신기하다 싶은 말이었는데, 한은 그걸 또 귀신같이 알아들었다.

“음……. 거부감이라든가 그런 걸 가질 형편이 아니었습니다. 저로서는 선택지가 없었거든요. 만약 그분이 저를 친구로 받아들여줬다면 저는 친구로 남았을지도 모르겠어서요. 저는 그분께 필요한, 곁에 오래도록 남을 수 있는 사람이 되고 싶었는데 남는 자리가 그것밖에 없었습니다. 사랑이라든가 그런 건 오히려 나중에 생각할 여유가 생겼고, 그때는 제가 그분을 사랑하는지는 중요치 않고 그분이 저를 필요로 하는지 그게 중요했죠. 그래서 제 경험은 에드워드 소위께 별로 도움이 되지 않을 거 같군요.”

솔직히 이 타이밍에 이런 걸 묻는 의도가 뻔하긴 했지만 대놓고 짚어주자 얼굴이 벌게지는 건 막을 수가 없었다.

에드워드는 애써 멀쩡한 척을 했다. 표정 관리가 어찌나 탁월한지 붉어진 귀 끝 말고는 남의 얘기라도 하듯 평온했고, 그 귀 끝도 머리카락에 가려져 정말 겉으로는 티 나는 부분이 하나도 없었다.

다만, 불행히도 한은 사람을 ‘읽는’ 것에 익숙한 픽이라 사람 표정 따위는 영 읽을 줄을 몰랐다. 읽지 못할 락이 상대여도 그건 변하지 않아,

한은 자기가 머릿속으로 판단한 결과를 그대로 믿었다.

정답이었다.

"대신 도움이 될 만한 상황을 하나 알려드리죠. 제 사촌, 로즈의 일입니다."

한은 차로 입술을 적신 뒤 말했다.

"골드를 보신 적 있으십니까?"

"아니오."

"아름다운 사람입니다."

"여자같이 생겼다는 뜻인가요?"

"아뇨, 흘긋 봐도 남자 같습니다. 그저 남자가 아름다운 것뿐이지요. 아름답다는 단어가 여성의 전유물은 아니지 않습니까."

남자가 미적으로 뛰어나면 보통 잘생기다고 할 텐데. 이해가 잘 가지 않았지만, 에드워드는 외국인의 한계겠거니 하고 넘겼다.

"그러시군요."

"예. 그래서 로즈가 그를 선택했을 때, 다들 로즈가 얼굴에 넘어간 거라고들 했습니다. 아무것도 없는 남자를 세계 최강이 선택할 만큼 아름다웠거든요. 하지만 제가 알기로는, 로즈는 외모로 사람을 차별하지 않습니다. 세상에서 가장 아름다운 사람이라 해도 그건 변하지 않죠."

듣기만 해도 에드워드가 다 억울해지는 말이었다. 외모도 엄연한 스펙인데.

"그래서 물어봤죠. 아무것도 없는, 아밀스턴 섬 출신의 남자를 고를 이유가 뭐였냐고."

정말 한이 물어볼 말은 아니었다. 에드워드는 일말의 예의로 그 말을 참아냈다.

"그랬더니 그러더군요. 골드는 그럴 만한 가치가 있다고요."

한은 턱을 한번 쓸었다.

“달리아 부회장이 제 은인이라는 것을 들으셨으니 저희 집안의 유전병에 대해서도 들으셨겠죠?”

……유전병? 들은 바 없는 일이었다.

“아뇨, 그렇게 자세히는 말하지 않았습니다. 그저 미스터 한께서 신세를 지신 적 있다, 이 정도로만.”

“아…….”

당연히 말했을 줄 알았는데. 중얼거리는 소리를 듣자, 짐에서 도의 평판이 어떤지 궁금해질 지경이었다.

“아니라니 간단히 말하겠습니다. 저희 집안에는 대대로 내려오는 유선병 비슷한 게 있습니다. 비슷한 거라고 하는 이유는 집안사람 중 픽에게만 발현하는 병이라 그렇습니다.”

“픽에게만 발현한다면…….”

“예, 로즈에게도 그 병이 있습니다. 다만 이 병은 남자에게 증상이 더 심하게 나타나는 터라 저는 일상생활이 불가능할 정도였기에 집안에서 달리아 부회장을 불러다 치료를 했는데, 로즈는 버틸 수 있는 수준이었고 집안사람들이 저 때문에 신경을 많이 쓰고 있다 보니 그냥 참았다는군요.”

홀로 고통을 견디던 여자 앞에 나타난 남자. 그가 유일하게 그녀의 고통을 알아준 사람이었고, 그녀는 곧 사랑에 빠져……. 흔하디흔한 스토리 하나가 눈앞을 스쳐 지나갔다.

“이 유전병이라는 게, 양상은 다르지만 공통적인 증상으로는 환각과 환청이 있습니다. 로즈의 경우에는, 귓가에 대고 온 인류를 쓸어버리라고 속살거렸다는군요.”

“……네?”

장르가 좀 다른 것 같았다. 그가 제이를 위해 했던 사전 조사 중 읽었던 로맨스 소설에서는 남주인공이고 여주인공이고 저런 환청을 듣는 주인공은 없었는데. 아니, 정신병자 주인공부터 없었던 것 같았다.

"그런데, 왜 저런 환청이 들렸는지 모르게 로즈는 인성이 바른 사람이거든요."

이게 지금 경계 순위 1순위인 테러리스트를 설명하는 말이 맞는 건지 의심스러울 지경이었지만, 에드워드는 일단 참고 들었다.

"그래서 그 환청이 더욱 더 괴로웠답니다. 차라리 평범한 사람이면 나았을 텐데, 로즈는 정말 세상의 절반 정도는 쓸어버릴 수 있는 능력자거든요. 능력이 있는 사람에게 바르지 않은 길을 계속해서 권유하는 목소리가 들렸으니 괴로울 만했겠지요. 그때, 골드가 눈앞에 나타난 겁니다. 골드는 세상에서 가장 뛰어난 락은 아니었는데 어떻게 로즈와 파장이 맞았는지, 골드 옆에 있으면 자기가 무력화되더랍니다. 평소 픽이 락한테 느끼는 것처럼 억지로 자기 세계를 누르는 것도 아니고, 그냥 자기가 평범한 사람이 된 것처럼 만들어 준다고요."

중간에 조금 멀리 돌긴 했지만 그럭저럭 원래 궤도로 돌아온 듯했다. 이제 자신의 고통을 사라지게 해 준 남자를 사랑하게 됐다는 말이 오면…….

"그래서 로즈는 인류를 대신해서 골드에게 감사를 표하기로 한 모양입니다."

"……네?"

여기서 인류가 왜 나오지? 하지만 한은 뭐가 문제냐는 듯 덤덤한 얼굴이었다.

"그대로 갔다면 로즈는 어느 순간 귓가의 목소리에게 굴복했을지도 모르니까요. 아예 미칠 필요도 없습니다, 픽의 능력이란 페널티도 제한도 없으니까요. 로즈를 막을 수 있을 이들은 다 아밀스턴 섬에 있으니, 로즈는 그냥 한순간 인류를 정말 지켜야 되나? 하고 의문을 갖기만 해도 나라 하나를 날려버릴 수도 있는 거였습니다. 하지만 로즈에게는 단 한순간 의문인 게 희생당했을 수도 있었을 사람들에게는 아니었겠지요. 그래서 로즈는 자기라는 잠재적 위협요소로부터 인류를 구한 골드에게 그 나름의 대가를 지불해야 한다고 생각을 해서 자기가 갖고 있는 것 중 좋은 것들을 그에게 주기로 했습니다. 그리고 그 중에는 자신의 사랑도 있었죠. 인류 최강의 사랑이란 보통 좋은 것에 속하기 마련이니까요."

에드워드는 멍해졌다. 한이 찻잔을 문지르자, 약해져 가던 김이 다시 소복이 퍼졌다.

"로즈의 애정은 그런 이유에서입니다. 그래서 묻겠는데, 에드워드 소위. 당신의 애정은 '좋은 것'에 속하지 않습니까?"

알 수 없는 일이었다. 물론 로쉔의 여자들을 모아놓고 물으면 대부분이 좋은 것이라고 할 것이다. 에드워드는 잘생겼고, 자신이 마음에 들어 하는 사람에게는 상냥하게 굴 줄 알았고, 똑똑했고, 집안도 좋았으며 돈도 많았다. 게다가 무엇보다 자신이 아끼는 사람을 지키는 법도 알았고.

그러니 많은 여자들은 에드워드 델 크뤼거가 당신을 사랑하면 어떻겠냐는 말에 호의적인 대답을 돌려줄 것이다.

하지만 지금 에드워드가 고민하고 있는 상대는 제이 르퀸이다. 그녀가 평범한 사람이었다면 에드워드는 그녀를 만날 일도 없었을 거고, 혹시 만나게 되었더라도 그녀에게 관심을 가졌을 리가 없다.

평범한 사람이라면 자신의 능력을 십분 활용해 르퀸가에서 벗어나거나, 아니면 사사건건 르퀸가의 눈치를 보며 주눅 들어 지내거나 둘 중 하나였을 테니까.

그렇기 때문에 에드워드는 한의 질문에 대답하지 못했다. 하지만 질문에는 대답할 수 없어도 한의 이야기는 귀중한 정보 두 가지를 주었다.

하나, 픽의 사고방식은 인간의 논리로 재단해서는 안 된다. 둘, 세상에는 저렇게 희한한 이유로 애정을 시작하는 사람도 있다. 만약 신앙이 연정이 된다 해도, 세상에서 다시는 찾아볼 수 없을 만큼 독특하고 희한한 변화는 아닌 것이다.

아무래도 입에 걸린 그 말은 좀 더 생각을 기울이고 다듬어야 하겠지만, 그래도 그 두 가지는 아주 중요한 정보였다. 에드워드는 새로이 알게 된 사실을 가슴 속 깊이 갈무리했다.

* * *

한은 그 다음 날 회의에 참석하겠다는 의사를 보였다.

한과 도를 청사까지 데려다 준 뒤 에드워드는 미련 없이 발길을 돌렸다. 처음에는 에드워드가 한을, 제이가 달리아를 감시하자고 했던 것도 같지만 제이가 근신 중인 이상 의미 없는 일이었다. 집에 가서 옷을 갈아입고 다시 나와 륀드빌 거리에 들렀다가 제이에게 가 볼 심산이었다.

"주인님, 손님이 오셨습니다."

완벽한 일정이 어그러지는 순간이었다. 에드워드는 얼굴을 찌푸렸다.

"손님? 누구?"

에드워드 델 크뤼거를 만나고 싶어 하는 사람은 언제나 넘쳐나지만, 이렇게 약속도 없이 쳐들어올 수 있는 사람은 많지 않은데.

"하연 인더스트리의 부회장인 사파이어 님이시라고 합니다."

"아."

에드워드는 헛웃음을 흘렸다. 하연 인더스트리의 부회장쯤 되면 예의고 뭐고 신경 쓰지 않아도 된다는 건가.

"차는 내드렸나?"

"예."

"좋아. 내 몫은 필요 없어."

르퀸 저택에 가서 마실 예정이니 미리 배를 채울 필요는 없을 것이다. 에드워드는 군복 차림 그대로 응접실로 향했다.

"사파이어 부회장."

"에드워드 소위. 급작스레 찾아와 미안합니다."

"아뇨, 괜찮습니다."

저게 정말 괜찮다는 말로 들리면 재사회화가 시급한 것이다. 사파이어는 모른 척 웃었다.

"달리아를 신경 써 주어 감사하다는 말을 하러 왔습니다."

"집주인으로서 손님을 신경 쓴 것뿐입니다, 괘념치 마십시오."

"그래도요."

"감사인사라면 대위님께 받았으니, 정말로……."

"에드워드 소위."

누군가가 말을 끊는 것에 익숙하지 않은 터라 에드워드는 순간 정색을 할 뻔했다.

"……왜 그러십니까?"

"우리는, 말뿐인 감사를 감사라 하지 않습니다."

그건 에드워드도 마찬가지였다. 다만 제이의 말은 그에게 있어 단순히 말이 아닐 뿐이지.

"그래서 감사의 선물을 드리고 싶으니, 하나 골라 보시죠."

사파이어는 허리를 굽혀 바닥에 있던 가방을 테이블에 올려놓고는 그 안의 내용물을 꺼내기 시작했다. 팸플릿이었다. 에드워드는 뭘 하나 일단 지켜보기로 했다.

"소소하게는 줄기세포 재생술이라는 게 있는데, 이건 소위가 관심 있을 시술은 아니군요. 혹시 부모님께 효도하고 싶으시다면 좋은 선택입니다만……. 신체나이를 열 살은 어리게 만들어 주죠. 소위 나이대가 선호하는 상품은 클론이고요. 사고, 질병 등 신체에 이상이 생겼을 때 건강하게 장기, 피부, 골수 이식 등의 수술을 통해 건강한 신체를 되찾을 수 있습니다. 유전병이 있으시다면 유전자 조작 기술을 클론에게 적용하면 베이스는 같되 유전병에서 자유로운 예비 신체를 구비할 수도 있죠. 보통은 부분 교체만 가능하지만, 에드워드 소위시라면 특별히 뇌만 교체하는 시술도 공짜로 해 드리겠습니다. 이 경우에는 전신이 다 망가져도 뇌만 멀쩡하다면 온전히 복구가 가능합니다. 사실 이게 줄기세포보다 더 좋긴 합니다, 이십 년 후에 쓰시는 방법도 있으니 잘 생각해 보십시오."

"……클론은 국제법에 위반되는 거 아닙니까?"

물론 할 사람은 다 하고 있고, 로쉔에도 피치 못할 사고를 대비해 클론을 만들어 놓은 인간이 꽤 될 거라고 생각하지만, 대낮에 대놓고 영업을 하는 건 달랐다. 무엇보다 그의 가문이 속한 보수파는 하연 인더스트리의 존재 자체를 고깝게 보는 이들이 대거 포함되어 있는데.

19/30만큼은 가주답지만, 역으로 말하자면 11/30만큼은 아직 가주가 아닌 에드워드는 그런 생각을 했다. 사파이어가 기다렸다는 듯이 대답했다.

"괜찮습니다, 본사와 연구소가 있는 아밀스턴은 국제법 준수에 사인하지 않았으니까요. 성장부터 시작해 관리, 수술까지 전부 아밀스턴 섬에서 책임지고, 걸리면 국제법에서 클론을 금지하기 전에 만들어 둔 개체라고 발뺌하면 됩니다. 그래도 마음에 걸리신다면, 법에 저촉되지 않게 아예 사람을 만드시는 건 어떻습니까? 요새 짐에서 유행하는 것이지요. 눈 색, 머리 색, 키, 최종 성장 연령에 지능까지 전부 맞춰서 오더메이드로 인간을 하나 만들어 드리는 겁니다."

"오더메이드요?"

"예."

"사람을 주문 제작한다고요?"

"예. 원래는 단순노동을 할 개체를 대량 생산한 거였는데, 구입하신 분들이 하도 어레인지를 원하셔서요. 게다가 맡기는 업무도 다양해졌고요."

"주문으로……. 눈 색이며 최종 연령을 맞출 수 있다고요?"

순간 도의 말이 떠올랐다. 달리아라면 자기 취향의 남자를 열이고 스물이고 만들 수 있었을 거라던.

"예. 녹색이나 보라색처럼 희귀한 건 물론이고, 아예 홍채에 염색을 해서 분홍색이나 은색처럼 자연에서는 나오지 않는 색을 만들어 줄 수도 있습니다. 나이는 유전자를 좀 만지면 되고요. 목적을 말씀하시면 그에 맞게 지능 지수를 맞추고 사전 교육까지 시켜서 보내드립니다."

"인신매매도 불법인데요."

"매매가 아니라 종신계약을 주선하는 계약금이라고 서류를 작성하면 그만입니다. 뭐……. 그래도 싫다 하시면 안드로이드도 있는데요."

"안드로이드요?"

"인간형 기계입니다. 전화나 기차 같은 건데 인간처럼 생겼고 인간처럼 말하고 인간처럼 행동합니다. 하지만 인간은 아니니 마음 편히 쓰셔도 되죠."

에드워드로서는 인간처럼 말하고 움직이는 물체가 어떻게 전화나 기차와 같이 묶일 수 있는지 이해가 가지 않았지만, 일단은 그냥 듣기로 했다.

"사실 이건 품이 너무 많이 들어서 대량 생산이 안 되는 고로 판매는 안 하고 있습니다만 에드워드 소위를 위해서라면 하나쯤 만들어드릴 수 있습니다. 실제 인간과 달리, 안드로이드는 지식 주입이 간편한 터라 고도의 지식이 필요한 전문 인력도 만들어 드릴 수 있습니다."

"인간은 그런 게 불가능한가요?"

"아주 불가능하지는 않습니다, 안드로이드의 원리를 본뜬 지식 주입 기술이라는 게 있기는 있거든요. 다만 사람의 뇌는 기계가 아닌 터라 문제가 생길 가능성이 너무 많고 성공 사례도 적은 터라 잘 시도하지는 않습니다. 실패한 순간 상품 하나를 날리게 되는 건데, 지식 주입 기술을 이용할 정도면 고급품인 거니까요. 그래서 제작 인간은 대부분 단순노동에 투입됩니다. 외모나 기타 조건에 요구 사항이 없으면 레디메이드 제품을, 있다면 오더메이드 제품을 이용할 뿐이죠."

클론은 당연하게도 빼놓았다. 하긴, 도의 말에 따르면 대부분 장기 이식용으로 쓰인댔으니, 뭐. 특정인의 클론을 단순 작업에나 쓸 취미 고약한 인간도 적을 테고.

"……제작 인간의 유전자는, 그럼 어디서 옵니까?"

분명 만들어진 인간이여도 원형은 있어야 할 텐데. 사파이어가 넉살좋게 웃었다.

"아, 그건 지금 막 설명하려 했던 인공 수정 기술과 관련이 있습니다. 임신과 출산은 일반 여성들에게 있어 큰 위협이죠. 또한 힘들게 낳은 자식이 기대와 다르면 큰 손해지 않습니까? 그렇기에 저희 하연 인더스트리에서는 인공 수정 기술 또한 제공하고 있습니다. 여성의 난자와 남성의 정자를 섞어 수정, 발달시키는 것이지요. 발달 단계에서 장애는 걸러지고, 성별도 선택할 수 있습니다. 또한 픽이나 락을 선별적으로 골라 제공하기도 합니다. 픽 제한국인 로쉔에서야 큰 의미가 없겠지만, 짐에서는 픽 자식을 얻기 위해 이 기술을 이용하는 사람들도 제법 된답니다. 물론 픽의 발생 확률은 1퍼밀도 되지 않고, 픽 중에서도 눈에 띄는 재능을 가진 이는 더더욱 적지만요."

짐의 픽 비율이 세계적으로 높은 것에는 분명 저 이유도 있을 거란 생각이 들었다.

"이때, 인공 수정해서 조건에 맞는 수정란은 신생아 수준까지 발달시킨 뒤 고객께 인도하고, 남는 수정란들을 저희의 데이터 풀로 씁니다. 허가는 계약 전에 받고 있고, 원하신다면 인도되지 않는 수정란은 전량 폐기하는 방법도 있지만 남는 수정란을 회사에 제공시 검사 및 발달 단계에 제공되는 선택지가 늘어나고, 비용도 할인이 되기 때문에 허가해 주시는 고객 비율은 꽤 높은 편입니다. 그래도 기분이 찜찜하신 것을 고려해 대부분은 유전자에 수정을 가하거나 교합해서 아랫세대를 가져다 씁니다."

에드워드는 애초부터 하연 인더스트리를 이용할 생각도 없었지만, 이용하게 된다 해도 이 서비스만은 결단코 이용치 않으리라 결심했다. 사파이어는 팸플릿을 넘겨 가며 계속 설명을 했다. 그냥 인신매매 집단인 줄 알았더니 생각보다 이것저것 파는 게 많았다.

그래서 이 사람은 지금 무슨 말을 하려고 하는 걸까……. 에드워드는 성의 있게 듣는 척 딴생각을 했다.

"—르퀸 소장님께서도 저희 서비스에는 매우 만족하셨습니다."

하지만 다른 생각을 하는 와중에도 중요한 멘트는 잘도 캐치를 해 냈다.

"예?"

사파이어가 그를 보고는 의미심장하게 웃었다.

"조세핀 라 르퀸 소장님 역시, 만족하셨다고요."

얼핏 들어서는 평범한 말이었다. 르퀸 가문이 하연 인더스트리와 거래하는 건 공공연한 사실이었으니까. 하지만 굳이 이 시점에 조세핀의 얘기를 끼워 넣는다는 건.

"12년 전쯤에 첫 거래를 했고, 교육 기간을 거쳐 9년 전쯤에 배송을 마쳤습니다. 그 이후로 계속 저희 회사를 이용해 주고 계시죠. 아주, 만족하셨습니다."

아밀스턴 섬, 목숨 빚, 은인, 교육, 그리고 9년. 제이가 르퀸 저택에 처음 모습을 드러낸 것은 열세 살 때의 일이고, 이제 그녀는 스물셋을 목전에 두고 있다. 그리고 그녀는 그 전까지의 삶이 드러난 바가 없고.

"무엇을 고르셔도 후회하지는 않으실 겁니다, 하연 인더스트리는 언제나 완벽한 물건과 훌륭한 애프터서비스를 자랑하니까요."

에드워드는 턱을 한번 쓸었다. 다행히 겉으로 티가 날만큼 얼굴이 굳지는 않았다.

"……호의에는 감사합니다만, 지금으로서는 정하기 어렵군요. 시간을 좀 주실 수 있으십니까?"

사파이어가 빙그레 웃었다.

"예, 당연하죠. 팸플릿을 두고 가겠습니다, 차분히 생각해 보십시오."

* * *

볼일 끝났다고 쌩하니 돌아가려는 사파이어를 붙잡아, 에드워드는 굳이 데려다주겠다고 청했다. 어차피 르퀸 저택에 볼일이 있었으니까. 무엇보다 중요한, 제이에게 디저트를 선물하는 일이었다.

그 '어차피' 때문에 사파이어는 에드워드가 굳이 군복을 갈아입는 걸 기다리고, 중간에 륀드빌 거리에 들르는 것도 양해해야 했지만, 자기 시간이 허비되는 게 아니니 에드워드는 모른 척을 했다. 바쁠 이유가 없는 터라 사파이어도 너그럽게 시간을 길바닥에 버렸다.

"……왜 둘이 같이 와?"

르퀸 저택에 같이 나타난 둘을 보고 제이가 황당한 얼굴을 했다. 사파이어가 먼저 입을 열었다.

"감사 인사를 하러 갔더니 배웅해 주신대서."

"뭘 굳이……."

설명을 듣고도 제이의 표정은 바뀔 줄을 몰랐지만, 꼬치꼬치 캐묻지도 않았다.

"아, 말했던 양고기가 와 있어."

순간 에드워드의 어깨가 크게 튀었다. 에드워드보다 앞쪽에 있던 사파이어는 아무것도 모르고 활짝 웃었다.

"오, 부엌 좀 쓸게."

"응, 혼자 먹을 거면 내 부엌 쓰고, 남들도 줄 거면 큰 부엌 쓰고."

"알았어."

사파이어가 사라지고, 제이가 웃음 띤 얼굴로 에드워드를 돌아보았다.

"찾아봤나?"

주어는 없어도 좋았다. 에드워드는 솔직하게 대답했다.

"……예."

"찾는다고 찾아지던가? 아밀스턴 섬에서만 쓰이는 은어인데."

"아밀스턴 양은 못 찾았고, 아밀스턴 돼지를 찾았습니다."

"아밀스턴 돼지? 그게 뭔가?"

데미안은 끝끝내 아밀스턴 양을 찾아내지 못했다. 그런데 아밀스턴 양을 언급한 제이는 아밀스턴 돼지를 모른다. 이게 어찌 된 일이지? 에드워드는 영문을 몰랐다.

"아밀스턴 섬에서 나온 고기가 아밀스턴산 돼지고기로 둔갑해서 팔리고 있던데요."

"……판다고, 그걸?"

"예."

제이는 매우 복잡해 보이는 얼굴을 하더니, 걸음을 옮겼다. ……따라가야 하나? 망설이다, 에드워드는 제이를 따라 걸음을 옮겼다. 안 된다면 제이가 중간에 자를 테니까.

제이는 별말 없이 에드워드를 단 채 부엌에 도착했다. 큰 부엌이었다.

"사파이어."

뼈를 발라내던 사파이어가 고개를 들었다.

"응?"

"그걸 팔았어?"

"뭘?"

주어 없이도 통하던 제이와 에드워드 사이와 달리, 제이와 사파이어 사이에는 주어가 필요했다.

"양."

"아."

사파이어의 시선이 제이 뒤에 선 에드워드에게로 이동했다.

"눈이 안 좋다거나 그런 건 아니지?"

제이는 뒤를 돌아보지도 않고 사파이어의 물음에 대답했다.

"이미 알아."

사파이어가 뼈를 손질하던 칼을 내려놓았다.

"그 정도로……. 아, 아니지. 둘 사이에 내가 관여할 필요는 없지. 폐기물 비용이 너무 들길래 그랬어."

"달리아가 그걸 두고 봐?"

"……달리아에 대한 환상을 깨는 것 같아 조심스러운데, 걔가 널 말린 건 네가 특별해서지 동족상잔이 금기라서 그런 건 아냐."

그러더니 조금 생각하고는 덧붙였다.

"근데 통조림 사업은 달리아가 본토 나가 있을 때 시작한 거라 걔가 아는지는 모르겠다. 알까? 아나? 알겠지?"

듣고만 있었는데도 어이가 없어서 말문이 다 막혔다.

"뭐, 그쪽 사업까지 내 알 바는 아니고. 근데 왜 양이 돼지가 된 거야?

나한테는 양이라며."

"음……. 너한테 그걸 양이라고 한 건, 식인 풍습이 있는 귀(龜)라는 나라에서 사람을 불선양이라고 불러서야. 그리고 팔 때 돼지라고 라벨 붙여서 판 건 우리 회사에서 제작을 할 때 주문 제작 외에는 돼지 포궁에 착상시켜서 발생시키거든. 그래서 돼지야."

사파이어는 내려놓았던 칼의 손잡이 위에 손을 올렸다.

"그럼 나 이제 다시 요리해도 돼?"

"응. 저녁 기대할게."

제이는 시원시원한 태도로 다시 등을 돌렸고, 에드워드는 아주 자연스럽게 한 발짝 뒤로 물러서 제이가 지나갈 공간을 만든 뒤 그녀의 뒤를 따랐다. 누가 보면 부관 생활만 한 10년 한 줄 알 것이다.

달리아에게 말해 주면 좋아하겠다. 피식 웃은 사파이어는 다시 고기 손질에 돌입했다.

"……혹시나 해서 말해 주는데, 저건 그냥 양일세."

"예, 그런 것 같았습니다."

에드워드는 거의 반사작용으로 대답했다. 제이가 가벼운 한숨을 내쉬었다.

"자네가 찾아낼 줄은 몰랐어. 내가 저 말을 들었을 때는 부회장끼리만 쓰는 은어였거든. 겁을 주려고 알려준 건 아닌데."

"아뇨, 겁먹지 않았습니다."

토는 했지만. 에드워드는 당연하게 자기의 추태를 숨겼다. 속사정을 모르는 제이가 의외라는 얼굴을 해 보였다.

"그래? 금기시되는 일이니까, 보통은 꺼릴 거라 생각했는데."

"대위님이시니까요."

그 말로 충분했다. 에드워드는 광신도 기질이 좀 있을지언정 매우 상식적인 인간이다. 인육 요리가 정말 아무렇지 않을 수는 없지만, 신앙의 앞에서는 모든 것이 옳게 된다.

"……자네는 참, 사람 기분 좋아지게 하는 법을 알아."

제이가 사르르 웃었다.

"그래도 혹시 남아 있을지 모를 자네 마음속 거리낌을 위해 말해 주자면, 미식을 위한 요리는 아니었어."

"그럼……."

"일종의 정치 보복 비슷한 거였지. 르퀸 저택으로 자꾸 스파이를 보내는 이들이 있는데 처리가 곤란했으니까."

실패해서 다행이다. 순수한 의도긴 했지만 스파이 잠입 시도를 열 번쯤 했다 죄다 실패한 에드워드는 안도의 한숨을 내쉬었다.

제이는 그 요리를 어떻게 쓰는지는 말하지 않았지만, 철옹성 같은 르퀸가에 잠입 가능할 정도로 유능한 부하가 그냥 죽는 것도 아니고 고기 요리 몇 접시로 바뀌는 건 생각만 해도 미안해졌으니까. 죽음에도 급이 있는 법이니.

그런 생각을 하던 에드워드의 머릿속에, 갑자기 잊고 있던 사실 하나가 기억났다. 그는 열 번 시도해 전부 실패했지만, 그와 별개로 스파이 잠입을 또 시도했을지도 모르는 이가 있었다.

그가 정보 제공을 부탁했던 스웬 쥴 로스틴.

……나중에 살짝 물어봐야겠다. 절반은 내 책임이니, 피해가 있다면 보상을 해야지.

에드워드는 복잡해지는 머릿속을 억지로 정리하고는, 제이가 안내하는 대로 응접실에 들어섰다.

에드워드를 배웅한 뒤, 제이는 큰 부엌으로 돌아갔다. 큰 볼 안에 고기를 재워 두던 사파이어가 고개를 들었다.

"에드워드 소위는 갔어?"

"응."

"잘 어울리더라."

제이가 쓰게 웃었다.

"그런 거 아니야."

"그러면 안 된다고 생각하는 게 아니라?"

사파이어는 손을 닦은 뒤 테이블에 와서 앉았다.

"제이."

"응, 오빠."

"에드워드 소위한테 너에 대해 운을 띄워놨어."

제이의 표정이 굳기 전에 사파이어는 재빨리 덧붙였다.

"혹여라도 르퀸 소장이 곤란해질 염려는 안 해도 돼, 그럴 때를 대비해서 크뤼거와 마리엔트의 약점을 말해 줬으니까."

제이 르퀸은 에드워드를 믿어볼 수 있다. 그가 진심인지 꿍꿍이가 있는 건지 잘 모르겠을 때, 그냥 한번 시도를 해 볼 수 있다.

다행히도 에드워드는 진심이었고 제이를 곤란하게 만들지도 않았지만, 만약 그가 스파이였어도 제이는 그냥 이번에는 실패했네 하고 넘어갈 수 있었다. 제이 르퀸을 곤란하게 만들 수 있는 사람이 없지는 않겠지만 적어도 로쉔 안에 없다는 건 확실하니까.

에드워드는 제이를 곤란하게 만들 수 없다. 하지만 조세핀은 다르다. 조세핀을 곤란하게 만들 수 있는 사람은 꽤나 많고, 에드워드 델 크뤼거는 그 안에 속해 있었다. 즉, 제이는 자신을 걸고는 에드워드를 믿을 수 있지만 조세핀을 걸고서는 그 누구도 믿을 수 없다는 뜻이다.

"제이 르퀸."

제이는 반항의 표시로 대답을 하지 않았다. 사파이어가 어쩔 수 없다는 듯 웃었다.

"이제는 더 이상 계약 신경 안 써도 돼."

"뭐?"

제이는, 르퀸가에 들어오며 계약서를 작성했다. 해외로 나가지 않고 아이를 가지지 않고 원로원의 결정을 따르며 등등.

제이 르퀸을 강제할 힘이 르퀸가에는 없었기에 보증은 하연 인더스트리의 회장이 하였고, 달리아와 사파이어는 제이가 계약을 어길 시 강제하겠다고 서약했다. 그랬기에 제이는 일견 불합리해 보이는 르퀸가의 결정을 묵묵히 따라 왔던 것이고.

하지만 사파이어는 그 계약을 무효화해도 된다고 했다. 제이가 그걸 어길 시, 제이를 처벌하지 않으면 둘에게도 불똥이 튀는데.

"왜?"

의아해하는 제이에게, 뒤에서 답이 날아왔다.

"감시자가 사라졌으니까."

달리아였다. 제이가 뒤를 돌아보며 말했다.

"조세핀은 앞으로 오십 년은 족히 더 살 거야. 그동안 무슨 변화가 있을 줄 알고 도박을 걸겠어."

"도박 아니야. 회장은 이제 없고, 오십 년이 아니라 천 년이 지나도 돌아오지 않아."

그 말이 뜻하는 바는 명확했다. 제이는 사파이어의 요구 사항을 떠올렸다. 귀한 재료. 언제나 인육을 주재료로 다루던 그가, 짐의 레시피로는 만족을 못 해서 타국의 레시피까지 수집해야 할 만큼 심혈을 기울일 귀한 재료가 무엇일까? 제이의 낯빛이 희게 질렸다.

"설마……?"

달리아가 입가에 손을 댄 채 웃었다. 죄책감이라고는 눈을 씻고 찾아봐도 찾을 수 없는 얼굴이었다.

〈2권에서 계속〉